HEYNE<

Das Buch
Der Schwarze Tod greift um sich. Auch die Großmutter der Hebamme Helena wird erbarmungslos aus dem Leben gerissen. Die junge Frau hingegen kommt unversehrt davon. Ist es Zufall, Gottes Wille oder trägt Helena doch einen Schutz vor der pestähnlichen Seuche in sich? Sie muss den Dingen auf den Grund gehen und ein medizinisches Gegenmittel finden. Doch ihr grausamer Verlobter wittert nur den großen Reichtum. Helena flieht vor ihm in das Damenstift zu Quedlinburg.
Vor der Kulisse der zusehends dramatischen Stiftsauflösung beschreibt Sina Beerwald atmosphärisch und spannend den jahrhundertealten Konflikt zwischen Aberglaube und Medizin und den Weg einer wissbegierigen Frau, die keine Widrigkeiten scheut, um den Menschen helfen zu können.

Die Autorin
Sina Beerwald, 1977 in Stuttgart geboren, studierte Wissenschaftliches Bibliothekswesen. Nach ihren erfolgreichen Romanen *Die Goldschmiedin*, *Die Herrin der Zeit* und *Das blutrote Parfüm* liegt mit *Das Mädchen und der Leibarzt* nun ihr vierter historischer Roman vor. Weitere Informationen unter www.sina-beerwald.de.

Lieferbare Titel
Die Goldschmiedin – Die Herrin der Zeit – Das blutrote Parfüm

SINA BEERWALD

DAS MÄDCHEN UND DER LEIBARZT

Historischer Roman

WILHELM HEYNE VERLAG
MÜNCHEN

Für Lauris

Verlagsgruppe Random House FSC-DEU-0100
Das für dieses Buch verwendete
FSC®-zertifizierte Papier *Holmen Book Cream*
liefert Holmen Paper, Hallstavik, Schweden.

Originalausgabe 04/2011
Copyright © 2011 by Sina Beerwald
Copyright © 2011 dieser Ausgabe
by Wilhelm Heyne Verlag, München
in der Verlagsgruppe Random House GmbH
Printed in Germany 2011
Redaktion: Eva Philippon
Umschlaggestaltung: Init, Büro für Gestaltung, Bielefeld
Umschlagfotos: © akg-images; iStockphoto/Diane Diederich;
Keenpress/National Geographic Society/Corbis
Satz: Leingärtner, Nabburg
Druck und Bindung: GGP Media GmbH, Pößneck
ISBN: 978-3-453-47101-6

www.heyne.de

PROLOG

Die Nebelschwaden des frühen Morgens verzogen sich und gaben den Blick auf eine kleine Stadt frei, in der eine junge Frau vor dem offenen Herdfeuer im Haus der Großmutter saß und das samtbezogene Notizbuch in ihren Händen betrachtete. Die Gerstensuppe war längst verkocht, während sie sorgfältig Seite um Seite herausriss und den Flammen übergab. Langsam und bedächtig, mit einem Lächeln der Verzweiflung.

Die Luft war rußgeschwängert und machte Helena das Atmen schwer. Neben ihr stapelten sich schmutzige Tonschüsseln, Suppenhafen und ein Kupferkessel, der eigentlich mit Essig und Sand gereinigt werden müsste. Außerdem wartete noch ein Berg mit Kleidern und Schürzen darauf, gewaschen zu werden. Doch wozu war das noch wichtig? Mit einem Schlag war alles nebensächlich und sinnlos geworden. Sie hatte einen geliebten Menschen verloren, dessen Leben vielleicht zu retten gewesen wäre – hätte sie noch mehr über die vermaledeite Seuche gewusst.

Helena klappte das Buch zu und strich über den abgegriffenen roten Samt. Es war das Wertvollste, was sie noch besaß. Es enthielt eine Widmung der Großmutter, und die anfangs leeren Seiten hatten sich nach und nach mit niedergeschriebenen Gedanken und Beobachtungen gefüllt.

Oftmals saß sie in diesen Zeiten der Schwarzen Blattern

abends in ihrer kleinen Kammer und vertraute ihrem Buch die Geschichten von Menschen an, die ihre gesamte Familie durch die Seuche verloren hatten. Manchmal jedoch war die Grausamkeit des Schicksals nicht auszuhalten. Dann blieb das Papier die Nacht über unberührt, und erst im Morgengrauen notierte sie einzig die Namen der Verstorbenen und Hinterbliebenen, weil ihr für mehr die Worte fehlten.

Sie schrieb, während die Flamme an einer Wachskerze nagte, die sie sich eigentlich nicht leisten konnte. Vielleicht hielt sie die Geschichten fest, weil auch sie einsam war. Vielleicht, weil sie wie viele andere ihre Eltern durch die Blattern verloren hatte. Vielleicht aber auch, weil sie zu den Menschen gehörte, denen die Seuche merkwürdigerweise nichts anhaben konnte.

Helena riss eine weitere Seite aus dem Buch, warf sie ins Feuer und beobachtete, wie das Papier sich zusammenkräuselte und zu Asche zerfiel. Bei den nächsten Seiten hielt sie inne und überflog noch einmal die sauber geschriebenen Worte. Unzählige Worte als Versuch, den Zusammenhängen auf die Spur zu kommen. Namen und Geschichten von Menschen, die aus unerklärlichen Gründen nicht an der Seuche erkrankt waren.

Auf einer Seite hatte sie die wenigen Namen derer notiert, die bereits als Kinder an einer milden Form der Blattern erkrankt waren und durch Gottes Gnade überlebt hatten; demzufolge waren sie vor der nunmehr grassierenden Seuche gefeit. Auf einer anderen Seite war eine Handvoll reicher Bürger aufgelistet, die es sich hatten leisten können, beim Bader eine milde Form zu kaufen, um ebenfalls geschützt zu sein.

Dann gab es noch achtzehn Namen aus drei Familien, zudem der ihrer Großmutter, ihr eigener und der ihres Verlobten – Friedemar Roth. Davor und dahinter prangten dicke Fragezeichen. Warum widerstand ihr Körper der Krankheit?

Helena hielt das Blatt über das Feuer, und die Flammen züngelten gierig danach. Das Papier verfärbte sich, bekam gelbe, braune und schwarze Ringe, bevor es sich langsam entzündete. Sie sah zu, wie ihre Schrift, ihre Worte nach und nach zerfielen, und hegte dabei die Hoffnung, damit auch ihre Erinnerung an die vergangenen Wochen zu zerstören, in denen sie zu wissen geglaubt hatte, warum weder ihre Großmutter noch ihr Verlobter noch sie selbst von der Seuche befallen wurden. Die Zusammenhänge waren so einfach wie einleuchtend gewesen. Helena hatte sich am Ziel geglaubt, sie dachte, sie hätte ein Mittel gegen die tödlichen Schwarzen Blattern entdeckt.

Jetzt wurden auch diese Seiten ein Fraß des Feuers. Eine nach der anderen, bis nur noch ein Blatt übrig war. Unerbittlich fielen ihr die letzten beiden Namen ins Auge, die sie darauf notiert hatte. *Friedemar und Helena.* In großen dunklen Lettern standen sie da, zum zweiten Mal in diesem Buch. Wieder hatten sie beide die Seuche überlebt, doch die Großmutter lag aufgebahrt in der Stube, von Blattern übersät.

Helena fröstelte, obwohl es in der Küche nicht besonders kalt war. Wärme suchend streckte sie ihre Hände aus, während ihr eine Träne über die Wange rollte.

Wie hatte sie nur dem Irrglauben verfallen können, dass es ein Mittel gegen die Blattern gab? Dass der Körper ihrer Großmutter es in sich trug? Sie könnte noch leben …

Kapitel 1

Es klopfte. Helena machte sich nicht die Mühe aufzustehen. Wenn es Friedemar war, dann würde er sich auch ungebeten Zutritt verschaffen. Ihr Verlobter hatte nicht die Angewohnheit zu bitten – ihm wurde gegeben.

»Gott zum Gruße, Helenchen.«

Sie drehte sich nicht um, sondern sah angestrengt auf ihre Schürze hinunter.

»Wohlan, hast du gedacht, noch vor mir ein Mittel gegen die Blattern gefunden zu haben, um damit den großen Reichtum einzuheimsen? Dabei habe ich dir schon immer gesagt, dass ein Weib nicht denken soll. Schau dir die Küche an! Haben hier neuerdings die Säue ihren Stall?«

»Warum bist du nur so widerlich geworden? Ich habe dir nichts getan! Lass mich in Ruhe!«

»Dich in Ruhe lassen? Liebst du mich nicht mehr?«

Helena starrte wütend in das Herdfeuer. »Was soll ich denn denken, wenn du mich seit unserer Verlobung so herablassend behandelst?«

»Helena, verzeih. Du weißt, dass ich dich liebe.«

»Daran habe ich geglaubt, aber nur bis wir einander versprochen wurden.« Sie beobachtete, wie die Flammen um den letzten Fetzen Papier kämpften. »Seit wir Kinder waren, habe ich dich gemocht. Vielleicht noch mehr, seit wir beide unsere Eltern an die Blattern verloren haben, aber vor allem habe ich dich bewundert, weil dein Leben danach so anders verlief als meines ... Oft habe ich dich heimlich beobachtet. Auf dem Feld, im Hof nebenan und bei den Patienten deines Ziehvaters. Wie du ihm schon früh zur Hand gehen konntest und er viel Freude an dir hatte, während ich mich damit zufriedengeben musste, im Haus meiner Großmutter zu wirtschaften.«

»Ja, natürlich«, höhnte Friedemar. »Bis heute darf ich die Drecksarbeit für ihn erledigen, dazu bin ich gut genug.«

»Trotzdem war ich neidisch, dass er dir als wohlhabender Medicus jeden Wunsch erfüllen konnte. Ich habe davon geträumt, dieses Leben eines Tages mit dir teilen zu dürfen. Dieser Versuchung wäre ich beinahe erlegen, wenn du nicht dein wahres Gesicht gezeigt hättest. Seit ich dir von dem Mittel gegen die Blattern erzählt habe, bist du wie ausgewechselt.«

»Wie kommst du darauf, mein Helenchen? Schließlich war ich es, der meinen Ziehvater dazu überredet hat, dich ein wenig in die Geheimnisse der Medizin einzuweihen. Und was ist mit dem Geld, das ich dir im Winter gegeben habe, damit du dich in anderen Dörfern nach diesen Geschichten umhören konntest? Also gib zu, dass dein Erfolg auch mein Verdienst ist.«

»Nein, das tue ich nicht. Und es gibt auch keinen Erfolg zu verzeichnen. Wir tragen kein Mittel gegen die Blattern in uns. Ich habe mich geirrt. Meine Großmutter ist tot, verstehst du?«

»Nun, irgendwann musste auch dieses alte Weib sterben.«

»Wie kannst du nur so herzlos sein! Friedemar, sie ist von den Blattern dahingerafft worden! Und das, obwohl sie nach meiner Theorie nie daran hätte erkranken dürfen. Offenbar gibt es doch keinen Schutz vor der Seuche! Es ist allein Gottes Wille, der die Menschen krank macht oder sie gesund erhält.«

»Unsinn. Es muss einen anderen Zusammenhang geben ... Du hast bestimmt irgendetwas übersehen. Wir müssen die Fälle noch einmal durchgehen und miteinander vergleichen. Und nächste Woche nach unserer Hochzeit wirst du in dein neues Reich ziehen. Sei doch froh, wenn du diese Hütte hier verlassen kannst! Deine Großmutter hat es in ihrem ganzen Leben zu nichts weiter gebracht als zu drei Schweinen, zwei Klappergäulen und ein paar Kühen, die ständig kränkeln anstatt Milch zu geben. Willst du denn enden wie dieses alte Weib? Bald bist du die Herrin in einem stattlichen Haus, kannst du dir das überhaupt vorstellen?«

Helena schüttelte langsam den Kopf. Nein, das konnte sie nicht. Ihr wurde heiß und kalt bei dem Gedanken an die Hochzeit, die sie in den letzten Tagen so gut verdrängt hatte.

»Vielleicht sollten wir ...«, hob sie an, »die Hochzeit ... verschieben? Ich meine, jetzt durch den Tod meiner Großmutter ... Sie ist ja noch nicht einmal beerdigt.«

»Natürlich hast du keine Vorstellung von deinem zukünftigen Leben«, sprach Friedemar ohne Rücksicht auf ihren Einwand weiter. »Du wirst dich um die Hauswirtschaft und meine zukünftigen Erben kümmern, während ich meinen Pflichten nachkommen werde. Dazu gehört auch, dass ich ein Gegenmittel finden werde und niemand anderer, schon gar nicht du! Denn in meinem Haus herrschen andere Sitten!«

Zunächst ließ sich Helena von ihrer aufsteigenden Verzweiflung lähmen, doch dann gewann die schiere Fassungslosigkeit die Oberhand. Sie fuhr herum und funkelte ihren

Zukünftigen an, dessen Gestalt sich durch seinen dunkelgrünen Umhang kaum von der rußgeschwärzten Wand abhob. Sein kantiges Gesicht war zur Hälfte unter einem Dreispitz verborgen, der einen gespenstischen Schatten über seine Augen legte. Aus tiefen Höhlen sahen sie ihr entgegen, undurchsichtig wie die eines Verbrechers.

»Wenn du glaubst«, stieß sie hervor, »wenn du glaubst, mich halten zu können, mich am Herd festzubinden, dann irrst du dich gewaltig. Du müsstest mich schon einsperren!«

»Aber Helenchen! Was redest du denn da? Ich würde dich niemals zu etwas zwingen. Du bist im Moment etwas verwirrt, der Tod deiner Großmutter hat dir offensichtlich sehr zugesetzt. Ich brauche dich! Ich möchte, dass du bei mir bist und meine Frau wirst. Helena, bitte.«

Erstaunt betrachtete sie den Mann, den sie einmal sehr gemocht hatte. »Du bittest mich?« Es war, als hätten seine Worte die kümmerliche Liebesglut in ihr neu entfacht.

»Ja, ich bitte dich. Ich bitte dich, bei mir zu sein und meine Frau zu werden. Mir nächste Woche in der Kirche das Jawort zu geben. Helena, hörst du mir zu?«

»Ich ... Glaubst du, wir werden wirklich glücklich miteinander? In letzter Zeit denke ich, wir sind doch zu verschieden. Dir gehen Ruhm und Reichtum über alles und du würdest deinem Ziehvater gerne das Wasser abgraben. Du tust alles nur des Ruhmes und des Geldes wegen. Ich hingegen habe nach einem Heilmittel gegen die Seuche gesucht, weil ich den Menschen helfen wollte.«

»Dagegen sage ich auch nichts, ganz im Gegenteil. Das ist doch sehr lobenswert.«

»Aber ich würde gerne ...«, setzte Helena zur Verdeutlichung an und fasste ihren ganzen Mut zusammen, »in eine medizinische Lehre gehen, ich möchte lernen, Krankheiten zu besiegen, und vielleicht eines Tages Arbeit als ...« Weiter kam sie nicht. Friedemar brach in hämisches Gelächter aus. »Ach, Helenchen, du bist schon ein törichtes Weib. Glaubst du, wenn du dich für die siechende Menschheit aufopferst, wirst du den frühen Tod deiner Eltern besser verkraften? Indem du nach dem Beruf eines Mannes trachtest, werden sie auch nicht wieder lebendig.« Er lachte abermals auf. »Doktor Helenchen! Du weißt doch, wie das ein paar Dörfer weiter bei dieser Dorothea Erxleben endete. In Schimpf und Schande!«

»Ach, das weißt du so genau? Sie starb vor vierzig Jahren als angesehene Quedlinburger Bürgerin!«

»Eine Pfuscherin war sie, nichts weiter!«

»Bläst du auch in dieses Horn? Haltlose Vorwürfe wie dieser waren der Grund, warum sie für ihr Studium kämpfte. Sie wurde mit königlichem Privileg an der Universität zugelassen und hat als erste deutsche Frau in der Medizin promoviert. Sie hat es allen gezeigt! Und ganz nebenbei hat sie für den Haushalt gesorgt, acht Kinder großgezogen und eine gute Ehe geführt. Dorothea Erxleben hat gezeigt, dass so etwas möglich ist. Und das werde ich auch können!«

»Übermut ist ein schlechter Gefährte«, beschied ihr Friedemar. »Wenn du glücklich werden willst, so lerne mir, deinem zukünftigen Eheherrn, zu dienen. Das ist mein guter Rat an dich.«

Sie starrte auf die Küchenwand aus dicken, verrußten Steinen und sah vor ihrem inneren Auge das von der Krankheit entstellte Gesicht der Großmutter vor sich; als ob sich ein Schwarm dicker, kleiner Käfer auf ihr niedergelassen hätte. Kein Stück Haut war verschont geblieben, weder Lippen noch Augenlider. Die vertrauten Gesichtszüge waren verzerrt, es war, als ob ihr der Teufel eine Fratze schnitt.

»Gegen die Blattern kann ich nichts tun, aber ich will in Zukunft Leben retten, wo es in meiner Macht steht«, flüsterte Helena.

»Ein weiblicher Medicus«, stöhnte Friedemar, »der als Frau ein eigenständiges Leben führen will. Der Herrgott möge dich vor diesem Wahnsinn beschützen. Komm, Helenchen, wende dich treu an meine Seite und übergib mir dein Notizbuch, du bist doch ein vernünftiges Mädchen.«

»Das Buch existiert nicht mehr«, gab Helena tonlos von sich und zeigte auf die Flammen.

»Wie bitte?« Er stürzte ans Herdfeuer und stocherte mit dem Schürhaken in der Glut, ungläubig und wie besessen. Immer und immer wieder stach er in das knisternde Feuer, bis er plötzlich innehielt. Gedankenverloren betrachtete er einen Moment lang die Eisenstange. Dann drehte er sich langsam zu ihr um.

»Ohne das Buch bist du für mich noch wertvoller geworden, Helenchen. Jetzt wirst du mich heiraten *müssen*.« Er kam langsam auf sie zu. »Dein Wissen ist nun deine Mitgift.«

Sie erhob sich mit zitternden Knien, darauf bedacht, keine falsche Bewegung zu machen. Sie stand nun direkt vor ihm und sah ihm fest in die Augen. »Ich möchte nur noch einmal die Großmutter sehen.«

Friedemar verzog den Mund. »Gib dir keine Mühe. Du bist jetzt mein Kapital, und darauf weiß ich gut aufzup...«

Mit zwei schnellen Schritten gelangte Helena zur Tür. Sie stürzte hinaus in die Stube, in der ihre Großmutter aufgebahrt lag. Es reichte nur für einen flüchtigen Blick des

Abschieds, sie durfte nicht anhalten. Dann rannte sie aus dem Haus, hinüber zur Koppel. Friedemars Gebrüll verfolgte sie.

»Du wirst mir nicht entkommen! Niemals!«

***

Helena spürte ihn dicht auf den Fersen, doch um sie herum war nichts weiter als der stille, nebelumkränzte Herbstwald des beginnenden Tages.

Das Pferd merkte nichts von ihrer Angst. Es schien sich auf einen Ausflug in den Wald zu freuen und dankbar für die Abwechslung. Der Schimmel machte sich ein Spiel daraus, die Nüstern auf den Boden zu senken und durch kräftiges Schnauben die bunten Blätter aufzuwühlen. Ihrem Pferd hatte der überstürzte Aufbruch nichts ausgemacht. Es war daran gewöhnt, dass sie mit der Trense in der Hand angelaufen kam – schließlich hatte sie es als Hebamme oft genug eilig. Meist wurde sie erst in letzter Minute gerufen, wenn die Frau bereits in schweren Geburtsnöten lag, weil man sich das Geld für eine Hebamme nicht leisten konnte. Darum trug sie stets lange Beinkleider unter dem Rock, damit der Anstand beim Reiten gewahrt blieb.

Doch heute war trotz der Eile das Ziel ungewiss. Ihre Gedanken kannten nur eine Richtung: fort, fort von Friedemar. Seine Worte hallten ihr durch den Kopf, und sie wusste, wie ernst er es meinte. *Du wirst mir nicht entkommen! Niemals!* Immerzu schaute sie sich um, im Glauben, ihn gehört zu haben. Ihr Pferd fand mit sicherem Tritt den Weg entlang des Harzes. Über kleine Waldbäche, vorbei an morschen Baumstümpfen und bergab über rutschiges Laub.

Durch das gleichmäßige Schaukeln wurde Helena allmählich ruhiger. Ihr Blick richtete sich nun stetig nach vorn, denn so langsam wurde es Zeit, ihrem Weg eine sinnvolle Richtung zu geben. Dort über die Lichtung, wo die ersten Sonnenstrahlen im Nebel glitzerten, dann weiter an dem kleinen Bach entlang oder hinaus aus dem Wald? Niemand hielt sie auf. Niemand machte ihr Vorschriften. Es war allein ihre Entscheidung, und im Grunde genommen war diese schon längst gefallen. Wie oft hatte sie von der großen Stadt geträumt! Jetzt war die Gelegenheit gekommen.

Helena wendete ihr Pferd nach Südwesten, um auf den Leipziger Handelsweg zu treffen und irgendwann nach Halle an der Saale zu gelangen. Bilder der altehrwürdigen, lebendigen Universitätsstadt erschienen ihr vor Augen. Das geschäftige Treiben der fahrenden Händler, reiche und weltgewandte Professorengattinnen, und die Studenten, die sich zwischen den Vorlesungen im warmen Gras am Flussufer ausruhen. Diesen Burschen war Tür und Tor zum Studium geöffnet, unabhängig davon, ob sie einen wachen Geist besaßen. Helena dachte zurück an den Streit mit Friedemar. Hatte sie sich vielleicht zu viel damit vorgenommen, alleine auf ihren Beinen stehen zu wollen? Hätte die Familie Erxleben nicht den König als Fürsprecher gewonnen, wäre Dorothea niemals an der Universität zugelassen worden. Und trotz dieser bedeutenden Erlaubnis in der Tasche zögerte sie noch über Jahre, Ehemann und Kinder zu verlassen, und blieb in Quedlinburg, wo sie nach dem Tod ihres Vaters die Behandlung seiner Patienten übernahm, wie sie es all die Jahre an seiner Seite erlernt hatte. Als jedoch eine kranke Frau unter Dorotheas Händen starb, gab es unter den männlichen Bewohnern kein Halten mehr an Flüchen und

Verwünschungen. Dorotheas Antwort darauf war, Quedlinburg zu verlassen und an die Universität zu gehen. Und genau dort wollte Helena auch hin.

Sie ließ die Zügel lang und lehnte sich ein wenig zurück. Ihr Körper wurde sanft hin- und hergewiegt, während sie in den strahlend blauen Morgenhimmel schaute.

Seit Jahren schon träumte sie davon, die medizinischen Vorlesungen zu besuchen, um mehr über die geheimen und faszinierenden Vorgänge im menschlichen Körper zu erfahren. Auslöser dafür war ein Buch gewesen, das ihr die Großmutter weitergegeben hatte, kurz bevor sie von der Seuche dahingerafft worden war: *Academische Abhandlung von der gar zu geschwinden und angenehmen, aber deswegen öfters unsicheren Heilung der Krankheiten.* So der Titel von Dorothea Erxlebens Dissertation, für die sie sogar eine Auszeichnung erhalten hatte. Im Vorwort hatte sie ihre Hoffnung zum Ausdruck gebracht, eine Vielzahl von Frauenzimmern als Leserschaft zu gewinnen, darum hatte sie ihre Arbeit in nur einem Jahr vom Lateinischen ins Deutsche übertragen und für alle medizinischen Fachbegriffe eine allgemein verständliche Wortwahl gesucht. Die Seiten hatten Helena sofort in ihren Bann gezogen und den Ehrgeiz entfacht, all die Dinge über verschiedene Mittel zu verstehen, die den Urin, den Schweiß, den Auswurf, die monatliche Reinigung oder den Schlaf befördern.

Bald nutzte Helena jeden freien Augenblick, um in diesem Buch zu lesen. Mit der *Academischen Abhandlung* in der Hand löffelte sie ihre Morgensuppe, ohne einen Blick auf den Teller zu verschwenden.

Irgendwann hatte sich die Großmutter verpflichtet gesehen, ihre Enkelin in die Wirklichkeit zurückzuholen und ihr klarzumachen, dass keine Weibsbilder an einer Universität geduldet wurden. Bereits ihrer Tochter hatte sie den Kopf zurechtrücken müssen, und auch Helena hatte sich ganz nach dem Vorbild ihrer viel zu früh verstorbenen Mutter in ihre frauliche Rolle gefügt. Sie tat es ohne zu murren, kam zuverlässig ihren Aufgaben nach und versuchte, als die Eltern nicht mehr lebten, sich und ihrer Großmutter ein angenehmes Heim zu schaffen.

Aber die Zufriedenheit blieb aus. Helena kämpfte darum, einen Beruf ergreifen zu dürfen. Und sie erreichte ihr Ziel: Als Hebamme fand sie ihre Erfüllung. Die Arbeit machte sie glücklich, verschaffte ihr Bestätigung und letztlich auch ein bisschen Geld. Trotzdem fand ihre Seele keinen Frieden. Nach ein paar Lektionen bei Friedemars Ziehvater gipfelte ihre Unrast schließlich in dem Glauben, alleine und mit ihrem geringen Wissen etwas gegen die Blattern ausrichten zu können. Doch sie war eines Besseren belehrt worden.

Helena musste von vorne anfangen, sie musste jeden, wirklich jeden Vorgang im menschlichen Körper verstehen lernen, und dazu musste sie Vorlesungen an der Universität hören.

Plötzlich machte ihr Schimmel einen Satz zur Seite, Helena griff scharf nach den Zügeln und drückte die Beine eng an seinen Leib. Sie spürte die angespannten Muskeln, den starken Hals, die bebenden Flanken.

Tatsächlich raschelte es ganz in der Nähe in einem Fuchsbau. Einigermaßen erleichtert klopfte sie ihrem Pferd den Hals. Wenn der Fuchs nicht vom Wahnsinn getrieben war, stellte er keine Gefahr für sie dar. Doch da hörte sie das Geräusch wieder, und neben einem der Höhleneingänge tauchte unversehens ein abgehärmt aussehender junger Mann auf. Helena erschrak. Er trug eine zerschlissene Uniform, in seinen langen Haaren hatte sich Laub verfangen, und ein struppiger Bart umwucherte sein schmales Gesicht.

Als er auf sie zukam, umklammerte Helena die Zügel. Doch er formte nur schüchtern seine Hände zu einer leeren Schale und streckte sie ihr langsam entgegen. Hunger und Not sprachen aus seinen fiebrig glänzenden Augen. Ein Deserteur.

Befangen betrachtete Helena sein Gesicht; der Vagabund war nur wenig älter als sie selbst. Seine unsicheren Gesten verrieten ihr, dass er dieses Dasein noch nicht allzu lange führte.

Mitleidig griff sie nach ihrer Satteltasche. Doch im gleichen Augenblick wurde ihr siedend heiß bewusst, dass sie selbst nichts bei sich hatte. Kein Brot, kein Geld – nur die Kleider, die sie am Leib trug. Verzweifelt suchte sie ihre Rocktaschen ab, wie jemand, dem soeben angesichts des wartenden Warenhändlers auffiel, dass die Geldbörse zu Hause lag. Sie zeigte ihm ihre leeren Hände und machte eine bedauernde Geste. Der Vagabund lächelte mitfühlend. Bevor er zwischen den Bäumen verschwand, winkte er ihr zum Abschied, wie einem alten Weggefährten.

Langsam ritt Helena weiter. Wo könnte sie etwas zu essen herbekommen? Würde sie im Wald etwas Nahrhaftes finden? Pilze vielleicht? In Gedanken versunken langte Helena an einem kleinen Waldsee an. Ihr Pferd blieb stehen und senkte gierig sein Maul ins Wasser. Helena ließ sich heruntergleiten und hockte sich im Schneidersitz auf den sandigen Boden.

Auf der Wasseroberfläche trieben ein paar golden verfärbte Herbstblätter. Wäre es noch Sommer gewesen, hätte sie jetzt bestimmt ein Bad genossen. Ob es in dem Teich Fische gab? Doch womit sollte sie sich eine Angel herstellen?

Das Pferd wandte den Kopf zu ihr, und Helena streichelte sein weiches Maul, von dem noch ein paar kühle Wassertropfen abperlten. Auch sie verspürte Durst, doch als sie mit den Händen von dem kühlen Nass schöpfte, sah sie, dass es trüb war und voller Algen. Sie ließ das Wasser durch die Finger rinnen.

Helena verharrte und betrachtete nachdenklich ihr Spiegelbild. Eine junge Frau mit einer kindlichen Stupsnase sah ihr entgegen, kühn und voller Tatendrang, das rundliche Gesicht gerahmt von ein paar zerzausten, blond gelockten Strähnen und die Hände wie die des Vagabunden zu einer leeren Schale geformt.

»Lass das«, tadelte sie ihr Pferd und schob seinen Kopf von ihrer Schürze weg, unter der es wohl etwas Essbares vermutete. »Tut mir leid, Dicker. Aber wir haben nichts.«

Enttäuscht wandte sich das Pferd ab und begann ein paar Halme zu zupfen. Helena griff nach den Zügeln und saß auf. »Komm, wir werden gleich ins nächste Dorf reiten und um etwas zu essen bitten.« Wenn man uns nicht als Bettler verjagt, setzte sie im Stillen hinzu und prüfte den Zustand ihrer Kleidung. Das einfache, dunkle Leinenkleid war ohne Löcher und die etwas hellere Schürze hatte zwar ein paar Flecken, aber wenigstens brachte sie ihre schlanke Taille schön zur Geltung. Vielleicht würde das etwas helfen. Helena erschrak über ihre eigenen Gedanken. Aber sie bräuchte nicht nur Brot und Äpfel für sich und ihr Pferd, es fehlte auch an barer Münze, um die Landesgrenzen zwischen Goslar und Halle zu passieren. Vier oder fünf mochten es sein, obwohl ihre Reise kaum länger als eineinhalb Tage zu Pferd dauern würde. Das Land war durch die vielen Kurfürstentümer, Herzogtümer und Bistümer zu einem einzigen Flickenteppich geworden. Die Karte sah schlimmer aus als die Kleidung eines Bettlers, und an jeder Nahtstelle musste Wegegeld entrichtet werden. Geld, das sie sich nicht mit ihrem Körper erkaufen wollte und dennoch brauchte.

Wenn sie genau darüber nachdachte, war es zudem ziemlich riskant nach Halle zu reiten. Friedemar kannte ihre Sehnsüchte, und wenn er eins und eins zusammenzählte ...

Helena beobachtete die aufziehenden Wolken, die sich vor die Sonne schoben. Es wurde kühl, und sie schlang fröstelnd ihre Arme um den Körper. Wie spät es jetzt wohl sein mochte? Sie trieb ihr Pferd zu mehr Eile an.

Seit ihrer Flucht hatte sie jegliches Zeitgefühl verloren. Der Gedanke an den überstürzten Aufbruch traf sie mit voller Wucht. Der letzte Blick auf die Großmutter hatte sich tief in ihre Erinnerung eingegraben. Was jetzt wohl mit ihr geschah? Ob sich Friedemar um die Beerdigung kümmerte? Bilder eines vergessenen Leichnams drängten sich ihr auf, ihre Großmutter, die im Bett verweste, umgeben von Schmeißfliegen und von Maden befallen. Aber sollte sie deshalb zurück in Friedemars Arme?

***

Helena war nicht weit geritten, als sie die Zügel anzog und horchte. Schreie hallten durch den Wald.

»Hilfe, zu Hilfe! Hört mich denn niemand? Zu Hilfe!«

Helena versuchte die Richtung einzuordnen, aus der die männliche Stimme kam. Dann vernahm sie das Wiehern eines Pferdes. Ihr Schimmel spitzte die Ohren.

Hinter der Wegbiegung sah sie das Unglück. Halb die Böschung hinabgestürzt lag eine Kutsche auf der Seite, davor stapfte ein uniformierter Mann hektisch auf und ab. Das Kutschenpferd versuchte wieder auf die Beine zu kommen und sich von der gebrochenen Deichsel zu befreien.

Zögernd ließ sich Helena aus dem Sattel gleiten und rutschte auf dem nassen Laub bis zur Unglücksstelle hinunter.

»Endlich! Gottlob und Dank!«, entfuhr es dem Mann, als er sie sah. Er war gekleidet in ein dunkelblaues Justaucorps, ein Beamter vermutlich, kein Soldat.

Auf ihre rasche Annäherung reagierte das Kutschenpferd panisch und setzte ausreichend Kräfte frei, um sich aufzurappeln und die Böschung hinaufzugaloppieren. Da scheute ihr eigenes Pferd, angesteckt von dieser Flucht, und noch ehe sich Helena versah, waren beide Tiere auf und davon. Sie verfluchte sich maßlos dafür, angehalten zu haben, doch der flehende Blick des Mannes machte ihr deutlich, wie dringend Hilfe gebraucht wurde.

»Die Fürstin ... bitte, schnell! Hätten wir doch nur einen Vorreiter gehabt. Es ging alles so plötzlich! Das Pferd hat gescheut, und der Wagen kam aus der Spur. Ich konnte abspringen, aber der Kutscher ...« Der schmalgesichtige Mann bekreuzigte sich in die Richtung, wo man ein Bein unter der Kutsche hervorragen sah. »Ich befürchte, er hat es nicht überlebt.«

Helena atmete tief durch. »Bitte beruhigen Sie sich. Wir müssen die Verletzte aus der Kutsche ziehen!«

Das Unglücksgefährt sah von außen recht unversehrt aus, doch wie schwer mochten die Verletzungen der Fürstin sein? Plötzlich kam es ihr merkwürdig vor, dass sich in dieser schlichten Kutsche eine Fürstin befinden sollte.

Doch sie hatte keine Zeit nachzudenken. Der Mann kletterte auf die Kutsche, und nur einen Augenblick später hatte er die schmale Tür geöffnet. Sein Aufschrei beseitigte jeglichen Zweifel in ihr, helfen zu müssen. Sie kletterte ebenfalls auf das Gefährt, kniete sich hin und mit vereinten Kräften zogen sie die Ohnmächtige aus der Kutsche.

Das Gesicht der älteren Frau war von einer Platzwunde an der Stirn blutverschmiert, die Spur zog sich hinein in die schwarzen Locken der Hochsteckfrisur, über die fülligen Wangen den Hals hinab, bis an die wunderschöne Perlenkette. An der Schulterpartie hatte das glänzende Kleid aus blauem Tuch ebenfalls Blutflecken abbekommen.

Der Mann, von sehniger, aber nicht übermäßig kräftiger Statur, trug die Dame keuchend und schweren Schrittes hinauf auf den Waldweg. Helena lief nebenher und versuchte, sich ein Bild von der Verletzung zu machen. Die Fürstin hielt die Augen geschlossen, aus ihrem Gesicht war jegliche Farbe gewichen.

Sanft bettete der Träger den scheinbar leblosen Körper auf den Erdboden. Sofort kniete sich Helena nieder. Ihre Fingerkuppen berührten die kühle Haut am Hals der Frau. Unvermittelt spürte sie ein schwaches Pochen. Viel zu schwach. Die schmalen Lippen der Verletzten verfärbten sich blau. Intuitiv hielt Helena eine Hand dicht über Mund und Nase. Kein warmer Hauch, der an ihren Fingerspitzen kribbelte; der Brustkorb ohne Bewegung. Helena schickte ein Stoßgebet zum Himmel und beugte den Kopf der Verletzten vorsichtig in den Nacken. Kurz bevor sie ihren Mund auf den der Fürstin legte, sah sie noch einmal zu dem Mann auf.

Der starrte sie entsetzt an. »Was ... was tun Sie da?«

Helena gab keine Antwort. Sie holte tief Luft, legte ihre Lippen auf die der Fürstin und atmete aus, bis sie spürte, dass sich der Brustkorb der Verletzten hob. Helena versuchte es noch einmal. Bitte, bitte ...

Ein Zucken durchlief den Körper der Frau. Helena wich zurück und konnte die Verletzte gerade noch zur Seite drehen, bevor diese zu husten begann und sich erbrach. Noch nie war Helena über einen derartigen Anblick so glücklich gewesen.

»Geschafft!« Sie lehnte sich zurück und strahlte den Mann an.

Dieser bekreuzigte sich und schüttelte fassungslos den Kopf. »Gott bewahre! Was ... was haben Sie da getan? Das ist Zauberei! Grundgütiger!«

Helena ließ die Schultern hängen: »Das ist keine Zauberei, das ist eigentlich ganz einfach. Man kann durch den eigenen Atem zur rechten Zeit wieder Leben spenden und ...«

Er unterbrach sie mit erhobener Hand. »Schweigen Sie still! Davon will ich nichts hören! Wer sind Sie überhaupt? Wo kommen Sie her?«

»Ich heiße Helena. Helena Fechtner. Und ich komme ... Nun ... Ich bin auf dem Weg nach Halle.« Sie beugte sich über die schwer atmende Frau, in die zusehends das Leben zurückkehrte. *Sie hatte gerade das Leben einer Fürstin gerettet.* Doch es keimte kein Stolz in ihr auf, nur Unsicherheit. Sie war doch nur eine einfache Hebamme.

Helena richtete sich auf und klopfte sich das Kleid ab. »Es ist wohl besser, wenn ich jetzt weiterziehe.« Traurig dachte sie an den Verlust ihres bisher so treuen Pferdes und hoffte, es im Laub stöbernd hinter der nächsten Wegbiegung aufzufinden.

Der Mann sah sie nachdenklich an. Seine großen Augen wollten nicht so recht zu den asketischen Gesichtszügen und der langen, leicht gekrümmten Nase passen. Sein Blick war freundlich, eigentlich war er ein Mensch von jener Art, den man nur ansehen musste, dass es einem ein Lächeln entlockte. »Warten Sie! Die Fürstin würde mir wohl nicht verzeihen, wenn ich Sie ohne Dank von dannen ziehen ließe. Gestatten Sie, dass ich mich vorstelle: Mein Name ist Sebastian von Moltzer, Stiftskanzler. Wir stehen in Ihrer Schuld. Sie werden bei uns im Damenstift etwas zu essen erhalten und, wenn Sie wünschen, auch ein Nachtlager.«

»Damenstift?«, fragte Helena. »Nein, machen Sie sich keine Umstände. Ich habe gerne geholfen und nun muss ich weiter! Zudem möchte ich nicht, dass die Fürstin für mich eine Unterkunft anordnet.«

»Keine falsche Bescheidenheit, bitte!« Der Stiftskanzler lachte. »Außerdem hat das nichts mit Anordnung zu tun. Als Äbtissin des Damenstifts kann sie das höchstselbst entscheiden.«

»Äbtissin? Ich denke, diese Frau ist eine Fürstin? Sie haben es doch selbst gesagt! Oder seit wann tragen Äbtissinnen blauseidene Kleider und Perlen um den Hals?«

»Sie glauben also, ich würde Ihnen falsche Geschichten auftischen?« Sebastian von Moltzer runzelte missbilligend die Stirn. »Ihr Pferd hat sich aus dem Staub gemacht. Wenn Sie alsdann glauben, Ihr Ziel auch zu Fuß zu erreichen, so kann ich Sie nicht daran hindern. Ansonsten bleiben Sie heute Nacht besser bei uns, ich werde jetzt Hilfe holen und morgen früh kümmern wir uns um ein Pferd für Sie.«

Helena rang mit sich. Dieser Sebastian von Moltzer hatte wohl Recht. Es wäre vernünftiger, die Nacht in Sicherheit zu verbringen. Andernfalls müsste sie sich wie Freiwild durch die Wälder schlagen. Zu Fuß, ohne Schutz. Und wenn man ihr im Stift tatsächlich ein Pferd leihen würde, käme sie sicher und gestärkt in Halle an. Aber konnte sie diesem Sebastian vertrauen? Helena richtete ihren Blick auf ihn.

Er hatte sie die ganze Zeit über aufmerksam beobachtet und streckte ihr nun seinen wollenen Umhang entgegen. »Warten Sie hier bitte auf mich. Ich kann die Fürstin nicht alleine zum Stift schaffen. Holen Sie Decken aus der Kutsche und wickeln Sie die Verletzte darin ein. Ich werde ihren Leibarzt zur Hilfe holen.«

»Zu Fuß?«, fragte Helena ungläubig, doch da hatte sich Sebastian bereits auf den Weg gemacht.

»Es bleibt uns keine andere Wahl«, rief er über die Schulter zurück.

Mit einem unbehaglichen Gefühl blieb Helena bei der Fürstin zurück.

Die hoch stehende Mittagssonne machte ihr bewusst, wie lange sie schon auf dem Baumstumpf kauerte und auf die Rückkehr des Stiftskanzlers wartete. In den vergangenen fünf Stunden hatte sie den Blick nicht von der Wegbiegung genommen. Jetzt füllten sich ihre Augen mit Tränen. Wie hatte sie so töricht sein können?

Der Hunger nagte unerbittlich in ihr. Sie hielt ihre Knie umschlungen und horchte auf das Vogelgezwitscher. Ein Waldkäuzchen schrie auf. Helena befeuchtete ihre Lippen, sammelte den Speichel in ihrem Mund, und dachte beim Schlucken an einen randvollen Becher Wasser. Wäre sie zu

Fuß weitergegangen, wäre sie wohl längst an ein Gehöft gelangt, wo sie Hilfe für die Frau gerufen und Unterschlupf bekommen hätte. So saß sie mitten im Wald, den toten Kutscher in der Nähe wissend und die reglos in braune Decken eingehüllte Verletzte neben ihr. Helena beugte sich in kurzen Abständen vor, um den Puls an ihrem Hals zu fühlen. Die Frau war bei Bewusstsein, doch so erschöpft, dass sie nach einem kurzen Öffnen der Augenlider stets wieder einschlief. Es zerriss Helena fast das Herz, nicht mehr für die Frau tun zu können, außer bei ihr zu sitzen und über sie zu wachen.

Da knackten Zweige hinter ihr. Helena fuhr herum und schaute den Waldhang hinauf. Mit Herzklopfen wartete sie darauf, dass Sebastian, obwohl sie ihn aus dieser Richtung eigentlich nicht vermutete, hinter einem der Bäume hervorkam. Es raschelte unter dem dichten Laub. Ein Tier, dachte Helena und ließ vor Enttäuschung ihren Kopf auf die Knie sinken.

Warum nur hatte sie sich auf das Warten hier eingelassen? Woher hatte sie die Sicherheit genommen, sich auf die Worte von Sebastian verlassen zu können?

Ein Schnauben hallte durch den Wald, und Hufschläge ertönten. Als die Kutsche hinter der Wegbiegung hervorkam, winkte ihr Sebastian freudig aufgeregt entgegen.

Kapitel 2

In sanftem Bogen fuhren sie auf das Quedlinburger Stift zu, das in kühler Würde auf einem Sandsteinfelsen thronte.

Sebastian war zwar ohne einen Leibarzt, aber mit Kutsche und zwei Dienern zurückgekehrt. Während sich das holprige Gefährt in strenger Geschwindigkeit dem dunklen Gemäuer näherte, sah Helena aus dem Kutschenfenster. Sie musterte ihre mögliche Schlafstätte mit gemischten Gefühlen. Ohne die schlichte, aber beeindruckend große Kirche hätte man das schmucklose Gebäude durchaus für eine Burganlage halten können, zumal der weithin sichtbare Turm eher einem Wehrturm ähnelte. Umgeben wurde das Stift von einer trutzigen Mauer, in deren Schatten sich die Wohnhäuser an den Berg drängten.

Die Hufe der Pferde hallten über das Steinpflaster, als sie die Auffahrt hinauf durch das Schlosstor fuhren und in einem kleinen Innenhof hielten, wo mit Mühe zwei Kutschen nebeneinander Platz fanden.

Während man die Verletzte unter den entsetzten Blicken der Stiftsbediensteten auf ihre Gemächer trug, blieb Helena unbeachtet in der Kutsche zurück. Sie spähte aus dem Fenster und rutschte nervös auf der Bank hin und her. Als sie langsam zur Überzeugung gelangte, man habe sie vergessen, kam Sebastian zurück und bat sie, ihm zu folgen.

Sein schlanker, drahtiger Körperbau und die hohen Wangenknochen erinnerten sie an einen asketischen Mönch, der aufrecht und besonnen daherschritt. Keine Spur von Eile in dem forschen, aber in sich ruhenden Gang.

Sie betraten den vorderen Teil des hufeisenförmigen Gebäudes und gelangten in einen halbdunklen Vorraum, in dem Porträts von Damen mit strengem Gesichtsausdruck hingen. Eine schmale, leicht gewundene Holztreppe führte in das erste Stockwerk hinauf, und vor der Flügeltüre legte Sebastian den Zeigefinger auf seine Lippen. Bisher war kein Wort zwischen ihnen gefallen, und Helena hielt die Luft an, um tatsächlich jegliches Geräusch zu vermeiden.

Bereits in Verbeugung verharrend klopfte Sebastian an und auf ein dünnstimmiges ›Herein‹ hin drückte er die Türklinke nieder.

Über Sebastians Schulter hinweg sah Helena in einen kleinen Raum hinein, in dem dunkelblaue Samtvorhänge das Licht aussperrten und lediglich zwei üppige Kerzenleuchter die Bettstätte erleuchteten. Die Fürstin saß bleich, gestützt durch etliche Kissen im Rücken und beschirmt von einem einfachen Baldachin, in einem schmalen, keineswegs fürstlichen Bett.

»Gott zum Gruße …«, beschied ihr die Verletzte mit schwacher Stimme und winkte sie heran. »Wie ist dein Name?«

»Helena … Helena Fechtner«, gab sie verbunden mit einem Knicks zur Antwort; noch immer wusste sie nicht, wen genau sie vor sich hatte. Doch diese Respektsbezeugung erschien ihr in jedem Fall angebracht.

»Willkommen im kaiserlichen freien weltlichen Damenstift zu Quedlinburg, liebe Helena. Mein Name ist Sophie

Albertine, Prinzessin von Schweden und Fürstäbtissin dieses Hauses, seit nunmehr fünfzehn Jahren«, stellte sie sich mit hörbarem Akzent vor. Sie holte tief Luft, um unter sichtlicher Anstrengung weitersprechen zu können. »Bitte gib mir zu wissen, was du zu meiner Rettung beigetragen hast.«

Helena schilderte ihr Vorgehen mit knappen Worten und ohne viel Aufhebens. Schließlich war sie nur eine einfache Hebamme, die das Leben einer Gebärenden retten konnte. Das war gar nicht so schwer, wenn man nur ein paar neue Regeln beachtete. Ihr jedenfalls war noch keine Gebärende unter den Händen weggestorben, und sie war stolz auf jede der gelungenen Geburten. Die Fürstäbtissin verlangte nach ihrer Lorgnette, um Helena eingehend zu betrachten. Kurz darauf ließ sie, anscheinend befriedigt, ihre Hand mit der Lesehilfe wieder sinken.

Helena blieb unschlüssig stehen. Außer ihr befand sich nur noch eine Zofe im Raum, die offenbar nur mühsam den Anblick der Verletzten ertragen konnte. Denn kaum hatte die Fürstin die Augen wieder geschlossen, drückte das kreidebleiche Mädchen Helena gleichermaßen als Aufforderung das blutbefleckte Tuch in die Hand und machte sich stattdessen daran, die Reisetruhen auszuräumen. Helena trat näher an das Krankenbett und tupfte sorgsam die Wunde ab.

»Ihr Leibarzt kommt bestimmt gleich«, flüsterte sie, auch zu ihrer eigenen Beruhigung. Die Standuhr neben dem weißen Kachelofen zeigte die zweite Mittagsstunde. Helena beobachtete die verschnörkelten Uhrzeiger; das einzig verspielte Detail im Raum – abgesehen von der geflochtenen Goldborte aus Stein, die die Fensterrahmen verzierte und sich von dort an der Wand entlang bis zu einer Nische rankte, in der ein als Toilette dienender Holzkasten stand. In die dortige Ecke hatte sich das Dienstmädchen zurückgezogen, wo sie nun von einem Fuß auf den anderen trat. Sebastian hingegen hatte den Raum verlassen und sich erneut auf die Suche nach dem Leibarzt begeben.

Helena beobachtete die alte Dame mit Sorge. So langsam müsste die Wunde ordentlich versorgt werden, sonst würden sich Gifte unter der Kruste einschließen. Aber was sollte sie tun? Sie hatte keine Medizin bei sich. Und selbst wenn ... Wüsste sie, wie man Stirnwunden behandelte? Natürlich wusste sie es. Sie traute es sich nur nicht zu, wenn – wie in diesem Fall – ihre Hilfe als Zauberei angesehen wurde. Helena seufzte. Man schrieb zwar das Jahr 1802, und die Aufklärer priesen den Fortschritt, aber es blieb wie so häufig eben nur beim Glauben daran. In Wahrheit herrschte in den Köpfen der Menschen oft noch finsterstes Mittelalter.

Helena beugte sich besorgt über die Fürstin, die jetzt vor Schmerzen wimmerte, und versuchte, ihren Kopf so angenehm wie nur möglich zu betten. Leider hatte das schöne Kleid einige Blutflecke abbekommen – anderseits besaß die Fürstin sicher unzählige Roben, so dass es auf eine weniger nicht ankam. Ganz anders sah es da in ihrem eigenen Kleiderschrank aus, sofern man ihre Truhe überhaupt als solchen bezeichnen konnte. Auch der Hunger war im Haus der Großmutter ein täglicher Gast gewesen, denn die Armut, verursacht durch Getreidepreise so hoch wie Scheunentore, nährte lediglich die Hoffnung auf eine bessere Zeit.

Eine Erlösung erhoffte man sich aus dem revolutionären Frankreich. Angefangen hatte es 1792, als Helena gerade neun Jahre alt geworden war. Sie hatte damals noch nicht gewusst, was das Wort Krieg bedeutete und schon gar nicht, warum die Französische Republik den Preußen und Österreichern den Krieg erklärt hatte. Aber im Laufe der vergangenen elf Kriegsjahre hatte sie genug Zeit gehabt zu verstehen, was die französischen Aufklärer mit Freiheit, Gleichheit und Brüderlichkeit meinten. Demnach erhofften sich viele ein sorgenfreies Leben ohne Abgaben, Herrschaften und Gerichte und wünschten sich sehnlichst, dass bald das französische Heer in ihre Stadt kommen möge, um dort das verlorene Paradies zu schaffen. Plündernde Soldatentruppen, Brandschatzung, Vergewaltigungen und ein selbstherrlicher Napoleon waren der Preis, den die Menschen ohne laut zu murren dafür bezahlten.

Behutsam tupfte Helena die Wunde der alten Dame ab. Als Fürstin hielt sie mit Sicherheit nicht viel von der Revolution, ebenso wenig wie die Herrscher von Preußen und Österreich. Schließlich hatten sie alle Angst, ihre Macht zu verlieren, sollte sich die Pest des Aufstandes im Deutschen Reich ungehindert ausbreiten.

Doch der Glanz einer freudvollen neuen Ära leuchtete von der Französischen Republik aus für manche Bauern derart verführerisch herüber, dass man dafür sogar noch die grünen Wiesen und Weiden hergab, die sich unter dem Druck von Soldatenstiefeln und Pferdehufen in schlammige Äcker verwandelt hatten. Statt der Feldfrüchte säumten nun blutgetränkte Stofffetzen den Weg und als Gastgeschenk fand ein Bauer hie und da eine Leiche auf seinem Acker vor, die, wenn er Glück hatte, noch nicht von aller wertvollen Habe säuberlichst befreit worden war.

Doch in letzter Zeit war die Kriegseuphorie dem Schrecken gewichen. Man warf angstvolle Blicke auf Napoleon, der die Französische Revolution kurzerhand für beendet erklärt hatte und nun kein geringeres Ziel kannte, als sich zum Herrscher Europas aufzuschwingen. Kein Gegner war ihm zu mächtig. Sein Land Frankreich sollte von einem Lorbeerkranz bezwungener und damit abhängiger Staaten umgeben sein. Er fegte seine Gegner wie Figuren vom Schachbrett, und jeder versuchte ihm verzweifelt auszuweichen, solange er noch konnte.

Helena war in Gedanken versunken, als die Tür aufflog. Herein trat ein beleibter Mann mit weißer Zopfperücke, elegant bekleidet mit einem dunkelroten Gehrock mit goldenen Knöpfen, passendem Halstuch und blankpolierten Schnallenschuhen, so als sei er auf ein Festbankett geladen. Selbstgefällig stützte er sich auf seinen Spazierstock und betrachtete hoch erhobenen Hauptes die Szenerie.

»Wohlan, welches Zipperlein hat die gnädige Fürstin ereilt? Ein wenig Kopfweh, ein blaues Flecklein oder gar eine Schürfung, und nun brauchen Gnädigste ein Heftpflästerlein?«

Entgeistert starrte Helena den stattlichen Mann an. In diesem Ton trat man doch nicht an das Bett einer Kranken! Und schon gar nicht an das einer Fürstin!

Der Leibarzt blieb in einiger Entfernung stehen. Offensichtlich wollte er sich nicht einmal die Mühe machen, die Kranke zu untersuchen.

Helena schluckte, atmete tief durch und versuchte ihrer Stimme einen besonders festen Klang zu geben: »Die ehrenwerte Fürstin hatte einen schweren Unfall, bei dem sie eine Platzwunde davongetragen hat. Diese ist zu groß für ein Heftpflaster. Damit es eine schöne kleine Mase gibt, müsste man wohl etwas Gummi arabico auf die Wunde geben, auf dass diese gut verklebe. Zudem wäre ein Kräutersäcklein aus Oregano, Majoran, Rosmarin, Lavendel und Rosenblättern hilfreich, in Wein gekocht, ausgedrückt und so heiß auf die Wunde gelegt, als es die Fürstin vertragen kann.«

»Tatsächlich?« Der Leibarzt setzte seinen Zwicker auf. »Ein Weibsbild! Tatsächlich! Was haben Sie da eben gesagt?«

»Ich sagte, ich bräuchte Gummi arabico und ein Kräuter ...«

»Ja, sind wir denn hier im Tollhaus? Auch am Krankenbette hat ein Weib sein Maul zu halten!« Der Leibarzt holte tief Luft, so dass sich die Knopfleiste seines Gehrocks gefährlich dehnte. »Seeebastian? Sebastian! Komm sofort herein! Lass dich nicht zweimal bitten! Du horchst doch ohnehin!«

Zaghaft öffnete sich die Tür.

»Da bist du ja endlich! Ruf mir den elenden Chirurgen vom Münzenberg, er muss mal wieder zur Ader lassen. Einmal müssen bei unserer gnädigen Fürstäbtissin Gifte entzogen werden, und bei diesem jungen Weib hier sind die Säfte durcheinandergeraten. Sie führt sich auf wie ein Mannsbild.«

Helena konnte nur sprachlos dasitzen und den Leibarzt anstarren.

»Sebastian?«, ließ sich die Fürstin leise vernehmen. »Komm bitte näher.« Sie stützte sich im Bett auf und wartete, bis der Stiftskanzler an ihrer Seite stand. Mit schwacher Stimme sprach sie weiter. »Ist es wirklich wahr, dass mir dieses Mädchen das Leben gerettet hat, so wie sie es gesagt hat?«

»Ja, also, nun ja, sie hat ... Wie soll ich sagen ...« Sebastian vermied es, die Fürstäbtissin anzusehen.

»Willst du sagen, sie hat etwas getan, was sich dein Verstand nicht erklären kann? Sie hat mir mit ihrem Atem neues Leben eingehaucht, nicht wahr?«

Der Leibarzt stieß ein pfeifendes Geräusch aus. »Bei allem, was mir heilig ist! Eine Hexe! Ich habe es gleich gewusst. In unserem Haus! Eine Wahnsinnige! Das Weib muss sofort verschwinden, bevor noch etwas Schreckliches passiert!«

Die Fürstin versuchte sich vollends aufzusetzen und wandte sich ihrem Leibarzt zu. »Ganz recht, mein lieber Äskulap, ganz recht. Das Halbwissen dieses Mädchens ist sehr gefährlich. Darum ist es wirklich besser, wenn ...«

Entsetzt ließ Helena die Hand der Fürstin los.

»... wenn Sie, lieber Äskulap, sich um das Mädchen kümmern. Sie wird bei uns bleiben und von Ihnen in der Heilkunst unterrichtet werden. Auf das Gründlichste, wir verstehen uns? Dann kann sie niemandem mehr Schaden zufügen, ganz, wie Sie es gefordert haben.«

Ungläubig schaute Helena zwischen den beiden hin und her. Hatte sie da eben richtig gehört?

Der Leibarzt lockerte sein rotes Halstuch und reckte das Kinn. »Das hat es ja noch nie gegeben! Wie stellen sich Gnädigste das vor? Ich kann doch kein Weib ausbilden!«

»So?« Die Fürstin lächelte müde. »Ich wusste nicht, dass Ihre Kenntnisse dazu nicht ausreichen. Dann müssen wir uns wohl einmal über Ihr wahrhaft fürstliches Salär unterhalten.«

»Aber, das ist doch ... Natürlich weiß ich das Weib auszubilden, allerdings ...« Er hielt inne und schob seine weiße Zopfperücke zurecht.

»Ich verstehe schon. Sie sind sehr beschäftigt.«

»Es freut mich, dass gnädigste Fürstin mich verstehen. Da Höchstselbe sich dank meiner jahrzehntelangen Fürsorge bester Gesundheit erfreuen, haben mich Gnädigste mit zahlreichen verantwortungsvollen Aufgaben betraut, worüber ich höchst erfreut bin, doch Tag und Nacht ruft man nach mir. Kaum sind die adeligen Damen wohlauf, so trifft es die Dienerschaft und bald darauf brüllt das Vieh. Wobei mir Letzteres allemal am angenehmsten ist ...«

Die Fürstin quittierte die Bemerkung mit einer unduldsamen Miene. Aber der Leibarzt fuhr unbeirrt fort: »Außerdem sind in der Stadt ein paar Blatternfälle bekanntgeworden, da wird meine Hilfe dringend benötigt.«

»Blattern? Um Gottes willen!« Alle Sicherheit wich aus der Fürstin. »Die Seuche greift in Quedlinburg um sich? So nah? Warum haben Sie das nicht gleich gesagt? Lassen Sie sofort die Stiftstore schließen! Im Stift ist doch kaum jemand gegen die Blattern gefeit!« Nach einem kurzem Moment fügte sie hinzu: »Da trifft es sich aber besonders gut, dass Sie eine Gehilfin bekommen. Alsdann wird sie bei Ihnen nicht nur allerlei in der Theorie erfahren, sondern sogleich in der Praxis erkennen. Sie wird bei Ihnen in den besten Händen sein.«

»Ein Weib? Mich begleiten? Undenkbar! Außerdem ... am Ende bekommt sie gar die Blattern und schleppt sie uns ins Stift!«

Erschrocken zog die Fürstin ihre Bettdecke an sich. »Daran habe ich nicht gedacht. Es darf niemand das Stift verlassen, dem sich die Blattern mitteilen können.«

Atemlos war Helena dem Gespräch gefolgt. »Womöglich kann ich die Krankheit gar nicht bekommen«, wand sie ein.

Die Fürstin schien sich ein wenig zu beruhigen. »Sehen Sie, lieber Äskulap. Malen Sie nicht immer gleich den Teufel an die Wand. Das Mädchen hat sich genauso wie wir einer Inokulation unterzogen. Sie ist vernünftiger als die Damen unseres Stifts, die lieber sterben, anstatt sich ihre Haut mit einer milden Form der Blattern zu ruinieren!«

Der Zeigefinger des Leibarztes richtete sich wie ein Spieß auf Helena. »Und warum hat dann dieses Weib hier eine solch makellose Haut?«

Helena zuckte zusammen, als habe er sie getroffen. »Ich habe nicht gesagt, dass ich mich einer Inokulation unterzogen habe. Es gibt wohl einen anderen Grund, warum ...«

Der Leibarzt schlug das Kreuz und wich einen Schritt zurück. »Ich sage es doch: Sie ist eine Hexe! Hören Sie doch, wie der Teufel aus ihr spricht!«

»Äskulap, ich bitte Sie! In welchem Jahrhundert leben wir? Auch dafür wird es eine vernünftige Erklärung geben.«

Der Leibarzt wandte sich Helena zu. »Ich höre?«

»Ja ... also ... Ich weiß es nicht. Vielleicht bekomme ich keine Blattern, weil ... weil es einfach Gottes Wille ist.«

»Sehen Sie, werter Äskulap? Sie würde sich kaum auf den Allmächtigen berufen, wäre sie eine Braut des Teufels. Es wird Zeit, dass Sie sich jetzt wieder um die Wirklichkeit kümmern und die hiesigen Stiftsdamen von einer Inokulation überzeugen.«

»Das werde ich tun. Aber ohne dieses Weib hier ...«

Helena ließ das Gezeter an sich abprallen. Sie zog ohnehin nicht in Erwägung zu bleiben. Doch etwas anderes machte ihr Sorgen. Es wäre tödlicher Leichtsinn, jetzt noch milde Formen der Blattern zu kaufen, um nicht von der großen Seuche erfasst zu werden. Viel zu oft hatten sich die

Bader in der Stärke des Gifts geirrt, so dass sich schwere Blattern entwickelt hatten und damit der Seuche lediglich weitere Nahrung geliefert worden war. Wenn sie nur den Mut hätte ... Eigentlich müsste das der Leibarzt doch wissen! Irgendjemand musste ihn warnen.

Helena hörte sich selbst sagen: »Verzeihung, aber für solche Inokulationen ist es zu spät, sie sind jetzt viel zu gefährlich. Aus der milden Form kann sich eine tödliche entwickeln. Dann sind alle in Gefahr, und das Stift hätte sich die Blattern freiwillig eingekauft.«

»Jetzt schwatzt sie mir auch noch drein ... Gnädigste Äbtissin, wenn dieses Weib bleibt, dann ... dann gehe ich!«

»So?« Die Äbtissin legte die Lorgnette beiseite und faltete die Hände über der Bettdecke. »Wohin denn?«

»Wohin? An einen anständigen Fürstenhof!«

»Was wollen Sie damit sagen, mein lieber Äskulap?«

»Damit will ich sagen, dass eine Fürstin eine Fürstin und eine Äbtissin eine Äbtissin ist. Sie können nicht beide Ämter für sich beanspruchen. Man kennt sich ja gar nicht mehr aus!«

»Wohl bin ich aber eine Fürstäbtissin. So ist es des Kaisers und nicht zuletzt des Bischofs Wille.«

»Das ist es ja! Sie drehen Ihr Fähnlein, wie es Ihnen gerade passt. Wenn der Schutz des Bischofs vonnöten ist, dann kehren Sie Ihre Gebetsverpflichtungen hervor und vor den Augen des Kaisers sind Sie wiederum von klösterlichen Regeln weit entfernt. Das kann doch nicht zusammengehen!«

»So fügt es sich doch geradezu ins Bilde, dass in diesem unanständigen Hause ein Mädchen in der Kunst des Heilens unterrichtet werden soll, finden Sie nicht?«

»Wenn das so ist, dann sehe ich mich gezwungen, das Stift zu verlassen. Das ist mein letztes Wort!«

Die Fürstäbtissin ließ sich in die Kissen sinken.

Helena brachte ein zaghaftes Lächeln zustande. Sie war nicht enttäuscht, denn es wäre auch zu schön gewesen. Bei einem Leibarzt zu lernen! Und das als Frau. Aber bei ihm in die Lehre zu gehen, hätte sie ohnehin nicht gewagt.

Obwohl das Gesicht der Fürstin regungslos blieb, glaubte Helena ein verschmitztes Lächeln um die Mundwinkel zu erkennen.

»Wenn das so ist, mein lieber Äskulap, dann schlage ich vor, dass das Mädchen heute Nachmittag die erste Unterrichtsstunde bei Ihnen erhält. Und das ist mein letztes Wort!«

Der Leibarzt brachte keine Erwiderung über seine vor Zorn bebenden Lippen.

»Der Vertrag wird durch Handschlag besiegelt«, hörte Helena die Fürstäbtissin wie aus weiter Ferne sagen. »Morgen um zwölf Uhr findet während der Kapitelsitzung die offizielle Aufnahme statt.«

Helena zitterte unmerklich. Nur noch eine Armlänge war sie von ihrem Traum entfernt. Sie brauchte nur zuzugreifen, und das konnte doch nicht so schwer sein. Für die nächsten ein, zwei Tage – und wenn es ihr nicht gefiel, würde sie wieder gehen. Zaghaft bot sie ihm die Hand. Der Leibarzt zögerte, aber mit einem Seitenblick auf die Fürstäbtissin schlug er ein. Dann zog er hörbar die Luft ein und machte auf dem Absatz kehrt.

***

Sebastian von Moltzer zog die Türe zu und wies ihr den Weg quer durch den angrenzenden Wohnraum der Fürstäbtissin. Dieser war mit übersichtlichem Inventar ausgestattet – einem schlichten Sofamöbel mit zwei passend goldbraun bezogenen Stühlen als Sitzgelegenheit vor einem kleinen runden Tischchen, ein Vitrinenschrank und ein mannshoher Schreibsekretär, auf dem wohlgeordnet einige Papiere lagen. Helena war es unangenehm, durch die privaten Gemächer der Fürstäbtissin zu gehen und eilte über das kunstvoll gemusterte Parkett durch die nächste Flügeltüre, dem Mann hinterher, von dem sie lediglich den Namen wusste.

»Der Thronsaal, in dem unsere Fürstäbtissin ihre Audienzen gewährt«, präsentierte ihr der Stiftskanzler mit einem Anflug von Stolz. Es war wie der Eintritt in eine andere Welt. Seidentapeten in prachtvollem Rot überspannten die Wände, begrenzt von weißen Zierflächen rund um die Fensternischen. Zahlreiche Spiegel ließen den Raum noch größer wirken und verstärkten den Glanz des üppigen Kronleuchters, in dem Kerzen in verschwenderischer Fülle brannten. Ein Diener, wortlos in einer der Nischen stehend, schien eigens dazu abgestellt, die Flammen zu bewachen. Wortlos öffnete der Mann ihnen die Türe zum Wartesaal, dem dunklen Gemach, wie Sebastian erklärte. Tatsächlich verdunkelten tiefgelbe Ledertapeten mit schwarzer Ornamentik den kleinen Raum, in dem ein paar verloren wirkende Samtpolsterstühle auf Besucher warteten.

Helena nickte im Weitergehen staunend zu Sebastians Ausführungen. Der folgende, in Blau gehaltene Festsaal, in dem der Odem vergangener Ballnächte förmlich spürbar war, war in diesen ruhigeren Zeiten mit Tischgruppen bestückt, wo Schachbretter und andere Spiele dem Divertissement der Damen dienten.

Schweigend betraten sie einen düsteren Flur. Die Wände waren kahl und feucht, nichts deutete mehr darauf hin, dass sie sich in einem Fürstenbau befanden. Es gab weder Bilder noch Kronleuchter, Vasen oder Teppiche als Dekor. Helena schüttelte unmerklich den Kopf: in den Gemächern eine reiche Fürstin, auf dem Gang eine arme Äbtissin. Das Stift schien aus zwei Welten zu bestehen, die die Fürstäbtissin mühsam in ihrer Person zu vereinen suchte.

Helena blieb stumm. Sie wusste nicht, was sie sagen oder auch nur denken sollte.

Sebastian durchbrach ihre Gedanken. »Irgendetwas scheint Sie sehr zu beschäftigen. Aber ich möchte Ihnen keine persönlichen Fragen stellen. Ich habe mich Ihnen noch nicht einmal richtig vorgestellt: Mein Name ist, wie gesagt, Sebastian von Moltzer und ich stehe seit fünfzehn Jahren als Stiftskanzler in Diensten unserer gnädigen Fürstäbtissin. Mir obliegt es als Jurist, Verhandlungen zu führen und Verträge auszufertigen; seltener schreibe ich Gerichtsurteile, dafür erledige ich häufig den offiziellen Briefverkehr – was glauben Sie, wie viele Bettelbriefe uns tagtäglich erreichen? Zum guten Glück besitze ich mein sechshundert Seiten starkes Formelbuch, das über ein fabelhaftes Stichwortverzeichnis verfügt und in dem ich sämtliche Briefvorlagen vorfinde. Andernfalls bliebe mir gar keine Zeit mehr. Aber wahrscheinlich hat sich das alles bald von selbst erledigt.« Er seufzte.

»Was meinen Sie damit?«

»Unsere Klöster und Damenstifte sind bedroht. Als Napoleon in Oberschwaben einfiel, stellte die Fürstäbtissin den Damen frei, im Stift zu bleiben. Wir flüchteten mit dem Stiftssilber, als sich die Franzosen mit unserer kaiserlichen Armee eine Schlacht bei Biberach lieferten. Als ich vorhin in der Küche eine kräftigende Suppe für die Fürstin in Auftrag gab, hörte ich, dass die Franzosen im Damenstift Buchau ihr Quartier aufgeschlagen haben. Können Sie sich das vorstellen? Die Vorratskammern sind geplündert, die Räumlichkeiten zum Teil verwüstet und kaum mehr Tiere sind im Stall. Und das Schlimmste ist ... sie könnten jederzeit auch hierherkommen.«

»Das kann ich mir nicht vorstellen. Weshalb sollten sie?«

»Napoleon ist noch nicht fertig, glauben Sie mir.«

»Warum sind Sie dann alle zurückgekommen?«

»Es ist unser Stift, wir würden es niemals aufgeben. Außerdem müssen die adeligen Damen versorgt werden. Sie sind zu Hause in ihren Familien nicht erwünscht. Bis auf eine Dame sind alle wieder zurück.«

»Dann ist das hier gar kein Kloster, sondern eine Art Gasthaus mit einer Fürstäbtissin?«

Sebastian seufzte. »Sie haben den wunden Punkt getroffen. Vor rund neunhundert Jahren schenkte Kaiser Heinrich seiner Gemahlin Mathilde diese Burganlage, und sie gründete das Damenstift, eine Versorgungsstätte für jene Töchter des Hochadels, die von ihren Familien hierher abgeschoben werden, weil sich keine Heiratsmöglichkeit findet. Der Tradition nach sind wir also so etwas wie ein nobles Gasthaus mit klösterlichem Ambiente und der Religion als Fassade! Immerhin können wir stolz darauf sein, dass es nur wenige dieser Art in unserem Reich gibt. Wo stammen Sie eigentlich her?«

»Ich? Aus einem kleinen Dorf, ein paar Stunden von hier entfernt«, gab Helena vage zur Antwort und suchte schnell nach einer Gegenfrage: »In welchem Gebäude sind wir hier angelangt?«

»Das ist der Damenbau.«

Sie sah sich interessiert um. »Eine Unmenge von Zimmern. Wie viele Damen leben hier?«

»Momentan sind es acht. Neun, wenn alle zurückkommen. Jeder Dame gehören zwei Zimmer, ein Empfangszimmer und ein Schlafraum.«

»Das würde ich mir gerne einmal ansehen. Ich hatte selbst noch nie ein richtiges eigenes Zimmer.«

Sebastian schüttelte den Kopf. »Ich würde Ihnen den Wunsch gerne erfüllen, aber das wird den Damen gar nicht recht sein. Man rasselt leicht mit ihnen zusammen, weil sie ihre Nasen immer sehr hoch tragen und nie nach unten sehen. Am besten geht man ihnen aus dem Weg. Selbst im Krieg muss so eine Dame für ihre hohe Pfründe nichts weiter tun, als ihr tägliches Gebet zu verrichten und einfach anwesend zu sein. Sie muss nicht einmal ein Gelübde ablegen. Bis sich also eine gute Partie findet, bekommt jede einzelne von ihnen ziemlich hohe Einkünfte aus den Stiftungen und macht sich hier das Leben einfach.«

Helena seufzte. Sich einmal nicht um den nächsten Tag sorgen zu müssen, einfach nur leben. Wie wäre das schön ...

»Seufzen Sie nicht. Meistens kommt niemand zum Heiraten. Alsdann fristen die Damen hier so lange ihr trostloses Dasein, bis sie vielleicht irgendwann einmal zur Äbtissin gewählt werden – da ergeht es Ihnen doch viel besser. Die Männer werden sich bestimmt schon um Sie bemühen – Verzeihung, ich wollte Ihnen nicht zu nahetreten.

Wohlan, am besten zeige ich Ihnen jetzt Ihr Zimmer, damit Sie sich ausruhen können, bevor Sie zu unserem Äskulap gerufen werden. Dort vorne, das Eckzimmer ist es.«

Helena verspürte eine wachsende Aufregung. Aber was war schon ein kleines Eckzimmer gegen das einer Adeligen mit der wunderbaren Aussicht, vielleicht niemals heiraten zu müssen?

Helena wollte ihre Freiheit. Eine Freiheit, die ihr die Ehe nicht bieten konnte. Nur entscheiden zu dürfen, ob es heute Bohnen oder Linsen geben würde, an welchem Brunnen sie Wasser holen wollte und welche Garnfarbe sie zum Stopfen nehmen sollte. Unvorstellbar! Friedemar zu heiraten entsprach auch nicht dem Gutdünken der Großmutter. Sie war von Anfang an gegen die Verbindung mit ihm gewesen, da es ihr wohl schon früher gelungen war, hinter seine Fassade zu sehen. Vielleicht wäre die Aufnahme ins Stift sogar ganz in ihrem Sinne gewesen, um sie vor der Heirat zu bewahren? Seine Worte drangen gewaltsam in ihr Gedächtnis. *Du wirst mir nicht entkommen. Niemals.*

Helena schauderte. Sie kannte ihn. Mit Sicherheit durchkämmte er gerade alle Gasthöfe der Umgebung und befragte jeden, der ihm über den Weg lief. Sie war der Schlüssel zu seinem Traum, seiner Obsession, und er würde so lange suchen, bis er ihn wiedergefunden hatte. Helena fühlte ihn plötzlich ganz nah, als ob er an ihrer Seele zerrte.

Als hätte Sebastian ihre Gedanken erraten, sagte er einfühlsam zu ihr: »Hier werden Sie sich wohlfühlen, es ist das schönste Zimmer im ganzen Stift.«

Helena schob sich an Sebastian vorbei und blieb ehrfurchtsvoll im Raum stehen. Das war kein Zimmer, das war eine Schatzkammer! Mannshohe Bücherregale, deren Stirnseiten einen quer durch den Raum führenden Gang bildeten, reihten sich aneinander. Vor jeder Regalfront stand eine weiße Marmorbüste Spalier und wies dem Leser den Weg entlang reich verzierter Wandgemälde zu einem wuchtigen Schreibtisch im Erker, dessen Holz im Herbstlicht glänzte. Hier musste sie bleiben. Und zwar bis sie alle Bücher gelesen hatte! Aber das würde Jahre dauern.

»Nun? Gefällt es Ihnen hier?«

»Sebastian ...«, stieß Helena hervor.

Erschrocken drehte sich der Stiftskanzler um. »Um Gottes willen, was ist denn?«

»Ich bin so durcheinander. Soll ich wirklich hier schlafen?«

»Gewiss. Behagt es Ihnen nicht?«

»Das Zimmer ist ein Traum!«

Seine Sorgenfalten wichen einem zufriedenen Lächeln. »Die Bücher werden sich erfreuen, von jemand anderem als mir gelesen zu werden. Die Fürstäbtissin begnügt sich mit dem Lesen des *Teutschen Merkur* und was für mich ein Bücherschrank ist, ist den Damen ihr Wäscheschrank.« Er seufzte. »Sehen Sie sich nur die Deckenmalerei an.«

In Erwartung roséfarbiger Engelsfiguren auf weißen Wolken legte Helena ihren Kopf in den Nacken. Stattdessen sah sie eine blaue Fläche mit goldenen Tupfen. Sie zog die Stirn in Falten.

»Kennen Sie die Sternbilder?«, half Sebastian nach. »Der Maler hat keines vergessen.«

Helena drehte sich so lange, bis ihr schwindlig wurde, und die hellen Punkte auf dem blauen Grund verschwammen. Sie blinzelte. »Nein, ich kenne die Welt weder von oben noch von unten.«

»Dann wird es aber höchste Zeit! Dort vorne auf dem Studiertisch steht eine Weltkugel. Sie können nach Herzenslust auf der Erde umherwandern und dazu die eine oder andere Reisebeschreibung lesen.«

»Ja, aber ... Wo finde ich ...«

»Keine Sorge, Sie finden sich schon zurecht. Der Maler hat über jedes Regal das entsprechende Zeichen an die Wand gesetzt. Sehen Sie? Bei den Reisebeschreibungen eine *Kutsche*, *Jesus am Kreuz* für die Religion, die *Schlange* für die Medizin und *Justitia mit der Waage* für die Jurisprudenz. Falls einige Bücher aus dem letzten Regal fehlen sollten ... die finden Sie bei mir. Meine Wohnung liegt übrigens beim Stiftsgarten.«

»Sebastian, was haben Sie da gesagt? Ich darf wirklich alle diese Bücher lesen? Diese vielen herrlichen Bücher?«

»Gewiss. Wohlan, Ihr Bett steht vorne beim Erker, gleich neben dem Studiertisch. Man kann es nur durch die Bücherregale gar nicht sehen.«

»Dann kann ich sogar im Bett lesen, wenn ich mir die Kerze auf den Schreibtisch stelle. Nächtelang. Und es wird mich niemand stören!« Helena kicherte vor Freude. »Ein Zimmer voller Bücher. Mein Sternenzimmer!«

Sebastian nickte zustimmend.

Wenn es nur schon Abend wäre ... Helena ging an den Regalen entlang. Ehrfürchtig betrachtete sie die kostbaren Folianten und sog den trockenen Ledergeruch ein. Um die Marmorbüsten machte sie einen respektvollen kleinen Bogen. Ihr Blick glitt an den Wandbemalungen entlang. Die kräftigen Farben ließen die Motive fast lebendig werden: Dunkle Rösser mit fliegenden Mähnen zogen eine goldene Kutsche vorbei an einem märchenhaften Schloss, dahinter die fernen Berge und der weite, blaue Himmel. Wie gerne würde sie einmal in ein fernes Land reisen ... Ihre Träume wanderten vorbei an der blinden Justitia mit Waage und Schwert, bis zu dem Schlangensymbol über den medizinischen Büchern, die in den letzten Regalen vor dem Erker standen. Es war wie der Blick in eine Schatztruhe. Unzählige medizinische Bücher, eines neben dem anderen. Und schon heute Abend würde sie sich ein Buch aussuchen und in ihrem Bett ...

Helena stieß einen spitzen Schrei aus.

»Alles in Ordnung?«, rief Sebastian von hinten.

Da lag schon jemand in ihrem Bett. Ein Mann. Völlig verwahrlost, in zerrissener Hose und blutverschmiertem Hemd. Die langen Haare verfilzt und zerzaust, das Gesicht derb und unrasiert. Er presste den Finger auf die Lippen, seine Augen waren vor Angst geweitet.

Sie wollte um Hilfe schreien. Dann schoss ihr ein Gedanke durch den Kopf. Er war auf der Flucht, genau wie sie. Und jetzt? Unmöglich, sich ein Zimmer mit ihm zu teilen. Es konnte ihr gleichgültig sein, welche Beweggründe dieser Mann gehabt hatte. Vor wem oder was er auf der Flucht war. Es war nicht ihr Haus – aber auch nicht mehr ihr Zimmer.

Sie machte auf dem Absatz kehrt und noch im Gehen rief sie Sebastian zu: »Ich möchte doch ein anderes Zimmer!«

»Aber warum ... Eben war es doch ...« Stirnrunzelnd sah er ihr entgegen. »Sie sind vielleicht ein wankelmütiges Weibsbild!«

Abrupt blieb Helena vor ihm stehen. »Das bin ich nicht! Ich weiß sehr genau, was ich will!«

»So?«

»Ja!«

»Aha.«

Helena bahnte sich ihren Weg am Stiftskanzler vorbei. »Ich habe meine Meinung eben geändert. Ich werde mich jetzt bei der Fürstäbtissin verabschieden, um ein Pferd bitten und meinen Weg, von dem Sie mich im Wald abgebracht haben, fortsetzen.«

Sebastian holte tief Luft. »Ganz, wie Madame wünschen! Leben Sie wohl und geben Sie auf sich acht. Falls Sie mich noch benötigen, Sie finden mich bei Gräfin von Hohenstein am Ende des Flures. Offensichtlich bedarf sie meiner Hilfe mehr als Ihre Person.«

Kapitel 3

Aurelia von Hohenstein saß verloren in ihrem großen Zimmer und starrte auf die blauen Vorhänge ihres Himmelbetts. Sie hielt ihr Kissen im Arm und versuchte den Blick auf die drei hölzernen Reisetruhen zu vermeiden, die seit ihrer Rückkehr aus Wien unausgepackt an der Wand gegenüber dem Bett standen.

Nur das wertvolle Pergament mit ihrem Stammbaum lag vor ihr ausgebreitet. Sie benötigte es für diese verfluchte Aufnahme ins Stift, nachdem sie nun das Residenzjahr hinter sich gebracht hatte. Die prächtigen Farben strahlten ihr verlockend entgegen. Mit der Klinge ihres Messers fuhr sie über die goldenen Buchstaben, die über einem mächtigen Eichenstamm mit beschrifteten Blättern prangten: *Geschlecht derer von Hohenstein*. Langsam strich sie mit der blanken Messerschneide bis in die Blätterkrone und verharrte dort bei dem Namen ihrer ersten Schwester. *Katharina von Hohenstein*. Die Klinge glitt unbarmherzig in das Pergament und durchtrennte das goldene Zeichen der Eheringe. Auch bei den übrigen sechs Geschwistern stach sie sorgfältig durch das Symbol, das bei ihrem Namen jedoch fehlte.

Als die Messerspitze bei dem Eichenblatt ihres Vaters anlangte, hielt sie inne. Er hatte ihr den Zutritt in das elterliche Haus verweigert und sie samt ihren Truhen vor der

Tür stehen lassen. Erst als sie ihm von der Gefahr durch französische Truppen berichtet hatte, wurde sie widerwillig eingelassen; ihr Vater hatte die Hoffnung gehegt, dass seine jüngste Tochter bald wieder ins Damenstift verschwinden würde, damit er sein Kind, oder besser gesagt, die unnötige finanzielle Belastung wieder los wäre.

Das Geräusch des Messers, der Schnitt durch das brüchige Pergament, durch den Namen des Vaters, wirkte beruhigend auf ihre Seele.

Nach vier Wochen, ohne eine einzige warmherzige Geste, war es so weit gewesen. Ihr Vater hatte kaum den Brief aus Quedlinburg geöffnet und verlesen, dass man nunmehr durch plündernde Truppen keine Gefahr mehr sehe, da Napoleon eine andere Richtung eingeschlagen habe, da wies er auch schon einen Diener an, die Habseligkeiten seiner Tochter wieder in die Truhen zu packen. Noch am Mittag musste sie ihm aus den Augen gehen und sich auf die Rückreise machen, sein schlechtes Gewissen beruhigt durch die Tatsache, die Tochter über eine Pfründe wohlversorgt zu wissen ... Ihre Kutsche hatte noch vor der Fürstäbtissin und allen anderen Damen das Stift erreicht. Nie hatte sie ihrem Vater einen Anlass zum Kümmernis gegeben, ihr Schicksal war lediglich, die sechste Tochter in der Familie zu sein – eine Nachzüglerin, mit der niemand mehr gerechnet hatte und die somit zu viel auf dieser Welt war.

Ihr Vater war nicht bereit gewesen, auch noch für sie eine Mitgift zu stiften, schon gar nicht für eine politisch solch unbedeutende Partie wie den Grafen von Herberstein. Doch sie liebte Gregor seit über einem Jahr, und wenn er nicht wäre ... Für ihn musste sie durchhalten und warten, bis er aus Kriegsdiensten entlassen wurde. Als er vor sechs

Monaten zuletzt zu Besuch im Stift gewesen war, hatten die anderen Damen den hübschen Mann mit den guten Manieren neidisch beobachtet, und sie sahen einen weiteren Anlass darin, der Österreicherin in ihren Reihen das Leben im Quedlinburger Stift zur Hölle zu machen. Die Damen hatten mit unverhohlener Schadenfreude zur Kenntnis genommen, dass Gregor in den Krieg ziehen musste und seitdem jegliche Nachricht von ihm fehlte.

Aurelia erhob sich, wanderte ziellos im Zimmer umher und schaute immer wieder hoffnungsvoll aus dem Fenster. Die nahen Harzberge begrenzten den Horizont. Ihr Blick schweifte hinüber zum Münzenberg, der sich wie ein Diener tief vor dem Stift verneigte und auf dessen Rücken sich nur einen Steinwurf entfernt die kleinen Häuser der weithin bekannten Bewohner tummelten. Um die Wandermusikanten, Scherenschleifer und Kesselflicker, die ihre Häuser aus allerlei auffindbaren Materialen kunterbunt auf den Grundmauern eines verfallenen Klosters erbaut hatten, rankten sich bis weit über die Dörfer hinaus die abenteuerlichsten Geschichten.

Aurelia wandte sich vom Fenster ab, ließ die Schultern hängen und setzte sich mit einem verhaltenen Seufzer an ihren kleinen Sekretär. Erneut nahm sie das Flugblatt aus dem Damenstift Säckingen in die Hand, das sie bei ihrer Rückkehr – statt eines erhofften Briefes von Gregor – in ihrem Korrespondenzfach vorgefunden hatte:

AUFRUF

zum ZUSAMMENSCHLUSS aller Stiftsdamen,
Konvente und deren Bediensteten GEGEN die drohende
AUFLÖSUNG DER STIFTE UND KLÖSTER.

Kein weltlicher Fürst hat das Recht, unsere geistlichen
Besitztümer zu verschlingen!
Wir sind kein lebloser Ersatz für die erlittenen
Gebietsverluste am linken Rheinufer!
Wir haben den Krieg nicht geführt!
WEHRET EUCH!
Tretet gemeinsam vor die Reichsdeputation,
es geht um
EURE EXISTENZ!
Lasset euch nicht tatenlos eurer Stifte und Klöster,
eurer Heimat, eurer Zukunft –
ja, EURES DASEINS berauben!
Ihr seid auf eure Stifte angewiesen,
die Pfründen sind eure einzige Versorgung!
Die Klöster sind EUER LEBEN!
Nirgendwo sonst seid Ihr erwünscht,
nirgendwo sonst gibt es einen Platz für euch!
Eine UNGEWISSE ZUKUNFT liegt vor euch!
Verriegelt Türen und Tore,
tretet zusammen vor euren Schutzbefohlenen
und flehet um seine Hilfe!
TUET ETWAS, bevor man euch ETWAS ANTUT!!!

Sie ließ das Blatt sinken. Gregor. Wenn er doch nur zurückkäme. Er würde sich um sie kümmern.

Aurelia erschrak, als es plötzlich an ihrer Tür klopfte. Ihr Atem ging schneller. Waren ihre Gebete erhört worden? Sie raffte ihr rotseidenes Kleid und überprüfte den Sitz ihres Mieders. Mit klopfendem Herzen nahm sie auf dem Bettrand eine Position ein, die der einer Gräfin geziemte.

»Herein?«

Zögernd öffnete sich die Tür. Der Stiftskanzler erschien im Rahmen. »Sie ließen nach mir rufen, werte Gräfin von Hohenstein?«

Aurelia sackte in sich zusammen, bemühte sich jedoch sofort wieder um Haltung. »Ja, treten Sie ein.«

»Was kann ich für Sie tun?«

»Ich wollte Sie fragen, ob Sie auf der Fahrt nach München etwas ... etwas über den Verbleib des Grafen von Herberstein erfahren haben. Er sagte, seine Truppe solle im Oberschwäbischen Feldschlachten führen. Gibt es irgendwelche Nachrichten?«

Innerlich zitternd wartete sie auf eine Antwort, die sie vielleicht gar nicht hören wollte.

»Es tut mir leid, werte Gräfin, mir ist bedauerlicherweise nichts zu Ohren gekommen. Aber er wird bestimmt zurückkehren, Sie müssen nur fleißig beten.«

»Beten! Was soll denn das noch helfen?«, stieß Aurelia hervor und streckte ihm das Flugblatt entgegen. »Hier! Lesen Sie!«

Von Moltzer trat an ihr Bett und nahm das Papier mit versteinerter Miene entgegen. »Ich kenne dieses Schreiben aus Säckingen und kann den Wahrheitsgehalt und die Ernsthaftigkeit dieses Aufrufes auch nicht leugnen. Unser

Stift ist tatsächlich in Gefahr, von der preußischen Königskrone als Entschädigung für die linksrheinischen Gebietsverluste annektiert zu werden. Ich habe geahnt, dass es soweit kommen würde! Und ich weiß nicht, was aus uns allen werden soll. In jedem Fall müssen Sie sich dringlichst um Ihre offizielle Aufnahme ins Stift bei der Fürstäbtissin bemühen, ohne diese können Sie nicht einmal eine Pension vom Königshaus erwarten, sollte uns diese gnädigst gewährt werden. Ihren Stammbaum haben Sie zur Überprüfung mitgebracht, wie ich sehe, damit wäre ein Teil der Voraussetzungen erfüllt, Sie sind katholischer Religion und führen einen sittlichen Lebenswandel ohne Fehl und Tadel, also steht dem Versprechen nichts mehr im Wege, dem Stift und der Fürstäbtissin zu Lebzeiten gänzlich zugetan zu sein.«

»Aber es kommt keiner Aufnahme in ein Kloster gleich?«, versicherte sich Aurelia nicht zum ersten Mal. »Ich kann jederzeit austreten und heiraten?«

Der Stiftskanzler nickte geduldig. »Gewiss. Sie dürfen weiter nach Ihren Gewohnheiten leben, Kleidung und Putz nach Ihrer Façon tragen und Besuch empfangen. Es ist Ihnen nur nicht gestattet, das Stift für Spaziergänge und dergleichen zu verlassen. Sollten Sie etwas aus der Stadt benötigen, so lassen Sie es mich wissen.« Er hielt inne. »Warum liegt überhaupt das Messer auf Ihrem Bett? Gräfin! Um Gottes willen! Kommen Sie, stehen Sie auf.« Er reichte ihr seine Hand und nahm das Messer an sich. Aurelia merkte, dass sie zu schnell aufgestanden war. In ihrem Kopf rauschte es, und sie musste sich an dem Stiftskanzler festhalten.

»Ich werde bei der Fürstäbtissin für Ihre baldige Bemäntelung Fürsprache halten. Das wäre Ihre einzige Rettung.

Hoffen und beten wir, dass Gnädigste bald wieder genesen ist. Ist Ihnen nicht wohl, Gräfin?«

»Sebastian? Ihre Stimme ... Sie sind so weit weg ...«

Aurelia fand sich auf dem Boden wieder. Sie spürte etwas Nasses im Gesicht, und es war, als käme der Verstand aus einer fernen Welt langsam wieder zu ihr. Sebastian kniete mit einem Krug Wasser in der Hand neben ihr.

»Werte Gräfin, entschuldigen Sie bitte vielmals ...« Er deutete auf ihr gelockertes Mieder.

»Schon gut, Sebastian.«

»Fühlen Sie sich wohler? Woher rührte nur diese plötzliche Ohnmacht?«

»Ach, das wird die Aufregung und das zu enge Mieder gewesen sein«, gab sie betont gleichmütig zurück.

»Oder macht Ihnen eine Vorahnung zu schaffen?«

»Was für eine Vorahnung? Ich fürchte um meine Zukunft, das ist alles.«

»Nun, aber vielleicht beschäftigt Sie das so sehr, weil Sie – *Salva venia*, wenn ich das so ohne Umschweife frage – eine Frucht im Leib tragen?«

Aurelia durchlief ein heißer Schauer. »Welch Unsinn, was reden Sie da! Ich bin nicht schwanger!«

»Bitte fühlen Sie sich nicht von mir beleidigt. Ich habe mir lediglich Ihre Ohnmacht zu erklären versucht. Allerdings habe ich die Antwort bei Ihrem tugendlichen Lebenswandel auch nicht anders erwartet. Schließlich wären Sie als unverheiratetes Weib in einer schlimmen Situation, könnten nicht in das Stift aufgenommen werden und noch frappierender wäre, dass das Kind nicht von Ihrem Gregor stammen kann. Er ist im Krieg.«

»Es ist wirklich nur eine kleine Unregelmäßigkeit meiner monatlichen Reinigung, so dass ich zu diesen Ohnmachtsanfällen neige. Ich habe schon ein Schluckbildchen der Heiligen Jungfrau Maria zu mir genommen. Es wird sich alles wieder einstellen. Es ist nichts.«

»Im Falle einer Schwangerschaft würden diese überirdischen Mittel aus der geistlichen Apotheke auch nichts mehr helfen. Aber mit diesen Ohnmachten ist nicht zu spaßen. Ich werde den Leibarzt benachrichtigen, damit er Sie auf Ihrem Zimmer untersucht.«

»Das ist sehr liebenswürdig von Ihnen, aber das wird nicht notwendig sein.«

»Bitte verzeihen Sie meine ungebührliche Penetranz, doch mir obliegt die Sorge um das Wohlergehen von Mensch und Ding in unserem Stift. Ich werde also den Leibarzt um eine Visitation bitten.«

»Das werden Sie nicht tun!« Sie zögerte. »Seien Sie versichert, es ist nichts! Falls es doch nötig sein sollte, werde ich selbst den Leibarzt aufsuchen.«

»Ganz wie ehrenwerte Gräfin wünschen!«, entgegnete Sebastian und verließ geräuschvoller als sonst das Zimmer.

***

Widerwillig folgte Helena dem Diener, der ihr dienstbeflissen den Weg zum Leibarzt zeigte. Den Wunsch nach einem Pferd hatte die Fürstäbtissin mit vertröstenden Worten zurückgestellt und ihr zunächst die Auflage erteilt, sich für eine Stunde zum medizinischen Unterricht zu begeben.

Sie gingen den Damenbau entlang und die Treppe hinunter. Unten angekommen wollte sie zur Tür hinaus auf den

Stiftshof, aber der Diener nahm weiter die Stufen, die in den Keller führten. Helena runzelte die Stirn. Offenbar hatte er sie missverstanden.

»Verzeihung, aber ich sollte zum Leibarzt gebracht werden.«

»Gewiss, da sind wir hier richtig«, entgegnete er.

Unten angekommen zog er eine mächtige Holztüre auf, hinter der sich ein langer, düsterer Gewölbegang anschloss. An den steinernen Wänden hingen Öllampen voller Spinnenweben, die ihr spärliches Licht auf feuchte, mit dickem Moos überwucherte Mauerblöcke warfen. Nebliger Dunst hing in der modrigen, von Ruß übersättigten Luft und machte das Atmen schwer.

Helena folgte dem Diener mit einem Gefühl zwischen Nervosität und Neugierde. Das einzige Geräusch war das Tropfen von der Gewölbedecke und der gespenstische Widerhall ihrer Schritte. Feuchtigkeit kroch ihre Arme entlang und verstärkte die Gänsehaut.

Der Gang machte eine leichte Biegung und dahinter sah ihr plötzlich eine Ritterrüstung entgegen. Die überlebensgroße Gestalt stand auf einem Podest und bewachte mit der Lanze eine eisenbeschlagene Holztüre. Der Gang war zu Ende.

Eine innere Stimme befahl ihr umzukehren. Doch der Diener griff bereits ehrfürchtig nach dem Türklopfer, ein schwerer Ring zwischen den Reißzähnen eines bronzenen Löwenkopfes.

»Herein!«, dröhnte die Stimme des Leibarztes auf das Klopfen hin.

Der Diener verbeugte sich bereits vor der Türe, noch bevor er sie langsam öffnete.

»Ihr Diener seid doch ein penetrantes Volk! Verschwinde!«

»Aber Herr Doktor, hier kommt ...«

»Fort! Hier hat niemand etwas zu suchen! Ich zähle bis drei!«

»Es ist nur ...«, der Diener wich zurück, »hier ist eine junge Frau, die zu Ihnen möchte.«

»Ist sie krank? Dann lass sie sofort ein! Patienten lässt man nicht vor der Türe stehen.«

»Nein, das ist sie nicht ...«

»Dann soll sie verschwinden! Mit Bettelvolk habe ich nichts zu schaffen.«

Helena trat an dem Diener vorbei in den Raum, der einer Halle inmitten einer Höhle glich. Das Kerzenlicht tauchte den feuchten Stein in ein Lichtspiel aus gelben, rötlichen und dunkelbraunen Farben, vermochte aber kaum die hohen Gewölbedecken auszuleuchten. Seltsamerweise roch es recht angenehm. Natürlich. Er konnte sich Wachskerzen leisten.

Der Leibarzt saß in seiner stattlichen Kleidung auf der linken Seite seines Refugiums an einem mächtigen Schreibtisch, der auf hölzernen Löwenbeinen ruhte. Die sorgfältig geschnitzten Pranken wirkten in dem Licht täuschend echt. Er schrieb. Und erst als Helena sich vorsichtig näherte, hob er die Feder vom Pergament und rückte seinen samtbezogenen Lehnstuhl zurück. Ihre Blicke trafen sich, und seine Augen verengten sich zu Schlitzen.

»Sieh einer an. Die kleine Hexe mit der niedlichen Fratze! Tritt dir gefälligst die Füße ab, hier herrscht Ordnung! Und komm mir bloß nicht zu nahe, so verlottert, wie du daherkommst! Wenn du zu Hause in deiner Hexenküche Krankheiten züchtest wie andere Leute Schweine, dann ist das dein Problem.« Kaum zu Ende gesprochen, wandte er sich wieder seinen Aufzeichnungen zu. Die Feder kratzte scharf über das Papier, und Helena blieb unschlüssig stehen. Sie wartete auf die Aufforderung, das Zimmer zu verlassen, oder eine weitere bissige Bemerkung. Aber nichts dergleichen geschah.

Das spärliche Licht genügte ihr, sich einen ersten Eindruck zu verschaffen. An den fürstlichen Schreibtisch schloss sich ein einfacher Tisch mit einem Schemel an. Im rechten Teil des Raumes sah sie einen großen Behandlungsstuhl für die Patienten und allerlei Gerätschaften. Helena schüttelte fassungslos den Kopf. Unzählige Zangen, Scheren und Bohrer hingen an der Wand. Ordentlich nebeneinander. An Hirschgeweihen. Abgesehen von diesen Jagdtrophäen sah es aus wie bei einem Schreiner. Schrauben, Nägel, ein kleiner Hammer und verschieden große Sägen lagen auf einem Holztisch bereit. Gänsehaut überfiel sie. Nur nicht an eine Amputation denken, befahl sie sich.

Neben den Sägen lagen noch einige Zangen und etwas, das aussah wie die Miniaturausgabe eines Brunnenbohrers. Es war ein rundes Gestell vom Durchmesser eines Kopfes und in der Mitte ragte eine drehbare Schraube herab. Erschüttert wandte sie ihren Blick auf den leeren Behandlungsstuhl, an dessen Armlehnen der ausgefranste Stoff herunterhing. Sie mochte sich die Szenen nicht vorstellen, doch der rote Samtüberzug konnte nicht über die zahlreichen eingetrockneten Blutflecken hinwegtäuschen.

Hinter dem Stuhl entdeckte sie noch ein einfaches Balkengestell, konnte sich aber keinen Reim darauf machen, was das sein könnte. Mit einem Seitenblick auf den Leibarzt schlich sie näher. Aber auch bei genauerer Betrachtung fiel ihr nichts Besonderes auf. Keine Schlingen, keine Löcher. Einfach nur ein hüfthoher Balken. Vermutlich durften sich die Kinder zur Behandlung hier draufsetzen.

Helena beließ es bei dieser Überlegung und näherte sich dem Kamin, in dem ein ansehnliches Feuer prasselte. Der Rauchabzug schien die einzige Verbindung zur Außenwelt zu sein. Daneben hing ein kleines Ölgemälde, das den Leibarzt mit einem Buch in Händen zeigte. Sie lächelte. Den leichten Bauchansatz konnte man auf dem Brustbild zwar nicht sehen, aber es war dem Maler trotzdem nicht gelungen, die kräftige Statur zu verbergen. Das Gesicht war sogar noch etwas dicklicher geraten als in Wirklichkeit, und die breite Nase und der kleine Mund verliehen dem Porträt eine gewisse Komik. Helena grinste in sich hinein, und das Bild lächelte freundlich zurück, weil der Maler die Zornesfalten ebenso wie die grimmigen Züge um den Mund kunstvoll übergangen hatte. Wie nett wäre es gewesen, hätte er sie so empfangen.

Neugierig sah sie an den wurmstichigen Regalbrettern entlang, die sich an den Kamin anschlossen. Sie waren mit dunklen Tierfellen ausgelegt und reichten ihr vom Knie bis über den Kopf. Unzählige Weinflaschen standen darauf, deren ursprüngliches Etikett überklebt worden war. Jemand hatte mit einer bizarren Handschrift lateinische Worte darauf geschrieben. Helena war sich sicher, dass hier die Medizinvorräte des Äskulap lagerten. Gebannt versuchte sie in dem schwachen Licht die lateinischen Bezeichnungen zu entziffern, die ihr aus dem Buch der Mutter geläufig sein müssten. Aber sie stand nicht nahe genug. Ein prüfender Blick auf den Leibarzt, dann trat sie direkt vor die Regale. Schließlich sollte sie etwas lernen.

Kein Widerspruch aus der Ecke.

Stolz überkam sie, als sie die erste Bezeichnung einer Medizin zuordnen konnte. *Cortex chinae*. Chinarinde gegen hitziges Geblüt. Davon gab es gleich mehrere Flaschen. Als Nächstes erkannte sie *Herba nicotianae*. Offensichtlich fürchtete der Leibarzt, einen Scheintoten begraben zu lassen, so dass beim geringsten Zweifel ein Klistier mit Tabak als Erweckungsmittel zum Einsatz kommen könnte. Daneben stand eine Weinflasche mit der Aufschrift *Semen cinae*. Ein häufig gebrauchtes Wurmmittel. Zuweilen konnten diese Wurmsamen in Verbindung mit der Farnkrautwurzel sogar die Gedärme von einem Bandwurm befreien.

Eine gläserne Karaffe mit einer trüben Flüssigkeit erregte ihr Interesse. Die Aufschrift war stellenweise verwischt, doch als sie daneben eine langstielige Silberzange entdeckte, erschien ihr das Wort klar vor Augen. *Hirudines vivae*. Lebende Blutegel.

Angewidert wandte sie sich ab. Vorerst hatte sie genug gesehen. Aber die glänzenden Kelche und Trophäen in dem Glasschrank neben der Türe interessierten sie jetzt doch noch. Wofür er die wohl bekommen hatte?

Von nahem betrachtet stellten sich die vermeintlichen Auszeichnungen als eine Sammlung unterschiedlich großer Sanduhren heraus. Manche waren aus Gold, andere aus edlem Holz und wieder andere mit glitzernden Steinen besetzt. Verwundert wanderte ihr Blick zum Leibarzt. Augenblicklich hörte das Kratzen der Feder auf.

»Verzeihung, werter Herr Äskulap ...«

»Äskulap! Was erlaubst du dir!«, herrschte er sie an. »Für dich bin ich immer noch Monsieur Dottore Tobler!«

Monsieur Dottore Tobler. Helena überlegte fieberhaft, wo

sie diesen Namen schon einmal gehört hatte. Dieser falsche Zusammenklang von Französisch und Italienisch kam ihr bekannt vor, doch sie ließ sich nichts anmerken.

»Du Hexenweib glaubst wohl, mir mit Missachtung begegnen zu können!«

»Verzeihung. Aber man nannte Sie doch vorhin Herr Äskulap?«

»Du bist ein einfacher Fall. Du hast ein loses Mundwerk, das ist deine Krankheit. Dagegen gibt es keine Medizin. Da hilft nur Totschlagen, verstehst du? Genauso wie bei Fliegen. Genauso ist es. Die Fliegen stören mich! Alle stören mich!« Der Leibarzt sprang auf, packte sie grob am Kinn und musterte sie eingehend. »Und dich soll ich also unterrichten?«

Helena wand sich unter dem Griff. Der Diener hatte längst das Weite gesucht, die Türe geschlossen.

»Dein Name?«

»Helena ... Fechtner«, presste sie hervor.

Der Leibarzt ließ sie verdutzt los. »Fechtner? Woher?«

»Aus Wernigerode.«

Die Lippen des Leibarztes kräuselten sich. Schlagartig wurde Helena bewusst, bei welcher Gelegenheit sie seinen Namen schon einmal gehört hatte.

»Sieh an, sieh an. Von dem ehrenwerten Medicus Roth aus Wernigerode rühren also deine Kenntnisse her. Das hat sich mein spezieller Freund aber fein ausgedacht. Will sich wohl selbst nicht die Finger schmutzig machen, sobald er ein Weibsbild in die Lehre nimmt. Lieber schickt er dich zu mir ins Stift.«

Ein dicker Kloß saß ihr im Hals. Dabei wusste sie genau, welche Worte sie ihm an den Kopf werfen wollte.

»So, so. Ich soll also für ihn die Drecksarbeit übernehmen. Der alte Gockel hockt auf seinen Wundermitteln, erlangt für seine Heilkünste landesweite Bekanntheit, und dann gibt er sein Wissen nicht mal an seinen Ziehbalg weiter ...« Der Leibarzt hielt inne. »Wollte sein Friedemar nicht demnächst heiraten?«

Die Erwähnung ihres Verlobten traf sie wie ein Blitz. Trotz ihres Herzrasens gelang ihr ein beiläufiges Schulterzucken. »Hättest ihn wohl auch gerne gehabt?« Der Leibarzt schüttelte missbilligend den Kopf. »Und nunmehr willst du dich bei mir zur Lehre einnisten?«

»Beileibe, nein. Sie dürfen ganz beruhigt sein. Ich bin Hebamme und nur zufällig an dem Unfall der Fürstäbtissin vorbeigekommen ...«

»Und dabei hast du ein wenig gezaubert. Hat dir das der wunderbare Medicus Roth beigebracht?«

»Es ist keine Zauberei! Mit dem eigenen Atem kann jeder Mensch einem Verunglückten wieder Leben einhauchen. Zur rechten Zeit getan, gelingt es meist und ist keine Zauberei!«

»So, so. Der feine Medicus scheint tatsächlich etwas von seinem Wissen einem Weib anvertraut zu haben.« Der Leibarzt rieb sich das Kinn und murmelte: »Aber wenn das Weib nun schon einmal da ist, so war das doch sehr vernünftig ... sehr vernünftig.«

Helena überging die Bemerkung. Sie war einfach nur erleichtert, dass das Gespräch nicht auf ihre Verlobung mit Friedemar gekommen war und der Leibarzt offensichtlich nicht einmal davon wusste. »Könnten wir denn gleich mit den Lektionen anfangen, so wie es die Fürstäbtissin angeordnet hat?«, versuchte sie ihn abzulenken.

»Wie du willst. So gehst du bis zum Abend alle halbe Stunde im Stiftsgarten herum und zählst die Vögel in den Hecken und kleinen Bäumen. Außerdem schaust du in jedes Nest.«

»Vögel? Ich soll Vögel beobachten?«

»Natürlich! Oder glaubst du, ich lasse dich an meine Patienten? Du zählst jeden Vogel, nimmst einen Stock und scheuchst sie aus dem Laub am Boden! Du darfst keinen übersehen. Und wehe, du zählst einen Vogel doppelt! Heute Abend werden wir sodann die Zahlen in die Liste eintragen.«

»Gewiss, aber ... Verzeihen Sie, wie soll ich denn die Vögel unterscheiden? Woher soll ich wissen, ob ich nicht doch aus Versehen einen doppelt ...?«

»Es gibt mehr Krankheiten auf Erden als Vögel in der Stiftshecke. Also fang an! Und nebenbei sammelst du mir noch ein paar Gänsefedern vom Hof auf. Aber nur die fünf äußersten Schwungfedern eines jeden Gänseflügels, davon wiederum sind die zweiten oder dritten die besten Schreibfedern.«

»Aber wie soll ich denn die richtigen Federn erkennen, wenn sie verstreut umherliegen?«

»Patienten versehen ihre Krankheiten auch nicht mit einer Aufschrift. Und nun halt endlich dein widerspenstiges Maul und geh!«

***

Aus der Traum. Der einzige Trost war ihre baldige Abreise. Bei diesem Tyrannen würde sie keinen Tag länger bleiben. Auch wenn das Angebot der Fürstäbtissin, bei einem Leibarzt zu lernen, einmalig war – welcher Frau war dieses

Glück beschieden? So hieße bleiben auch, unter dem Joch eines Mannes zu dienen ...

Sie atmete tief durch, um ihre aufgewühlte Seele zur Ruhe zu bringen. Helena genoss die schlichte Umgebung und die friedliche Atmosphäre auf dem Stiftshof, jeden Sonnenstrahl, der ihre Haut wärmte. Morgen früh würde sie fort sein, und damit wäre alles vergessen. Und bis dahin würde sie sich noch ein wenig die Zeit mit Federlesen auf dem Stiftshof vertreiben.

Sie ging quer über den Rasen, tippelte die kurzen Stufen hinunter und gelangte so durch den terrassenartig angelegten Garten, vorbei an blätterumrankten Nischenbrunnen und eingefassten Rosenbeeten bis ans andere Ende der Anlage. Dort angelangt stützte sie ihre Hände auf den rauen Stein der Stiftsmauer und ließ ihren Blick über die Harzberge am Horizont schweifen. Von hier oben schaute sie auf die Dächer der Fachwerkbauten, die wie hingewürfelt zwischen den zahlreichen Kirchtürmen der Stadt lagen.

Helena erinnerte sich an die Worte des Leibarztes, der von Blatternfällen in Quedlinburg gesprochen hatte. Es schien so, als würde ihr die Krankheit mit einem höhnischen Lachen vorauseilen, und wo immer sie hinkäme, waren die Menschen bereits von schwarzen Pusteln übersät und warteten, allein gelassen von ihren Familien, bis der Tod vorbeikäme und sich ihrer stinkenden Leiber erbarmte.

Würde sich irgendwer um ein ordentliches Begräbnis für ihre Großmutter kümmern? Aber zurückgehen und nach dem Rechten sehen, hieße, sich zurück in die Arme von Friedemar zu begeben. Oder besser gesagt in seine Fänge, aus denen sie kein zweites Mal entkommen würde.

Schmerzerfüllt wandte sich Helena ab und ging langsam

zurück zum Stift. Hufgeklapper dröhnte die Kutschenauffahrt hinauf.

Friedemar!, schoss es ihr durch den Kopf. Ihre Augen suchten verzweifelt nach einem Unterschlupf.

Kurz darauf waren zwei Reiter in weißroter Österreich-Uniform zu sehen, die ihre Schimmel vor den Dienstgebäuden entlang des Wegs durchparierten und sogleich absaßen. Nein, die konnten nichts mit Friedemar zu tun haben, das waren völlig fremde Männer. Mutmaßlich zwei Offiziere, denn beide trugen Stiefel, keine Schnallenschuhe wie der einfache Soldat. Mit ernster Miene schauten sie sich um und marschierten dann mit einer Schriftrolle bewaffnet geradewegs auf das ockerfarbene Haus zu, in dem, einer kurzen Erwähnung nach zu schließen, der Stiftskanzler wohnte.

Hatte Sebastian wohl schon die Blattern gehabt? Er sah nicht danach aus. Helena ging langsam weiter, den Blick auf den Weg gerichtet, nur noch die geforderten Gänsefedern vor Augen. Bis auf ein paar verstreute Hühnerfedern war jedoch nichts zu finden. Unterdessen kamen die Offiziere wieder aus dem Haus des Stiftskanzlers. Sie saßen auf und taten sich schwer, ihre Wut im Zaum zu halten, trieben sie doch ihre Pferde ohne Rücksicht auf das glatte Steinpflaster den Torweg hinunter.

Kopfschüttelnd schaute Helena den beiden nach und entdeckte dabei im Schatten des gegenüberliegenden Baumes zwei Gänse, die an saftigen Grashalmen zupften.

Helena duckte sich und schlich näher. Das Federvieh reckte die Hälse. Ein furchtbares Geschnatter begann, als sie sich auf die nächstbeste Gans stürzte, sie am Hals packte und zu Boden drückte, während das andere Tier unter lautem Protest das Weite suchte.

»Was ist denn hier los? Mach dich fort, du billiger Gänsedieb, oder ich mache dir ordentlich Beine!«

Erschrocken richtete sich Helena auf, den Hals der Gans fest umklammert. Es war Sebastian, der empört aus dem Fenster sah. Während sie noch die richtigen Worte suchte, spürte sie, wie der Gänseleib immer schwerer wurde. Die Flügel wurden schlaff und das Tier hörte auf sich zu wehren.

»Helena, was soll das? Such dir deinen Reiseproviant gefälligst woanders! Das waren meine letzten beiden Tiere! Und wie soll sich nun die Gans allein vermehren? Wir haben alle kaum noch was zu essen! Ich teile gerne – aber nur, wenn man mich vorher darum bittet.«

»Verzeihung, aber ich habe nur gemacht, worum mich der Leibarzt gebeten hat ... Ich sollte Federn sammeln!«

»Du gibst es auch noch zu? Und der Leibarzt hat dich dazu angestiftet? Das sieht ihm ähnlich. Aber gerade von dir hätte ich nicht erwartet, dass du mit diesem hinterhältigen Äskulap gemeinsame Sache machst.«

»Aber ich ...«

»Der wahre Mensch äußert sich in seinen Taten, nicht in seinem Willen. Und nun gehe und bereue, bevor ich es bereue, dich nicht bei der Fürstäbtissin anzuzeigen!«

Beschämt ließ sie die leblose Gans zu Boden gleiten. Im Gehen hörte sie noch, wie Sebastian ihr nachrief: »Und trampel nicht auf dem Rasen herum!«

Helenas Traurigkeit wandelte sich in Wut. Jetzt machte ihr der auch noch Vorschriften! Eigentlich hätte sie schon vorgehabt, sich noch von Sebastian zu verabschieden, aber das konnte er jetzt vergessen! Nicht auf dem Rasen herumlaufen ... Und wie der sich wegen dieser toten Gans aufregte! Als Braten auf dem Silbertablett würde er dem Vieh doch auch keine Träne nachweinen. Außerdem hatte er sie geduzt.

Zornig las sie ein paar Federn auf und versuchte sich auf das Sammeln zu konzentrieren. Eine ähnelte der anderen. Wo war da der Unterschied? Nachdenklich ging sie unter den hohen Edelkastanien, deren welke Blätter zur Erde schwebten und unter ihren Füßen zerbröselten. Keine einzige Esskastanie lag mehr auf dem Weg, alle waren säuberlich aufgelesen worden. Unvermittelt roch sie den süßlich-herben Duft aus dem Ofen der Großmutter, der das nahe Ende der Hungerszeit versprach. Sie erinnerte sich an den warmen, mehligen Geschmack, die Vorfreude auf dieses Essen und das unbändige Verlangen, wenn es auf dem Teller lag. Wie sie den Kampf um ihre Selbstbeherrschung austrug, um sich nicht gleich am ersten Bissen den Mund zu verbrennen. Hunger keimte in ihr auf, aber sie war gewohnt, ihn zu unterdrücken.

Ob sie heute Nacht vielleicht doch besser im Stift schlafen sollte? Ihr fiel wieder dieser Vagabund ein. Und ein noch viel schlimmerer Gedanke drängte sich ihr auf: Er hatte diese glänzenden, vor Angst geweiteten Augen gehabt. Glänzend oder fiebrig? Beginnende Blattern? Einfach vergessen. Sie wusste nicht, wer dieser Mann war. Und am Ende brächte sie sich wieder in Gefahr, nur weil sie ihm helfen wollte. Außerdem ließen sich Blattern, wenn es denn so war, am besten eindämmen, wenn der Kranke allein blieb.

Helena kauerte sich nieder und sortierte gewissenhaft die Federn der Länge nach. Viel zu lange schon hatte sie sich damit beschäftigt; schließlich musste sie noch Vögel zählen und die Kirchturmuhr mahnte zur Eile.

Kapitel 4

Aurelia von Hohenstein zählte die Glockenschläge, während sie an ihrem kleinen Damensekretär am Fenster saß und auf das leere Papier vor sich starrte. Endlich gab sie sich einen Ruck und malte sorgfältig mit der Schreibfeder Buchstabe für Buchstabe auf das Blatt. *Hochzuverehrender Herr Vater.* Sie griff nach ihrem Streuer, ließ feinen Sand über die Worte rieseln und beobachtete, wie die weißen Körner die überschüssige Tinte aufsogen. Vorsichtig blies sie die tiefschwarzen Krümel zur Seite, bis die Anrede klar und sauber zum Vorschein kam. *Hochzuverehrender Herr Vater.* Aurelia betrachtete die Tinte im Federkiel, als lägen darin die richtigen Worte. Besonnen schrieb sie weiter: *Ihre unterthänigste Tochter bittet Sie, ihr gnädigst die freundliche Aufnahme im elterlichen ...* Sie hielt inne. Ihre *schwangere* Tochter wäre wohl zutreffender. Noch bevor die Tinte getrocknet war, zog sie einen dicken Strich quer über den Satz.

Stattdessen versuchte sie sich an einem Briefanfang an ihre Mutter. Sie fand keine Worte und verwarf diesen ebenso wie die Bittstellung an die Fürstäbtissin um baldige Bemäntelung. Und ein Brief an diesen charmanten und stattlichen Franzosen scheiterte bereits deswegen, weil sie Namen und Adresse nicht wusste. Warum hatte sie sich nur während ihres Aufenthalts in Wien mit ihm eingelassen? Was gäbe sie jetzt darum, diese Ballnacht ungeschehen zu machen? Sie wollte doch nur ihre Sehnsucht nach Liebe stillen und nicht ein Kind. Sie wollte doch nur spüren, wie es war, geliebt zu werden.

Ihr Blick glitt auf ihren Unterleib, der das Geheimnis noch nicht verriet. Wenn Gregor nur endlich aus dem Krieg zurückkehren würde ... Sie liebte ihn doch! Er würde sie verstehen, ihr den Fehltritt verzeihen, er würde für sie und das Kind sorgen. Ganz bestimmt.

Sie erhob sich und schaute aus dem Fenster. Doch außer den Wipfeln der Kastanienbäume, deren goldgelbe Blätter sich leise im Wind bewegten, rührte sich nichts. Auch die Felder weit draußen waren leer. Niemand, der herankam, um sie zu sehen. Alles verlassen, alles leer. Aurelia wandte sich ab. Sie setzte sich auf ihr Bett, nahm das Kissen in den Arm und vergrub ihren Kopf darin. Entsetzliche Szenen von gefallenen Soldaten drängten sich vor das geistige Auge. Überall blutüberströmte und verstümmelte Leiber. Sie konnte sogar in Gregors weit aufgerissene Augen sehen. Niemand hatte sie ihm geschlossen, niemand hatte sich mehr um ihn gekümmert.

Lange saß sie weinend da, bis keine Tränen mehr kamen. Mit verquollenen Augen starrte sie vor sich hin, und auf einmal glaubte sie, etwas Warmes zwischen ihren Beinen zu spüren. Gott sei Dank. Aurelia sprang auf. Endlich! Der Rote Baron war nur verspätet gewesen ...

Sie hastete zur Waschschüssel neben ihrem Bett, hob mit zitternden Fingern ihre Röcke und fuhr mit einem Leinentuch über die Türe zur Wohnung des Roten Barons. Doch das Tuch blieb sauber und nahm ihr alle Hoffnung. Sie prüfte noch einmal. Nichts. Der übermächtige Wunsch hatte ihre Sinne betrogen. Aber das Schluckbildchen musste doch helfen ...

Wieder kam es ihr in den Sinn, sich im Vertrauen an den Äskulap zu wenden. Unruhig ging sie auf und ab. Nein, es würde sich alles von allein fügen. Und wenn nicht?

Entschlossen prüfte sie im ovalen Spiegel am Waschtisch den Sitz ihrer Frisur. Ihre eigentlich dunklen Haare waren weiß gepudert und zu einem kunstvollen Nest nach oben gesteckt. Eine Meisterleistung des Wiener Friseurs angesichts ihrer glatten Haare. Sie rückte ihr rotes Seidenkleid zurecht und kontrollierte ihre Haltung, bevor sie sich schließlich doch auf den Weg zum Leibarzt machte.

***

Aurelia hatte den festen Willen, die Sache durchzustehen. Erst als sie nach dem Ring im Maul des bronzenen Löwenkopfes griff und anklopfte, dachte sie an Umkehr.

»Herein!«, knurrte es, und Aurelia öffnete widerstrebend die Türe.

»Was willst du denn schon wieder hier? Habe ich nicht ... Werte Gräfin von Hohenstein, Gnädigste! Welch edler Glanz in meiner Hütte. Kommen Sie nur herein!« Mit einer vollendeten Verbeugung wies er ihr den Weg zum Patientenstuhl. »Der Urlaub in Wien scheint Ihnen sehr gut bekommen zu sein. Gnädigste sehen wirklich ganz bezaubernd aus! Es wäre wirklich jammerschade, wenn sich die Gerüchte um die Stiftsauflösung bewahrheiten würden. Unser Haus verlöre ansonsten einen überaus reizenden Anblick. Eine wahre Augenweide sind Sie!«

Mit einem gekonnten Augenaufschlag schob sie sich an

ihm vorbei zum Patientenstuhl und ließ ihren Blick mit einem gespielten Lächeln über die Hirschgeweihe schweifen. »Wie ich sehe, sind Sie schon wieder sehr erfolgreich bei der Jagd gewesen?«

Der Äskulap lächelte süffisant. »Oh, ja. Wie kenntnisreich Ihr Blick doch ist. Diese Trophäe hier ist ein wahrhaft seltenes Ding. Sehen Sie doch nur diesen sanft geschwungenen und zugleich mächtigen Bogen. Und diese gefährlichen Spitzen ...«

»Ja, die sehen in der Tat sehr gefährlich aus.«

»Das macht mir keine Angst, Gnädigste. Ich habe nichts zu befürchten. Wenn mir plötzlich im Wald ein Rotwild querläuft, dann erschieße ich es, packe es mir und damit ist die Sache für mich erledigt.«

»Haben Sie denn kein Mitleid mit den Tieren?«

»Unsinn. Es werden immer neue Jagdgründe entstehen, und das Vieh vermehrt sich eifrig.«

»Aber vielleicht wollen die Tiere das gar nicht?«

»Was sind denn das für alberne Gedanken, liebste Gräfin. Ich bitte Sie. Der Bock fühlt sich nun mal in den tiefen Jagdgründen des Rehs am wohlsten. Wieso sollte man ihm das also verwehren? Was ist mit Ihnen? Sie scheinen mir überhaupt ganz aufgelöst zu sein! Darf ich etwas zu Ihrer Entspannung beitragen?«

»Nun, vielleicht ein wenig von der Essenz aus Wohlverleihblumen?«

»Natürlich, Gnädigste. Ganz wie Sie wünschen.«

Ihr Blick folgte dem Leibarzt, wie er suchend das Wandregal entlangging. Wieder bereute sie es, kein Latein zu können. Sie hasste diese Abhängigkeit auf Gedeih und Verderb.

Er kehrte mit einem Fläschchen in der Hand wieder zurück. »Bitte sehr, Verehrteste. Dieses Mittel ist von ganz besonderer Güte und Qualität. Sie werden sehen, es wird Ihnen augenblicklich wohler ergehen. Darf ich Ihnen etwas von dem Wohlverleih auf Ihre wunderschöne Haut applizieren?«

»Nun also ... das ist nicht notwendig. Der eigentliche Grund, warum ich hier bin ... Ich leide, wie soll ich sagen, unter Verstopfung.«

»Ah ja, ich verstehe«, raunte der Leibarzt und entblößte seine widerlichen Zahnstumpen. Mit fahrigen Bewegungen zerrte er ein einfaches Balkengestell hinter dem Untersuchungsstuhl hervor. »Lehnen Sie sich bitte hier dagegen und raffen Sie die Röcke.«

»Aber bitte, säubern Sie zuvor Ihre Hände.«

Der Äskulap seufzte. »Wer ist denn hier der Medicus? Sie oder ich? Immer diese Neuerungen, die in billigen medizinischen Kalendern an das Volk herangetragen werden. Am Brunnenwasser haben sich schon viele vergiftet, an meinen Fingern wohl kaum. Nun, Gnädigste, spreizen Sie Ihre Beine noch ein wenig.«

Er kniete vor ihr nieder und Aurelia war froh, ihn nicht mehr ansehen zu müssen. Angestrengt betrachtete sie die Hirschgeweihe, aber die Untersuchung war nicht zu ignorieren. Seine rauen Finger zogen ihre Schamlippen auseinander. Er rieb auf der trockenen Haut entlang und fasste ein paarmal grob nach, bis er sich einen Weg in die Tiefe gebahnt hatte. Es brannte und schien kein Ende zu nehmen. Wenn es nur bald vorbei wäre ... Endlich zog er seine Finger heraus.

Sie atmete tief durch. Hoffentlich hatte er nichts gefunden. Aber warum nahm er denn seine dreckige Hand nicht weg?

»Was ... was tun Sie denn nunmehr an meiner hinteren Öffnung? Lassen Sie das!«

»Ich soll doch nach Ihrer Verstopfung sehen. Und wahrlich, die güldene Ader ist sehr angeschwollen. Wenn Sie nicht wollen, dass die Schmerzen heftiger werden und sich der Hintern ganz zuschließt, so kommen Sie am besten täglich zu mir, damit ich die Ader mit Butter einreiben kann. Außerdem werde ich Ihnen dann und wann einen Blutegel dort applizieren, um das überflüssige Geblüt abzusaugen. Ansonsten wird aus der blinden Ader eine fließende, und dann werden Sie Ihres Lebens nicht mehr froh.«

»Das mag ja alles sein, aber ich würde gerne bluten. Nur aus der vorderen Öffnung! Der Rote Baron, Sie verstehen?«

»Ach, so meinten Sie das mit der Verstopfung«, tönte seine Stimme ungerührt unter dem Rock hervor. »Nun muss ich Sie noch einmal dort vorne untersuchen. Wann war denn der Rote Baron zuletzt auf Besuch?«

»Vor meiner Flucht.«

»Sie sollten nicht so viel Cello spielen, das habe ich Ihnen schon einmal gesagt. Es nimmt nicht wunder, dass die monatliche Reinigung ausbleibt, wenn ein Weib ein solches Instrument derart unsittlich zwischen die Beine nimmt.« Wieder spreizte er ihre Schamlippen und drückte einen Finger in ihre Öffnung.

Unvermittelt tauchte der Leibarzt unter ihren Röcken hervor. »Wie lange haben Sie denn dieses kleine Geschwür schon?«

»Geschwür? Was für ein Geschwür? Um Gottes willen, das habe ich noch gar nicht bemerkt.«

»Kein Grund zur Sorge. Nur ein kleiner Pickel, sozusagen. Ich tupfe Ihnen etwas Quecksilberwasser darauf.« Er stand ruckartig auf und wischte sich die Finger an seiner roten Schürze ab. »Der Pickel wird sich in den nächsten Tagen zurückbilden. Sie halten sich jetzt am besten von den Männern fern. Gegen die Verstopfung Ihrer monatlichen Reinigung gebrauchen Sie bitte einen Aderlass bei unserem elenden Chirurgen und nehmen einige heiße Bäder. Sollte das noch nicht genügen, ist exzessive Bewegung, insbesondere das Treppensteigen, sehr dienlich. Sollten Sie auch dann Ihr Leiden noch nicht loswerden, wäre es hilfreich, sich an eine Engelmacherin zu wenden.«

»Sie meinen, ich könnte also doch ...« Panik durchflutete sie. *Schwanger. Ich bekomme tatsächlich ein Kind.* »Was soll ich denn jetzt tun? Bitte könnten Sie nicht ... Es gibt doch vielleicht ein Mittel ...«

»Ich habe nichts von einer Veränderung Ihrer Geburtsglieder gesagt. Bevor keine Kindsbewegungen im Leib spürbar sind, gibt es auch kein Kind. So lange wird von einer Verstopfung der monatlichen Reinigung ausgegangen, die den Leib anschwellen lässt, und nicht einer weibischen Hysterie nachgegeben.«

»Ich kann es nicht zur Welt bringen! Wenn Sie mir das Kind nicht nehmen, dann ... dann werde ich meinem Leben ein Ende setzen. Ich will nicht die Geburt einer falschen Brut erleben! Man weiß doch, wie das bei ledigen Weibern vor sich geht. Sie können mir nichts vormachen! In Fällen wie meinem liegt das Kind verkehrt herum, und der Barbier wird es mit der Hebamme an jeweils einem Fuß aus dem Leib der Mutter ziehen müssen und die Gebärende dazu über den Fußboden hinter sich herschleifen! Dabei reißen Sie das Kind entzwei und ich muss auch sterben.«

»Unsinn. Alle Weiber bekommen ihre Bälger so einfach wie die Kuh das Kalb. Es wird sich schon alles finden.«

»Und wie? Ich kann nirgendwohin, wenn das Stift aufgelöst wird! Gregor ist tot! Sie müssen mir helfen!«

Sie neigte ihren Kopf zur Seite und verzog die Lippen zu einem hübschen Schmollmund. Dabei suchte sie fieberhaft mit ihren Augen das Medizinregal ab. »Werter Monsieur Dottore Tobler. Sie haben doch bestimmt irgendein Mittel dagegen. Ich würde Sie auch gut entlohnen; ich besitze wertvollen Schmuck. Bitte! Henker und Medicus werden doch schließlich fürs Töten bezahlt!«

»Ich empfehle Ihnen, ein wenig gemeine Kamille einzunehmen. Ein wunderbares Mittel bei gallsüchtigen Frauenzimmern.«

»Dann muss ich eben zur hiesigen Engelmacherin gehen! Sie wird mir das Kind schon wegmachen.«

»Tun Sie das nur. Gehen Sie ruhig zu ihr! Es ist gut, dass ich nun darüber Bescheid weiß. Vielleicht möchten Sie mich heute Abend noch einmal besuchen? Dann bin ich mir sicher, dass mir nicht ein falsches Wort gegenüber der Äbtissin herausrutscht.«

»Sie ... Sie fieser, gemeiner, hinterhältiger Lustmolch!«

»Na, na, na, nicht so laut, liebste Gräfin. Oder wollen Sie tatsächlich, dass die Äbtissin vom Grunde Ihres Besuchs bei mir erfährt? Ach, und sollte sich in den nächsten Wochen ein Hautausschlag einstellen, besorgen Sie sich bitte in der Stiftsapotheke nochmals etwas Quecksilberwasser.«

»Zu gütig, werter Äskulap, wie Sie sich um mich sorgen. Aber ich bin nicht so naiv, wie Sie glauben. Ich werde mich schon von den Blattern fernhalten.« Hoch erhobenen Hauptes ging sie an dem Leibarzt vorbei und verließ gemessenen Schrittes seine Höhle.

Erst in ihrem Zimmer brach sie zusammen. Tränenüberströmt kauerte sie sich unter dem Schmerz der Demütigung ins Bett. Wenn ihr doch nur irgendjemand helfen könnte.

Es wurde bereits dunkel, als der innige Gedanke an Gregor sie endlich in einen unruhigen Schlaf entließ.

***

Helena hatte den Rest des Nachmittags damit zugebracht, nur ja kein Nest oder einen Vogel zu übersehen. Sie wusste selbst nicht, warum sie diesen widersinnigen Anweisungen überhaupt Folge geleistet hatte. Als die Sonne hinter dem Stift versank und sich langsam die Dunkelheit im Garten ausbreitete, machte sie sich allerdings guter Dinge auf den Rückweg. Es war einfacher gewesen, als sie gedacht hatte. Die Gewissheit, ihre Aufgabe zur Zufriedenheit des Leibarztes erfüllt zu haben, machte ihr den Weg zu ihm leichter. Überhaupt war es lächerlich, vor diesem aufgeblasenen Äskulap davonzulaufen. Er war nichts weiter als ein alter Höhlenbär mit abgewetzten Klauen. Vor seiner Tür angekommen griff sie selbstsicher nach dem Ring im Maul des Löwen und klopfte.

Als sie eintrat, saß der Leibarzt noch immer an seinem Schreibtisch vor einem silbernen Leuchter mit Wachskerzen, deren Flammen im Windhauch tanzten.

Helena schloss die Türe. »Guten Abend, werter Monsieur Dottore Tobler. Ich habe die Vögel gezählt und glaube, die richtigen Gänsefedern gefunden zu haben.«

»Glauben hilft dir in der Medizin nichts, merk dir das.« Mit einem Kopfnicken deutete er auf den kleinen Holztisch, der an der Wand stand und auf dem ein Pergament ausgebreitet lag. »Spitz eine der Federn an und trage die Anzahl der Vögel in diese Tabelle ein.«

Helena zog die Stirn kraus.

»Kannst du nicht schreiben?«, fragte er, als er ihr Zögern bemerkte.

»Doch, gewiss.« Helena setzte sich auf den niedrigen Schemel und nahm die Feder zur Hand. Sie schaute sich noch einmal zu ihm um. »Verzeihen Sie, aber ich möchte gerne wissen, wozu ich die Eintragungen mache.«

»Ein Weib tut, was man ihm sagt.«

»Aber ...«

»Und hör auf mit diesem Aber! Deine Widerworte sind das reinste Geschwür!«

»Geben Sie sich keine Mühe. Ich habe schon verstanden. Morgen in aller Herrgottsfrühe sind Sie das Geschwür los.«

»Du willst abreisen? Aber das geht doch nicht!« Sichtlich beunruhigt erhob er sich von seinem Schreibtisch.

»Das ist mir egal! Und wenn ich zu Fuß gehen muss.«

»Aber, ich wollte dir doch noch einiges beibringen.« Zum ersten Mal sah sie den Leibarzt eine Spur lächeln.

»Davon merke ich nichts!« Entschlossen legte Helena die Feder beiseite.

»Ich bin schließlich nicht da, um dir Vorträge zu halten«, erwiderte er weiterhin freundlich. »Aber wenn du mich fragst, so wirst du Antwort erhalten.« Zur Bestätigung nahm er neben ihr an dem kleinen Tisch Platz und hob auffordernd die Augenbrauen.

Die Macht der Fürstäbtissin schien stärker als gedacht. Ihre Abreise war also ein Druckmittel. Nun hatte sie den Leibarzt in der Hand.

»Das waren Sperlinge in der Hecke, nicht wahr?« Sie wartete gespannt. Weniger auf die Antwort, als auf seine Reaktion.

»Bist du sicher, dass es Sperlinge waren?«, fragte der Leibarzt ausgesprochen geduldig. Der Wolf im Schafspelz wirkte plötzlich wie ein niedliches Osterlamm. Er neigte sich ein wenig zu ihr. »Es könnte ein Sperling gewesen sein, aber du musst genauer hinsehen. So ist es auch bei den Krankheiten. Äußerlich ähneln sie sich, aber du kannst einem Patienten mit Schmerzen im linken Arm keinen Verband anlegen, wenn er es doch mit dem Herzen hat. Aber dazu kommen wir später. Nun lernst du erst einmal einen Sperling von einer Heckenbraunelle zu unterscheiden. Dieser Vogel hat nämlich im Gegensatz zum Sperling ein bleigraues Kopfgefieder. Außerdem ist sein Nest unverkennbar, sogar wenn es verlassen ist. Wie haben die Nester denn ausgesehen?«

»Ich weiß nicht, wie Vogelnester eben aussehen. Ehrlich gesagt habe ich nicht darauf geachtet. Sie haben nur gesagt, ich solle die Vögel zählen.«

»Du musst auf alles achtgeben! Wenn der Patient von Übelkeit berichtet, so darfst du nicht nur nach dem Magen sehen. Es kann auch vom Kopfe herrühren.«

»Übelkeit im Kopf?«

»Die Übelkeit ist im Magen, aber die Krankheit entsteht im Kopf. Zum Beispiel, wenn jemand vom Pferd gefallen ist und sich dabei den Schädel angeschlagen hat.«

»Sodann hätten Sie die Fürstäbtissin aber untersuchen müssen.«

»Untersuchen? Unsinn! Reine Zeitverschwendung ist das!«, brach es aus ihm hervor. »Die Damen haben schon genügend Zipperlein, glaube mir. Wenn ich da auch noch nachfragen würde, fiele denen nur noch mehr ein!« Er räusperte sich und setzte wieder sein breiiges Lächeln auf. »Zurück zum Nestbau, bevor wir uns dem Körperbau zuwenden. Das Nest besteht aus Halmen und Zweigen und ist außen mit Moos, innen mit Federn und Haaren ausgelegt.«

Für wen hielt er sie eigentlich? Wenn er wüsste, dass sie – als Frau – dem Medicus Roth sogar schon bei der Zergliederung eines Toten zugesehen hatte ... Helena wandte sich demonstrativ der Liste zu und begann zu schreiben.

Der Leibarzt schaute ihr über die Schulter. »Warum machst du hinter jede Vogelart einen Strich und warum steht nur bei der Heckenbraunelle eine Zwei?«

»Nun, ich sah nur zwei Heckenbraunellen. Sonst gab es keinen einzigen Vogel«, verkündete sie innerlich triumphierend.

»Das kann nicht sein!«, herrschte der Äskulap sie an. »Die müssen sich irgendwo versteckt haben. Hast du auch das Laub umgegraben?«

»Gewiss. Ich fand keine Vögel, bis auf diese beiden ...«

»Unsinn, du musst sie übersehen haben! Genauso wie dieser dahergelaufene Landarzt Jenner! Doch anstatt seinen Irrtum zu erkennen, redet er plötzlich etwas von Zugvögeln daher. Zugvögel! Dieser Engländer sollte besser seinen Kopf nicht zu sehr in den Wind halten, das verwirbelt das Hirn. Schließlich weiß jedes Kind, dass sich Vögel über den Winter in der Erde vergraben und im Frühling wieder hervorkommen.«

»Verzeihung, aber es könnte doch durchaus sein, dass es so etwas wie Zugvögel gibt. Es wäre zumindest eine Erklärung dafür, warum man um diese Jahreszeit die Vögel vermehrt in Richtung Süden fliegen sieht. Haben Sie sich das ...«

»Das glaube ich nicht! Irgendwo halten sich diese Biester sicherlich versteckt. Gib mir sofort den Umhang dort bei der Türe, ich werde selbst nachsehen!«

»Aber die Sonne ist doch schon untergegangen.«

»Im Gegensatz zu dir sehe ich die kleinen Biester auch bei Dunkelheit.«

»Ich komme mit!«

»Du bleibst hier sitzen und rührst dich nicht vom Fleck, bis ich wiederkomme. Haben wir uns verstanden?« Mit diesen Worten war der Leibarzt auch schon zur Tür hinaus.

Und nun? Helena schaute sich um. Auf dem Tisch konnte nichts ihr Interesse wecken. Zwei Schreibfedern, einige Bogen unbeschriebenes Pergament und ihre Liste, deren Eintragungen den Äskulap in Aufruhr versetzt hatten.

Ob sie es wagen sollte aufzustehen? Nur einmal die Löwenfüße des Schreibtisches anfassen! Vorsichtig, als könnten die Pranken zupacken, kniete sie sich nieder und strich über das Holz. Ein Schauer lief ihr über den Rücken.

Sie erhob sich und schlich weiter durch den Raum. In einer dunklen Ecke baumelten Aderlassschalen an einem dieser Hirschgeweihe. Die Silberflächen spielten mit dem Schein der Kerzen und warfen ihn zurück. Ihr Herz klopfte. Dieser widerliche Aderlass ... Sie kannte das nur zu gut. Ohne Aderlass keine Behandlung. Nur mit abgewandtem Kopf und zusammengebissenen Zähnen hatte sie ihn jedes Mal tapfer hinter sich gebracht.

Wahrscheinlich hingen jedoch sämtliche Instrumente hier nur zur Abschreckung, denn es sähe dem Äskulap nicht ähnlich, seinen guten Ruf durch Todesfälle zu beschmutzen. Schließlich maßen die Leute einen guten oder schlechten Doktor eben nach der Anzahl der Todesfälle und die lag bei den Menschenaufschneidern naturgemäß ziemlich hoch. So hatte man dem Chirurgen in Wernigerode nach langem Hin und Her endlich eine Kutsche zugebilligt, damit er schneller zu den Patienten gelangen konnte. Aber ein halbes Jahr und einige Todesfälle später hatte der Chirurg doch wieder zu Fuß gehen müssen ...

Helena seufzte. Eigentlich sollte sie sich wieder gehorsam an den Schreibtisch setzen, wenn sie morgen nicht ebenfalls nach Hause laufen wollte. Aber die Weinflaschen dort auf dem Regal mit ihrem eigenwilligen Inhalt zogen sie erneut in ihren Bann.

Diesmal gelang es ihr auf Anhieb, die lateinischen Beschriftungen zu entziffern und zu übersetzen: *Honig* zur Behandlung von Entzündungen, *Wermutextrakt* gegen Bleichsucht sowie gegen Magenschwäche und Hypochondrie, flaschenweise *Opium* als Allheilmittel und *Moschus* in rauen Mengen gegen schwere Zufälle wie Typhus, Wundbrände oder Schlagflüsse. Außerdem noch zahlreiche Mittel gegen den unterdrückten Monatsfluss der Frau und für den Notfall sogar Mutterkorn gegen eine ungewollte Frucht im Leib.

Mit dem Gefühl, nichts Neues gelernt zu haben, nahm sie noch das Gnadenkraut zur Beleidigung des Darms zur Kenntnis, mit dem hatte sie auch schon gute Erfahrung gemacht, wenn es darum ging, einen künstlichen Durchfall herbeizuführen. Da hörte sie plötzlich ein Geräusch draußen im Flur.

Sie huschte zum kleinen Schreibtisch zurück und setzte sich auf ihren Schemel, als sei nichts gewesen. Es klopfte, und Helena antwortete mit einem verwunderten ›Herein?‹.

Anstelle des Leibarztes kam eine kleine ältere Frau in Trauerkleidung herein, die sich schüchtern im Raum umsah.

»Oh, Verzeihung. Ich dachte, der ehrenwerte Herr Doktor ...«

»Er ist gerade auf den Stiftshof gegangen«, gab Helena bereitwillig Auskunft.

»Oh. Ja, dann ...« Die Frau nestelte verlegen an der Schürze ihres dunklen Kleides. Ihre Haare waren unter einer einfachen Haube versteckt und über ihrem Dekolleté lag ein schwarzes Brusttuch ohne jeglichen Zierrat.

»Sie können gerne hier auf ihn warten. Er wird sicher gleich kommen und nichts dagegenhaben.« Helena dachte an seine Worte, dass man Patienten schließlich nicht vor der Türe stehen lassen durfte.

»Oh, das ist nett. Aber ich komme lieber ein andermal wieder. Vielen Dank.«

***

Ernestine zog die Türe sachte ins Schloss und vermied es dabei, den bronzenen Löwenkopf anzusehen. Bedrückt schlich sie den Höhlengang zurück. Einerseits wollte sie schnell wieder zu ihrer Tochter, der es seit dem tödlichen Kutschunfall des Vaters überhaupt nicht gutging, andererseits konnte sie selbst kaum den Anblick des Leichnams ertragen, den man heute Mittag in ihre Stube getragen hatte. Dazu kam noch, dass sie ohnehin keinen klaren Gedanken mehr fassen konnte, seit sie gestern Abend diesen knötchenartigen Ausschlag auf ihren Händen entdeckt hatte. Sie musste mit dem Leibarzt sprechen, er musste sie behandeln. Und wenn es sie ihren letzten Kreuzer kosten würde. Doch in seiner gruseligen Höhle würde sie nicht auf ihn warten. Dann schon lieber auf dem nächtlichen Stiftshof.

Der unwirtliche abendliche Herbstwind schlug ihr entgegen, als sie die Tür zum Stiftshof aufzog. Der Mond erhellte den Weg, der an der Kirche vorbei und die Kutschenauffahrt hinunter zu ihrem Haus führte. Doch sie hätte diesen Weg auch blind gefunden. Dreißig Jahre lang war sie ihn jeden Morgen und jeden Abend gegangen. Keinen Tag hatte sie bei der Küchenarbeit gefehlt, bis ihre Hände wegen der Gicht nicht mehr flink genug gewesen waren. Seither versuchte sie, sich durch ihre kleine Landwirtschaft, die aus ein paar mageren Kühen bestand, ein paar Kreuzer zum Kutscherlohn ihres Mannes dazuzuverdienen. Bisher hatte es immer für das Nötigste gereicht. Aber jetzt? Warum bestrafte sie der Herrgott? Warum schickte Er ihr diese Krankheit auf den Leib? Warum hatte der liebe Gott ihren Mann zu sich genommen? Und warum raubte Er der Tochter damit beinahe den Verstand? Warum nur?

Ernestine faltete die Hände und sah in den funkelnden Himmel. Doch anstelle einer Antwort vernahm sie plötzlich die zornige Stimme des Leibarztes. Sie erspähte ihn im Stiftsgarten, wie er mit einem Stock in der Hecke herumstocherte und dabei wilde Flüche ausstieß.

Ernestine nahm allen Mut zusammen und ging auf ihn zu. »Verzeihen Sie, werter ...«

Der Leibarzt fuhr herum und langte sich ans Herz. »Bist du wahnsinnig? Willst du mich umbringen? Scher dich deines Wegs!«

»Verzeihung, ich wollte Sie nicht erschrecken. Ich wollte Sie nur wegen meiner Hände etwas fragen ... und weil Sie nicht da waren, dachte ich ...«

»Das hat auch noch morgen Zeit! Siehst du nicht, dass ich mit wichtigeren Dingen beschäftigt bin?«

»Gewiss, Verzeihung. Ich dachte nur, es könnten vielleicht die ... die Blattern sein und dann wäre morgen unter Umständen ...«

Der Leibarzt wich einen Schritt zurück. »Die Blattern sagst du? Was treibst du dich dann noch hier draußen herum?«

»Oh, ich wollte doch nur zu Ihnen. Außerdem ist es zu Hause kaum auszuhalten. Mein Mann ist doch verstorben, und der Kutschunfall hat seinen Leichnam so schrecklich entstellt. Und meine Tochter benimmt sich so seltsam. Es geht ihr überhaupt nicht gut.«

»Ja, was denn nun? Fasse dich kurz. Du weißt, meine Zeit ist kostbar.« Der Leibarzt griff in seine Westentasche, holte eine Sanduhr heraus und drehte sie mit einem Ruck um. »Nun?«

»Oh, bitte nicht, Herr Doktor.«

»Willst du mit mir diskutieren oder dich behandeln lassen? Also?«

»Vielleicht könnten Sie sich bitte meine Hände besehen, ob es wirklich die Blattern sind.«

Er hob seine Lampe und warf einen despektierlichen Blick auf ihren Ausschlag an Händen und Unterarmen. »Hast du kranke Kühe auf der Weide?«

»Wie bitte? Ja, habe ich. Aber woher wissen ...?«

»Die Blasen am Euter deiner kranken Kühe haben sich beim Melken auf deine Hände übertragen. Für dich sieht das vielleicht aus wie Blattern, es sind aber nur ganz einfache Melkerknoten. Und da du anscheinend nicht in der Lage bist, die billigsten Krankheiten selbst zu unterscheiden, und deshalb meine kostbare Zeit in Anspruch genommen hast, macht das ... zwei Sanduhren à einen Kreuzer, zuzüglich einer Untersuchungsgebühr von fünfzehn Kreuzern, also siebzehn Kreuzer.«

»Herr Doktor, haben Sie doch Mitleid. Wovon soll ich das bezahlen?«

»Du kannst nicht bezahlen? Sodann gebe ich dir hiermit einen guten Ratschlag kostenlos dazu: Wenn dich wirklich die Blattern heimsuchen, so brauchst du mich nicht mehr zu rufen. Alsdann gib das Geld lieber gleich den Totengräbern.«

»Aber unter den Bauern erzählt man sich, dass die Milch der kranken Kühe vor den Blattern schützt.«

Lächelnd schüttelte er den Kopf. »Märchen haben den armen Leuten schon immer dabei geholfen, der bitteren Wirklichkeit zu entfliehen.« Er kam näher und tätschelte ihr die Wange. »Aber glaub nur weiter daran. Ich will dir nicht das Letzte nehmen, was du noch hast.«

***

Wo der Äskulap nur so lange blieb? Helena knurrte der Magen. Endlich hörte sie von draußen schnelle Schritte. Die Tür flog auf, und eine junge Frau kam hereingestürzt. Sie hielt ein kleines Mädchen mit hübschen dunklen Zöpfen in eine Decke gehüllt. Mehr konnte Helena nicht sehen, da es sein Gesicht unter den langen Haaren der Mutter verbarg. Deren Zopf hatte sich gelöst, Strähnen hingen ihr in das hochrote, verschwitzte Gesicht. Die Frau achtete nur auf das Kind in ihren Armen, während sie um Hilfe flehte.

»Bitte, werter Monsieur Dottore Tobler! Sie müssen mir helfen! Mein kleines Mädchen hat ein ganz hitziges Geblüt und ... Wer sind Sie denn?«

»Bitte beruhigen Sie sich. Der Leibarzt ist nicht da, aber er wird bestimmt gleich wiederkommen.«

»Das ist gut, das ist gut! Mein Mädchen kann kaum noch schlucken. Ich habe ihren Hals immerzu abwärts gestrichen, mit Bernsteinöl eingerieben und ihn mit warmen Tüchern belegt, auch ihren Buckel. Ich habe den guten Kopfbalsam auf die Stirn geschmiert, Majoran in die Nase gegeben und schließlich mit Rizinusöl purgiert, damit der Eiter wohl auf diese Weise aus ihr herauslaufen möge. Es kam auch gelber Brei, aber der Abszess wurde keinen Deut besser.«

»Da haben Sie ja schon sehr viel gemacht ...«

»Helfen Sie meinem Mädchen! Sehen Sie doch, sie kann kaum noch schlucken. Ich kann Sie auch reich entlohnen, mein Mann verdient als Oberster Stallmeister recht gut. Er darf nur nichts davon erfahren, dass ich hier bin. Er würde mich blutig schlagen, wenn er wüsste, dass ich dem Herrgott mein Mädchen nicht zurückgeben will. Bitte helfen Sie mir! Ich könnte auch etwas vom Familienschmuck ...«

»So beruhigen Sie sich doch bitte. Natürlich helfe ich Ihnen so gut ich kann!« Helena wandte sich dem kleinen Mädchen zu, das zu weinen begonnen hatte. »Wie heißt du denn?« Sie legte den Kopf schief, um den Blick der kleinen Patientin aufzufangen.

Trotzig schob das Mädchen die Unterlippe nach vorne.

»Das willst du mir nicht sagen? Schade, aber macht nichts. Dein Name ist nämlich bestimmt nicht so schön, wie meiner. Ich heiße Helena.«

»Lea ist viel schöner.« Sie drehte ihren Kopf ein wenig und sah Helena mit großen Augen an. »Bist du auch krank?«

»Ich weiß nicht. Magst du mal nachsehen, ob mir etwas fehlt?« Helena beobachtete mit weit aufgesperrtem Mund, wie sich das kleine Mädchen an der Brust der Mutter abstemmte, um nachsehen zu können.

»Du hast viel schönere Zähne als meine Mutter.«

Diese zog peinlich berührt ihr Kind zurück und kniff den Mund zusammen.

Helena versuchte die Situation zu retten, indem sie zu Lea sagte: »Du musst gut auf deine Zähne achtgeben. Weißt du, vom Schleim der Speisen bildet sich eine gelbe, manchmal sogar schwarze Kruste, die man nur noch mit besonderen Instrumenten entfernen kann. Das Bürsten und Kratzen ist für die Zähne gefährlich, wenn es nicht mit besonderer Vorsicht verrichtet wird, aber man kann etwas Kreide auf ein Tuch geben und damit die Zähne immer nach dem Essen abreiben. Soll ich dir zeigen, wie das geht?«

Lea nickte.

Ohne lange im Regal suchen zu müssen, entdeckte Helena die Flasche mit der richtigen Aufschrift. Nachdem sie etwas von der Kreide auf ein feuchtes Stück Leintuch gegeben hatte, bat sie das kleine Mädchen, den Mund zu öffnen.

Abwehrend hob Lea die Hand. »Du tust mir bestimmt weh.«

»Ach so, du hast Angst, dass der kleine Quälgeist in deinem Hals sich wehrt? Möchtest du ihn lieber behalten?«

»Nein!«

»Ja, aber wenn du deinen Mund nicht aufmachst, kann er doch nicht entkommen. Der sitzt jetzt in deinem Hals und kratzt und beißt, weil er endlich heraus möchte.«

Lea öffnete vor Erstaunen den Mund. Leider nicht weit genug, damit Helena etwas erkennen konnte.

»Hm, weißt du was? Wir werden ihn herauslocken. Quälgeister lieben Honig.«

»Wirklich?« Das Mädchen schaute ihr gespannt zu, wie sie den Honigtopf aus dem Regal holte. Unauffällig griff Helena dabei nach einer kleinen Lanzette und umwickelte sie mit dem Tuch, so dass die Spitze kaum mehr zu sehen war. Sie dachte kurz an den Leibarzt und ihr graute es bei der Vorstellung, Lea in seine Behandlung zu geben.

Auf ihren kleinen Wink hin setzte sich die Mutter wie selbstverständlich auf den rotsamtenen Behandlungsstuhl, und Lea thronte wie eine Prinzessin auf ihrem Schoß.

»Soll ich dir noch ein Geheimnis verraten?«, flüsterte Helena und ging ganz nahe an Leas Ohr. »Sobald wir den Geist gefangen haben, bekommt er keinen Honig mehr. Dann gehört der Topf dir ganz alleine.«

Lea drehte sich zu ihrer Mutter um, die ihr aufmunternd zunickte. Nun war die Kleine nicht mehr zu bremsen. Sie sperrte ihren Mund auf, so weit sie nur konnte.

In diesem Moment flog die Tür auf, und der Leibarzt kam hereingestürmt. »Diese Ernestine hat mir alle Vögel verscheucht! Nun kann ich morgen noch einmal ... Was ist denn hier los?« Er rang nach Luft. »Was tust du da? Fort von meinen Patienten!«

Helena ließ den Zorn an sich abprallen. Statt eine Antwort zu geben, widmete sie sich wieder dem Kind, das den

Mund vor Schreck immer noch weit aufgerissen hatte. Konzentriert besah sie sich in dem diffusen Licht den Abszess. Lea hielt vollkommen still, als Helena sich mit der umwickelten Lanze näherte. Auch der Leibarzt sagte nichts mehr. Es war totenstill, als sie den Schnitt setzte. Schnell beugte sie den Kopf des Mädchens nach vorne und hielt ihr eine der bereitstehenden Schüsseln vor. Lea schrie und spuckte blutigen Eiter aus. Helena strich ihr sanft über die Haare und nickte der Mutter, die ihr Kind fest umklammert hielt, beruhigend zu. Als ihre Tochter sich jedoch bald darauf leise wimmernd in ihren Arm kuschelte, begriff sie, dass das Schlimmste überstanden war.

Mit einem Seitenblick auf den Leibarzt drückte Helena der Frau den Honigtopf in die Hand und flüsterte ihr zu: »Geben Sie Lea viel von dem Honig in warmem Salbeisud aufgelöst zu trinken und kommen Sie morgen Vormittag noch einmal vorbei.«

Die Frau verabschiedete sich unter großen Dankesworten. Als Helena die Türe hinter ihnen schloss, zog sie in Anbetracht des zu erwartenden Donnerwetters das Genick ein und wandte sich schicksalsergeben dem Leibarzt zu. Der jedoch setzte sich wortlos an den Schreibtisch und griff zur Feder.

Eine Weile lang blieb Helena stehen, dann ließ sie sich geräuschlos auf ihren Hocker nieder. Sie durfte noch nicht gehen, das wusste sie. Er war noch nicht mit ihr fertig. Wenn sie doch nur irgendetwas finden würde, womit sie sich nützlich erweisen könnte. Doch sie wagte nicht zu fragen.

Wie lange sie stumm neben dem Leibarzt gesessen hatte, konnte sie nicht sagen. Jedenfalls musste er irgendwann zur Lichtputzschere greifen. Das Zischeln der Flamme war das einzige Geräusch seit einer Ewigkeit, und Helena erwachte aus ihrer Erstarrung.

»Verzeihen Sie, Monsieur Dottore Tobler, könnte ich wohl auch eine Kerze bekommen?«

»Wozu?«, fragte der Leibarzt, ohne sich von seinen Blättern abzuwenden.

»Nun, ich möchte gern ... Darf ich vielleicht noch etwas lesen? Ein medizinisches Lehrbuch oder dergleichen?«

»Ich bin dein Lehrmeister und sonst niemand. Schon gar nicht ein Buch.« Abfällig schaute er sich um. »Bücher! Siehst du hier auch nur ein einziges Buch?«

»Nein.« Helena sank auf ihrem Hocker zusammen. »Ich dachte nur ... vielleicht ... damit ich etwas lerne. Ich dachte, Sie wollten mir beibringen, wie man Patienten behandelt. Stattdessen bestrafen Sie mich dafür.«

»Gewiss. Wenn ich dir befehle, während meiner Abwesenheit sitzen zu bleiben und nichts anzurühren, dann hast du diesem Befehl Folge zu leisten.«

»Aber ich ...«

»Ein falscher Schnitt, und du hättest sie umgebracht!«

Getroffen senkte Helena den Kopf.

»Überhaupt sollten wir es für heute mit dem Unterricht belassen. Trage nur noch hier in die Tabelle den heutigen Zustand des Rasens im Stiftsgarten ein. Farbe, Länge, Dichte, auffällige Veränderungen. Dazu bin ich nämlich jetzt nicht mehr in der Verfassung.«

Helena wollte etwas erwidern, aber der Leibarzt fuhr dazwischen: »Und nun schreibe das Weib und halte sein Maul!«

»Verzeihung, aber ... Sie haben mir nicht gesagt, dass ich auch auf den Rasen achten soll.«

»Das hättest du aber. Einen solch fettgrünen Rasen findest du nämlich sonst nirgendwo. Ich habe erfolgreich mit verschiedenen anregenden Mitteln experimentiert.«

»Aha!« Helena ignorierte seinen böswilligen Blick. »Um den Rasen soll man sich kümmern, aber die Patienten lieber ihrem Schicksal überlassen?«

»Das kommt ganz darauf an! Manchmal hat es nämlich sogar etwas Gutes, wenn der elende Chirurg nicht beikommt und ich den dreckigen Aderlass einmal mehr selbst vornehmen muss. Und so habe ich den Herrn angefleht, wo ich denn hin solle mit den vollen Schüsseln. Und er stand mir Pate für den besten Rasendünger auf Erden.«

Kapitel 5

Helena rannte. Sie rannte in der Hoffnung, ihren eigenen Füßen davonlaufen zu können. Widerlich, einfach nur widerlich! Keuchend lief sie die dunkle Treppe hinauf und durch den langen Korridor bis zum Sternenzimmer. Dort hielt sie vor der Türe inne. Oder sollte sie lieber im Stall schlafen? Nein. Niemand brachte sie dazu, auch nur noch einen Fuß auf diesen blutgetränkten Rasen zu setzen. Schon gar nicht ein Mann und erst recht nicht dieser Vagabund.

Geräuschvoll öffnete sie die Türe und tastete sich im Mondlicht an den Marmorbüsten entlang zum Studiertisch. Der Mann sollte nicht glauben, dass er ... Doch wo war er? Das Bett war leer, und nur ein Weinkrug stand noch da.

»Helena? Erschrecken Sie jetzt bitte nicht.«

Sie wirbelte herum. Dort stand er. Zwischen Sokrates und Aristoteles war er zwischen den Regalen hervorgetreten. Barfüßig, mit zerzausten Haaren und einem beißenden Geruch an sich. Plötzlich fiel ihr auf, dass auch mit seinem linken Arm etwas nicht stimmen konnte, denn er bewegte ihn recht unnatürlich.

»Was wollen Sie von mir? Woher wissen Sie meinen Namen? Und wer sind Sie überhaupt?«

»Ich heiße Gregor von Herberstein«, sagte er gelassen und ging auf sie zu.

»Und was tun Sie hier?« Helena wich vor ihm zurück, bis sie an den Schreibtisch stieß.

Der Mann entzündete seelenruhig einige Kerzen an den Regalseiten. »Ich wollte soeben noch ein wenig die Mathematiker studieren, bevor ich zu Bett gegangen wäre. Verzeihung, Helena. Jetzt ist es ja wohl unser Bett.«

»Es ist mein Bett! Und sagen Sie mir endlich, woher Sie meinen Namen wissen.«

»Stiftskanzler Sebastian erwähnte ihn, als Sie hier mit ihm auftauchten ... Und wenn Sie mich ausreden lassen wollen, kann ich Ihnen alles erklären. Setzen wir uns.«

»Danke, ich stehe lieber«, sagte Helena und verschränkte die Arme.

»Das ist vielleicht auch besser so, Ihr Rock ist doch etwas schmutzig. Sebastian hat übrigens neue Kleidung für Sie gebracht. Ich habe sie dort auf den Stuhl gelegt. Möchten Sie etwas Brot?«

Helena spürte, wie ihr der Magen knurrte. »Nein danke, ich habe keinen Hunger.« Mit einem kritischen Blick nahm sie die Kleidung an sich. Ein eidotterfarbenes Mieder, eine braune Schürze und ein grasgrüner Rock. Die Wahl eines Mannsbildes! Allerdings hatte er sogar daran gedacht, Nadel und Faden für Änderungen beizulegen. »Weiß Sebastian, dass Sie hier sind?«

Gregor machte es sich auf dem Strohbett bequem, das Kerzenlicht spiegelte sich in seinen dunklen Augen. »Es ehrt mich, dass Sie sich um mich sorgen, aber ich halte mich hier gut versteckt. Außerdem hat Sebastian die Kleidung nur achtlos ins Zimmer geworfen. Kein Wunder bei Ihrem Abgang! Hübsche Sachen sind das übrigens.« Amüsiert strich er sich über seinen wuchernden Bart.

»Sie sollten lieber ganz ruhig sein. Bei Ihrem ungehobelten Auftreten würde selbst neue Kleidung nicht viel nützen.« Helena legte die Sachen beiseite; umziehen würde sie sich hier bestimmt nicht. »Woher kennen Sie Sebastian?«

»Ich kenne alle im Stift – bis auf Sie.«

»Sind Sie auf der Flucht?«

»Ja. Ich halte mich seit gestern hier versteckt. Und Sie sind auch auf der Flucht ...«

»Woher wissen Sie das?«

»Es war nur eine Vermutung.« Er zog einen Strohhalm aus dem Kissen und zwirbelte ihn zwischen den Fingern. »Aber jetzt weiß ich es. Allerdings gehört nicht viel Logik dazu: eine Frau allein im Wald, ohne Garderobe, die freiwillig bei einem fremden Mann die Nacht verbringt ... Da gibt es nicht viele Möglichkeiten. Entweder ist sie ein leichtes Mädchen, oder sie teilt mein Schicksal.«

»Ich bin kein leichtes Mädchen! Und ich teile mit niemandem mein Bett, schon gar nicht mit Ihnen!«

»Vor welchem Mann sind Sie auf der Flucht?«

Dieser Gregor war ihr unheimlich. Kein Wort würde er von ihr erfahren.

»Gut, ich verstehe, dass Sie mir das jetzt nicht sagen wollen. Dann dürfen Sie jetzt raten.«

»Sie gehen jetzt und lassen mich in Ruhe!«

»Gehen Sie doch!«

»Das ist nicht so einfach. Ich habe kein Pferd mehr. Davon abgesehen habe ich ein Abkommen mit dem Leibarzt.«

»Sie buckeln bei unserem Äskulap? Mein herzliches Beileid.«

»Ich diene nicht bei ihm, ich arbeite für ihn.«

»Sie können heilen? Das glaube ich ja nicht! Dann schickt Sie der Himmel.«

Also doch. »Was fehlt Ihnen? Woher kommt überhaupt das viele Blut auf Ihrem Hemd?«

»Das ist nichts weiter, eine alte Schussverletzung. Kein Grund zur Sorge.«

Was fehlte ihm dann? »Haben Sie hitzige Wallungen oder ein Gefühl, als ob das Geblüt kochen wolle?«

»Bisher nicht. Nur jetzt in Ihrer Gegenwart«, sagte er schmunzelnd.

»Lassen Sie Ihre anzüglichen Bemerkungen. Ich meine es ernst. Todernst.« Helena sah ihn direkt an. »Wissen Sie, ob unter den Franzosen welche mit Ausschlag waren?«

»Ja, es gab einige mit Syphilis. So ist das eben im Krieg.«

»Syphilis«, wiederholte Helena tonlos. Beginnende Blattern ließen sich am Anfang kaum von einem Syphilisausschlag unterscheiden. »Gregor, Sie dürfen die Bibliothek in nächster Zeit auf keinen Fall verlassen.«

»Aber warum nicht?«

»Weil ... Sie müssen es mir versprechen.« Helena schluckte. Sie starrte auf den dunklen Holzfußboden und wünschte sich ganz weit weg. Sie versuchte den Anblick der Großmutter zu verdrängen, die Türe zu schließen, aber Friedemar schlich zu ihr in die Küche, er griff nach ihr, das Notizbuch brannte im Feuer. Wenn die Blattern unter den Franzosen gewesen waren, gab es für Gregor keine Hoffnung mehr.

Er lächelte. »Ach so, ich verstehe. Sie glauben, ich könnte mir bei einem Soldaten die Lustseuche eingefangen haben? Da kann ich Sie beruhigen. Ich liebe nur meine Aurelia.«

»Wer ist Aurelia? Waren Sie mit ihr in Berührung?«

»Wenn Sie schon nicht rätseln wollen, dann hören Sie

mir wenigstens zu. In Ordnung? Also, ich bin Offizier. Das heißt, ich *war* Offizier. In der österreichischen Armee. Bis ich nicht mehr konnte. Ich bin geflohen, von meiner Truppe, vor dem sinnlosen Krieg und der Übermacht der Franzosen. Hierher. Nur weg von diesen Schlachten. Es ist unvorstellbar. Grausam und hasserfüllt. Sie verfügen über ein scheinbar unerschöpfliches Reservoir an Menschen, die ihr Vaterland verteidigen wollen. Wir dagegen haben nur kleine und teure Söldnerheere. Bisher galt es, mit kleinen Truppen einen politischen Gegner zu schlagen. Nun stehen unseren Truppen riesige Heere gegenüber, die es als ihre innerste Pflicht ansehen, gegen einen Feind zu kämpfen, der ihre revolutionären Errungenschaften bedroht. In den Kämpfen, die ich erlebt habe, war jegliche Schlachtordnung vergessen. Das Heer ist in alle Winde verstreut. Man kämpfte an vier verschiedenen Fronten gleichzeitig. Es war ein einziges Gemetzel. Kaum hatte man den Feind an der Brust besiegt, so saß er einem wieder im Nacken.

Als wir bei Biberach ankamen, kannte ich nur noch einen Gedanken: Ich wollte hierher zurück zu meiner Aurelia. Ich wollte sie mitnehmen, mit ihr fortgehen. Stattdessen bin ich den Franzosen in die Hände gefallen. Und ich war nicht der Einzige. Sie brachten uns in das Damenstift Buchau, das zu einem Gefangenenlager geworden war. Es stank nach Fäulnis und Elend. Auf den Fluren, und einfach überall lagen Kranke, Verwundete. Unzählige. So viele, dass der Abzug aus dem Stift schließlich einer Prozession glich. Ich hatte Glück. Ich konnte mich bei Riedlingen in die Büsche schlagen, und nach einem wochenlangen Marsch bin ich schließlich nach Quedlinburg gelangt. Nun verstecke ich mich hier, bin fahnenflüchtig.«

»Aber wie konnten Sie ungesehen in das Stift gelangen? Die Stadttore sind doch bewacht!«

»Nicht im Westendorf, da die Fürstäbtissin für die Bewachung der Tore Sorge trägt und da sie dies nicht besonders ernst nimmt, kam ich von Osten her durch das Wassertor. Nach einem kurzen Fußweg durch das nächtliche Westendorf gelangte ich über die Pastorentreppe von der Hinterseite her ins Stift. Gewiss, das war riskant – wäre ich besonnener gewesen, hätte ich vielleicht nach dem Krieg meinen offiziellen Abschied nehmen können, aber nun droht mir als Deserteur der Galgen. Aber viel schlimmer noch ist die Sehnsucht nach meiner Aurelia. Ich vermisse sie so sehr! Mein geliebtes Mädchen ... Warum müssen Gefühle immer so wehtun?« Gregor hielt inne. »Wenn ich nur wüsste, ob Aurelia mich noch liebt.«

»Ist Aurelia eine der Stiftsdamen?«

Er nickte.

»Und Sie sind noch nicht bei ihr gewesen?«

»Glauben Sie, sie kann mir verzeihen, dass ich in den Krieg gezogen bin und sie alleingelassen habe? Was wird sie nur denken, wenn ich so zerlumpt vor ihr stehe? Oder wird sie erleichtert sein, mich überhaupt lebend zu sehen?«

Helena musterte den Mann, der da vor ihr saß und auf einmal so unsicher wirkte. Lange sah sie ihn an, und es stiegen vergangene Bilder in ihr auf. Friedemar als kleiner Junge, wie er mit Steinen auf dem Hof spielte. Die ersten scheuen Blicke, die sie als Kinder ausgetauscht hatten. Ihre heimlichen Treffen am Bach. Der erste Kuss. Der unvergessliche Moment, in dem er um ihre Hand anhielt ... Dann zogen Schatten vorüber. Seine dunkle Gestalt in der Küche der Großmutter, der Schürhaken in seiner Hand.

»Ich habe mich entschieden.« Gregors Stimme holte sie in die Gegenwart zurück. »Ich werde zu Aurelia gehen. Noch heute Nacht, wenn im Stift alles ruhig ist, schleiche ich mich zu ihr und werde sie bitten, meine Frau zu werden. Sonst werde ich noch verrückt! Ich möchte sie bei mir haben, und zwar für immer.«

»Gregor, das dürfen Sie nicht! Es ist gut möglich, dass Sie unter einer ansteckenden Krankheit leiden. Sie bleiben hier und rühren sich nicht von der Stelle, sonst ... sonst werde ich Sie anzeigen!«

Gregor starrte sie entsetzt an. Helena hoffte, dass er den Ernst der Lage begriffen hatte, und zündete die Kerze auf dem Schreibtisch an. Sie wollte vergessen, was um sie herum geschah. Einfach vergessen. Das Licht fiel auf ein Schachbrett aus Marmor, dessen Figuren mitten in einer Partie verlassen worden waren. Daneben stand ein Engel aus Stein, der kniend in einem Buch las. Vorsichtig nahm Helena die kleine Skulptur in die Hand. Unglaublich, welch filigrane Arbeit der Steinmetz geleistet hatte. Der Engel trug ein prächtig gemeißeltes Federkleid und die Buchseiten wirkten wie echtes Papier. Die steinernen Gesichtszüge hätten lebendig sein können, und sein Lächeln war voller Zufriedenheit. Behutsam setzte sie den Engel wieder auf die Tischplatte und besah sich die Weltkugel. Fliegen müsste man können! Wenn sie nur wüsste, wo auf dieser riesigen Kugel sie sich gerade befanden. Sanft strich sie über das dunkle, mit roten und gelben Linien bemalte Holz.

»Gregor, wissen Sie vielleicht... Gregor? Was ist los?«

Er hatte sich versteift und die Augen nach oben verdreht. Mit unnatürlich gestreckten Gliedmaßen fiel er auf dem

Bett nach hinten. Im Rhythmus seines heftigen Atems zuckte sein Körper und krampfte sich zusammen.

»Gregor!« Helena packte ihn bei den Schultern und schüttelte ihn. Er zitterte, wie sie es bisher nur bei Menschen, die von einem Nervenfieber befallen waren, gesehen hatte. Aber die kamen nicht so plötzlich.

»Gregor, bitte, sagen Sie doch etwas!« Unsanft griff sie ihm ans Kinn. Schaumiger Speichel lief aus seinem Mundwinkel, sein Gesicht war von Tränen überschwemmt. Da ließ ein hohler tierischer Laut Helena zusammenfahren. Er röchelte, und es gurgelte in seiner Kehle. Der Blick aus den starren, glasigen Augen war seltsam entrückt. Was ging hier vor sich? War er ein Werwolf? Ein Blutrinnsal trat aus seinem Mund und rann über ihre Hand. Sie stieß ihn von sich. Fassungslos betrachtete Helena das Spektakel, unfähig davonzulaufen.

Wo bleibt mein gesunder Menschenverstand?, schalt sie sich. Was immer Gregor hatte, er brauchte jetzt sofort Hilfe. Wenn ihr nur jemand beistehen könnte ... Doch damit würde sie den Deserteur ans Messer liefern. Er war doch auf sie angewiesen. Wieso gab es denn hier niemanden ... Ein Buch! Wo waren die medizinischen Lehrbücher? Sie sah sich hektisch um und schlüpfte bei dem Schlangensymbol zwischen die Regale.

Als sie mit einem Stapel Bücher im Arm wieder hervorstürzte, hatte sich Gregor entspannt und lag ruhig da. Der Spuk war vorbei. Helena legte die Bücher auf dem Tisch ab und trat vorsichtig näher. Tatsächlich, er schlief. Tief und fest, als sei nichts gewesen. Unheimlich war das. Medicus Roth hätte bestimmt sofort gewusst, wo der Anfall herrührte.

Sollte sie ihn untersuchen? Oder lieber bei der Methode des Äskulap bleiben: Solange der Patient nicht klagt, fehlt ihm nichts? Helena zögerte, entschied sich dann jedoch für eine Untersuchung. Mit zitternden Fingern machte sie sich an Gregors Hemd zu schaffen. Wie konnte man nur so tief schlafen? Das war doch nicht normal. Helena atmete scharf ein, als sie die angeblich verheilte Schussverletzung freilegte. Sie war auf dem Feld nur notdürftig versorgt worden, wahrscheinlich von einem Kameraden, weil die Feldärzte mit dem Zusammenflicken von verletzten Soldaten nicht mehr nachkamen. Jetzt wusste sie zumindest, weshalb ihm dieser beißende Geruch anhaftete: Die flammend rotgelbe Wunde mit schwarzbraunen Rändern stand klaffend offen. Deshalb hatte Gregor seinen Arm so steif gehalten! Wie hatte er die Schmerzen nur ertragen können? Aber sicher gab es noch einen anderen Grund für diese merkwürdige Ohnmacht. Die Ursache dafür musste sie noch herausfinden, und in die Nähe der Wunde sollte unverzüglich eine Fontanelle gelegt werden, um zusätzliche, heilende Kräfte an die Körperstelle zu locken. Ein Stück Kerzendocht war kein Problem, aber wo eine Nadel finden? Aber ... hatte Sebastian nicht eine beigefügt, als er ihr neue Kleidung brachte? Hektisch legte Helena alle Utensilien bereit und zog die Kerze näher heran. Da wachte Gregor auf.

»Helena? ... Helena, wo bin ich? Was ist passiert?«

»Gregor? Geht es dir wieder besser? Du warst wie von Sinnen! Du hast mir einen gehörigen Schrecken eingejagt.« Jetzt hatte sie ihn in der Aufregung auch noch geduzt. Aber das war ihr nun gleichgültig.

»Das tut mir leid.« Er blinzelte und reckte sich vorsichtig, so dass das Stroh in der Matratze raschelte. »Das war wohl wieder einer meiner Anfälle. Dabei habe ich mir auf die Zunge gebissen.« Mühsam rappelte er sich auf und stützte sich auf die Ellenbogen ab. Da durchfuhr ihn sichtlich ein Schmerz, und er sank zurück aufs Bett. »Diese Anfälle sind ein weiterer Grund, warum ich aus der Armee geflohen bin. Der Äskulap sagte mir bei einem meiner Besuche, ich leide an der ›Heiligen Krankheit‹. Er gab mir Baldrianwurzel und Chinarinde für das Geblüt und sagte, dass die Krankheit von einer im Kopf umherirrenden Blutmasse verursacht würde, die bei einem Anfall das Gehirn reizt. Dabei entsteht wohl ein Giftstoff, der sich durch verschiedene Entleerungswege einen Ausgang durch den Körper sucht. Der Äskulap empfahl mir, eine Schwefelkur auf dem Lande zu gebrauchen und mein Haupthaar mit einer Perücke zu bedecken, um den Kopf vor weiteren Verwirrungen zu schützen. Aber das hilft nicht ...« Gregor gähnte unverhohlen. »Helena, bitte verzeih. Aber ich bin unendlich müde, ich möchte nur noch schlafen.«

Kaum hatte er ausgesprochen, fielen ihm die Augen zu.

Helena betrachtete ihn kopfschüttelnd und machte sich dann daran, seine Wunde zu versorgen. Hoffentlich schlief Gregor weiter ... Dieses verfluchte Licht! Endlich hatte sie den Kerzendocht durch das weite Nadelöhr gefädelt. Sie nahm nahe bei der entzündeten Stelle vorsichtig eine Hautfalte, setzte die Nadel an, biss dann selbst die Zähne zusammen und rammte den Spieß durch die Haut. Gregor zuckte zusammen und raunzte etwas, aber dann war wieder Ruhe. Der Docht saß perfekt. Dafür fühlte sie sich, als sei ihr selbst eine Fontanelle gelegt worden. Erschöpft lehnte sie sich zurück, um der aufsteigenden Übelkeit entgegenzuwirken. Jetzt musste sie nur noch seinen Arm abtasten, um zu sehen, ob immer noch eine Kugel darin steckte und die Knochen deswegen eine unnatürliche Lage angenommen hatten. Helena schickte ein Stoßgebet zum Himmel, Gregor möge weiterschlafen.

Sie wand den Blick ab und verließ sich ganz auf ihren Tastsinn. Der steinerne Engel las geflissentlich weiter in seinem Buch. Niemand beobachtete sie. Mutig griff sie nach seiner Hand und fuhr mit den Fingern die Haut entlang, um die Knochen zu spüren, bis sich ihre Befürchtung bestätigte. Der Oberarmknochen wies eine beachtliche Fraktur auf. Damit war der Arm wohl verloren. Man hatte zwar die Kugel entfernt, aber die Knochen ihrem Schicksal überlassen.

Helena strich sich eine verschwitzte Locke aus der Stirn. Wenn sie nur mehr über die Arbeit eines Chirurgen wüsste! Hektisch ging sie den wahllos herausgegriffenen Bücherstapel durch: *Boerhaave. Lavoisier. Morgagni. Hufeland. Heister. Lorenz Heisters Chirurgie.* Sehr gut! Sie schlug das Buch auf. *In welcher alles, was zur Wundarznei gehöret nach der neuesten und besten Art gründlich abgehandelt, in vielen Kupfertafeln die neu erfundenen und dienlichsten Instrumente, nebst den bequemsten Handgriffen der chirurgischen Operationen deutlich vorgestellt werden.* Das hörte sich doch gut an! Helena blätterte weiter und schielte dabei zu Gregor hinüber. *Von den geschlossenen Wunden, von den Zerquetschungen, von den Hauptwunden.* Hier stand es: *Von den Brüchen. Wo die gebrochenen Gebeine voneinander gewichen sind, ist eine Ausdehnung notwendig.* Na wunderbar! *Wie dies zu verrichten sei: Dazu setze man den Patienten auf einen Stuhl. Man lasse ihn festhalten oder man binde ihn fest. Bis die natürliche Länge des Gebeins wieder erreicht sei, soll nun am unteren Gebein von einem Diener so stark wie nötig gezogen werden. Besser zu stark als zu schwach, weilen sonsten man dem Patienten die Schmerzen in der Not noch vermehre. Wo mit den Händen nicht stark genug gezogen werden kann, so nehme man ein Seil oder Tuch zur Hilfe. Reicht dies nicht zum Zwecke, gebrauche man noch weitere Personen, um ...*

»Helena ...« Er schlug die Augen auf. »Mein Arm ... Was ... was hast du gemacht?«

»Ich habe eine Fontanelle gelegt. Die Stelle wird sich entzünden und damit weitere Heilkräfte an deine alte, angeblich verheilte Wunde locken.«

»Ich wollte dir keine Umstände machen«, sagte er zerknirscht. »Ist die Verletzung sehr schlimm?«

»Das wird schon wieder«, beruhigte sie ihn. »Mehr Sorgen mache ich mir um diese Anfälle.«

»Die Ärzte sagen, es sind die Nerven. Als ich noch klein war, hielt man es zunächst für die merkwürdige Form einer Kinderkrankheit, die wohl mit der Reifezeit verschwinden würde. Mit sieben Jahren aber kamen die ersten richtigen Anfälle mit Kopfschmerzen, Zähneknirschen, Zittern und Weinen. Später wurde ich dabei auch bewusstlos und biss mir häufig die Zunge blutig. Man sagte mir, ich würde an einer Krankheit leiden, die nur besonders begabte und feinfühlige Naturen treffen würde. Aber das war mir nur ein schwacher Trost. Mit stoischem Willen habe ich in der Armee gedient, aber dort ging es mit meinen Anfällen erst richtig los. Im Graben bin ich plötzlich zusammengebrochen oder mitten im Angriff vom Pferd gefallen. Aber selbst der Feldarzt konnte nichts dagegen tun.«

Helena war dem Bericht reglos gefolgt. »Aber, man muss doch etwas dagegen tun können!«

»Nein. Es gibt nun einmal Krankheiten, die sind Gottes Wille. Ich habe mich doch auch schon vom Leibarzt untersuchen lassen. Er sagte, es gäbe kein Gegenmittel. Und wenn *er* nichts weiß, dann weiß niemand etwas.«

»Da wäre ich mir nicht so sicher ...«, murmelte Helena.

Er überging ihren Einwand und brachte sich in eine sitzende Position. »Nun ist es ja wieder vorbei. Hilfst du mir aufzustehen? Mein Arm schmerzt ziemlich.«

»Gregor, das geht jetzt nicht. Noch nicht. Setz dich bitte auf den Stuhl hier und trink auf der Stelle den Weinkrug leer ...«

»Aber wieso?«

»Bitte frag jetzt einfach nicht weiter.«

***

Schemenhaft erhoben sich Gestalten aus ihren Betten, als Helena einen höhlenartigen Raum betrat. Es roch nach Fäulnis und Tod. Von allen Seiten kamen die Blatternkranken auf sie zu. Blatternkranke, deren nackte, ausgezehrte Leiber von schwarzen Käfern übersät waren. Die Käfer krabbelten über ihre Beine, den Bauch entlang, am Hals hinauf, über Lippen und Augen, bis sie sich irgendwo unter die Haut fraßen und dort kleine Knoten bildeten. Die spindeldürren Gestalten streckten ihre Arme nach ihr aus, der Kreis um sie wurde enger. Einer der Kranken trat mit einem Milchkrug in der Hand auf sie zu. Er streckte den Arm aus, und mit einem eiskalten Lächeln goss er den Inhalt über ihr aus. Schlagartig bildeten sich Blattern auf ihrem Körper, dicke Pusteln wucherten auf ihren Armen und Händen. Helena schlug um sich, versuchte sich aus dem enger werdenden

Kreis zu befreien. Sie fand eine Lücke und flüchtete keuchend in den nächstgelegenen Raum.

Dort war es ruhig. Sie tastete in der Finsternis die Wände nach einem Ausgang ab. Nichts. Es gab keine Türe, nur die glatte Steinmauer. Selbst der Durchgang zurück war verschwunden. Wie ein getriebenes Tier hetzte sie von einer Seite auf die andere; trommelte mit den Fäusten gegen den Stein, bis sie immer schwächer wurde. Ihre Schreie wurden leiser und schließlich sank sie entkräftet zu Boden.

Höhnisches Gelächter ertönte: »Warum tust du denn nichts? Tu doch etwas, tu endlich etwas!«

Plötzlich öffnete sich die Wand vor ihr und gab den Blick in ein Verlies frei. Karges Licht fiel auf ein kleines Mädchen, das sich auf einem Strohsack zusammenkauerte. Die Blattern hatten das Gesicht des Mädchens entstellt, die Haut war fahl, von Knoten überzogen und zum Bersten gespannt. Helena wurde erneut von den Gerippen umzingelt, mit erbarmungslosem Griff schleppte man sie dicht vor das Lager des sterbenskranken Mädchens. Ein kalter Atemhauch streifte ihr Gesicht.

»Hier, sieh zu, wie die kleine Lea stirbt!«

»Nein! Neiiin, neiiiin ...«

»Helena, wach auf! Hör auf mich zu schlagen! Ich bin dir nicht zu nahe gerückt. Ehrlich!«

»Oh, Gott.« Helena atmete tief durch und versuchte sich zu besinnen. Krampfhaft bemühte sie sich, die Augen offen zu halten. »Ich habe nur geträumt. Aber es war so furchtbar.«

Gregor hielt sich den mit einem Leintuchfetzen notdürftig verbundenen Arm und fragte zögerlich in das Halbdunkel des Sternenzimmers hinein: »Was hast du denn geträumt?«

Helena seufzte. »Ich will nicht darüber reden.« Sie wollte nicht an Friedemar denken, nicht an ihr Notizbuch und nicht an den furchtbaren Irrtum. Es schmerzte sie zu sehr, sich einzugestehen, dass sie die Milch aus dem Euter kranker Kühe für das Mittel gegen die Blattern gehalten hatte. Dabei war sie sich so sicher gewesen. Die Euterkrankheit war nur bei ihren eigenen und bei den Kühen dieser vier Familien aufgetreten. Und gleichzeitig trank man die Milch der kranken Kühe nur bei Friedemar, bei ihr zu Hause und den übrigen Familien. Und dabei war niemand von ihnen an den Schwarzen Blattern erkrankt! Bis die letzte Seuche gekommen und ihre Großmutter daran gestorben war.

»Wenn du mir nicht von deinem Traum erzählen willst, dann lass uns versuchen weiterzuschlafen.« Gregor fasste nach seinem Arm und lächelte gequält. »Falls mir das noch einmal gelingt nach dieser Rosskur.«

Sie lagen nebeneinander auf dem Rücken und nach einer geraumen Zeit der Stille, als Gregor bemerkte, dass auch sie noch wach war, begann er, ihr vom Krieg zu erzählen. Mit leiser Stimme berichtete er von politischen Dingen und von Schrecken, die er auf dem Schlachtfeld gesehen hatte. Er redete sich alles von der Seele, obwohl Helena es gar nicht hören wollte, und sie war erleichtert, als seine Stimme undeutlicher wurde, er schließlich verstummte und sein Atem tief und regelmäßig wurde. Der Wein aus dem Krug, den er gegen die Schmerzen auf ihren Befehl hin ausgetrunken hatte, zeigte offenkundig doch noch seine Wirkung.

Helena hingegen verbrachte den Rest der Nacht mehr dösend als schlafend. Jede noch so kleine Bewegung von

Gregor, jegliches Zucken neben ihr, und sie war hellwach. Aber besser er lag neben ihr und hielt sie vom Schlafen ab, als dass er sich zu Aurelia schlich und sie womöglich ansteckte. Ihre Gedanken drehten sich, und es dauerte lange, bis sie endlich in den Schlaf fand.

Im Morgengrauen schreckte sie hoch. Jemand machte sich an der Tür zu schaffen. Es schabte und sägte. Friedemar? Die Flucht war zu Ende ... Friedemar hatte sie gefunden! Sie starrte mit aufgerissenen Augen in die Dunkelheit. Wie war ihm das bloß gelungen? Müßig, darüber nachzudenken. Ihm gelang alles.

Das sägende Geräusch wurde lauter. Bald hatte er es geschafft ... Helena versuchte, Gregor wach zu rütteln. Warum schien ihr das Geräusch plötzlich so nah? Helena kam vollends zu sich. Gregor! Sein Schnarchen hatte sie aus ihrem unruhigen Schlaf gerissen.

Gregor blinzelte und schaute sie schlaftrunken an. »Was ist denn jetzt wieder los? Du bist ja schweißgebadet!«

Helena atmete schwer. »Jetzt habe ich geträumt, dass jemand die Türe aufbrechen wollte ...«

Er setzte sich im Bett auf und ordnete mit dem gesunden Arm seine verfilzten Haare, was der Mühe nicht wert war. »Helena, mich suchen sie, nicht dich. Da hat dir deine Seele wohl einen gehörigen Streich gespielt.«

Helena war nun putzmunter, keine Spur mehr von Müdigkeit in ihr, und setzte sich auf die Bettkante. Sie betrachtete ihre Füße, als sie sagte: »Es wird wohl auch nicht mehr lange dauern, bis man mich gefunden hat.«

»Wer ist überhaupt hinter dir her? Dein Mann?«

Helena gab auf. Für diesen Gregor schien sie ein offenes Buch zu sein. »Ja. Vielleicht auch sein Vater. Vielleicht das ganze Dorf. Ich weiß es nicht und will es auch nicht wissen.«

»Unsinn, weshalb sollten sie dich suchen? Hast du etwas angestellt?« Seiner Stimme war anzuhören, dass er über diesen Gedanken regelrecht belustigt schien.

»Ich bin der Schlüssel zu seiner Obsession, ich bin sozusagen sein Wissen.«

»Was meinst du damit?« Gregor setzte sich neben sie auf die Bettkante. »Hat es etwas mit deiner Heilkunst zu tun? Ist er an deinem Wissen interessiert? Bist du womöglich eine kleine, verschrobene Kräuterhexe?« Er boxte sie leicht mit seinem gesunden Arm in die Seite.

»Dann würde mich Friedemar wohl kaum heiraten wollen. Nein, ich bin keine Hexe. Das sagt nur der Äskulap«, setzte sie verbittert hinzu.

»Das sieht ihm ähnlich.« Gregor zog missbilligend die Augenbrauen hoch. »Dann richte dem werten Dottore aus, dass dir dazu allerdings die roten Haare fehlen. Du hast nämlich eindeutig ...« Er verstummte.

»Meine Haare sind straßenköterfarben, sag es nur!«

»Siehst du, du kannst ja schon wieder lächeln. So gefällst du mir.« Er erhob sich mit wackeligen Beinen, schaute an sich hinunter und strich seine zerschlissene und schmutzige Kleidung glatt. Ein Ausdruck des Bedauerns legte sich auf sein Gesicht. »So kann ich niemals vor meine Aurelia treten. Sie wird sich bei meinem Anblick zu Tode erschrecken!«

»Gregor, ich sage es dir noch einmal: Es grassieren die Blattern, und du solltest dich noch ein paar Tage von anderen Menschen fernhalten, bis wir sicher sein können, dass du gesund bist.«

Gregor lachte ungläubig auf. »Aber du bist doch auch hier bei mir!« Er musterte sie eingehend von oben bis unten, wie sie in ihrem zerknitterten braunen Kleid vor ihm saß. »Oder bist du vor der Seuche gefeit, weil du eine milde Form überlebt hast? Aber du hast gar keine Narben. Also hattest du wohl auch nicht das Geld für eine Inokulation.«

»Richtig. Aber ich bin im festen Glauben, dass mir die Blattern nichts anhaben können.«

Gregor machte große Augen. »Das gibt es nicht.«

»Doch. Meine Großmutter ist daran gestorben, und ich habe sie Tag und Nacht gepflegt. Längst müsste ich selbst auf dem Krankenlager dahinsiechen.«

»Aber weshalb bist du gesund geblieben? Wenn du den Grund weißt, warum dein Körper sich dagegen wehrt, dann wäre das doch die Rettung für das ganze Volk! Wenn ich mir das nur vorstelle ...«

Helena begegnete seinem Begeisterungssturm mit einem Schulterzucken. »Ich weiß nicht warum.« Sie stand auf und stellte sich neben ihn. Gemeinsam sahen sie auf den sich hebenden Tag aus dem Erkerfenster. »Ich wollte heute Morgen eigentlich gleich noch einmal zum Äskulap, um zu sehen, wie es dem kleinen Mädchen geht, das ich behandelt habe«, lenkte sie ab. »Aber ich traue mich nicht. Ich weiß nicht, ob mein Eingriff die Entzündung gar noch verschlimmert hat.«

»So wie du mit meinem Arm umgegangen bist, bin ich davon überzeugt, dass du auch das Kind richtig behandelt hast. Aber das kannst du nur herausfinden, indem du noch einmal zu unserem Äskulap gehst. Nicht wegen ihm. Wegen dir und der kleinen Patientin.«

»Ich weiß nicht, ob ich den Mut dazu aufbringe. Einesteils weiß ich, dass die Behandlung richtig war, andernteils befürchte ich das Schlimmste.«

»Kannst du Schach spielen?« Gregor deutete auf das Marmorbrett mit den bereitstehenden Figuren.

»Wie bitte?« Irritiert sah sie auf die offene Partie hinunter, bei der die wenigen weißen Figuren offensichtlich kurz vor Schachmatt standen. »Nein. Ich kenne nur die Regeln, das ist alles. Friedemar hat sie mir einmal ...« Helena unterbrach sich.

»Ich spiele Schach am liebsten gegen mich selbst. Es gibt nichts Spannenderes, als gegen einen vollkommen gleichwertigen Gegner zu kämpfen, dessen Strategie man bis in den hintersten Winkel seiner Gedanken kennt. Nur bringe ich es nie fertig, den letzten entscheidenden Zug auszuführen. Es ist, als würde ich damit einen Teil meiner Seele vernichten.«

»Vielleicht gibt es ja noch einen Ausweg ...« Helena besah sich noch immer die Partie. Der weiße König bildete mit zwei übrig gebliebenen Bauern ein Dreieck. Vor dem einen weißen Bauern standen ein schwarzer Läufer und ein schwarzer Bauer, vor dem anderen weißen Bauern ein schwarzes Pferd, das dem König Schach bot. Wich der König nun nach vorne oder nach links, so traf ihn der Läufer. Ein Schritt nach rechts bedeutete den sicheren Tod durch den schwarzen Bauern. »Du hast Recht. Es ist ziemlich aussichtslos.«

Gregor starrte auf das Schachbrett und zog die Stirn in Falten. »Warte mal, das stimmt nicht ganz. Ich habe vor lauter Verteidigung den Angriff übersehen.«

Angriff. Auf diesen Gedanken war sie gar nicht gekommen. Gebannt betrachtete sie die Positionen der weißen Figuren.

Gregor beugte sich voller Begeisterung über die Partie. »Ich kann mit meinem Läufer das schwarze Pferd aus dem Hinterhalt schlagen! Dann wäre alles wieder offen! Und dann könnte ich ...«

Helena lächelte. »Jetzt weiß ich, was ich tun werde. Während du weiter Schach spielst, gehe ich zum Äskulap.«

»Wirst du dich noch von mir verabschieden, ehe du weiterreitest?«, fragte Gregor sie leise.

»Das ist nicht nötig. Ich werde zurückkommen, ganz bestimmt.«

Kapitel 6

Aurelia hatte am Morgen darauf bestanden, das weiße Kleid anzuziehen. Es war reinweiß, nur die Ärmel und der Rocksaum waren mit goldfarbener Spitze besetzt. Gregor hatte es ihr geschenkt, und sie konnte sich noch genau an den Tag erinnern, als er damit zur Tür hereingekommen war. Wie sie sich hinter dem Paravent umgezogen hatte, ihre Angst, dabei von jemandem entdeckt zu werden. Seine Berührungen, seine Fingerspitzen auf ihrem Rücken, auf ihrer Haut, während er das Kleid verschloss. Seine bewundernden Blicke, der stolze Glanz in seinen Augen. Es war der Tag gewesen, an dem sie ihn zum letzten Mal gesehen hatte.

Die Zofe hatte ihr heute Morgen wieder einmal deutlich zu verstehen gegeben, dass sie ihr, der einzigen Österreicherin im Stift, nur widerwillig beim Ankleiden half. »Hier sind das Quälholz und Ihr Mieder.«

»Soll ich den Blankscheit etwa selbst in das Mieder schieben?« Aurelia, bekleidet nur mit weißen Seidenschuhen und einer wadenlangen Chemise, sah die Zofe fragend an.

»Gewiss«, kam es aus der anderen Ecke des Raumes, wo Crescentia Gräfin zu Stolberg-Gedern despektierlich den Inhalt der Reisetruhen betrachtete. »Meine Zofe ist schließlich nicht für alles zuständig. Sie steht nur leihweise in Ihren Diensten. Werte Gräfin Aurelia haben meiner Zofe nichts zu befehligen, so lange Ihre Bemäntelung noch nicht stattgefunden hat. So lange gehören Sie nicht zu unserem Stift. Und selbst wenn die Äbtissin entgegen dem Willen von uns anderen Damen die Aufnahme vollziehen lässt – Sie werden hier immer die unerwünschte Fremde bleiben. Besser, Sie lassen sich eine Zofe aus Österreich kommen oder noch besser diesen Gregor. Der soll kommen und Sie endlich heiraten! Der feine Herr hat sich wahrlich schon lange nicht mehr im Stift blickenlassen ...«

Crescentia Gräfin zu Stolberg-Gedern wandelte zum Tisch hinüber, und Aurelia verfolgte aus dem Augenwinkel ihre leichten, ungezwungenen Bewegungen in dem miederlosen, fließenden Musselinkleid, dessen Taillenschnitt bis unter die Brust gerutscht war und dort mit Schleifen und goldenen Kordeln gehalten wurde. Die Brüste waren hübsch betont, doch die übrige Figur versteckte sich unter einem bodenlangen, Rock, der die Taille luftig umspielte. Kein Mieder, kein Kissen, kein Quälholz. Aurelia starrte wie gebannt auf das bräunlich schimmernde Kleid, und ihre Hand wanderte unwillkürlich zu ihrem Bauch. Es wäre eine Möglichkeit ... In einer ihrer Reisetruhen lagen zuunterst ein paar dieser modernen Kleider, die ihre älteren Schwestern schon nicht mehr hatten tragen wollen. Aber bei dem Gedanken, das Mieder abzulegen und keinen Halt mehr zu spüren, wurde ihr unwohl. Seit dem allerersten Besuch des Roten Barons war das Mieder immer da gewesen, wie eine zweite Haut, eine Stütze, die sie stärkte und ständig begleitete. Es gehörte zu ihr, genauso wie sie sich an die Sticheleien der Gräfinnen gewöhnt hatte. Es machte ihr nichts aus, seit nunmehr einem Jahr gegen den Strom zu schwimmen. Natürlich schmerzte es, sich den anderen nicht zugehörig zu fühlen, aber der Kummer über die gehässigen Bemerkungen ließ sie wenigstens spüren, dass sie noch lebte, und er nährte gleichzeitig auch ihren Willen, weiterhin so zu sein, wie sie wollte. Gleichgültig, was andere Leute über sie redeten.

Die Gräfin zu Stolberg-Gedern begutachtete das unberührte Frühstück auf dem Silbertablett. »Haben Sie etwa Liebeskummer?«, stichelte sie. »Um Ihr Essen wird sich meine Zofe in Zukunft nicht mehr kümmern, soviel steht fest, und für Ihre Haare ist heute auch keine Zeit mehr. Die Frisur sitzt außerdem noch wie gestern. Konnte die arme, verlassene Geliebte nicht schlafen oder hat sie wegen der kunstvollen Haartracht die Nacht im Sitzen verbracht?«

»Das geht Sie überhaupt nichts an, werte Gräfin Crescentia. Und die Zofe hilft mir jetzt sofort beim Ankleiden ...«

»*Bitte* heißt das.«

Aurelia verschlug es die Sprache. »Das reicht! Um zwölf Uhr ist Kapitelsitzung. Dort werde ich Ihr respektloses Benehmen mir gegenüber zur Anzeige bringen.«

»Und Sie sind tatsächlich der Meinung, dass dort irgendjemand Ihren Worten glauben wird?« Die Gräfin lächelte. »Also, wie heißt es so schön?«

»Verschwindet! Alle beide!«

»Wie Sie wollen. Wenn Sie gerne im Evaskostüm gehen möchten, wird sich Ihre Aussicht auf Bemäntelung noch mehr verschlechtern. Ich bin gespannt, wie sich die Fürstäbtissin gegen die anderen Stiftsdamen durchsetzen will. Ich würde mir an Ihrer Stelle keine großen Hoffnungen machen.«

»Die Zofe soll mir helfen. Sofort!«

»Bittet – so wird Euch gegeben.«

Das weiße Kleid saß perfekt, als die Zofe eine Stunde später ging. Das Kissen unter ihrem Hintern ließ die Taille wie durch Zauberhand schmaler erscheinen, nur das Atmen fiel ihr schwer unter dem strammen Mieder. Das Quälholz steckte senkrecht im Mieder und verstärkte dieses Gefühl noch, aber es half auch dabei, eine gerade Silhouette zu formen und den leicht hervorquellenden Leib mit aller Gewalt zurückzudrücken. Irgendwann würde sie es der Zofe heimzahlen ... Doch allzu bald würde das Schnüren ohnehin nicht mehr möglich sein. Dann musste sie ihr Geheimnis preisgeben, denn sie könnte nicht wie ein Dorfweib die Umstände unter einem miederlosen Kleid verbergen und einfach im Wald den Rock heben, wenn es so weit war.

Während sie den Flur entlangging, streichelte sie wie zufällig über ihren Bauch. Die Wölbung war trotz des Mieders zu erahnen, aber noch konnte man das auf die gute Kost in Wien zurückführen. Sie ließ ihre Hand auf der kleinen Rundung ruhen und spürte die Wärme, die davon ausging. Wie es wohl sein mochte, wenn sie zum ersten Mal die Haut des Säuglings berührte, wenn sie ihn zum ersten Mal im Arm hielt?

Aurelia löste die Hand von ihrem Bauch und traute sich kaum, an ihr Vorhaben zu denken. Sie hatte Angst, dass es das Ungeborene fühlen könnte. Doch sie wusste sich keinen anderen Rat, als nun die lateinischen Namen austreibender Mittel nachzuschlagen, um danach die richtige Medizin beim Äskulap entwenden zu können.

Auf den Gängen war es ruhig; alle Türen waren geschlossen. Ihre Schritte hallten durch den langen Flur, und je näher sie dem Eckzimmer kam, desto mehr verlangsamte sich ihr Schritt. Nach kurzem Zögern fasste sie nach der eisernen Türklinke; sie fühlte sich kühl an in ihrer Hand. Aurelia drückte sie nieder und betrat die Bibliothek.

Der Geruch von Buchleder umfing sie und verstärkte ihre Unruhe. Obwohl die herbstliche Sonne durch das Erkerfenster schien, reichten die Strahlen lediglich bis an die vordersten Regale. Aus den dunklen Regalzwischenräumen hoben sich schemenhaft die goldgeprägten Rücken der Folianten hervor.

Der Widerhall ihrer Absätze erfüllte den Raum, und sie bemühte sich leise aufzutreten, als ginge sie durch eine Grabkapelle. Aurelia sah sich um, sie fühlte sich beobachtet. Die Marmorbüsten blickten finster drein, als sie zwischen jedes Regal spähte. Doch es war niemand da, weder bei der *Religion* noch bei *Justitia*. Sie blieb bei den Büchern stehen, über denen die Säulen der Akropolis aufgemalt waren. Gregor hatte immer von diesem Land geträumt. Viel mehr aber noch war er von den großen Philosophen begeistert gewesen, von deren Versuch, die Ordnung der Welt zu begreifen. Das war auch sein Wunsch gewesen. Nun war es womöglich zu spät.

Der Ledergeruch vermischte sich mit Weindunst, je näher sie dem Erkerfenster kam. Tatsächlich standen neben dem Bett ein voller Weinkrug, ein weiterer stand leergetrunken auf dem Studiertisch zwischen einer angefangenen Partie Schach und einem Stapel Bücher. Es sah aus, als hätte jemand den Platz fluchtartig verlassen.

Aurelia nahm das oberste Buch vom Stapel und hob den mit goldenen Dreiecken und Rauten verzierten Lederdeckel an, in der unsinnigen Hoffnung, darin etwas über austreibende Mittel zu finden. Auf dem harten, leicht welligen Papier stand in sauber gedruckten Lettern: *Aristotelis de poeti-*

ca liber. Aristoteles. Sie spürte Gregor ganz nah bei sich. Für einen Moment hatte sie das irritierende Gefühl, die Schrift mit seinen Augen zu betrachten. Aurelia drehte sich um, ihr Atem ging schneller, doch sie sah nur das leere Strohbett und den dunklen Gang.

»Gregor?«, flüsterte sie in die Lautlosigkeit und erschrak vor ihrer eigenen Stimme. »Bist du da?« Plötzlich hatte sie Angst vor dem Augenblick, in dem er vor ihr stehen würde, davor, ihm die Wahrheit zu sagen.

Doch es blieb still. Niemand antwortete ihr, denn die Hoffnung konnte nicht sprechen. Sie war allein. Allein mit der Hoffnung und dem Kind im Leib. Wie sollte es nur mit ihr weitergehen? Selbst wenn sie ihre Umstände bis zum Tag der Niederkunft verheimlichen könnte, bei dem Gedanken an die Geburt wurde ihr übel. Wenn sie das überlebte, sah sie sich in Lumpen gehüllt und mit dem Säugling auf dem Arm vor dem Richter stehen. Das Urteil würde keine Gnade kennen. Der starke Wille einer Frau, die trotz höllischer Schmerzen ein uneheliches, gesundes Kind auf die Welt gebracht hatte, musste auf immer gebrochen werden. Denn so etwas durfte es nicht geben. Einzig eine frühzeitige Austreibung könnte sie vor Strafe bewahren – sofern sie das Mittel aus der Höhle des Löwen unbeobachtet entwenden könnte.

Sie machte sich auf zu den Regalen unter dem Schlangensymbol. Die Menge der medizinischen Bücher erschlug sie regelrecht. Ihre Hand reichte kaum an das oberste Holzbrett, das sich unter seiner Last gebogen hatte. Dicht an dicht waren die unterschiedlich großen, zumeist in Leder gebundenen Bücher aufgereiht, dazwischen standen vereinzelt Hefte mit Pergamenteinband.

Aurelia überflog einige der in Gold gehaltenen Rückenprägungen: *Abhandlung vom Ursprung, Verlauf, Natur und Heilung des Friesels*, weiter unten drei Bände über *Physiognomische Fragmente zur Beförderung der Menschenkenntnis und Menschenliebe*, daneben in Augenhöhe ein Buch mit Pergamenteinband und fleckigem Rückenschild: *Gustav Schilling. Das Weib wie es ist.* Aurelia ahnte, dass jeder Blick dorthinein verlorene Zeit sein würde. Stattdessen erregte ein dickes Buch ihr Interesse, dessen Gelenke vom häufigen Gebrauch gelockert waren. Mit zitternden Fingern nahm sie es in die Hand. Feine Körner rieselten lautlos zu Boden, als sie die erste Seite aufschlug: *Sicherer und geschwinder Artzt. Handbuch der practischen Artzneymittellehre nach dem Alphabete geordnet.*

Fieberhaft blätterte sie die Seiten um. *Liebstöckel, Nelkenwurzel, Opium, Petersiliensamen.* Hier. *Petroselinum crispum. Der Legende nach ist die Petersilie ein Gewächs des Teufels und keimt erst nach sieben Wochen, weil das Peterlein derweilen in Rom die Erlaubnis zum Keimen holen muss. Die Petersilie ist von kräftigender Natur. Sie bringt den Mann aufs Pferd und die Frau unter die Erd'. Der Genuss eines Stehsalates beschert dem Manne die notwendige Kraft in den Lenden, ein Sud aus Petersiliensamen verhilft dem Weibe zur Anstoßung des Monatsflusses, wenn sie es in der richtigen Menge anzuwenden weiß. Ansonsten führt das Apiol der Petersilie zur qualvollen Vergiftung.*

Aurelia schluckte. Qualvolle Vergiftung. Das war ihr neu. Sie hatte nur gewusst, dass man die Straße, in der Frauen bestimmte Dienste anboten, aus gutem Grund Petersiliengasse nannte, nicht aber, wie gefährlich das Kraut sein konnte. Woher sollte sie denn wissen, welche Quantität anzuwenden war?

Sie blätterte weiter, Seite um Seite suchte sie nach Beschreibungen austreibender Mittel. Überall, wo die Rede von einer Beförderung des stockenden Monatsflusses war, hielt sie inne.

Wohlverleihblumen. Flores Arnicae. Die Arnikablumen sind eines der vortrefflichsten Reizmittel, das wir kennen. Bei entzündlichen Zufällen macht man von Einreibungen oder Umschlägen Gebrauch. Außerdem sind sie als Auflösungsmittel bei Stockungen des Bluts und anderer Säfte sehr dienlich, insbesondere zur Wiederherstellung des unzeitig unterbrochenen Monatsflusses. Bei der innerlichen Einnahme soll das Weib jedoch äußerste Vorsicht walten lassen. Übelkeit, Durchfall, Zittern und Schwindel lassen auf eine Vergiftung schließen. Der unordentliche Gebrauch endet tödlich.

Flores Arnicae. Aurelia hob ihren Blick von den Zeilen und starrte ins Leere. Auch hier war eine Warnung herauszulesen ... Langsam blätterte sie weiter. Doch auch bei anderen Mitteln las sie ähnliche Dinge. Brandige Gliedmaßen, unstillbare Blutungen, Lähmungen, krampfartige Zufälle und am Ende jeder Beschreibung fand sich immer dasselbe Wort: Tod.

***

Seit dem Morgen hatte Helena dem stillen Tanz seiner Feder zugesehen. Keine Antworten, keine Erklärungen. Nur das Kratzen der Feder auf dem Papier. Im Schein des Feuers warfen die Hirschgeweihe bizarre Figuren an die Höhlenwände und trieben ein Spiel mit ihrer Fantasie.

Über dem Behandlungsstuhl erschien Friedemar. Ein langer Schatten als Eisenstange, dünne Finger, die nach einer

Gestalt griffen. Ein aussichtsloser Kampf ums Überleben. Ein dumpfer Schlag. Holzscheite fielen ineinander, die Gestalt prallte auf Friedemar und beide verschmolzen mit der Dunkelheit. Übrig blieben die Schatten der Hirschgeweihe.

Von draußen glaubte Helena Schritte zu hören. Sie beobachtete den Leibarzt, doch der reagierte nicht. Ihre ganze Aufmerksamkeit richtete sie nun auf die Türe. Vielleicht war es die kleine Lea mit ihrer Mutter. Bald war es Mittag, und sie hatte die Hoffnung beinahe schon aufgegeben, in die lebendigen Augen eines Kindes zu sehen, das sich von schwerer Krankheit erholt hatte. Sie wartete, aber nichts geschah. Nur die Tropfen von der Höhlendecke durchbrachen ab und zu die Stille.

Noch immer haderte sie mit ihrer Entscheidung, im Stift zu bleiben. Die Fürstäbtissin begrüßte ihre Anwesenheit und war sehr angetan von ihrem Wunsch, sich als Frau in der Medizin weiterzubilden. Von ihr konnte Helena jede nur denkbare Unterstützung erwarten.

Da erhob sich der Leibarzt unvermittelt und öffnete die Türe, ohne dass sie ein Klopfen gehört hätte. War also doch jemand draußen gestanden. »Das wurde aber auch Zeit, dass sich der elende Diener hierherbequemt hat«, knurrte er vor sich hin, während er eine Holzkiste hereintrug. Es raschelte darin, als er sie auf dem Boden abstellte. »Wenn ich dich schon auf Geheiß der Äbtissin zu meinen Visitationen mitnehmen muss ... Mir wird schon ganz übel bei der Vorstellung. Aber was nehme ich nicht alles auf mich. So. Und jetzt schließ die Augen.«

»Wie bitte?«

»Du sollst die Augen schließen. Oder willst du zu meinem guten Glück nicht mit zur Visitation?«

»Doch, doch.« Verwundert leistete sie seiner Anordnung Folge. Sie erschrak, als der Leibarzt ihr die Holzkiste auf den Schoß stellte, und kniff mühsam ihre Augen zusammen, damit ihre Neugierde ihr keinen Streich spielte.

»Nun, was hörst du?«

Sie lauschte. »Nichts. Vorhin hat es darin geraschelt, aber nun höre ich nichts mehr.«

»Gut. Immerhin scheinen deine Ohren in Ordnung zu sein. Du musst auch ohne zu sehen eine Diagnose stellen können. Wenn ein Katheter in der Blase an einen Stein stößt, so lehrt dich nämlich das Geräusch, es sei wahrhaftig ein Stein vorhanden. Nun sollten wir aber herausfinden, warum das Tier nicht mehr raschelt.«

»Ein Tier? Was für eines ist es denn?« Vor Aufregung hätte sie beinahe die Augen geöffnet, als er den Deckel herunternahm. »Soll ich hineingreifen?«

»Taste, ob dir in der Kiste etwas ungewöhnlich vorkommt. Auch bei der Untersuchung eines menschlichen Körpers bist du oftmals auf deinen Tastsinn angewiesen. Die meisten Krankheiten liegen im Inneren verborgen, alsdann hilft das schärfste Auge nichts.«

Beherzt fasste Helena in die Kiste und zuckte sogleich zurück. »Es hat mich etwas gestochen!«

»Na, so etwas. Dann musst du es noch einmal versuchen und etwas vorsichtiger sein. Kranke Menschen sind auch nicht immer sanftmütig.«

Helena schluckte und tastete noch einmal behutsam in die Kiste, bis sie viele kleine Stiche an den Fingerspitzen spürte. Langsam erspürte ihre Hand eine rundliche Form. Helena musste unwillkürlich grinsen. Diesen Test hatte sie bestanden. »Ein Igel, ich glaube, es ist ein Igel!«

»So, so. Du *glaubst*.«

Sie setzte sich aufrecht hin. »Nein, ich bin mir sicher. Ganz sicher. Es ist ein Igel!«

»Welchen Geruch verströmt das Tier?«

Sie atmete tief ein. Und noch einmal. Nichts. Nur der Rauch des Feuers in der feuchten Luft. »Ich rieche nichts.«

»Das ist schlecht. Denn nur so kannst du ein faulendes Geschwür von einem gutartigen unterscheiden. Wie haben das denn die armen Frauen unter deinen Händen überlebt, wenn du das Wasser aus dem Leibe der Gebärenden nicht riechst? Der mögliche Gestank dieser Flüssigkeit müsste dich doch zu höchster Eile angetrieben haben! Du riechst also wirklich nichts? Das ist merkwürdig. Zwar versucht der Igel seinen Eigengeruch zu überdecken, indem er große Mengen seines neutralen Speichels mit seiner Zunge auf seinen Rücken schleudert, aber du riechst ganz sicher nichts?«

Helena tauchte mit dem Kopf halb in die Kiste ein und hielt dabei sicherheitshalber ihre Hand als Schutz vor ihre Nase, damit sie sich nicht stach. Diesen Gefallen wollte sie dem Leibarzt nicht auch noch tun. Aber sie blieb dabei, sie roch nichts. Nicht der Hauch eines Duftes war auszumachen.

»Gib dir keine Mühe mehr und öffne die Augen. Wenigstens scheinen alle deine Sinne in Ordnung zu sein, wenn auch das Ergebnis noch sehr zu wünschen übriglässt.«

Helena schaute verwundert auf.

Der Leibarzt nahm ihr die Kiste vom Schoß und ging damit zur Türe. »Wahrhaftig, so ein Kaktus kann schon ein prächtiger Igel sein.«

Helena atmete tief durch, bevor es aus ihr herausplatzte: »Warum tun Sie das? Warum sind Sie so hinterhältig?«

Der Äskulap drehte sich langsam zu ihr um. Seine weiße Perücke leuchtete im Schein des Feuers, doch sein Gesicht lag im Dunkeln. »Möchtest du etwas lernen oder nicht?«, fragte er mit Schärfe in der Stimme.

Helena stand ruckartig auf. »Natürlich möchte ich etwas lernen, aber doch nicht so! Sie haben mich aufs Glatteis geführt, indem Sie behauptet haben, es sei ein Tier da drin!«

Der Leibarzt machte eine ausladende Handbewegung. »Bitte, hier ist die Türe. Pack deine Sachen und geh! Ich brauche dich nicht! Aber wundere dich nicht, welche Märchen dir kranke Leute auf deinem Weg erzählen werden. Wohl klagen sie über Rückenschmerzen und haben es doch mit den Nieren. Himmelherrgott! Was ist da schon ein Kaktus gegen einen Igel?«

Voller Zorn hätte Helena am liebsten eine der Arzneiflaschen nach dem Äskulap geworfen. Aber sie wusste auf die Schnelle nicht einmal, welche davon die Scheußlichste wäre. Und am meisten wurmte sie die Tatsache, dass er sich im Recht befand und seine Übung gelungen war.

»Geh!«, forderte er sie noch einmal auf und hielt ihr die Tür auf. »Ach, und falls es dich noch interessieren sollte: Auf die kleine Göre und ihre Mutter hast du umsonst gewartet.«

»Warum? Was ist geschehen? Hat sich der Abszess verschlimmert?«

»Nein. Wie durch ein Wunder ist alles gutgegangen. Allerdings kam das Fieber nicht nur vom Hals.«

Helena hielt gespannt den Atem an.

»Heute Nacht sind bei der Göre die Blattern ausgebrochen.«

»Aber das ... das kann doch gar nicht sein!«

»Es ist, wie ich sage. Ein Diener war heute früh da und hat mir davon berichtet.«

»Aber sie hatte keinen roten Ausschlag!«

»Seit wann zeigen sich Blattern zuerst im Gesicht?« Der Leibarzt griente und er hob die Stimme unnatürlich hoch: »Aber, werter Monsieur Dottore Tobler, man müsste die Patienten gründlich untersuchen.«

Eine Mischung aus Trauer und Wut stieg in ihr empor und sie wusste nicht, was sie ihm erwidern sollte.

Der Leibarzt ließ die Tür ins Schloss fallen und setzte sich wieder; dann faltete er die Hände über dem Bauch und lehnte sich zurück. »Wohlan, da hat die kleine Hexe wohl noch viel zu lernen. Ich habe das Kind nicht angerührt und weiß doch längst von den Blattern.«

»Und warum gehen Sie dann nicht zu ihr? Warum tun Sie nichts?«

»Weil man in diesem Fall nichts tun kann, außer auf den Tod zu warten. Können wir nun endlich zu den Patienten gehen, die meiner Hilfe bedürfen? Oder hast du noch irgendwelche schlauen Einwände? Du lernst jetzt bei mir, so hast du es gewollt. Ich hoffe, du hast Geld bei der Hand, um dir anständige Kleidung zu beschaffen. So wie du herumläufst, ist es eine Schande für mich. Zumindest ein scharlachroter Rock sollte es schon sein.«

»Warum ist das denn nötig? Meine Kleidung ist sauber.«

»Weil es zur medizinischen Politik gehört, wohlgeputzt einherzugehen.«

»Wie viele Kreuzer bekomme ich denn eigentlich für meine Mithilfe von Ihnen?«

»Wie viele Kreuzer? Nicht einen Heller bekommst du!

Warum sollte ich denn einem Klotz am Bein etwas bezahlen? Damit er sich am Ende gar noch festwächst?«

Helena schwieg. »Wo müssen wir denn hin?«, fragte sie schließlich.

»Die Wittfrau des Kutschers ist leidend. So, und ab jetzt hältst du gefälligst dein Maul, damit wir uns recht verstehen. Hier, du darfst meine Tasche tragen.«

***

Als sie das Stiftsgebäude verließen, nötigte der Leibarzt Helena, auf dem Weg stets drei Schritte hinter ihm zu gehen. Der Herbstwind hatte sich etwas gelegt, die Wärme war noch einmal zurückgekommen. An der Hecke blieb der Äskulap unvermittelt stehen und schaute sich verstohlen um. Als er sich unbeobachtet wähnte, nahm er seinen Gehstock und stach wie ein Besessener in das Laub. Es raschelte, Zweige knickten, begleitet von seinen unterdrückten Flüchen. Unversehens bog ein Diener um die Ecke, der gerade die Kutschenauffahrt zum Stift hinaufgekommen war. Eilends stützte sich der Leibarzt auf seinen Stock, als sei nichts gewesen und bedachte den Diener mit einem stakkatohaften Nicken, der ihn wiederum mit einer tiefen Verbeugung zurückgrüßte. Kaum war der Diener vorüber, ging der Leibarzt hoch erhobenen Hauptes weiter. Doch wie beiläufig hieb er immer wieder seinen Stock in die Hecke. Helena schaute in die andere Richtung, um ihr Grinsen zu verbergen.

Vor dem Haus des Stiftskanzlers fiel sie noch ein paar Schritte hinter den Leibarzt zurück. So gingen sie weiter die Auffahrt hinunter, bis sie durch das Tor hinaustraten und zu den kleinen, dicht gedrängten Häusern entlang der Schlossmauer kamen, wo sich die Stiftsbediensteten angesiedelt hatten. Wenn sie nur wüsste, in welchem der Häuser die kleine Lea wohnte! Vielleicht in dem zweistöckigen, dessen Giebel sich nach vorne neigte, oder in dem Fachwerkhaus daneben mit den grünen Fensterläden, wo die verwitterte Holztüre mit einigen neuen Brettern ausgebessert war? Auf genau dieses steuerte der Leibarzt nun zu, und Helena eilte ihm hinterher.

Er hatte kaum angeklopft, da trat eine ältere Frau in schwarzer Kleidung heraus, den Blick zu Boden gesenkt. Ihre Wangen waren eingefallen, tiefe Runzeln umgaben ihre Augen und den Mund. Helena erkannte die Frau sogleich wieder.

»Endlich! Endlich kommen Sie, werter Monsieur Dottore Tobler«, sagte die Wittfrau und hob den Kopf. In ihren dunklen Augen schimmerte es feucht. »Ich habe schon achtzig Rosenkränze und fast einhundert Vaterunser lang auf Sie gewartet.«

»So, so, Ernestine. Nun sag an, denn so viel Zeit habe ich nicht.«

»Oh bitte, drehen Sie Ihre Sanduhr noch nicht um, Sie sind doch noch nicht einmal im Haus. Oh, da haben Sie aber ein liebes Mädchen bei sich, werter Dottore! Wir haben uns schon gesehen, nicht wahr? Sie ist wohl auf Besuch bei Ihnen? Ganz allerliebst. Eine Nichte?«

»Sozusagen. Wozu bin ich denn nun eigentlich gekommen? Du hättest mir schon längst sagen können, was dir fehlt. Willst du noch einmal Geld für deine Melkerknoten ausgeben?«

Ernestine hielt ihre Hände vor der Schürze verschränkt,

und Helena sah, dass sich auf der faltigen Haut, zwischen Altersflecken und leicht hervorgetretenen Adern, erbsengroße, rot umränderte Knötchen gebildet hatten. Helena kannte die Krankheit nur zu gut. Allerdings nicht aus dem Lehrbuch, sondern aus eigener Erfahrung. Die Knoten waren nahezu schmerzlos und verschwanden nach einigen Tagen spurlos, ohne dass der Kranke andere Menschen anstecken konnte. Folglich nicht mehr als ein lästiges Übel.

Der Leibarzt beäugte Ernestine kritisch. »Hast du mich deshalb gerufen?«

»Oh, es ist nicht wegen meiner Hände. Ich muss mich ständig übergeben, kann kein Essen mehr bei mir behalten. Vorhin habe ich mich aufgerafft und wollte Brot backen, aber nicht einmal das ist mir gelungen. Und meiner Tochter geht es noch viel schlechter als mir. Dabei sollte sie so nötig etwas essen. Es ist alles so furchtbar, wissen Sie. Wenn ich am Totenbett meines Mannes vorübergehen muss, verlässt mich beinahe die Kraft. Ich mag schon gar nicht mehr in die Stube hinein. Er ist so schrecklich entstellt durch den gewaltsamen Unfall.«

»Das kommt davon, weil er sonntags gearbeitet hat. Im Übrigen scheint dein Maul ja trotz allem noch gut zu funktionieren – wir wären alsdann bei der zweiten Sanduhr.«

»Oh bitte, werter Monsieur Dottore Tobler. Seien Sie so gnädig und sehen Sie wenigstens nach meiner Tochter. Ihr geht es wirklich sehr schlecht.«

»Wenn du mir sagst, was ihr genau fehlt, wird es nicht so teuer.«

»Oh, das weiß ich doch nicht. Haben Sie doch Mitleid, jetzt, da es mir so sehr am Geld mangelt. Weil doch auch noch der Verdienst von meinem Mann, Gott hab ihn selig, ausfällt ... Kommen Sie doch bitte herein, dann können Sie nach meiner Tochter sehen.«

»Nur nicht so eilig!« Der Leibarzt hob abwehrend die Hand. »Helena, reiche mir den ›Essig der vier Räuber‹, vorher setze ich keinen Fuß in dieses verseuchte Haus.«

Helena, angewidert über seinen Tonfall, gehorchte dennoch seinem Befehl. Sie beugte sich über den Inhalt der Tasche und suchte hastig nach einem Fläschchen mit der Aufschrift *Essig der vier Räuber*. Zu ihrer Erleichterung fand sie es sehr schnell zwischen all den Tiegeln, Fläschchen und Instrumenten.

Der Leibarzt drückte Helena seinen Stock in die Hand und verteilte den nach Minze und Lavendel riechenden Essig großzügig auf Gesicht und Hände, nahm einen ordentlichen Schluck, gurgelte und spuckte ihn vor der Türschwelle aus. »Was gegen die Pest gut war, kann hier erst recht nicht schaden.« Er bückte sich unter dem Türbalken hindurch und betrat die niedere Küche.

»Mein Beileid«, sagte Helena voller Mitgefühl und ging an der Wittfrau vorbei, die ihr dankbar zunickte.

In der winzigen Küche fanden sie kaum zu dritt Platz. Auf dem Regal neben dem gemauerten Herd lagerten nur wenige Vorräte: drei Zwiebeln, einige Kartoffeln und eine Handvoll Esskastanien. Auf dem Tisch stand eine Holzschüssel, über deren Rand der Brotteig quoll.

Obwohl die Stubentür geschlossen war, drang der süßliche Leichengeruch bis zu ihnen vor, selbst der Rauch des schwachen Feuers konnte ihn nicht überdecken. Helenas Magen schnürte sich zu.

»So, nun komm zur Sache, Ernestine. Der Gestank hier

in der Hütte ist ja kaum auszuhalten. Was ist jetzt mit deiner Tochter?«

»Ja, also, wie soll ich sagen ... Es lässt sich so schwer beschreiben. Sie spricht ja seither nicht mehr. Zumindest nicht mit mir, nur mit Leuten, die gar nicht da sind, verstehen Sie? Sie öffnet die Haustüre, um Besuch hereinzulassen, aber es steht niemand da. Sie deckt den Tisch für mehrere Personen und besorgt den Abwasch, obwohl das Geschirr völlig sauber geblieben ist. Ach, lieber Monsieur Dottore Tobler, bitte helfen Sie ihr. Ich werde das Geld schon irgendwie aufbringen – zur Not verkaufe ich ein Stück Vieh.«

»Wie du willst, Ernestine. Wo ist sie?«

»Sie ist im Erdkeller. Dort will sie sogar zum Schlafen bleiben.«

Der Leibarzt wies Helena zur Seite, nahm mit spitzen Fingern einen harzig rußenden Kienspanleuchter vom Tisch und öffnete mit einem Seufzer die Bodenluke. Schwerfällig stieg er die Treppen hinunter.

Helena blieb bei Ernestine oben in der Küche. Ihre Blicke trafen sich. »Der Leibarzt hat es vorhin nicht für nötig gehalten, mich vorzustellen. Mein Name ist Helena. Ich bin an dem Kutschunfall vorbeigekommen, aber für Ihren Mann war bereits jede Hilfe zu spät. Es tut mir wirklich sehr leid.« Sie senkte den Kopf.

»Ach, liebes Kind. Was hättest du auch tun können?«

»Vielleicht, wenn ich eher dort gewesen wäre. Ich bin Hebamme und kenne mich ein wenig mit den menschlichen Gegebenheiten aus. Und nun lerne ich bei Monsieur Dottore Tobler, um mich in der Medizin zu bilden.«

»Wahrhaftig?« Ernestine sah ungläubig drein und murmelte kopfschüttelnd vor sich hin: »So etwas hätte ich niemals von ihm erwartet. Er nimmt ein Weibsbild in die Lehre!«

»Nein, nein, so ist es nicht. Ich werde vermutlich nur ein paar Tage hier sein. Aber vielleicht kann ich Ihnen ein wenig helfen? Mir scheint, Sie müssen sich nun um alles allein kümmern.«

»Ach, das ist sehr lieb von dir, mein Kind, allerdings weiß ich tatsächlich nicht, wie es weitergehen soll. Ich hab bisher nicht viel nach Geld und Gut gefragt, wo ich doch zufrieden war. Bisher hat es immer von einem Tag auf den anderen gereicht. Aber wie soll ich denn nun alleine das Haus und die Viehwirtschaft erhalten? Ach, und wer weiß, wie lange ich mit meiner Tochter dieses Häuschen noch halten kann.«

»Haben Sie Verwandte hier?«

»Ja, der Bruder meines Mannes. Er wohnt nur ein paar Häuser weiter.«

»Meinen Sie, er hätte Interesse an dem Haus und dem Vieh?«

»Ja, das könnte sein, ich denke schon. Bestimmt sogar. Sein Sohn will bald heiraten, und mit der Milch der Kühe käme er auch besser über den Winter.«

»Dann könnten Sie mit ihm einen Vertrag machen. Sie übereignen ihm das Haus und die Tiere gegen gewisse Auflagen.«

»Aber ich kann doch nicht schreiben. Und überhaupt, was soll ich denn für mich fordern?«

»Haben Sie irgendwo Feder und Papier?«

»Warte, hier in der Tischschublade hat mein Mann immer das Rechnungsbuch aufbewahrt.«

»In Ordnung. Ich schreibe, und Sie hören einfach zu.«

Helena ließ sich das Rechnungsbuch aushändigen und setzte sich an den kleinen Tisch, um den sich drei Stühle drängten. Sie blätterte die steifen Seiten auf der Suche nach einem leeren Blatt durch. Die Schrift war ohne Schwung, klar und sorgfältig, als hätte jeder Buchstabe besondere Konzentration erfordert. Sie tauchte die Feder in das Tintenfass. »*Hiermit übereigne ich meinem Schwager* ... wie heißt er?«

»Josef Leitner.«

»... *Josef Leitner mein Haus mit Inventar und dem Vieh. Dafür erhalten meine Tochter und ich* ... Weitere Kinder haben Sie nicht?«

»Nein.«

»... *eine ausreichende Versorgung aus der Hauswirtschaft. Dazu gehören eine wöchentlich zu entrichtende Quantität an Getreide, Salz, Eiern, Schmalz, Milch, Fleisch und Gemüse. Dazu noch alle acht Tage ein Pfund Butter.*« Helena schaute auf. »Sonst noch etwas?«

Ernestine war sprachlos und sah sie entgeistert an. »Aber, das ist doch schon viel zu viel. Und woher kannst du so etwas formulieren?«

»Meine Großmutter musste einen solch ähnlichen Vertrag schließen. Nun also die weiteren Rechte. Welche Tiere möchten Sie behalten?«

»Vielleicht meine Geiß? Die könnte ich versorgen.«

»Gut. *Die Übereignerin erhält das Recht, eine Ziege zu halten. Außerdem soll eine Kammer für Mutter und Tochter zur Verfügung gestellt werden, außerdem des Winters für die Mutter einen Platz am Kachelofen. Zudem ist ihr am Herdfeuer eine Kochstelle freizuhalten* ... reicht das?«

»Ja, natürlich!«

»... *und nach Bedarf der Backofen. Das Holz zum Feuern wird kostenlos zur Verfügung gestellt. Ebenso einen Anteil der Ernte, der bei Bedarf selbst vom Feld geholt wird und verkauft werden darf. Dazu ist Mutter oder Tochter zweimal im Jahr ein gesatteltes Reitpferd zur Verfügung zu stellen.* Ist das alles in Ihrem Sinne?«

»Das ... das hört sich alles ganz wunderbar an.« Unvermittelt ließ Ernestine den Kopf sinken. »Dabei weiß ich noch gar nicht, wie ich die Beerdigung meines lieben Mannes bezahlen soll. Dazu müsste ich meine Kühe verkaufen, aber durch die Krankheit am Euter sind sie gerade nicht viel wert. Und was wird mit meiner Tochter geschehen, wenn ich kein Geld für eine Behandlung habe?« Ernestine unterdrückte ein Schluchzen. »Wenigstens kann keine von uns beiden die Blattern bekommen, so lange wir die Milch der kranken Kühe trinken.«

Helena schüttelte bedauernd den Kopf, doch Ernestine nickte eindringlich. »Ich weiß, der Doktor glaubt auch nicht daran, aber in anderen Bauersfamilien hat das auch geholfen. Die Milch der Kühe schützt sogar, wenn eine Seuche erst lange Zeit später ausbricht. Und nun haben wir auch kranke Kühe und müssen nicht wie einst vor den Blattern fliehen.«

»Nein, Ernestine, der Leibarzt hat Recht. Es ist nicht die Milch. Es ist Gottes Wille, der uns gesund erhält. Bitte glaube mir ...« Helena verstummte, als Schritte vom Keller herauf ertönten. Die Luke ging auf und der Äskulap keuchte mit dem harzigen Kienspanleuchter in der Hand schwerfällig die letzten Stufen hinauf.

»Das wird teuer, Ernestine«, konstatierte er und klopfte

den Staub aus seinem scharlachroten Rock. »Das war eine anstrengende Untersuchung. Sie hat auf keine meiner Fragen geantwortet oder auf meine Bemühungen reagiert. Das Geld hättest du dir sparen können. Du lässt sie am besten dort unten in dem Kellerloch, da ist sie gut aufgehoben.«

»Aber Monsieur Dottore Tobler ...«

»Kein Aber. Sie will es selbst so, warum wäre sie sonst hinuntergegangen? Wenn es schlimmer wird, solltest du sie allerdings einschließen. Und weder zu ihr gehen noch mit ihr sprechen! Du musst sie ganz in Ruhe lassen, und vor allem nichts zu essen geben. Der Hunger hat durch seinen starken Reiz schon manches Gemüt zur Vernunft gebracht. Und wenn du ihr zusätzlich einmal am Tag einen Eimer kaltes Wasser über den Kopf schüttest, wirkt das Wunder. Das nimmt die überschüssige Hitze aus dem Hirn. Ein Pflaster mit dem Gift des Blasenkäfers als Reizmittel für die Kopfhaut wäre sehr dienlich, aber das kannst du dir ja nicht leisten. Also, das macht dann ...« Der Leibarzt hielt die Sanduhr hoch und wartete, bis die restlichen Körner nach unten gerieselt waren. »Insgesamt achtzehn Sanduhren à einen Kreuzer, zuzüglich der Untersuchungsgebühr von fünfzehn Kreuzern, also dreiunddreißig Kreuzer insgesamt. Habe die Ehre – Helena, wir gehen.«

»Einen Moment, *ich* bin hier noch nicht fertig.« Der Groll in Helenas Stimme war nicht zu überhören.

Ernestine eilte flink zu ihr an den Tisch. »Oh, lass nur Helena. Du hast mir schon sehr geholfen.«

Ernestine nahm ihr das zusammengeklappte Rechnungsbuch ab, ehe der Leibarzt in Versuchung käme, einen Blick darauf zu werfen, und reichte ihr die Hand zum Abschied. »Nimm sie nur, die Melkerknoten tun mir nicht weh.«

»Ich weiß«, sagte Helena und gab ihr die Hand. »Ich hatte die Melkerknoten auch schon.«

Draußen an der frischen Luft schüttelte sich der Leibarzt, und dann nahmen die Flüche auf dem ansteigenden Weg zurück ins Stift kein Ende mehr. Zwei Bedienstete konnten gerade noch seinem Gehstock ausweichen, den er wie eine Waffe vor sich hin- und herschwang.

»Wenn nur diese elend schwierigen Patienten nicht wären! Derentwegen komme ich noch zu spät zur Kapitelsitzung ...«

»Die Kapitelsitzung! Dort muss ich auch hin! Die Fürstäbtissin wollte mich doch der Runde vorstellen.«

Dem Leibarzt entfuhr ein abgrundtiefer Seufzer. »Was habe ich dem Herrgott nur angetan, dass er mir die Blatternseuche und dazu dieses Weib auf den Hals geschickt hat? Du bleibst drei Schritte hinter mir, und wenn ich mit dir rede, dann siehst du in Demut zu Boden, haben wir uns verstanden?«

»Gewiss.« Helena hielt es für angebracht, in augenblickliches Schweigen zu verfallen, denn dann konnte sie in Ruhe nachdenken und sich für die anstehende Kapitelsitzung ein paar passende Worte zurechtlegen.

Kapitel 7

Gregor blinzelte. Seine Muskeln fühlten sich an wie nach einem Gefecht, und die bleierne Müdigkeit ließ nur langsam von ihm ab. Als er sich aufzurichten versuchte, prallte er mit dem Kopf gegen den Bettkasten. Verwundert kroch er unter dem Bett hervor, während seine Erinnerung allmählich zurückkehrte.

Er hatte Schritte vor der Tür gehört. Panisch war er unter das Bett gekrochen, und einen Augenblick lang hatte er geglaubt, Helena könnte ihn verraten haben. Bis er das Kleid gesehen hatte. *Ihr* weißes Kleid. Von da an fehlte ihm jegliche Erinnerung. Er wusste nur, dass seine Seele die plötzliche Begegnung mit Aurelia nicht verkraftet hatte und der Zwangsschlaf nach dem Anfall lange angehalten hatte. Aber noch etwas wusste er: Er wollte zu Aurelia. Jetzt sofort.

Wie viel Schmerz konnte man eigentlich aushalten? Zusätzlich zu den Schmerzen im Arm, die sich ganz gut mit Wein ertränken ließen, kamen noch die kleinen, unzähligen Stiche, die sich bei jedem Gedanken an Aurelia tiefer in sein Herz bohrten.

Was würde sie sagen, wenn sie ihn hier anträfe? Wenn sie von seiner Flucht aus der Armee erführe? Würde sie ihn überhaupt erkennen? Als er sich erhob und auf wackeligen Beinen stand, fühlte er sich noch immer wie gerädert. Vergeblich sah er sich nach einem Gegenstand mit glatter Oberfläche um, in dem er sich spiegeln könnte. Er fuhr sich mit der Hand durch die struppigen Haare, versuchte diese zu bändigen, doch die Finger blieben in unzähligen Verfilzungen hängen. Es war aussichtslos. Gregor wischte sich mit dem Ärmel über das Gesicht, und sein Blick wanderte nach unten über die zerlumpte, blutbefleckte Kleidung und die viel zu großen, ausgebeulten Schuhe. Vielleicht könnte er sich heute Nacht neue Kleidung besorgen und zum Brunnen schleichen, um sich ein bisschen zu waschen?

Missmutig setzte er sich an den Studiertisch und schlug den Aristoteles an der Stelle auf, wo er zuletzt gelesen hatte. Da erschien Aurelias Gesicht zwischen den Zeilen und lächelte ihn an. Die Sätze verschwammen vor seinen Augen und trugen ihn in seine Gedankenwelt. Er stützte den Kopf in die Hände. Wie war sein Mädchen doch schön! Ihre Frisur, ihre zarte Nackenhaut, die er damals kurz berühren durfte. Der helle Duft ihres Parfüms, den er wohl nie vergessen würde.

Entschlossen stand Gregor auf, ging auf leisen Sohlen durch die Bibliothek und öffnete die schwere Türe. Vorsichtig schaute er hinaus auf den Gang. Niemand war zu sehen. Es durfte einfach nichts passieren. Er schlich sich an der Wand entlang, wagte kaum zu atmen. Er schob den Gedanken an eine drohende Gefahr zur Seite und konzentrierte sich auf die bevorstehende Begegnung mit Aurelia. Warum war sie überhaupt in die Bibliothek gekommen? Um ein Buch zu entleihen? Vielleicht wusste sie, dass er hier war, vielleicht hatte sie ihn gesucht. Aber dann hätte sie doch seinen Namen gerufen?

Die Räume der Gräfinnen. Eine weiße Türe an der nächsten, alle gleich, in einem scheinbar endlosen Gang. Er zögerte. Das dritte Zimmer müsste es sein, falls Aurelia nach der Flucht ihr altes Zimmer wiederbekommen hatte. Hoffentlich lag er damit richtig, hoffentlich war sie da, hoffentlich war sie allein. Gregor starrte auf das weiße Holz, als könnte er hindurchsehen. Dann nahm er allen Mut zusammen und klopfte an. Sein Herz pochte heftig. Gregor horchte, doch alles blieb still. Er klopfte noch einmal lauter an. Nichts. Seine Hand legte sich auf die eiserne Türklinke, und er drückte sie nieder.

»Aurelia?«, flüsterte er.

Es war eindeutig ihr Zimmer, er erkannte ihre Möbel wieder. Das blaue Himmelbett ragte von der linken Seite her in den Raum hinein. Hinten am Fenster schmiegte sich der Damensekretär mit den geschwungenen Beinen aus Mahagoniholz zwischen die schweren, grünlichen Stores. Daneben prangte der weiße, kantige Frisiertisch und bei dem Paravent, hinter dem sie damals das weiße Kleid angezogen hatte, standen drei wuchtige Kleiderschränke, der eine schmucklos aus hellem Holz, der mittlere trug schwungvolle Bemalungen und der dritte dunkle Schrank besaß üppige goldene Beschläge. Nichts in diesem Zimmer passte zusammen. Es war das überflüssige Mobiliar ihrer bereits verheirateten Schwestern, das man hier zusammengewürfelt hatte. Nur die Reisetruhen, die sie vom Vater zum Geburtstag bekommen hatte, waren neu und einheitlich gefertigt.

Leise schlich er sich an den Truhen vorbei in den hinteren Teil des Zimmers zu dem einfachen Esstisch, der eher in die Stube eines Handwerkers gepasst hätte. Dort stand ihr Frühstück unberührt auf dem Silbertablett. Sein Magen knurrte, und er kämpfte kurz mit seinem Gewissen. Dann wandte er sich wieder ab und setzte sich auf das Bett. Er nahm das Kopfkissen mit ihren Initialen in die Hand und strich sanft über die blaue Seide. Er würde hier warten, und zwar so lange hier sitzen und warten, bis sie zurückkäme.

***

»Aurelia Gräfin von Hohenstein«, kündigte der alternde Kammerdiener Borginino der Fürstäbtissin ihr Erscheinen zur Kapitelversammlung an. Seine Stimme durchdrang den Raum und war doch kaum mehr als ein Flüstern. Er verneigte sich huldvoll, wie immer in ein schwarzes Justaucorps und helle Kniebundhosen gekleidet. Seit fünfzehn Jahren, seit Beginn ihrer Amtszeit, stand der rund sechzig Jahre alte Mann in Diensten der Fürstäbtissin.

»Lassen Sie Gräfin Aurelia ein«, bestätigte diese nickend. »Und lassen Sie auf der Stelle meinen Schreiber rufen. Er soll unverzüglich hier erscheinen!«

»Sehr wohl, Gnädigste«, antwortete der Diener. In fünfzehn Jahren war er nicht einmal krank gewesen, an keinem Tag war sein treusorgender Gesichtsausdruck verändert, nie sah man etwas anderes als freundliche Besorgnis in den kleinen, rundlichen Augen, und immerzu lächelte er. »Haben Gnädigste außerdem einen Wunsch?« Ob ihn je eine andere Frage hinter seiner vorgewölbten Stirn beschäftigt hatte?

»Mich dürstet«, sagte Sophie Albertine mit einem verhaltenen Seufzer. Ihre schwarzen Haare wurden von einem braunen Haarband in Nachahmung eines Lorbeerkranzes zurückgehalten, nur die leicht verkrustete Stirnwunde hatte man mit adrett darüberfrisierten Löckchen zu verdecken versucht; dennoch stach die Verletzung erschreckend aus dem bleichen Gesicht hervor. Nach dem Kutschunfall schien es ihr heute mäßig besser zu ergehen. Ihre Stimme klang kräftig, und sie empfing die Damen sitzend an dem großen vergoldeten Marmortisch.

Aurelia atmete tief durch, betrat an Borginino vorbei den edlen Kapitelsaal und verneigte sich vor der Fürstäbtissin, die entsprechend dem Anlass festlich gekleidet war: Sie trug ein dunkelblaues Samtkleid mit Schleifen und weißen Seidenabschlüssen, weit ausgestelltem Rock und eng geschnürter Taille. Auf der linken Brustseite prangte das von ihr entworfene Stiftsabzeichen in Form eines Johanniterkreuzes mit einem Wappenschild des Stiftes, den gekreuzten silbernen Vorlegemessern auf rotem Grund.

Borginino begann, die weißen Kerzen des prunkvollen Kandelabers anzuzünden. Zwölf an der Zahl, entsprechend der Stuhlanzahl am Kapiteltisch. Die runden Stuhlflächen waren mit dunklem Samt bespannt, und die zierlichen, leicht geschwungenen Stuhlfüße hatte man passend zum Tisch vergoldet. An der Stirnseite, in der Nähe des weißen Kachelofens, saß die Fürstäbtissin. Zu ihrer Linken nahm für gewöhnlich der Leibarzt Platz und zu ihrer Rechten der Stiftskanzler. Die restlichen acht Plätze waren für die Gräfinnen bestimmt, der hohe Lehnstuhl am anderen Tischende war der Stiftsältesten vorbehalten.

Die zwei außen stehenden Kerzen ließ der Diener unbeachtet, weil diese für die Gräfinnen ohne Bemäntelung standen. Eine Weile betrachtete Aurelia den Kandelaber, dann straffte sie ihre Schultern, ehe sie auf die Fürstäbtissin zuging. Ihre Schritte hallten über den blankpolierten Steinfußboden, und die Fürstäbtissin sah ihr mit leicht hochgezogenen Augenbrauen entgegen.

»Verzeihen Sie«, bat Aurelia, »dürfte ich Sie wohl höflichst um eine kurze, aber dennoch sehr dringliche Unterredung vor Beginn der Sitzung ersuchen? Es geht um meine Bemäntelung ...«

Die Fürstäbtissin schüttelte bedauernd den Kopf. »Alles Notwendige wird in der Kapitelsitzung besprochen.« Sie beendete das Gespräch, indem sie sich der Türe zuwandte, wo gerade die anderen Gräfinnen und Prinzessinnen eintrafen.

»Ach, guten Tag, Katharina Amalie Prinzessin von Baden! Ich freue mich, dass Sie trotz der widrigen Umstände den Weg zurück ins Stift gefunden haben. Ich hoffe, Sie hatten eine angenehme Nacht? Wunderbar, die anderen kommen ja auch schon! Herr Stiftskanzler, setzen Sie sich doch bitte auf Ihren Platz.«

Aurelia stellte sich vor den Kachelofen in die Nähe der Fürstäbtissin und tat so, als wolle sie sich ein bisschen wärmen. Dabei wartete sie mit zunehmender Nervosität auf eine zweite Gelegenheit, Sophie Albertine anzusprechen. Reihum sahen die ehemaligen Fürstäbtissinnen in Ölporträts von den goldgelben, stofftapezierten Wänden mit gestrengen Blicken auf das Geschehen hinunter, dem sich Aurelia so sehr ausgeliefert fühlte. Wieder eine dieser Kapitelsitzungen, an denen sie wie ein Schatten anwesend sein durfte – doch heute sollten sich hier die Weichen für ihr weiteres Leben stellen.

Die Fürstäbtissin hatte ihr den Rücken zugekehrt und bedachte nun jede der eintretenden Gräfinnen mit einigen herzlichen Worten, ehe sie die Damen an den Tisch bat. Diese waren wie immer nach der neuesten Mode gekleidet, trugen fließend weiche Kleider ohne Mieder in zarten Farben, bis auf die Seniorin Gräfin Maria, die gegenüber der Fürstäbtissin an der Stirnseite Platz nahm und mit zusammengekniffenen Lippen auf den Beginn der Kapitelsitzung wartete. Sie trug eine dunkelblaue, fast schwarze Robe, die an den Ärmeln und am Kragen mit weißer, gezackter Spitze verziert war. Die langen Seidenbänder der gekräuselten Haube reichten bis über die Brust und das enge Mieder hinunter. Als Stiftsälteste war sie die Fürsprecherin der Gräfinnen, und Aurelia beschloss, sich neben sie zu setzen.

Mit einem freundlichen Nicken trat sie an den Tisch und zog den freien Stuhl zurück. Doch gerade als sie sich setzen wollte, huschte die Schleppe eines bräunlich schimmernden Kleides wie eine Schlange an ihr vorbei, und Crescentia Gräfin zu Stolberg-Gedern drängte sich vor Aurelia auf den Platz, die jetzt dastand wie ein Diener, der soeben einer Dame den Stuhl geboten hatte. Crescentia drehte sich zu ihr um und bedankte sich mit einem falschen Lächeln, das ihre gelben Zähne zur Schau stellte. Aurelia gab sich unbeeindruckt und setzte sich schließlich auf den Platz neben der jüngsten Gräfin, die wohlweislich eine Lücke zwischen sich und dem Äskulap gelassen hatte. In der stillen Hoffnung, der Leibarzt möge wegen einer Visitation nicht erscheinen, griff Aurelia nach der goldenen Stuhllehne. Doch gerade als sie sich setzen wollte, schnellte die Hand von Felicitas besitzergreifend auf die samtene Sitzfläche.

Aurelia spürte leichte Panik aufsteigen und war dankbar, als sie die dezent herbeiwinkenden Fächerbewegungen der Stiftsältesten bemerkte. Sie steuerte auf den freien Stuhl zu, doch der Kommentar Gräfin Marias ließ sie in ihrer Bewegung erstarren.

»Ich meinte die Prinzessin zu Solms-Hohensolms-Lich. Nicht Sie.« Sie spie die letzten Worte aus wie verdorbenes Essen.

Besagte Gräfin kam lächelnd näher. Sie hatte sich ihre zartrosa Seidenschleppe über den Unterarm gelegt und verströmte einen süßlichen Parfümduft. Ihre Haare waren nach dem Vorbild einer griechischen Göttin zu kurzen Löckchen frisiert, die von einem Diadem aus bläulichen Perlen gehalten wurden. Prinzessin zu Solms-Hohensolms-Lich würdigte Aurelia keines Blickes.

Da hörte Aurelia die Stimme des Stiftskanzlers hinter sich. »Wenn Sie möchten, dürfen Sie sich gerne zu mir setzen.«

Aurelia drehte sich zu ihm um. Gerne hätte sie Sebastians Nähe gemieden – wenn sie die Wahl gehabt hätte. Unter dem verhaltenen Gekicher der anderen ließ sie sich neben ihm nieder.

Wie sie erwartet hatte, beugte sich Sebastian neugierig zu ihr herüber. »Wie geht es Ihnen? Ist es Ihnen wohler?«

Aurelia starrte ohne Wimpernschlag in die Kerzenflammen. Sie hatte ihn nicht gehört, einfach nicht gehört. Einen Moment später bat die Fürstäbtissin um Ruhe und ließ die Türen schließen, damit war sie zum guten Glück von einer Antwort entbunden.

»So lasset uns die Kapitelsitzung im Namen Kaiser Franz II. und auch im Namen des Heiligen Vaters beginnen. Zunächst einmal möchte ich dem Kaiser und auch dem Herrgott dafür danken, dass er uns und das Stift vor dem Krieg gerettet hat und wir uns wohlbehalten hier zusammenfinden konnten, um nun den gewohnten Gang der Dinge wieder aufzunehmen.« Die Fürstäbtissin hob ihre Lorgnette an die Augen, und ihr Blick blieb an den beiden freien Stühlen zu ihrer Linken hängen. Sie schaute in die Runde. »Monsieur Dottore Tobler ist bestimmt noch von einem Patienten aufgehalten worden. Aber weiß man etwas über den Verbleib der Gräfin Sophie? Ist sie noch nicht zurückgekehrt? Werte Seniorin Gräfin Maria, wissen Sie Näheres?«

Die Stiftsälteste deutete ein Kopfschütteln an.

»Sie wird doch wohl nicht in diesen Kriegswirren zu ihrer Grand Tour aufgebrochen sein?«, erhob die Fürstäbtissin ihren Verdacht.

Gräfin Maria zuckte mit den Schultern. »Möglich wäre es. Gräfin Sophie erwähnte etwas von einer Bildungsreise. Allerdings wäre das tatsächlich ziemlicher Leichtsinn. Aber ich habe es ja schon immer gesagt: Fern vom Haus ist nah beim Schaden. Doch das hat den Damen wohl noch niemand geflüstert.«

»Somit wäre der erste Tagesordnungspunkt schneller erledigt als gedacht. Es bliebe festzuhalten ...« Die Fürstäbtissin sah sich zur Türe um, wo sich ihr Schreiber mit eingezogenem Genick, seine Utensilien unter den Arm geklemmt, möglichst unauffällig hereinschleichen wollte. Außer Atem nahm er unter den Blicken aller an der langen Wand Platz, wo ein Stuhl für ihn bereitstand. Hastig legte er den Stapel Pergamentblätter auf seinen Schoß und stellte das Tintenfass aus Porzellan nebst einiger frischer Federn zu seinen Füßen.

»Es bliebe wie gesagt festzuhalten, dass ich es angesichts der knappen wirtschaftlichen Verhältnisse des Stifts für angebracht halte, die ausstehenden Bemäntelungen der beiden Gräfinnen samt anschließender Feier an einem gemeinsamen Tage auszurichten. Daher wird die Aufnahme der Aurelia Gräfin von Hohenstein aufgrund der Abwesenheit von Gräfin Sophie auf zunächst unbestimmte Zeit verschoben.«

Aurelia durchfuhr es heiß und kalt. Reihum sahen ihr schadenfrohe Gesichter entgegen, keine der Damen machte sich die Mühe, ihre Genugtuung zu verbergen. Einzig die Miene der Fürstäbtissin glich der einer Statue.

»Warum ...?«, flüsterte Aurelia.

»Weil ich es für richtig halte«, entgegnete die Fürstäbtissin in strengem Tonfall.

»Das dürfen Sie nicht tun! Ich habe das Residenzjahr erfolgreich beendet! Ich war jeden Tag anwesend, habe immer meine Gebete verrichtet!«, platzte es aus ihr heraus.

Der Stiftskanzler legte ihr beruhigend die Hand auf die Schulter und sagte zu Sophie Albertine: »Werte Fürstäbtissin, das kann ich bezeugen. Gräfin von Hohenstein besucht jeden Tag wie vorgeschrieben den Gottesdienst.«

»Ja, das ist mir durchaus bekannt«, meinte die Fürstäbtissin und betrachtete angelegentlich die schwarze Tischplatte.

»Darum wäre es doch nur rechtens, wenn die Gräfin Aurelia besser heute als morgen ins Stift aufgenommen werden würde«, insistierte Sebastian. »Der Gräfin steht nach Recht und Gesetz des Stifts eine Bemäntelung und damit eine zugesicherte Versorgung zu.«

Die Seniorin am anderen Ende des Tisches kam der Fürstäbtissin zuvor. »Aber wenn man es genau bedenkt, dann fehlen der Gräfin von Hohenstein zur Vollendung des Residenzjahres die Wochen, in denen das Stift unbesetzt war und sie in Wien weilte.«

Aurelia starrte das Gesicht der alten Frau unter der Spitzenhaube an, bis es vor ihren Augen verschwamm. Sie sah sich eine Flasche mit der Aufschrift *Petroselinum crispum* aus dem Medizinregal in der Höhle des Äskulap greifen und spürte förmlich, wie ihr feine schwarze Samenkörner in die Hand rieselten. Ohne einen Mann an ihrer Seite oder die Versorgung durch das Stift würde ein Leben mit Kind unmöglich sein. Es blieb ihr nichts anderes übrig ...

Ein Klopfen an der Tür riss sie aus ihren Gedanken. Die Fürstäbtissin griff nach ihrer Lorgnette und bedeutete dem Diener die Türe zu öffnen.

***

»Oh, Monsieur Dottore Tobler. Das fügt sich ganz wunderbar, denn ich wollte gerade zum nächsten Punkt kommen. Und das Mädchen haben Sie auch mitgebracht, wie ich sehe. Ganz ausgezeichnet. Nehmen Sie Platz.«

Helena hatte hinter dem Äskulap das Kapitelzimmer betreten. Ihr erster prüfender Blick galt der Fürstäbtissin, deren Stirnwunde jedoch keine Anzeichen einer Inflammation aufwies und offenbar gut verheilte. Alle Augen am Tisch hatten sich ihr zugewandt und musterten sie nun von Kopf bis Fuß. Ob Gregors Liebste auch unter ihnen war? Helena war aufgeregt, wusste nicht, wo sie zuerst hinschauen sollte. Die vielen Gesichter, die Kleider, der Schmuck, das Mobiliar ... Parfüm stieg ihr in die Nase, vermischt mit dem Rauch des Kaminfeuers.

Mit einer freundlichen Geste bekam Helena den letzten freien Stuhl neben dem Leibarzt zugewiesen, und sie ließ sich zögerlich darauf nieder. Noch nie hatte sie auf einem solch bequemen Polsterstuhl gesessen. Unauffällig fuhr sie mit ihren Fingerspitzen über den Samtstoff, mit und gegen den Strich. Es war ihr, als spürte sie die weichen und zugleich borstigen Haare eines Tieres, wie ein Pferdefell kam ihr der Samt vor. Bei dem Gedanken an ihr Pferd und an ihre Flucht überkam sie die Erinnerung an Friedemar. Gänsehaut kroch ihr den Rücken entlang.

»Nun, meine Damen, ich möchte Ihnen ein neues Stiftsmitglied vorstellen. Ihr Name ist Helena Fechtner. Da sie mir bei meinem Unfall das Leben gerettet hat, wird sie zum heutigen Tag auf außerordentlichen Beschluss bei freier Kost und Logis als Ehrengast in unser Stift aufgenommen.«

»Nein!«, entfuhr es einer Gräfin, und Helena sah auf. Die junge Dame ihr gegenüber stach mit dem Miederkleid und den hochgesteckten, gepuderten Haaren aus der Reihe der anderen hervor. Ihre Haut war blass, beinahe wie aus Porzellan, und die Lippen waren mit einer zartroten Pomade ausgefüllt. Doch ihre Augen waren ohne Glanz, leer und traurig. Sie hatte einen starren Blick aufgesetzt, als wäre sie in eine andere Welt geflüchtet.

Helena beäugte die anderen Damen, die ihr mit einer Mischung aus Neugierde und Ehrfurcht entgegensahen. Sie versuchte möglichst freundlich zu lächeln, aber es wollte ihr nicht so recht gelingen. Von der alten Gräfin mit der gekräuselten Haube gegenüber der Fürstäbtissin wurde sie besonders kritisch in Augenschein genommen. Das schien wohl die Stiftsälteste zu sein, keine sehr sympathische Erscheinung, entschied Helena. Die Falten an Hals und Gesicht harmonierten jedenfalls bestens mit dem gerafften Spitzenhäubchen und die großen Augen und das fliehende Kinn erinnerten sie unweigerlich an eine Riesenschildkröte.

Die Fürstäbtissin klopfte mit ihrem zusammengeklappten Fächer auf den Tisch, bis sie sich der Aufmerksamkeit aller wieder gewiss sein konnte. »Meine Damen, ich bin dem Mädchen sehr zu Dank verpflichtet, und ich möchte Sie darum bitten, ihr den nötigen Respekt entgegenzubringen. Sie wird außerdem Monsieur Dottore Tobler auf seinen Visitationen begleiten.«

Reihum ertönte unzufriedenes Gemurmel. Aus den Gesichtern der Frauen sprach Fassungslosigkeit, nur die blasse Gräfin mit den hochgesteckten Haaren blieb vollkommen teilnahmslos. Ihre Augen waren starr auf den Kerzenleuchter gerichtet.

Die Fürstäbtissin klopfte nachdrücklich auf den Tisch. »Es ist notwendig, denn der Herrgott zürnt unserer schönen Stadt. Er hat den Quedlinburgern die Blattern gesandt. Keine Aufregung, meine Damen, bitte beruhigen Sie sich! Es besteht kein Grund zur Aufregung. Bitte, Contenance!« Die Fürstäbtissin wartete, bis es etwas ruhiger geworden war. »Die Blattern kommen nicht ins Stift, meine Damen, und es wird keine Inokulationen geben, mit denen Sie sich die Haut ruinieren könnten, seien Sie ohne Sorge. Es wird Ihnen nichts geschehen. Wir vertrauen ganz auf Monsieur Dottore Tobler.«

Helena spürte, dass der Moment gekommen war. Als sie langsam ihren Stuhl zurückschob und sich erhob, vermied sie es, den Leibarzt anzusehen und fixierte stattdessen das Ölporträt einer längst verstorbenen Fürstäbtissin an der Wand gegenüber. Leise, aber mit fester Stimme sagte sie: »Verzeihung, aber die Blattern sind bereits im Stift. Lea, die kleine Tochter des Stallmeisters, ist an der Seuche erkrankt.«

»Um Gottes willen!«

»Das darf nicht wahr sein!«

Dann wurde es totenstill.

»Und der Leibarzt ...«, Helenas Stimme fing an zu zittern, »er unternimmt nichts. Er ignoriert es einfach!«

»Ganz recht!« Dottore Tobler sprang von seinem Stuhl auf und schob sich die Perücke zurecht. »Weil man nichts gegen die Blatternseuche ausrichten kann! Gar nichts! Darum ist es wohl mein gutes Recht, die Seuche zu ignorieren und mich wichtigeren Dingen zuzuwenden!«

Ihr Kopf schnellte herum. »Ja, zum Beispiel einer armen Frau bei der Visitation das letzte Geld aus der Tasche zu ziehen!«

»Das muss ich mir nicht bieten lassen!«, polterte er, und seine Augen wurden schmal. »Jeder kennt meine Tarife, und ich zwinge das niedere Volk nicht, sich bei mir in Behandlung zu begeben!«

»*Behandeln* nennen Sie das?« Helena schlug das Herz bis zum Hals.

»Werte Fürstäbtissin, verbieten Sie diesem Weib hier auf der Stelle das Maul, oder ich gehe!«

»Dann will ich Sie nicht aufhalten, werter Äskulap. Das Mädchen ist Mitglied unseres Stifts und genießt damit ebenso wie Sie volle Redefreiheit an diesem Tisch«, entgegnete die Fürstäbtissin mit erstaunlicher Ruhe.

»Ich habe verstanden.« Der Leibarzt griff nach seinem Stock und ging gemessenen Schrittes zur Türe. Dort drehte er sich noch einmal um. »Sie werden bald sehen, was Sie mit dieser Entscheidung angerichtet haben.«

Nachdem der Leibarzt den Raum geräuschvoll verlassen hatte, atmete Helena tief durch. Die Angst saß ihr noch immer in den Knochen, aber sie wusste, sie hatte das einzig Richtige getan.

»Herr erbarme dich unser!«, murmelte die Seniorin Gräfin Maria, und etwas lauter setzte sie hinzu: »Hätten wir das nur nie erfahren! Was sollen wir denn jetzo tun?«

»Ehrlich gesagt, ich weiß es nicht.« Die Fürstäbtissin sah zu Boden.

»Vielleicht sollten wir noch milde Blattern kaufen?«, überlegte die Seniorin laut.

Die Gräfinnen am Tisch schüttelten vehement den Kopf.

»Da sehen Sie es. Außerdem ist es für eine Inokulation wohl bereits zu spät. Die Gefahr ist zu groß, dass wir uns eine schwere Form einhandeln. Nicht wahr, Helena?«

Sie erschrak, als sie so plötzlich angesprochen wurde. »Ja«, sagte sie schnell und wünschte sich plötzlich für weitere medizinische Auskünfte den Leibarzt an ihre Seite.

»Gibt es denn gar keine Rettung?«, verzweifelte die Seniorin. »Müssen wir das Stift schon wieder verlassen? Diese Strapazen, diese elenden Kutschfahrten, das macht meine Gesundheit nicht länger mit. Wir müssen uns doch irgendwie vor den Blattern schützen können!«

Helena blieb stumm. Sie sah im Geiste Ernestines Hände vor sich, und alles in ihrem Inneren sträubte sich. Es gab kein Mittel gegen die Blattern. War ihr der Tod der Großmutter noch nicht Beweis genug?

»Was schlägst du vor, Helena?«

Ihr Magen verkrampfte sich. Die Fürstäbtissin übertrug ihr zu viel Verantwortung. Viel zu viel.

»Ich würde sagen ... Es würde in jedem Fall helfen, wenn das kranke Mädchen separiert wird. Niemand, dem sich das Gift mitteilen kann, darf sich dem Wohnhaus nähern. Somit könnten wir der Seuche vielleicht ein wenig die Nahrung entziehen.«

»Meine Damen, Sie haben es gehört! Niemand verlässt mehr das Stift, auch das Promenieren im Stiftshof ist ab sofort untersagt. Vermeiden Sie jeglichen Kontakt mit verdächtigen Personen. Nicht auszudenken, was sonst passieren könnte ...«

Die Damen nickten stumm.

»Und nun kommen wir zu einem anderen Thema«, sprach die Fürstäbtissin betont frohgemut weiter, so als habe sie eben ein trauriges Buch zugeschlagen und wolle sich nun Erfreulicherem zuwenden. »Es ist eine gute Nachricht. Wie Ihnen bekannt sein dürfte, hat dieser größenwahnsinnige Napoleon das linke Rheinufer in Besitz genommen. Damit hat er erreicht, was er wollte, und schmälert dadurch das Heilige Römische Reich Deutscher Nation. Das ist schlimm genug, aber noch schlimmer sind die zahlreich kursierenden Gerüchte. Ich möchte dem Ganzen hier und an dieser Stelle unmissverständlich einen Riegel vorschieben: Die gute Nachricht ist, unser Damenstift wird nicht aufgelöst.«

Die Fürstäbtissin forderte das Flugblatt aus dem Stift Säckingen von ihrem Schreiber, und nachdem er ihrem Befehl eiligst nachgekommen war, präsentierte sie das Pergament mit spitzen Fingern. »Ein derartiges Flugblatt wie dieses aus dem Stift Säckingen will ich in unseren Räumen nirgendwo erblicken! Und ich möchte kein Wort darüber hören, dass auch unser Stift aufgelöst werden könnte. Gerüchte wie dieses sind völliger Humbug. Haben Sie mich verstanden? In diesem Hause herrschen Ruhe und Frieden. Bitte suchen Sie sich darum für Ihre Kaffeekränzchen ein anderes Thema.« Sie rollte das Pergament betont sorgfältig zusammen und übergab es wieder ihrem Schreiber, der sich mit einer Verbeugung schnell wieder in den Hintergrund verzog.

Der Stiftskanzler erbat das Wort und erhob sich. Seine Stirn war in tiefe Falten gelegt. »Ich bitte zu bedenken: Napoleon will kirchlichen Besitz in weltlichen umwandeln. Und das ist kein Gerücht! Napoleon hat Frankreich bis an den Rhein vergrößert, und damit haben zahlreiche deutsche Fürsten ihre Gebiete links des Rheins an ihn verloren. Und Napoleon wird die Fürsten mit kirchlichen Gütern rechts des Rheins entschädigen. Aus unserem eigenen Reich!«

»Bitte, Herr Stiftskanzler! Gerade von Ihnen hätte ich solche Worte nicht erwartet. Wie kommen Sie dazu, diesem albernen und ängstlichen Geschwätz nachzuhängen? Ihnen hätte ich etwas mehr Verstand zugetraut. Wie sollte man bitte der Kirche einfach so ihre Güter und Ländereien wegnehmen können, um irgendwelche Fürsten damit für ihre Kriegsverluste zu entschädigen?«

»Ich fürchte, man kann. Denken Sie nur an Herzog Ulrich und Herzog Christoph: Wie haben die seinerzeit gewütet? Sie haben die katholischen Klöster heimgeramscht und evangelische Klosterschulen daraus gemacht. Einfach so! Sie sehen also, es geht.«

»Verehrter Herr Stiftskanzler«, sagte die Fürstäbtissin und faltete die Hände, »gerne dürfen Sie mir etwas aus Ihrem Rechnungsbuch vortragen, da glaube ich Ihnen jede Zahl, aber in der Geschichte unterlassen Sie bitte Ihre Belehrungen. Diese ist mir hinlänglich bekannt. Und falls es Ihnen immer noch nicht aufgefallen sein sollte: Wir sind hier kein Kloster, sondern ein traditionsreiches, von Kaiser Heinrich gegründetes Stift, unveräußerlicher Teil des Heiligen Römischen Reiches und desselben immediater Stand mit Sitz und Stimme auf dem Reichstag. Was soll uns also bitte passieren?«

Niemand am Tisch erwiderte etwas. Nur der Stiftskanzler wagte noch einen Einwand: »Und warum sind Gnädigste dann ein Oberhaupt des Kirchenwesens?«

»Herr Stiftskanzler, ich wurde von den Damen ohne geistliches Präsidium zur Fürstäbtissin gewählt. Außerdem haben wir uns nur an unsere eigenen Kanonischen Gesetze zu halten. Und was die Rechtsprechung über die Geistlichkeit angeht, wird der Weltlichkeit dadurch kein Hindernis beigebracht.«

Verständnislos schaute Helena zwischen den beiden hin und her, ohne zu wissen, für wen sie Partei ergreifen sollte.

»Außerdem ...«, sagte eine etwas ältere, mit Rubinen geschmückte Gräfin und hob den Fächer in die Höhe, um sich Aufmerksamkeit zu verschaffen. »Außerdem zählen wir nicht zum kirchlichen Besitz. Wenn wir also bereits in weltlicher Hand sind, kann man unser Stift doch gar nicht auflösen.«

»Ganz recht, werte Luise Ferdinande Gräfin zu Nassau-Weilburg.«

»Und zudem ist es zu unserer Ausstattung gegründet worden!«, eiferte sich eine in Rosa gekleidete Gräfin an der Seite der Seniorin.

»Seien Sie ganz unbesorgt, liebe Auguste Maria Prinzessin von Braunschweig-Wolfenbüttel, denn dabei wird es auch bleiben.«

»So ist es. Denn im Grunde wurden wir doch schon vor Jahrhunderten der Weltlichkeit zugeführt. Was soll man uns also anhaben?«, fragte Crescentia Gräfin zu Stolberg-Gedern.

»Nichts, meine Liebe. Rein gar nichts.«

»Außerdem erhält das Stift Einkommen aus Familienpräbenden; es gehört demnach uns. Da gibt es keinen Zweifel!«, warf die Gräfin mit den kurzen Löckchen ein, die an Helenas Tischseite saß.

»Niemand wird uns unsere Existenz streitig machen, Felicitas Prinzessin von Sachsen-Gotha-Altenburg.«

»Richtig. Und seit der Gründung des Stifts sind genau 866 Jahre vergangen ... Wieso sollte es jetzt auf einmal aufgehoben werden?«, warf Gräfin Maria ein.

Helena musste grinsen. Das Argument der Seniorin war natürlich kaum von der Hand zu weisen.

»Sehr richtig, liebe Seniorin Gräfin Maria. Sehr vernünftig, meine Damen.« Die Fürstäbtissin nickte in die Runde. »Ich sehe, wir sind uns einig.«

»Das ist schön«, sagte Sebastian und ließ sich zurücksinken. »Aber unter den Fürsten ist man sich leider auch bereits einig.«

Helena sah, wie er mit sich kämpfte. Fand er nicht die richtigen Worte, oder wollte er nicht seine Stellung als Stiftskanzler riskieren? Sie räusperte sich kurz, um etwas zu sagen, dann aber verließ sie wieder der Mut. Wusste Sebastian, wovon Gregor ihr letzte Nacht erzählt hatte? Bestimmt nicht. Schließlich war Sebastian niemals mitten im Kriegsgeschehen gewesen. Helena holte tief Luft. Ihr konnte nichts passieren. Hoffentlich.

»Gnädigste Fürstäbtissin, wenn ich dazu bitte etwas sagen dürfte? Sie wissen ja nicht, wie es in Paris zugeht ... Der Kongress gleicht einer Handelsbörse! Seit die Reichsdeputation in neu geschaffenen Paragrafen die Auflösung der Stifte und Klöster für rechtens erklären konnte, hat Napoleon jeden Fürsten aufgerufen, ihm anzuzeigen, welches Gebiet er als Entschädigung wünsche und was ihm am gelegensten sei. Seit die Fürsten wissen, dass sie per Dekret mit geistlichen Gütern entschädigt werden sollen, ist der Knoten geplatzt. Napoleons Minister kann sich kaum vor den fürstlichen Pilgern retten. Er hat sein Amtszimmer vollständig mit Landkarten des Heiligen Römischen Reiches behängt, damit ...« Helena verstummte. Der Gesichtsausdruck der Fürstäbtissin verhieß nichts Gutes. Unwillkürlich rutschte sie auf ihrem Stuhl ein wenig tiefer. Was war denn nur in sie gefahren? Warum musste sie sich so weit aus dem Fenster lehnen? Es ging sie doch gar nichts an.

»Habe ich recht gehört? Was soll denn der Unsinn? Wer hat dir bloß solche Geschichten aufgetischt?«

»Gre... Der Grenadier, der die Landkarten aufgehängt hat, um den Bären zu verdecken, den ich euch aufgebunden habe!« Helena grinste so übertrieben wie sie nur konnte, obwohl ihr zum Heulen zumute war.

»Einen Bären? Ach so, natürlich, einen Bären!« Die Fürstäbtissin lachte, und die Gräfinnen stimmten nacheinander mit ein. »Ach Helena, an deinem jugendlichen Frohsinn sollten wir uns alle ein Beispiel nehmen. Nicht wahr, meine Damen?«

Alle nickten geflissentlich. Nur die Gräfin in dem weißen Miederkleid schüttelte kaum merklich den Kopf. Doch niemand außer Helena schien dies zu bemerken.

Felicitas, die jüngste Gräfin, begann zu kichern. »Wunderbar, das ist eine sehr hübsche Idee. Wir werden uns beim Kaffeetrinken köstliche Bärengeschichten erzählen!«

»Das sähe Ihnen ähnlich, liebe Felicitas Prinzessin von Sachsen-Gotha-Altenburg. Etwas mehr Contenance, wenn ich bitten darf.« Die Fürstäbtissin nahm ihre Lorgnette und schaute prüfend in die Runde. »Sodann gehe ich davon aus, dass fortan niemand mehr eine Stiftsauflösung für möglich hält?«

Niemand widersprach ihr.

»Bei Gott ist kein Ding unmöglich«, sagte der Stiftskanzler in die plötzliche Stille hinein. »So steht es schon in der Bibel. Wenn ich doch noch etwas hinzufügen darf, gnädigste Fürstäbtissin. Da Sie sich so ehrenvoll in der Geschichte auskennen, sollten Sie nicht verkennen, dass Napoleon ein berechtigtes Interesse daran hat, das Deutsche Reich nicht nur zu verkleinern, sondern ganz zu vernichten. Bei der Neuverteilung der Gebiete werden darum die Württemberger und die Bayern bevorzugt behandelt, um die Preußen und die Österreicher nicht noch zu stärken. Damit hat Napoleon zwei Fliegen mit einer Klappe geschlagen: Die Fürsten, die er aus ihrem Schattendasein geholt hat, sind ihm zu Dank verpflichtet, und verbünden sich mit ihm. Dann holt Napoleon zum finalen Schlag aus, und unser Reich segnet das Zeitliche ...«

»Sebastian, Sie sollten weniger in der Apokalypse lesen. Bleiben Sie bitte vernünftig! Das Heilige Römische Reich besteht seit bald tausend Jahren und seit dem Westfälischen Frieden ist man an die Erhaltung der Konfessionen gebunden. Das Normaljahr 1624 ist bindend. So wie es in diesem Stichjahr war, sollte der Besitzstand der geistlichen Güter verbleiben. So ist es bis heute geblieben, und daran wird auch dieser Napoleon nichts ändern!«

»Und warum ist es dabei geblieben? Nur weil Rom den Frieden mit Dispensen hingenommen, ihn aber trotz der Ausnahmeregelungen niemals akzeptiert hat!«

»Genauso wird der Papst niemals akzeptieren, dass es zur Verweltlichung kirchlicher Gebiete kommt!«

»Der Papst?« Sebastian sah zur Decke, als würde er den Heiligen Vater dort oben vermuten. »Der Papst wird dieser Tatsache nicht eine Träne nachweinen. Das Stift ist ihm mit seiner separatistischen Tendenz doch schon immer ein Dorn im Auge. Er wird froh sein, wenn dieser leidige Weiberhort endlich verschwindet. Denn was weg ist, kann ihm nicht mehr gefährlich werden. Oder wollen Sie das bestreiten?«

»Nun, als Damenstift haben wir eine wichtige und unersetzliche Aufgabe. Wir sind der Lehm in den Fugen des Reichsgebäudes.«

»Das mag sein, werte Fürstäbtissin. Falls Sie sich jedoch nicht nur mit Geschichte, sondern auch mit der aktuellen Stimmungslage im Reich befasst haben, dürfte Ihnen nicht entgangen sein, dass sich die aufklärerische Stimmung wie ein Sonnenstrahl über unser Land ausgebreitet hat. Alles, was nur irgendwie nach Mönchtum aussieht, wird niedergemacht. Wenn die Fürsten mit den Klöstern fertig sind, dann verschwindet auch der Glaube aus dem Land. Und ohne Glaube keine Kirche, ohne Kirche keine Besitztümer. Sie wird alles verlieren, weil sie eine allein auf dem Glauben erbaute Institution ist.«

»Alsdann können wir ja froh sein, dass wir vom ... nun ja, sagen wir vom klösterlichen Leben weit entfernt sind und uns das alles deshalb nichts angeht. Nun beruhigen wir uns erst einmal alle wieder und beendigen diese leidige Diskussion.« Zur Bekräftigung ihrer Worte läutete sie nach ihrem Kammerdiener Borginino.

Doch Sebastian ließ sich nicht beirren. »Haben Gnädigste das Stiftssilber vor dem Krieg gerettet, um es jetzo in den

Schlund des Königs zu werfen? Warum sehen Sie dem allem tatenlos entgegen?«

»Weil ich vernünftig bin, lieber Sebastian. Man kann nur etwas tun, wenn es etwas zu tun gibt. Und für uns gibt es nichts zu tun, verstehen wir uns? Ich stehe Ihnen vor und dabei bleibt es. Beten Sie zum lieben Gott – wir vertrauen auf den Kaiser. Franz II. wird sich schon mit Napoleon einigen.«

»Das, liebe Fürstäbtissin, glaube ich Ihnen aufs Wort! Schließlich will der Kaiser als Erzherzog von Österreich ebenfalls bei dem Gebietsschacher mitmachen.«

»Unsinn, Sebastian. Dem Kaiser geht das Wohl unseres Reiches über seine persönlichen Wünsche.«

»Gewiss, wie werte Fürstäbtissin meinen. Die Fürsten werden ganz bestimmt freiwillig von ihren rechtsrheinischen Standesgenossen entschädigt, das Reich leistet ihnen sicherlich mit Zahlungen einen Ausgleich, und alles wird gut!«

»Nun bin ich aber froh, dass Sie endlich zur Räson gekommen sind, mein lieber Sebastian.«

Der Stiftskanzler erhob sich ohne ein weiteres Wort und verließ nach einer knappen Verbeugung den Kapitelsaal.

»Ich möchte bitte ebenfalls gehen«, brachte die Gräfin im weißen Kleid hervor. Helena sah Tränen in ihren Augen.

Die Fürstäbtissin winkte ab. »Nein, noch nicht. Ich habe ...«

»Aber gewiss doch«, fiel ihr die Seniorin ins Wort. »Als Gräfin ohne Bemäntelung war sie ohnehin schon viel zu lange anwesend. Aurelia, Sie können gehen.«

Kapitel 8

Als Aurelia auf ihr Zimmer kam, beschlich sie ein mulmiges Gefühl. Irgendetwas war anders als sonst. Sie schaute sich um. Die Reisetruhen standen unverändert da, das Pergament mit dem Stammbaum lag noch immer auf dem Tisch, neben dem Silbertablett, auf dem jedoch die Apfelpfannkuchen und das Brot fehlten. Stirnrunzelnd ließ sie sich auf dem Bett nieder – auch ihr seidenes Kissen war verschwunden.

»Aurelia ...«

Die Stimme ging ihr durch Mark und Bein. *Seine* Stimme. Langsam drehte sie sich um.

Ein Mann mit langen, verfilzten Haaren und zerschlissener Kleidung kam hinter dem Paravent hervor. Er hielt ihr Kissen an seinen Leib gepresst. Sein von der Sonne gegerbtes Gesicht war schmutzig, und sie erkannte nur seine dunkelblauen Augen hinter den dichten Wimpern wieder. Und sein Lächeln.

»Gregor!«

»Ich weiß, Aurelia, es ist lange her.«

»Ja, sehr lange.«

»Du trägst das weiße Kleid von mir ...«

Aurelia rührte sich nicht; sie war wie versteinert.

»Aurelia? Hast du Angst vor mir?«

»Nein, es ist nur ...«

Er senkte den Kopf. »Du hast geglaubt, ich würde nie mehr zurückkommen.«

Sie nickte. Eine Weile blieb es still, nur ihre Atemzüge waren zu hören, bis Gregor sein Lächeln wiederfand.

»Aber jetzt bin ich da. Lebendig und einigermaßen unversehrt.« Er legte das Kissen ab und breitete die Arme aus. »Freust du dich denn gar nicht? Sehe ich so schrecklich aus?«

»Doch, natürlich freue ich mich.« Es war absurd, vor ihm Angst zu haben.

»Du warst in Wien, ja?«

Sie suchte nach etwas Vertrautem in seinen Augen, nach etwas, das ihr die Sicherheit vermittelte, ihm alles erzählen zu können. »Ja.«

»Ich hatte gehofft, dass du von deinem Vater in Wien aufgenommen wurdest.«

Aurelia überging seine Bemerkung. »Du warst bei den Franzosen?«

»Ich bin aus der Armee geflohen, es war nicht mehr auszuhalten. Ich wollte zu dir, bin dann den Franzosen in die Arme gefallen, ins Damenstift Buchau einquartiert worden – die Bewohnerinnen waren zum Glück rechtzeitig vor den Franzosen geflohen. Ich bin ihnen auch wieder entkommen, aber nicht zurück zu meiner Fahne.«

»Du ... du bist desertiert?«

Gregor nickte.

»Aber ...« Aurelia blieb die Luft weg. »Aber darauf steht der Tod.«

»Hab keine Angst, sie werden mich nicht finden. Ich habe hier ein schönes Versteck in der Bibliothek, und eure Kost ist auch nicht zu verachten.« Er grinste gezwungen. »Es wird alles gut werden, Aurelia. Entweder ich erhalte einen Generalpardon, oder ich bitte im Nachhinein um meinen Abschied. Wie auch immer. Man wird mich bestimmt nicht vors Gericht zerren.«

Er ging auf sie zu und nahm ihre Hände. Seine Haut fühlte sich rau an, aber es waren seine Hände ... Sie erwiderte seine Berührung, und er begann ihre Finger zu streicheln.

»Was ist denn mit deinem Arm? Bist du verletzt?« Sie fuhr über die dunklen getrockneten Flecken seines Hemdsärmels.

»Das ist nicht so schlimm. Es wird bald verheilt sein. Hauptsache, dir geht es gut, und wir sind zusammen.«

Aurelia sah ihn an, aber ihr Mund blieb verschlossen. Nur in Gedanken konnte sie die Worte formen, die ihr so schwer auf dem Herzen lagen. *Gregor, bitte verzeih mir.*

»Aurelia, was ist los? Hast du Kummer? Du bist so in dich gekehrt ...«

Ich bin schwanger, Gregor.

»Aurelia, soll ich besser gehen?«

»Nein, Gregor! Bleib, bitte.«

»Du zitterst ja. Komm, wir setzen uns auf dein Bett, so wie früher.« Er wirkte fast ein wenig hilflos, als sie zögerte. »Ich dachte nur ... Bisher haben wir das doch auch so gemacht. Möchtest du das nicht mehr? Hast du Angst, ich würde plötzlich mehr von dir verlangen?«

Aurelia schüttelte den Kopf und setzte sich auf die Bettkante. »Nein, Gregor, ich vertraue dir, sehr sogar. Und ich habe dich genauso gern wie vor einem Jahr. Vielleicht sogar noch mehr.« Ihr Blick glitt ins Leere. »Ich weiß nur nicht, ob du mich noch genauso lieb hast.«

»Aber natürlich!« Er setzte sich schnell neben sie und nahm ihre Hand. »Wieso sollte ich denn nicht?«

»Nun ja, es könnte doch sein, dass du beim Marsch durch die Dörfer irgendwo ein anderes Mädchen kennengelernt hast.«

»Es gab genug Frauen, die uns Essen gebracht haben, sogar bis hinaus aufs Feld. Aber keine von ihnen hat mich näher interessiert. Was denkst du nur von mir?«

»Es wäre nicht schlimm gewesen, Gregor. Ich hätte es verstanden.«

»Aber ich hätte mir das niemals verziehen, weil ich dich liebe. Und zwar mindestens so wie an dem Tag, als ich in den Krieg gezogen bin. Meine Gefühle sind unverändert, es ist für mich, als ob keine Zeit vergangen wäre.«

»Gregor, nimmst du mich bitte in den Arm? So wie früher?«

»Ich würde dein weißes Kleid beschmutzen ...«

»Bitte, Gregor.«

Sie spürte, wie er den Arm um sie legte, sein sanftes Streicheln an ihrer Schulter, wie ein leiser Windhauch, der ihren Körper berührte. Ein wohliger Schauer durchfuhr sie. Sie schloss die Augen und gab sich seinen Berührungen hin. Seine Fingerspitzen wanderten ihren Arm hinauf, über die Schulter, bis in den Nacken, wo sie zärtlich einen Wirbel umkreisten. Niemals hätte sie geglaubt, dieses Gefühl noch einmal spüren zu dürfen.

Lächelnd legte Aurelia seine Hand auf ihr Dekolleté. Gregor hielt vollkommen still, genoss versonnen den Augenblick. Dann stand er abrupt auf und ging zum Fenster. Während er hinausschaute, murmelte er: »Wir dürfen das nicht.«

»Schau, dort drüben steht Wasser. Falls du dich ein wenig waschen möchtest ...«

Gregor warf ihr einen sehnsuchtsvollen Blick zu und schüttelte dann den Kopf. »Ich glaube, ich sollte jetzt besser wieder gehen.«

In ihrem Hals machte sich ein Kloß breit. »Du hast Recht. Es ist wohl besser.« Sie stand auf und ging zur Türe. Als sie zur Klinke griff, hörte sie hinter sich Wasser in die Waschschüssel plätschern. Reglos verharrte sie.

Irgendwann hörte sie seine Schritte näher kommen und spürte seine Hände auf ihren Hüften. Er hauchte ihr einen Kuss in den Nacken und umschlang ihren Körper mit den Armen. Als er dabei ihren Bauch berührte, erschauderte Aurelia und drehte sich zu ihm um. Sanft legte er den Finger auf ihren Mund, um jeglichen Protest im Keim zu ersticken. »Lass es uns einfach genießen.«

Sehnsüchtig wartete sie darauf, dass sich ihre Lippen berührten. Kurz spürte sie seinen Mund, dann wanderte er ihren Hals hinab. Er streichelte ihren Rücken, Wirbel für Wirbel tastete er sich von unten nach oben, bis das Kleid ein Stück Haut freigab. Mit zitterndem Atem legte er den Kopf auf ihre Schulter. So verharrten sie eine Weile, und Aurelia wünschte sich, nie mehr loslassen zu müssen.

Dann hob Gregor mit zärtlichem Druck ihr Kinn an und sah ihr in die Augen. »Du brauchst keine Angst zu haben, Aurelia. Tu einfach, wonach dein Inneres verlangt.«

Aurelia horchte in sich hinein: Sie musste es ihm sagen. Ein Leben an seiner Seite, mit einem Kind, dessen wahren Vater nur sie kannte, das würde sie nicht ertragen.

»Was ist los mit dir, meine Liebe? Was macht dir Kummer?«

»Es ist ...« Würde er sie verstehen? Gab es überhaupt irgendwo jemanden auf dieser Welt, der sie verstand?

»Gregor, nimmst du mich noch einmal in den Arm?«

Sein Atem streichelte ihre Haut, als er begann, ihre Schulter mit Küssen zu bedecken, und seine Finger zeichneten die Linie ihrer Halskette nach. Ihr Brustkorb hob sich seiner Berührung entgegen, und ein kleiner Seufzer entwich ihr. Sie fuhr über das von Barthaaren bedeckte Wangengrübchen. »Ich habe dich so vermisst«, sagte sie lächelnd.

»Es ist wunderbar, dich zu spüren, mein Mädchen ...« Er hauchte ihr einen Kuss auf die Lippen, und sie ließ ihn mit angehaltenem Atem gewähren.

Dann hielt er sie ein wenig auf Abstand und ließ seinen Blick über ihren Körper wandern. Aurelia versuchte unwillkürlich, mit den Armen ihre Figur zu verbergen, doch Gregor nahm ihre Hände sanft beiseite. »Du brauchst dich nicht vor mir zu verstecken, jede deiner Rundungen gefällt mir. Du bist so schön ...« Er umarmte sie erneut und begann beherzt, ihr Mieder zu öffnen. Als es zu Boden fiel, suchten seine Finger einen Weg, ihren Anstandsrock zu öffnen.

»Was ist, wenn jemand kommt?«, wandte Aurelia ein.

»Es ist Rekreationszeit. Da ist niemand unterwegs.« Zärtlich streifte er ihr den beigefarbenen Wollrock von den Hüften, dann hob er genießerisch die wadenlange Chemise an. Stück für Stück kamen Knie, Oberschenkel und schließlich die dunklen Härchen ihrer Scham zum Vorschein. Sie spürte, wie sie sich nach einer Berührung sehnte.

»Wir dürfen das nicht, Gregor ...«, sagte sie noch einmal.

Gregor legte ihr den Finger auf die Lippen und zog ihr vorsichtig das lange Unterkleid über den Kopf. Bewundernd streichelte er zart und fast ein wenig ehrfürchtig über ihre nackte Haut. Mit sanftem Druck drehte er sie um.

»Eine Beiwohnung von hinten ... Das darf man doch nicht! Es ist verboten.«

»So kann am wenigsten passieren. Vertrau mir.«

War es verwerflich, ihrem Kind das Schicksal eines Bastards ersparen zu wollen?

Gregor umfasste ihre Hüften und dann spürte sie eine unendliche Wärme, die sich langsam in ihrem Körper ausbreitete. Sie schloss die Augen und genoss jede seiner Bewegungen. Sanfte und vorsichtige Bewegungen, wie ein Streicheln. Sie horchte auf seinen Atem, der immer schneller wurde.

Doch plötzlich löste er sich von ihr. »Ich kann nicht.« Er bedeckte ihren Rücken mit unzähligen Küssen. »Es tut mir leid, es tut mir so leid, aber es geht nicht. Ich will nicht, dass ein Kind entsteht, solange wir nicht verheiratet sind. Das könnte ich mir nie verzeihen.« Er drehte sie zu sich um und schloss sie in die Arme. »Die Gefühle sind mit mir durchgegangen, verstehst du das? Ich liebe dich, darum kann ich nicht ...« Er nahm ihre Hand. »Ich möchte dich hier und jetzt fragen, ob du meine Frau werden willst. Vielleicht könnten wir sogar schon im kommenden Frühjahr heiraten.«

Aurelia erstarrte. *Im kommenden Frühjahr erst?* Sie musste ihn gehen lassen, und zwar für immer. Sie brachte kein Wort heraus, schüttelte nur den Kopf.

»Ich werde deinen Vater schon überzeugen, mach dir keine Gedanken.«

Doch wieder schüttelte sie den Kopf. Der Kloß in ihrem Hals wurde immer dicker.

»Nein? Heißt das, du willst nicht?«

Unter Tränen ging sie zum Paravent, um sich ihren Morgenmantel überzuziehen. Sie zitterte am ganzen Leib.

Gregor stand da wie vom Donner gerührt. »Ich glaube, ich beginne allmählich zu verstehen. Du hast dich einem anderen versprochen, während ich im Krieg war, weil du nicht an meine Rückkehr geglaubt hast. Ist es das?«

Tränen liefen ihr über die Wangen, und sie presste sich ihren Morgenmantel vors Gesicht.

»Aurelia, soll ich gehen?«, fragte er mit belegter Stimme.

Sie nickte kaum merklich.

***

Den Kopf in beide Hände gestützt saß Helena am Studiertisch und betrachtete eingehend den hölzernen Globus. Zweimal war sie nun schon um den Äquator gereist, in jeder großen Stadt hatte sie haltgemacht, doch Gregor war noch immer nicht ins Sternenzimmer zurückgekehrt.

Ihr Blick wanderte auf das Pergament, das vor ihr auf dem Tisch lag. Mit sauber geschwungenen Buchstaben hatte er ihr dort eine Nachricht hinterlassen: *Falls du dich noch vor deinem Weiterritt von mir verabschieden willst – ich bin bald wieder zurück, mach dir keine Sorgen um mich. Gregor.*

Sorgfältig bemalte sie das Briefpergament mit kleinen Rechtecken und horchte dabei ständig nach der Tür; einzig das Kratzen der Feder durchbrach die Stille.

Die schwarzen Linien wurden breiter und breiter. Sie begann damit, jedes zweite Kästchen auszumalen und wartete dabei auf das Geräusch seiner Schritte, obwohl sie eigentlich nicht daran glaubte, dass er zurückkommen würde. Vielleicht wollte sie auch gar nicht daran glauben, um nicht mit ansehen zu müssen, wie er allmählich an den Blattern erkrankte und zugrunde ging. So wie die kleine Lea.

Helena schluckte. Mit gefasster Miene griff sie nach der Schreibfeder und tauchte sie ins Tintenfass. Nach und nach malte sie an jedes schwarze Kästchen ein Kreuz, bis ein Grab neben dem anderen entstand. Dazwischen waren leere Flecken, wie auf dem Friedhof. Sie hielt inne, als ihr eine leblose, mit Blattern übersäte Gestalt vor Augen erschien, deren blutunterlaufene Haut von unzähligen schwarzen Knötchen gespannt war, Blattern, die keinen einzigen vertrauten Gesichtszug übrig gelassen hatten.

Lange tauchte sie die Federspitze ins Tintenfass, bevor sie unter Gregors Schriftzug fünf waagerechte, leicht gekrümmte Bögen malte, aus denen sich mit einigen weiteren Strichen eine Hand entwickelte, die am Schluss täuschend echt vor ihr lag. Nach kurzem Zögern zeichnete sie auf den Handrücken mehrere Knötchen mit kraterartigen Vertiefungen. Genauso hatte Ernestines Hand ausgesehen.

Helena atmete tief durch und malte Fragezeichen, eins neben dem anderen, bis das gesamte Pergament ausgefüllt war. Dabei ging sie in Gedanken ihr Notizbuch durch. Eine Person nach der anderen. Alle waren irgendwann an den Melkerknoten erkrankt gewesen, das stimmte. Sie betrachtete die Zeichnung und umkreiste mit der Federspitze unablässig eines der Knötchen. Nein, es konnte nicht sein. Schließlich hatte die Großmutter die Melkerknoten ebenfalls gehabt. Mit einem schnellen Strich durchkreuzte sie die Hand. Es gab einfach keine Antwort.

Aber es musste ein Mittel gegen die Blattern geben! Das alles hier konnte nicht Gottes Wille sein! Sie fuhr mit der Feder die Fragezeichen entlang, immer und immer wieder. Sie wurden breiter und irgendwann formten sich daraus lange schwarze Umhänge. Unförmige, verschwommene Gestalten sahen ihr entgegen. Wenn sie wenigstens wüsste, wie viel Zeit ihr noch bliebe, bis Friedemar kam, um sie zu holen ...

Helena starrte vollkommen versunken auf das Pergament mit den Zeichnungen, als die Tür zum Sternenzimmer aufging. Noch bevor sie sich umdrehen konnte, hörte sie Gregors Stimme. Mit klopfendem Herzen ließ sie das Pergament zwischen den Seiten eines Buches verschwinden.

Mit hängenden Schultern, den Blick zu Boden gewandt, kam er auf sie zu. Die Haare noch immer ungekämmt, doch ihr fiel auf, dass er sich Gesicht und Hände gewaschen hatte.

»Gregor! Wo warst du?«

»Ich hab mir etwas zu essen besorgt«, gab er tonlos von sich.

»Um Gottes willen! Hat man dich erwischt?«

»Nein, hat man nicht.« Er lehnte sich gegen ein Bücherregal, als ob ihn seine Füße nicht mehr tragen wollten. »Stünde ich sonst vor dir? Was machst du überhaupt hier? Musst du nicht bei unserem Äskulap buckeln?«

»Ich hatte in der Kapitelversammlung eine kleine Auseinandersetzung mit ihm«, deutete sie an.

»Mhm«, machte Gregor und nahm dies ohne weitere Nachfrage zur Kenntnis.

»Gregor, was ist los? Irgendetwas muss passiert sein, das sehe ich dir an!«

»Wahrscheinlich liegt mir das Essen zu schwer im Magen.«

Sie sah ihn forschend an. »Warst du bei Aurelia?«

Angelegentlich musterte er die Buchrücken. »Ich sagte doch, ich habe Essen besorgt. Es war Rekreationszeit, und niemand war unterwegs.«

Helena schaute in die Ferne, denn sie spürte, dass jetzt keine Zeit für Fragen war. Fragen, die ihr erklären würden, warum er auf einmal nichts mehr von Aurelia wissen wollte. Eines war jedoch sicher: Er musste bei ihr gewesen sein. Also blieb nur noch Beten übrig. Beten, dass Gregor keine Blattern bekam, ansonsten würde das Stift zwei Opfer verzeichnen müssen. Und das wäre erst der Anfang.

»Gregor, setz dich bitte.«

»Soll das jetzt ein Verhör werden?«

»Nein. Ich möchte dir nur etwas sagen, was du unbedingt wissen solltest.«

Er ließ sich mit genervtem Blick auf das Bett fallen und streckte die Beine lang. »Und?«

Helena holte tief Luft. »Ich habe dich gebeten, das Sternenzimmer nicht zu verlassen, weil du an einer ansteckenden Krankheit leiden könntest.«

Gregor verzog das Gesicht. »Meine Güte, du machst einen Aufstand wie ein General bei Fahnenflucht.« Er verschränkte die Arme unter dem Kopf und machte es sich bequem. »Ich habe mir nirgendwo die Syphilis geholt, auch wenn andere die Krankheit hatten.«

»Gregor, ich habe den furchtbaren Verdacht, dass der vermeintliche Syphilisausschlag bei den Franzosen beginnende Blattern waren. Und du könntest dir das Gift eingefangen haben!« Nun war es heraus.

Er lächelte sie an. »War das alles?«

Helena nickte verdutzt.

»Und was ist daran so furchtbar? Ein früher Tod ist besser als ein Leben voller Qual. Wie lange habe ich noch zu leben?«

»Das ... das ist unterschiedlich. Bis zum Ausbruch der

Krankheit können zwei Wochen vergehen. Und bei schweren Blattern vergeht alsdann kein Tag bis zum Tod.«

»Wie groß ist die Möglichkeit, dass ich überlebe, sollte mich dieses gnädige Schicksal treffen?«

»Nun ja, es kommt vor ...« Tränen stiegen ihr in die Augen. »Aber eher selten.«

»Gut, mehr wollte ich nicht wissen. Vielen Dank.«

»Gregor!« Wütend beugte sie sich über ihn und packte ihn bei den Schultern. »Was soll das? Wenn du deines Lebens überdrüssig bist, dann ist das noch lange kein Grund, andere in Gefahr zu bringen!«

»Au, mein Arm, lass mich.« Gregor befreite sich aus ihrem Griff. »Vielleicht solltest du dich fragen, warum du so überzogen reagierst. Noch habe ich keine Blattern, und du führst dich auf, als hätte ich sie bereits jedem mitgeteilt! Abgesehen davon habe ich nicht vor, irgendjemanden mit in den Tod zu reißen. Ich werde das Stift rechtzeitig verlassen, nur keine Sorge!«

»Du bleibst hier! Auch nachts verlässt du diesen Raum nicht mehr! Hast du mich verstanden? Wenn du die Blattern in dir trägst, dann kannst du sie schon jetzt einem anderen Menschen mitteilen, das ist doch das Heimtückische an der Seuche!«

»Schon *jetzt*?«

»Ja, es genügt die bloße Nähe zu irgendeiner Person! Du musst sie nicht einmal berühren.«

»Aber es ist doch vollkommen ungewiss, ob ich die Blattern überhaupt in mir trage! Vielleicht bin ich dem Gift entkommen.«

»Darüber werden wir in weniger als vierzehn Tagen, vielleicht schon in einer Woche, Gewissheit haben. Und solange bleibst du in der Bibliothek. Du meidest jeglichen Kontakt zu anderen Personen!«

Er sah zu ihr auf. »Und du bist dir selbst sicher, dass du nicht erkranken kannst?«

»Ich ...« Sie schluckte. »Ich habe bereits zwei Seuchen unbeschadet überstanden. Erklären kann ich dir das nicht.«

»Hattet ihr zu Hause Kühe? Ich habe gehört, dass ...«

»Hör auf! Seit Jahren zerbreche ich mir darüber den Kopf, aber es kann nicht mit der Milch zusammenhängen! Meine Großmutter hat sie auch getrunken, aber sie ist gestorben!«

Gregor setzte sich auf. »Du hast Recht, es hat nichts mit der Milch zu tun. Einige aus unseren adeligen Kreisen mussten das leidvoll erfahren, als sie sich auf diese Weise eine Inokulation ersparen wollten. Ich glaube eher, es liegt an den Melkerknoten selbst. Nur wer sich damit beim Melken angesteckt hat, kann keine Blattern bekommen. Das ist meine Vermutung.«

»Und wie würdest du dir sodann erklären, dass meine Großmutter die Melkerknoten hatte und trotzdem an den Blattern gestorben ist?«

Gregor schwieg betreten. Lange saß er so da, bis er schließlich murmelte: »Nein, das verstehe ich auch nicht. Diese verdammte, heimtückische Seuche!«

»Lea ...« Helena schluckte, um den Kloß im Hals zu verdrängen. »Das kleine Mädchen, dessen Hals ich gestern behandelt habe ... Sie hat letzte Nacht die Blattern bekommen.«

»Heißt das ... heißt das, die Kleine wird vielleicht sterben, und man wird nichts dagegen tun können?«

»Man kann nur die Schmerzen und den Juckreiz des Ausschlags lindern, aber es gibt kein Mittel, das den Tod verhindern könnte.«

»Das bedeutet, wenn sie gestern Nacht die Blattern bekam, könnte sie womöglich jetzt schon im Sterben liegen?«

»Wenn ich nur wüsste, wo das Mädchen wohnt«, flüsterte Helena kaum vernehmlich. »Sie ist die kleine Tochter des Stallmeisters.«

»Des Stallmeisters? Wenn ich mich recht entsinne ... lass mich nachdenken ... Ich habe ihn einmal wegen meines lahmenden Reittiers befragt. Er wohnt ... Kennst du die kleinen Häuser unten an der Stiftsmauer?«

»Ich war dort bei Ernestine, der Wittfrau des Kutschers.«

»Ernestine, richtig! Und genau zwei Häuser weiter wohnt der Stallmeister. Sein Haus hat rote Fensterläden.«

»Nur zwei Häuser weiter?« Helena konnte es kaum fassen, dass der Leibarzt trotz dieses kurzen Weges keine Visitation bei Lea gemacht hatte. »Meinst du, ich sollte ohne Wissen des Leibarztes nach ihr sehen?«

Gregor erwiderte nichts. In seinem kummervollen Gesichtsausdruck konnte sie allerdings seine Antwort ablesen: *Und was kannst du noch für sie tun?*

***

Im Flur war es kalt, der Wind drang durch die Fensterritzen. Helena verließ nach Sonnenuntergang das Sternenzimmer und ging im Schein der Öllampe zur Treppe. Langsam stieg sie die ausgetretenen Steinstufen hinunter, durch ihre dünnen Lederschuhsohlen spürte sie jede Unebenheit. Im Erdgeschoss drangen keine lebhaften Stimmen aus den

Wasch- und Küchenräumen, kein Klappern von Geschirr, es umgab sie nur unheimliche Stille.

Als sie unten angelangt war und die Türe zum Stiftshof öffnen wollte, hörte sie plötzlich ein Geräusch – sie blickte zum Gang hin, der zum Äskulap führte, hob die Lampe und sah gerade noch, wie eine Dame im weißen Kleid die Kellertreppen hinunter verschwand. Merkwürdig, was suchte die Gräfin wohl um diese Uhrzeit noch beim Leibarzt? Wenn es so dringlich war – warum schickte sie keinen Diener nach ihm? Vermutlich würde sie es morgen vom Dottore selbst erfahren.

Der Abendwind kroch ihr unter den Rock und streifte ihr die Beine entlang, als sie den Stiftshof betrat. Frierend raffte sie das weiße Brusttuch vor dem Hals, während sie sich umsah. Der Zugang zur Kirche lag im Dunkeln und im Flügel der Fürstäbtissin waren ebenfalls die Kerzen erloschen. Der Tag im Stift hatte mit dem Sonnenuntergang geendet ... und für Lea hatte vielleicht die letzte Stunde bereits geschlagen.

Es zog empfindlich um die Ecke, als sie den Innenhof durchquerte, die trockenen Kastanienblätter knirschten unter ihren Füßen, irgendwo aus der Nähe ertönte das markerschütternde Geschrei einer Katze. Schnell lief sie an Sebastians Haus vorbei, in der Stube brannte noch Licht, den Weg hinunter durch das unbewachte Tor. Ein Zeichen dafür, wie sicher sich die Fürstäbtissin fühlte – womöglich zu sicher, befürchtete Helena, doch sie hatte keine Zeit, sich darüber weitere Gedanken zu machen.

Kurz darauf stand sie vor Leas Elternhaus. Die Kammer unterm Schindeldach war erleuchtet. Das schwarz-weiße Fachwerk schimmerte matt, und sie hörte den Wind durch den Bretterverschlag nebenan jagen, aus dem das Grunzen der Säue drang. Hinter dem beleuchteten Fenster im oberen Stockwerk wanderte der Schatten einer erwachsenen Gestalt hin und her.

Helena sah, dass die Haustüre nur angelehnt war. Die Angeln quietschten, als sie nach kurzem Zögern über die Schwelle trat. Augenblicklich fand sie sich in einer rußgeschwärzten Küche wieder. Niemand war da. Gleich links führte eine schmale Treppe hinauf in die Schlafkammer und von oben fiel schwaches Licht auf die steilen Stufen.

»Karl, bitte sei so gnädig und bring mir die gekochten Erbsen.«

In dem gemauerten Herd knisterte das Feuer; darüber stand ein gusseiserner Topf auf einem Dreibein. Helena verzichtete darauf, der Mutter eine Erklärung hinaufzurufen und nahm stattdessen eine Tonschüssel aus dem Regal. Mit beiden Händen hob sie den schweren Topf am langen Holzstiel vom Feuer und goss die Erbsen in das bereitstehende Gefäß.

Mit der dampfenden Schüssel stieg sie die Stufen hinauf und trat in den Raum über der Stube. Schon von der Treppe aus konnte sie durch die geöffnete Kammertüre eine Truhe sehen, aus der einige Tücher heraushingen. Daneben stand ein Ehebett aus dunkelbraunem Holz, auf dem das Bettzeug fehlte. In der Ecke gab es einen Waschtisch, wo auch einige brennende Kerzen standen. Wachskerzen, für die Leas Mutter vermutlich ihr letztes Geld ausgegeben hatte.

»Karl?« Die Stimme der Frau kam hinter der Türe vor, dort musste wohl Leas Krankenlager sein.

Helena atmete tief durch, dann betrat sie die Kammer.

Die Mutter hielt ihr den Rücken zugekehrt und wachte über dem Bett ihrer kleinen Tochter, die unter einem Berg von blassrot überzogenen Federdecken lag. Von hier aus konnte Helena nicht einmal das kleine Gesichtchen sehen.

»Karl, ich glaube, es ist bald vorbei ...«

»Verzeihung. Ich bin es, Helena.«

Die Mutter drehte sich zu ihr um. Ihre Augen waren vom Weinen gerötet, und ihre Hände zitterten vor Erschöpfung. »Oh, ich dachte, Karl hätte ein Einsehen gehabt und wäre aus dem Wirtshaus gekommen. Aber da wird er wohl bleiben bis ... seine Tochter unter der Erde ist.« Sie wischte sich über die Augen und ordnete einige Strähnen ihrer langen Haare hinters Ohr. »Falls dich der Leibarzt nach Geld für die Behandlung der Mandeln schickt, sag ihm, es tut mir leid, aber ich ...«

»Ich wurde nicht von ihm geschickt. Ich bin vielmehr gekommen, um ...« Helena verstummte. Verlegen streckte sie der Frau die Schüssel hin. »Hier, ich habe Ihnen die Erbsen gebracht.«

»Oh ja, das ist gut!«, rief die Mutter aus und platzierte die dampfende Schüssel mit fahrigen Bewegungen unter dem Bettzeug.

»Um Himmels willen! Was tun Sie da?«

»Damit kann man die Blattern schneller vorantreiben – gleichsam den quellenden Erbsen! Das holt die Krankheit aus dem Leib, das Gift wird von den Erbsen angezogen und ...«

»Unsinn!«, brach es aus Helena hervor. »Lea wird sich daran verbrühen, das ist alles! Sie ist ohnehin viel zu warm zugedeckt. So staut sich das hitzige Geblüt und bringt den Tod schneller, als irgendein Feldaberglaube quellen könnte!«

»Nein, sie wird nicht sterben«, flüsterte Leas Mutter und hievte zwei der Zudecken zurück aufs Ehebett. »Ich wollte doch nichts falsch machen ...«

»Es wäre vielleicht gut, das Fenster zu öffnen, es ist dringend frische Luft vonnöten.«

»Nein! Nicht! Sonst kommt der Tod herein und reißt mein Kind an sich! Außerdem trägt der Wind das Blatterngift mit sich fort, und dann müssen noch mehr Kinder ...«

»Haben Sie doch bitte keine Angst. Es ist nicht der Wind, der die Blattern verbreitet. Es sind die Stubenfliegen, die sich am Eiter nähren und ihn davontragen.« Helena trat näher. »Sind die Pusteln denn schon mit gelbem Gift gefüllt?«

Verwirrt schüttelte die Mutter den Kopf.

»Ist die Haut schwarz geworden?«

Wieder schüttelte sie den Kopf und streichelte über die graue Leinendecke, unter der sich Leas Umrisse abzeichneten.

Keine Schwarzen Blattern, Gott sei Dank. Dann bestand vielleicht noch Hoffnung. »Darf ich mir den Ausschlag vielleicht kurz besehen?«

Die Mutter wischte sich über die Augen und zog die Zudecke vorsichtig zurück. Wie ein Säugling kauerte das kleine Mädchen auf der Strohmatratze. Ihr bloßer Körper war mit roten Knötchen übersät, die besonders im Gesicht und am Oberkörper dicht an dicht standen. Auf den Knötchen saßen kleine Blasen, wie Hagelkörnchen, die mit einer perlmuttartig glänzenden Flüssigkeit gefüllt waren.

»Wird es noch schlimmer werden?«

Helena nickte kaum merklich. Es war erst der Anfang. Die Bläschen würden sich in gelbes Gift verwandeln, aufplatzen und schließlich schwarz werden, begleitet von Schmerzen und beinahe unerträglichem Juckreiz.

»Meine Kleine, sie wird doch nicht sterben müssen, oder?«

Helena schaute zur Seite. »Wenn Mund und Rachen nicht befallen werden und das hitzige Geblüt nicht zu sehr in Wallung gerät, dann besteht vielleicht Hoffnung.«

Ein winziges Lächeln erschien auf dem Gesicht der Mutter, doch im selben Augenblick füllten sich ihre Augen wieder mit Tränen. Sanft fuhr sie über die gerötete, mit Pusteln übersäte Wange ihres Kindes und strich die verschwitzten Strähnen aus der Stirn.

Helena schluckte. »Es wäre besser, wenn Sie das Kind nicht berühren würden, sonst werden Sie ebenfalls von den Blattern heimgesucht.«

Für einen Moment sah die Mutter aus, als habe man sie wachgerüttelt. Sie sah Helena mit klaren Augen an, bevor sie sich wieder ihrem Kind zuwandte und die mit Knoten bedeckten Ärmchen streichelte.

Unter der Berührung begann Lea auf einmal unruhig zu werden. Sie strampelte, ihre Beine stießen gegen den Bettkasten, sie drehte sich wimmernd auf den Rücken, warf den Kopf hin und her und schlug dabei um sich. Plötzlich riss Lea die Augen auf. Ihr glasiger Blick erfasste Helenas Gestalt und ein durchdringender, nicht enden wollender Schrei erfüllte den Raum.

»Mamaaa! Da, der Geist! Er soll weg! Er will meinen Hals zudrücken!« Ihr Atem wurde flacher, der kleine Körper bäumte sich unter der Anstrengung. »Nimm ihn weg, er sitzt auf meiner Brust!«

»Lea, um Gottes willen!« Die Mutter hob das zitternde

Bündel aus dem Bett und drückte es an sich. »Lea, das ist doch nur Helena, die da neben dem Bett steht!«

Wimmernd krümmte sich das Kind auf ihrem Schoß. »Mama, nimm ihn weg!«

Die Mutter war selbst am Ende ihrer Kräfte und versuchte, die Ärmchen festzuhalten, die gegen das Nichts kämpften, ruderten und schlugen. Sie beugte sich über ihr weinendes Kind und legte behutsam ihre Hand auf den kleinen, pustelbedeckten Brustkorb, der sich hob und senkte wie die bebenden Flanken eines gejagten Tieres.

Lea wand sich. »Mama, das Feuer! Mach es aus! Sie wollen mich verbrennen!«

»Was soll ich denn tun? Bitte, irgendjemand muss meinem Kind doch helfen! Mein Gott«, flüsterte sie, »warum hast du mich verlassen? Ich schreie, aber Hilfe ist fern. Des Tags und in der Nacht rufe ich, doch du antwortest nicht. Warum muss ich zurückgeben, was ich nicht gestohlen habe?«

Zitternd zog sie aus der Schublade des Nachtkästchens ein Fraisenkettchen hervor. Voll Hoffnung knotete sie das rote Stoffband mit Franziskuspfennig, Marienmedaille, Schutzbrief und einem Lochstein zur Hexenabwehr um den Hals ihrer Tochter. »Kämpfe«, flüsterte sie. »Du musst kämpfen, mein Mädchen.«

»Mama, es ist so heiß. Ich will raus aus dem Bottich! Das Wasser kocht!«

Helena löste sich aus ihrer Erstarrung. »Wasser, wir brauchen Wasser!« Sie riss ein leinenes Tuch aus der offenen Truhe und tauchte es in die bereitstehende Schüssel am Waschtisch. Mit geschickten Griffen schlang sie es um Leas Beine. Das Mädchen schrie entsetzt auf. Wasser tropfte auf den Boden und durchweichte die dunkelgrüne Schürze der Mutter. Fest hielt sie ihr Kind umklammert.

Es folgte eine bange Zeit des Wartens, bis Lea ruhiger wurde. Zuerst wimmerte sie noch, dann atmete sie gleichmäßiger und schließlich wurde sie von einem tiefen Schlaf übermannt.

»Haben wir es überstanden?« Die Mutter schaukelte das Kind sanft auf ihrem Schoß.

Helena war versucht zu nicken, doch dann schüttelte sie den Kopf. Solche Blatternfieber verschwanden nur mit dem Tod, falls nicht ein himmlisches Wunder geschah. Helena fiel jedes Wort schwer, aber die Mutter hatte ein Recht auf die Wahrheit. »Die Wirkung wird vermutlich nicht lange anhalten. Die Hitze wird zurückkehren.«

»Gibt es denn überhaupt noch Hoffnung?« Sie streichelte zärtlich das dunkelblonde Köpfchen.

Helena wandte den Blick ab; sie konnte die Mutter nicht mehr ansehen. »Ich werde tun, was ich kann. Ich will sogleich zum Leibarzt eilen und ihn wenigstens um ein Mittel gegen das hitzige Geblüt bitten.«

»Aber das Geld ...«

»Machen Sie sich darüber keine Sorgen.«

»Aber er wird um diese Uhrzeit nicht mehr in seinen Räumen sein.«

»Ich sah erst vorhin noch eine Patientin zu ihm gehen. Er wird da sein. Er *muss*.«

Als sie die Treppe hinunterging, standen ihr Tränen in den Augen.

***

Lange würde sie es in ihrem Versteck nicht mehr aushalten, so zusammengekauert wie sie war. Ihre Beine waren mittlerweile taub, die Muskeln schmerzten und brannten, als stünde sie im Feuer. In einer dunklen Ecke nahe der Türe wartete sie auf den nichtsahnenden Diener, den sie mit dem Gang zum Leibarzt beauftragt hatte. Sie spähte in den von Öllampen erleuchteten Gewölbegang und horchte auf das gleichförmige Tropfen von den Wänden. Tatsächlich näherten sich bald darauf Schritte, die sie aus ihrer Bedrängnis zu erlösen versprachen. Das Fluchen Borgininos drang an ihr Ohr, der im schwachen Licht sicherlich über eine Unebenheit gestolpert war. Sie duckte sich hinter das kniehohe Podest mit der Ritterrüstung, die ihr zusätzlichen Sichtschutz bot.

Der Diener trat an die Türe und klopfte an. In dieser unwirtlichen Umgebung wirkte sein ständig auf den Lippen mitgetragenes Lächeln noch befremdlicher. Hoffentlich verlief jetzt alles nach Plan, dachte Aurelia. Nun gab es kein Zurück mehr. *Petroselinum crispum.*

»Wer stört?«, dröhnte die Stimme des Leibarztes.

Der Diener öffnete die Türe mit einem knarrenden Geräusch. »Verzeihung, werter Monsieur Dottore Tobler. Eine Gräfin klagt über Unwohlsein und bittet um eine Visitation auf dem Zimmer.«

»Ja, sind die Weiber denn noch zu retten?«, polterte er. »Auch ich habe meine Geschäftsstunden, und daran haben sich die werten Damen mit ihren diversen Zipperlein gefälligst zu halten! Krankheiten gibt es erst wieder morgen früh zur achten Stunde!«

»Verzeihung, aber die Gräfin von Hohenstein erschien mir wirklich sehr unpässlich. Ich sollte ihr einen zweiten

Nachttopf, eine Schüssel mit Wasser und frische Tücher bringen, durfte es aber lediglich vor die Tür stellen und danach sollte ich Sie unverzüglich benachrichtigen.«

»Die Gräfin von Hohenstein verlangt nach mir? Auf ihrem Zimmer?« Ein schnalzendes Geräusch ertönte. »Das ist natürlich etwas anderes.«

Aurelia hörte, wie er seinen Stuhl zurückschob und sich der Türe näherte. Säuselnd erklang seine Stimme auf dem Flur. »Ich eile schon ...«

Zitternd wartete sie in ihrem Versteck, bis auch die Schritte des Dieners verklungen waren, dann kroch sie aus der Ecke hervor und verschwand in die Höhle des Äskulap. Ihr Atem ging schneller, als sie in den Raum hineinging. Die Luft war vom Ruß des Kaminfeuers erfüllt und es roch nach Wein, der, wie sie sah, in einem silbernen Krug auf dem Schreibtisch stand. Der Leibarzt hatte in der Eile die Kerzen nicht gelöscht. Ihr würde nicht viel Zeit bleiben, bis er wutentbrannt zurückkehrte.

Sie näherte sich den mit Tierfellen ausgelegten Regalen. Der Feuerschein spiegelte sich in den unzähligen Weinflaschen wider, in denen er die Medizin lagerte, und erhellte flackernd die kaum lesbaren Aufschriften.

Petroselinum crispum. Immer wieder formten ihre Lippen diese Worte, während sie an den wurmstichigen Regalen entlangging. Plötzlich sah sie es. *Petroselinum crispum.* Ihr Herz raste, als sie die Hand nach dem Behältnis ausstreckte und den Korkpfropfen mit einem dumpfen Geräusch aus dem Flaschenhals löste. Hatte sie da eben Schritte gehört? Panisch schaute sie sich nach einem Versteck um, doch es blieb ruhig. Es musste wohl das Knistern des Feuers gewesen sein.

Aurelia drehte den Flaschenbauch unschlüssig hin und her, und die Körner perlten gegen das Glas. Sie formte ihre Hand zu einer Schale und ließ einige der schwarzen Samenkörner hineinrieseln. *Bei unordentlichem Gebrauch ...* Fröstelnd starrte sie für einen Moment in das Kaminfeuer. Ihre Hand ballte sich zur Faust, ihre Fingernägel gruben sich schmerzhaft in die Innenfläche. Sie ging zum Schreibtisch und nahm den Weinkrug vom Tisch. Das Tintenfass stand offen, und die Schreibfeder lag quer über einem Pergament, auf dem die Überschrift lesbar war: *Studien über die wirkliche Existenz von sogenannten Zugvögeln.*

Tränen standen ihr in den Augen, als sie bis drei zählte und dabei die Hand öffnete. Langsam ließ sie die Körner auf ihre Zunge rieseln. Einen kurzen Augenblick dachte sie an das Kind in ihrem Leib, dann trank sie von dem Wein. Sie zwang sich zu schlucken. Anschließend stellte sie den Krug behutsam zurück auf seinen Platz.

***

Als Helena den Damenbau betrat, hörte sie Schritte im Treppenaufgang. »Monsieur Dottore Tobler?«, rief sie außer Atem. Das Geräusch verstummte.

Helena zögerte einen Augenblick, überlegte, dass die Schritte zu leichtfüßig geklungen hatten, als dass es der Leibarzt gewesen sein könnte, und es wohl eher eine der Gräfinnen auf dem Weg zurück in ihre Räume war.

Sie eilte die Stufen in den Keller hinab, stolperte, rappelte sich auf und durchlief den Gewölbegang, so schnell sie nur konnte. Das Licht der Öllampen huschte an ihr vorbei, und der feuchte Steinboden schmatzte unter ihren Schritten. Sie folgte der Biegung und fand zu ihrer Überraschung die Höhlentüre offen. Abrupt hielt sie inne.

»Monsieur Dottore Tobler?« Verzweiflung klang in ihrer Stimme. »Sind Sie da?« Als Antwort kam nur das Prasseln des Kaminfeuers, und sie schlich sich an der Ritterrüstung vorbei in die Höhle.

Der Lehnstuhl war verlassen und auch auf dem rotsamtenen Patientenstuhl am anderen Ende des Raumes entdeckte sie niemanden. Nur das schmale Lächeln des Leibarztes auf dem Ölbild verfolgte sie, als sie zielstrebig zum Medizinregal hinüberging. Dabei flüsterte sie unentwegt die Worte: »*Cortex ... Chinae ... Cortex ...*«

Neben der gläsernen Karaffe mit den Blutegeln wurde sie fündig. Sie nahm die Flasche mit der Aufschrift *Cortex Chinae ruber* aus dem Regal und gab ein wenig von der fein zerkleinerten roten Chinarinde in ihre Hand. Das müsste für die mehrmalige Zubereitung eines frischen Suds reichen, den die Mutter ihrem Kind einflößen könnte. Zusammen mit einem Gran Kampferöl sollte dieser seine Wirkung nicht verfehlen.

Campher, Campher ... Nach längerem Suchen fand Helena die Medizin im untersten Regal. Mit der freien Hand wischte sie ein paar Spinnenweben von der Flasche und blies den Ruß von der Aufschrift, bevor sie das Gefäß unter den Arm klemmte und den Korkstöpsel löste. Sofort schlug ihr frischer, minzartiger Geruch entgegen, herb und ein wenig zitronig. Wenige Tropfen davon würden genügen, damit Lea hoffentlich ...

»Ich glaube, mir träumt! Fort von meinem Medizinregal!« Der Leibarzt stürzte mit finsterer Miene auf sie zu. Eine dicke Zornesfalte prangte auf seiner Stirn.

»Verzeihung!« Helena hielt die Flasche fest umklammert. »Verzeihung, aber es ist ein Notfall.«

Seine Augen verengten sich zu Schlitzen, und er rammte seinen schwarzen Spazierstock direkt vor ihr auf den Boden. »Von deinen Notfällen habe ich so langsam genug!« Er entriss ihr das Kampferöl und stellte es zurück ins Regal. »Haben wir uns verstanden?« Der Leibarzt wartete nicht auf Antwort, sondern kehrte ihr den Rücken zu.

Helenas linke Faust krampfte sich noch immer um die Chinarinde. Sie schaute ihm hinterher, ihr Herz raste vor Aufregung, doch als sie zu sprechen ansetzte, klangen ihre Worte vollkommen ruhig. Fast zu ruhig. »Nein, wir haben uns nicht verstanden.«

Der Leibarzt wandte ungläubig den Kopf. »Wie bitte?«

Helena hielt seinem Blick stand. »Die kleine Tochter des Stallmeisters ist sterbenskrank! Doch wenn es uns gelingt, das stark hitzige Geblüt zu vertreiben, hätte sie genug Kraft gegen die Blattern!«

Der Leibarzt setzte sich seelenruhig an seinen Schreibtisch und nahm die weiße Feder zur Hand. »Auf Wiedersehen, Helena.«

»Aber ... Sie können doch nicht tatenlos zusehen, wie ein Kind stirbt!«

»Ich wünsche dir eine angenehme Nachtruhe – und bessere Träume als bei Tage.«

»Das Mädchen hat keine Einblutungen unter der Haut, es sind keine Schwarzen Blattern! Es besteht also noch Hoffnung!«

»Allerdings. Die kleine Göre des Stallmeisters soll doch froh sein, die Blattern bekommen zu haben. Sodann wird der Körper endlich von dem unreinen Blute gereinigt, das während der Schwangerschaft im Weibe gestockt hat und auf die Frucht übergegangen ist.«

»Das ist doch ...«

»Gegen die Blattern lässt sich nichts ausrichten. Punkt. Sie sind dem Menschen angeboren und so unvermeidlich wie die Erbsünde, die wir als Prüfung mit der Gottergebenheit eines Hiob hinnehmen müssen.«

»Das glaube ich einfach nicht!«

Der Leibarzt ließ die Feder sinken. »So?«, fragte er.

»Ja. Es gibt vielleicht einen Schutz vor der Seuche. Ich habe in unserem Dorf Angaben über Menschen gesammelt, die nicht an den Blattern erkranken können und von vielen weiß ich, dass sie die Melkerknoten hatten. Ich ... ich weiß nur nicht, warum meine Großmutter trotzdem sterben musste, aber das werde ich noch herausfinden!«

»Aha.« Der Leibarzt lehnte sich zurück. »Zu diesem Zwecke würde ich dir alsdann empfehlen, dich nach Hause zu begeben, denn dort gehörst du hin. Sodann wüsstest du auch, dass es in Wernigerode zu weiteren bedauerlichen Blatternfällen gekommen ist.«

Helena stockte der Atem, während der Leibarzt ein Pergament unter einem Stapel hervorholte. »Wenn ich dir aus dem Brief meines geschätzten Amtsbruders Medicus Roth zitieren darf ...« Mit hochgezogenen Augenbrauen begann er vorzulesen: »Gegen die Seuche sind wir auch hier machtlos. Gestern haben wir die Familie vom Bussenhof beerdigt und noch ein paar Bauern mehr. Wir harren der Dinge und warten ab, bis der Herrgott seine Opfer gezählt hat und zufrieden von uns lässt.«

Helena durchfuhr es siedend heiß. Der Leibarzt unterhielt Briefkontakt mit Friedemars Ziehvater! Wie groß war die Wahrscheinlichkeit, dass ihm der Äskulap von seiner Schmach, ein Weibsbild unterrichten zu müssen, berichtet hatte? Die Gefahr war gegeben, aber wohl erst mit der nächsten Post nach Wernigerode, es sei denn, er hatte einen Eilboten geschickt ... Und die Bauernfamilie vom Bussenhof – auch ihre Namen hatten in ihrem Notizbuch gestanden, es waren Menschen, denen die Blattern bisher nichts anhaben konnten.

Der Leibarzt ließ das Pergament sinken. »Ich hoffe, das mindert deine Überzeugung.«

»Das ... das wird sich herausstellen. Ich werde jetzt gehen«, Helena hielt inne, »aber nicht ohne ein paar Gran Kampferöl für Lea mitzunehmen.«

KAPITEL 9

Alles war vorbereitet. Die Porzellanschüssel stand mit Wasser gefüllt hinter dem Paravent, die frischen Tücher lagen fein säuberlich zusammengefaltet daneben, und der Toilettenstuhl stand nicht weit entfernt. Auch der Brief war fertig. Lange hatte Aurelia an der Formulierung gefeilt, während sie auf die Wirkung der Petersiliensamen wartete. Wieder und wieder hatte sie die Zeilen durchgelesen, die Sätze gedreht und gewendet und dabei auf die Worte gehorcht, wie diese wohl in den Ohren des Vaters klingen mochten.

Aurelia nahm die Lichtputzschere und kürzte den Kerzendocht, bevor sie den Brief noch ein letztes Mal durchlas. Um sie herum war es dunkel, nur diese eine Kerze brannte im Messingständer und beleuchtete die grünlichen Samtvorhänge hinter dem Schreibtisch. Als sie in der Fensterscheibe ihr schmales Gesicht gespiegelt sah, wandte sie rasch den Blick davon ab und rückte die Kerze näher an das Pergament:

Hochzuverehrender Herr Vater,
ich schätze es mit großem Dank, dass sich Ihr höchst erwünschter Geburtstag abermals eingefunden hat und gratuliere in kindlicher Schuldigkeit zu dieser glücklichen Erscheinung.
Im Angesicht zahlreicher Glückwünsche möchte ich Sie dennoch bitten, gnädigster Herr Vater, meinem Schreiben Ihre geschätzte Aufmerksamkeit zuteilwerden zu lassen.

Gedankenversunken nickte Aurelia. Die Feierlichkeiten zu seinem Geburtstag, die glanzvollen Sonnenstrahlen zahlreicher Aufmerksamkeiten, sollten ihn den Wünschen seiner Tochter gewogen stimmen.

Wie Sie aus Ihrer großartigen politischen Beobachtungsgabe heraus wissen, drängen die Landesfürsten nach den geistlichen Gebieten. Das kaiserlich-freiweltliche Damenstift zu Quedlinburg, in dem sich Ihre Tochter gehorsamst befindet, ist allenthalben in Auflösung begriffen.

Vor einigen Monaten erhielten Sie bereits einen Brief, in dem Ihre jungfräuliche Tochter unterthänigst um die Möglichkeit einer Heirat gebeten hatte. Falls Sie diesen Brief sogleich in Ihrer bemerkenswerten Entscheidungskraft dem Feuer zugeführt haben sollten, bitte ich nochmals in höchstem Eifer um Ihr Gehör.

Bei dem Antragsteller handelt es sich um Gregor von Herberstein, ein wahrhaft standesgemäßer und gutsituierter Herr aus einer Grafenfamilie von ehrbarer Herkunft. Durch eine für Sie sehr glückliche Fügung ist diesem Mann jedoch nur eine schwache Gesundheit zuteilgeworden, und er musste darüber dem Dienst in der Armee entsagen. Aus diesen Umständen heraus bräuchten Sie, sehr verehrter Herr Vater, im Falle dieses kränklichen Vaterlandsdieners, für mich nur eine geringe Mitgift aufzuwenden. Um Ihnen bei der zu befürchtenden Auflösung des Stifts nicht abermals zur Last zu fallen, bittet Ihre letztgeborene Tochter daher gnädigst um Zustimmung zu dieser Verbindung. Ferner wäre dazu noch ein Abschiedsgesuch bei der österreichischen Armee einzureichen, selbigem durch Ihr hochgeschätztes und hervorragendes diplomatisches Geschick jedoch sicherlich stattgegeben werden wird. In der Hoffnung auf Ihre gnädigste Erlaubnis verharre ich mit hochachtungsvollen Grüßen,

Ihre ergebenste Tochter Aurelia.

Post Scriptum: Haben Sie bitte die Freundlichkeit und richten Sie den Entlassungsschein sowie diesbezügliche Korrespondenz sämtlich an meine Adresse.

Damit müsste sie beim Vater durchkommen.

Plötzlich gurgelte es in ihrem Bauch. Erschrocken hielt sie inne. Der übermäßige Genuss führt zur qualvollen Vergiftung, ging es ihr wieder durch den Kopf. Einen Moment lang dachte sie darüber nach, einen Abschiedsbrief zu verfassen – doch an wen hätte sie ihn richten sollen?

Sie stand auf und näherte sich mit wackeligen Beinen dem Toilettenstuhl. *Gestorben den 16. September 1802 an einem fauligen Fieber* – so wird es mit schneller Hand im Kirchenbuch vermerkt werden.

***

Die Umrisse der Buchrücken tauchten zögerlich aus der Dunkelheit auf, und die Farben wurden nur allmählich deutlicher, es war, als sähe Helena einem Maler bei der Entstehung eines Gemäldes zu. Die Sternbilder an der Zimmerdecke verschmolzen nach und nach mit dem Sonnenlicht, die Marmorbüsten schienen zu neuem Leben zu erwachen, und endlich verschwand das schwarze Loch, in das sie die ganze Nacht gestarrt hatte, endlich konnten ihre Augen wieder etwas fassen, doch ihre Gedanken kreisten nach wie vor um die Blattern.

Gestern Abend hatte sie der Mutter von Lea noch auf der Türschwelle die Zubereitung der Chinarinde und die Verwendung des Kampferöls erklärt. Sie hatte es nicht fertiggebracht, noch einmal nach Lea zu sehen, denn im Innersten ahnte sie, dass der Kampf aussichtslos sein würde. Für Lea und für alle anderen, die noch folgen mussten.

Wie es wohl um die übrigen Blatternkranken in Wernigerode stand? Helena wollte es sich nicht ausmalen. Vor allem – warum hatte die Blatternseuche vor sechs Jahren einen Bogen um diese Bauern gemacht, die nunmehr doch sterben mussten? Warum konnte sie damals Blatternkranke pflegen, ohne selbst zu erkranken? Warum nur?

Gregor zog sich neben ihr mit einem tiefen Brummen die Federdecke bis unters Kinn. Auch er hatte unruhig geschlafen. Schon beim ersten Lichtstrahl hatte sie unwillkürlich nach roten Flecken auf seiner Haut gesucht und, Gott sei es gedankt, keine entdeckt.

Das Stroh knisterte, als sie sich leise erhob. Fröstelnd ging sie zu der blauen Waschschüssel, die auf einem Schemel stand, und wusch sich das Gesicht. Das kühle Wasser perlte ihr über Wangen, Hals und an den Armen entlang. Helena atmete tief durch, trocknete sich mit ihrer Schürze ab und strich den zerknitterten, grasgrünen Rock glatt, bevor sie sich an den Studiertisch setzte.

Ihr Blick fiel auf den steinernen Engel, der noch immer in seinem Buch las. Wenn es doch nur irgendwo jemanden gäbe, der ihr Antwort auf diese Fragen geben könnte. Helena betrachtete die Figuren auf dem Schachbrett, die zu einer neuen Partie aufgestellt waren. Offenbar hatte Gregor sein inneres Gefecht zu Ende gebracht. Sie sah eine Weile zu ihm hinüber, lauschte auf seine unruhigen Atemzüge und dachte dabei nach.

»Ganz langsam und noch einmal von vorn«, flüsterte sie vor sich hin und führte sich abermals ihre Aufzeichnungen im Notizbuch vor Augen. »Wer aus den Familien starb bei der Seuche vor sechs Jahren?« Zögerlich griff sie nach dem schwarzen König und der Dame und legte die beiden Figuren an den Rand des Schachbretts. Stellvertretend für die Toten aus den drei anderen Familien holte sie sich jeweils die beiden Läufer, die Springer und die Türme dazu. Vier Gruppen, vier Familien. Mit den Fingerspitzen berührte sie noch einmal die kalten Marmorfiguren von König und Dame und streichelte zart darüber. Ihre Gedanken wanderten von den Eltern weiter zum Sterbebett der Großmutter. Helena hielt einen Augenblick inne, bevor sie die weiße Dame vom Schachbrett hob und sachte dazulegte; nun war ihre Familie komplett. Sie griff nach den beiden weißen Türmen für das Ehepaar Rebmann, den weißen Läufern für die Hoflers und die Springer für den Bussenhof und stellte sie zu den jeweiligen schwarzen Figuren.

Übrig blieben die kleinen Bauernfiguren, allesamt aus der jüngeren Generation, die meisten in ihrem Alter. Auch der weiße König stand noch da, siegessicher und erhaben neben den anderen. Friedemar. Er gehörte zu keiner der anderen Familien. Helena schaute aus dem Fenster. Wenn sie nur wüsste, wie lange es noch dauerte, bis er kam, um sie zu holen.

Eine Weile lang beobachtete sie die dahinziehenden Wolken, bis sie wieder etwas ruhiger wurde. Wie kam es, dass nur die jüngere Generation bisher von den Blattern verschont geblieben war? Wie war das möglich? Die Seuche suchte sich ihre Opfer doch nicht nach Generationen aus?

Helena wandte sich erneut dem Schachbrett zu und starrte die weißen und schwarzen Figuren an. Was war jetzt anders als früher? Plötzlich durchfuhr sie ein Gedanke. Schwarz-weiß! Früher hatte man schwarz-weiße Kühe im Dorf, seit einiger Zeit aber versuchte man es mit einer grauen Rasse aus dem Allgäu, da diese Kühe offenbar mehr Milch gaben.

War das des Rätsels Lösung? Schützten nur die Melkerknoten von grauen Kühen zuverlässig vor den Blattern? Es gab keinen Beweis. Sie hielt inne. Man müsste es an jemandem ausprobieren, der noch nie die Blattern gehabt oder eine Inokulation erfolgreich hinter sich gebracht hatte.

***

»Die Morgenmesse entfällt! Es wird zur außerordentlichen Kapitelversammlung geläutet! Alle sind gehalten, sich unverzüglich zur Fürstäbtissin in den Kapitelsaal zu begeben!«, ertönte Borgininos Rufen draußen auf dem Gang.

Als Helena wenig später den morgendlich erleuchteten Kapitelsaal betrat, herrschte aufgeregtes Gemurmel. Die meisten hatten ihre Plätze an dem vergoldeten Marmortisch bereits eingenommen und mit einem Seitenblick auf die Fürstäbtissin ließ man den Spekulationen über den Grund der außerordentlich anberaumten Versammlung einstweilen flüsternd freien Lauf.

Helena spürte den kalten Marmorboden unter den dünn besohlten Füßen, als sie um den Kapiteltisch herumging und sich dem Stiftskanzler gegenüber auf den gleichen

Stuhl setzte, an dem sie bereits das letzte Mal Platz genommen hatte.

»Nun sind alle eingetroffen, werte Fürstäbtissin.« Die Seniorin am anderen Tischende rückte ihre schwarze Spitzenhaube zurecht und bat mit dem Fächer klopfend um Aufmerksamkeit. »Sie können beginnen, werte Fürstäbtissin. Was ist der Grund für diese außerordentliche Zusammenkunft?« Gräfin Maria machte ein zweifelndes Gesicht, als könnte nichts wichtig genug sein, ihre Vormittagsruhe zu stören.

»Einen Augenblick, bitte.« Die Fürstäbtissin griff nach ihrer Lorgnette und schaute in die Runde. Sie trug das dunkelblaue Samtkleid mit den Schleifen und weißen Seidenabschlüssen, und ihre dunklen Haare waren mit Perlennadeln zu einem Knoten gesteckt. Wie Helena erkannte, war die Mase auf der Stirn dunkler geworden und schien tatsächlich ordentlich zu heilen. »Monsieur Dottore Tobler und die Gräfin von Hohenstein fehlen noch«, konstatierte sie.

Die Seniorin hob missbilligend die Augenbrauen. »Ich sagte, wir sind vollzählig. Der Äskulap wird bei einem Patienten sein, und ich wüsste wirklich nicht, warum wir auf die Gräfin von Hohenstein warten sollten. Also bitte, werte Fürstäbtissin, wenn Sie die Liebenswürdigkeit besäßen ...«

»Gewiss. Nur bedauerlich, dass nicht alle an dieser äußerst erfreulichen Botschaft teilhaben können. Ich möchte Ihnen gerne einen Brief vorlesen. Absender ist mein lieber Vetter Friedrich Wilhelm.«

Die Miene der Seniorin verdunkelte sich augenblicklich. »Erfreulich? Was soll an einem Brief des Königs von Preußen erfreulich sein? Das kann doch nur die Stiftsauflösung betreffen.«

»Vollkommener Unsinn. Hören Sie nur her, es hätte uns kein besseres Schicksal zuteilwerden können.

Hochwürdige Durchlauchtige Fürstin,
freundlich liebe Muhme,
das Kriegsunglück hat über Deutschland das traurige Schicksal unvermeidlicher Veränderungen verhängt.

So willig ich mich meinem harten Los unterworfen hätte, so wenig kann ich allein zurückstehen, nachdem ich meine jenseits des Rheinstroms gelegenen Provinzen der allgemeinen Ruhe und dem Frieden zum Opfer dargebracht habe.

Gerne hätte ich das Resultat der Beratschlagungen der Reichsdeputation abgewartet, aber da allenthalben zur Besitznahme geschritten wird, so darf auch ich nicht säumen, Ihnen freundlich mitzuteilen, dass mir durch das Einverständnis gedachter Mächte unter anderem auch als Entschädigung das Stift Quedlinburg in säkularisiertem Zustande als erbliche Besitzung bestimmt und zugeteilt worden ist, so dass ich dasselbe jetzt in dieser Art mir vorläufig zuzueignen habe.

Indem ich ehrwürdige Hoheit und Liebde hiervon Kenntnis erteile, finde ich eine besondere Beruhigung darin, zugleich hinzufügen zu können, dass ich von jener wichtigen Bestimmung nur einen solchen Gebrauch zu machen gedenke, als es dieser meiner Gesinnung und persönlichen Rücksicht für Sie auf das Vollkommenste entspricht. Ehrwürdige Hoheit und Liebde wollen sich demnach im Voraus versichert halten, dass Sie davon für Ihre Person und was insbesondere den Besitz und Genuss Ihrer bisherigen Einkünfte betrifft, alle die Erfahrungen meiner wohlwollendsten Aufmerksamkeit und Freundschaft machen werden, welche nur immer mit meinen aus den Entschädigungstraktaten erlangten eigenen Rechten und Verhältnissen vereinbarlich sind.

Hierbei werden indes Ehrwürdige Hoheit und Liebde aus dem Resultate dieser Traktate von selbst erleuchtet annehmen, dass dero Verhältnisse eines unmittelbaren Reichs- und Kreisstandes ganz aufhören.

Mein General von der Cavallerie und Geheimer Staats-, Kriegs- und dirigierender Minister, wie auch General-Controlleur der Finanzen Graf von der Schulenburg-Kehnert, welchem ich die obere Leitung der Besitznahme der mir zufallenden Indemnitäten und aller damit in Verbindung stehenden Einrichtungen übertragen habe, hat insbesondere auch den Auftrag erhalten, alle die Vorkehrungen zu treffen, welche zur Erreichung jener meiner persönlichen wohlgemeinten Absichten dienlich und erforderlich sein werden. Ich kann Ehrwürdige Hoheit und Liebde umso zuversichtlicher auffordern, sich in die gegenwärtige Veränderung als eine unabwendbare Folge der Zeitumstände zu schicken, und mir die Gelegenheit gewähren, dieser Besitznehmung nicht das mindeste in den Wege zu legen, sondern vielmehr sich selbst bestreben werden, überall gute Ordnung und Ruhe zu erhalten. Dabei versichere ich, dass alles in Status quo belassen werden soll, wo dies möglich ist. Was ich überdies tun kann, um den Wohlstand der Untertanen zu erhalten, ihre wohlhergebrachten Rechte und Gewohnheiten zu schützen, und um den Individuen, insbesondere aber Euer Liebden dieses schwere Verhängnis minder drückend zu machen, so soll dies gewiss nicht unterbleiben, und ich werde mich glücklich schätzen, mein wirksamstes Wohlwollen eintreten zu lassen und dadurch die Gesinnungen der aufrichtigsten Freundschaft tätig zu beweisen, mit welchen ich bin und verbleibe

Ehrwürdiger Hoheit und Liebde
Freundwilliger Vetter
Gez. Friedrich Wilhelm

»Nun, meine Damen, was sagen Sie?« Triumphierend hob die Fürstäbtissin den Blick, doch ihr Lächeln erstarb, als sie reihum in bestürzte Gesichter schaute.

Die Seniorin fasste sich als Erste. »Und was soll daran bitte erfreulich sein? Damit ist das Ende des Stifts schriftlich besiegelt! Jegliche Lebenssicherheit ist uns genommen! Aber das werden wir nicht so einfach hinnehmen.« Sie wurde noch lauter. »Wir werden uns wehren!«

»So beruhigen Sie sich, bitte. Haben Sie nicht gehört? Es soll alles in Status quo belassen werden.«

»Nein, werte Fürstäbtissin. Ich werde mich nicht beruhigen! Der König nimmt das Stift in seinen Besitz, da stimmen Sie mir doch zu, oder? Das geht doch eindeutig aus diesem Schreiben hervor!«

»Gewiss.«

»Nun also! Er macht es sich doch nur bequem! Verstehen Sie denn nicht? Sobald er sich ohne Widerstände seinen neuen Besitz angeeignet hat, wird er schalten und walten, wie es ihm passt! Und denken Sie doch auch nur an unseren wertvollen Stiftsschatz!«

Gräfin Felicitas kicherte, und jeder konnte hören, wie sie ihrer Nachbarin zuflüsterte: »Bestimmt wird sich der König mit dem eintausend Jahre alten Elfenbeinkamm Heinrichs I. den Bart kämmen.«

»Wohl kaum«, missbilligte die Seniorin die Einlassung der jüngsten Gräfin, »doch ich befürchte, er wird nicht nur den Bartkamm, sondern auch das mit Goldtinte auf Pergament geschriebene Evangeliar mit Kennerblick betrachten und auch an den anderen Schätzen sehr interessiert sein.«

Die Fürstäbtissin winkte ab. »Das sind reine Spekulationen. Dieser Brief gibt keinen Anlass zur Beunruhigung, und ich sehe keinen Grund, mich meinem ehrenwerten Vetter entgegenzustellen.«

»Das ist doch nur der Anfang!«, empörte sich Gräfin Crescentia. »Zuerst hieß es, man kann unserem Stift überhaupt nichts anhaben. Nun werden wir plötzlich doch in Besitz genommen – aber nichts soll sich ändern. Sollen wir das etwa glauben?«

»Ich bitte darum. Und nun möchte ich, dass wieder Ruhe einkehrt. Gräfin zu Stolberg-Gedern, hätten Sie wohl auch die Güte meinen Worten zu folgen? Ich hätte nicht gedacht, dass die Nachricht einen derartigen Aufruhr auslöst. Ich kann Ihre bitteren Gedanken in Zeiten wirtschaftlich knapper Güter und im Angesicht der Blattern verstehen, dennoch sollten Sie alle nicht immer das Schlimmste befürchten.« Die Fürstäbtissin drehte sich nach ihrem Schreiber um, der mit gesenktem Kopf etwas abseits saß.

»Ich diktiere: *Euer Königliche Hoheit, liebster Vetter ...*« Sie sah dem Schreiber mit gehobenen Augenbrauen zu, bis dieser endlich eine neue Feder angespitzt hatte und bereit war. Dann sprach sie weiter: »*Aus angeehrtem Schreiben habe ich die ganz unerwartete Nachricht ersehen müssen, dass mein Stift durch die teilnehmenden Mächte in säkularisiertem Zustande als eine vollständig erbliche Besitzung Euer Majestät zugedacht worden ist. Wie sehr mich diese Nachricht betroffen macht, werden Euer Majestät von selbst leicht zu erahnen geruhen. Das Schicksal, welches meinem gefürsteten Stift bevorsteht, würde uns allen unverschmerzlich sein, wenn es nicht durch einen recht glücklichen Fall in die Hände Euer Majestät gestellt worden wäre, Höchstwelche sich sowohl durch besondere Humanität der Grundsätze, als auch durch ganz eigenen Großmut im Handeln von jeher so rühmlich ausgezeichnet haben. Aus dieser Überzeu-*

gung sehen wir der Zukunft gelassen entgegen, und es ist von großer Beruhigung, die Zusicherung von der wohlwollensten freundvetterlichen Gesinnung Euer Majestät bei dieser Gelegenheit abermals erhalten zu haben. Indem ich Euer Majestät meinen verbindlichsten Dank dafür abstatte, halte ich mich im Voraus vergewissert, wenngleich durch die Sanktion der Entschädigungstraktate mein Stift aufhören wird, ein immediater Reichs- und Kreisstand zu sein, so doch die übrigen Verhältnisse meines Stifts größtenteils beibehalten werden und selbiges solchergestalt fortdauern kann und dass Euer Majestät beauftragten Graf von der Schulenburg-Kehnert dergestalt zu instruieren geruhen, dass meine gewiss sehr billigen Wünsche zum Wohle meines Stiftes völlig befriedigt werden können.

Indem wir uns also ganz dem bekannten Edelsinne Eurer Majestät überlassen, erlauben wir uns die Freiheit, die ganze Dependenz unseres Kapitels Höchstdero Huld und Gnade zu empfehlen und verharren mit den verehrungsvollsten Gesinnungen, Euer Majestät gehorsam ergebenste Gegenwärtige vom Kapitel.«

Die Fürstäbtissin wartete, bis der Schreiber geendet hatte. »Gibt es irgendwelche Einwände?«

Es blieb still, und die Fürstäbtissin erhob sich. »Sodann erkläre ich die Kapitelsitzung für beendet. Herr Stiftskanzler, wären Sie bitte so freundlich, die Gräfin von Hohenstein über den Inhalt der Versammlung zu informieren? Ich selbst werde den Äskulap in Kenntnis setzen, sobald er geruhen sollte, sich um meine Verletzung zu bemühen.«

»Verzeihung.« Sebastian hob die Hand. »Da die Gräfin von Hohenstein wohl noch immer verhindert ist, möchte ich bitte noch an ihrer statt ein paar Worte an das Kapitel richten.«

»Bitte, Sie haben das Wort.« Die Fürstäbtissin setzte sich wieder, wenngleich sich in ihrem Gesichtsausdruck wenig Begeisterung spiegelte. Stühle wurden zurück an den Tisch gerückt.

»Aurelia Gräfin von Hohenstein hat mich darum gebeten, noch einmal im Kapitel um ihre Bemäntelung zu ersuchen, und ich möchte sogleich meine persönliche Frage anschließen, ob die Ressentiments des Kapitels womöglich durch die österreichische Herkunft der Gräfin zu erklären sind?«

Betretenes Schweigen machte sich ob der so direkt gestellten Frage breit.

Die Seniorin Gräfin Maria ergriff das Wort, noch ehe die Fürstäbtissin reagieren konnte. »Was sind das für Unterstellungen? Wir haben uns lediglich dazu entschlossen, die Bemäntelung angesichts der wirtschaftlichen Lage bis zur Rückkehr von Gräfin Sophie zu verschieben, um eine gemeinsame Zeremonie ausrichten zu können.«

»In der Hoffnung, dass die Gräfin Sophie noch ziemlich lange auf sich warten lässt oder womöglich gar nicht mehr zurückkehrt?«, forderte der Stiftskanzler die Seniorin heraus.

»Das wäre natürlich bedauerlich, aber unsere Entscheidung fiel wie gesagt aus rein wirtschaftlichen Gesichtspunkten.«

»Um sich in diesem Zusammenhang die Pfründe für eine weitere Gräfin, insbesondere für eine Österreicherin, zu sparen?« Seine ineinander verschränkten Hände und die angespannte, nach vorne gebeugte Haltung zeugten davon, dass er sich die Sache der Gerechtigkeit wegen auf die Fahne geschrieben hatte und nicht eher zu ruhen gedachte, bis diese hergestellt sei.

»Das ist doch infam! Vollkommener Unsinn!«, erwehrte sich die Seniorin.

Sebastian lächelte. »Das sehe ich auch so. Zur Bemäntelung ist, soweit wir alle informiert sind, keine Verwandtschaft zu erwarten. Das Stift hat also keinerlei kostspielige Repräsentationspflichten; die Feierlichkeiten könnten sogar ganz entfallen. Das wäre doch in der Tat im wirtschaftlichen Sinne des Stifts oder irre ich mich? Oder möchte das Stift angesichts der knappen Güter vielleicht nur eine Pfründe vergeben?« Er suchte den Blick der Fürstäbtissin. »Und diese soll nicht an die Gräfin von Hohenstein, sondern an die Großnichte der Seniorin, Gräfin Sophie, fallen?«

Die Angesprochene kniff die Lippen zusammen.

»Werte Seniorin«, sagte Sebastian eindringlich, »die Gräfin von Hohenstein hat mehr als alle Voraussetzungen erfüllt.«

Gräfin Maria suchte ebenfalls den Blick der Fürstäbtissin, und diese griff nach der Lorgnette, um einen nach dem anderen anzusehen.

Nach einer kleinen Ewigkeit bedeutete die Fürstäbtissin ihrem Schreiber, nach der Feder zu greifen. »Es sei entschieden. Nach gutem Recht wird die Bemäntelung der Gräfin von Hohenstein heute zur Mittagszeit stattfinden. Anschließend wird der soeben entfallene Morgengottesdienst nachgeholt. Man möge die Gräfin von Hohenstein ...«

Da klopfte es an der Tür. Die Fürstäbtissin wies ihren Diener an zu öffnen. »Das wird sie sein.«

Als von draußen eine tiefe Stimme ertönte, dachte Helena einen furchtbaren Moment lang an Friedemar, doch herein trat schnellen Schrittes der Äskulap. Sein Gesicht war vor Anstrengung rot angelaufen, kleine Schweißtropfen glänzten auf seiner Stirn, und die blaue Weste unter dem Gehrock spannte gefährlich unter seinen tiefen Atemzügen.

»Was ...«, schnaufte er, »was ist so wichtig, dass ich mein Morgenmahl unterbrechen musste?«

»Seien Sie gegrüßt, werter Äskulap. Mir geht es sehr gut, danke der Nachfrage. Die Sitzung hat bereits geendet. Meine Damen, Sie dürfen sich zurückziehen.«

»Das heißt, ich bin umsonst gekommen?« Fassungslos schaute er sich um. »Ich glaube, ich sollte wieder einmal den elenden Chirurgen rufen lassen. Ein Aderlass ist ein vorzügliches Mittel bei hysterischen Frauenzimmern.«

Helena hatte ihn die ganze Zeit über angestarrt. *Sag etwas*, hämmerte es in ihrem Kopf. *Sag etwas, jetzt oder nie.*

Der Leibarzt rückte sich den Kragen zurecht. »Sie wissen, meine Damen, meine Zeit ist kostbar. Darum werde ich mir erlauben, die allgemeine Sprechzeit heute um drei Stunden zu verkürzen. Habe die Ehre.« Er wollte im Anschluss an die Gräfinnen den Raum verlassen.

»Einen Moment, bitte!«, stieß Helena hervor, und im selben Augenblick spürte sie, wie ihr schier die Stimme zu versagen drohte.

»Sieh an, die kleine Hexe. Möchtest du auch einen Aderlass?«

»Nein, ich möchte mit Ihnen sprechen. Und zwar vor der Fürstäbtissin.«

Ein Stöhnen entwich dem Leibarzt, doch mit einem Blick auf die Fürstäbtissin sammelte er sich. »Was gibt es?«

»Gnädige Fürstäbtissin«, sagte Helena, »ich habe dem Leibarzt bereits davon berichtet. Ich habe womöglich ein Mittel gegen die Blattern gefunden.«

Der Äskulap brach in schallendes Gelächter aus. »Unglaublich!«, prustete er, während er sich die vorgeblichen Tränen aus den Augen wischte. »Jetzt fängt sie hier auch noch mit dem Unsinn an!«

»Ruhe!«, wies ihn die Fürstäbtissin zurecht. »Helena, ist es wahr, was du sagst? Ein Mittel gegen die Blattern?«

»Ja. Vermutlich kann ich darum keine Blattern bekommen.«

»Bitte sprich.«

Helena hielt den Blick gesenkt, während sie ihre Beobachtungen vortrug. »Es könnten die Melkerknoten sein; womöglich verhindern sie die Blattern. Mir fehlen allerdings noch die Beweise. Zunächst müsste man die Flüssigkeit aus den ansteckenden Knötchen am Euter der Kuh entnehmen, und anderen Menschen diese Melkerknoten künstlich mitteilen, der noch nie die Blattern oder eine Inokulation hatte. Das gelingt aber nur bei grauen Kühen. Sodann setzt man den Menschen wie bei einer Inokulation den Blattern aus. Wenn ich Recht habe, kann die Person nicht erkranken. Und damit wäre der direkte Beweis geschaffen ...«

Sie wagte nicht, den Blick zu heben, und starrte unablässig auf die schwarze Marmorplatte. Es blieb still.

Dann schaute Helena auf, direkt in das vor Freude strahlende Gesicht der Fürstäbtissin.

»Ich habe es gewusst!«, triumphierte die Fürstäbtissin. »Ich habe es gewusst! Mein Kutschunfall war kein Zufall. Der Himmel hat dich geschickt, mein Kind! Du wirst uns von den Blattern befreien!«

Der Leibarzt näherte sich langsam dem Kapiteltisch. Seine Augen waren schmal. »Man lässt sich von der Geschwätzigkeit dieses Weibes blenden? Ihnen hätte ich mehr Verstand zugetraut, Gnädigste. Vergessen Sie das billige Geschwätz dieser Göre, gnädigste Fürstäbtissin. Es ist völlig bedeutungslos. Solange ein Weib nicht aufs Rathaus gelassen wird, lässt man es auch nicht zum Rat ans Krankenbette!«

Die Fürstäbtissin faltete die Hände. »Es liegt also daran, dass der Vorschlag von einer Frau und nicht von Ihnen stammt. Wollen Sie das damit sagen?«

»Unsinn! Auf solch eine wahnwitzige Theorie kann nur dieses Weibsbild kommen. Weiber sind in ihren Arbeiten einfach nicht genug ausgelastet. Ich wäre niemals auf die Idee gekommen, die Menschheit von den Blattern befreien zu wollen!«

»Das glaube ich Ihnen gern.«

»So denken Sie doch nach«, bekräftigte er. »Welch ein Wahnsinn, tierische und menschliche Säfte mischen zu wollen! Abscheulich und gottlos ist das!«

Helena versuchte sich selbst im Stillen zur Vernunft zu bringen. Es war nicht gut, sich gegen einen Mann aufzulehnen, erst recht nicht gegen den Leibarzt, hielt sie sich selbst vor. Sie presste die Lippen aufeinander, aber die Wut ließ sie nicht los. So fuhr sie den Äskulap an: »Wie gottlos ist es denn, den Menschen nicht zu helfen? Die Blattern tummeln sich keine drei Schritte von der Stiftsmauer entfernt und Sie unternehmen nichts dagegen! Wollen Sie dastehen und zusehen, wie die Menschen sterben?«

»Es ist nicht mein Schicksal.« Der Leibarzt schaute sich angelegentlich im Raum um, als wolle er fragen, weshalb er überhaupt hier war.

»Wir könnten es zumindest versuchen«, dachte die Fürstäbtissin laut nach. »Wenn die Person mit den Melkerknoten keine Blattern bekommt, hätten wir ein Mittel gegen die Seuche.«

»Ja, natürlich, eine gute Idee! Wir machen es, wie der Bauer beim Pilze essen: Er isst sie und bleibt entweder gesund oder er stirbt – dann waren es eben Giftpilze.« Polternd ging der Leibarzt im Raum hin und her.

»Warum lassen wir es nicht auf einen Versuch ankommen?«, hakte Helena nach, gestärkt vom Zuspruch der Fürstäbtissin. »Wenn die Melkerknoten nicht schützen, so ist der Blatterntest nichts anderes als eine herkömmliche Inokulation. Und die war schon immer riskant. Was kann schon passieren?«

Der Leibarzt schaute fassungslos drein und hielt sich an seiner Stuhllehne fest. »Ich glaube, mein Holzfuß kriegt ein Zweiglein! Was schon passieren kann? Das fragst du noch?« Seine Stimme überschlug sich. »Warum hat der Herrgott wohl mit Mensch und Tier zweierlei Lebewesen erschaffen? Glaubst du, er hat sich nichts dabei gedacht?«

»Doch. Und gerade deshalb ähneln sich vielleicht auch die Krankheiten von Mensch und Tier.« Woher nahm sie nur diesen unheimlichen Mut, dem Äskulap Paroli zu bieten? Friedemar gegenüber hätte sie niemals solche Widerworte verloren.

»Weiberfantasien! Ach, was sage ich, Hexenwahn ist das! Hast du jemals Gottes Wort gelesen? ›Macht euch die Erde untertan.‹ Mit allem Vieh und allen Tieren, die sich auf der Erde regen. Untertan! Verstehst du das? Durch die Beimischung tierischer Säfte würden wir Menschen uns gleichsam degradieren!«

»Untertan?« Es war, als risse bei diesem Stichwort eine Fessel in ihr. Sie konnte die Befreiung regelrecht spüren –

und plötzlich fühlte sie sich stark, unheimlich mächtig und es war keine Spur mehr von Demut in ihr. Furchtlos warf sie dem Äskulap entgegen: »Wir dürfen uns die Erde nicht untertan machen! Es ist falsch, das so zu verstehen. Denn es heißt auch: ›Und Gott der Herr nahm den Menschen und setzte ihn in den Garten Eden, dass er ihn bebaue und bewahre.‹«

»Du maßt dich an, Gottes Wort nach deiner Willkür auszulegen? Ich habe es schon immer gesagt: Die größte Seuche auf Erden ist das denkende Weib! Das ist ein Benehmen wie in der Reformation! Du redest etwas von Kuhpocken daher, obwohl du nichts davon verstehst. Ganz so wie die Laien den Geistlichen mit wirren Bibelzitaten entgegentraten und althergebrachte kirchliche Riten einfach über den Haufen warfen! Alleine die Bibel verstehen zu wollen! Noch dazu als Weib! Hochmut ist die größte Sünde! Lesen und Verstehen ist nämlich ein Unterschied.«

»Einfach nur abzuwarten und nicht nach den Ursachen zu forschen ist auch ein Unterschied!«, feuerte sie nach.

»Forschen! Es gibt nichts Neues unter Gottes Sonne. Alles ist wohlgeordnet. Tatsache ist – und das sage ich dir in meiner hoch angesehenen Eigenschaft als Leibarzt: Das Blatterngift ist unbesiegbar. Gott hat uns die Seuche gegeben und Er wird sie uns beizeiten auch wieder nehmen. Wir würden uns tief versündigen, in sein Werk einzugreifen. Seine Strafe wäre ohne Barmherzigkeit. *Kuhpockenlymphe* als angebliches Wundermittel! Das ist doch schon so idiotisch, dass es nur dem Hirn einer Kranken entsprungen sein kann.«

»Äskulap!«, rief die Fürstäbtissin erbost. »Nun halten Sie aber an sich!«

»Niemals! Gnädigste, ich bitte Sie! Die Säfte eines Rindviehs im menschlichen Geblüt! Das ist doch eindeutig, wohin das führt. Kuhschwänze, Hörner, schwarz-weiße Haut! All das wird die Menschheit bekommen. Am Ende machen wir alle eine Minotaurisation durch und verwandeln uns in Kühe! Und von Generation zu Generation wird es schlimmer ... Die Damen werden husten wie die Kälber und Haare am ganzen Leib bekommen. Welch grausame Vorstellung! Und das nur wegen dieses albernen Weibergeschwätzes!« Der Leibarzt rammte seinen Stock auf den Boden. »Nein, jedes weitere Wort ist zu viel. Es bleibt, wie es ist!«

Die Fürstäbtissin blieb sehr lange still. Dann sagte sie: »Womöglich haben Sie Recht, lieber Äskulap. Es ist wohl besser, wenn wir es nicht ausprobieren. Zudem gibt es keinen Grund, weshalb wir uns um Dinge kümmern sollten, die uns nicht unmittelbar betreffen. Das bringt nur Verdruss und Scherereien. Wir hier im Kapitel werden von den Blattern verschont bleiben, wir müssen nur die notwendigen Vorkehrungen treffen.«

Helenas Finger krallten sich am Sitz fest. Warum sagte sie so etwas? Am liebsten hätte sie geschrien, aber sie schluckte ihr Entsetzen über den Sinneswandel der Fürstäbtissin hinunter und presste die Lippen aufeinander.

Da kam plötzlich der Stiftskanzler durch die halbgeöffnete Türe zurück in den Raum, ging gemessenen Schrittes um den Tisch herum und bezog zwischen dem Leibarzt und Sophie Albertine Position.

»Bitte verzeihen Sie, gnädigste Fürstäbtissin, lieber Monsieur Dottore Tobler«, sagte Sebastian. »Ich habe als Kind eine milde Form der Blattern überlebt, aber die Seuche hat nahezu meine gesamte Familie ausgelöscht. Ich werde den

Eindruck nicht los, dass Sie beide gerade einen schrecklichen Fehler begehen, wenn sie schlichtweg die Augen verschließen und hoffen, dass es uns nicht treffen wird.«

Der Leibarzt baute sich vor Sebastian von Moltzer auf. »Fehler? Ich mache niemals Fehler! Sie sind wohl auch schon dem wahnhaften Irrsinn verfallen! Kein Wunder bei Ihrer stubenhockerischen Existenz über den Büchern. Sehen Sie doch nur, wie blass und ausgezehrt er ist! Das ist der Beginn der schwermütigen Schleichkrankheit, das prophezeie ich Ihnen!«

Sebastian rang sichtlich mit der Beherrschung. »Wie sollten Sie auch Fehler machen? Sie lassen ja schließlich alles unversucht!«

Der Leibarzt zupfte sich ein paar nicht vorhandene Fussel vom Ärmel. »Tag und Nacht zu lesen muss etwas Schmeichelhaftes für jemanden haben, dem es an wahrer Geistesgröße fehlt. Was glauben Sie wohl, wo das alles noch hinführt, wenn unsere Nachkommen sich wieder vermehren und nichts davon abgeschlachtet wird? Sie sollten doch wissen, dass es besser ist, wenn unser Herrgott redlich mit den Müttern im Wochenbett teilt. So ist es auch mit den Blattern. Sie sind eine gar feine Erfindung, um auf den Höfen ordentlich aufzuräumen. Soll ich etwa diesen weltverbessernden, gotteslästerlichen Weiberfantasien nachgeben? Es ist schon genug, dass ich all meine Kraft aufwende, um diese Göre bestmöglich auszubilden, obwohl das Gemüt der Weiber viel zu schwach ist. Anstatt dem Patienten zu helfen, legen sie sich lieber gleich daneben ...«

»So lassen Sie doch etwas Geduld walten, und halten Sie an sich!« Die Fürstäbtissin sah den Leibarzt eindringlich an.

»Alles nur Ausreden! Das Weib am Krankenbette ist gleich einem Fluch für den Patienten. Es kann die anspruchsvolle Arbeit nicht mit den Gesetzen der Ehrbarkeit und Schamhaftigkeit in Einklang bringen.«

Jetzt hielt es Helena nicht mehr aus. Leise, aber bestimmt sagte sie: »Das ist es. Es droht die Gefahr, dass eine Patientin dem Doktor aus Scham ihre Krankheit nicht nennt. Da braucht man dringend kundige Frauen. Man vertraut den Hebammen die neuen Erdenbürger an, aber nicht die Behandlung eines Seitenstechens. Warum?«

»Das kann ich dir sagen: Durch die Aufhebung der Scham wird das Weib zum Halbmanne, zum geistigen Zwitter, zum unausstehlichen Mittelding. Das Weib vermag ihren Gatten nicht mehr glücklich zu machen, weil sie eher die Aphorismen des Hippokrates zu übersetzen vermag, als dass sie ein Kochbuch verstünde oder die Kinder erziehen könnte.«

»Äskulap, ich glaube, es genügt«, fuhr ihm die Fürstäbtissin über den Mund. »Wir haben verstanden. Die gelehrten Geschlechterdebatten, ob Weiber auch Menschen sind, haben in diesem Hause nichts zu suchen. Ich werde mich um einen anderen Lehrmeister für Helena bemühen.«

»Gnädigste Fürstäbtissin«, der Leibarzt lächelte süßlich. »Das ist doch nicht notwendig! Sie haben mich vollkommen missverstanden. Die Ausbildung verlangt mir alles ab. Das wollte ich damit doch nur zum Ausdruck bringen. Ich opfere mich für das Weib auf, so sehr ich nur kann. Ganz nach dem Wunsch der gnädigen Fürstin. Bitte sehen Sie es mir nach, wenn mir wegen der Blattern die Gäule durchgegangen sind ...«

»Wenn das so ist, werter Äskulap, dann haben wir also hinreichend darüber gesprochen, und es soll nun keinen weiteren Disput mehr geben. Helena wird lernen, ihre hitzigen Ideen im Zaum zu halten. Sie ist eben noch sehr jung und irritabel. Der Unterricht wird auf heute Abend verschoben, bis dahin werden sich die Gemüter wieder beruhigt haben.«

»Gewiss, werte Fürstäbtissin.« Der Leibarzt deutete eine Verbeugung an und machte ein Gesicht wie der treue Borginino.

»Helena wird einstweilen der Gräfin von Hohenstein bei den Vorbereitungen zur Bemäntelung dienlich sein. Helena, bitte sei so nett und begib dich auf das Zimmer der Gräfin. Die Zeremonie wird in zwei Stunden stattfinden.«

Kapitel 10

Es hatte zu regnen begonnen, und tiefe Wolken zogen über das Stift. Der Wind peitschte die Tropfen gegen die Fenster, als Helena die Kapitelversammlung verließ und durch den Übergang im ersten Stock den Damenbau betrat. Hier war es noch kühler als im Fürstinnenbau. Je näher sie den Räumen der Gräfin kam, desto weicher wurden ihr die Knie. Im Gehen band sie sich die Schürze neu um und versuchte vergeblich, einige Falten aus dem Rock zu streichen. Sie griff sich ins Haar und prüfte, ob der Knoten noch ordentlich im Nacken saß. Ihre Finger zitterten.

An der Türe der Gräfin angekommen, straffte Helena ihre Haltung und klopfte an. Schnell schaute sie nach, ob ihre Fingernägel sauber waren. Sie horchte angestrengt, doch es drang kein Laut aus dem Zimmer. Ob sie sich noch einmal bemerkbar machen sollte? Sie klopfte erneut, diesmal mit Nachdruck, und der Schmerz fuhr ihr in die Knöchelchen. Nach einem Moment des Wartens, gerade als sie sich achselzuckend abwenden wollte, hörte sie ein zartes »Ja, bitte?«.

Helena öffnete zögernd die Türe.

Gräfin Aurelia saß kreidebleich auf dem Bett und hielt ein blaues Kissen im Arm. Vor ihr lagen zwei Stricknadeln und etwas weiter daneben ein Wollknäuel, als sei sie eben im Begriff gewesen, eine Handarbeit aufzunehmen. »Nimm das Essen wieder mit, ich will nichts«, sagte sie ohne aufzublicken.

Helena knickste befangen. »Guten Tag, werte Gräfin von Hohenstein. Verzeihen Sie, ich bin Helena und komme, um ...«

Aurelia sprang auf und herrschte sie ungehalten an: »Was erlaubst du dir? Was hast du in meinen Räumen verloren?«, unterbrach sie sie.

»Ihre Bemäntelung findet zu Mittag statt.«

Aurelia schaute sie ungläubig an. »Sie findet statt? Du machst Scherze.«

»Die Fürstäbtissin hat es so bestimmt. Soeben, in der außerordentlichen Kapitelversammlung.«

»Wirklich? Heißt das, ich habe es geschafft? Ich werde aufgenommen?« Ungläubig schüttelte Aurelia den Kopf, und in ihren dunklen Augen glänzten Tränen. »Deshalb ließ die Fürstäbtissin zur Zusammenkunft rufen? Meinetwegen?«

»Nein, sie verlas einen Brief ihres Vetters, des Königs von Preußen. Das Stift geht alsbald in seinen Besitz über. Ob es deshalb aufgelöst wird, war man geteilter Meinung. Am Ende der Sitzung jedenfalls wurde Ihre Aufnahme ins Stift beschlossen, und ich dazu bestimmt, Ihnen bei den Vorbereitungen zu helfen.«

Die Gräfin erhob sich, und auf dem Weg zum Frisiertisch machte sich ein Strahlen über das ganze Gesicht breit. »Ich habe es geschafft, ich habe es geschafft!«, flüsterte sie außer sich. »Sämtlichen Unkenrufen zum Trotz habe ich das Residenzjahr unter diesen Giftkröten ausgehalten. Jeder von ihnen könnte ich mit meiner Abstammung den Rang streitig machen. Sieh dir nur meine Familie an! Der Stammbaum liegt dort drüben.«

Helena schaute sich in dem Zimmer um und entdeckte das Pergament auf dem Damensekretär am Fenster. Neugierig ging sie näher. Es war an einigen Stellen eingerissen, aber allein die prächtigen Farben flößten ihr gehörigen Respekt ein.

»Nicht anfassen, nur bewundern!«

Helena nickte verständig, als ihr Blick über die vielen bunten Äste, Zweige und Namen glitt. »Wirklich, eine große Familie haben Sie da.«

»Erbmundschenken in Kärnten seit 1506, Reichsgrafen seit 1631 und Reichsfürstenstand seit 1684! Das ist das Geschlecht derer von Hohenstein. Andere konnten für ihre Aufnahme ins Stift mit Müh und Not sechzehn adelige Ahnen auf dem Papier zusammenkratzen. Ich hingegen konnte sie mir aussuchen. Aber nun schnell, Helena, beeile dich und hilf mir. Ich muss rechtzeitig fertig sein!«

»Aber die Zeremonie beginnt doch erst in zwei Stunden!«

»Grundgütiger! Hast du überhaupt die geringste Ahnung, was bis dahin noch zu tun ist?«

Helena zuckte entschuldigend mit den Schultern.

»Schminken, Haare pudern, frisieren und ankleiden ... Hol mir meine Stiftsrobe und die Schuhe aus dem Schrank!«

Welchen der Schränke sie wohl meinte? Die Hälfte des Zimmers wurde von drei verschieden gestalteten Kleiderschränken und zwei ausladenden Wäschetruhen beherrscht. Außerdem standen noch Reisetruhen in der Ecke. »Wo genau finde ich die Schuhe und die Robe?«, fragte sie zaghaft.

»Woher soll ich das wissen? Bin ich meine eigene Kammerjungfer? Schau nach! Es muss eine einfache blaue Robe mit halblangen Ärmeln sein.«

Helena zog die erste Schranktüre auf. Schwerer Lavendelduft schlug ihr entgegen. Sie schaute alles durch, wagte aber nichts anzufassen. »Hier sind so viele blaue Roben. Sind das alles Ihre Sachen?«

»Du kannst Fragen stellen! Natürlich! Oder glaubst du, ich laufe in fremder Wäsche herum? Es ist eine ganz ordinäre Robe, mit ein paar Schleifen und Schnüren.«

Helena sah in jeden einzelnen Schrank, in jede Truhe, suchte sich durch alle Roben, fand sogar Mantelets für die kühle Witterung und mindestens fünfzig Häubchen. Aber das Kleid suchte sie vergeblich.

»Ich finde es nicht, werte Gräfin.«

»Was? Das darf doch nicht wahr sein! Hat man mir mein Kleid versteckt? Oder gar gestohlen? Ja, damit ich nicht bemäntelt werden kann! Deshalb hat auch niemand dem Beschluss der Fürstäbtissin widersprochen. Wie konnte ich nur so dumm sein und an den plötzlichen Meinungswandel des Kapitels glauben!« Sie zog sich den kunstvoll geschnitzten Stuhl vom Frisiertisch heran, sank darauf nieder und stützte den Kopf in die Hände.

»Gnädige Gräfin, ich werde alles noch einmal durchsuchen. Vielleicht habe ich es bei dieser unzähligen Menge an Kleidungsstücken übersehen.«

»Es sind genau zweiundvierzig Roben samt passender Jupen, dreiundfünfzig Korsetts, siebenundzwanzig Mantelets und sechsunddreißig Paar Schuhe!«, gab Aurelia mit brüchiger Stimme Auskunft. »Hätte ich doch nur diese biestige Zofe nachzählen lassen.«

»Es hat bestimmt niemand etwas gestohlen, bitte regen Sie sich nicht auf! Wieso sollten die Gräfinnen auch so etwas tun?«

»Jede taugt hier zur Diebin. Man kann niemandem vertrauen. Sonst wäre meine Stiftsrobe schließlich da!«

»Ist es vielleicht diese hier? Mit Schleier und Schärpe? Mit silbernen Stickereien und schwarzen Samtabschlüssen?«

»Genau, das ist sie! Gott sei Dank!« Aurelia richtete sich erleichtert auf. »Und dazu noch die Jupe und die Schuhe.«

Helena wuchtete sich das blaue, vorn offene Überkleid samt passendem Rock über den Arm und angelte nach den mit blauer Spitze besetzen Seidenschuhen. Alles fühlte sich so wunderbar an. Auch wenn sie die Last kaum tragen konnte, sie wollte sie nie wieder aus der Hand geben. Nur einmal solch eine Robe anziehen dürfen!

»Leg es dort auf das Bett. Ich werde es ganz zum Schluss erst anziehen. Nur keinen Glockenschlag zu lange in dieser armseligen Stiftskleidung! Sonst lassen sie uns immer die schönsten, eigenen Kleider tragen, aber ausgerechnet zu besonderen Anlässen müssen es diese Einheitslumpen sein. Nun, so haben die Giftkröten wenigstens nichts zu lästern. Umso dringender musst du mich jetzt frisieren. Dort auf der Kommode stehen Puder und Schweineschmalz, das Gerüst und die Haarnadeln findest du in der kleinen Truhe.«

Das Gerüst? Zum Glück fand sie schnell ein infrage kommendes Drahtgestell sowie die anderen genannten Utensilien und stellte alles vor der Gräfin auf. Aurelia saß mit kerzengeradem Rücken vor dem Frisiertisch und sah sie missbilligend über den Spiegel an. »Was ist? Worauf wartest du?«

»Ich? Ich soll das machen? Das kann ich nicht.«

»Du große Güte! Das war eindeutig Absicht. Hinterlistige Absicht der Fürstäbtissin! Sie hat dich zu mir geschickt, damit ich aussehe wie ein Feldwiesel. Damit ich aus Angst vor Blamage auf die Bemäntelung verzichte! Aber fehl gedacht! Du nimmst jetzt den Puder und kämmst ihn reichlich in mein Haar. Es darf keine dunkle Strähne mehr unter der Schicht herausschauen, verstanden? Danach das Drahtgerüst auf den Kopf, mit Gazebändern feststecken, das Haar darumwickeln und mit Perlen und Spangen verzieren. Am Schluss noch etwas Schweineschmalz für den Halt. So einfach ist das.« Die Gräfin drehte sich um. »Ich erwarte, dass es perfekt wird!«

Niemals, dachte Helena erschrocken, niemals würde ihr diese Aufgabe gelingen. Fluchtgedanken machten sich in ihr breit, die sie zu unterdrücken versuchte. Beherzt griff sie nach der silbernen Puderdose und betrachtete das ovale Utensil von allen Seiten.

Helena schaute nicht in den Spiegel, sie konnte sich den kritischen Blick Aurelias ohnedies sehr gut vorstellen. Mit ungelenken Bewegungen öffnete sie die Dose, stäubte ein wenig Puder in die Haare der Gräfin und setzte den Kamm an, der ihr durch die glatten Haare rutschte. Auf den dunklen Haaren blieb ein feiner gräulicher Schimmer zurück. Helena seufzte innerlich auf: Zwei Stunden zur Vorbereitung waren tatsächlich knapp bemessen.

»Glaubst du mir jetzt?«, fragte Aurelia, als hätte sie ihre Gedanken erraten. »Da zeigt sich einmal mehr Gottes Ungerechtigkeit: Personen wie dir, ohne Adel und Stand, schenkt er helles Haar, und sogar noch Locken. Und ich muss mich mit Puder abquälen, um das dunkle Haar zu verdecken. Das ist eine Ungerechtigkeit! Bitte reich mir vom Schreibtisch das *Journal des Luxus und der Moden*, damit ich etwas zu tun habe. Ich kann das nicht mit ansehen.«

»Verzeihung, werte Gräfin, aber ich habe einen anderen

Vorschlag. Könnten wir nicht das Haar zuerst mit dem Schweineschmalz einschmieren? So wird der Puder besser aufgenommen. Anschließend beugen Sie den Kopf über die Waschschüssel, und ich schütte den Puder darüber!«

»Kein schlechter Gedanke!«, begeisterte sich Aurelia. »Geradezu formidabel! Du bist meine Rettung!«

Helena betrachtete die Gräfin im Spiegel. Da sollte der Stiftskanzler noch einmal behaupten, sie sei wankelmütig! Mit spitzen Fingern machte sich Helena daran, das Schmalz ins Haar der Gräfin zu streichen. Das schmierige Zeug stank erbärmlich. Dennoch arbeitete sie sich tapfer Strähne für Strähne voran, ihr wurde schlecht, aber sie biss die Zähne zusammen. Als sie nach einer guten Weile das komplette Haar bearbeitet hatte, konnte sie die Übelkeit kaum mehr unterdrücken. Ihr Magen machte kleine Sätze, die sich in Wellen nach oben hin ausbreiteten.

»Bitte, darf ich wohl das Fenster ein wenig öffnen?«

»Aber nicht zu weit. Den Gestank des Schweineschmalzes muss man als Frau genauso ertragen wie alles andere. Du musst lernen, Dinge auszuhalten. Wie willst du andernfalls jemals einen Mann glücklich machen?«

Helena öffnete das Fenster über dem Damensekretär und ging danach ungefragt zur Waschschüssel. Sie goss Wasser hinein und bearbeitete ihre Hände energisch mit einer harten Bürste. »Ich habe nicht vor zu heiraten. Ich brauche keinen Tyrannen an meiner Seite, der mir sagt, was ich zu tun und zu lassen habe«, brach es aus ihr heraus. »Ich bin nicht wie das Glockenspiel einer Kirchturmuhr, das man nur zur rechten Zeit singen hört.«

»So lange du dich nach dem Willen deines Eheherrn wohl verhältst, hat er keinen Grund dir zu zürnen und muss auch nicht zum Tyrannen werden. Eine Frau muss sich gleich einem Weidenzweig den Wünschen ihres Mannes beugen, sie muss sich nach seinen Vorstellungen formen lassen, damit es eine gute und fruchtbare Ehe werde.«

Helena trocknete sich die Hände an einem steifen Leinentuch ab und machte sich wortlos daran, die Frisur zu vollenden, während die Gräfin ungerührt weitersprach: »Ein gutes Eheweib beherrscht das richtige Verhalten schon vor der Hochzeit. Das ist wirklich nicht schwer zu erlernen. Du darfst niemals Widerworte geben. Worte machen eine Frau ohnehin hässlich. Die ganze Schönheit ist dahin, und kein Mann dreht sich mehr nach dir um.«

Helena verkniff sich eine Bemerkung. Stattdessen sagte sie: »Ich habe in der Hinsicht nicht viel zu verlieren. Aber das macht mir auch nichts aus. Ich komme gut allein zurecht, sehr gut sogar. Jedenfalls brauche ich wirklich keinen Mann.«

»Natürlich brauchst du einen Mann! Wie willst du denn alleine überleben? Du musst heiraten!«

Helena betrachtete Aurelia, wie sie mit halb frisierten Haaren auf dem Stuhl saß. Hilflos wartend.

»Hatten Sie nicht kürzlich Besuch von einem jungen Herrn?«, fragte Helena so beiläufig wie möglich und steckte die letzten Gazebänder fest.

»Ich? Besuch? Ausgeschlossen. Doch eines Tages kommt sicher ein Mann, der mich heiraten wird und die Zustimmung meines Vaters findet.«

»Wünschen Sie sich wirklich nichts anderes als einen Ehemann?«

»Etwas anderes?« Aurelia senkte den Kopf. »Doch, ein Kind. Ich meine, was gäbe es Schöneres, als einem Mann den ersehnten Stammhalter zu gebären? Einem Mann, der mich gut behandelt und mich am Ende vielleicht sogar liebt?«

»Für mich ist es das Schönste, diesen kleinen Menschen auf die Welt zu helfen. Und sie dann gesund zu erhalten.«

»Du ... du kannst Kindern auf die Welt verhelfen?«

»Ja, in Wernigerode habe ich damit mein Geld verdient. Nur im Augenblick lerne ich beim Leibarzt.«

»Und du ... du bist wirklich eine Hebamme?«, fragte Aurelia, so als wachte sie eben auf.

»Das ist doch nichts Besonderes? Ich will helfen und in Zukunft nicht zurückgezogen als Ehefrau in einem Haus leben. Irgendwann will ich mein eigenes Leben führen. Ein unabhängiges Leben. Und zwar als weiblicher Medicus.«

»Aber du wirst dich gegen den Leibarzt behaupten müssen. Hast du dazu den Mut?«

»Wir hatten gerade erst nach der außerordentlichen Kapitelversammlung einen Streit. Ich bin schon gespannt auf meinen nächsten Besuch bei ihm.«

»Worüber habt ihr disputiert?«

»Ach, es ging um die Blattern.« Helena hielt inne und sah die junge Gräfin mit ernstem Blick an. »Sie wissen hoffentlich, wie mitteilsam die Blattern sind?«

»Gewiss. Aber kann man denn etwas gegen die Blattern ausrichten?«

»Ja, ich habe da eine Vermutung.«

Aurelia zog die Stirn in Falten. »Wirklich? Du oder der Leibarzt?«

»Ich. Ich habe vielleicht ein Mittel gegen die Blattern entdeckt. Es fehlt nur der Beweis! Doch zuvor gilt es, noch ein klein wenig Überzeugungsarbeit beim Leibarzt zu leisten.«

»Du allein hast ein Mittel gefunden? Und von welchem Beweis sprichst du?«

»Nun ja, man bräuchte eine Person, die noch nie die Blattern, eine Inokulation zur Besänftigung des Blatterngifts oder die Melkerknoten hatte. An ihr könnte man dann sehen, ob das Einritzen der harmlosen Kuhpocken eine Wirkung gegen ...«

»Bringst du bitte noch das taftene Schönheitspflästerchen an meiner Wange an?«, unterbrach sie Aurelia. »Aber bitte so, dass das Schwarz die Blässe auch richtig betont. Am besten direkt auf Höhe des Wangenknochens. Während meiner Rückreise ins Stift habe ich schon wieder viel zu viel Sonne abbekommen.«

»Natürlich.«

»Und dann muss ich noch das passende Parfüm auswählen. Bitte bring mir die Flakons. Und vielleicht auch ein wenig Wasser, das ich mir ins Gesicht spritzen könnte. Welche Waschessenzen benutzt du denn?«

»Keine. Ich bin von Natur aus schön«, entfuhr es Helena.

Es herrschte einen Moment lang gefährliche Stille. Aurelias Mund wurde schmal, dann lachte sie spitz. »Ach, Helena, deinen Humor müsste man haben. Da hat die Fürstäbtissin schon Recht.« Aurelia reckte das Kinn und besah sich im Spiegel. »Ich bin erstaunt, die Frisur ist dir wahrlich gut gelungen. Gib mir den kleinen Spiegel vom Waschtisch, damit ich das Werk auch von hinten begutachten kann.«

»Da liegt keiner.«

»Unsinn, wahrscheinlich willst du nur nicht, dass ich mir die Frisur von hinten anschaue. Damit man Grund hat, mich auszulachen. Bestimmt sieht mein Hinterkopf aus wie ein alter Kehrbesen!«

»Das ist nicht wahr! Warum sind Sie so misstrauisch? Fühlen Sie doch, dann brauchen Sie mich nicht grundlos zu verdächtigen! Ich habe mir alle Mühe gegeben!«

Die Hand der jungen Gräfin tastete nach dem Haarturm. »Nun gut. Dort in der Schatulle liegen mein Diamantring und der Armreif. Du sollst sie mir anstecken. Mach schon, fass die Dinge nicht zu lange an. Und nun kleide mich an.«

Der plötzlich veränderte Tonfall der Gräfin missfiel Helena, doch hinter diesen Befehlen versteckte Aurelia wohl ihre Angst, und darum nahm es Helena geduldig hin.

Es wurde ruhig zwischen ihnen, als Helena der Gräfin aus dem mintgrünen Kleid half. Etwas verlegen schaute sie zur Seite, als Aurelia schließlich nackt vor ihr stand, nur die Beine mit langen Strümpfen bedeckt, die knapp unterhalb des Knies von goldenen Schleifenbändern gehalten wurden. Aurelia hielt die Arme vor dem Bauch verschränkt und zitterte.

»Was siehst du mich so an? Beeil dich, ich friere!«

»Gewiss.« Helena sprang zum Bett, um die Stiftsrobe zu holen, angelte auf dem Rückweg noch eine Chemise aus der Wäschetruhe und streckte sie der Gräfin entgegen.

»Nein, zuerst die Schuhe.«

»Aber Sie frieren doch.«

»Das muss eine Dame aushalten. Die Schuhe kommen stets zuerst.«

»Gewiss.« Sie ließ Aurelia in die blauen Seidenschuhe schlüpfen, dann zog sie ihr die Chemise vorsichtig über den Kopf, bemüht, dabei nur auf die Frisur zu achten und nicht heimlich Aurelias Brüste mit ihren zu vergleichen. Doch ein kurzer Blick genügte. Sie waren etwas kleiner, aber schöner geformt.

Helena strich die Chemise sorgfältig glatt, bevor sie ihr das Mieder anlegte. Aurelia gab keinen Laut von sich, als Helena die Schnüre festzurrte. Erst als sie das Quälholz in die vorgesehene Öffnung schob, um den hervorquellenden Unterleib zurückzudrücken, stöhnte Aurelia auf. »Mach nur, mach nur. Der Bauch muss ganz flach sein. Wie sieht das denn sonst aus?«

Als der Blankscheit richtig saß, holte Helena wortlos den ausladenden, mit Stickereien besetzten Rock herbei.

»Warte, noch nicht die Jupe, zuerst der enge Anstandsrock. Stell dir nur vor, ich würde hinfallen und man würde etwas von meinen Beinen sehen!«

»Bereiten Sie sich keine Sorgen, es wird bestimmt alles gut werden!«

»Es muss! Und anschließend kann das Stift aufgelöst werden, das ist mir dann gleichgültig. Wenn ich nur vorher meinen Anspruch auf lebenslange Versorgung bekomme!«

»Was soll ich als Nächstes tun?«, fragte Helena mit zunehmendem Verdruss.

»Zuerst das Kissen für den *Cul de Paris* und dann die Jupe.«

Etwas mulmig war Helena zumute, als sie das Kissen an den Steiß der Gräfin hob, das Ganze mit den Bändern fixierte und die schwere, bestickte blaue Jupe darüberband. Aber alles gelang perfekt.

Das Hinterteil der Gräfin war nun unter dem Rock ordentlich betont, so dass die Taille wie durch Zauberhand verkleinert schien. Aurelia hatte die Prozedur geduldig über sich ergehen lassen, auch als Helena schließlich noch mit kleinen Nadeln das reich verzierte Spitzentuch vorsichtig auf dem Mieder feststeckte.

»Bitte sei sorgfältig. Nicht, dass es sich während der Zeremonie vom Mieder löst. Sitzt es auch gerade?«

»Es sieht alles wunderschön aus.« Mit einem letzten Handgriff half sie Aurelia in die Robe, die nun wie ein offener Mantel über dem Kleid lag und steckte die Schlaufen in der Taille fest. »Étienne de Silhouette hätte Sie sofort als Modell für seine Scherenschnitte engagiert, würde er denn noch leben. Sehen Sie doch nur, wie der *Cul de Paris* Ihre schlanke Taille betont.« Sie führte die Gräfin seitlich zum Spiegel. Zufrieden betrachtete Helena ihr Werk. Dass es ihr so gut gelingen würde, hätte sie niemals geglaubt. Ihr Blick wanderte von den zarten, spitzen Schuhen über die am Hintern weit ausladende blaue Robe, die schmale Taille, bis hinauf zu den Brüsten, die sich wie kleine Äpfel hinter dem Stoff verbargen.

»Wahrlich, Helena, du hast gute Arbeit geleistet. Vielen Dank.« Noch bevor Helena darauf antworten konnte, schlug die Kirchturmuhr die zwölfte Stunde.

»Guter Gott, steh mir bei.« Zitternd nahm Aurelia ihr Gebetbuch und das Stammbaumpergament an sich. »Wir müssen gehen! Hoffentlich ist alles für die Zeremonie vorbereitet.«

***

Die Orgel blieb stumm, als Aurelia mit dem Läuten der Mittagsglocke das Kirchenschiff betrat.

Ihre Schritte hallten einsam durch den Raum, als sie durch den von mächtigen Stützen und Pfeilern gesäumten Mittelgang in Richtung Altar schritt. Aufrecht und mit erhobenem Kopf, als würde dort der Bräutigam auf sie warten.

Helena rutschte lautlos in die hinterste Bank auf der Empore, wo sie hinter Arkadenbögen dem Geschehen unauffällig wie in einer Theaterloge beiwohnen wollte. Und sie konnte nicht glauben, was sie hier sah: leere Kirchenbänke als stumme Zeugen, hölzerne Begleiter auf Aurelias verlassenem Weg. Niemand war gekommen. Weder die Fürstäbtissin noch der Pfarrer, einfach niemand.

Aurelia ließ sich in der vordersten Bankreihe nieder, verlor aber nicht an Haltung. Sie senkte das Haupt, vielleicht betete sie. Helena sehnte Schritte herbei, die das Herannahen der Fürstäbtissin oder des Pfarrers ankündigten, irgendetwas. Beidseits des schlichten Altars führten langgezogene Treppen hinauf zum Hohen Chor, wo sich die Kirchenorgel in eine Nische kauerte. Die Stille lag drückend im Kirchenraum.

Als könnte Aurelia die Last nicht mehr tragen, sank sie in sich zusammen und Helena sah, wie sie sich immer wieder über die Augen wischte, ihre Tränen waren lautlos, kein Schluchzen entwich ihr. Ab und zu drehte sie sich zur Kirchentüre um. Niemand kam.

Lange saß Aurelia so da, es verging bestimmt eine halbe Stunde, in der auch Helena noch auf den Beginn der Zeremonie hoffte. Dann gab die Gräfin auf. Sie erhob sich, ging ein paar Schritte den Mittelgang zurück und faltete die Hände über dem Bauch. Dann nickte sie, als hätte sie einen Entschluss gefasst und machte sich auf, die Kirche zu verlassen. Da begriff auch Helena, dass die Zeremonie tatsächlich nicht mehr stattfinden würde, und nach einem letzten Blick hinunter in das Kirchenschiff verließ sie die Empore.

Als sei es Teil des bösen Spiels, begannen in diesem Augenblick die Glocken wieder zu läuten, mit tiefem Ton und alles durchdringend. Helena schaute nach oben, als könnte sie sich verhört haben. Doch als die kleine Orgel im Altarraum erklang, hell und fließend wie ein munterer Bachlauf, eilte sie die Stufen hinauf auf die Empore.

Der Diener Borginino schickte sich mit dem ihm eigenen Lächeln gerade an, drei Stühle vor den Altar zu stellen, in aller Seelenruhe, als sei es noch früh am Vormittag und nicht schon längst Zeit für die Zeremonie. Alsdann erschien der Stiftskanzler und breitete einen blausamtenen Umhangmantel davor aus. Er zog ihn mit aller Sorgfalt glatt, damit das Stiftswappen ordentlich zur Geltung kam, zwei überkreuzte silberne Kredenzmesser auf rotem Hintergrund, darüber ein Fürstenhut und in diesen eingelassen das Ende eines Krummstabs.

Als Sebastian seine Vorbereitungen beendet hatte, setzte die Orgel zu einem prächtigen und erhabenen Lied an, stolz dahinschreitende Akkorde kündigten den Einzug des Kapitels an. Tatsächlich betrat die Fürstäbtissin kurz darauf im Gefolge der Damen den Raum, als hätte es eben erst zu Mittag geschlagen. Die Gräfinnen hatten kostbare und farbenfrohe Musselinkleider angezogen, nur die Fürstäbtissin und Aurelia trugen die altmodische Stiftstracht.

Aurelia wich vor dem vorbeischreitenden Kapitelzug in eine der Kirchenbänke zurück, offenkundig traute sie ihren Augen nicht. In einigem Abstand folgte der Äskulap, der ein Gesicht aufgesetzt hatte, als ginge ihn das alles nichts an. Er ging an Aurelia vorbei, um den Platz neben der jüngsten Gräfin zu ergattern, die sich in vorderster Reihe niedergelassen hatte.

Aurelia wartete, bis sich die Fürstäbtissin und die Stiftsälteste auf den beiden äußeren Stühlen vor dem Altar niedergelassen hatten. Auf einen Wink der Seniorin verstummte die Orgel, und Aurelia trat nach vorn, kniete einen Augenblick vor dem feierlich ausgebreiteten Mantel nieder, dann erhob sie sich wie von unsichtbaren Fäden gezogen und umrundete gemessenen Schrittes den Altar. Schließlich setzte sie sich mit nervösem Blick, aber unverändert konzentriert, zwischen die Fürstäbtissin und die Seniorin Gräfin Maria.

Auf einen zweiten Wink hin trat Sebastian wieder vor, kniete vor der Fürstäbtissin nieder und wartete, bis das Glockenläuten allmählich verklang. Nun erst konnte man das Gemurmel der Damen vernehmen, das selbst unter dem strafenden Blick der Fürstäbtissin über deren Schulter hinweg nicht sogleich verebbte. Es dauerte eine Weile, bis vollkommene Ruhe eingekehrt war und Sebastian zu seiner Rede ansetzen konnte.

»In Gottes Namen bitte ich hochwohlgeborene, gnädigste Fürstäbtissin Sophie Albertine, Prinzessin von Schweden, um die Aufnahme der Aurelia Gräfin von Hohenstein. Sie hat sich in ihrem Residenzjahr wohl verhalten, ihr tägliches Gebet zur Zufriedenheit verrichtet, und nun bittet sie, ihr die Aufnahme gnädigst zu gewähren. Sie gelobt durch geistlichen Fleiß ihre Präbende zu verdienen und den Statuten des Stifts Gehorsam zu leisten.«

»Ich gelobe, so war es und so sei es«, flüsterte Aurelia mit dünner Stimme, den Blick in Richtung Stiftsmantel gerichtet.

»Hiermit schwört Aurelia Gräfin von Hohenstein, fünfunddreißig Wochen jährlich ihre Pfründe persönlich zu verwesen und gegenwärtig zu sein. Sich nie ohne Erlaubnis aus dem Stifte fortzubegeben und nicht ...«

»Nicht erschrecken ...«, flüsterte es plötzlich an Helenas Seite. Sie fuhr zusammen.

»Nicht erschrecken, sagte ich doch.«

»Um Gottes willen, Gregor! Wo kommst du denn her?«

Er kauerte sich neben sie. »Durch die Türe, den Boden entlanggekrochen, bis zu dir in die Kirchenbank.«

»Bist du wahnsinnig?«

»Nein«, gab er leichthin zurück, so als verstehe er die ganze Aufregung nicht. »Ich wollte nur kurz vorbeischauen.«

»Du sollst unter allen Umständen im Sternenzimmer bleiben«, zischte sie ihm zu.

»Ich bin niemandem zu nahe gekommen. Ehrenwort!«

»Und was ist mit Aurelia?«, herrschte sie ihn mit zusammengebissenen Zähnen und in aller Direktheit an. »Hast du sie geküsst, als du bei ihr warst? Sag mir die Wahrheit!«

Gregor schien nicht sonderlich überrascht, und er suchte erst gar nicht nach Ausflüchten. »Ich war bei ihr, ja, aber es ist nichts weiter passiert. Abgesehen davon musst du dir keine Sorgen mehr machen. Es ist vorbei, denn sie will nichts mehr von mir wissen. Sie hat meinen Heiratsantrag abgelehnt«, gab er voller Bitterkeit zu, »und ich denke, sie hat sich ganz dem Stift verschrieben oder ... sie liebt einen anderen Mann.« Er verstummte.

»Ich gelobe die Statuten zu halten und bitte Eure Fürstliche Gnaden um Gottes, Singens, Lesens und Betens willen, Sie mögen mir diese Pfründe verleihen«, tönte es zu ihnen hinauf.

»Wir verleihen dir, Aurelia Gräfin von Hohenstein, diese Pfründe um Gottes, Singens, Lesens und Betens willen, Gott zum Lob und jenen Seelen zum Trost, die diese Pfründe gestiftet haben.«

Helena sah Gregor an. »Und warum bist du dann hier?«

Er nestelte an seiner durchlöcherten Leinenhose herum und flüsterte kaum verständlich: »Weißt du, wie das ist, wenn man keine Gelegenheit hat, Abschied zu nehmen? Kennst du das? Ich wollte sie nur noch einmal sehen. Mehr nicht. Aurelia hat sich gegen mich entschieden, und das muss ich akzeptieren. Aber ich wollte sie wenigstens noch ein letztes Mal sehen.«

In diesem Moment erklang die Stimme der Fürstäbtissin: »So sollst du, Aurelia Gräfin von Hohenstein, von nun an Kapitulardame in unserem kaiserlich freiweltlichen Damenstift zu Quedlinburg sein. Nimm den Mantel als Zeichen der Aufnahme, der bindet weder zum Geistlichen noch zum Weltlichen.«

Auf diese Worte hin hob der Stiftskanzler den üppigen Samtstoff vom Boden auf und schritt zu Aurelia, die ihm freudestrahlend entgegensah. Auf einmal verfing sich sein Fuß in der langen Stoffbahn, Sebastian strauchelte, ausgerechnet die Seniorin hatte genügend Geistesgegenwart und wollte den Stiftskanzler auffangen, doch er entglitt ihren Armen, fiel mit dem Mantel in Händen hin und schlug mit dem Kinn auf dem Boden auf. Mit einem Aufschrei hielt sich Aurelia die Hände vors Gesicht.

Als Sebastian sich aufrichtete, sah Helena, wie etwas Blut von seiner Kinnwunde auf den Mantel tropfte und den kostbaren Stoff befleckte. Die Fürstäbtissin sprang auf und rief nach dem Leibarzt, der sich ächzend erhob und die Verletzung mit gehörigem Abstand beäugte.

»Keine Aufregung, meine Damen, es ist nichts Schlimmes. Die Bemäntelung wird kurz unterbrochen. Sobald der Herr Stiftskanzler wieder wohlauf ist, kann die Zeremonie zu Ende geführt werden«, beschied er so gelangweilt, als habe man ihm einen Mückenstich gezeigt.

»Nein!«, stieß die Fürstäbtissin hervor. »Nein! Das war ein Zeichen Gottes. Das Blut auf dem Mantel! Offenkundig hätte ich doch den Worten der Gräfin Seniorin und der Meinung des Kapitels folgen sollen, aber nun hat Er mich auf den richtigen Weg geführt.« Die Fürstäbtissin holte tief Luft. »So wahr ich hier stehe: Die Gräfin von Hohenstein wird nicht in das Stift aufgenommen! Und ich wünsche, dass sie so bald als möglich nach Wien zurückkehrt, ehe der Herrgott uns zürnt, weil wir sein Zeichen nicht zu deuten wussten.«

Geschockt warf Helena Gregor einen Blick zu. Ins Leere starrende, traurige Augen sahen ihr entgegen.

»Hoffentlich wird sie in Wien versorgt. Ich kann ihr im Moment keine Bleibe bieten, selbst wenn ich wollte. Aber vermutlich wird sie sich ja ohnehin in die Arme eines anderen Mannes begeben – mich wollte sie ja nicht.« Gregor machte sich daran zu gehen. »Ich werde nun meine Sachen packen. Ich will ihr bei der Abreise nicht auch noch zusehen müssen.«

»Gregor, warte!«, rief Helena ihm hinterher.

KAPITEL 11

Im Sternenzimmer war es kalt. Der Kachelofen war ausgegangen, und Gregor machte sich nicht die Mühe, das Feuer neu zu entfachen. Draußen zogen die Wolken vorbei, und durch das spaltbreit geöffnete Fenster konnte man den Regen förmlich riechen. Aller Glanz war von den goldenen Buchrücken gewichen, trostlos reihten sich in den Regalen die Bücher aneinander.

Unschlüssig stand Helena in der Düsternis des Zimmers, Gregor saß mit hängendem Kopf auf dem Bett. Ihn jetzt anzusprechen war nicht der richtige Moment, das spürte sie. Er war in Gedanken weit weg, betrachtete seine rissigen Hände, knetete seine rauen Finger, und erst mit der Zeit kam Bewegung in ihn. Er nahm das Kopfkissen, zog den grauen Leinenbezug davon ab und breitete diesen sorgsam auf dem Bett aus.

Stumm beobachtete Helena, wie er aufstand, den Aristoteles vom Studiertisch nahm und das Buch beinahe zärtlich auf das Tuch bettete. Besonnen schaute er sich um.

»So, ich denke, damit habe ich alles.« Er nahm die Ecken des Tuches auf und verknotete sie sorgfältig. Mit geschultertem Beutel wandte er sich dem Studiertisch zu und strich an seinem Schachbrett entlang. Er nahm die weiße Dame in die Hand und schaute sie lange an. Dann schloss er die Finger um die Figur, einen Moment schien er zu überlegen, ob er sie mitnehmen sollte, doch dann stellte er sie sachte wieder zurück auf ihren Platz. Er blieb noch eine Weile stehen, so als wollte er sich diese angefangene Partie besonders gut einprägen. Schließlich gab er der Weltkugel einen Stups, so dass sie sich quietschend um die Achse drehte, und streckte Helena mit einem schiefen Lächeln die Hand entgegen.

»Ich will's kurz machen. Danke für alles, Helena. Pass gut auf dich auf und lass dich von unserem Äskulap nicht unterkriegen.« Er tippte vielsagend auf seinen linken Arm. »Wäre schade, wenn du deinen Weg nicht weiterverfolgst. Nun, wohlan, ich gehe jetzt.«

Helena spürte einen Abschiedsschmerz tief in ihrer Brust. *Lass ihn, es ist sein Wille.*

Gregor ging zur Tür und drehte sich noch einmal zu ihr um. »Wär' schön, wenn wir uns mal wiedersehen würden. Und wenn nicht, so werde ich immer an dich denken, wenn ich in den Sternenhimmel schaue.«

»Warte, Gregor! Du kannst nicht gehen!«

»Keine Sorge, es ist Rekreation. Niemand wird mich sehen.«

»Aber was ist mit den Menschen in der Stadt?«

»Ich werde unbehelligt in den Wald gelangen und von dort aus irgendwann nach Hause, mach dir keine Gedanken.«

»Wie stellst du dir das vor? Willst du an den Bauernwachen und Passkontrollen einfach vorbeispazieren? Vielleicht noch selbst nachsehen, ob man deinen Namen korrekt in Blech gehauen und am Galgen zur Schau gestellt hat?«

»Ach, so wichtig bin ich nicht, dass man meinetwegen solch einen Aufwand treiben würde.«

»Was für ein Unsinn! Du bist ein Deserteur und ohne Generalpardon für jeden Gold wert, der dich aufgreift und ausliefert, das weißt du selbst.«

»Das mag sein, aber ich werde Freund von Feind zu unterscheiden wissen.«

»Niemand kann das! Und außerdem ... ich möchte nicht, dass du gehst. Bitte, bleib hier.«

Es wurde still zwischen ihnen. Sie sahen sich nur an und hielten mit ihren Blicken Zwiesprache. Vorsichtig und unsicher.

»Und warum?«, fragte Gregor schließlich.

»Weil ich nicht möchte, dass dir etwas geschieht!«

»Ach, Helena, das ist doch Unsinn.« Er lächelte und streichelte ihr in beruhigender Geste über die Schulter. Die Berührung floss ihr unweigerlich bis in die Fingerspitzen.

»Gregor, wenn du Glück hast, wird die mildeste Strafe das Gefängnis sein. Willst du das? Willst du das wirklich?«

»Ach, sie werden mich schon nicht aufgreifen. Ich werde mich gut verstecken und nur nachts weitergehen.«

»Und was ist, wenn du krank wirst? Hast du das schon vergessen? Wer soll dir dann helfen?«

»Wäre es so schlimm, wenn ich sterbe?«

Sie senkte den Kopf und schwieg. *Lass ihn gehen, es ist besser so.*

»Helena, meinst du wirklich, ich soll bleiben?« Er ließ den Leinenbeutel von der Schulter gleiten.

»Ich denke ... du solltest um Aurelia kämpfen. Sie liebt dich doch! Ganz bestimmt. So, wie du sie liebst. Und ich glaube, es ist besser, wenn ich jetzt zum Äskulap gehe und nachsehe, ob der Stiftskanzler wieder wohlauf ist.«

»Helena ...«

»Ja?«

»Ich ... ich wollte dich nur noch fragen, ob ... ach ja, ich wollte dich noch fragen, wann ich endlich Gewissheit habe, ob mir bei den Franzosen die Blattern mitgeteilt wurden?«

»Sehr bald schon. Wie viel Zeit ist genau vergangen, seit du bei ihnen warst?«

»Das ist jetzt rund zwei Wochen her.«

»Damit steigt die Wahrscheinlichkeit, dass keine beginnenden Blattern unter den Franzosen waren. Es wird eher die Syphilis gewesen sein – und damit wirst du dich wohl kaum angesteckt haben, oder?«

»Gott bewahre! Du meinst also, mir ist nichts passiert?«

»Ich denke, es ist vorbei. Normalerweise zeigen sich die Blattern spätestens am vierzehnten Tag.«

»Normalerweise! Und wenn die Gefahr doch noch nicht vorüber ist? Ich könnte aus der Haut fahren mit dieser Ungewissheit! Und das Schlimmste ist: Ich konnte doch nicht ahnen, dass ich eine Krankheit verbreiten kann, bevor ich sie überhaupt selbst habe.«

»Es ist auch schwer vorstellbar, darum glauben selbst einige gelehrte Mediziner nicht daran.«

»Damit meinst du wohl auch unseren Äskulap.«

»Neue Erkenntnisse hält er für die Pest.« Eigentlich wollte sie sich nicht in ein derartiges Gespräch verwickeln lassen. Aber sie wollte auch nicht mehr davor flüchten.

»Ach, übrigens, Helena, du hast doch erwähnt, dass deine Großmutter trotz der Melkerknoten an den Blattern gestorben ist ...«

»Ja, weil sie nicht die Melkerknoten der grauen Kühe hatte!«, unterbrach sie ihn. »Ich bin inzwischen selbst dahintergekommen und hatte deswegen auch bereits einen gehörigen Disput mit dem Äskulap. Er glaubt nicht an ein Mittel gegen die Blattern.«

»Graue Kühe?« Sein Blick wanderte in die Ferne. »Das kann nicht sein. Um Wien herum, in meiner Gegend, gibt es keine grauen Kühe, aber ebenfalls Menschen, die mit den Blattern in Berührung gekommen sind und auf unerklärliche Weise überlebt haben.«

»Oh.«

»Weshalb stehen wir hier eigentlich herum und setzen uns nicht?«, fragte er unvermittelt.

»Du wolltest gehen«, erinnerte sie ihn.

Er bückte sich nach seinem Beutel. »Das kann ich morgen auch noch.«

»Hast du dir meinen Grundsatz zu eigen gemacht, indem du deinen Aufbruch hinauszögerst?«

»Scheint, da haben wir etwas gemeinsam«, gab er zurück und grinste verschmitzt.

Nicht nur das haben wir gemeinsam, dachte Helena, als sie sich nebeneinander aufs Bett setzten.

Gregor ließ ihr keine Zeit, weiter über ihre Gefühle nachzudenken, stattdessen fragte er: »Hast du dir schon einmal überlegt, dass der Schutz gegen die Blattern nur ein halbes Leben, oder sagen wir, zwanzig Jahre lang wirkt?«

Helena horchte auf, doch dann schüttelte sie den Kopf. »Das kann auch nicht sein. Schließlich hat meine Großmutter überlebt, als meine Eltern vor sechs Jahren an der Seuche gestorben sind.«

»Hatten deine Eltern auch die Melkerknoten?«

Wieder schüttelte Helena den Kopf.

»Sicher nicht?«

Sie zögerte und stützte den Kopf auf die Hände, um sich

nach Hause zu versetzen. Mit zusammengekniffenen Lippen suchte sie fieberhaft nach irgendeiner Erinnerung. Sie sah die Mutter in der Küche, in der Stube bei der Handarbeit, den Vater bei der Arbeit im Hof und bei der abendlichen Brotzeit. Nie hatte sie Melkerknoten auf den Händen der Eltern gesehen.

»Halt, warte!«, stieß sie plötzlich hervor. »Meine Großmutter übernahm das Kuhmelken, als ich ein paar Monate alt war. Das hat sie mir mal erzählt. Sie ging ihnen zur Hand, weil meine Eltern angeblich einen Ausschlag an den Händen gehabt hatten. Das könnten die Melkerknoten gewesen sein!«

»Und wann wäre das genau gewesen?«

»1783 bin ich geboren. Und ich war vierzehn, als sie an den Blattern gestorben sind.« Schnell schluckte sie den Kloß in ihrem Hals hinunter.

»Und deine Großmutter, wann hatte sie die Melkerknoten?«

»Da war ich fünf Jahre alt. Es war im Herbst. Sie brachte mir gerade das Lesen bei. Ich sehe die Knoten auf ihren Händen noch deutlich vor mir, immer wenn sie die Buchseiten ...« Helena verstummte vor Schreck. »Weißt du was? Das war im Herbst vor vierzehn Jahren und meine Großmutter ist vor ein paar Tagen an den Blattern gestorben ... Wieder vor vierzehn Jahren! Das würde heißen, die Melkerknoten bieten nur eine begrenzte Zeit Schutz! Aber immerhin scheinen sie tatsächlich zu wirken ... Darum konnte meine Großmutter auch die Seuche vor sechs Jahren noch überleben, meine Eltern nicht mehr.«

»Und wann hast du die Melkerknoten bekommen?«

Helena verzog das Gesicht. »An meiner Konfirmation. Das war ein Jahr bevor meine Eltern starben.«

»Das heißt ...«

»Das heißt vor sieben Jahren, ich konnte damit beide Seuchen überleben und bin wohl noch ungefähr weitere sieben Jahre vor den Blattern gefeit.«

»Und wenn du bis dahin noch einmal die Melkerknoten bekommst, dann könnten es weitere vierzehn Jahre werden.«

»Gregor, das ist es! Nun können wir fast sicher sein, dass die Melkerknoten vor den Blattern schützen!« Helena umarmte ihn vor Freude, doch er lächelte nicht. Seine Gedanken schienen woanders zu sein.

»Du musst es dem Äskulap beweisen. Eher wird er dir nicht glauben. Es muss jemand sein, der weder eine Inokulation noch die Blattern noch Melkerknoten hatte, um den Beweis anzutreten.« Er hob den Kopf. »Und das bin ich.«

»Bist du wahnsinnig? Der Äskulap wird dich schneller an den Galgen hängen lassen, als du *Melkerknoten* sagen kannst! Er ist so ...«

»So hinterhältig. Ich weiß.«

***

Der Leibarzt lehnte sich mit einem entspannten Lächeln auf dem Samtstuhl zurück und faltete die Hände über der Brust, als säße er im Theater und erwarte den Beginn eines Lustspiels.

Aurelias Augen füllten sich mit Tränen. »Ich gehe nicht eher aus dieser Höhle, als dass Sie mir geholfen haben! Verstehen Sie denn nicht? Ich kann das Kind nicht bekommen. Im Stift sind meine Tage gezählt, und zu Hause würde man mir mit schwangerem Leib nicht einmal die Tür öffnen! Wo soll ich denn hin?«

Der Leibarzt schob eine Hand in seine blauseidene, im Feuerschein glänzende Weste. »Ein wahrhaft dramatisches Epos. Zudem stellt sich die Frage, ob der Kindsvater überhaupt noch lebt. Ihr Möchtegernsoldat Gregor ist doch nicht Manns genug, überhaupt eine Waffe zu führen.«

Sie blieb vor dem Schreibtisch stehen und sah dem Leibarzt tapfer in die Augen. »Umso dringlicher benötige ich Ihre Hilfe.«

»So sollten wir uns zuerst über meine Entlohnung unterhalten, wenn ich Ihnen das Balg schon unbedingt wegmachen soll.«

Aurelia atmete tief durch. »Wie viel verlangen Sie? Ohne Bemäntelung habe ich kein bares Geld zur Verfügung, das wissen Sie.«

»Oh, wer spricht denn von Geld?« Er stand auf, verschränkte die Arme hinter dem Rücken und umrundete sie gemessenen Schrittes wie eine Stute vor dem Kauf. Seine Ausdünstungen glichen denen eines Misthaufens, schwer und unerbittlich drang ihr der Geruch in die Nase, während sein Blick unaufhaltsam über ihren Körper wanderte, über jede ihrer Rundungen und schließlich auf der Stelle ihres Rockes haften blieb, wo er ihre Scham vermutete. »Ich gedachte vielmehr an tägliche Besuche Ihrerseits. Allerdings kann ich Ihnen nicht versprechen, dass Sie hernach nicht wieder dasselbe Problem haben wie zuvor, ich meine, falls ich Ihre Kirche nicht rechtzeitig vor dem Segen verlasse. Aber sodann können wir gern von vorn beginnen.« Er entblößte sein fauliges Gebiss. »Das Leben ist nun einmal ein ewiger Kreislauf, nicht wahr, Gnädigste?«

Aurelia bewahrte Haltung, obwohl die Wut mit ihr durchzugehen drohte.

Der Äskulap lächelte süßlich. »Sie haben doch sicherlich reichlich Quecksilber gegen das kleine Pickelchen an ihrer Öffnung verwendet, wie ich Ihnen empfohlen habe, nicht wahr?«

»Nein, ich habe kein Quecksilber verwendet. Was hat es mit diesem Pickel auf sich?«

»Nichts weiter. Das bedeutet nur, dass mein kleiner Generalstab leider nicht zu Besuch kommen kann, um Ihnen Freuden zu verschaffen ... Aber Ihre zarten Hände werden mir ein trostreicher Ersatz sein.«

»Niemals!«

»Nun, Gnädigste, so kommen wir leider nicht ins Geschäft. Wenn ich Sie nun bitten dürfte, meine Räume zu verlassen, ich bin ein vielbeschäftigter Mann. Sollten Sie nach reiflicher Überlegung dennoch meine ärztliche Kunstfertigkeit in Anspruch nehmen wollen, so habe ich natürlich Tag und Nacht Zeit für Sie, werte Gräfin.«

»Zu gütig!«, war alles, was Aurelia herausbrachte, ehe ihre Stimme kippte. Mit einem Seitenblick zum Medizinregal verließ sie die Höhle des Äskulap.

Auf dem Weg in ihre Räume, die schon bald nicht mehr ihr gehören würden, hatte sie das Medizinbuch vor Augen, in dem sie in der Bibliothek gelesen hatte. Es war, als könnte sie es noch einmal aufschlagen, die vergilbten Seiten umblättern, bis sie den gesuchten Eintrag vor sich sah.

Wohlverleihblumen. Flores Arnicae ... zur Wiederherstellung des unzeitig unterbrochenen Monatsflusses. Bei der innerlichen Einnahme ... äußerste Vorsicht ... Der unordentliche Gebrauch endet tödlich.

»Helena!« Sie blieb erschrocken stehen, als sie auf das Mädchen traf. »Was suchst du hier?«

»Ich bin auf dem Weg zum Leibarzt. Wie geht es Ihnen?«

»Oh, ich ... Nun, was soll ich sagen?« Sie schaute unschlüssig an ihrer blauen Stiftsrobe hinunter.

»Werden Sie nach Hause fahren?«, fragte Helena zaghaft.

Aurelia starrte auf die weiße Tür ihres Zimmers. »Nein, dort bin ich genauso wenig erwünscht wie hier. Ich habe nirgendwo einen Platz, wo ich hingehen könnte.« Wo *wir* hingehen könnten, setzte sie im Stillen hinzu. »Wenn der Stiftskanzler nur nicht gestolpert wäre! Vielleicht hat er das sogar mit Absicht getan.«

»Das glaube ich nicht, werte Gräfin! Er ist der Stiftskanzler und hat Ihre Bemäntelung mitbewirkt!«

»Und genau in seiner Position weiß er am besten, wie es um die Gelder des Stiftes bestellt ist.«

»Ich weiß nicht ... Das kann ich mir einfach nicht vorstellen.«

»Aber ich. Das Spektakel war zu perfekt. Der verspätete Zeremonienbeginn, der Sturz ... Es bleibt mir nichts anderes übrig, ich werde gehen müssen.«

»Sie sind ganz weiß im Gesicht! Soll ich Sie in Ihr Zimmer geleiten?«

»Danke, es geht schon. Aber du kannst mir einen Gefallen tun: Bring mir vom Leibarzt ein Fläschchen mit der Essenz von Wohlverleihblumen mit. Ein wenig davon auf die Haut appliziert, hat mir schon immer geholfen, mein verwirrtes Geblüt wieder in Ordnung zu bringen.«

»Sehr gerne, werte Gräfin. Es wird aber einen Augenblick dauern.«

»Das macht nichts.«

»Ich meine, ich werde auch eine Weile nicht in der Bibliothek sein.«

»Was willst du damit sagen?«

Helena überzeugte sich, dass niemand in der Nähe war und flüsterte dann: »Gregor von Herberstein ...« Es fiel ihr sichtlich schwer, weitere Worte zu finden.

»Gregor ... Wünscht er mich zu sprechen?«

»Er war in der Kirche vorhin ... er wollte Sie sehen. Nun hat er vor, das Stift zu verlassen, aber ich denke ... er liebt Sie noch.«

Kaum hatte das Mädchen ausgesprochen, wandte sie sich ab, murmelte einen kurzen Gruß, knickste und machte sich offenkundig voller Verlegenheit ihres Wegs.

Aurelia blieb unschlüssig zurück.

***

Gregor starrte gedankenverloren in das Buch, das er wahllos aus dem Regal gegriffen hatte. Nicht einmal den Titel hatte er gelesen. Er blätterte darin herum und überflog ein paar Zeilen.

Nach geraumer Zeit schloss er die Augen und sah sich in Aurelias Zimmer, dort, wo er ihr das letzte Mal gegenübergestanden hatte. Doch sie beachtete ihn nicht. Aurelia saß mit ihrem neuen Mann auf dem Bett, der Kerl hatte den Arm genauso um ihre Schultern gelegt, wie er es immer getan hatte, und sie unterhielten sich angeregt. Aurelia hing förmlich an seinen Lippen, offenbar waren die Geschichten dieses Lebemanns wesentlich interessanter als seine Berichte, die zugegebenermaßen nie besonders spektakulär gewesen waren.

Der Neue schwärmte ihr von einem Land vor, in dem man die feinsten Stoffe kaufen konnte und präsentierte ihr wie zum Beweis sein kunstvoll besticktes Justaucorps und lobte außerdem seine perfekt verarbeiteten Schnallenschuhe. Sie waren auf Hochglanz poliert, kein Kratzer war daran, makellos, wie auch sein Lächeln, als er Aurelia ein wenig Champagner eingoss und ihr eine große Schachtel überreichte. Aurelia löste das Schleifenband und hob ein dunkelblaues Seidenkleid hervor. Sie umarmte ihn überschwänglich und verschwand lächelnd hinter dem Paravent, um das weiße Miederkleid loszuwerden.

Plötzlich war sie weg, auch der Geck saß nicht mehr auf dem Bett, und Gregor kehrte langsam zurück ins Sternenzimmer. Sein Blick blieb dabei auf dem geschnürten Leinenbeutel haften, der noch immer auf dem Bett lag. Er bräuchte einfach nur aufzustehen, danach zu greifen und sich auf den Weg zu machen. Doch er saß da wie festgewachsen. Vielleicht musste alles so kommen, weil seine Bestimmung eine andere war?

Er horchte auf, doch das soeben vernommene Geräusch an der Türe verschwand wieder. Es hätte ihn auch verwundert, wenn Helena sich dagegen entschieden hätte, mit dem Äskulap zu disputieren, und auf halbem Wege umgekehrt wäre.

Lange hatten sie beide über ihre Blatterntheorie gesprochen, und er hatte für sich im Stillen eine Entscheidung getroffen. Er war frei und ungebunden, nur vor sich selbst verantwortlich und darum würde er Helena für den Versuch zur Verfügung stehen – in vollem Bewusstsein darüber, dass er dabei sein Leben riskierte. Nicht weil er ihr imponieren wollte, sondern weil er nicht mit der Gewissheit leben könnte, womöglich ein Mittel gegen die Blattern zu kennen, während sich die Seuche weiter ungehemmt ihre Opfer suchte; Kinder, Mütter und Väter, die fortan im Himmel ruhten und auf der Erde bitter fehlten. Er schaute zur bemalten Zimmerdecke, verband die goldenen Punkte zu Sternbildern und versuchte, das scheinbare Chaos gedanklich zu gliedern.

Plötzlich öffnete jemand ohne vorangegangenes Klopfzeichen die Tür. Gregor wollte sich gerade intuitiv mit einem Satz unter das Bett retten, als er Aurelias Stimme vernahm.

Befangen trat sie näher. »Darf ich?«

»Ja, natürlich!«

Mit jedem ihrer Schritte wurde sein Herzschlag schneller, und er versuchte, seinen Atem zu beruhigen. Ein Anfall wäre das Letzte, was er jetzt gebrauchen könnte.

Aurelia kam vorsichtig näher, so als könnte das kleinste Geräusch den Augenblick zerstören, der vertraut und fremd zugleich war. Die ungewohnte Stiftsrobe und die festliche Frisur machten sie zu einer anderen Frau, deren Gesichtszüge ihm jedoch so vertraut waren; dieses versteckte, unsichere Lächeln und die großen, dunklen Augen, in denen immer eine Spur Traurigkeit lag. So wie jetzt, als ihr Blick auf den geschnürten Leinenbeutel fiel.

»Du willst wirklich fort?«

»Ja, ich ...« Auf einmal fehlten ihm die Worte.

»Darf ich mich setzen?«, fragte sie und deutete mit zitternder Hand auf das Bett.

Er nickte. Entgegen allen Anstands blieb er wie versteinert auf dem Stuhl sitzen.

Aurelia nahm auf der Bettkante Platz und nestelte am Spitzensaum ihres Ärmels herum, während sie die Augen noch immer nicht von dem Leinenbeutel an ihrer Seite abwenden konnte.

»Weißt du noch, Gregor, als wir zu Gründonnerstag gemeinsam in die Stadt gegangen sind?«

»Ja, damals kamen uns viele Leute mit solchen Leinenbeuteln entgegen.«

»Und wir haben kurzerhand dabei geholfen, das Brot an die Bedürftigen zu Ehren der Stiftsgründerin zu verteilen.«

Er lächelte. »Ja, wenn das dein hochwohlgeborener Vater erfahren hätte. Und danach sind wir ...«

»... noch gemeinsam in ein Gasthaus gegangen, um etwas zu trinken.«

»Zum Bär hieß es, oder?«

»Stimmt! Zum Bär! Und der Wirt, weißt du noch? Er hat mich als deine Frau angesprochen und gefragt, ob wir ein Zimmer möchten.«

»Und wie groß waren seine Augen, als er erfahren hat, dass er sich beinahe der Kuppelei schuldig gemacht hätte!« Sein Lächeln erstarb, und er räusperte sich. »Gehe ich recht in der Annahme, dass du in Wien Ähnliches mit einem Mann erlebt hast?«

Aurelia schaute ihn an, anscheinend auf der Suche nach den richtigen Worten. Sie rang mit sich, holte Luft, als wollte sie etwas sagen und sank dann wieder in sich zusammen. Nach geraumer Zeit schüttelte sie den Kopf. »Es hilft nichts, ich muss es dir sagen ... Nein, zuerst nur noch das: Ich liebe dich und nur dich.«

Gregor stutzte und legte die Stirn in Falten.

»Das ist wichtig, damit du all das verstehst, was ich dir jetzt sagen werde: Es ist wahr, du hast Recht vermutet, ich habe in Wien einen Mann kennengelernt, und ich habe mich mit ihm eingelassen.«

»Warum?«, fragte er mit belegter Stimme.

»Die Sehnsucht nach Wärme und Geborgenheit hat mich in seine Arme getrieben. Verstehst du? Ich kam nach Hause, war dort nicht erwünscht, und du warst fort. Unerreichbar! Du bist in den Krieg gezogen, und es war, als ob du mich verlassen hättest, als wolltest du dein Leben lieber dem Vaterland schenken, anstatt es mit mir zu teilen. Ich war enttäuscht von dir, ich war wütend und traurig darüber, dass du mich verlassen hast.«

»Du machst mir Vorwürfe?«

»Ich mache dir keine Vorwürfe, ich versuche nur, es dir zu erklären.«

»Wann siehst du ihn wieder?«

»Wiedersehen? Es gibt kein Wiedersehen! Es ist vorbei!«

»Vorbei? Weshalb?«

»Weil es ein Fehler war! Weil ich geglaubt habe, bei ihm geborgen zu sein, bei ihm das zu finden, was ich vermisst habe. Aber das war ein Irrtum! Doch als mir das klarwurde, war es schon zu spät. Ich konnte die Zeit nicht mehr zurückdrehen. Ich kann es nicht mehr ungeschehen machen, auch wenn ich es jetzt noch so gerne wollte. Gregor, bitte ... Es tut mir so unendlich leid! Ich wollte nicht, dass alles so kommt ...«

Er nickte, obwohl er Mühe hatte, das Gesagte zu verstehen. »Kenne ich ihn?«

»Nein, ich weiß selbst nicht viel mehr als seinen Vornamen. Er ist Franzose.«

Ein Stich fuhr ihm in die Brust. »Du hast dich mit dem Feind eingelassen? Den Feind, gegen den ich gekämpft habe?«

»Es ist vorbei, Gregor ... Es tut mir leid.«

»Und warum erzählst du mir das alles? Warum quälst du

mich, wenn es doch vorbei ist? Um zu prüfen, ob ich dir verzeihe? Um zu sehen, wie groß meine Liebe ist? Oder einfach nur um der Wahrheit willen?«

»Ich habe mir lange überlegt, ob ich es dir sagen soll. Vielleicht wäre es einfacher gewesen, wenn ich geschwiegen hätte. Sodann wäre es eben ein paar Wochen zu früh gekommen und du hättest die Wahrheit nie erfahren, vielleicht wärest du alsdann glücklicher geworden, aber ich hätte dir nie mehr geradeaus in die Augen sehen können ... Mit einem Kind an unserer Seite, dessen wahren Vater nur ich gekannt hätte.«

»Du bekommst ein Kind? Aurelia, das kann nicht sein! Bist du dir ganz sicher?«

»Ja, es gibt keinen Zweifel.«

»Ein Kind von unserem Feind? Einem Feind, der deine Situation schamlos ausgenutzt hat? Von einem gewissenlosen Despoten, der dir etwas vorgegaukelt hat, dir etwas von Liebe und Wärme erzählt hat, nur um dich zu verführen, nur um das zu bekommen, was er von dir wollte?« Gregor holte tief Luft. »Das hat nichts mit Liebe und Nähe zu tun, Aurelia! Rein gar nichts! Es hat nichts damit zu tun, wie sehr ich dich geliebt und respektiert habe.«

»Das weiß ich nun auch. Aber jetzt ist es zu spät, und ich trage ein Kind unter dem Herzen. Ich denke, ich will es nun doch behalten, es ist doch auch ein Teil von mir! Aber das geht nur ...«

»... wenn ich dich vor der Verurteilung bewahre, indem ich dich heirate und das Kind als das meine annehme«, vervollständigte er. »Wolltest du das sagen?«

Aurelia nickte, ohne ihn anzusehen.

»Weißt du, was du da von mir verlangst?«

»Ja.« Sie hob den Kopf. »Das weiß ich.«

»Und was glaubst du, werde ich antworten?«

»Ich hoffe, dass du zu mir stehst, wenn du mich noch liebst, aber ich ... ich müsste es wohl auch verstehen, wenn du dich von mir und dem Kind abwendest.«

»Ich glaube, du wirst es verstehen *müssen*. Es sind noch Gefühle da, aber das sind nur noch Erinnerungen an das, was einmal war. Und ich weiß nicht, ob ich dir jemals verzeihen kann. Und noch weniger, ob ich diesem Kind jemals aufrichtig und ohne schlechte Gefühle in die Augen sehen könnte. Deshalb sollten wir wohl besser getrennte Wege gehen ...« Er schwieg einen Moment. »Andererseits möchte ich dir helfen, dir wenigstens irgendwo eine sichere Unterkunft verschaffen.«

»Lass nur, ich werde schon irgendwie allein zurechtkommen, bereite dir keine Sorgen. Es gibt immer Mittel und Wege.« Sie erhob sich und strich ihren blauen Stiftsrock glatt.

Er sprang auf. Etwas in ihm wollte sie aufhalten.

Aurelia zögerte. »Wollen wir uns zum Abschied noch einmal umarmen?«

Er nickte stumm. Während er ihren Körper spürte, befahl er sich zu vergessen. Aber es gelang ihm nicht.

***

Eilig durchschritt Helena den Gewölbegang, begleitet vom stetigen Tropfen von der moosüberwucherten Decke. Währenddessen versuchte sie, sich die richtigen Worte zurechtzulegen. Worte, die dem Leibarzt den Ablauf des Blatternversuchs erklären sollten. Eher würde sie nicht weichen. Sie würdigte die Ritterrüstung keines Blickes, als sie nach dem Ring im Löwenmaul griff und anklopfte.

Als niemand Antwort gab, öffnete sie die Türe und schaute sich suchend in der Höhle um. Sie entdeckte den Leibarzt vor dem Medizinregal. Als sie näher trat, wirbelte er herum; dabei entglitt ihm beinahe eine Flasche Quecksilberwasser aus den Händen.

»Ihr Weiber seid doch wie die Ratten! Mit dicken Bäuchen umherschleichen und mich zu Tode erschrecken, mehr könnt ihr nicht!«

Helena überging seinen Ausbruch und wollte gleich zur Sache kommen. »Guten Tag, werter Monsieur Dottore Tobler. Würden Sie mir bitte etwas Wohlverleihessenz aushändigen?«

»Dir könnte einfacher geholfen werden! Du solltest dich nicht mit Sachen beschäftigen, die dich überfordern. Sodann würde dein Geblüt auch nicht verstopfen. Deshalb ist bei dir zu viel gelbe Galle im Körper, das lässt dich cholerisch werden. Du solltest deine Kardinalsäfte wirklich einem Aderlass unterziehen. Das habe ich dir schon bei deiner Ankunft empfohlen.«

Helena vergaß ihre sorgsam zurechtgelegten Worte und dachte nicht an die Folgen, als es aus ihr heraussprudelte: »Ich habe gelesen, dass eine Krankheit nicht durch das Ungleichgewicht von Blut, schwarzer und gelber Galle und Schleim entsteht! Vielmehr durch ein fehlerhaftes Organ, in dem sich eine kranke Seele zu äußern versucht! Fast alle Krankheiten entstehen in der Seele. Diese selbst versucht sodann durch eigene Heilanstrengungen, wie körperliche Hitze und zwanghafte Schwäche, der Krankheit zu begegnen. Man soll diese Bemühungen durch die Gemütsberuhigung des Patienten fördern und nur im Notfall zu Aderlass oder Klistieren greifen!«

Der Äskulap blieb erstaunlich gelassen. »Willst du mir weismachen, dass der Aderlass eine unsinnige Behandlung ist? Seit Jahrhunderten wird er bei sthenischen Leiden angewandt, um die Erregbarkeit im allzu leicht reizbaren Körper zu dämpfen. Und jetzt kommst du daher und behauptest, das sei alles Unsinn, nur weil du das in einem der volksmedizinischen Bauernkalender gelesen hast?« Er lächelte, als er mit seiner Erwiderung geendet hatte, und das machte sie noch wütender.

»Es gibt genügend gelehrte Ärzte, die der Meinung sind, dass alle Erkrankungen des Körpers auf die Seele zurückgehen. Sie brauchen nur bei Stahl, Hunter oder Hufeland nachzulesen. Ganz, wie Ihnen beliebt.«

»Nicht notwendig. Wenn alle Erkrankungen auf die Seele zurückgehen, ist ein Vorgehen gegen die Blattern unsinnig – und damit wäre einmal mehr bewiesen, dass ich mit meinen Ansichten richtigliege.«

»Die Blattern haben natürlich nichts mit einer kranken Seele zu tun! Genauso wenig wie ein gebrochenes Bein. Wenn wir den Blatternversuch durchführen, wissen wir, ob wir ein Gegenmittel gefunden haben. Aber Sie hören mir ja nicht einmal zu!«

Der Leibarzt kehrte ihr den Rücken und schritt zu seinem Schreibtisch. Dort ließ er sich auf seinem Lehnstuhl nieder und faltete die Hände vor dem Bauch. »Das will ich gerne tun, wenn du mir einmal in Ruhe und in zusammenhängenden Sätzen erklären würdest, wie du diesen Versuch überhaupt durchführen willst.«

Helena glaubte zu träumen. Aber er hatte Recht: Bisher

hatte sie ihm nur irgendwelche aus dem Zusammenhang gerissene Fetzen serviert. Jetzt die richtigen Worte wählen, nur nichts Falsches sagen. Sie atmete tief durch. »Bei den Kuhpocken handelt es sich um eine harmlose Erkrankung. Für Mensch und Tier gleichermaßen ungefährlich. Das Euter der Kuh ist mit Pusteln übersät, diese entzünden sich, verkrusten dann und fallen schließlich ...«

»Du brauchst mir keinen Vortrag darüber zu halten, was Kuhpocken sind. Komm endlich zu dem Versuch.«

»Gewiss. Sofort. Die Melker können an ihren Händen diese Knoten bekommen. Die Krankheit ist also vom Tier auf den Menschen übertragbar.«

»Aha, und warum bekommen die Kühe sodann keine menschlichen Blattern?«

»Das ... nun ja, das weiß ich nicht. Aber jedenfalls bekommen die Melker keine Blattern, wenn sie diese Knoten hatten. Das hat man beobachtet.«

»So, so. *Beobachtet*. Das kann Zufall sein. Wer sagt denn, dass es an den Kuhpocken liegt?«

»Nun ja, gerade das gelte es ja nachzuweisen. Es käme eben auf einen Versuch an.«

»Und wie soll dieser aussehen?«

»Man müsste auf die Dorfweide gehen und etwas Flüssigkeit aus der Pustel am Euter entnehmen. Dabei müsste man allerdings darauf achten, dass die Pustel nicht zu alt ist. Wenn sie nämlich verkrustet ist, überträgt sie sich womöglich nicht mehr auf den Menschen.«

»Und wie soll das vonstattengehen?«

»Man könnte mit einer Lanzette etwas Flüssigkeit entnehmen und diese in einem Federkiel aufbewahren. Allerdings nicht zu lange, damit sie ihre Wirksamkeit behält.

Deshalb führt man auch so schnell wie möglich die künstliche Mitteilung durch. Zu diesem Zweck ritzt man einer Person, die weder die Melkerknoten noch die Blattern oder eine künstliche Inokulation hatte, ein wenig in den Arm, bringt die Flüssigkeit vorsichtig in den Körper ein und legt einen Verband an. An dieser Stelle müssten alsbald eine oder mehrere Pusteln entstehen, die aber ohne Komplikationen verheilen. Das ist schon alles. Man sollte zur Sicherheit noch vier Wochen warten, bis man zum Test eine herkömmliche Inokulation mit einem leichten Blatterngift durchführt. Dieses sollte der Person alsdann nichts mehr anhaben können. Damit wäre bewiesen ...«

»*Sollte, sollte!* Genug, das reicht! Ich habe genug gehört. Also doch eine Verjauchung des Blutes. Tu, was du willst, aber von diesem Unheil halte ich mich fern.«

»So sorgen Sie wenigstens dafür, dass man die Kranken in der Stadt von den Gesunden trennt. Damit wäre schon einiges getan. Verbieten Sie die Gafferei! Niemand darf nur aus Neugierde in das Haus eines Kranken gehen, um sich an dessen Entstellung zu ergötzen.«

»Ich weiß zwar nicht, wofür diese Separierung gut sein soll, aber damit kann ich leben. Zumindest kann es nicht schaden. Es wird nur nichts helfen, denn die Luft der ganzen Stadt ist vergiftet.«

»Solch ein Unsinn!«, brach es aus Helena heraus. »Das Gift überträgt sich direkt von Mensch zu Mensch. Deshalb darf sich niemand dem Gift auf eine Entfernung nähern, in der es sich mitteilen kann!«

»Du hast Vorstellungen! Das Gift breitet sich über die Luft aus, und es braucht sich nur eine Blatternwolke über dem Stift niederzulassen, dann sind alle deine Vorkehrungen umsonst. Und jetzt beendigen wir dieses leidige Thema. Wenn du dich unbedingt in dein Unglück stürzen willst, bitte. Das ist deine Sache. Da hilft wohl auch kein Wohlverleih mehr.«

»Ich habe verstanden«, gab Helena hoch erhobenen Hauptes zurück. »Und im Übrigen benötige ich die Wohlverleihessenz für die Gräfin von Hohenstein! Sie schickt mich.«

»Die Gräfin von Hohenstein, das ist natürlich etwas anderes! Einen Moment ...« Lächelnd erhob er sich, um die Medizin aus dem Regal zu holen. Dann griff er nach einer kleinen, leeren Flasche am Boden, und mit einer eleganten Bewegung füllte er etwas Flüssigkeit ab. »So, das genügt, schließlich bin ich nicht von der Fürsorge. Aber wenn ich es mir recht überlege, nimmst du allenthalben auch noch eine Flasche Quecksilberwasser mit. Das benötigt die Gräfin dringlicher.«

»Ist sie krank?«

»Sie soll ein Glas pro Tag auf nüchternen Magen einnehmen. Mehr muss die Patientin nicht wissen – und du schon gleich gar nicht!«

Helena verkniff sich jegliche Erwiderung.

»Nebenbei bemerkt solltest du bei der Mutter von Lea vorbeischauen. Entweder sie benötigt noch ein paar Gran Kampferöl oder die Mutter will dir mitteilen, dass deine Wundermedizin am Ende nichts gegen die Blattern geholfen hat.«

Helena musterte ihn scharf. »Was wissen Sie?«

»Ich?«, fragte der Leibarzt gedehnt. »Ich weiß nur, dass nichts so gewiss ist wie der Tod.«

Kapitel 12

Als Helena das Stift verließ, stieg feiner Nebel vom Seitenarm der Bode auf und umhüllte die Dächer der Wohnhäuser wie der leichte weiße Stoff eines Himmelbetts. Hauchdünn legte er sich auf ihr Gesicht, ihre Hände und ließ sie frösteln, während sie durch das Tor hinaustrat und in den schmalen Weg entlang der Stiftsmauer abbog. Die Häuser der Schlossberggasse waren nur unscharf zu erkennen, umgeben von einem Schleier, wie eine verblasste Erinnerung.

Sie war allein unterwegs, weit und breit war niemand zu sehen, und sie war froh darum, denn endlich konnte sie ihren Tränen freien Lauf lassen. Sie presste den Leinenbeutel mit den drei Medizinflaschen an sich, in dem die Wohlverleihessenz und das Quecksilberwasser für die Gräfin sowie das Kampferöl dumpf aneinanderschlugen. Als sie das Haus von Lea erreichte, sah sie vom Ende der Gasse her eine dunkle Gestalt in einen Kapuzenumhang gehüllt auf sie zukommen. Es war offenbar ein Mann, der vor dem Haus mit dem Giebelvorsprung etwas unter dem Umhang hervorzog und es vor der Türschwelle niederlegte. Helena blieb wie gebannt stehen.

Unterbrochen vom Geläut einer kleinen Glocke in seiner Hand sagte er etwas, monoton, gleichmäßig, die Worte schienen sich ständig zu wiederholen. Als er näher an sie herankam, erkannte sie auch die Gestalt unter der Kapuze: Es war der Diener Borginino.

»Hört, hört ihr lieben Leut, ihr müsst geh'n zum Haus der Wäscherin, zu beklagen sind dort sechs arme Leut. Gehet hin und betet für die Seelen ... Hört, hört ihr lieben Leut, ihr müsst geh'n zum Haus des Schäfers, zu beklagen sind dort vier arme Leut. Gehet hin und betet für die Seelen ... Hört, hört ihr lieben Leut, ihr seid gerufen zum Begräbnis des Stiftsboten und seinem Weib ...«

»Borginino!«

»Gott zum Gruße, Helena.« Er blieb stehen und lächelte ihr zaghaft zu. »Ja, ja, schlimm ist es geworden. Weiß gar nicht, wen ich zuerst verkünden soll. Einige aus der Dienerschaft hat es getroffen.«

»Die Blattern?«, fragte Helena atemlos.

Borginino nickte. »Schwarze Blattern. Es hat nicht lang gedauert.«

Helena wurde flau im Magen. »Aber warum hat der Äskulap nichts davon gesagt?«

Borginino zog die Stirn kraus. »Weil man ihn nicht gerufen hat. Wozu auch? Fürs Sterben braucht man einen Pfarrer, keinen Medicus.« Er lächelte, offenbar ließ seine Verzweiflung nichts anderes zu.

»Man hätte aber den Leuten vielleicht noch helfen können!«

»Ach, woher. Wer die Schwarzen Blattern zur Tür reinbringt, verlässt das Haus im Sarg. Das weißt du so gut wie ich. Schlimm ist es hier geworden, schrecklich, schrecklich ...«

Helena sah den Diener von der Seite an und wartete darauf, dass sein ratloses Lächeln endlich einer geziemenden

Leichenbittermiene wich. Doch nichts dergleichen geschah. »Warum lächeln Sie eigentlich dauernd?« Sie gab sich keine Mühe, ihren gereizten Unterton zu verbergen.

»Oh, Verzeihung ... Verzeihung!« Borginino wischte sich über den Mund, als könnte er es damit vertreiben. »Ist angeboren, sehen Sie? Die Oberlippe ist falsch, sie ist zu kurz und zwingt mich zum Lächeln. Es tut mir leid. Bin schon oft dafür bestraft worden. Wieder und wieder ...« Er hob den Blick. »Doch wer glaubt schon einem lächelnden Diener, dass er leidet?«

Helena sah betreten zu Boden.

»Dabei ahnt keiner, was in mir vorgeht, wenn ich hier die Leichen verkünden muss. Keiner sieht, wie's mir wirklich geht, weil ich immer lächle. Alle glauben, ich wäre überheblich, weil ich als Kind die Blattern überlebt habe.«

Borginino wandte sich ab, um vor dem windschiefen Haus, vor dem sie standen, ein Strohkreuz niederzulegen, zum Zeichen, dass dort jemand gestorben sei. »Gestern waren sie noch da. Schlimm ist das ... und es werden immer mehr. Seltsam, hier liegt ja schon ein Strohkreuz.« Borginino schüttelte verwirrt den Kopf. »Ach so, das Haus des Stiftsboten, hier war ich vorhin ja schon. Alles der Reihe nach, auch wenn's durcheinandergeht.« Er holte tief Luft und formte die Hände zu einem Trichter. »Hört, hört ihr lieben Leut, ihr seid gerufen zum Begräbnis des Stiftsboten und seinem Weib. Hört, hört ihr lieben Leut, folget dem Leichnam ans Grab und erweiset ihm die letzte Ehre.«

Kaum hatte er geendet, öffnete sich nebenan die schmale Brettertür. Zwei Männer trugen einen in ein dunkles Tuch eingenähten Toten auf einer hölzernen Bahre aus der Stube. Bevor sie mit ihm die Türschwelle überschritten, ließen sie die Bahre dreimal nieder, ein Brauch, damit der Tote das rasche Entfernen aus dem Haus nicht übelnahm und eines Tages zurückkehrte. Der zweite Leichnam folgte auf dieselbe Weise. Niemand schloss sich dem Leichenzug an.

»Die Männer sind schon ins Wirtshaus vorausgegangen«, ergänzte Borginino, der Helenas Blick gefolgt war. »Die können nicht mal abwarten, bis die Toten mit gelöschtem Kalk bedeckt sind und die Erde über ihnen festgetrampelt ist!«

»Wie kann man nur in Zeiten der Blattern einen Leichenschmaus abhalten? Wenn nun schon der nächste das Gift in sich trägt?«

»Erklär das mal hungrigen Leuten, die gerade etwas umsonst zu essen bekommen. Du würdest nur Spott ernten, während sie aus vollen Tellern schöpfen.«

Helena brachte keine Erwiderung zustande, denn die Bahrenträger kamen auf sie zu. Im Takt ihres Gleichschrittes schwankten zwei schwarze Bündel Mensch auf den Brettern an ihr vorbei. Namenlos gewordene Menschen, ohne Abschied aus dem Leben gerissen.

»Schlimm ist es geworden, schlimm ...«, hörte sie Borginino murmeln. »Ich muss weiter und noch ein paar Leichen verkünden.«

»Warten Sie!« Helena musste ihre Frage loswerden. »Auch Lea, die Tochter des Stallmeisters?«

»Lea, die Tochter des Stallmeisters ...« Sein Blick streifte das übernächste Haus, dessen Ziegeldach von feinen Nebelschwaden umhüllt war. Es schien, als stieße das obere Kammerfenster direkt an den mit tiefen Wolken verhangenen Himmel. »Die Frau Mutter hat sich gestern bei mir erkundigt, was der Pfarrer wohl für eine Beerdigung verlangt, aber als Leichenbitter brauchte sie mich nicht. Entweder noch nicht, oder vielleicht glaubt sie jemanden zu finden, der die Arbeit für einen halben Kreuzer pro Haus macht. Was weiß ich. Habe mich nicht länger aufgehalten. Konnte das Elend einfach nicht länger ertragen, auch wenn es mir wieder mal keiner angemerkt hat.«

Helena dankte Borginino, der sich weiter seines Weges machte, und ging zur Haustüre. Zögernd drückte sie gegen das durchfeuchtete, dunkle Holz und betrat die Küche. Ein beißender Geruch schlug ihr entgegen, jener Geruch, der von reifen Blattern zeugte, manche sagten, so rieche der Atem des Sensenmanns. Vermischt mit der Notdurft des Kranken ein beinahe unerträglicher Hilfeschrei.

Kein Feuer brannte mehr auf dem Herd, die wenige Glut spendete kaum noch Wärme, und ihre Augen mussten sich erst an die Dunkelheit gewöhnen. Sie schaute die steile Treppe hinauf nach dem schwachen Kerzenschein, der kaum bis an die Stufen heranreichte.

»Ist jemand da?«, rief sie mit gedämpfter Stimme. »Ich bin es, Helena.«

»Helena!«, kam der erfreute Ausruf der Mutter zurück. »Gut, dass du kommst! Bringst du mir bitte den Gerstenbrei nach oben?«

Helena horchte zuerst ungläubig nach, dann breitete sich ein Lächeln auf ihrem Gesicht aus. *Lea konnte essen, Lea konnte essen!*, jubelte sie. Sodann saß der Tod noch nicht mit am Tisch.

»Gewiss, ich komme schon!« Sie stellte den Beutel ab und griff nach der kleinen Tonschüssel mit gequollenen Gerstenkörnern neben dem Herd. So schnell wie möglich eilte sie damit die Stufen hinauf.

Oben angelangt erstarb ihr Lächeln. Die Mutter hatte das kleine Bett vor das offene Kammerfenster gestellt und die Türe sperrangelweit aufgerissen, damit es keinen Kampf mit dem Tod geben würde und dieser ungehindert eintreten konnte. Bleich und mit eingefallenen Wangen saß sie neben dem kleinen Bett, ihre Augen waren schwarzumrändert, die langen Haare zerzaust, und sie trug noch immer das dunkelgrüne Kleid, als hätte sie sich seither nicht von der Stelle gerührt. Auf ihrem Schoß lag ein weißes Leinenhemd in Leas Größe, bei dem sie eben die letzte Naht schloss. Mit dem restlichen Faden schnürte sie mit zitternden Händen ein paar grüne Buchsbaumzweige zu einem Sterbekränzchen und legte es auf den Nachtkasten. Dort wachten bereits ein Kruzifix und eine weiße Kerze über Lea. Die kleine Flamme kämpfte mit dem Luftzug, bog sich, krümmte sich und stand im letzten Moment wieder auf.

Lea lag wimmernd auf dem Rücken, ihre kleinen Hände waren mit fleckigen, grauen Tüchern fest umwickelt, trotzdem versuchte sie sich zu kratzen. Sie schabte über ihre Arme, über die gelben, manchmal schon braunen oder schwarzen Krusten, rieb sich über die befallenen, verquollenen Augen und bäumte sich dabei auf. Keine Träne trat aus ihren Augenwinkeln, die Lider waren verklebt, und sie schlug mit verbundenen Fäusten um sich. Sie traf sich im Gesicht, stieß einen schmerzdurchtränkten Schrei aus und warf den Kopf hin und her. Haare blieben auf dem Kissen haften, Haare, die in der verschorften Kopfhaut keinen Halt mehr gefunden hatten.

Die Mutter nahm Helena mit zitternder Hand die Breischüssel ab, stellte sie auf den Nachtkasten und betrachtete ihre Tochter mit einem zärtlichen Lächeln. »Als Beigabe für ihre letzte Reise. Damit sie auf dem weiten Weg keinen Hunger leiden muss. Sie hat doch in den vergangenen Tagen nichts gegessen.«

»Bitte, Sie dürfen die Hoffnung nicht aufgeben! Hat Lea den Kampfersud bei sich behalten?«

»Manchmal.«

»Das ist doch wunderbar!«

»Aber die vereiterten Pusteln ...« Die Mutter schlug die Bettdecke zurück. »Sieh doch nur.« Vorsichtig versuchte sie ihrem Kind das schmutzige Leinenhemdchen nach oben zu schieben, doch der Stoff klebte fest. Lea zuckte zusammen.

»Lassen Sie, lassen Sie! Mit der Vereiterung ist der Zenit erreicht, danach heilen die Blattern ab. Es dürfen sich jetzt nur keine Gifte unter den Krusten einschließen.«

»Aber das schmutzige Hemd ... sie braucht ein frisches. Wohl ziehe ich ihr jetzt gleich das Reisehemdchen an, das weiße Hemdchen, das ich eben fertig genäht habe.« Sie nahm es von der Stuhllehne, fasste ihre Tochter sachte in der Halsbeuge und an den Schulterblättern und versuchte sie aufzusetzen.

Lea begann zu schreien, schrie mit letzter Kraft: »Mama! Mein Kopf, mein Rücken! Der Geist! Nimm ihn runter! Er ist so schwer! Mama, hilf mir, er erdrückt mich!« Erschöpft rang Lea nach Atem, röchelnd, die Augen fest geschlossen. Sie warf ihren Kopf hin und her, versuchte auszuweichen, zu entkommen. »Mama«, flüsterte sie heiser. »Du musst ihm Honig geben. Dann geht er wieder ...«

Die Mutter sammelte weinend ein Haar nach dem anderen vom Kopfkissen und barg sie in ihrer Hand.

»Nehmen Sie Lea auf Ihren Arm, dann wird sie sich wieder beruhigen.«

»Nein, das darf ich jetzt nicht mehr.« Die Mutter wischte sich die Tränen von den Wangen. »Es darf keine einzige Träne auf sie fallen, wenn ... wenn der Tod kommt und ihre Hand nimmt. Sonst zerreißt es ihre Seele, und sie bleibt als Geist zurück. Ich muss sie gehen lassen.«

»Das müssen Sie nicht! Lea atmet, sie wird wieder gesund! Sie ist stark, und das müssen Sie jetzt auch sein, dann wird alles wieder gut!«

Die Mutter schüttelte traurig den Kopf. Die Tränen versiegten, als sie ihr eigenes Kleid öffnete, ihren Bauch entblößte und wortlos auf die ersten Blatternflecken deutete.

***

Es war schon beinahe dunkel, als Helena ins Stiftsgebäude zurückkehrte. Sie hielt den Beutel mit den Fläschchen fest an sich gepresst, während sie die düstere Treppe emporstieg und dem endlosen, nur von ein paar Öllampen erhellten Gang zu Aurelias Räumlichkeiten folgte. Ob es Aurelia mittlerweile besserging?

Die Frage beantwortete sich von selbst, als sie nach Aufforderung ins Zimmer trat und die junge Gräfin sah. Aurelia saß zusammengekauert auf dem Bett, hielt ihre Knie umschlungen und sah ihr mit verquollenen Augen entgegen. Sie hatte die festliche Frisur gelöst, ihre dunklen langen Haare fielen in dicken Strähnen auf das gelbe miederlose Kleid. Die blaue Stiftsrobe lag achtlos am Boden.

»Guten Abend, werte Gräfin von Hohenstein.« Helena versuchte sich an einem Lächeln. »Verzeihen Sie, ich bin sehr spät dran. Hier ist Ihre Wohlverleihessenz.« Sie öffnete ihren Beutel.

Aurelia streckte die Hand nach der kleinen bauchigen Flasche aus und nahm diese wortlos an sich. Mit glasigem Blick drehte sie das Fläschchen hin und her, während ihre Gedanken in einer anderen Welt zu sein schienen.

»Soll ich Ihnen damit ein wenig den Rücken einreiben?«, fragte Helena behutsam nach.

Aurelia faltete ihre Hände um den Flaschenhals wie zum Gebet. »Lass nur, ich mache das selbst«, erklärte sie vollkommen abwesend. Sie löste den Korken aus der Flasche und ließ ihren Tränen freien Lauf.

»Was tun Sie da? Nein, nicht!«, rief Helena entsetzt, als Aurelia die Flasche zum Trinken anhob. »Damit bringen Sie sich um! Geben Sie mir die Flasche«, flüsterte Helena beschwörend und ging dabei langsam auf das Bett zu.

»Komm mir nicht zu nahe!«, stieß Aurelia hervor und krampfte ihre Hände um die Flasche.

»Aurelia, warum tun Sie das?«

»Ohne Gregor sind wir verloren!«

»Wir?« Helenas Gedanken überschlugen sich. »Aber ... aber das ist doch kein Grund, sich umzubringen!«

»Natürlich ist es das! Als lediges Weib lande ich ohnehin am Galgen oder unter dem Schwert!« Aurelia legte den Kopf in den Nacken und setzte die Flasche erneut an.

»Nein, nicht! Es ist nicht wahr, was Sie glauben! Wegen Leichtfertigkeit werden Sie nicht mit dem Tode bestraft! Das sind Märchen! Böse Märchen, die von Eltern erzählt werden, um ihre Kinder von der Unzucht und deren Folgen abzuhalten!«

Aurelia hielt überrascht inne.

»Bitte ...«, Helena streckte die Hand aus, »bitte geben Sie mir das Wohlverleih.«

»Nein!« Aurelia umklammerte die Flasche und in ihren Augen blitzte es auf. »Woher weiß ich, dass du die Wahrheit sagst?«

»Weil ich Hebamme bin und von solchen Dingen etwas verstehe!«, stieß Helena fieberhaft hervor.

Für einen winzigen Moment blitzte ein Hoffnungsschimmer in Aurelias dunklen Augen auf, der jedoch sofort wieder erlosch. »Ich werde die Geburt ohnehin nicht überleben. Und wenn doch, wird man mich vor den Richter bringen.«

»Das mag sein. Eine voreheliche Vereinigung wird jedoch mit Milde geahndet, selbst wenn daraus ein Kind entstanden ist. Kindsmord aber wird nach dem Gesetz der Carolina mit dem Tode bestraft!«

»Und was ist mit den Frauen, die hochschwanger aus der Stadt gejagt werden? Ich habe es doch selbst gesehen!«

»Das stimmt, aber das ist auch schon Jahre her! Inzwischen hat sich einiges geändert. Heute glaubt man nicht mehr, der vorehelichen Vereinigung mit drakonischen Verweisungsstrafen Herr werden zu müssen. Man begegnet der Leichtfertigkeit mit milderen Strafen, damit eine Frau wie Sie Ihre Schwangerschaft nicht mehr aus Angst vor Schande verheimlichen muss und am Ende zum Kindsmord getrieben wird!«

»Und was ist mit den Schandstrafen für leichtfertiges Verhalten? Der Geigenstrafe? Was ist mit diesen Frauen, die tagelang auf dem Marktplatz stehen müssen, Hals und Hände in eine Schandgeige geklemmt?«

»Davon hört man nur noch selten. Ich weiß zum Beispiel von einer Frau, die eine Geigenstrafe wegen vorehelicher Vereinigung zu Hause abtragen durfte.«

»Zuhause? Ich habe kein Zuhause mehr!«, rief Aurelia aus.

»In anderen Fällen hat das Gericht nur eine hohe Geldstrafe gefordert.«

»Wovon sollte ich selbst das bezahlen?«

»Sodann können die Richter auch eine stille Buße verhängen.«

»In der Kirche? Drei Wochen lang während dem Gottesdienst vorne auf dem Sünderbänkchen sitzen? Damit die Leute mit dem Finger auf mich zeigen können?«

»Nein! Die Richter werden von öffentlicher Züchtigung absehen! Sie werden Sie zu den Gründen Ihres Fehltritts befragen, was Sie zur Unzucht geführt hat. Die Richter werden erkennen, dass Sie keine lasterhafte Weibsperson sind, sondern aus menschlicher Schwäche heraus gehandelt haben und deshalb werden sie Sie zur inneren Einkehr mit einigen Tagen Zuchthaus belegen, aber danach ist es vorbei! Man wird auf eine öffentliche Schandstrafe verzichten und Sie auch nicht des Landes verweisen.«

»Einige Tage Zuchthaus? Ins Gefängnis zu Mördern und anderen heillosen Gestalten? Niemals! Eher verliere ich mein Kind ... Im Falle einer Anklage wird mir jeder abnehmen, dass meine verstopfte monatliche Reinigung von den Kriegswirren herrührte und nun wieder eingesetzt hat.«

»Das werden Sie niemandem mehr erklären müssen, wenn Sie jetzt das Wohlverleih trinken. Denn dann werden Sie mit Ihrem Kind sterben.« Beschwörend sah sie Aurelia an. »Bitte ... bitte setzen Sie den Korken wieder auf die Flasche.«

»Nein! Ich kann es nicht bekommen, verstehst du? Ein uneheliches Kind, das sich wie Falschgeld unter die anderen mischt, wird auf ewig verfolgt und gemieden. Genau wie ich auch! Und wovon sollten wir leben? Du weißt so gut wie ich, dass ich als Bettlerin auf der Straße enden würde.«

Helena schwieg.

»Bitte geh jetzt«, flüsterte Aurelia in die Stille hinein.

»Nein«, erwiderte Helena mit fester Stimme. »Ich werde nicht zulassen, dass Sie sich umbringen.«

»Das wirst du nicht verhindern können.«

»Sie sind also wirklich fest entschlossen?«

Aurelia nickte stumm.

»Nun gut«, erwiderte Helena in eisigem Ton. »Dann trinken Sie jetzt die Flasche aus. Auf der Stelle.«

»Aber ...« Aurelia stockte.

»Sie trinken es! Sofort!«

»Ich ...«

»Soll ich es Ihnen gewaltsam einverleiben?« Helena machte einen Schritt auf sie zu.

Aurelia brach in Tränen aus.

»Trinken Sie endlich!«, herrschte Helena sie scharf an.

»Ich ...«

»Trink!«, brüllte Helena.

»Nein«, verwehrte sich Aurelia plötzlich.

»Nein?«

Aurelia hielt ihr zitternd die bauchige Flasche entgegen. »Ich will nicht ... Ich will noch nicht sterben.«

Helena hielt die Luft an, als sie Aurelia das Wohlverleih aus der Hand nahm. Dann brachen auch ihre Nerven zusammen.

»Versuchen Sie so etwas nie wieder«, flüsterte sie.

Aurelia schüttelte kleinlaut den Kopf und schluchzte.

Helena wollte sie trösten und spontan in den Arm nehmen, aber zurückgehalten vom Standesunterschied legte sie der Gräfin nur zaghaft die Hand auf die Schulter. »Wir werden einen Weg finden, ganz sicher.«

Etwas Vertrautes lag zwischen ihnen, als Aurelia die rot geweinten Augen öffnete, zu ihr hochsah und vage lächelte.

»Ich werde mein Kind heimlich bekommen, und weil ich es nicht behalten kann, werde ich nach der Geburt einfach die Nabelschnur nicht abbinden. Wenn jemand davon erfährt, sage ich, es sei tot zur Welt gekommen.«

Helena schnürte es die Kehle zu, und sie schüttelte vehement den Kopf. »Das haben andere Frauen auch schon versucht. Aber so dumm sind die Richter nicht! Verheimlichung von Schwangerschaft und Geburt gelten als wichtigstes Indiz für Kindsmord! Und darauf steht zwar nicht mehr das Schwert, aber Zuchthaus auf unbestimmte Zeit! Hingegen gäbe es Findelhäuser in vielen Städten.«

Aurelia machte große Augen. »Ich gebe mein Kind nicht ab. Es ist doch mein Kind! Ich würde es behalten, wenn ich nur wüsste, wie ich uns durchbringen soll …«

Helenas Gedanken schweiften in die Ferne. Sie dachte an Menschen, die sie kannte. Sie schaute sich dort in den Häusern um, ging verschiedene Möglichkeiten durch und kehrte nach einer Weile in die Wirklichkeit zurück. »Sie haben Recht. Es würde niemand eine ledige Frau mit einem unehelichen Kind aufnehmen, geschweige denn ihr anständige Arbeit geben.«

»Siehst du!« Aurelia fing wieder an zu weinen.

»Nun ja, es wird uns schon was einfallen …« Helena wusste nicht so recht, was sie sagen sollte. »Das Wohlverleih nehme ich jedenfalls wieder mit. Ach, und das Quecksilberwasser hatte ich ja auch noch dabei. Wissen Sie, wogegen Ihnen der Leibarzt *Aqua mercuriale* verordnet hat?«

Aurelia schüttelte den Kopf.

Quecksilber half bei vielerlei Leiden, überlegte Helena, und es wurde oft genug verwendet, um bedenklich trübes Brunnenwasser von allerlei Giften zu befreien. War der Brunnen hier im Stift nicht sauber? Und Aurelia fehlte nichts, sie war nur ... »Haben Sie ihm etwas von der Frucht in Ihrem Leib gesagt?«

Aurelia senkte den Kopf. »Ja, das habe ich.«

Helena lächelte verständig. »Sodann nehme ich das Quecksilberwasser auch wieder mit.«

»Danke, Helena.«

»Schon gut. Versuchen Sie jetzt ein bisschen zu schlafen, damit Sie Ihre Kräfte sammeln.« Helena erwiderte das zaghafte Lächeln der Gräfin zum Abschied, es gab Anlass zur Hoffnung, und dennoch ging Helena mit einem unguten Gefühl.

***

Gregor saß vor einem Stapel ledergebundener Bücher und schaute ihr gespannt entgegen, als Helena nach dem vereinbarten Klopfzeichen das Sternenzimmer betrat. Das Kerzenlicht spiegelte sich im Fenster und tauchte den Schreibtisch in warmes Licht. Gregors Wangen waren von winzigen Bartstoppeln übersät, die Haare nicht mehr zerzaust, sondern locker zu einem Zopf gebunden.

»Du siehst jetzt beinahe aus wie ein kühner Seefahrer.«

»Ballonfahrer, Helena. Ballonfahrer, nicht Seefahrer.« Seine Stimme klang rau und ein wenig brüchig. »Seefahrt ist viel zu langweilig. Das Meer setzt Grenzen, aber in der Luft kann man hin, wo man will. Überallhin.« Er hielt inne. »Schön, dass du kommst. Ich habe mir schon Sorgen um dich gemacht. Siehst du, der Engel hat auch die ganze Zeit Ausschau nach dir gehalten.« Gregor rückte die steinerne Figur vom Fenster weg und stellte sie wieder richtig herum auf den Schreibtisch. »Wir haben schon befürchtet, du hättest einen anderen Schlafplatz gefunden.«

»Ich war nur noch einmal bei Lea und danach musste ich ... einer Gräfin noch etwas vorbeibringen.« Beinahe hätte sie etwas von Aurelia gesagt. Sie stand noch immer unter dem Eindruck des Geschehens.

»Helena, was ist los mit dir? Was beschäftigt dich?«

»Tut mir leid, ich war gerade in Gedanken woanders. Es ist nicht deinetwegen.« Doch wenn jemand Aurelia helfen konnte, dann war es Gregor.

»Ich habe wieder Feuer im Ofen gemacht. Warm genug so?« Ein Lächeln huschte über sein Gesicht.

»Ja, danke.« Helena sog den Duft des brennenden Tannenholzes in sich auf und stellte den Medizinbeutel auf den Schreibtisch. »Aurelia war vorhin bei dir, nicht wahr?«, setzte sie vorsichtig an.

»Oh, meinem Arm geht schon viel besser!«, wich er ihr aus. »Dank deiner Hilfe werde ich ihn wohl bald wieder richtig gebrauchen können. Was sagst du überhaupt zu meiner frischen Kleidung? Ist mir vorhin auf meinem Streifzug nach etwas Essbarem in der Waschküche in die Hände gefallen. Habe mich jetzt lange genug wie ein halber Mensch gefühlt. Sieht doch gut aus, oder? Ein bisschen kurz vielleicht, aber immerhin ohne Löcher«, griente er.

Das neue Hemd reichte nicht bis in die Hose und die Ärmel endeten bald nach dem Ellenbogen. Allerdings saß er damit so selbstbewusst da, als sei es die neueste Mode. Und auf eigentümliche Weise sah er darin sogar gut aus – und er gefiel ihr.

»Was ist, Helena? Warum schmunzelst du? Sehe ich etwa lustig in meinem Aufzug aus?«

»Nein, nein.« Sie musste noch mehr grinsen.

»Helena«, sagte er und drohte ihr spielerisch mit dem Finger. »Sag mir sofort, warum du lachst, oder ...«

»Oder?« fragte sie keck und strich sich eine Locke aus dem Gesicht.

»Oder ich ...« Gregor stand langsam auf und packte sie plötzlich an den Hüften. »Oder ich kitzle dich durch! Dann weißt du wenigstens, warum du lachst!«

»Nein, nicht!« Helena stemmte kichernd die Fäuste gegen seine Brust, während er sie zum Lachen brachte.

»Nein?« Gregors Finger strichen sanft über ihren Hals. »Du willst es mir immer noch nicht sagen?«

»Hör auf, bitte!« Helena zog das Genick ein und japste nach Luft. »Mein Bauch tut schon weh!« Vor Lachen liefen ihr die Tränen herunter.

»Pass auf, jetzt will ich dir mal etwas demonstrieren.«

Helena versuchte sich zu beherrschen, um seinen Attacken wenigstens für einen Moment zu entfliehen.

»Setz dich ganz ruhig hin und mach die Augen zu.« Er ließ sich neben ihr nieder, und Helena schloss widerspruchslos die Augen. Kaum fühlte sie seine Fingerspitzen wieder an ihrem Hals, musste sie an sich halten, um nicht auch schon wieder laut loszuprusten.

»Psst, Helena, nicht lachen. Das kitzelt doch gar nicht. Ganz ruhig atmen. Es kitzelt überhaupt nicht.«

Ihre Mundwinkel zuckten verdächtig, aber sie hielt still.

»So ist es gut.« Seine Finger glitten ihr in den Nacken und fuhren bald darauf am Ohr entlang. »Es kitzelt überhaupt nicht.«

Nach einer gefühlten Ewigkeit nahm Gregor seine Hand weg, und sie schlug die Augen auf.

Eindringlich sah er sie an. »Es hat nicht mehr gekitzelt, oder?«

»Nein. Warum ist das so?«

»Ich weiß es nicht. Aber man sieht daran, wie viel Macht der Geist über den Körper hat. Man muss sich nur sagen, dass es nicht kitzelt, dann kitzelt es auch nicht.«

»Aber man kann sich doch nicht selbst belügen?«

»Nein, das stimmt. Auf Dauer verlierst du den Kampf, das hast du ja gerade selbst gemerkt. Aber hin und wieder ist es ganz nützlich.« Seine Stimme wurde leiser. »Es hilft, manches leichter zu ertragen.«

»Aurelia hat es dir gesagt?«, fragte Helena leise nach.

Gregor nickte. »Wenigstens war sie so ehrlich, mir zu sagen, dass ich nicht der Vater bin. Noch hätte sie mir das Kind unterjubeln können.«

»Sie braucht deine Hilfe, Gregor.«

Wieder nickte er. Doch dieses Mal verschloss sich seine Miene und machte deutlich, dass er nicht darüber reden wollte. Stattdessen fragte er: »Wo bist du eigentlich so lange gewesen?«

»Ich?« Helena schluckte. »Ich war noch bei Lea.«

»Wie geht es ihr?«

»Schlecht. Sehr, sehr schlecht. Und das Gift hat sich auf ihre Mutter übertragen.« Sie stockte und betrachtete den

Beutel mit den Medizinflaschen. »Aber die Hoffnung stirbt immer zuletzt.«

»Als ich heute Nachmittag die Friedhofsglocke hörte, dachte ich schon ...«

»Nein, das Läuten galt dem Stiftsboten und seiner Frau, Gott hab sie selig, aber wir werden die Glocken wohl nicht zum letzten Mal gehört haben. Die Schwarzen Blattern haben den Weg ins Stift gefunden, und mit jedem Glockenschlag hat die Seuche bereits ihr nächstes Opfer bestimmt. Und dieses Grauen wird so lange anhalten, bis der Herr im Himmel ein Erbarmen mit uns hat.«

»Aber Helena, seit wann redest du wie der Äskulap? Womöglich gelänge es uns, die Seuche einzudämmen, wenn wir nur endlich den Beweis antreten würden! Und deshalb ...« Er suchte ihren Blick. »Und deshalb möchte ich, dass du den Versuch an mir durchführst.«

Helena war geschockt. »Wie bitte, das geht doch nicht!«

»Gewiss doch. Oder fällt dir sonst jemand ein, der weder Blattern noch Melkerknoten gehabt hat oder einer Inokulation unterzogen wurde?«

»Ja, da fallen mir viele ein! Zu viele sogar! Sonst hätte die Seuche kein so leichtes Spiel.«

»Und ist irgendjemand unter ihnen, der den Versuch antreten würde? Außer mir?«

»Das weiß ich nicht. Sicher ist nur, dass du am Galgen hängen würdest, kaum dass wir den offiziellen Beweis angetreten hätten. Außerdem ...« Helena wich seinem Blick aus und fixierte die im Kerzenschein schimmernde Weltkugel. Er saß dicht bei ihr, viel zu dicht.

»Was ist außerdem?«, hakte Gregor nach.

»Aurelia braucht dich.«

»Und ich soll so tun, als ob nichts geschehen sei? Sie hat mich verletzt, doch anstelle eines Hassgefühls kann ich nicht einmal an sie denken, ohne dass es wehtut. Hier drin ...«, er deutete auf seine Brust, »schmerzt es so sehr, als ob mich die Kugel des Feindes getroffen hätte. Der Schmerz macht mich fast wahnsinnig, verstehst du?«

Gerade als Helena antworten wollte, hörten sie ein Geräusch. Jemand hatte die Bibliothek betreten; Schritte näherten sich.

Sie kauerte sich an Gregor, spürte seinen schnellen Herzschlag. Was würde passieren? Gleich boten ihnen die Bücherregale keinen Sichtschutz mehr. Sie waren gefangen.

»Gregor, bist du da? Ich möchte dir gerne das weiße Kleid zurückgeben, weil ich ... weil ich jetzt gehen werde.«

Er stieß den angehaltenen Atem aus, als ihn der Lichtkegel von ihrer Öllampe traf. »Aurelia, du?«

»Ich dachte, vielleicht könntest du das Kleid verkaufen, wenn der Krieg vorbei ist ... Helena, was machst du hier bei Gregor? An seiner Seite? Mit ihm auf dem Bett?«

»Wir ...«, begann Gregor.

»Wir? Seid still!« Ihre Stimme brach, während ihr die Tränen über die Wangen rollten. »Warum hast du mir das nicht gesagt, Helena? Ich hätte es mir denken können! Ihr wolltet mich vor den Richter bringen! Gregor hätte meine Verfehlung bezeugt, und damit wäre ich euch aus dem Weg gewesen.«

»Sind Sie von Sinnen?« Helenas Stimme zitterte. »Warum sollte ich so etwas tun?«

»Weil du als Hebamme zur Anzeige heimlich Schwangerer verpflichtet bist, oder hast du das zufällig vergessen?«

Helena blieb der Mund offen stehen.

»Schon gut. Du brauchst nichts zu erklären. Es ist nicht zu übersehen, wie nahe ihr euch steht. Aber keine Sorge, ich habe nicht vor, euch länger im Weg zu stehen. Ich hatte ohnehin vor zu gehen. Und zwar für immer.« Zielstrebig griff sie nach dem Medizinbeutel und griff die richtige Flasche heraus. Sie löste den Korken, setzte das Wohlverleih an und trank mit großen Schlucken.

Geistesgegenwärtig sprang Gregor auf und schlug Aurelia die Flasche aus der Hand. Das Glas zerplatzte am Boden, aber zwischen den Scherben im Dielenholz versickerte nur noch ein Rinnsal. Es war zu spät.

Eilig raffte Aurelia ihre Röcke und rannte aus dem Zimmer. Helena stieß einen gellenden Schrei aus, einen Schrei, der Aurelia zurückholen und alles ungeschehen machen sollte.

»Helena, bitte sei still – du verrätst uns! Gleich läuft das ganze Stift zusammen.« Er presste ihr die Hand über den Mund. »Bleib ganz ruhig hier sitzen! Ich laufe ihr nach!«

»Nicht notwendig. Das Weib liegt ohnmächtig auf dem Flur.« Die Stimme des Leibarztes fuhr ihnen bis ins Gebein.

»Seien Sie gegrüßt, werter Graf von Herberstein.« Er kam mit einem Lächeln auf den Lippen zu ihnen hereinspaziert. »Schön, dass wir uns nach langer Zeit wiedersehen. Es hätte mich gewundert, sollte ich mich getäuscht haben. Wie lebt es sich denn so als Deserteur in unserem Stift? Sie sehen etwas blass aus um die Nase.«

Kapitel 13

»Geh jetzt und tu, was ich dir befohlen habe! Und kein Ton zu Helena oder der Gräfin. Zu niemandem! Dafür vergesse ich, dass ich dich in der Bibliothek gesehen habe«, zischte ihm der Äskulap zu und zog die Tür zum Stiftshof auf. »Verstanden? Du weißt, der Gräfin würde das Bekanntwerden ihrer Umstände gar nicht gut zu Gesichte stehen. Und du willst doch auch nicht, dass ich mir eine hübsche Geschichte ausdenke, in der Helena, die seelengute Hebamme, bei der Entfernung einer Leibesfrucht behilflich gewesen ist?«

Noch benommen von dem neuerlichen Anfall, den er während der Unterredung mit dem Äskulap in dessen Höhle erlitten hatte, stammelte Gregor: »Aber Aurelia ... das Wohlverleih ... sie hat getrunken ... braucht Hilfe.«

Der Leibarzt packte ihn unsanft am Kinn. »Du tust jetzt genau, was ich dir gesagt habe. In sechs Wochen treffen wir uns wieder, um die Sache zu Ende zu bringen. Und bis dahin kein Wort, sonst hängst du am Galgen.« Der Leibarzt stieß ihn zur Tür hinaus, und Gregor taumelte ins Freie. Hinter ihm fiel die Türe ins Schloss.

Die kühle Nachtluft ließ ihn erschaudern. Oder war es die Angst vor dem, was ihm nun bevorstand? Niemals hätte er geglaubt, dass sich Freiheit so bedrückend anfühlen würde. Plötzlich fehlten ihm die Wände und eine Türe, die er hinter sich schließen konnte. Wie lange hatte er diesen Moment herbeigesehnt, und wie sehr wünschte er sich nun wieder zurück in das Sternenzimmer?

Aber es blieb ihm nichts anderes übrig, als dem Äskulap Gehorsam zu leisten. Er musste es tun. Zum Glück kannte er sich im Stiftsbezirk aus. Das kleinere Tor auf der Rückseite war nicht bewacht, eine solch strenge Vorkehrung hielt man trotz des nahenden Feindes nicht für notwendig. Er musste also nur dorthin und möglichst ungesehen hinunter in die Stadt gelangen.

Im fahlen Mondlicht schlich er sich dicht entlang des Gemäuers zur Hinterseite des Kirchenbaus, am Fuße des Berges sah er schemenhaft die Häuser, in denen hier und da ein Licht brannte. Er trat unter dem kleinen Steinbogen des Stiftstores hindurch, sah sich nach beiden Seiten um und rannte die in den Fels gehauenen Treppen im Zickzack hinunter. Nur noch wenige Stufen ... Atemlos langte er in der Mühlenstraße an. Das Rauschen des Flusses begleitete ihn bis vor zum Viehtor. Er lehnte sich gegen den Sandsteinpfeiler und schickte ein Stoßgebet hinauf zu der kleinen Statue des heiligen Servatius im Gefache des Torbogens, auf dass der Stiftsheilige ihn sicher bis zur Viehweide geleiten möge.

Gregor lief weiter, geduckt, wie er es beim Wechsel von Schützengraben zu Schützengraben gelernt hatte. Er ließ den Bauernhof zu seiner Linken hinter sich und drehte sich erst wieder auf Höhe der Wassermühle um. Düster ragten die Umrisse des Stifts in den nächtlichen Himmel. Was, wenn er jetzt fliehen würde? Er war doch frei! Einfach nur weitergehen. An der Bode entlang, durch die Wälder, immer Richtung Süden. Irgendwann würde er schon in Wien ankommen – oder dem Tod in die Arme laufen, dachte er, als er am Wiperti-Friedhof vorbeikam, wo auch die Stiftsangehörigen ihre letzte Ruhe fanden. In Gedanken sah er ein frisches Grab vor sich, auf dem Aurelias Name stand. Diese Vorstellung trieb ihm Tränen in die Augen. Hätte er ihren Versuch, sich das Leben zu nehmen, vereiteln können? Hätte er doch für sie da sein sollen? Was, wenn sie in diesem Moment starb? Seine Gedanken kreisten um Aurelia, Gesprächsfetzen kamen ihm in den Sinn, wo er vielleicht besser dieses oder jenes gesagt hätte.

Erst als sich die Dorfweide vor ihm auftat, gelang es ihm, sich ein wenig auf den unebenen Weg zu konzentrieren – Helena sollte ihre Kunstfertigkeit im Gebeinerichten nicht noch einmal unter Beweis stellen müssen.

»Hände hoch oder ich schieße!«

Gregor fuhr zusammen, als er den Gewehrlauf im Rücken spürte. Er wollte etwas sagen, aber ihm blieb die Luft weg.

»Hände hoch, habe ich gesagt!«

Das war doch die Stimme einer Frau? »Was wollen Sie von mir?«

»Oh, das frage ich dich, du ... du dreckiger Lumpensammler! Scher dich bloß fort von meinen Kühen!«

»Ernestine? Bist du das?«

Das Gewehr wich aus seinem Rücken, und er drehte sich achtsam um. Es war tatsächlich Ernestine, die Frau des Kutschers, der ihn stets von der Poststation zum Stift und wieder zurück gebracht hatte.

»Graf von Herberstein?«, setzte nun auch bei ihr das Erkennen ein. »Oh, verzeihen Sie bitte vielmals. Wie sollte ich ahnen, dass Sie in solchen Lumpen stecken, werter Graf? Bitte verzeihen Sie mir! Es war auch nur ein Stock; ich bin einfach so erschrocken. Zuerst dachte ich, mein Mann, Gott hab ihn selig, würde mir leibhaftig erscheinen. Doch mein lieber Mann hatte immer ordentliche Sachen zum Anziehen.«

»Schon gut, Ernestine, schon gut. In diesem Aufzug konntest du mich nicht erkennen – schon gar nicht, wenn wir uns im Dunkeln auf der Kuhweide begegnen. Was machst du überhaupt hier draußen?«

»Oh, ich ... ich wollte nur nach den Kühen sehen.«

»Mitten in der Nacht?«

»Oh ... nun ja, warum nicht? Schließlich sind sie krank.«

Gregor zog die Stirn in Falten und musterte Ernestine.

»Und ich konnte nicht schlafen!«, fügte sie hinzu. »Ich kann schon seit einigen Nächten keinen Schlaf mehr finden. Seit dem furchtbaren Kutschunfall. Ein Mädchen, Helena heißt sie, hat unserer gnädigen Fürstäbtissin das Leben retten können. Aber für meinen Mann kam jede Hilfe zu spät.«

»Dein Mann ist bei dem Unfall gestorben? Nein, das wusste ich nicht! Ich bin auch sozusagen nicht offiziell im Stift. Du hast mich also nicht gesehen, verstehst du? Schwörst du mir, Stillschweigen zu bewahren?«

Ernestine hob sofort die Hand und spreizte die Finger zum Zeichen. »Ich schwöre!« Auf sein Nicken hin senkte sie den Arm. Dann legte sich ihre Stirn in Falten. »Aber darf ich bitte wissen, was Sie des nächtens bei meinen Tieren suchen?«

»Ich ... ich brauchte frische Luft und ...«

»Können Sie auch nicht schlafen? Ich halte es wirklich kaum aus in meinem Bett. Von unten poltert meine kranke Tochter, und von oben sieht mein Mann auf mich herab, während von der Seite noch sein Leichengeruch aus der Stube dringt. Es ist zum Davonlaufen! Ich bin so froh, wenn er bald seine letzte Ruhe findet. Aber damit beginnen meine Sorgen erst richtig. Nach der Beerdigung werde ich keinen Kreuzer mehr in der Tasche haben. Wovon soll ich noch die Weidepacht bezahlen? Ich würde so gerne die Kühe an meinen Schwager verkaufen, aber es wird wohl noch eine ganze Weile dauern, bis die Kuhpocken verschwunden sind und die Kühe wieder ordentlich Milch geben. Ich habe gerade noch einmal die Euter abgetastet.«

»Ernestine, könntest du mir einen großen Dienst erweisen? Du müsstest mir die Melkerknoten künstlich mitteilen«, sagte er zur Witwe.

Ernestine bekreuzigte sich. »Gott steh mir bei. Warum bin ich nicht im Haus geblieben?« Sie zögerte. »Aber was bleibt mir übrig? Alsdann, bringen wir es hinter uns.«

Gregor stutzte. »Woher weißt du überhaupt, wovon ich spreche?«

»Ach, das... das habe ich ... das mit dieser künstlichen Mitteilung der Melkerknoten habe ich aufgeschnappt, als Helena bei mir war. Kennen Sie denn das Mädchen? Sie ist so lieb und hilfsbereit; ganz anders als der Herr Doktor. Und nun muss sie unter seinem Joch leiden. Ich würde mich so für das Mädchen freuen, wenn sie es eines Tages zu etwas bringen würde.«

»Ja, ich kenne Helena. Und deswegen treibe ich mich auch hier auf der Kuhweide herum. Ehrlich gesagt fühle ich mich hier auch nicht besonders wohl ... Könnten wir jetzt zu deiner ruhigsten Kuh gehen, eine der Blasen am Euter aufstechen und mir das flüssige Gift übertragen?«

»Oh, hätte ich mich nur nicht darauf eingelassen ...«, flüsterte Ernestine, als sie sich im Mondlicht zu einer seelenruhig im Gras liegenden Kuh schlich.

»Warte, Ernestine!« Er zog sein Messer hervor. »Zuerst brauche ich noch eine Schnittwunde.« Während er an seinem gesunden Arm den Hemdsärmel hochzog, wandte er das Gesicht ab und schielte lediglich auf die Stelle am Oberarm, wo er die Messerspitze ansetzte. Hätte er vorher nur eine Flasche Wein getrunken ... Er spürte einen kurzen Stich. Es brannte.

Gregor wartete, während Ernestine sich neben die Kuh hinkniete. Er wollte nicht zusehen, aber seine Ohren nahmen jedes Geräusch auf.

»So, jetzt spüre ich die Pusteln am Euter ... Oh, ist das schwierig im Dunkeln! Zum Glück kennt mich das Vieh.«

»Stich bloß nicht zu tief hinein, Ernestine.«

»Schnell, jetzt kommt Flüssigkeit! Ich habe es geschafft. Hier, etwas davon ist auf der Klinge.« Sie eilte zu ihm und griff seinen Oberarm. Die Messerklinge brannte in der Wunde. Gregor biss die Zähne zusammen und sog zischend die Luft ein. Nur kein Anfall, nicht jetzt.

Ernestine zog ein Stofftuch aus ihrer Rocktasche. »Hier, drücken Sie das auf die Wunde. Es ist sauber. Sind höchstens ein paar Tränen drangekommen.«

»Danke.« Gregor atmete tief durch und streifte den Hemdsärmel herunter. »Nun sollten wir zurückgehen.«

Ernestine folgte ihm. »Und was passiert jetzt? Ich meine, wie geht es weiter?«

»In den nächsten Tagen bekomme ich wohl ein paar Pusteln an der Stelle. Wenn sie abgeheilt sind, wartet man noch eine Weile, und dann bekomme ich eine Inokulation. Wenn mich die Melkerknoten schützen, werde ich nicht krank.«

»Aber ich muss jetzt nichts mehr tun, oder?«, kam die

bange Frage von Ernestine, als sie ihn mit kurzen Schritten eingeholt hatte.

»Doch, bete für mich, dass ich gesund bleibe ... Ernestine, hast du dir wehgetan?« Sie war gestolpert, und Gregor half ihr von der Wiese auf. »Alles in Ordnung? Hast du deinen Arm verletzt?«

»Nein, nein, nichts passiert. Und natürlich werde ich Sie in meine Gebete einschließen.«

Unbemerkt gelangten sie durchs Viehtor und dahinter trennten sie sich. Ernestine bog zu ihrem Haus in die Schlossberggasse ab, die um den Stiftsberg herumführte. Gregor stieg gemessenen Tempos die steilen Stufen hinauf. Die Wunde pochte und ließ ihn ständig an Helena denken. Plötzlich kam ihm ein Lied in den Sinn, das er im Krieg immer wieder auf Flugblättern gelesen hatte. Der Schreiber brachte mit den Zeilen wunderbar den Geist der Französischen Revolution zum Ausdruck, aber Gregor verband noch etwas anderes damit. Als er über den Stiftshof ging, bewegte er seine Lippen zu der Melodie, die er ständig wiederholte, während er durch die verlassenen Küchenräume zurück ins Sternenzimmer ging.

> *»Die Gedanken sind frei, wer kann sie erraten,*
> *Sie fliehen vorbei, wie nächtliche Schatten.*
> *Kein Mensch kann sie wissen, kein Jäger erschießen*
> *Mit Pulver und Blei. Die Gedanken sind frei!*
>
> *Und sperrt man mich ein in finsteren Kerker,*
> *Ich spotte der Pein und menschlicher Werke.*
> *Denn meine Gedanken zerreißen die Schranken*
> *Und Mauern entzwei, die Gedanken sind frei!*

*Drum will ich auf immer den Sorgen entsagen
Und will dich auch nimmer mit Willen verklagen.
Man kann ja im Herzen stets lachen und scherzen
Und denken dabei: Die Gedanken sind frei!«*

Erleichtert, niemandem begegnet zu sein, erreichte er den Flur des Damenbaus. Innerlich pries er den geregelten Tagesablauf der Gräfinnen, dessentwegen ihm noch keine Dame zur Unzeit begegnet war. Es drängte ihn danach, in Aurelias Zimmer zu gehen, auch wenn die Angst vor dem, was ihn dort erwartete, so stark war, dass er unverrichteter Dinge wieder gehen wollte. Doch er musste nachsehen, auch um Helena zu beruhigen.

Sachte klopfte er an, doch als eine Reaktion ausblieb, ging er hinein. Seine Hoffnung, Aurelia schlafend im Bett vorzufinden – erschöpft, da sie das getrunkene Wohlverleih erbrochen hatte –, zerschlug sich. »Aurelia?«, fragte er leise. Er schaute in alle Ecken, sah nach, ob sie irgendwo auf dem Fußboden oder hinter dem Paravent lag. Musste er tatsächlich ein Einsehen haben, dass die Behandlung des Äskulap womöglich zu spät gekommen war und es für sie keine Rückkehr mehr gegeben hatte? Es war ihm unmöglich, einen endgültigen Abschied ins Auge zu fassen, als er langsam das Zimmer verließ und den Flur überquerte. Es war immer noch Hoffnung in ihm, dass sie nicht genug getrunken hatte, um einer Vergiftung zu erliegen und der Äskulap gerade dabei war, mit einem Aderlass alles wieder ins Reine zu bringen.

Gregor betrat das Sternenzimmer und ging an den Bücherregalen entlang bis in die hintere Nische des Raumes. Helena hatte sich auf dem Bett zusammengekauert und den Kopf unterm Kissen vergraben. Vorsichtig hob er es an.

»Gregor?«, murmelte sie schlaftrunken.

»Schhht«, machte er. »Ich bin es, ja. Schlaf weiter.« Behutsam legte er sich zu ihr.

»Gregor, ich wollte sie doch nicht umbringen!«, murmelte sie.

»Das hast du auch nicht getan, Helena.« Er streichelte ihr über die Schulter. »Du bist nicht schuld. Du kannst nichts dafür! Aurelia wollte es so. Du hättest es nicht verhindern können.«

»Doch bestimmt!«

»Beruhige dich ...«

Sie begann bitterlich zu weinen und rang nach Luft. »Du weißt ja nicht, wie schlimm das ist, wenn man das Leben eines Menschen auf dem Gewissen hat!«

»Doch, das weiß ich«, flüsterte er heiser. »Ich war Soldat, vergiss das nicht.«

»Aber ich wollte Aurelia doch nicht umbringen!«

Behutsam streichelte er ihr über den Kopf. Ihre Haare fühlten sich weich an, ohne jegliches Puder und Schmalz. Sanft strich er ihr eine vom Weinen feucht gewordene Strähne aus dem Gesicht und umschloss vorsichtig ihre Hand. Sie wehrte sich nicht dagegen.

»Schau mal, Helena, was du für eine gute Ärztin bist«, sagte er. »Ich kann meinen Arm schon wieder ein wenig bewegen, und wenn er ganz gesund ist, dann werde ich dich zum Dank dafür umarmen und durch die Luft wirbeln. Dann weißt du, was es heißt, vor Glück zu schweben.«

Er bekam nur ein Schluchzen zur Antwort. »Ich werde nie mehr glücklich sein, nie mehr!«

»Komm in meinen Arm, Helena.« Ihr Gesicht war in der Dunkelheit kaum zu erkennen, aber sie war ihm so nah.

Ihre Augen waren geöffnet, und er hörte ihren Atem. »Keine Angst. Ich möchte dich einfach nur festhalten und auf dich aufpassen. Ich bin für dich da, Helena.«

Sie fing wieder an zu weinen, rutschte aber Stück für Stück näher. Bis er sie endlich im Arm hielt. Zärtlich fuhr er ihre Schläfe entlang. Wie gerne hätte er ihr jetzt die Tränen aus den Augenwinkeln geküsst. Aber das durfte er nicht.

»Helena, weißt du was?«, fragte er stattdessen. »Wenn du möchtest, nehme ich dich bald einmal in einem Freiballon mit. Auch in Wien werden seit der Revolution mehr und mehr Montgolfièren gebaut. Man kann damit wirklich fliegen! Kannst du dir vorstellen, wie schön es ist zu fliegen?«, flüsterte er. »Man schwebt über alles hinweg. Über Dörfer, Häuser, Flüsse und Wälder. Die Menschen, alles wird ganz klein.«

Helena war still geworden. Sie lag auf dem Rücken und lauschte in der Dunkelheit seinen Worten: »Man ist dort oben ganz alleine. Nur du selbst, das Knistern des Strohfeuers im Ballon und der rauschende Wind. Alles wird unwichtig. Und der Wind kann die Gedanken davontragen. Das stimmt wirklich. Man steht nur da, sieht hinunter, und alles kommt einem plötzlich ganz leicht vor.«

»Oh Gregor, wie schön wäre es, ein Engel zu sein.«

»Aber dann wärst du doch tot! Das musst du nicht sein, um dich in den Himmel zu erheben. Mit einer Montgolfière kannst du fliegen, doch du kommst auch wieder auf die Erde zurück. Weißt du, irgendwie erging es dir bisher im Kampf mit dem Äskulap genauso wie den Gebrüdern Montgolfier mit ihrem Ballon: Ihren Ideen hat man auch nicht getraut. Der Korb wurde zuerst mit Tieren besetzt, da man glaubte, dort oben sterben zu müssen. Als Strafe, weil man sich Gott zu weit näherte. Und was ist passiert? Gar nichts. Die Tiere sind wieder heil gelandet, und seither entstehen allerorts Nachbauten des Ballons, weil sich immer mehr Leute in die Lüfte schwingen wollen. Ganz zuvorderst natürlich die ärgsten Kritiker; aber selbst die wirbelt Gott nicht zu Boden. Er freut sich über jedes reumütige Schaf.«

»Gregor, verzeiht Gott alles?«

»Das weiß ich nicht.«

»Ach Gregor, ich hätte so gerne Flügel.«

Gregor griff mit seiner Hand auf die Stelle am Oberarm, an der die kleine Wunde war. Gedankenverloren starrte er in die Dunkelheit. »Du bekommst Flügel, Helena. Ich werde dir welche schenken. Versprochen.«

***

Als am nächsten Morgen die ersten Sonnenstrahlen zu den Stiftsfenstern hereinkrochen, war Helena bereits auf dem Weg zum Leibarzt. Sie hegte die leise Hoffnung, Aurelia könne noch am Leben sein und sich in Behandlung befinden. Doch die Wahrscheinlichkeit dafür war gering. So gering, dass Helena sich schwertat, wirklich daran zu glauben, denn ihr Verstand wusste es besser: Der übermäßige Genuss der Wohlverleihessenz hatte Aurelia getötet. Ihr Magen hatte sich mit Erbrechen gegen das Gift gewehrt, und als der Atem schleppender geworden war und sich die Lähmungen im Körper ausbreiteten, hatte Aurelia das nahe Ende spüren können. Ihr Herz hatte wohl noch eine Weile gekämpft, doch dann hatte das Wohlverleih seine tödliche Bestimmung erfüllt.

Der Äskulap saß bereits an seinem Schreibtisch, als Helena die stickige Höhle betrat.

»Ah, da ist ja das Weib.« Der Lehnstuhl knarrte, als sich der Leibarzt nach vorn beugte. »Was hast du mir zu sagen?«

»Ich will Sie nicht lange belästigen«, brachte Helena mit zugeschnürter Kehle hervor. »Ich fühle mich schuldig an Gräfin Aurelias Tod und bin es nicht mehr wert, länger bei Ihnen zu lernen. Ich werde noch heute das Stift verlassen.«

»Nicht so schnell. Du weißt, dass ich als Medicus dazu verpflichtet bin, pfuschende Weibsbilder anzuzeigen?«

Helena stockte der Atem. »Aber ich wusste doch nichts von den anderen Umständen der Gräfin! Sonst wäre ich niemals mit dem Wohlverleih zu ihr gegangen!«

»Sodann hätte man die Person eben gründlicher untersuchen müssen«, äffte der Leibarzt mit hoher Stimme.

Helenas Augen wurden schmal. »Sie jedenfalls wussten von der Leibesfrucht. Aurelia hat es mir gesagt.«

»Das ist richtig.« Der Leibarzt griente und holte tief Luft. »Und für wie dumm hältst du mich? Wenn ein schwangeres Weib nach Wohlverleih verlangt, so gibt es nur ein Mittel!« Seine Faust sauste krachend auf den Schreibtisch. »Eine gehörige Portion Rizinusöl! Und nichts anderes habe ich in die kleine Flasche gefüllt, bevor ich sie dir mitgab.«

»Rizinus? Aber ... aber dann müsste ja Aurelia noch am Leben sein?«

Der Leibarzt entblößte sein fauliges Gebiss. »Sofern sich das Weib nicht die Seele aus dem Leib geschissen hat?«

»Sie sind abscheulich!«

»Jawohl. So abscheulich, dass ich dich vor einem tödlichen Fehler bewahrt habe! Ab sofort reißt du dich am Riemen. Es dürfen dir keine Fehler mehr unterlaufen! Und im

Übrigen – wenn du den Blatternversuch durchführst, sollte das unter meiner Aufsicht geschehen. Dein unvollkommener Geist benötigt die Führung eines Mannes, der die Zusammenhänge erfassen und das Ganze überschauen kann. Hast du mich verstanden? Ich werde dabei sein.«

»Es wird gar nicht erst so weit kommen. Ich werde den Versuch nicht machen.«

»Selbst zum Lügen ist dieses Weib zu dumm!«

»Nein, das ist die Wahrheit!« Helena beobachtete ihn lauernd. »Mich würde vielmehr noch interessieren, warum Sie mir das Quecksilberwasser für die Gräfin mitgegeben haben, wenn Sie doch von der Leibesfrucht wussten?«

Der Leibarzt lächelte. »Gut gedacht, aber leider die falsche Spur. Irgendwann wirst du von selbst draufkommen, wozu das *Aqua mercuriale* dienlich sein sollte. So, und nun halte das Weib sein Maul für den Rest des Tages. Wir müssen zur Visitation. Ernestine hat zu viel Geld.«

***

Von den Bäumen war fast alles Laub abgefallen. Es raschelte unter ihren Füßen, als sie in die Schlossberggasse gingen, Helena drei Schritte hinter dem Leibarzt. Es war ein milder Herbstmorgen, an dem sich die bunten Farben in ihrer ganzen Fülle gegen den blauen Himmel abzeichneten. Die Sonnenstrahlen wärmten die kühle Haut und verursachten Helena einen wohligen Schauer.

Ernestine wartete bereits an der Haustür und Helena lächelte ihr entgegen. Doch es schien der Witwe nicht gutzugehen. Ihre Wangen waren gerötet und die Augen glänzten fiebrig.

»Oh, werter Herr Doktor, und Helena, sei gegrüßt! Gut, dass Sie endlich da sind. Kommen Sie nur beide herein. Eigentlich müsste es mir viel bessergehen, seit mein Mann heute Morgen auf den Friedhof gebracht wurde. Nun ja, es geht mir auch besser ...«

»Wozu bin ich dann gekommen?« Der Leibarzt bückte sich, als er eintrat, um nicht an die niedere Decke zu stoßen. »Außerdem könntest du hier gehöriger lüften, damit es den elenden Gestank deines Mannes endlich fortnimmt.«

Helena warf einen vorwurfsvollen Blick auf den Leibarzt. Vermutlich nahm der Äskulap nur seinen eigenen Gestank wahr, jedenfalls war es frisch gelüftet und so sauber, wie man es nur selten antraf.

Obwohl nur das notwendigste Mobiliar vorhanden war, passten sie kaum zu dritt in die Stube. Ein Tisch mit drei Stühlen unter dem Kruzifix, im Eck eine Ofenbank und eine Holztruhe, auf der zwei schwarz bestickte Kissen lagen. Auf dem Tisch entdeckte Helena ein offenes Holzkästchen und bei näherem Hinsehen erkannte sie auf ein schwarzes Tuch gebettet die Eheringe der beiden.

Der Äskulap nahm das Kästchen in die Hand und musterte den Inhalt abfällig: »Wohl hätte ich so meine Zweifel, ob den Totengräbern das Blech als Lohn genügen wird.«

Wortlos nahm Ernestine das Kästchen an sich und barg es in ihren Händen.

»Aber du scheinst ja noch genügend Geld zu haben, wenn du mich hier so lange herumstehen lässt. Was macht deine Tochter?«

»Sie erholt sich zusehends. Und hin und wieder kommt sie sogar aus dem Keller, um etwas zu essen.«

»Das ist viel zu gefährlich. Du sollst sie einsperren, habe

ich dir doch gesagt! Wenn der Übermut nicht nachlässt, soll sie durch Rückwärtszählen ihren Geist beschäftigen.«

»Aber es geht meiner Tochter tatsächlich schon besser. Sie spricht wieder ganz normal mit mir, wenn auch nicht viel ...«

»So, jetzt sind wir bei der dritten Sanduhr. Bei euch Weibern kann man nur den Kopf schütteln: Erst klagen sie, sie hätten kein Geld, und dann vertratschen sie es. Aber so ist das eben, wenn sich das Maul erst nach dem Sargdeckel schließt. Und wenn du gerne drei Kreuzer ausgeben willst, nur um mir zu sagen, dass es allen gutgeht, bitte sehr. Narren soll man nicht bekehren.«

»Oh, Herr Doktor. Mir geht es schlecht, sonst hätte ich Sie nicht gerufen.«

»Siehst du, Helena? Ist der Doktor erst mal da, kommen tausend Zipperlein zum Vorschein. Nun gut. Muss ich dich untersuchen oder willst du dir dieses Geld plötzlich sparen?«

»Oh bitte. Ich habe solche Schmerzen im linken Arm.«

Der Äskulap zog die Augenbrauen hoch. »Wovon soll das kommen?«

»Das ... ja vielleicht ... Ich weiß es nicht so genau.«

»Schon recht. Das macht dann sieben Kreuzer. Habe die Ehre.«

»Ja, aber Herr Doktor? Was fehlt mir denn?«

»Unwichtig. Du bist auf der abschüssigen Seite des Lebens, Ernestine. So ist das. Dein Herz wird es wohl nicht mehr lange mitmachen. Sei froh, sodann kannst du bald wieder mit deinem Mann in einem Bett schlafen.«

Helena platzte der Kragen. »Sehen Sie nicht ihren geschwollenen Arm? Und das Fieber? Das kann nicht vom Herzen herrühren! Sie müssen sie untersuchen. Es wird wohl der Knochen sein.« Sie wollte nicht noch einmal einen Fehler machen. Und es wäre einer, wenn sie jetzt klein beigeben würde. »Bitte, Ernestine. Sag mir, woher der Schmerz rührt. Geht er zum Herzen oder bleibt er im Gebein?«

Mit einem ängstlichen Blick auf den Leibarzt flüsterte Ernestine: »Er ist im Gebein.«

»Hast du dir den Arm gestoßen? Oder bist du vielleicht unglücklich gefallen?«

»Ja, ich bin gefallen. Oh ja, das ist schon möglich, dass es davon kommt!«

Der Leibarzt schüttelte den Kopf. »Ich fasse es nicht. Ich fasse es einfach nicht! Nicht nur falsch behandeln, sondern dem Patienten auch noch falsche Krankheiten einreden.«

»Aber ich bin tatsächlich gefallen, Herr Doktor.«

Der Leibarzt nahm Stock und Tasche. »Auf deine Verantwortung, Helena. Wenn du doch so gerne nach Hause zurückwillst ... Reisende soll man nicht aufhalten.« Der Äskulap machte auf dem Absatz kehrt und verließ den Raum.

»Es ist der Knochen, Sie werden schon sehen, dass ich Recht behalte!«, rief ihm Helena wutentbrannt hinterher.

Er kam noch einmal zurück und tätschelte ihr die Wange. »Träume sind ein guter Weg, der Wahrheit zu entfliehen.«

»Immer wollen Sie Recht behalten! Aber auch Sie können sich täuschen! Oder haben Sie seither einen einzigen Vogel entdeckt, der sich vergraben hat? Es ist nicht immer alles richtig, was Sie sagen und glauben! Auch ich weiß so manches.«

Der Leibarzt blieb gefasst. »So? Wohl ganz zuvorderst, wie man Menschen in Kühe verwandelt, weil man glaubt, sie vor den Blattern retten zu können!«

»Das ist doch Unsinn! Niemand würde dabei Schaden nehmen.«

»Was du nicht sagst. So führe diesen Blatternversuch doch endlich durch, wenn du dir so sicher bist, dass die Melkerknoten schützen! Aber denk daran, was ich dir gesagt habe: nur unter meiner Aufsicht. Bei deinem Glück amputierst du sonst noch jemandem den Arm.« Der Leibarzt räusperte sich. »So, Ernestine. Das wären dann neun Sanduhren. Habe die Ehre.«

»Aber Herr Doktor, Sie wollten doch die Sanduhr stecken lassen. Ich dachte, wir hätten gestern Abend ausgem...«

»Einem Weib hat das Denken schon immer geschadet. Und wenn es der Knochen ist, so soll sich der elende Chirurg darum kümmern. Vielleicht hast du das Geld ja noch übrig, Ernestine. Aber in alten Schüsseln ist ohnehin alles Säubern vergeblich.«

Kapitel 14

Es ging schief, was nur schiefgehen konnte. Das Schlimme aber – es unterliefen ihr Fehler, die sie sich nicht erklären konnte. Sie wusste nur, dass heute wieder etwas schiefgehen würde, obwohl sie sich solche Mühe bei der Behandlung der Stiftspatienten gab. Morgens nahm sie die Befehle des Leibarztes entgegen, tagsüber kümmerte sie sich wunschgemäß um die Kranken, und abends attestierte er ihr dabei mehr Leidenschaft als Können. So ging das nun seit Wochen. Zudem nahm der Leibarzt keine Rücksicht darauf, dass sie von dem Blatternversuch nichts mehr wissen wollte. Denn er fragte ständig nach, wann sie nun endlich den Versuch durchführen wolle. Aber sie wollte nicht mehr. Seit sie in der Nacht um Aurelias Leben gebangt hatte. Niemals mehr wollte sie Gottes Gnade herausfordern.

Es war nun Anfang November und der Wind pfiff empfindlich kalt zu den Fensterritzen herein. Helena hatte zu ihrer bunten Kleidung noch einen gefütterten, dunkelblauen Umhang bekommen. Auch im Sternenzimmer war es kalt geworden, obwohl Gregor das Feuer im Kachelofen ständig mit Holz versorgte. Wie es der Äskulap über den Winter in seiner Höhle aushalten wollte, ohne vor dem offenen Feuer als Rauchfleisch zu enden, war ihr schleierhaft. Der Leibarzt erwartete sie wie immer an seinem Löwenschreibtisch und sah ihr mit hochgezogenen Augenbrauen entgegen – im selben Moment verwünschte Helena ihr Bedauern über seine Unterkunft. Sollte er doch hausen, wie er wollte.

»Das wird aber Zeit, dass du dich endlich blickenlässt. Wenn das so weitergeht, bin ich nicht mehr gewillt, dich an meine Patienten zu lassen. Von allen Seiten kommen nur Beschwerden über deine Behandlungen. Seit Wochen geht das nun schon so. Siehst du nicht, dass du vollkommen überfordert bist? Es wäre sinnvoller, du würdest dich wieder einzig und allein den Schmerzen der Gebärenden widmen, um als Hebamme das wiedergutzumachen, was sich das Weib im Paradies selbst eingebrockt hat.«

»Hören Sie doch auf mit Ihren Beleidigungen. Ich kann mehr, als Sie glauben.«

»So? Und wie erklärst du dir alsdann Sebastians schlechten Zustand? Nicht einmal eine einfache Kopfwunde konntest du versorgen, ohne dass daraus ein bedrohliches Eitergeschwulst wurde. Und aus der Magenverstimmung der Seniorin Gräfin Maria wurde mit deiner Hilfe eine regelrechte Kolik ...«

»Ich habe nicht bemerkt, dass der Apotheker eine falsche Zutat verwendet hatte! Wie hätte ich es auch feststellen sollen? Ich konnte Ihre Schrift nicht lesen! All die kryptischen Zeichen auf dem Rezept ...«

»Da hört sich doch alles auf! Du willst anderen deine Fehler in die Schuhe schieben? Die Einzige, die versagt hat, bist du! Oder willst du mir etwa sagen, dass ich in Zukunft leserlicher schreiben soll? Damit endlich jeder Patient weiß, was ihm verschrieben wird? Auf dass er sich die Medizin am Ende gar selbst beim Bader besorgt? Nein! Die Mittel sind und bleiben das Geheimnis eines jeden Medicus'!«

»Aber wenn der Apotheker gewusst hätte, wofür die Medizin gebraucht wird ...«

»Ich bin doch nicht von allen guten Geistern verlassen und schreibe auch noch die beabsichtigte Wirkung mit aufs Rezept! Der Apotheker würde einen Freudentanz vollführen! Endlich könnte er eine von mir erfundene Medizin kopieren und selbst unters Volk bringen. Ja, glaubst du denn, ich säge an meinem eigenen Ast?«

»Aber man könnte die Mittel doch in einer großen zentralen Apotheke unter Aufsicht fertigen lassen und von dort aus unter Ihrem Namen vertreiben? Dann könnten auch die Leute aus anderen Fürstentümern davon profitieren.«

»Hat dir das der so ehrenwerte Medicus Roth eingeredet? Du hättest mir übrigens ruhig mitteilen können, dass ihn der Tod ereilt hat. Ich bin gerade dabei, die Kondolenz an seinen Sohn Friedemar zu verfassen. Möchtest du nicht auch einen Gruß daruntersetzen?«

Helena wurde siedend heiß. »Das ... das ist nicht notwendig.«

»Weißt du nicht, was sich gehört? Außerdem könnte es Friedemar doch interessieren, wo du untergekommen bist.«

»Es ist wirklich nicht nötig.«

»Und weshalb nicht?«

»Weil ... weil ich ihm selbst schreiben werde.«

»So, so, wie du meinst.« Der Leibarzt entblößte seine fauligen Zahnstumpen. »Wenn dir allerdings noch mehr Behandlungsfehler unterlaufen, dann bin ich gerne bereit, als Ehestifter aufzutreten und eine Mitteilung an Friedemar zu senden. Ich will schließlich nur dein Bestes.« Der Leibarzt unterschrieb den Brief und faltete ihn zusammen.

»Es werden mir keine Fehler mehr unterlaufen.«

»Da bin ich aber gespannt. Heute Abend müssen noch zwei Kranke visitiert werden.«

***

Der Leibarzt folgte ihr dicht auf den Fersen, als sie ein mit grüngoldenen Stofftapeten ausgekleidetes Zimmer betraten. Der Raum war von Essiggeruch erfüllt, der beißender wurde, je näher Helena der Kranken kam. Die Seniorin lag mit geschlossenen Augen im weißen Himmelbett. Ihre graue Haut war faltig wie die einer Schildkröte. Auf ihrer Stirn lag ein nasses Tuch, und als Helena es vorsichtig abnahm, um die Temperatur zu prüfen, erwachte die Kranke.

»Guten Abend, werte Seniorin Maria.«

»Landgräfin von Hessen-Darmstadt«, raunte ihr der Leibarzt von hinten zu und blieb in einiger Entfernung zum Bett stehen.

»Wie geht es Ihnen, werte Seniorin Maria Landgräfin von Hessen-Darmstadt?«

»Was für eine Frage!«, stöhnte der Leibarzt. »Schlecht geht es ihr, das sieht man doch! Oder bist du blind?«

»Nein«, presste Helena zwischen den Zähnen hervor, während sie ihre Hand auf der heißen Stirn der Kranken ruhen ließ. Die Hitze war außergewöhnlich hoch, und Helena schoss ein Gedanke durch den Kopf. »Verzeihung, werte Seniorin, aber ich muss Sie untersuchen. Es könnte eine ernstliche Krankheit sein.«

»Unter meinem Bett steht der Urin«, erwiderte die Stiftsälteste schwach.

»Es tut mir leid, aber mit dieser Methode kann ich die Krankheit nicht bestimmen.«

»Aber der Leibarzt beherrscht diese Kunst. Ich verlange, dass *er* mich behandelt.«

»Die Krankheit lässt sich nur erkennen, wenn ich mir Ihre Haut besehe«, insistierte Helena. »Bitte, es könnten beginnende Blattern sein.«

Mit angstvoll geweiteten Augen zog die Seniorin die Bettdecke bis unters Kinn und der Leibarzt seufzte vernehmlich. »Gut gemacht.«

Helena redete der Stiftsältesten wie einem Kind gut zu, versuchte sie zu beruhigen, ihr die Notwendigkeit der Untersuchung beizubringen. Doch die Gräfin blieb eisern.

»Jetzt reicht es aber!«, donnerte der Leibarzt mit einem Mal. »Schluss jetzt mit diesen modernen Empfindeleien, alles erklären zu wollen! Ich habe nicht Zeit bis in alle Ewigkeit! Werte Seniorin, Sie lassen sich nun augenblicklich die Haut besehen, oder Sie werden elend in Ihrem Bett verrecken!«

Als habe es keine Widerrede gegeben, zog die Seniorin ihre Chemise nach oben. Stück für Stück kam die blasse, verrunzelte Haut zum Vorschein. Doch es zeigten sich keine roten Flecken. Die Haut war völlig unversehrt. Helena atmete erleichtert aus, wenn auch ihre Wut auf den Leibarzt bestehen blieb.

Allerdings kam sie nun ins Grübeln, was stattdessen die Ursache für das hitzige Geblüt sein könnte. Waren es vielleicht wieder die Gedärme? Mit einem Seitenblick auf den Äskulap tastete sie den Bauch der Kranken ab, fand daran aber nichts Ungewöhnliches.

»Und, woher rührt das Fieber?« Der Leibarzt stützte sich

mit beiden Händen auf seinen Stock und zog ein Gesicht, als habe man ihn bereits zwei Stunden warten lassen.

Helena schluckte. »Haben Sie vielleicht irgendwo Schmerzen?«, fragte sie die Kranke.

»Hin und wieder habe ich ein leichtes Schwindelgefühl. Dann und wann juckt es mich am Fuß, vor dem Essen habe ich meist ein brennendes Gefühl im Magen und gerade des Winters plagen mich oft die Schmerzen im Kopfe.«

»Habe ich es dir nicht gesagt, Helena?«, feixte der Äskulap.

»Wegen meiner Beschwerden müsste ich wohl eilends zur Ader gelassen werden«, schlug die Seniorin vor. Doch Helena schüttelte den Kopf, und die Kranke zog die Stirn kraus. »Aber gewiss! Ich bestehe auf einen Aderlass, so wie er stets verordnet worden ist!«

»Das mag sein. Aber solange man nicht weiß, woher die krankhafte Hitze rührt, kann der Aderlass auch schädlich sein.«

»Und was gedenkst du also zu tun?«, knurrte der Leibarzt aus dem Hintergrund. »Entscheide dich aber bitte noch heute.«

Helena schaute die Seniorin eingehend an, in der Hoffnung, dass diese ihr nur irgendwie selbst sagen könnte, woher die Hitze rührte. Kein Ausschlag, keine widernatürlichen Ausleerungen, nichts.

»Das dauert ...« Der Leibarzt zog einen Stuhl herbei und setzte sich.

Mit zusammengepressten Lippen ging Helena noch einmal alle Möglichkeiten durch, doch dann senkte sie ihren Blick und schüttelte den Kopf. »Ich weiß es nicht«, murmelte sie.

»Etwas lauter, bitte. Ich habe dich nicht verstanden«, sagte der Leibarzt.

»Ich weiß es nicht«, wiederholte Helena.

»Sehr schön, sodann können wir ja endlich gehen. Ich habe noch einige Korrespondenz zu erledigen.«

»Ja, aber woran leidet die Seniorin?«

»Bin ich das Orakel von Delphi?«

Helena starrte ihn an. »Aber sie muss doch behandelt werden!«

»Daran hindert dich niemand. Überleg dir etwas.«

»Vielleicht ...« Helena konnte keinen klaren Gedanken mehr fassen. Irgendetwas Sinnvolles, irgendetwas musste ihr doch einfallen. Was könnte denn infrage kommen? Sie musste etwas vorschlagen. »Vielleicht müsste die Kranke erst einmal reichlich trinken, verdünnte Getränke, alsbald auch Holundertee. Vielleicht wird es davon besser.«

Der Leibarzt zuckte mit den Schultern. »Vielleicht, ja.«

»Und nur leichte Speisen essen! Hafergrütze und dergleichen.«

»Das geht nicht«, meldete sich die Kranke zu Wort. »Ich kann doch nur ganz beschwerlich niederschlucken.«

Helena rang mit der Fassung. Warum sagte die Seniorin das nicht früher? »Sie können kaum schlucken? Würden Sie bitte den Mund öffnen, damit ich nachsehen kann?«

Diesmal folgte die Seniorin der Aufforderung ohne zu zögern, aber das Misstrauen hielt sich in ihrem Blick.

»Der Rachen ist stark gerötet«, gab Helena sofort Auskunft. »Die Mandeln sind ein wenig geschwollen, haben aber ansonsten ihr natürliches Aussehen behalten. Eine Halsentzündung, die sich einfach behandeln lässt.« Erleichterung machte sich in Helena breit.

»Eine Halsentzündung. So, so.« Der Leibarzt rieb sich das Kinn. »Nichts weiter?«

»Nein, ich glaube nicht.«

»Du glaubst?«

Helena spürte Zorn aufwallen. »Ja, weil ich nicht in die Kranke hineinsehen kann und weil ich ebenfalls nicht zum Orakel tauge! Aber ich kann nach bestem Wissen und Gewissen sagen, dass es sich wohl nur um eine katarrhliche Erscheinung handelt, wie sie im Winter des Öfteren auftritt.«

»Wohlan, wie du meinst. Und wie soll diese behandelt werden?«

Nun überkam sie der Eifer. »Mit der weißen Abkochung! Dafür nehme man zwei Unzen Hirschhornpulver, die Krumen von einem hellen Stück Brot, gebe das in drei Pfund Wasser und koche es auf zwei Pfund ein. Es darf so viel Zucker hinzugegeben werden, bis sich ein angenehmer Geschmack einstellt.« Gespannt, aber schon fast siegesgewiss, wartete sie auf die Reaktion des Leibarztes.

Dieser nickte der Seniorin zu. »Wohl bekomm's.«

»Habe ich also richtig behandelt?«

»Das wird sich zeigen. Jedenfalls haben wir uns jetzt lange genug bei der Patientin aufgehalten, dafür, dass es angeblich nur ein Katarrh ist. Aber so sind die Weiber eben. Naiv wie einst im Paradies.« Der Leibarzt stand auf und ging zur Tür. »Falls Sie morgen noch leben, werte Seniorin, werde ich Ihnen ein dienliches und wie immer besonderes Mittel aus der Stiftsapotheke zukommen lassen.«

Helena unterdrückte ein Grollen. »Einen Moment bitte noch. Die Kranke soll wenigstens nicht die ganze Nacht über ihre eigene hitzige Luft einatmen.« Sie ging zum Fenster und drückte die Flügel ein wenig auf. Dann schaute sie noch schnell nach dem Ofenfeuer, ob genug Holz für die Nacht auflag, bevor sie dem Leibarzt hinausfolgte.

Als sie auf den Gang trat, stieß sie beinahe mit Aurelia zusammen. Helena erschrak und murmelte eine Entschuldigung, obwohl es nicht das erste derartige Zusammentreffen war. Im Gegenteil. Es kam ihr in den letzten Wochen beinahe so vor, als würde ihr die Gräfin ständig auflauern. Am Anfang hatte Helena noch versucht, mit ihr zu reden, aber Aurelia erstickte jegliches Gespräch bereits im Keim. Weshalb sie sich noch immer im Stift aufhalten durfte, blieb schleierhaft, selbst der Äskulap wusste es nicht. Aber Hauptsache, Aurelia hatte eine Unterkunft. Woher auch immer die Gnade der Fürstäbtissin rührte und wie lange diese wohl noch anhalten würde ...

Aurelia raffte ihr lilafarbenes Kleid, das die Umstände nur noch leidlich kaschierte, und schritt mit eisigem Blick an ihr vorüber. Helena sah ihr nach und beschloss, heute Abend noch einmal mit Gregor zu reden. Mit ein paar Laufschritten hatte sie den Leibarzt, der bereits vor der Tür der nächsten Patientin wartete, eingeholt.

»Wo bleibst du denn?«, empfing er sie. »Die Gräfin zu Nassau-Weilburg hat eine Blasenentzündung, damit das bereits geklärt wäre. Wer weiß, welchen Fantasien du ansonsten erliegst. So, und nun sage mir, wie man gegen diese Entzündung vorgeht, insbesondere, um schlimmere Zufälle in den Nieren zu vermeiden. Ach, Borginino, halt!« Er winkte den Diener zurück, der eben mit einem silbernen Geschirrtablett an ihnen vorbeigegangen war. »Das Weib hier möchte dir eine Besorgung auftragen.«

Helena geriet in Bedrängnis.

»Nun?« forschte der Leibarzt nach.

»Gegen ... gegen die Blasenkrämpfe helfen warme Umschläge, zur Not auch eine gelinde verabreichte Opiatgabe. Ansonsten muss die Ausscheidung durch reichliches Trinken befördert werden.«

»Das Weib spricht ein wenig undeutlich. Sie wollte dir befehlen, sofort zum elenden Chirurgen zu laufen, damit er die Kranke reichlich am Fuß zur Ader lasse, um das Gift am krankhaften Organ vorbei nach unten auszuleiten.«

»Aber die Patientin muss trotzdem reichlich trinken«, beharrte Helena, obwohl sie am liebsten einfach davongelaufen wäre.

»Das ist richtig. Und was, wenn ich fragen darf?«

»Ein Tee aus Brennnesseln, Bärentraube ... Schachtelhalm und ... und ...« Ihr Herz klopfte. »Und Wacholderbeeren!«

Der Leibarzt zog die Augenbrauen hoch. »Ach ja?« Er wandte sich an den Diener. »Du hast es gehört. Gib in der Küche Bescheid, damit die Gräfin ein paar Kannen von diesem Gebräu erhält. Dem Weib hier ist nichts Besseres eingefallen.«

»Doch! Man könnte ihr auch reichlich Orangenmolke zu trinken geben.«

Der Leibarzt nickte. »Orangenmolke. Jetzt wird es interessant. Ich höre?«

Helena konzentrierte sich. »Die Orangenmolke bereitet man durch das Kochen einer zerschnittenen Orange mit drei Gran Weinsteinrahm in Milch und Wasser, bis sich der käsichte Teil absondert. Die Molke soll so lange getrunken werden, bis die Kranke ihre Blase wieder ohne Schmerzen entleeren kann.«

Der Leibarzt nickte beeindruckt. »Interessant.«

Schnell fügte sie noch hinzu: »Man könnte auch noch eine Limone beifügen; das befördert die Heilung noch zusätzlich!«

»Ausgezeichnet, wirklich ausgezeichnet!« Der Leibarzt fing an zu lachen, er lachte, bis ihm die Tränen kamen. »Orangen und Limonen um diese Jahreszeit!« Er wischte sich die Tränen aus den Augen. »Das Beste, was ich seit langem von dir gehört habe!«

Helena fühlte sich wie mit Eiswasser übergossen. Sein Grinsen ließ ihre Wut noch höher schäumen, aber sie verkniff sich jede Bemerkung. Es war besser so.

Gott sei Dank entließ er sie einen Augenblick später auf ihr Zimmer. »Aber sieh heute Abend gefälligst noch nach dem Stiftskanzler! Sebastian hat übrigens ein Eitergeschwulst am Kopf und keine Magenverstimmung, das nur noch einmal zur Erinnerung, um dir die Behandlung zu erleichtern.«

Helena hatte jetzt nur noch das Bedürfnis, bei Gregor zu sein, um ihren ganzen Ärger bei ihm loszuwerden, sein Verständnis zu spüren und seine beruhigende Art zu genießen. Aber als sie nur wenig später vor dem Sternenzimmer ankam, bog ausgerechnet Aurelia um die Ecke. Wieder standen sie voreinander, wortlos. Eine Weile hielt Helena dem hasserfüllten Blick stand, dann wandte sie sich einfach ab und betrat das Sternenzimmer.

***

Als die Tür der Bibliothek ins Schloss fiel, verspürte Aurelia einen tiefen Schmerz, der wie eine Stichflamme durch ihren Körper schoss. Sie starrte auf die eiserne Klinke, auf das dunkle Holz und folgte Helena in Gedanken durch die Bibliothek. Sie vernahm ein gedämpftes Lachen. Jetzt gab Helena ihm sicher einen Kuss. Dicht an die Tür gedrängt hörte Aurelia die Stimmen der beiden. Wie jeden Abend, wenn sie hier stand und der Schmerz sie beinahe zerriss, aber sie musste wissen, was dort drinnen vor sich ging. Gestern Abend war Helena zur fünften Stunde wieder im Zimmer gewesen, den Tag zuvor um acht und davor um sechs. Wie immer unterhielten sie sich, es war nicht mehr als ein Murmeln, und meist dauerte es nicht lange, bis es still wurde. Quälend still.

Aurelias Magen verkrampfte sich, aber sie konnte sich nicht abwenden. Gregor lachte kurz auf, dann war es wieder still. Jetzt küsste Helena ihn wieder ...

Schmerzlich stand Aurelia der Moment vor Augen, als sie Gregor zum letzten Mal umarmt hatte. Aurelia dachte an seine letzten zärtlichen Gesten und legte ihre schweißnasse Hand auf die Türklinke. Es war schließlich jedem erlaubt, die Bibliothek zu betreten! Sie drückte die Klinke nieder, aber die Tür war verschlossen. Helena hatte also Vorsorge getroffen.

Gedemütigt hob Aurelia die Faust gegen die Tür, doch dann wandte sie sich ab und holte ihr Taschentuch hervor. Noch nie war ihr aufgefallen, dass die roten Ornamente auf dem Stoff aussahen wie kleine Tränen. Tausend Tränen, an denen einzig Helena Schuld trug. Es war, als läge ihr eine feste Schnur um ihren Hals, und sie wurde das Bild nicht los, wie sich die beiden liebten. Der aufwallende Hass erstickte ihren Tränenfluss, sie zwang sich, ihre Gedanken zu ordnen; langsam formten sich diese zu einem Racheplan, der keinen Aufschub mehr duldete. Sie holte ihren Umhang aus dem Zimmer und verließ mit der Öllampe in der Hand das Stiftsgebäude.

Ungeduldig pochte Aurelia an die Tür des Stiftskanzlers; sie musste unbedingt mit ihm reden. Endlich öffnete er, ein leichtes Erstaunen in seinem Gesicht.

»Guten Abend, werte Gräfin von Hohenstein. Was führt Sie zu solch später Stunde zu mir? Kommen Sie doch bitte herein.« Sebastian trat mit einer leichten Verbeugung zur Seite. »Was kann ich für Sie tun?«

»Ich wollte mich nach Ihrem werten Befinden erkundigen und mit Ihnen sprechen.«

Sebastian ging in seine Stube voraus, ein kleiner Raum, in dem trotz des spärlichen Mobiliars kaum zwei Personen Platz fanden. Eilends räumte er ein paar aufgeschlagene Bücher auf dem Stubentisch beiseite. »Setzen Sie sich doch. Die Wunde ist noch nicht besser. Im Gegenteil! Aber Ihrer Sorge bin ich doch nicht wert. Sie haben nun in den letzten Wochen fünf Mal nach mir gesehen. Es ist wahrhaftig schon genug, wie sich Helena um mich kümmert.«

Aurelia verzog das Gesicht, und Sebastian sah sie fragend an. »Oh, es ist nichts. Ich meine nur ... Ist Ihnen nicht auch schon zu Ohren gekommen, dass Helena mit den Behandlungen überfordert ist?«

»So eine Verletzung dauert eben ihre Zeit. Aber deshalb müssen Sie sich doch nicht um mich sorgen. Ich bin derjenige, den die Schuld trifft. Schließlich wurden Sie meinetwegen nicht ins Stift aufgenommen, weil ich im entscheidenden Moment gestolpert bin.«

Aurelia schluckte und versuchte sich an einem Lächeln. »Sie brauchen kein schlechtes Gewissen zu haben. Ich besuche Sie gerne.«

»Bitte, Gräfin von Hohenstein, es ist nicht nötig, wirklich nicht. Oder ist etwas nicht in Ordnung? Sie dürfen doch noch immer als persönlicher Gast des Leibarztes im Stift bleiben, oder etwa nicht?«

»Doch, doch.«

»Wenn Sie etwas bedrückt ...?«

»Entschuldigen Sie meine Nachdenklichkeit. Aber ich möchte Sie auf etwas aufmerksam machen. Als Stiftskanzler sind Sie doch für die Ordnung in unserem Hause zuständig, nicht wahr?«

»Nun, ich tue alles, was in meiner bescheidenen Macht steht.«

»So dürfte es Ihnen nicht behagen, dass unser Stift einen Deserteur beherbergt.«

»Was sagen Sie da?«

»Es kommt sogar noch schlimmer!«

»Wie meinen Sie das?«

»Diese Helena kümmert sich um den Flüchtling. Und sie hat sogar ein Verhältnis mit ihm! Stellen Sie sich das nur vor: Sodom und Gomorrha in unserem Haus, Herr Stiftskanzler!«

***

Helena wollte sich gerade schlafen legen, als ihr der Stiftskanzler in den Sinn kam. Sie hatten den Abend über Schach gespielt, und dabei hatte sie ihn völlig vergessen. Langsam beschlich sie der Verdacht, dass Gregor sich vor allem ihretwegen entschlossen hatte zu bleiben. Immer häufiger suchte er ihre Nähe. Am Abend, wenn sie vom Unterricht kam, sah er sie stets freudestrahlend an. Jeden Tag war er ein bisschen näher an sie herangerückt, und sie hatte sich immer weniger dagegen gewehrt. Wenn seine Nähe ihr doch wenigstens unangenehm wäre, damit sie ihm Einhalt gebieten könnte! Und nun hatte sie darüber auch noch ihre Pflicht vergessen.

Schuldbewusst machte sie sich auf den Weg zu Sebastians Haus. Der kalte Wind fuhr ihr unter den Rock und ließ sie frösteln. Es war niemand mehr unterwegs, vielleicht schlief der Stiftskanzler auch schon, aber Helena wollte sich keinesfalls wieder dem Zorn des Leibarztes aussetzen und es wenigstens versucht haben. Wenn sie nur endlich eine Erklärung für Sebastians eiternde Wunde finden würde! Bei der Fürstäbtissin hatte das Kräutersäcklein auch geholfen, und seit vergangenem Donnerstag behandelte sie Sebastian zusätzlich noch mit Thymian, der entzündungshemmend wirkte. Ohne Erfolg. Der Eiter war sogar leicht bräunlich geworden, was sie noch nie erlebt hatte. Aber die Medizin war die richtige, da hatte der Apotheker nichts falsch gemacht. Sie hatte an dem Fläschchen gerochen: Es war eindeutig und unverwechselbar Thymian gewesen.

Leise klopfte sie an Sebastians Türe. Er öffnete nicht. Nach einer Weile des Wartens musste sie sich eingestehen, dass sie zu spät kam und er bereits schlafen gegangen war.

Helena horchte auf. Rief da nicht jemand um Hilfe? Das war doch die Stimme des Stiftskanzlers!

Helena riss die Türe auf. »Sebastian, wo sind Sie?«

»Hier!«, rief er mit dünner Stimme.

Helena tastete sich durch die dunkle Stube am Studiertisch vorbei und fand Sebastian zusammengekauert am Küchenboden vor dem Herdfeuer.

»Helena, dich schickt der Himmel!« Er sah sie mit glasigen Augen an. »Der Herrgott hat meine Hilferufe erhört ...«

»Sebastian, was ist mit Ihnen?«

»Mein Herz klopft schneller, als ich zählen kann, und meine Beine wollen mich nicht mehr tragen. Sobald ich versuche aufzustehen, wird mir schwarz vor Augen. Und ich friere so! Ich friere erbärmlich, Helena. Schlimmer als im strengsten Winter. Ich glaube, ich muss sterben.«

»Unsinn, Sebastian. Reden Sie keinen Unsinn. Sie haben zu viel Hitze im Geblüt. Aber davon muss man nicht gleich sterben.« Mit Bestürzung entdeckte Helena, dass sich der Eiter in Sebastians Kopfwunde schwarz verfärbt hatte. »Oh je, Ihre Verletzung wird ja immer schlimmer, statt besser. Vielleicht sollte ich doch wieder eine mit Weinessig getränkte Scharpie auflegen. Ich verstehe das nicht ... Jedenfalls müssen Sie jetzt schnell vom Feuer weg! Sie brauchen Beinwickel mit kaltem Wasser.«

»Helena, willst du mich umbringen?« Kläglich schlang er die Arme um den Oberkörper. »Ich erfriere!«

»Das Feuer wird Sie umbringen, Sebastian! Ich helfe Ihnen zurück ins Bett.«

Helena begriff selbst nicht, woher sie die Ruhe nahm. Mit aller Kraft hob sie den Stiftskanzler auf. Er zitterte am ganzen Körper, konnte kaum gehen. Es gelang ihr, ihn ins Bett zu verfrachten und die unsaubere Wunde leidlich auszuwaschen, wobei er heftig stöhnte. Als sie endlich zwei feuchtkühle Tücher um seine Beine gewickelt hatte, atmete sie fast genauso schnell wie er. Erschöpft ließ sich Helena auf der Bettkante nieder.

Sebastian hatte die Wolldecke bis unters Kinn gezogen, und aus den sonst so gütigen Augen sprach der blanke

Schmerz. Auf seiner Stirn hatten sich Schweißperlen gebildet, die in Rinnsalen zu den Schläfen liefen und sich in der dünnen Zopfperücke verfingen.

»Es wird bald besser, Sie werden sehen«, versuchte sie den Kranken zu beruhigen. »Das feuchte Laken ist jedenfalls gut gegen die Hitze im Geblüt.«

Sebastian klapperte zur Antwort mit den Zähnen, und seine Finger klammerten sich in die Wolldecke. »Ich ... ich freue mich schon auf das Paradies. Dort ist es viel besser als auf Erden.«

»Sebastian, hören Sie auf damit! Sie werden nicht sterben. Sie haben keine roten Flecken, also sind es nicht die Blattern. Kein Durchfall und keinen sonstigen Ausschlag, also weder Ruhr noch Typhus. Es ist eine schlichte Influenza. Und die werden Sie überleben! Sie sind kräftig genug.«

»Du brauchst mir keine unnötigen Hoffnungen zu machen. Es ist lieb von dir, aber ich habe keine Angst vor dem Tod. Er ist doch nur der Übergang vom irdischen Jammertal ins himmlische Paradies.«

»Bitte, Sebastian!« Helena hielt seine Hand. »Verstehen Sie nicht? Sie werden nicht sterben! Die schlimme Hitze dauert höchstens zwei oder drei Tage. Und so lange müssen Sie durchhalten. Dann ist die Gefahr vorbei.«

»Der Tod kann uns jederzeit ereilen. Man darf sich nicht auf eine glückliche Sterbestunde verlassen. Ich habe daher ständig die irdische Rechnungsführung beachtet und bin nun stehenden Fußes bereit.«

Helena wusste bald nicht mehr, ob sie lachen oder weinen sollte. »Aber Sebastian, Ihr Leben ist noch nicht zu Ende!«

»Doch, doch. Ich habe nichts vom irdischen Leben verlangt und habe trotzdem bereits mehr als genug geschenkt bekommen. Der Herrgott braucht mich nicht mehr auf Erden. Ich habe alles gelernt und getan, was wichtig war. Was will ich mehr vom Leben?«

»Sebastian, denken Sie doch an die Menschen im Stift: Sie werden gebraucht!«

»Wenn ich daran glauben würde, wäre ich ein armer Mensch. Das Stift wird ohnehin aufgelöst, oder hast du das schon vergessen? Damit sind alle meine Bemühungen hinfällig. Ich dachte zwar, dass mir der Herr noch die Zeit lässt, das Kirchensilber vor dem Untergang zu retten. Aber dazu hat er offensichtlich jemand anderen bestimmt.« Mit fiebrigen Augen sah er sie bedeutungsvoll an.

Leicht verwirrt runzelte Helena die Stirn.

Der Stiftskanzler verzog seine Lippen zu einem schwachen Lächeln. »Nun weiß ich, warum der Herr dich zu uns ins Stift geschickt hat. Du bist es, die es retten soll.«

Helena schüttelte den Kopf; die Hitze schien ihn schwer angegriffen zu haben. »Sebastian, seien Sie doch vernünftig. Wie sollte *ich* das Stift retten?«

»Nicht das Stift, Helena. Das Stiftssilber, die Kirchenschätze. Bitte versprich mir, das Erbe des Stifts zu bewahren. Es darf nicht an den König fallen! Er wird die Schätze einschmelzen und sich daraus Tafelsilber pressen lassen. Du musst die Sachen an einen sicheren Ort bringen, wenn ich es nicht mehr kann. Bitte versprich mir das.« Sebastian sah sie flehend an. Dieser Ausdruck ... wie damals, als er nach dem Unfall im Wald um Hilfe gerufen hatte. Helena tupfte ihm die Schweißperlen von der Stirn und flößte ihm Flüssigkeit ein, um etwas Zeit zu gewinnen. So war sie vor einigen Wochen auch bei der Fürstäbtissin am Bett gesessen, kurz bevor der Äskulap ins Zimmer gekommen war. Dann die Vereinbarung, der Handschlag, ihr Entschluss zu bleiben. Wäre sie nur damals mit einem Pferd, das man ihr zur Verfügung gestellt hätte, weitergeritten. Und jetzt? Wie sollte sie alleine das Kirchensilber in Sicherheit bringen? Das war ganz unmöglich. Mit einem schweren Gefühl im Magen sah sie Sebastian an. Es lag ihr auf der Zunge, seine Bitte abzuschlagen, doch sie brachte es nicht übers Herz. Stattdessen sagte sie sich, dass er ohnehin nicht sterben würde und nur im Moment ihre Zusicherung brauchte, damit er sich beruhigte.

»Ich verspreche Ihnen, das Kirchensilber in Sicherheit zu bringen. Machen Sie sich keine Sorgen mehr, und versuchen Sie jetzt ein wenig zu schlafen. Alles Weitere besprechen wir morgen, wenn Sie wieder besser bei Kräften sind.« Helena stand auf und ging zur Türe. »Ich werde dem Leibarzt ausrichten, dass Sie etwas Chinarinde gegen das hitzige Geblüt benötigen. Ich sehe gleich morgen früh wieder nach Ihnen. Und nun schlafen Sie wohl.«

»Ich lege alles in Gottes Hand. Und so der Herrgott will, wird alles gutgehen. Denn der Übergang vom Leben ins Paradies ist am gefahrvollsten und muss sicher vollzogen werden.«

***

Gregor wusste nicht, was er noch tun sollte. Am Morgen hatte Helena wie üblich das Sternenzimmer verlassen, und kaum eine Stunde später war sie wieder hereingestürmt und hatte sich schluchzend aufs Bett geworfen. Seither liefen die Tränen, und er konnte sie nicht beruhigen.

»Helena, bitte sag mir doch endlich, was mit dir los ist. Ist etwas mit Sebastian?«

»Nein, bei ihm war ich noch gar nicht!« Helena vergrub ihr Gesicht im Kissen. »Lass mich in Ruhe!«

»Sobald du mir gesagt hast, was los ist. Was bedrückt dich so?« Er streichelte über ihren bebenden Rücken. »Niemand weint ohne Grund. Schon gar nicht eine ganze Stunde lang.« Gregor drehte sie sanft zur Seite, damit sie wenigstens Luft bekam. Vorsichtig wischte er ihr die Tränen von den Wangen und sah ihr ins verweinte Gesicht. »Was ist denn los?«

Helena schluchzte auf. »Lea und ihre Mutter ... Ich bin zum Friedhof und ... Es gab so viele frische Gräber. Kaum mehr als ein Fußtritt Platz dazwischen! Ein Gemisch aus Kalk und Erde aufgehäuft und windschiefe Holzkreuze. So viele ...«

»Oh, Gott.« Gregor senkte den Kopf. »Ich glaube, es wird höchste Zeit für den Blatternversuch.«

»Aber ich werde den Versuch nicht durchführen. Ich mache gar nichts mehr!«

»Aber warum? Helena, was ist los mit dir? Du möchtest Medicus werden, du kennst womöglich ein Mittel gegen die Blattern, und du willst den Menschen helfen. Warum tust du es dann nicht? Es wird höchste Zeit!«

»Weil ich nicht helfen kann, Gregor! Lea und ihre Mutter sind tot! Sebastian glaubt sich ebenfalls im Sterben, die Gräfinnen leiden unter meinen Behandlungen und der Arm von Ernestine wird auch nicht besser. Der Äskulap meint, es sei das Herz. Aber es ist das Gebein!«

»Ja, das stimmt.«

»Was sagst du?« Helena sah ihn verständnislos an.

»Ernestine ist auf den Arm gestürzt, als ich nachts mit ihr auf der Kuhweide war. Helena ...« Er sah sie ermahnend an. »Erschrick jetzt bitte nicht und hör mir gut zu. Ich habe dir einiges zu erzählen.«

»Das Gefühl habe ich auch.«

»Zuerst einmal ...« Gregor nestelte an seinem Hemd, dann zog er den Ärmel hoch und behielt Helena dabei im Blick. »Zuerst einmal möchte ich dir zeigen, was du für eine gute Ärztin bist. Sieh dir die Schussverletzung an.« Helena konzentrierte sich auf die Wunde an seinem bloßen Oberarm. Wahrhaftig: Das Ansetzen der Fontanelle hatte sich bewährt, und nur an einer kleinen Stelle wurde die Wunde noch von einer tiefschwarzen Mase überdeckt.

»Hast du überhaupt bemerkt, dass ich dich vorhin im Arm gehalten habe? Das habe ich dir zum Dank versprochen, wenn die Knochen wieder zu gebrauchen sind. Erinnerst du dich? Aber ich habe dir noch etwas versprochen: Ich wollte dir Flügel schenken ...« Er drehte sich und zeigte ihr den anderen Arm. Helena erschrak.

»Das ist ... das sind ...«

»Melkerknoten, ja. Allerdings schon fast wieder abgeheilt. Demnächst kann die künstliche Mitteilung durchgeführt werden.«

»Gregor ... du hast es also wirklich getan?« Helena strich fast ehrfürchtig über die Überreste der fünf oder sechs kleinen Pusteln.

»Ja«, sagte er lächelnd, »und alles halb so schlimm. Es fühlt sich übrigens schön an, wenn du mich berührst. Und es kitzelt überhaupt nicht.« Erschrocken wollte Helena die Hand zurückziehen, aber er hielt sie fest. »Es waren keine Blattern unter den Franzosen, sonst wären sie längst auch bei mir ausgebrochen. Es besteht keine Gefahr mehr. Du kannst den Versuch zu Ende führen, den ich begonnen habe.«

»Aber Gregor, das geht nicht.« Helena fand nur mit Mühe ihre Sprache wieder. »Der Äskulap ... er will ... er muss dabei sein, hat er gesagt. Sonst zeigt er mich an wegen Pfuscherei.«

»Das ist tatsächlich ein Problem.« Gregor versuchte Erstaunen vorzutäuschen, während er fieberhaft überlegte, ob er ihr etwas sagen durfte. Er entschied sich dagegen.

»Gregor?« Helena starrte noch immer auf die vernarbten Pusteln. »Glaubst du, ich schaffe das mit dem Versuch? Meinst du, es würde gutgehen?«

»Gewiss. Oder glaubst du an die Hörnerfantasien unseres Äskulap?«

»Niemals! Aber wenn das Blatterngift zu stark ist, wenn die Melkerknoten nicht dagegen wirken, wenn ... Was ist, wenn du dabei stirbst, Gregor?«

»Dann bin ich tot. So einfach ist das, Helena.«

»Nein, so einfach ist das nicht!« Tränen stiegen ihr in die Augen.

»Warum denn nicht?«

»Weil ... weil ich dich gern habe!«

Schweigend und ein wenig verblüfft strich er ihr über das Haar. »Ich habe dich auch sehr gern, Helena. Und gerade deshalb tue ich das für dich. Es wird alles gutgehen, du wirst sehen.«

Helena schüttelte zweifelnd den Kopf und schmiegte sich an ihn. Er spürte ihre Haut, und seine Sinne waren hellwach. Ihr Atem war ganz nah an seinem Gesicht, und er schloss die Augen. Ganz sanft, wie ein leichter Hauch, streiften seine Lippen ihren Mund. Er wanderte ihren Hals hinab und Helena flüsterte: »Du hast Recht: Es kitzelt überhaupt nicht.« Gregor sah in ihr Gesicht und erkannte, dass Glück daraus sprach. Der Glanz ihrer Augen war das schönste Geschenk, das er bisher bekommen hatte.

Kapitel 15

*S*ebastian von Moltzer, gebürtig aus Halle und erster Stiftskanzler des fürstlich freiweltlichen Damenstifts zu Quedlinburg, starb in der Früh des 6. November 1802. 37 Jahre, 8 Monate, 9 Tage. Todesursache: unbekannt.

Der Äskulap entriss ihr das Kirchenbuch, das er ihr zuvor unter die Nase gehalten hatte. »Und? Was hast du dazu zu sagen?«

Helena starrte auf ihre Hände, in denen sie eben noch das Buch gehalten hatte. Die Faust des Leibarztes schlug krachend auf den Tisch.

»Was du dazu zu sagen hast, du mörderisches Hexenweib!«

Sebastian war tot? Helena hob ihren Blick. »Warum sehen Sie mich so an? Denken Sie etwa, ich hätte ... Sie glauben doch nicht ...«

»Sei froh, dass ich bereit bin, meine Ohren mit den Worten einer Mörderin zu vergiften!«

Helena rang nach Luft. Vielleicht war das jetzt auch nur ein Traum, und sie würde gleich aufwachen? Vielleicht aber wurde es auch endlich Zeit, und der Moment war gekommen.

»Lassen Sie mich gefälligst ein für alle Mal in Frieden!«, fuhr sie den Äskulap an und erschrak vor ihrem eigenen Mut. »Ich habe genug von Ihren widerwärtigen und intriganten Beleidigungen! Von Ihnen lasse ich mich nicht mehr schikanieren. Das ist alles, was ich dazu zu sagen habe! Halt, nur eines noch ...« Sie sah ihm direkt in die Augen. »Zum Mord fehlt mir schlicht und ergreifend das Motiv – und eine Hexe trägt für gewöhnlich rotes Haar. Merken Sie sich das!«

Der Äskulap war einen Moment sichtlich irritiert über ihren Ausbruch, dann aber setzte er ein Lächeln auf. »Zu einem Mord bedarf es weder roter Haare noch eines Motivs. Es reicht dafür auch ein dummes Weib!«

»Ich sagte, ich habe genug von Ihren Beleidigungen. Ich habe bei Sebastians Behandlung keinen Fehler gemacht!«

»Ach, so wie bei unserer Stiftsältesten, die seit heute Morgen von einem heftigen Frost geschüttelt wird, weil das Fenster die Nacht über sperrangelweit offen stand und kein Holz mehr im Ofen war? Oder dachtest du an die Gräfin zu Nassau-Weilburg, die dank deiner fulminanten Teemischung nun an einer Nierenkolik leidet?«

»Was sagen Sie da?«

»Ich habe nichts anderes erwartet. Es wundert mich überhaupt, dass Sebastian so lange durchgehalten hat.«

»Ich habe ihn nicht umgebracht!«

»So? Und wie willst du das beweisen? Irgendjemand hat ihn in der Nacht noch in kühle Laken eingewickelt ...«

»Aber es waren nur die Beine ...«

»Schweig! Es sollte wohl so aussehen, als hättest du dich um ihn gekümmert. Aber dir ist wie gewöhnlich ein kleiner Fehler unterlaufen. Du hast dieses Arzneifläschchen mit braunem Gift hier auf dem Nachtschränkchen stehen lassen.« Er hielt das Utensil wie eine Trophäe in die Luft. »Erkennst du es wieder?«

»Was für ein Gift? Das gehört mir nicht! Ich weiß nicht, was in dem Fläschchen ist!«

»So, so. Du meinst, du wärst nicht die Letzte gewesen, die bei Sebastian war? Es war immerhin schon weit nach Mitternacht, als ich dich aus seinem Haus kommen sah.«

»Ich schwöre, ich war das nicht!«

»Selbst wenn es ein Eichhörnchen gewesen wäre, niemand würde den Beobachtungen eines Leibarztes widersprechen.« Er beugte sich zu ihr vor. »Das verstehst du doch, nicht wahr?«

Helena erschauderte. Warum war die Seniorin im eiskalten Zimmer erwacht, obwohl genug Holz für die Nacht aufgelegen hatte? Sie hatte sich doch vergewissert! Und was war an der Teemischung falsch gewesen? Weshalb hatte Sebastians Wunde nicht aufgehört zu eitern? Sie wusste es. Wie weit würde der Äskulap noch gehen? War Sebastians Tod noch nicht der Höhepunkt seiner Intrigen? Sein fauliger Atem umschlang sie.

»Aber um Mitternacht war ich längst im Bett und habe geschlafen!«

»Was für ein hübsches Alibi. Du kannst den Mord so oft leugnen, wie du willst. So lange niemand deine Worthülsen bezeugen kann, sind sie so viel wert wie eine Flohdose.«

»Sie können mich nicht verurteilen!« Helena gab vor, gelassen zu sein, während es innerlich in ihr tobte. »Die Gerichtsbarkeit des Stifts hat immer noch die Fürstäbtissin inne. Wenn mich eine Schuld trifft, so werden das irdische und das himmlische Gericht die Strafe für mich bemessen. Ihr Urteil ist nicht gefragt! Außerdem werde ich ...« Helena hielt inne, denn es hatte an der Türe geklopft.

Der Äskulap erhob sich. »Vielleicht kann die Fürstäbtissin Gedanken lesen und will sich nun Klarheit verschaffen ... Herein?«

Helena war einer Ohnmacht nahe, als sie sah, wer da im Türrahmen stand. Es war Gregor, der mit großer Selbstverständlichkeit die Höhle des Äskluap betrat, als hätte er in den letzten Wochen nichts anderes getan.

»Guten Morgen, werter Monsieur Dottore Tobler.«

»Graf von Herberstein! Was verschafft mir die Ehre? Sollten Sie nicht bei den Waffen sein? Was macht Ihr Leiden? Ich empfahl Ihnen doch, eine Perücke zu tragen.«

War Gregor noch recht bei Sinnen? Wie konnte er einfach so beim Äskulap hereinspazieren?

»Sie empfahlen mir noch ganz andere Dinge, und ich habe mich daran gehalten.«

»Das freut mich. Allerdings hatte ich noch nicht mit Ihrem Erscheinen gerechnet.«

Gregor kam näher. »Im Gegenteil. Es wird höchste Zeit.«

Der Äskulap räusperte sich. »Man hat Sie also aus der Armee entlassen? Der Krieg ist doch keineswegs zu Ende! Aber sprechen wir nicht in Gegenwart eines Weibes über politische Dinge. Kommen Sie doch heute Abend wieder.«

»Ich habe vor Helena keine Geheimnisse. Ich bewohne mit ihr zusammen die Bibliothek.«

»Was Sie nicht sagen!«, tat der Leibarzt erstaunt. In die Stille hinein goss er sich Wein in seinen Zinnbecher und schüttete dabei einen Schluck daneben. Fluchend wischte er mit dem Samtärmel über die Tischplatte, hielt dann aber mitten in der Bewegung inne. Ein kaum sichtbares Lächeln umspielte seine Lippen. »Sodann haben Sie wohl schon vom tragischen Tod unseres Stiftskanzlers erfahren?«

»Sebastian? Nein! Um Gottes willen – wann ist er gestorben?«

»Heute Nacht.«

»Aber er hatte doch nur eine kleine Wunde am Kopf. Stand es so schlecht um ihn? Helena, davon hast du mir gar nichts erzählt!«

Der Leibarzt griff sich seinen Weinbecher und setzte sich auf seinen Lehnstuhl. »Sie wird ihre Gründe dafür gehabt haben. Es hat wohl nur eine geahnt, dass es Sebastians letzte Nacht sein würde.«

»Aber Helena hat sich bis zuletzt um ihn gekümmert«, setzte Gregor zur Verteidigung an, ohne zu bemerken, dass er ihre Lage dadurch nur verschlimmerte. »Sie ist wirklich eifrig. Trotzdem hatte ich mir schon Sorgen gemacht, weil sie erst so spät am Abend wiederkam.«

»So, so. Sind Sie sicher, dass es noch vor Mitternacht war?«

»Gewiss doch. Warum?«

»Nun, bei Helenas Eifer hätte es schließlich auch leicht nach Mitternacht werden können, nicht wahr?« Er sah Gregor mit einem gewinnenden Lächeln an. »Ich halte viel von ihr.«

Gregor nahm ihn beim Wort. »Genau darum bin ich gekommen. Ich stelle mich Ihnen und Helena für den Blatternversuch zur Verfügung. Eine künstliche Mitteilung der Melkerknoten hat bereits auf mein eigenes Betreiben hin stattgefunden.« Demonstrativ krempelte er den Ärmel hoch und ignorierte dabei Helenas entsetztes Gesicht.

»Ich wusste ja schon immer, dass bei Ihnen im Hirn etwas nicht stimmt, werter Graf von Herberstein! Wie konnten Sie nur?« Angewidert schüttelte der Äskulap den Kopf.

»Aber da wir nun schon einmal so weit sind, und wenn Helena meint, ihren Ruf damit noch retten zu können, dann soll mir das recht sein. Ich werde ihr nicht im Wege stehen. Helena kann meinetwegen sofort in die Stadt gehen und beim elenden Chirurgen Blattern kaufen.«

***

An diesem Vormittag war Aurelia spät dran. Der Äskulap saß bereits hinter seinem Schreibtisch und sah ihr lächelnd entgegen.

»Schön, dass Sie endlich kommen. Mein kleiner Freund und ich haben Sie bereits erwartet.«

»Lassen Sie Ihre Hose herunter, damit ich Hand anlegen kann. Ich will es hinter mich bringen.«

»Oh, nur nicht so eilig, werte Gräfin. Im Gegensatz zu Helena wissen Sie wohl nicht, wie man einen Mann umgarnt?«

»Seien Sie still!«

Der Leibarzt ließ seinen Blick zur Tür schweifen. »Da hat Helena eine gute Partie gemacht, nicht wahr? Hätte ich ihr gar nicht zugetraut. Allenthalben ist es ganz schön mutig von ihr, ihren Gregor dem Blatternversuch zu unterziehen.«

Aurelia blieb die Luft weg.

»Allerdings ist der werte Graf bereits derart blind vor Liebe, dass er die Gefahr für sein Leben nicht mehr sieht. Aber die Liebe schrieb schon immer die besten Dramen, nicht wahr, werte Gräfin von Hohenstein?«

»Warum lassen Sie Gregor in sein Unglück rennen? Warum verhindern Sie das nicht?«

»Sollte ich ihn stattdessen wegen Fahnenflucht anzeigen? Wäre Ihnen das lieber?«

Aurelia fixierte ihn mit zusammengekniffenen Augen. »Wenn er den Versuch überlebt, würden Sie das doch ohnehin tun.«

»Was Sie mir nicht alles zutrauen, werte Gräfin! Dabei könnte ich das junge Glück der beiden doch niemals zerstören. Diese Liebe, für die Helena dem Sohn eines bekannten Medicus' ziemlich abrupt den Laufpass gegeben hat ... Aber wer könnte ihr das verdenken? Helena von Herberstein klingt wirklich allemal besser als Helena Roth, finden Sie nicht auch?«

»Helena war verlobt?«

»Wohlan werte Gräfin, das wären Sie auch beinahe gewesen. Aber eben nur beinahe. Weil es Ihnen, wie bereits erwähnt, offenbar an gewissen Qualitäten mangelt. Wenn Sie stattdessen nun endlich ...«

Aurelia hörte dem Leibarzt nicht mehr zu. In ihr arbeitete es. *Wernigerode.* Helena hatte von Wernigerode gesprochen. »Helena hat ihren Verlobten verlassen?«, fragte sie.

»Sind Sie interessiert? Soweit ich weiß, hat er noch keine neue Frau. Und mit Ihren Händen könnten Sie seine Wut gewiss besänftigen, wenn Sie nur noch ein wenig mehr bei mir übten.«

»Halten Sie gefälligst Ihr Maul!«

»Na, na, ich meine es doch nur gut mit Ihnen. Oder wer hat dafür gesorgt, dass Sie weiterhin im Stift bleiben dürfen? Sagen Sie fein artig Dankeschön zu mir und meinem kleinen Freund.«

»Niemals! Eher will ich als Bettlerin enden!« Aurelia raffte ihr lilafarbenes Kleid und eilte zur Tür.

»Sie werden bald zur Vernunft kommen, Sie werden sehen! Und bis dahin können wir warten«, rief der Leibarzt ihr mit seidener Stimme nach.

Medicus Roth aus Wernigerode, Medicus Roth aus Wernigerode, wiederholte Aurelia unablässig, während sie hinaus auf den Stiftshof ging. Wolken hatten sich dicht zusammengezogen. Regen drohte. Sie sah, dass Borginino am Brunnen Wasser schöpfte. Das kam ihr gelegen.

Der hagere Mann hielt in seiner Arbeit inne und starrte ihr mit seinem lächelnden Gesicht ungläubig entgegen. »Verzeihung, aber werte Gräfin dürfen sich nicht im Stiftshof aufhalten! Das ist viel zu gefährlich! Die Fürstäbtissin hat gesagt ...«

Aurelia brachte ihn mit einer knappen Handbewegung zum Schweigen. »Das kümmert mich nicht. Du hörst jetzt genau zu, was ich dir sage: Der Stiftsbote soll noch heute nach Wernigerode reiten. Zum Sohn eines gewissen Medicus Roth ...«

Der Diener legte den Kopf schief und zog ein wenig das Genick ein. »Verzeihung, aber das geht nicht. Der Stiftsbote wurde von den Blattern dahingerafft.«

»Sodann übernimmst du selbst diese Aufgabe. Du richtest dem Sohn des Medicus Roth aus, dass er bei uns im Stift findet, was er seit geraumer Zeit vermisst. Beeil dich! Und bis heute Abend gesellst du dich wieder unter die anderen Diener, als seiest du nicht fort gewesen. Hast du mich verstanden?«

»Und was bekomme ich dafür?«

»Morgen früh erhältst du deinen Lohn«, erwiderte sie.

Der Diener verbeugte sich. »Wie Sie wünschen.«

Aurelia wandte sich mit einem flüchtigen Nicken ab, um ihren Weg fortzusetzen.

»Verzeihung, werte Gräfin wollen doch nicht in die Stadt? Das ist nicht gestattet, hat die Fürstäbtissin ...«

»Wenn du deine Stellung nicht riskieren willst, so hast du nichts gesehen.«

***

»Das Weib halte sein Maul. Und falls du gefragt wirst: Du bist meine Nichte und hilfst mir bei Besorgungen. Ist das klar?«

Helena konnte dem Leibarzt ohnehin nichts mehr entgegnen, denn vor dem imposanten Rathaus boten Händler ihre Waren auf dem Marktplatz feil und schrien sich dabei die Seele aus dem Leib. Das efeuberankte Rathaus stand wie vom Himmel gefallen am Ende des Marktes, wo sich die Wege teilten. Es blieb ihr nichts anderes übrig, als sich hinter dem Äskulap durch das geschäftige Treiben in der engen Gasse zu quälen. Den Marktplatz umsäumten voll besetzte Gasthäuser und Ausspanne, dazwischen standen die schmucken Fachwerkhäuser der Großkaufleute. Doch die Blattern ließen sich vom Wohlstand nicht beeindrucken, und der Tod war allgegenwärtig.

Vor Helenas Augen wurden aus dem roten Gildehaus der Gerber zwei Tote in Leichentüchern getragen, und im Weitergehen entdeckte sie vor den Türen immer wieder frische Strohkreuze. Doch es schien ihr, die Leute hatten keine Angst vor der Krankheit, sie lebten im Hier und Jetzt und hatten keine Zeit, sich um etwas zu sorgen, von dem sie noch nicht am eigenen Leib betroffen waren.

»Es ist sehr freundlich von Ihnen, dass Sie mich auf dem Gang zum Chirurgen begleiten«, bedankte sie sich beim

Leibarzt, als sie ihn in dem schmalen Durchgang einholte, der unter dem Gildehaus der Schuhmacher in einen Innenhof führte; dort hatten die Meister der Zunft in kaum mannsbreiten Häuschen ihre Läden ausgeklappt, um Waren feilzubieten.

»Nichts läge mir ferner. Ich befinde mich lediglich auf dem Weg zum Gerber«, bemerkte er leichthin.

»Warum haben Sie mir das nicht gleich gesagt?«, beschwerte sie sich. »Ich dachte, Sie gingen mit mir zum Chirurgen?«

»Das kommt davon, wenn ein Weib denkt. Ich benötige vom Gerber das Leder für eine neue Tasche. Würde ich sonst angesichts dieses Blatternelends aus meinem ruhigen Behandlungssaal in diesen Moloch gehen, wo man allerorten nach mir schreit? Aber schließlich bedarf es für meinen zukünftigen und wahrhaft königlichen Dienstherrn auch eines fürstlichen Medizinkoffers.«

»Sie glauben also auch, dass das Stift aufgelöst wird?«

»Deine Frage ist wie immer überflüssig.« Der Leibarzt bog in eine weitere Seitengasse ein. Dem beißenden Geruch zufolge konnte das nur die Pölle sein, wo sich entlang des Mühlgrabens die Gerber angesiedelt hatten. Und tatsächlich blieb der Äskulap kurz darauf vor einer kleinen Gerberstube stehen.

Da sich das große, kunstvoll bemalte Haus eines Weißgerbers aber schräg gegenüber befand, drei Stockwerke hoch und mit sauber ausgelegter Ware vor dem Eingang, allesamt edle und dünne Kalbs- oder Ziegenleder, glaubte Helena zunächst, er habe sich in der Adresse geirrt. Der Äskulap jedoch rief nach dem Gerber, der sofort aus seinem kleinen, halb verfallenen Haus gehumpelt kam, um den Leibarzt untertänigst zu begrüßen. Der Mann sah aus, als sei er eben seinem eigenen Grab entstiegen. Hager, blass und mit eingefallenen Wangen stand er neben seiner Ware und streckte dem Leibarzt die Hand entgegen. Der Äskulap schüttelte jedoch angewidert den Kopf und hielt seine Arme hinter dem Rücken verschränkt. Mit Entsetzen bemerkte Helena, dass die Hände des Gerbers über und über mit Geschwüren bedeckt waren. Es sah aus, als wüchsen Walnüsse auf seiner Haut.

Der alte Mann verbeugte sich so tief er nur konnte. »Entschuldigen Sie, werter Monsieur Dottore Tobler. Ich hab nur gedacht, wo Sie doch schon einmal da sind, ob Sie wohl die Güte hätten und Ihren geschätzten Blick auf meine kranken Hände richten könnten? Der Herr Chirurg weiß sich darüber nämlich keinen Rat mehr.«

»Sie kennen meine Tarife?«

»Gewisslich. Aber mit diesen Händen kann ich bald nicht mehr arbeiten. Deshalb hege ich große Hoffnung in Ihre Künste. Bitte, seien Sie so gnädig. Ich werd den Untersuchungsbetrag großzügig von der Kaufsumme für das bestellte Leder abziehen, wenn es genehm ist. Ich verwende zum Gerben nur die beste Fichtenrinde. Bitte, seien Sie doch so gut.«

»Wie Sie wollen. Das macht dann eine Untersuchungsgebühr von fünfzehn Kreuzern. Habe die Ehre.« Der Äskulap wandte sich dem Leder zu.

»Aber Sie haben sich meine Hände doch gar nicht besehen?«

»Da gibt es auch nicht viel zu besehen. Hände sehen so aus, wenn man sie täglich in Taubenscheiße badet. Das ist das Los der Gerber. Ich empfehle Ihnen, die Weberei zu wechseln. Vom Sitzen bekommen Sie höchstens Ausfluss aus der güldenen Ader. Aber das kann ich Ihnen gern behandeln.«

Helena hatte atemlos zugehört. Wie von einem inneren Mechanismus angetrieben, schob sie sich vor den Äskulap, denn sie hatte sich geschworen, keine Fehler mehr zu machen.

»Werter Herr Gerber, ich rate Ihnen, sich aus einem festen Lederstück Handschuhe anzufertigen«, mischte sie sich ein. »Alsdann könnten Sie Ihre eigene Haut schützen, wenn Sie die Tierhäute in die mit Taubenkot verschärfte Lohe legen.«

Der Gerber sah Helena verwundert an. Schließlich nickte er bedächtig. »Das ist ein guter Gedanke, junges Fräulein.«

»Das Fräulein sollte sich besser um seine eigene Haut kümmern. Weiberhäute sind nämlich dazu da, dass man sie mit roher Hand durchprügelt, bis aus dem Gebälk kein Gänsegeschnatter mehr zu hören ist. Und nun entferne sich das Weib, bevor ich mich vergesse!«

Sie kam einfach nicht gegen diesen Äskulap an. Hilflos stotternd antwortete sie: »Aber werter Monsieur Dottore Tobler, ich ... ich weiß doch nicht, wo sich das Haus des Chirurgen befindet.«

»Blind und taub wie Maulwürfe, aber dafür genauso viel Dreck aufwühlen! Die armselige Holzhütte des Chirurgen befindet sich auf dem Münzenberg, zwischen all den anderen Zigeunern, wo sonst?«

Gedemütigt machte sich Helena auf den Weg. Dem Äskulap sollten doch selbst die Hände abfaulen und die Zunge möge man ihm veröden! Warum ließ der liebe Herrgott so jemanden Medicus sein? Selbst ein dahergelaufener Wanderchirurg behandelte seine Patienten nicht so betrügerisch und herablassend wie dieser Äskulap. Und nur weil man ihn Leibarzt nannte, meinte er, er dürfe sich alles erlauben! Aber bald, bald nicht mehr. Wenn ihr der Versuch gelingen würde, müsste er seinen Hut nehmen.

Trotz der kühlen Luft wurde ihr warm, als sie im Eilschritt durch die halbe Stadt zurücklief, auf Höhe des Stifts zum Münzenberg abbog und den steilen Weg hinaufging. Hier oben standen nur eine Handvoll Häuser und dennoch irrte sie durch die Gassen, ohne die beschriebene Holzhütte zu finden, in der sich der Chirurg angeblich angesiedelt hatte. Verdammt, es konnte doch nicht so schwer sein, dieses Haus zu finden! Wenn sie nur nicht unverrichteter Dinge zum Äskulap zurückgehen müsste ... Gott sei's gedankt kam ihr in diesem Augenblick ein Waschweib mit einem Korb voller Laken am kleinen Marktplatz entgegen.

»Verzeihung, könnten Sie mir wohl sagen, wo sich hier die Holzhütte des Chirurgen befindet? Er sollte eigentlich nicht weit von hier ...«

»Holzhütte?« Die Frau lachte mit derber Stimme. »So arm ist unser Chirurg nun auch wieder nicht. Ich würde es an Ihrer Stelle schräg gegenüber versuchen.«

Dort stand ein hübsches, kleines gelbes Steinhaus, und Helena war kurz davor, den Leibarzt wieder einmal laut zu verfluchen. Stattdessen aber bedankte sie sich anständig bei der Frau für die Auskunft und ging auf das Haus zu, das aus einem Erdgeschoss und einem Giebelstübchen bestand. Der Putz bröckelte von der Wand und vermischte sich mit dem Staub der Straße. Helena griff nach dem Türklopfer; sie wollte die Sache jetzt möglichst schnell hinter sich bringen. Als sich nichts rührte, klopfte sie noch einmal. Vielleicht hörte er nichts? Neben der Türe hing eine Notglocke, und kurz entschlossen zog sie kräftig am Seil. Sie hatte schließlich ein eiliges Anliegen! Im Haus nebenan öffnete sich ein Fenster, und eine alte Frau sah heraus.

»Was ist? Ach, du lieber Herrgott, sagen Sie bloß, Sie haben auch noch eine Niederkunft zu vermelden? Dabei wurde der Herr Chirurg doch gerade erst zu einer schweren Geburt in das Gasthaus *Zum Bär* gerufen! Aber wenn Sie eine Hebamme brauchen, die sitzt hier bei mir. Sie hat den Herrn Chirurgus alarmiert, weil das Kind widernatürlich geboren werden will.«

»Ich will nur mit ihm sprechen. *Zum Bär* am Marktplatz, sagen Sie?«

»Ja, Sie können aber gern bei mir warten!«

»Das ist nicht nötig. Ich werde ihm ein Stück entgegengehen. Ich muss sowieso in diese Richtung. Haben Sie vielen Dank!«

Helena wollte im Beisein einer anderen Hebamme keine langen Erklärungen abgeben, sie hatte sich in Windeseile entschieden, bei der schweren Geburt zu helfen. Langsam bog sie um die Straßenecke, dann rannte sie los. Den Münzenberg hinunter und durch die Stadt, vorbei an den Leuten, die sich am Wegrand unterhielten und ihr verdutzt hinterhergafften. Einem Reiter konnte Helena gerade noch ausweichen, dafür hatte sie kurz darauf einen streunenden Köter an den Fersen, der bellend seinem Jagdtrieb nachging. Erst als sie ein paar Futter pickende Hühner aufscheuchte, entschloss sich der Hund für diese Beute.

Atemlos erreichte sie das Gasthaus *Zum Bär*. Ein paar Leute waren vor dem stattlichen Haus am Marktplatz stehen geblieben und steckten die Köpfe zusammen. Unter ihren neugierigen Blicken ging Helena einfach hinein, ohne zu wissen, welcher Teufel sie gerade ritt und ihr glauben machte, sie könne dem Chirurgen zur Seite stehen. Markerschütternde Schreie der Gebärenden drangen aus einem der Erdgeschosszimmer auf sie ein, dazwischen eine tiefe Stimme, die stakkatoartig Befehle gab. Es galt keine Zeit zu verlieren. Helena riss die Tür zur Stube auf und versuchte die Situation zu erfassen. Die Frau lag auf der Bettstatt, den Kopf im Nacken, die Hände zu Fäusten geballt und schrie sich die Seele aus dem Leib.

Ein junges Dienstmädchen lief aufgeregt um das Bett herum und versuchte den Aufforderungen des Chirurgen nachzukommen, gleichzeitig darum bemüht, die Scham der Gebärenden geflissentlich mit einem Tuch vor den Augen des Mannes zu verdecken. Helena verdrehte die Augen. Wie oft hatte sie den Frauen gepredigt, in einer solchen Situation den Doktor nicht als Mann zu betrachten, vor dem sie ihre Scham verbergen müssten. Aber mit Vernunft war der Moral nicht beizukommen. Auch hier blieb dem Chirurgen wohl nichts anderes übrig, als sich an das ungeschriebene Gesetz zu halten, die Ehre der Gebärenden nicht zu verletzen. Er kniete vor ihr und schien sich ganz auf seinen Tastsinn zu verlassen. Aber nicht nur deshalb hatte Helena Zweifel: Wenn sie sich den Mann so ansah, könnte der eher zur Belustigung und Unterhaltung des Publikums auf dem Jahrmarkt beitragen als dass er unter den Röcken einer Gebärenden etwas ausrichten könnte. Er hatte feuerrote Haare und an seiner farbenprächtigen Kleidung fehlten nur noch die Armschellen. Wie ein bunter Vogel sah er aus.

Erst nachdem sie eine Weile stumm in der Stube gestanden hatte, bemerkte er sie.

»Wer sind Sie? Sehen Sie nicht, dass hier eine Frau in schweren Geburtsnöten liegt? Da kann ich keine Zuschauer gebrauchen.«

»Ich bin Hebamme.«

»Eine unfähige Ortshebamme haben wir selbst!«

»Ich habe Erfahrung mit solch schweren Umständen. Ich kann Ihnen helfen, wenn Sie gestatten. Mein Name ist Helena.« Es war ihr gelungen, das Zittern in ihrer Stimme zu überspielen.

»Sie kennen sich mit solchen Schwierigkeiten aus? Dann schickt Sie der Himmel! Fast wäre es so weit gewesen. Aber so lange Hoffnung besteht, das Kind nicht im Leib der Mutter zerteilen zu müssen, trete ich von dieser Aufgabe gerne zurück.« Er wischte sich den Schweiß von der Stirn und stand auf.

»Es muss schnell gehen. Das Dienstmädchen soll auch helfen. Die Gebärende muss mit ihrem heiligen Bein ganz vorne an der Bettkante zu liegen kommen. Wir brauchen zwei Stühle. Einer setzt sich links, einer rechts von der Frau, um ihre Beine an Knie und Knöchel festzuhalten. Außerdem müssen Sie, Herr Chirurg ...«

»Ich heiße Lukas.«

»Und Sie, Lukas, müssen sich dabei gehörig abwenden, damit ich das Tuch von der Scham der Gebärenden nehmen kann. Außerdem brauche ich warme Laken und frisches Fett zum Einreiben.« Helena ging zum Kopfende des Bettes und hob die zitternde Frau bei den Schultern an, um sie mit Hilfe des Dienstmädchens in die gewünschte Lage zu bringen.

»Wie ist Ihr Name?«, fragte sie die werdende Mutter.

»Sophie!«, wimmerte die Frau und klammerte sich an Helenas Hand. »Bitte, retten Sie mir das Kind. Ich werde

Sie auch gut entlohnen. Es ist doch mein erstes! Es soll nicht gleich sterben müssen.«

»Wann ist das Schafwasser abgegangen?«

Sophie wurde von einer Wehe gepackt und blieb die Antwort schuldig.

»Nicht pressen, Sophie! Nicht pressen! Sie müssen atmen! Das Kind darf noch nicht kommen!«

Der Chirurg brachte eilends zwei Stühle herbei und stellte sie wie befohlen in Position.

»Lukas, wann hat die Frau das Wasser verloren?«

»Wohl erst kurz vor meinem Eintreffen. Man hat ihr noch eine abgezogene und kleingestoßene Hasenpfote zur glücklichen Geburt in Wein aufgelöst, aber selbst dieser Trank hat nichts mehr geholfen.«

Helena seufzte. »Hasensprung ist nur dienlich, solange der Glaube daran noch hilft.«

Während die Wehe abklang, wusch Helena sich die Hände in der Seifenschüssel, die Lukas unaufgefordert bereitgestellt hatte. Immerhin schien *er* Wert auf Reinlichkeit zu legen. Sie trocknete sich die Finger an einem frischen Laken und sah dabei nach der Gebärenden, die erschöpft in ihre Kissen gesunken war. Dann konnte es jetzt losgehen; die Wehenpause musste genutzt werden.

»Sophie? Sie brauchen jetzt alle Kraft, die Sie besitzen. Ich weiß, dass Sie es schaffen werden.« Helena kniete zwischen die beiden Stühle und vergewisserte sich mit einem Seitenblick, dass Lukas sich abgewandt hatte. Auch das Mädchen sah nicht hin. Es war wohl etwas zu viel für sie, ihre Dienstherrin so leiden zu sehen. Helena hob das Tuch an, während die beiden wie befohlen die Beine der Frau festhielten, so dass sie nun freie Sicht auf die Scham hatte.

Die Härchen glänzten feucht, und die Öffnung war leicht gerötet. Schnell rieb Helena die Scham und ihre eigene Hand mit Fett ein. Sie musste nicht weit hineintasten, bis sie etwas spürte.

»Herrje! Eine Fußgeburt! Das Kind kommt mit den Füßen zuerst.«

»Sind Sie sicher?«, fragte Lukas, ohne sich umzudrehen. »Denn ich meine, ich hätte vorhin ein Händchen ertastet.«

»Nein, ich spüre die Ferse. Außerdem ist kein Daumen auszumachen. Alle Glieder sind gleich lang. Ganz sicher.«

»Hoffentlich behalten Sie Recht.«

»Ich weiß selbst, dass der falsche Griff zur falschen Zeit tödlich sein kann. Aber es gibt keinen Zweifel. Ich kann beide Füßchen greifen. Doch wir haben noch ein ganz anderes Problem. Die Zehen zeigen zur Scham und die Ferse zum heiligen Bein. Das heißt, es muss während der Geburt eine Wendung des Kindes vorgenommen werden.« Das Mädchen neben ihr stöhnte auf, während Sophie die Tragweite noch nicht erfasst zu haben schien.

»Wenn die nächste Wehe Sie ereilt, dürfen Sie pressen, Sophie. So fest Sie nur können.« Kaum hatte Helena ausgesprochen, verzog Sophie das Gesicht und krallte sich im Laken fest.

Helena versuchte die Schreie zu ignorieren, um selbst ruhig zu bleiben und nicht in Panik zu verfallen. Sie griff das Kind an den Füßen, als ob sie es wickeln wollte. Bloß ruhig und besonnen bleiben, nicht zu fest ziehen. Lukas und das Mädchen hatten ordentlich zu tun, die Beine der Frau festzuhalten.

Langsam, ganz langsam kamen die Füßchen zum Vorschein, und Helena konnte ihre Hand weiter und weiter herausziehen. Mit dem Ende der Presswehe waren schon die kleinen Knie zu sehen. Helena jubelte innerlich, aber noch war der kritische Punkt nicht erreicht. Sobald der Hintern des Kindes draußen war, musste es gewendet werden und das bedeutete zusätzliche Qualen für die Mutter.

Da setzte schon die nächste Presswehe ein, und mittendrin schrie das Dienstmädchen: »Ein Junge, seht doch! Ein Junge!«

Die freudige Mitteilung schien Sophie noch einmal zusätzliche Kräfte zu verleihen, aber Helena hatte nur noch Augen für die Nabelschnur. Diese hatte sich zwischen den Beinchen hindurchgewickelt, als wolle der Junge darauf reiten. Sophie musste sofort aufhören zu pressen, das Kind bliebe sonst unweigerlich stecken.

»Atmen, Sophie, atmen! Nicht pressen!«

»Ich kann nicht mehr! Es soll endlich aufhören! Es zerreißt mich!«

»Sie haben es bald geschafft!« Helenas Finger zitterten, als sie behutsam nach der Nabelschnur griff und ein Knie des Kindes beugte. Jetzt nur keinen Fehler machen. Vorsichtig zog sie an dem Ende der Nabelschnur, das in die Gebärmutter führte. Sie hielt das Leben des Kindes als seidenen Faden in der Hand. Jetzt nur nicht darüber nachdenken. Ganz ruhig bleiben. Gerade als sie das Beinchen fast aus der Schlinge hätte führen können, bäumte sich Sophie auf. »Ich muss pressen, es geht nicht mehr!«

»Noch nicht!«

Aber der kleine Ruck hatte genügt, das Beinchen war von der Nabelschnur befreit. Nun galt es jedoch, den schwierigsten Teil der Geburt zu meistern.

»Sophie, ihr Kind ist ein kleiner Sternengucker. Wir können ihm nur gesund auf die Welt verhelfen, wenn ich den kleinen Körper nun in die richtige Lage drehe. Es kann ...«

»Machen Sie schon! Machen Sie! Es soll nur endlich vorbei sein.« Sophie schrie und weinte vor Schmerzen und Erschöpfung.

»Sie haben mehr Kraft, als Sie glauben. Sie können das! Nur noch einmal pressen, ich verspreche, dann ist es vorbei.«

Helena passte die nächste Wehe ab. Vor Anspannung vergaß sie fast zu atmen. Ihre Hand glitt im Leib der Gebärenden über den Rücken des Kindes bis in dessen zarten Nacken. Sophie hatte jetzt nicht einmal mehr die Kraft zu schreien. Der Ohnmacht nahe, bekam sie kaum mit, wie Helena das Kind in ihrem Leib drehte und es mit einer letzten Presswehe geboren wurde. Erst mit den kräftigen Schreien des Neugeborenen öffnete Sophie ungläubig die Augen.

»Es lebt? Sie haben es wirklich geschafft?« Sophie schaute sie ungläubig an.

»Ich habe nur geholfen.« Helena durchtrennte die Nabelschnur. »*Sie* haben es geschafft, Sophie! Sie haben Ihren Jungen ganz alleine geboren.«

»Er schreit, er lebt wirklich.« Mit Tränen in den Augen verfolgte Sophie, wie ihr Kind von dem Dienstmädchen in warme Laken gewickelt wurde. Sein Gesicht war vom Schreien puterrot.

Helena ließ sich auf einen Stuhl sinken. Wenn der Äskulap das hier alles gesehen hätte – dann wäre ihm wohl nichts Besseres eingefallen, als den neugeborenen Jungen nach Lavaters physiognomischen Regeln zu begucken, um tatsächlich eine Genienase mit breitem Sattel festzustellen. So wie sich dieses Kind den Eintritt in die Welt verschafft hatte, könnte wirklich ein Genie aus ihm werden, wobei die flache Nase lediglich auf eben diese Geburtsumstände zurückzuführen war. Aber das würde der Äskulap mal wieder nicht einsehen wollen.

Etwas mitgenommen, aber nicht minder stolz legte das Dienstmädchen den Säugling in die Arme der Mutter.

Jetzt erst bemerkte Helena, dass der Chirurg noch immer mit dem Rücken zu ihnen saß. »Lukas!«, forderte ihn Helena lächelnd auf. »Die Frau ist wieder züchtig verhüllt, Sie dürfen sich umdrehen.«

Als hätte er nur auf dieses erlösende Signal gewartet, stand er auf und überzeugte sich, dass tatsächlich geschehen war, was er nur gehört hatte. Er gratulierte der jungen Mutter mit Freudestrahlen, ließ sich das Kind zeigen und fragte dann: »Wohin ist Ihr Eheherr zu Geburtsbeginn gegangen? Ich kann ihm auf dem Heimweg die freudige Nachricht überbringen.«

Sophie drückte das Kind an sich. »Das ist nicht notwendig. Aber vielleicht könnten Sie den versiegelten Brief dort von der Kommode nehmen und diesen für mich im Stift abgeben? Er ist an die Seniorin Gräfin Maria gerichtet. Ich werde nicht zurückkehren. Ich werde mein Kind behalten.«

***

Die Nachgeburt war ordentlich vonstattengegangen, und der Junge lag friedlich in der Wiege, als sie das Haus verließen. Das Dienstmädchen nahm den Weg zum Stift, während Helena in Gedanken versunken zusammen mit dem Chirurgen das Haus verließ.

Er musterte sie neugierig. »Wie haben Sie das nur gemacht? Und vor allem, erklären Sie mir bitte, woher Sie von dem Vorfall wussten? Sie sind nicht aus der Gegend, nicht wahr? Andernfalls müsste ich Sie kennen.«

Helena blieb ihm die Antwort schuldig. Aus der Gruppe schaulustiger Frauen, die dem Geburtsspektakel beigewohnt hatten, löste sich Aurelia, kam noch zwei Schritte auf sie zu, blieb dann aber stehen, die Arme vor den Bauch gelegt, in den Händen ein Strauß getrockneter Baldrian.

»Warum antworten Sie mir nicht? Woher wussten Sie von der Geburt?«

Helena ging mit gesenktem Blick an Aurelia vorbei. »Ich war gerade auf dem Weg zu Ihnen. Die Nachbarin sagte mir, wo ich Sie finde. Als ich von der schweren Geburt hörte, habe ich nicht lange gezögert. Ich bin ... eine Nichte von Monsieur Dottore Tobler. Der Leibarzt schickt mich.«

»Der Leibarzt?«

»Ja. Sie sind doch der Chirurg, oder?« Helena drehte sich unauffällig nach Aurelia um; sie war verschwunden.

»Sie meinen der *elende* Chirurg. Ja, der bin ich. Danke übrigens. Ohne Sie hätte ich noch einen Toten mehr auf dem Kerbholz gehabt. Womöglich sogar zwei mit dem Kind. Ich bin Ihnen sehr zu Dank verpflichtet. Sie haben meinen ohnehin schon kläglichen Ruf erhalten. Was kann ich für Sie tun?«

»Könnten wir das in Ihrem Haus besprechen?«

»Das scheint ja etwas sehr Geheimnisvolles zu sein. Will mir der Leibarzt am Ende gar seine Patienten vermachen? Ich habe gehört, er hat das Stiftsleben satt und will sich um eine neue Stellung bemühen.«

»Wohl eher, weil das Stift vermutlich aufgelöst wird.«

»Nun habe ich schon gedacht, mir stünde ein Leben in Saus und Braus bevor. Hier in unserem schönen Städtchen Quedlinburg bin ich zwar der einzige Chirurg, die Aderlässe muss ich mir aber trotzdem redlich mit den Badern teilen, damit es kein böses Blut gibt.« Lukas lächelte schief, angesichts seines Wortspiels. »Langweile ich Sie?«

»Wie bitte? Nein, nein, Entschuldigung. Ich war nur gerade in Gedanken woanders.«

Schweigsam gingen sie den Münzenberg hinauf und betraten unter den neugierigen Blicken von Nachbarin und Ortshebamme das kleine Haus des Chirurgen. Lukas rief den beiden Frauen im Hineingehen zu: »Alles gutgegangen!«

Die Stube war verhältnismäßig hell und auf den ersten Blick sehr sauber. Lavendelduft strömte ihr aus einer Schale mit getrockneten Blüten entgegen, und hinter dem einfachen Holztisch breitete sich an der Wand ein prallgefülltes Bücherregal aus. Staunend fragte sich Helena, ob er sein Wissen nur aus Büchern bezog, ohne es mit sicheren Händen in die Tat umsetzen zu können, oder ob ihm tatsächlich daran gelegen war, neue Methoden auszuprobieren. Sie wagte nicht weiter über diese Frage nachzudenken.

Für die Behandlung der Patienten gab es eine Holzliege mit einem sauberen Leintuch und daneben einen Behandlungsstuhl mit nachträglich angebrachter Kopfstütze. In der Ecke über der Waschschüssel hingen sämtliche Werkzeuge, die sie auch schon beim Äskulap gesehen hatte. Allerdings hatte Lukas einfache Wandnägel zur Aufhängung bevorzugt.

»Setzen wir uns doch. Ich hoffe, es ist Ihnen warm genug. Wollen Sie mir sodann Ihr geheimes Anliegen vortragen? Ich bin schon sehr gespannt.«

Helena nahm vor dem Regal Platz. Sofort stieg ihr der süßlich-herbe Duft des Buchleders in die Nase. Sie liebte diesen Geruch von Wissen und Arbeit, der sich in diesem Raum vermischte. Sollte sie Lukas die Wahrheit sagen, wofür sie das Blatterngift benötigte? Oder sollte sie einfach von einer geplanten Inokulation der Stiftsdamen berichten? Würde er ihr das glauben? Mit den roten Haaren und der rötlich schimmernden Nase wirkte er ein wenig wie ein freches Kind, und seine großen Augen schauten sie mit einer Mischung aus Gutgläubigkeit und Neugierde an. Man könnte fast denken, Lukas hätte diesen Monsieur Laroche zur Erfindung des Kaspers inspiriert.

»Nun, Helena? Sie können ganz frei reden. Es hört uns niemand zu. Ich halte auch nirgendwo scheintote Leiber versteckt.«

Ahnte er, was sie über ihn dachte? Sie war sich ihres anfänglichen Urteils über den Chirurgen beim Anblick seines vorbildlichen Behandlungszimmers schon nicht mehr so sicher.

»Die Sache ist ... Es geht um Folgendes: Wir benötigen Blattern für eine Inokulation.«

»Und weiter?«, fragte Lukas stirnrunzelnd.

»Nichts weiter.« Helena schüttelte verwundert den Kopf. »Der Leibarzt meinte, die bekäme ich bei Ihnen.«

»Sicherlich. Aber ich weiß nicht, wie der werte Dottore sich das vorstellt. Es wäre doch ziemlich naiv zu glauben, ich würde das Blatterngift hier lagern. Es muss bei einem Erkrankten aus einer frischen Blatter mit einem Federkiel herausgesaugt werden.« Lukas hielt inne. »Er hat den Stiftsdamen hoffentlich zur Kenntnis gebracht, dass ich nicht für einen milden Verlauf der Inokulation garantieren kann? Möglicherweise ruiniert es die Haut, und schlimmstenfalls kann es tödlich enden, falls sich die Blattern in eine schwere Form wandeln. Aber wenn die Damen es so wünschen ... Wie viele Stiftsdamen müssen denn inokuliert werden?«

Bevor Helena antworten konnte, fügte er hinzu: »Außerdem müssen Sie mir das Geld dafür im Voraus geben. Die derzeit Erkrankten lassen sich ihre Krankheit schließlich teuer bezahlen. Auch wenn die Patienten selbst das Geld vielleicht nicht mehr ausgeben können, so ist es doch wenigstens fürs Erbe gut. Wie viel Blatterngift wird nun also benötigt?«

»Eigentlich, um genau zu sein, nur für eine Person.«

»Verzeihung? Für nur *eine* Person?«

»Ja. Eine einzige Inokulation.«

Lukas schüttelte verständnislos den Kopf. »Würden Sie mir bitte genauer erklären, was der Leibarzt damit bezwecken will? Ich glaube, ich verstehe nicht ganz.«

Helena sah ihn an. Sie versuchte, in den Augen dieses bunten Vogels ein wenig Verständnis zu entdecken, doch andererseits hatte auch der Äskulap anfangs mit Ablehnung reagiert. Ihr Blick wanderte zum Bücherregal, als würde sie dort eine Lösung finden. Wie sollte sie sich ihm mitteilen? Wie ihm sagen, wer genau hinter der Mission stand?

»*Ich* benötige das Blatterngift, nicht der Leibarzt.«

»Und wozu?«

»Für einen Test, um eine Theorie zu beweisen. Es geht um die Melkerknoten«, fügte sie hinzu, als sie den verständnislosen Blick des Chirurgen sah. »Ich vermute, dass sie vor den Blattern schützen.«

»Das glaube ich auch«, erwiderte Lukas, und Helena

stand vor Überraschung der Mund offen. »Meine Beobachtungen lassen diesen Schluss ebenfalls zu«, vertraute ihr der Chirurg an. »Es gibt nur einen Haken an der Sache: Die Methode ist viel zu einfach, als dass ein Medicus daran interessiert wäre! Wieso sollte der Leibarzt jemandem Glauben schenken, dessen Kerbholz länger ist als sein Spazierstock? Wieso sollte er beispielsweise mir vertrauen? Einem Chirurgen – einem elenden Chirurgen!«

Noch bevor Helena etwas erwidern konnte, dröhnte plötzlich wie auf Geheiß die Stimme des Äskulap von der Tür her zu ihnen: »Da bin ich aber froh, dass der elende Herr Chirurg endlich ein Einsehen mit sich selber hat.« Der Leibarzt reckte den Hals und kam neugierig näher. »Ich wollte eigentlich nur feststellen, warum das hier so lange dauert. Ihre, wenn auch späte, Selbsterkenntnis erfreut mich jedoch zutiefst. Man lernt nie aus – das gilt für alle niederen Berufe. Ich möchte Sie jetzt auch gar nicht länger davon abhalten, etwas für Ihre Bildung zu tun. Komm, Helena. Und vergiss das Blatterngift nicht.«

Lukas verschränkte die Arme vor der Brust. »Guten Tag auch, werter Monsieur Dottore Tobler. Die Glocke befindet sich rechts neben der Türe. Blatterngift habe ich übrigens nicht vorrätig.«

»Oh, das ist natürlich jammerschade und verzögert die ganze Sache ungemein. Helena hat Ihnen aber hoffentlich genug Geld gegeben, damit Sie nicht erst noch im Wirtshaus darum spielen müssen?«

Helena und Lukas wechselten einen unschlüssigen Blick. Es war ihr Fehler gewesen. Ihretwegen hatten Sophie und das Kind zwar überlebt, aber sie hatte wieder einmal vergessen, ihren Lohn einzufordern.

»Kann ich dem entnehmen, dass hier ein kleines Problem vorzuliegen scheint?« Mit gespieltem Erstaunen hob der Äskulap eine Augenbraue. »Dabei hätte der Herr Chirurg nur einmal die Walnusshände des Gerbers richtig untersuchen müssen, dann könnte er jetzt nämlich ein sattes Stück Leder sein Eigen nennen. Mir hat es der Gerber jedenfalls umsonst überlassen. Anscheinend waren ihm die Ehre meines Besuchs und die Gnade eines Leibarztes schon Entlohnung genug. Aber es war ja schon immer meine Rede, die Kleinen und Schwachen zu unterstützen, nicht wahr, Helena? Deshalb will ich dir das Geld für das Blatterngift geben. Ich hoffe, du weißt meine Güte und Großzügigkeit zu schätzen.« Mit einem gönnerhaften Lächeln legte der Äskulap ein paar Münzen auf den Tisch, und Helena biss vor Wut die Zähne zusammen. »Sodann können wir also endlich gehen. Ich erwarte Sie morgen früh im Stift.« Mit einem letzten abschätzigen Blick maß er den Chirurgen. »Und ziehen Sie sich bitte etwas Ordentliches an, damit unsere Bediensteten Sie nicht für einen Bettler halten.«

»Das wird kaum notwendig sein. Der Versuch, von dem mir Ihre Nichte erzählte, wird nämlich in meinen Räumlichkeiten stattfinden.«

»Bei Ihnen? Wie kommen Sie darauf?«

»Weil der Patient sofort von allen Menschen abgeschieden werden muss, denen er das Gift mitteilen könnte. Das sollten Sie eigentlich wissen! Sie als Leibarzt!«

»Natürlich bin ich mir dessen bewusst. Ihnen scheint dagegen nicht klar zu sein, dass Sie bis morgen früh eine Kutsche zu organisieren haben, um einen Leibarzt standesgemäß aus dem Stift abholen zu lassen. Schließlich werde ich morgen der wichtigsten Stunde im Leben meiner Nichte beiwohnen, und da werde ich mir wohl kaum die Füße dreckig machen.«

***

Auf dem Rückweg ins Stift schwang der Leibarzt seinen Stock in gemütlicher Spaziermanier neben sich her und es fehlte nur noch, dass er ein Liedchen gepfiffen hätte. In Helena brodelte es.

Auf den letzten Schritten den Stiftsberg hinauf bemerkte sie das erstmals heruntergelassene Falltor; offenkundig hatte die Fürstäbtissin nun doch die Blatterngefahr erkannt. Vor den schwarzen Gitterstäben blieben sie stehen. »Wo ist denn der Wächter?«

»Es wäre sehr freundlich von dir«, bemerkte der Leibarzt, »wenn du dein Maul schließen und das Tor öffnen würdest.«

»Ich kann Sie nicht hineinlassen. Das ist ein Falltor.«

»Das ist der Grund, warum ein Weib zu Hause bleiben sollte und auf der Straße nichts zu suchen hat! Nachdem es ziellos durch die Gassen geirrt ist, sind die Sinne so verwirrt, dass es nicht mehr weiß, wie man sich Einlass verschafft. Dazu muss man lediglich den Torwächter rufen und ihn befehligen.«

»Aber hier ist doch keiner!«

»Keine Sorge. Ich verstehe schon, dass du dazu nicht in der Lage bist.« Der Leibarzt hob seinen Stock und klopfte dreimal gegen die dumpf klingenden Eisenstäbe. Gleich darauf waren eilige Schritte zu hören.

»Das nächste Mal ein wenig schneller, Lorenz. Sonst

bringe ich dir gerne ein wenig Rizinusöl, damit du weißt, was rennen heißt.«

Die Auffahrt hinauf ließ sich Helena einige Schritte hinter den Äskulap zurückfallen. Hätte sie Pfeil und Bogen zur Hand gehabt, hätte sie ihn hinterrücks erschossen, dachte sie wütend. So aber trennten sich ihre Wege grußlos an der Eingangstüre, wo er ohne sich umzudrehen die Treppe hinab in seine Höhle stieg und sie in den ersten Stock hinaufging.

Vor dem Sternenzimmer atmete Helena tief durch, bevor sie hineinging. Gregor saß wie immer am Schreibtisch und sah ihr mit sorgenvoller Miene entgegen.

»Ist alles gutgegangen? Wo ist das Blatterngift?«

»Alles in Ordnung. Aber ich muss mich erst einmal setzen. Der Äskulap hat sich widerlich benommen. Morgen früh gehen wir noch einmal zum Chirurgen, und dort findet dann der Versuch statt.« Helena wunderte sich selbst über den sicheren Klang ihrer Stimme.

»Gratuliere!« Gregor sprang auf, ließ sich neben sie aufs Bett fallen und umarmte sie stürmisch. »Im Übrigen hörte sich das gerade so an, als ginge es um nichts Aufregenderes als Kühe zu melken. Hast du keine Angst mehr vor dem Versuch?«

Helena barg sich in seinen Arm und genoss seine sanften Berührungen. »Ich kann an nichts anderes mehr denken.«

»Stell dir nur vor, wie wir dem Äskulap eins auswischen, wenn uns der Versuch gelingt. Als Strafe für alle seine Gemeinheiten.«

»Wenn es nur seine Gemeinheiten wären ...« Helena verstummte beim Gedanken an den Tod des Stiftskanzlers.

»Denkst du an Sebastian? Die Umstände sind wirklich sehr merkwürdig. Aber glaubst du in der Tat, der Äskulap will dich für Sebastians Tod verantwortlich machen?«

»Genau das hat er versucht, bis du ihm gesagt hast, dass ich längst vor Mitternacht wieder zurück war. Mit dir als Zeugen hatte er nicht gerechnet. Er will mich mit allen Mitteln loshaben, verstehst du? Was glaubst du, warum er unbedingt bei dem Versuch dabei sein will? Doch nur, um mich anzeigen zu können, wenn es schiefgeht.«

»Ich weiß nicht ...«

»Gregor, stimmt etwas nicht mit dir?«

»Nein, nein. Alles in Ordnung.«

Helena musterte ihn. Sie ließ sich ihre Worte noch einmal durch den Kopf gehen. »Natürlich, du kannst gar nicht als Zeuge für mich auftreten, weil du ein Deserteur und somit selbst straffällig bist, nicht wahr?«

Gregor nickte.

»Warum hast du dich überhaupt dem Leibarzt gestellt? Du konntest nicht wissen, wie er reagiert. Er hätte dich sofort verhaften lassen können. Oder ... wusste er bereits von dir und nutzt nun sein Wissen aus?«

Gregor nagte an seiner Unterlippe.

»Aber das ergibt doch keinen Sinn.« Helena runzelte die Stirn. »Wieso hat er dich für den Versuch ...« Sie unterbrach sich selbst. »Oh Gott, natürlich! Es wird dich niemand vermissen, wenn der Versuch misslingt. Jeder wird denken, du seiest im Kampf umgekommen. Nur Aurelia und ich wissen, dass du hier bist.«

»Und Ernestine ...«

»Dann muss er auch gegen sie etwas in der Hand haben. Aber was macht der Äskulap, wenn der Versuch erfolgreich war? Er kann dich kaum der Öffentlichkeit präsentieren, solange du gesucht wirst.«

»Doch, als Deserteur, der keine Blattern bekommen kann. Was glaubst du, wie viel ich der Armee plötzlich Wert sein werde? Da werden keine Fragen mehr gestellt. Man wird mich mit Kusshand zurücknehmen! Außerdem ist der Äskulap vielleicht gar nicht so hinterhältig, wie wir glauben.«

»Kannst du dir vorstellen, dass er mir Geld für das Blatterngift geben würde?«

»Der Äskulap *dir* freiwillig Geld geben? Niemals!«

»Siehst du. Er hat es aber sehr wohl getan, weil er genau wusste, dass ich den Chirurgen niemals im Voraus hätte bezahlen können.«

»Aber nur geliehen, oder?«

»Nein, er hat mir das Geld in seiner überaus großen Güte geschenkt.«

Als Gregor sie mit großen Augen ansah, berichtete Helena von dem Besuch beim Chirurgen und wie sehr sie sich über das abfällige Verhalten des Leibarztes aufgeregt hatte.

»Das glaube ich dir aufs Wort.« Zärtlich fuhr er ihr über die Stirn, damit sich ihre Zornesfalten wieder glätteten. »Ach, Helena, lass uns nicht mehr über den Äskulap reden.«

Helena wusste, dass Gregor sie nur von dem geplanten Versuch ablenken wollte, und strich ihm gedankenverloren über die Brust. Die Spur ihrer Finger wurde zu dem Weg, den sie eben durch Quedlinburg zurückgelegt hatte. »Habe ich dir schon erzählt, dass ich bei einer schweren Geburt geholfen habe?«, bemerkte sie mit gespielter Beiläufigkeit. »Mutter und Kind sind am Leben.«

»Vorhin? Ich glaube es ja nicht! Dir passiert bei einem Ausgang mehr, als mir auf dem Schlachtfeld! Aber das kommt eben davon, wenn man dich in die Stadt lässt.« Spielerisch knuffte er ihr in die Seite.

»Das hat der Äskulap auch schon gesagt.« Helena seufzte. »Reden wir nicht mehr von ihm, ich weiß. Die Gebärende hieß Sophie und ließ eine Nachricht an die Seniorin im Stift überbringen ...«

»Sophie? Gräfin Sophie? Die Gräfin, die noch nicht ins Stift zurückgekehrt ist, hält sich in der Stadt auf und hat ein Kind geboren? Das sind ja Neuigkeiten!«

»Allerdings!«

»Nun, lassen wir das Sache der Fürstäbtissin sein.« Gregor nahm ihr Gesicht in beide Hände und sah ihr fest in die Augen. »Hast du nun durch deinen Einsatz endlich verstanden, dass du Leben retten kannst? Und morgen gelingt es dir ein weiteres Mal – ach, was sage ich, tausendfach wird es dir gelingen.«

Wehmütig streichelte sie über Gregors Arm, über die Stelle, an der die Melkerknoten gewesen waren. Sie konnte nichts mehr sagen, ihr Hals war wie zugeschnürt. Es gab nun nur noch den Gedanken an morgen. Sie vergrub das Gesicht an seiner Brust und nahm den Geruch ganz tief in sich auf. Er sollte sie nicht wieder weinen sehen. Was, wenn sie sich in den Melkerknoten getäuscht hatte? Wenn Gregor plötzlich nicht mehr da wäre? Es musste einfach alles gutgehen ...

»Helena, falls ich doch krank werden sollte, falls ich sterben muss ... würde ich dir so gerne etwas hinterlassen, damit du weißt, dass ich immer an dich geglaubt habe. Aber es gibt nichts in diesem Raum, was mir gehört, nicht einmal die Kleider, die ich am Leib trage.« Er sah sich hilflos um. »Ich weiß nicht, was ich dir schenken könnte.«

Es wurde still zwischen ihnen. Ein Gefühl der Verbundenheit machte sich zwischen ihnen breit, dem sie mit gesenkten Blicken auszuweichen versuchten.

Nach einer Weile hob er den Kopf. »Ich will dir das hier geben ...« Er nestelte an seinem Ärmel und riss mit einem Ruck den Zinnknopf von der Manschette. »Damit du weißt, dass ein Teil von mir immer bei dir sein wird.«

Wortlos nahm Helena den Knopf entgegen und barg ihn in ihrer Hand.

Gregor zog seine Schuhe aus und legte sich ins Bett. »Vielleicht sollten wir jetzt versuchen zu schlafen. Wir machen einfach die Augen zu und sagen uns, dass wir morgen das Richtige tun werden.«

Helena nickte tapfer. Sie löschte die Kerzen und legte sich neben ihn. Erst als er sie ganz vorsichtig in seine Arme zog und ihr leise gute Nacht sagte, traten ihr die Tränen in die Augen.

Kapitel 16

Am nächsten Morgen gelang es Helena nur mit Mühe, die verweinten Augen zu öffnen. Schon beim ersten Gedanken an den heutigen Tag flossen wieder die Tränen. Es war ihr ein Rätsel, wie sie diese Nacht überstanden hatte. Im Morgengrauen hatte sie noch mitbekommen, dass Gregor leise aufgestanden war, um auszutreten. Dann war sie vor Erschöpfung endlich eingeschlafen und im Traum durch einen Wald geirrt. Dunkle Schatten hatten den Waldboden gesäumt und sich in drohende Gestalten verwandelt. Sie war über Baumstämme gestolpert und in tiefe Abgründe gefallen, der kalte Schweiß stand ihr im Nacken. Plötzlich war sie von einer warmen Hand berührt worden. Sie war herumgewirbelt, aber niemand war hinter ihr gestanden. Trotzdem hatte sie noch immer die Hand auf der Schulter gespürt. Sie hatte all ihren Mut zusammengenommen und vorsichtig danach gegriffen. Es war die Hand einer kleinen Gestalt. Ein Wicht. Da hatte er ihr übermütig zugerufen: »Lass uns endlich weitergehen!«

»Aber ich habe Angst, das ... das geht niemals gut!«, hatte sie verzweifelt gestammelt.

»Doch, geh nur. Ich bin dein Mut.«

Ein gleißendes Licht erschien – und Helena war voller Verwunderung aus ihrem Traum erwacht. Sie starrte einen Moment lang an die Decke, sehnte sich nach Gregors Nähe.

Doch als sie sich umdrehte, war die Seite neben ihr leer. Erschrocken sah sie sich um.

»Gregor?« Helena sprang aus dem Bett. »Gregor! Wo bist du?«

Es war längst hell draußen. Er müsste längst wieder zurück sein. Hatte man ihn etwa entdeckt? Verraten? Helena stürzte zum Fenster, als könnte sie ihn dort unten irgendwo sehen. Hatte ihn doch im letzten Augenblick die Panik überfallen? Helena nahm den steinernen Engel von der Fensterbank, als könnte er ihr sagen, wo Gregor hingegangen war. Sie hielt die weißen Flügel mit beiden Händen umklammert und flüsterte seinen Namen. War Gregor vielleicht schon zum Äskulap gegangen?

So schnell sie nur konnte, schlüpfte Helena in ihre Kleider. Noch während sie durch den Damenbau rannte, band sie sich die Schürze um und stieß dabei fast mit einem Diener zusammen. Er musste zur Seite springen und schimpfte hinter ihr her. Doch darum konnte sie sich jetzt nicht kümmern. Völlig aufgelöst stolperte sie die Treppen zur Höhle hinunter und stürzte ohne anzuklopfen hinein.

»Ist Gregor bei Ihnen?«

»Guten Morgen, heißt das. Poltere gefälligst nicht so in den Tag! Der werte Graf wird sicher gleich kommen.« Er erhob sich und trat auf sie zu. »Dein Brusttuch ist verrutscht. Darf ich dir behilflich sein?«

»Lassen Sie gefälligst die Finger von mir! Wissen Sie wirklich nicht, wo Gregor ist?«

»Immer ruhig Blut, junges Fräulein. Kann ich etwas dafür, wenn dir dein Liebhaber mitten in der Nacht verlustig geht?«

»Verstehen Sie nicht? Gregor ist weg! Er könnte in Gefahr schweben!«

»Ich *will*, dass dieser Versuch stattfindet! Und wenn Gregor nicht aufzutauchen beliebt, dann nehmen wir eben jemand anderen aus der Stadt, das ist mir völlig gleichgültig!«

»Aber derjenige müsste zuvor die Melkerknoten gehabt haben. Und von den Melkern würde sich niemand diesem Versuch hingeben. Es sei denn, man würde ihm viel Geld bieten ...«

Der Äskulap rammte seinen Stock auf den Boden. »Himmeldonnerwetter, wie viele Opfer soll ich eigentlich noch erbringen, damit der Versuch endlich stattfindet?«

»Aber Gregor muss doch zu finden sein!«

»Du gehst jetzt zum elenden Chirurgen; er wartet bereits am Stiftstor. Sag ihm, dass sich die Sache ein klein wenig verzögern wird. Und frag ihn, ob er die Blattern dabeihat. Sodann soll er sich nicht vom Fleck rühren. Du wirst dafür sorgen, dass er so lange wartet, bis dein Gregor gefunden ist. Haben wir uns verstanden? Geh jetzt und beeil dich!«

»Gewiss.«

Lukas stand tatsächlich schon am Tor und unterhielt sich mit dem Wächter. Als er sie entdeckte, hob er den Arm zum Gruß. Helena wollte gerade auf den Chirurgen zulaufen, als die Stimme der Fürstäbtissin scharf hinter ihrem Rücken ertönte:

»Glaube nur ja nicht, dass du dich ungestraft davonstehlen kannst!«

Helena drehte sich voller Verwunderung um. Die Fürstäbtissin hielt eine Schriftrolle drohend in der erhobenen Hand.

»Es tut mir leid, Helena. Es tut mir wirklich sehr, sehr leid, aber ich werde dich bis zum Verhör verhaften lassen müssen, da tatsächlich Fluchtgefahr zu bestehen scheint.«

»Verhör?« Helenas Gedanken überschlugen sich.

»Du kannst natürlich auch deine Schuld an Sebastians Tod eingestehen, alsdann brauchen wir kein Verhör. Ich habe wirklich viel auf dich gegeben, Helena, und ich weiß, was ich dir zu verdanken habe. Aber Sebastians Tod kann nicht ungesühnt bleiben, und mir wurde zugetragen, dass du daran schuld bist.«

»Aber ich ...«, brachte sie mühsam hervor. »Ich war ...« Nein, Gregor sollte ihr kein Alibi verschaffen. Die Fürstäbtissin wäre imstande, ihn zu verhaften.

»Ich glaube nicht, dass du Sebastian mit Absicht umbringen wolltest, dennoch bist du für seinen Tod verantwortlich, und deshalb muss ich dich einsperren.«

Einsperren. Sie spürte, wie ihr die Knie weich wurden, sie hörte das Blut in ihren Ohren rauschen, und plötzlich verschwand die Fürstäbtissin hinter einem schwarzen Schleier.

Als Helena wieder zu sich kam, lag sie schlotternd am Stiftsbrunnen auf den eiskalten Steinen. Wasser rann ihr über das Gesicht. Sie blinzelte und erkannte zuerst den Rock der Fürstäbtissin und dann die Beinkleider des Äskulap. Bevor sie sich jedoch bemerkbar machen konnte, hatte ihr der Leibarzt bereits einen zweiten Kübel Wasser ins Gesicht geschüttet. Helena entfuhr ein Schrei, der sie vor einem weiteren Guss rettete. Stattdessen fasste der Leibarzt sie grob unter den Achseln und zog sie empor. Sie musste sich an ihm festklammern, ihre Beine wollten ihr noch nicht gehorchen.

»Wie gut, dass ich gerade vorbeigekommen bin, werte Fürstäbtissin«, lobte sich der Leibarzt selbst.

»Das Mädchen soll sich im Kerker von ihrer Ohnmacht erholen.«

»Wie bitte? Sie wollen die Göre unter Arrest stellen?«

Helena verfolgte das Schauspiel gebannt, ohne dessen Sinn zu begreifen. Welche Rolle spielte der Äskulap?

Die Fürstäbtissin nickte und ihr Mund wurde schmal. »Es bleibt mir nichts anderes übrig. Ich gebe dem Mädchen eine Woche Zeit, ein Geständnis abzulegen. Zur Sicherheit wird sie bis dahin eingesperrt.«

»Werte Fürstäbtissin ...«, der Äskulap legte eine kunstvolle Pause ein. »In Anbetracht der Umstände halte ich es für besser, die Göre unter meine persönliche Aufsicht zu stellen. Ich werde Tag und Nacht mit Argusaugen über sie wachen. Werte Fürstäbtissin können sich ganz auf mich verlassen.« Der Äskulap setzte ein gewinnendes Lächeln auf. »Niemand außer mir hätte ein größeres Interesse daran, eine Flucht zu verhindern.«

Die Fürstäbtissin wiegte den Kopf. »Ich möchte niemanden einsperren, bevor die Schuld nicht erwiesen ist. *In dubio pro reo*. Sie darf nur nicht entkommen, Dottore. Kann ich mich auf Sie verlassen?« Die Fürstäbtissin fixierte ihn durch die Lorgnette.

»Wie immer, gnädigste Fürstäbtissin, wie immer.« Der Äskulap verbeugte sich dienstbeflissen.

»Sollten Sie mich enttäuschen, dürfte Ihnen klar sein, dass ich Sie für Sebastians Tod zur Verantwortung ziehen muss. Schließlich hatten Sie die Aufsicht über Helenas medizinische Ausbildung.«

»Gewisslich, gewisslich.« Der Äskulap verbeugte sich nochmals.

Die Fürstäbtissin raffte die Röcke und musterte Helena scharf. Daraufhin ließ sie scheinbar befriedigt die Brille sinken und ging Richtung Fürstinnenbau.

Helena fand nur langsam ihren sicheren Stand wieder.

»Nichts kann man dich machen lassen«, zischte ihr der Äskulap zu, als die Fürstäbtissin außer Hörweite war.

Helena bibberte und strich sich das Wasser aus den Haaren. »Aber Sie haben mich doch selbst bei der Fürstäbtissin angezeigt!«

»Ich? Dir hat doch ein Spatz ins Hirn geschissen! Glaubst du, ich durchkreuze meine eigenen Pläne? Zum letzten Mal ... Ich will, dass dieser gottverdammte Versuch stattfindet! Wärest du etwas vorsichtiger gewesen, hätte dich die Fürstäbtissin nicht gesehen. Dir muss doch klar sein, dass Sebastians Tod noch ein Nachspiel haben würde.«

»Aber Sie wissen doch, dass ich unschuldig bin!«

»So, weiß ich das? Ich weiß nur, dass ein Deserteur bezeugen kann, dass du zum fraglichen Zeitpunkt nicht bei Sebastian warst. Was die Fürstäbtissin von einem straffälligen Zeugen hält, werden wir sehen.«

»Sie wollen mich doch nur in den Kerker bringen, ganz gleich ob mir der Versuch gelingt oder nicht! Die Liste meiner Verfehlungen weist dank Ihrer Hilfe auch schon eine beträchtliche Länge auf!«

Der Leibarzt lachte trocken. »Du solltest dir keine Sachen zusammenreimen, auf die sich niemand einen Vers machen kann. Ich habe nichts mit den misslungenen Behandlungen zu tun! Andererseits bin ich über deine Unfähigkeit auch nicht traurig, denn es ist kein Geheimnis, dass ich von Anfang an gegen deine Ausbildung gewesen bin. Aber wenn du schon auf der Suche nach Zusammenhängen bist: Die einzige Möglichkeit, deine Ehre wiederherzustellen, ist der gelungene Blatternversuch. Deshalb werden wir jetzt gemeinsam deinen Gregor suchen und ihn in Gottes Namen auch finden!«

»Auf Ihre Hilfe kann ich verzichten.«

»So? Wie du meinst. Deiner Gesichtsfarbe nach zu urteilen, scheinst du allerdings der nächsten Ohnmacht schon wieder recht nahe. Aber wie du willst, sodann lasse ich dich jetzt allein.« Der Leibarzt ließ sie unvermittelt stehen.

»Halt!«, rief ihm Helena hinterher. »Das ist es! Gregor hat ein Anfall ereilt!«

»Das ist schon möglich, dass er irgendwo hilflos herumliegt. Davon kann man wohl ausgehen. Allerdings vergisst du dabei, dass nur Weiber grundlos ohnmächtig werden.«

»Hören Sie endlich auf mit Ihren elenden Gemeinheiten! Ich bin nicht grundlos ohnmächtig geworden. Immerhin wollte mich die Fürstäbtissin festnehmen lassen!«

»Vielleicht hat den werten Grafen aus einem ähnlichen Grund ein Anfall ereilt.«

»Ich wusste, dass Sie Gregor verraten würden! Ich habe es immer gewusst!«

»Hast du es immer noch nicht begriffen? Warum sollte ich Gregor von dem Versuch abhalten wollen? Es gibt da allerdings jemanden, der allen Grund dazu hätte.« Der Leibarzt hob abwartend die Augenbrauen.

»Aurelia!«, entfuhr es Helena, als sie auch schon mit geballter Kraft in Richtung Damenbau rannte. Weit hinter sich hörte sie den Äskulap keuchen.

Aus Aurelias Zimmer im ersten Stock drang kein Laut, und Helena drückte die Türklinke nieder. Keine der Damen schob normalerweise den Riegel vor, auch Aurelia nicht. Sie rüttelte an dem goldenen Griff, bis von innen Aurelias Stimme ertönte: »Fort! Ich will niemanden sehen!«

»Öffnen Sie! Ich weiß, dass Gregor bei Ihnen ist!«

»Du kommst nicht an mich heran! Und an Gregor schon gar nicht! Verschwinde!«

»Mach sofort die Türe auf!«

»Helena ...«

Das war Gregor!

Die Türe bebte in den Angeln. »Du kommst hier nicht heraus!«, schrie Aurelia. »Du gehörst zu mir!«

»Helena, hilf mir! Aurelia hat mir Baldrian in den Wein gemischt, und ich hatte einen Anfall! Ich bin gefesselt, ich habe zu wenig Kraft ...«

Helena trommelte gegen die Türe, so dass zwei andere Gräfinnen neugierig ihre Köpfe auf den Flur steckten. Jetzt war es nur noch eine Frage der Zeit, bis die Fürstäbtissin von dem Deserteur in ihrem Stift erfuhr.

»Aurelia, hören Sie auf mit dem Unsinn! Sie können ihn nicht einsperren! Er gehört Ihnen nicht!«

»Deshalb bekommst du ihn noch lange nicht! Du liebst ihn nicht, ansonsten würdest du ihn nicht kaltschnäuzig diesem Versuch unterziehen wollen!«

»Was ist denn das hier für ein Theater?« Der Leibarzt kam keuchend näher. »Überall wo Weiber sind, endet es in einem Tumult!«

»Die Gräfin hält Gregor in ihrem Zimmer fest! Er ist da drin!«

»Er wird sich doch wohl gegen dieses Weibsbild zur Wehr setzen können!«

»Monsieur Dottore Tobler, holen Sie mich hier raus!«

Der Leibarzt seufzte. »Ich verstehe nicht, warum sich die Weiber um solch schwächliche Männer reißen!« Er ging einen Schritt zurück. »Ich trete jetzt die Tür ein, werte Gräfin! Wenn Ihnen Ihr Leben lieb ist, gehen Sie in der hintersten

Ecke Ihres Zimmers in Deckung.« Mit zusammengekniffenen Augen wartete er ab. »Graf von Herberstein? Ist das Weib jetzt von der Tür weg?«

»Ja, Sie können!«

»Himmelherrgottsakrament, warum muss ich alles machen? Schieb doch einfach den Riegel mit den Zähnen zur Seite, du Hundsfott!«

Sekunden später stand Gregor vor ihnen. Aurelia umklammerte ihn schreiend, so dass sich der Leibarzt die Ohren zuhalten musste. »So bringe doch jemand dieses Weib zum Schweigen, ehe ich mich vergesse!«

»Ihr könnt ihn mir nicht nehmen, sonst sterbe ich!« Völlig aufgelöst hielt sie Gregor umschlungen, der durch seinen erlittenen Anfall immer noch nicht ganz bei sich war.

»Graf von Herberstein, halten Sie sich doch dieses Weib vom Leib! Das ist ja unerträglich mit anzusehen, wie das Korn den Bauern drischt.« Der Leibarzt rief den Diener herbei, der die Szene aus gehöriger Entfernung beobachtet hatte.

»Borginino, nimm dem Herrn hier die Fesseln ab und sorge dafür, dass die Gräfin ihr Zimmer nicht verlässt.«

Der lächelnde Diener stutzte.

»Das ist ein ärztlicher Befehl! Bändige das Weib, sonst wird sich der Teufel ihrer Seele bemächtigen!«

Die Drohung wirkte. Borginino drängte die kratzende und um sich schlagende Aurelia in ihr Zimmer zurück.

Helena zitterte vor Angst und Kälte. Am liebsten würde sie sich jetzt nur noch in ihr Bett verkriechen, die Decke über den Kopf ziehen, und nicht einmal mehr an den Versuch denken. Plötzlich spürte sie Gregors Arm um ihre Schultern.

»Helena, du hast ja ganz nasse Haare! Du musst dir sofort trockene Sachen anziehen und dich am Ofen wärmen!«

Der Äskulap rammte seinen Stock auf den Boden. »Das Weib geht nirgendwo mehr alleine hin und bleibt zukünftig an meiner Seite!«

»Aber sehen Sie nicht, wie Helena zittert?« Gregor rubbelte ihr fest über die Schultern.

»Sie soll sich nicht so anstellen. Ein Weib hat genügend wärmendes Fett am Körper.«

»Hören Sie endlich auf damit!«, schrie Helena unter Tränen. »Ich war ohnmächtig und Sie haben mich mit eiskaltem Brunnenwasser übergossen!«

Gregor zog sie sanft an sich. »Helena muss sich jetzt aufwärmen. Eher lasse ich den Versuch nicht an mir durchführen.«

»Dann stehen Sie hier nicht länger herum wie ein geschwätziges Weib, sondern tun Sie das, was ein richtiger Mann tut: Ziehen Sie sie aus!«

»Das könnte Ihnen so passen, hier in Ihrer Nähe!«

»Das Weib entfernt sich aber keine Stocklänge von mir!« Der Leibarzt überlegte einen Moment, dann machte er sich an seinem Umhang zu schaffen. Grimmig hielt er ihr das Kleidungsstück hin. »Hier, nimm.«

Helena beschlich ein sonderbares Gefühl, als sie sich den großen Umhang um die Schultern legte und dem Äskulap den Flur entlang folgte. Gregor schritt voraus; niemand sagte etwas. So erreichte der seltsame Tross die Jagdgründe des Äskulap. Mit einem Kopfnicken bedeutete er ihnen in der Höhle zu warten, bis er den Chirurgen am Stiftstor abgeholt und hergebracht hatte. Die Tür fiel zu, und der Schlüssel drehte sich im Schloss.

Gregor fand als Erster die Sprache wieder. »Der Mantel steht dir ziemlich gut.«

»Unsinn. Er ist viel zu groß.«

»Ach Helena, beinahe wäre nichts aus dem Versuch geworden. Zum Glück habt ihr mich gefunden!«

»Warum bist du einfach so verschwunden?« Sie gab sich keine Mühe, den Groll in ihrer Stimme zu verbergen. »Was hattest du überhaupt bei Aurelia zu suchen?«

»Als ich heute Morgen in aller Herrgottsfrühe austreten war, hat mich Aurelia auf dem Rückweg vor dem Sternenzimmer abgepasst. Sie wollte unbedingt mit mir sprechen. Und da es sehr dringlich erschien, bin ich mitgegangen. Ich konnte doch nicht ahnen, dass ...«

»Aber sie bedeutet dir nichts mehr?«

»So ist es. Aber würdest du jemanden stehen lassen, der dich offenbar um Hilfe ersucht?«

Helena senkte den Kopf. »Und was wollte sie?«

»Aurelia erhofft sich noch immer meine Hand. Sie bat mich inständig um Verzeihung wegen des Kindes.«

»Und warum musste das ausgerechnet heute Morgen sein?«

»Weil ihr der Äskulap von unserem Vorhaben erzählt hat ... und von deiner Verlobung mit Friedemar.«

»Das ist doch nicht möglich!«

»Doch, Helena. Gestern, als sie bei ihm war. Warum sie zu ihm gegangen war, wollte sie mir jedoch nicht sagen. Jedenfalls bot sie mir Wein an und bekniete mich, die Inokulation nicht durchführen zu lassen. Als ich darauf nicht einging und das Gespräch beenden wollte, sprach sie davon, mich zur Not festzubinden und sperrte mich im Zimmer ein. Vor lauter Panik überfiel mich meine Heilige Krankheit, und dann bin ich erst wieder durch euren lautstarken Streit zu mir gekommen. Helena, bitte verzeih mir meine Naivität.«

»Schon gut. Vielleicht sollten wir den Versuch nicht durchführen. Ich habe Angst vor dem Moment der Gewissheit, wo es besser gewesen wäre, auf Aurelia hören.«

Da erschien plötzlich der Äskulap mit dem Chirurgen in der Tür. Lukas, in einen bunten Flickenumhang gekleidet, trat von einem Bein auf das andere, während der Äskulap zielsicher auf seinen Löwenschreibtisch zuschritt.

»Wenn der elende Chirurg nun die Güte besäße, das Blatterngift herauszugeben und nicht dumm herumzustehen, könnten wir endlich beginnen.«

Doch Lukas rührte sich nicht von der Stelle; stattdessen starrte er mit Bestürzung auf den schmutzigen Höhlenfußboden.

Der Äskulap stemmte die Hände in die Hüften. »Haben Sie Nachtfrost abbekommen? Das Blatterngift, sagte ich.«

Zögernd griff Lukas unter seinen Umhang und holte eine verstöpselte Flasche hervor. Darin befand sich eine Gänsefeder, die im Kiel das Gift zu enthalten schien. Davon war zumindest auszugehen. Doch was wäre, wenn Lukas das Geld in die nächste Wirtschaft getragen und dafür lediglich etwas Dünnbier mit dem Federkiel aufgesogen hatte? War es ihm zuzutrauen? Sicher war, dass er wohl selten so viel Geld auf einmal in der Hand gehalten hatte.

Lukas wirkte unentschlossen und hielt die Flasche fest in Händen. »Aber Sie wollen doch nicht hier ... hier in diesem unsauberen Raum ... Hier kann man doch keine Patienten behandeln!«

»Das hat auch keiner von Ihnen verlangt.«

Lukas' Miene wurde eisig. »Das lag auch nicht in meiner Absicht. Gleichwohl frage ich mich, warum die Patienten trotz des offensichtlichen Drecks zu Ihnen kommen.«

»Bislang hat noch niemand daran Anstoß genommen. Man ist eben mit meinen Behandlungen sehr zufrieden.«

Nur mit Mühe konnte Lukas an sich halten. »Trotzdem müsste in diesem finsteren Loch einmal gehörig der Besen geschwungen werden!«

»Unsinn. Das tritt sich fest. Überdies, was die Lichtverhältnisse anbelangt, werde ich mein Geld sicher nicht für unzählige teure Kerzen verschwenden, die Dunkelheit hier hat noch niemanden gestört.«

Lukas wurde auf einmal ganz ruhig. »Nun ja, für eine Klage des Stiftskanzlers ist es ohnehin zu spät.«

»Was wollen Sie damit sagen?« Die Augen des Äskulap verengten sich zu Schlitzen.

»Nichts. In der Stadt zerreißt man sich nur das Maul über seinen plötzlichen Tod. Und nachdem hier nicht einmal eine Waschschüssel steht, kann ich mir lebhaft vorstellen, was passiert ist. Gewiss trugen Ihre schmutzigen Finger erheblich zu Sebastians Ableben bei.«

»Das geht zu weit! Was unterstehen Sie sich? Ich bin kein Mörder! Ich habe nichts mit dem Tod des Stiftskanzlers zu tun!«

»Wer sagt denn, dass es Mord war? Ich dachte lediglich an eine Vergiftung des Blutes durch mangelnde Reinlichkeit an der Wunde. Doch anscheinend wissen Sie es besser.«

Der Äskulap stand wie versteinert vor dem Chirurgen. Es war totenstill im Raum; einzig das Wasser tropfte von den Wänden. Gemächlich legte Lukas seinen Umhang über den

Behandlungsstuhl des Leibarztes ab und lächelte Helena zu. Verdutzt erwiderte sie sein Lächeln, verfolgte gespannt seine Bewegungen, wie er seelenruhig mit dem Glasbehälter in der Hand am Behandlungsstuhl wartete. Helena zuckte jedoch unmerklich zusammen, als ihr Blick Gregor traf. Ihm stand die Eifersucht regelrecht ins Gesicht geschrieben.

Abschätzig maß er die bunte Gestalt. »Ich denke, der Chirurg sollte jetzt gehen, denn er hat seine Schuldigkeit getan. Helena soll den Versuch an mir nun durchführen. Außer Monsieur Dottore Tobler braucht es dazu keine weiteren Zeugen.«

Beim Klang seines Namens löste sich der Leibarzt aus seiner Erstarrung. »Jawohl, der Herr Chirurg verlässt sofort mein Reich.«

Widerspruchslos nahm Lukas seinen Umhang und stellte das Behältnis auf den Schreibtisch. Im Vorübergehen zwinkerte er ihr aufmunternd zu.

»Danke, Lukas«, sagte Helena leise. Sie wäre ihm am liebsten hinterhergelaufen, obwohl sich ihr jetzt endlich Gelegenheit bot, sich zu beweisen.

Gregor ließ sich auf dem ausgefransten Patientenstuhl nieder und krempelte den Hemdsärmel hoch. Erwartungsvoll sah er ihr entgegen. Sie atmete tief durch. Nicht nachdenken, wie es ausgehen könnte, nur nicht nachdenken.

Helena holte sich die Flasche, ohne Gregor anzusehen, und versuchte diese zu entstöpseln. Ihre Knöchel traten weiß hervor, sie biss vor Anstrengung die Zähne zusammen, aber der Korken bewegte sich nicht.

»Gib her!« Unwirsch entriss ihr der Äskulap das Behältnis und machte sich an dem Verschluss zu schaffen. »Alles muss man selbst machen. So, bitte schön, nun ist sie offen.«

Helena nahm die Feder aus der Flasche und versuchte das Zittern ihrer Finger zu verbergen.

»Vielleicht solltest du deinem Gregor erst noch eine kleine Schnittwunde zufügen, oder willst du ihm das Gift unter die Achsel reiben?« Missmutig hielt ihr der Äskulap eine kleine Lanze hin.

»Verzeihung, gewiss.«

Gregor wandte den Kopf ab, und der Äskulap wachte mit Argusaugen über jeden ihrer Handgriffe. Sie kniff die Haut an Gregors Oberarm zusammen und ritzte mit der Lanze einen dünnen Schnitt hinein. Dann, wie von fremder Hand geführt, nahm sie die Feder und drückte den spitzen Kiel in die Wunde. Gregor stöhnte auf.

Aus dem Augenwinkel sah Helena gerade noch, wie die Tür aufflog und Aurelia hereinstürmte, als sie auch schon von ihr am Hals gepackt wurde. Sie ließ die Feder fallen, ihr Blut pulsierte in den Adern, sie würgte und versuchte verzweifelt, sich aus Aurelias Griff zu befreien. Während der Äskulap tatenlos zusah, stürzte Gregor auf Aurelia zu und brachte sie mit einer schallenden Ohrfeige zur Räson. Der Griff um Helenas Hals löste sich, und Aurelia brach in Tränen aus.

Keuchend rieb sich Helena die schmerzende Kehle, bis ihr Blick auf die am Boden liegende Feder fiel. Ihr Zorn kannte nun keine Grenzen mehr.

»Aurelia, sind Sie des Wahnsinns? Das Gift läuft aus!«

»Treten Sie zurück!«, herrschte nun auch der Leibarzt die Gräfin an. »Sie haben sich dem Gift in einer Entfernung genähert, in der es sich mitteilen könnte!«

»Aber Sie stehen doch genauso hier!«, rief Aurelia erbost.

»Ich war aber so klug und habe mich längst einer Inokulation unterzogen. Mir kann das Gift nichts anhaben. Sie dagegen wollten sich wie alle feinen Damen Ihre Haut nicht ruinieren. Das haben Sie nun davon! Jetzt können Sie zusehen, wie Sie höchstselbige retten.«

»Warum muss sich Gregor überhaupt diesem Eingriff unterziehen, wenn ihn doch diese vermaledeiten Melkerknoten schützen sollen?«

»Weil man sich eben nicht sicher ist, ob die Melkerknoten schützen!«, brauste der Leibarzt auf. »Und Sie begeben sich nun augenblicklich in Ihre Räume, werte Gräfin, oder muss ich Sie verscheuchen wie ein störrisches Zicklein?«

»Ich lasse mich von niemandem einsperren! Niemand bringt mich von Gregor weg!«

»Aurelia, bitte sei vernünftig«, bat Gregor inständig. »Sonst verbreitest du womöglich die Blattern im ganzen Stift.«

»Und genau das werde ich tun, wenn sie mich von dir trennen! Ich werde mit dir gemeinsam sterben.«

»Liebe war schon immer die größte Gefahr der Verderbung«, seufzte der Leibarzt. »Aber sodann ist die Sache ganz einfach.« Er nahm seinen Stock und deutete an die Decke. »Die werte Gräfin bewohnt ab sofort gemeinsam mit dem Grafen von Herberstein die Bibliothek. Die beiden werden sicher gut aufeinander aufpassen. Damit wäre die Gefahr für das Stift wohl gebannt.«

Entsetzt starrte Helena den Leibarzt an. »Ohne mich! Wenn das so ist, werde ich gehen.«

»So, wohin denn?«, erwiderte er triumphierend.

»In die Stadt, zum Chirurgen«, konterte Helena ohne Überlegung.

Für einen Moment sagte niemand etwas. Helena ahnte,

dass der Leibarzt mit sich kämpfte. Einerseits brauchte er sie vorerst nicht mehr, andererseits hatte er der Fürstäbtissin das Versprechen gegeben, Helena zu beaufsichtigen.

Der Äskulap räusperte sich. »Sodann werde ich die Fürstäbtissin über die neuen Umstände informieren. Du hast es so gewollt.« Mit finsterem Blick ging er auf Helena zu. »Meinen Umhang bitte ...«

Kapitel 17

Helena stocherte in der Gerstensuppe herum, die Lukas zu Mittag gekocht hatte. Warum hatte sie den Versuch unternehmen wollen? Warum nur? Seit Tagen brachte sie kaum ein Wort heraus, obwohl Lukas sie herzlich aufgenommen und sich seither fast liebevoll um sie gekümmert hatte. Er hatte ihr wie immer die größere Portion gereicht und ihre Suppe mit einem kleinen Petersilienzweig garniert, obgleich er genau wusste, dass er den Teller mit dem weitgehend unberührten Essen wie jeden Mittag wieder stillschweigend würde abtragen müssen.

Helena starrte in die Suppe und spürte, wie Lukas sie unentwegt beobachtete. Sie hielt ihren Blick gesenkt, sie mochte diesen bunten Vogel nicht ansehen, denn sie konnte sein Lachen, seine Aufmunterungsversuche nicht ertragen. Es war wirklich lieb gemeint von ihm, aber sie wollte einfach traurig sein dürfen.

Lukas griff ihr sanft unters Kinn, so dass sie ihn ansehen musste. »Du hast Angst um ihn, und du vermisst ihn, nicht wahr?«

Helena brachte ein kaum merkliches Nicken zustande.

»So geh doch endlich zu ihm oder willst du gar nicht wissen, wie es um deinen Gregor steht?«

»Doch. Aber er ist nicht mehr *mein* Gregor ... Er ist es übrigens nie gewesen.« Sie wischte sich über die Augen. »Er hat schon immer zu Aurelia gehört, sie braucht ihn viel mehr als ich. Wenn sie überlebt ... wenn beide überleben.«

»Warum sollten sie das nicht?«

»Vielleicht habe ich etwas übersehen. Ich weiß nicht, ob Gregor die Melkerknoten richtig bekommen hat. Auch weiß ich nicht, ob Aurelia sich mit dem Blatterngift angesteckt hat. Ich weiß einfach gar nichts mehr ...«

»Vielleicht hat es so sein sollen, dass Aurelia dazwischenkam ...«

Irritiert wandte Helena den Kopf. »Wie meinst du das? Aurelia darf aber nicht meinetwegen sterben.« Der Raum, die Medizin in den Regalen, die Instrumente, alles begann sich bei diesem Gedanken um sie herum zu drehen. Ihr wurde übel, sie glaubte den Lavendelgeruch plötzlich nicht mehr ertragen zu können. Nur weg von hier ... Sie sprang auf und riss dabei den Suppenteller zu Boden. Er zerschlug auf dem Steinboden, und Helena erstarrte vor Schreck. Aber Lukas blieb gefasst. Er sammelte die Scherben auf und sagte dabei in ruhigem, aber bestimmtem Ton: »Selbst wenn es so wäre, trägst du keine Schuld. Schließlich war sie es, die sich befreit hat, um den Versuch zu stören.«

Es gelang ihr ein wenig, ihre Gefühle zu sammeln und sie ließ sich wieder am Tisch nieder. »Ohne meinen dummen Ehrgeiz wäre das nicht nötig gewesen, es wäre nichts passiert.«

»Noch ist nichts geschehen.« Lukas warf die Scherben in einen Holzkübel, setzte sich wieder hin und löffelte seine Suppe weiter.

»Ich hoffe nur, dass beide überleben.« Helena rieb sich mit den Händen durchs Gesicht und versuchte damit unauffällig, die aufsteigenden Tränen wegzuwischen. »Und dass

Gregor und Aurelia wieder zueinanderfinden. Mit mir wäre er ohnehin nicht glücklich geworden ...«

»Sie werden überleben, Helena. Und wenn alle Stricke reißen ... Wie wäre es, wenn wir dann zusammen fliehen würden? Ich habe das Leben als elender Chirurg hier in der Stadt ohnehin mehr als satt. Was meinst du?« Er ergriff ihre Hand und fuhr begeistert fort: »Ich könnte mein Haus verkaufen. So hätten wir genug Geld, um uns einen Pferdewagen zuzulegen. Dann laden wir alle Bücher und ...«

»Lukas ...«

»... und das Handwerkszeug auf ...«

Nachdenklich entzog sie ihm ihre Hand. »Lukas, ich will zwar nicht mehr hier sein, aber ich will auch nicht davonlaufen. Ich muss für das geradestehen, was ich angerichtet habe.«

»Aber noch ist nichts geschehen!«

»Wenn ich nie ins Stift gekommen wäre, hätte der Äskulap weiter friedlich vor sich hingearbeitet, *dann* wäre nichts geschehen! Warum musste ausgerechnet ich der Fürstäbtissin das Leben retten? Wäre ich nur nicht hiergeblieben ...«

»Habe ich mir's doch gleich gedacht.« Lukas schmunzelte. »Du bist also die geheimnisvolle Retterin, von der die ganze Stadt spricht. Von wegen eine Nichte des Äskulap!«

Helena stieg die Röte ins Gesicht. Sie suchte nach Ausflüchten, aber Lukas schien keine Entschuldigung zu erwarten.

»In den paar Tagen, seit du bei mir bist, ist mir jede Operation geglückt. Zumindest konnte jeder Patient mehr oder minder aufrecht meine bescheidene Hütte verlassen. Und das habe ich nur dir zu verdanken.«

»Unsinn. Ich habe doch kaum Ahnung von der Chirurgie.«

»Aber du hast Verstand und die nötige Besonnenheit.

Außerdem hast du ein Gespür dafür, wann das Mittel der Wahl nicht angreifender ist als die Krankheit selbst.«

»Übrigens, Lukas, hast du nicht gesagt, dass heute noch eine Wirtsfrau mit ihrem kleinen Sohn vorbeikommen wollte?«

»Doch. Eigentlich hätte sie schon am Vormittag auftauchen sollen. Vermutlich verzichtet sie jedoch auf einen Besuch, weil sie glaubt, dass ihr Sohn ohne die Hilfe eines Chirurgen eher überlebt.«

»Dein Berufsstand hat nicht den besten Ruf, sicherlich, aber vielleicht sind die Zahnschmerzen ja auch besser geworden?«

»Das würde an ein Wunder grenzen. Bei meinem letzten Hausbesuch war die Backe so dick und rot wie ein Apfel, das hättest du sehen sollen. Falls sie doch vorbeikommen sollten, werde ich das Übel ziehen müssen.«

»Ist dir das bei einem Kind schon einmal gelungen?«

»Nein.« Lukas sah betreten zu Boden. »Bisher habe ich eine derartige Operation nur an Erwachsenen durchgeführt. Ich kam einfach nie so weit: Allein beim Anblick meiner Instrumente bricht in einer Kinderseele die Panik aus. Die Kleinen schreien wie am Spieß und werden beinahe zum Tier. Sie kratzen, beißen und strampeln, bis die Mutter aufgibt und lieber auf Gottes Hilfe vertraut. Das erscheint ihnen allemal sicherer.«

»Man bräuchte etwas, womit man das Kind beruhigen oder vielleicht sogar schlafen lassen könnte.«

»Da wären Wein oder Opium.«

»Willst du, dass das Kind für immer schläft? Das ist zu gefährlich. Gibt es keine andere Möglichkeit, vielleicht eine, bei der man auf das Zahnziehen verzichten könnte?«

»Doch, ich könnte dem Kind eine Quecksilberkur verabreichen. Aber ich habe gelesen, dass zu viel Quecksilber schneller zum Tod führt, als ein kranker Zahn es könnte.«

»Ich habe auch gehört, dass man *Aqua mercuriale* für verdächtig hält. Aber woher wüssten wir, welche Dosis bei einem Kind zu viel wäre?«

»Bliebe also nur, das Übel an der Wurzel zu packen. Falls sich der Zahn in der unteren Kinnlade befindet, so müsste sich der Junge zur gehörigen Verrichtung auf den Fußboden setzen, wenn das Elend im Oberkiefer ist, so wäre der Platz auf dem Tisch ganz dienlich. Aber wenn sich der Junge sodann wehrt und der Zahn dabei bricht ... Nicht auszudenken.«

»Es muss eine Lösung geben. Jedenfalls werden wir das Kind aufsuchen, wenn sie nicht bald selbst vorbeikommen.«

»Zur Not muss es eben von einigen Männern festgehalten werden«, beschloss Lukas.

»Muss es denn mit Gewalt sein?«, wandte sie ein. »Die Kinder sehen darin nur eine Bedrohung, sie können sich nicht vorstellen, dass man ihnen helfen will. Vielleicht sollte man ...« Sie wurde vom mehrmaligen Schellen der Notglocke unterbrochen.

Lukas schob den leeren Suppenteller beiseite, machte aber keine Anstalten, sich zu erheben.

»Beeil dich, das muss ein Notfall sein!«

»Das sind doch nur wieder ein paar Lausbuben, die so lange am Glockenseil ziehen, bis ich sie verjage.« Lukas räusperte sich, bevor er brüllte: »Lasst endlich den Unsinn, oder kommt herein, wenn ihr etwas wollt!«

***

Gregor dachte die ganze Zeit über an Helena. Was sie wohl gerade machte? Er hockte im Schneidersitz auf dem Bett und schaute an Aurelia vorbei, die gegenüber auf einem notdürftig eingerichteten Strohbett saß und ihn beständig ansah.

»Willst du nicht mit mir reden, Gregor?«

Er zuckte unschlüssig mit den Schultern. Worüber sich dieser Chirurg und Helena wohl gerade unterhielten?

Aurelia ließ nicht locker. »Denkst du an Helena?«

Ob sie sich beim Chirurgen wohlfühlte? Mehr als an seiner Seite?

»Gregor, warum antwortest du nicht? Denkst du an sie?«

»Darf ich das nicht?« Es waren die ersten Worte seit Tagen, und es war das, was ihn seit Tagen beschäftigte. Durfte es kribbeln, wenn er an Helena dachte? Durfte sie ihm so fehlen, dass es wehtat?

»Es ist ein schreckliches Gefühl, jemanden zu vermissen, nicht wahr?« Bei Aurelias verständnisvollen Worten schaute Gregor überrascht auf.

»Nicht zu wissen, ob man denjenigen noch einmal wiedersieht, ob man hoffen soll, ob die Gefühle erwidert werden und wie lange man das noch aushalten muss.«

Er zupfte an seinem Ärmel, führte die beiden offenen Enden zusammen, und weil der Knopf fehlte, fielen sie wieder auseinander.

»Ich weiß, wie das ist, Gregor. Man starrt tagelang nur ins Leere, weil man glaubt, den anderen verloren zu haben, und man kann nichts dagegen tun. Man hat Angst vor dem Augenblick, in dem der andere das Band zerschneidet, und plötzlich scheint alles dem Schicksal überlassen. Man will nach Hause kommen und wird abgewiesen.«

Gregor sah sich im Geiste in seiner Offizierskleidung, als er Aurelia ein letztes Mal zum Abschied zugewinkt hatte, bevor er sich vor über einem halben Jahr mit vollem Eifer ins Kriegsabenteuer gestürzt hatte.

»Als du ins Feld gezogen bist, habe ich bei jemandem Halt gesucht, weil ich mich von dir verstoßen fühlte. Es war dieselbe verletzende Gleichgültigkeit, die ich schon zu Hause zu spüren bekommen habe. Ich dachte, du würdest mich auch im Stich lassen ...«

»Du warst mir nicht gleichgültig, Aurelia. Ich musste meine Pflicht tun, und das war beileibe nicht einfach. Wäre ich sonst desertiert, um wieder in deiner Nähe zu sein?«

Aurelia sah zu Boden.

»Allerdings will es mir noch immer nicht in den Kopf, warum du dich ausgerechnet mit einem Franzosen, unserem Feind, eingelassen hast? Ich verstehe das einfach nicht!«

»Weil ich wusste, dass er wieder fortgeht ... Zuerst habe ich es selbst nicht verstanden, aber nun kann ich es erklären: Ich habe mich unbewusst einer Beziehung hingegeben, die nicht von Dauer sein würde. Das war mein inneres Zugeständnis an unsere Liebe. Ich habe dich vermisst und geglaubt, in dem Franzosen etwas von dir wiedergefunden zu haben. Aber es war keine Liebe. Schließlich war es nicht derselbe Mensch wie du.«

»Und was ist mit dem kleinen Menschen in dir?«

»Er gehört zu mir.« Aurelia legte die Hand auf ihren Bauch. »Aber wenn mich die Blattern heimsuchen, werde ich sein Lächeln wohl nie zu Gesicht bekommen.«

»Du musst daran glauben, gesund zu bleiben.«

»Ich hoffe es so sehr. Und falls Gott doch noch etwas anderes mit mir vorhat, so werde ich auch einen Weg für mich und mein Kind finden.«

»Und warum musste Helena sodann unter deiner Eifersucht leiden, wenn du doch alleine zurechtkommen willst?« Gregor stand auf und ging in kleinen Schritten auf und ab.

»Es tut mir leid, Gregor. Ich konnte nicht anders. Seitdem du Tag und Nacht bei mir bist, ist die Eifersucht wie weggeblasen. Aber vorher war ich nicht mehr Herr meiner Sinne.«

»Aurelia, sag mir die Wahrheit ...« Er sah sie eindringlich an. »Hast du etwas mit dem Tod des Stiftskanzlers zu tun?«

»Bist du wahnsinnig? Nein! Es stimmt, ich habe Helena das Leben schwergemacht. Ich habe das Fenster im Zimmer der Stiftsältesten geöffnet und heimlich das Feuer ausgemacht. Aber ich habe nichts mit Sebastians Tod zu tun! Ich war bei ihm, ich wollte, dass er dich bei der Fürstäbtissin verrät, und ich war wütend auf ihn, weil er das nicht tun wollte. Aber ich habe ihm nichts getan! Das schwöre ich bei Gott.«

»Wer war es dann?«

»Ich weiß es nicht, Gregor! Aber *ich* war es nicht! Wirklich nicht! Natürlich mussten die kranken Gräfinnen meinetwegen einiges mehr aushalten. Ich wollte Helena leiden sehen, um meinen Schmerz zu betäuben, aber ich würde niemals versuchen, ihr einen Mord anzuhängen! Gregor, was denkst du von mir?«

»Es sind in letzter Zeit einige Dinge geschehen, die ich niemals von dir erwartet hätte.«

»Bitte, ich weiß nicht, wie ich es dir beweisen soll, aber irgendwann wird es sich hoffentlich klären, dass ich Sebastian nichts angetan habe! Und für alles andere werde ich geradestehen, sofern ich hier lebend rauskomme. Aber was geschehen ist, kann ich nicht ungeschehen machen.«

Gregor setzte sich an den Studiertisch und rückte die Schachfiguren zurecht. »Das hat auch niemand verlangt. Auch *ich* trage einen Teil der Schuld. Hätte ich mich nicht vor meiner Truppe und vor mir selbst beweisen wollen, so hätte ich rechtzeitig meinen Abschied von der Armee genommen. Aber auch das kann ich nicht mehr ändern.«

»Doch vielleicht. Ich habe meinen Vater gebeten, sich für dich einzusetzen.«

Er drehte sich zu ihr um. »Du meinst, ich könnte schon bald wieder ein freier Mann sein?«

»Ich hoffe es sehr für dich.«

»Wenn mich bis dahin nicht die Blattern niedergestreckt haben ...« Gregor sank in sich zusammen. »Irgendwie war ich doch leichtsinnig und vielleicht auch ein bisschen blind.«

»Huch, was ist das?« Aurelia fasste sich an den Bauch.

»Was ist los?« Besorgt stand Gregor auf und trat zu Aurelia, die unablässig auf ihren Bauch starrte.

»Da! Ich glaube, es hat sich bewegt! Fühl doch mal!«

***

Helena freute sich unbändig, als sie der Mutter des kleinen Patienten die Nachricht überbrachte, dass der Junge wohlauf sei und nach der gelungenen Zahnoperation nur noch Honig essen wolle.

»Vielen Dank, Herr Chirurg«, sagte sie, als sie gekommen war, um sich zu bedanken. »Was bin ich Ihnen schuldig?«

»Die gelungene Operation ist mir Lohn genug.«

»Und der gute Honig?«

»Nun ja ... Wenn der Topf leer ist, könnten Sie ihn mir sodann mit Gerstensaft gefüllt zurückbringen?«

Die Frau verabschiedete sich mit einem Lächeln, und Helena brachte die nächsten Stunden wieder damit zu, auf Nachricht aus dem Stift zu warten. Vierzehn Tage waren vorüber und mit jedem Tag, der ohne schlechte Nachricht vergangen war, war ihre Hoffnung gewachsen, ein Mittel gegen die Blattern gefunden zu haben. Lukas sah es mit Wohlwollen, wie sie stetig fröhlicher und manchmal sogar übermütig wurde.

Heute aber lagen ihre Nerven vor Aufregung blank, sie musste sich bewegen, sich irgendwie ablenken. Das Herumsitzen machte sie verrückt. Nicht zu wissen, wann ein Stiftsdiener anklopfen würde, und bei jedem Pochen an der Türe fast zu sterben, bis sich herausstellte, dass es nur ein Patient war.

Gegen Mittag hielt sie es nicht mehr aus. Sie machte sich auf den Weg zum Marktplatz, um für Lukas ein paar Besorgungen zu erledigen. Insbesondere fremde Händler waren im Ort aufgetaucht, die die in der Blatternzeit fehlende Konkurrenz nutzten, um Geschäfte zu machen; sie hatten kein Einsehen dafür, dass sie sich selbst in Gefahr brachten und zur Verbreitung der Blattern über die Dörfer und in die Städte beitrugen.

Die wenigen Geschäftemacher standen in dicken Umhängen auf dem Platz, frierend traten sie von einem Bein auf das andere und holten die Hände nur hervor, wenn es unbedingt sein musste. Ein alter Mann präsentierte unter Andrang in seinem Tabulet Pomeranzen und Öle in verschiedenen Farben, und die Waren seiner Frau wurden ebenfalls neugierig beäugt. Sie verkaufte neben Galanteriewaren silberne Uhren und Tabaksdosen. Einige Händler weiter bot ein südländisch aussehender Mann ebenfalls Schmuckwaren an. Wie es in seinem Land wohl aussehen mochte? Ob er ein Fischerboot besaß, mit dem er aufs Meer hinausfahren konnte? Helena überkam großes Fernweh. Sie hätte den Mann zu gerne gefragt, wie das Meer aussah. Vor allem, ob es weit draußen auf dem Wasser wirklich nur den Horizont als Grenze gab.

Schon als Kind hatte sie die Händler genau beobachtet, wenn auch mit gehörigem Abstand. Sie bewunderte die verschiedenen Trachten und die speziellen Waren, die die Menschen in ihren Kraxen mit sich trugen, sog die fremden Gerüche in sich auf und ließ ihren Blick über das Dargebotene schweifen. Stundenlang konnte sie zusehen, wie ausgefallene Kräuter, praktische Wettergläser und modernste Mausefallen darauf warteten, den Besitzer zu wechseln.

Helena erstand einige getrocknete Kräuter, ein Stück Seife und ein rotes Wollknäuel. Die Wolle konnte sie von ihrem eigenen Geld bezahlen, weil Lukas in den letzten zwei Wochen seinen Lohn mit ihr geteilt hatte. Ihren Protest hatte er einfach überhört. Zum Dank dafür wollte sie ihm bis Weihnachten eine Mütze stricken, vielleicht mit einem Bommel, wenn die Wolle reichte.

Das Knäuel gut in ihrer Rocktasche versteckt, kehrte sie mit ihren Einkäufen zu Lukas zurück, der sie bereits mit einem dampfenden Kräutertee erwartete. Während sie ihre Errungenschaften auf den Tisch legte, stellte sie sich vor, wie Lukas wohl mit der roten Mütze aussehen würde. Zu den feuerroten Haaren passte sie allemal, dachte sie. Und wenn er so wie heute den blauen Rock und die gelbe Hose trug, dann würde ihr Geschenk ein Volltreffer werden.

»Hier, trink etwas.« Lukas hielt ihr den Becher entgegen, und Helena griff dankbar danach. Nun erst spürte sie ihre steif gefrorenen Finger. Sie atmete den Duft in sich ein und hob den Becher an die Lippen. »Lukas, das ist ja Baldriantee! So schlimm steht es nun auch wieder nicht um meine Nerven.«

»Trink, du wirst ihn brauchen. Eben war ein Bote aus dem Stift da. Die Fürstäbtissin lässt ausrichten, dass man dich um ein Uhr ...«

»Im Ernst? Ich soll ins Stift kommen? Lukas! Das bedeutet, wir haben es geschafft, wir haben es tatsächlich geschafft?« Helena brachte gerade noch so viel Vernunft auf, ihren Teebecher abzustellen, bevor sie Lukas mit einem Freudenschrei um den Hals fiel.

Er griff sie an den Hüften und wirbelte sie herum. »Ich habe es gewusst, ich habe es die ganze Zeit gewusst, dass dir der Versuch gelingen wird! Jetzt sieht der Äskulap alt aus! Wenn das erst einmal über die Grenzen bekanntwird ... Helena, die Leute werden dich auf Händen tragen, ist dir das eigentlich klar?«

»Irgendwie noch nicht.« Sie versuchte ihre Gedanken zu ordnen. »Um ein Uhr hast du gesagt? Wie spät ist es jetzt?«

»Du hast noch genügend Zeit, beim Überqueren der Straßen nach den Kutschen zu sehen, einen Bogen um diversen Unrat zu machen und den Stiftstorwächter höflich zu überreden, dich einzulassen. Danach allerdings solltest du dich beeilen.«

Kapitel 18

Das ließ sich Helena nicht zweimal sagen. Sie rannte durch Quedlinburg, kam außer Atem beim Stift an und wurde vom Wächter bereits am geöffneten Tor erwartet. Ein zweiter Diener empfing sie und begleitete sie im Eilschritt bis vor den Kapitelsaal, wo Borginino sie schließlich einließ.

Helena blieb wie vom Donner gerührt stehen. Vor ihr saßen bereits alle Gräfinnen um den Versammlungstisch, darauf konzentriert, der Fürstäbtissin zuzuhören. Nur Aurelia fehlte, das sah sie sofort. Auf deren Stuhl hatte stattdessen der Äskulap Platz genommen. Helenas Erscheinen schien niemand zu bemerken, fast wirkte es, als würde man sie ignorieren. Unschlüssig blieb Helena am Türrahmen stehen und wartete auf ein Zeichen der Fürstäbtissin, die jedoch weiter ohne aufzusehen aus einer Schriftrolle vorlas:

»... so erlaube ich mir, Euer Liebde sämtlich den Gegenwärtigen des Kapitels mitzuteilen, dass das Entschädigungsgeschäft nun begonnen sei und alles für meine Ankunft am 3. Dezember getreu und gewissenhaft vorbereitet werden soll. Ich hege zu meinen sämtlichen neuen Untertanen das gnädigste Zutrauen, sie werden diesem Gebot der Erbhuldigung in der Überzeugung Folge leisten, dass die Beschützung und Sorge für das Glück jedes Einzelnen, sowie die Erhöhung und Befestigung des allgemeinen Wohlstandes

der einzige Gegenstand meiner unablässigen Beschäftigung ist. Ferner darf ich bemerken, bis zum 3. Dezember keine der Entschädigungsmasse nachteilige Veräußerung, Distrahierung oder andere abträgliche Handlungen selbst zu unternehmen oder geschehen zu lassen. In Vertrauen auf Euer Liebde gnädigstes Wohlwollen verharre ich in vollkommener Hochachtung, Euer Hoheit und Liebde
   Freundwilliger Vetter
   Gez. Friedrich Wilhelm

Mit einem zufriedenen Lächeln rollte die Fürstäbtissin das Pergament zusammen, während die Gräfinnen zunehmend unruhiger wurden. Sie rutschten auf ihren Stühlen hin und her und begannen zu tuscheln. Die älteste Gräfin erhob sich als Erste. Helena schämte sich noch immer für ihre Unsicherheit bei der Behandlung der alten Dame, doch diese schien wieder wohlauf zu sein und nahm wie die anderen keine Notiz von ihr.

Bevor die Seniorin sprach, strich sie sich ihr dunkelblaues Kleid zurecht, als wolle sie mit dieser Handlung gleichsam ihre Wut besänftigen, und tatsächlich waren es barsche Worte, die sie an die Fürstäbtissin richtete: »Ich bin entsetzt! Uns steht das Wasser bis zum Halse! Bislang wollten Sie es nicht wahrhaben, aber nun wird es höchste Zeit, etwas zu unternehmen! Vielleicht ist es noch nicht zu spät.«

»Natürlich ist es noch nicht zu spät, liebste Seniorin Gräfin Maria. Wir haben noch bis zum dritten Dezember Zeit, alles für die Ankunft des Königs vorzubereiten. Die Quedlinburger werden in den verbleibenden zwei Wochen mehr damit zu kämpfen haben, Ordnung in ihrer Stadt zu schaffen – wir hingegen sind bestens vorbereitet. Sie müssen sich höchstens noch überlegen, welches Kleid Ihnen für den Festtag genehm scheint.«

»Schwarz werde ich tragen! Mein Trauerkleid erscheint mir durchaus passend. Können Sie denn nicht zwischen den Zeilen lesen, werte Fürstäbtissin? Er schreibt, dass die Entschädigungsmasse nicht verringert werden darf. Das heißt, er befürchtet zu Recht, dass wir etwas von unserem Stiftsvermögen auf die Seite schaffen. Und genau das werden wir tun! Wir werden alles wieder in unsere Kisten packen, so wie bei unserer Flucht vor den Franzosen! Ich werde Fürst Zeil bitten, uns einstweilen im Kloster Urspring aufzunehmen. Im Habsburgergebiet finden nämlich noch keine Auflösungen statt.«

»Liebste Seniorin Gräfin Maria, machen Sie sich doch nicht lächerlich. Natürlich sind wir vor den französischen Truppen geflohen, und es gab dafür keinen Grund, wie sich herausgestellt hat. Wieso sollten wir nun vor meinem sehr anständigen und hochgeschätzten Herrn Vetter fliehen? Ich bitte Sie, werte Seniorin!«

»Dann bleiben wir eben hier.« Gräfin Maria setzte sich.

»Für immer und ewig«, ergänzte die Fürstäbtissin mit einem verklärten Lächeln. »Ist es nicht eine wunderbare Vorstellung, dass uns der König in diesem, unserem Stift alt werden lässt?«

Zustimmendes Gemurmel wurde laut, aus dem sich die Stimme des Leibarztes schließlich hervorhob: »Wir stehen vor vollendeten Tatsachen, an denen es nichts mehr zu rütteln gibt. Jeder hat so viel Recht, wie er Macht hat. Immerhin verstößt die Reichsdeputation mit ihren Beschlüssen gegen den Westfälischen Frieden und zudem war das Konsortium doch nur eine Farce. Es wurde getagt, obwohl die

Gebiete schon längst verteilt waren, und nun wartet der König nicht einmal mehr den offiziellen Beschluss ab!«

»Wir könnten doch den Kaiser als unseren Schutzherrn bitten, uns aus der misslichen Lage zu befreien«, warf die jüngste Gräfin mit geröteten Wangen ein.

»Eine vortreffliche Idee, liebste Felicitas Prinzessin von Sachsen-Gotha-Altenburg.« Der Äskulap beugte sich über den Tisch und tätschelte ihr die Hand. »Nur leider fehlt dem Flickenteppich schon seit geraumer Zeit das haltende Band ...«

Die Fürstäbtissin schlug mit dem Fächer auf den Tisch. »Ich bin nach wie vor die Vorsteherin dieses Stifts, und ich möchte daher diese leidige Diskussion beendet sehen! Ich werde mich im Reichsfürstenrat erkundigen, was man dort über das Ansinnen meines Vetters denkt und wie man sich andernorts auf den Empfang vorbereitet. Schließlich wollen wir dem in nichts nachstehen. Und nun will ich zu einem weitaus bedeutsameren Thema kommen ...«

Wie auf ein geheimes Zeichen hin richteten sich alle Blicke auf Helena. Ehrfürchtige und aufmerksame Blicke.

»Sie sind bereits alle darüber informiert, und ich möchte Sie nun bitten ...«

Ein Lächeln überflog Helenas Lippen. Der Äskulap hatte das Gesicht zu einer grimmigen Fratze verzogen, und es hielt ihn kaum mehr auf seinem Stuhl. Helena bemerkte es mit Genugtuung.

Die Fürstäbtissin schüttelte unduldsam den Kopf und besah sie durch die Lorgnette. »Helena, warum habe ich mich so in dir getäuscht? Was hast du nur angerichtet? Mir fehlen die Worte!«

Helenas Lächeln gefror. »Ja, aber ... Wieso?«

»Regen Sie sich nicht auf, werte Fürstäbtissin.« Der Leibarzt erhob sich und zog seine rote Weste unter dem Gehrock zurecht. »Wenn Sie gestatten, werde ich das übernehmen.« Langsam, wie ein Tier auf Beutefang, schlich er um den Tisch, dabei Helena nicht aus den Augen lassend. Er brachte sich gefährlich nahe vor ihr in Stellung, so dass sie seinen fauligen Atem riechen konnte. »Du kannst es dir aussuchen, ob du gleich freiwillig ins Zuchthaus wandern willst, oder ob du eine Gerichtsverhandlung möchtest, damit dir noch ein paar Jährchen mehr aufgebrummt werden.«

»Ich verstehe nicht ...«

»Seht ihr, so unschuldig hat sie ständig getan, das falsche Weib. Bei unserer verehrten Seniorin Gräfin Maria kürzlich konnte ich gerade noch Schlimmeres verhindern. Aus einem einfachen Katarrh wurde ein heftiger Frost, von dem sie sich gerade noch erholen konnte, und Gleiches gilt für das schwere Nierenleiden der Gräfin zu Nassau-Weilburg.«

Beide Damen nickten heftig und verzogen das Gesicht, als würden sie ihre Krankheiten gerade noch einmal durchleiden.

»Außerdem konnte ich gerade noch eine falsche Arzneianwendung bei der werten Gräfin von Hohenstein verhindern, aber für den Herrn Stiftskanzler kam meine Hilfe zu spät.« Der Äskulap zog das Arzneifläschchen unter dem Umhang hervor und stieß den Arm in die Höhe. »Mit diesem Gift hat sie ihn umgebracht!«

Ein Aufschrei ging durch die Versammlung. Helena versagte die Stimme zur Gegenwehr angesichts des blanken Hasses, der ihr so unvermittelt entgegenschlug.

»Damit war die Spur der Verwüstung allerdings noch nicht beendet. Sie nutzte die Abhängigkeit eines von ihr entdeckten Deserteurs schamlos aus, indem sie ihn gefügig machte, um ihn für ihre Zwecke zu missbrauchen. Der arme Mann liegt nun von Blattern übersät in der Bibliothek. Unser Beileid gilt seinem zukünftigen Weib, der Gräfin von Hohenstein.«

Ein Raunen ging durch die Versammlung.

»Ganz recht, es handelt sich um den von uns allen hochgeschätzten Grafen von Herberstein. Wir müssen uns tief verneigen vor der Gräfin Aurelia, die sich entschlossen hat, ihm in seinen letzten schweren Stunden beizustehen. Sie weicht ihm nicht von der Seite und sorgt für ihn, so gut sie nur kann, obwohl sie dadurch mit ihm in den Tod gehen wird. Und dieses Weib hier ...« Der Äskulap griff Helena jäh unters Kinn und präsentierte ihr Gesicht der Versammlung. »Dieses Weib hier hat es stattdessen vorgezogen, zum elenden Chirurgen auf den Münzenberg zu fliehen, um dort ihre Spielchen weiterzutreiben. Und nun bitte ich die anwesende Versammlung, über das Schicksal dieser Sünderin zu bestimmen. Ich bin am Ende mit meinem Bericht, Sie haben alles gehört, mir fehlen weitere Worte angesichts solcher Grausamkeiten.«

Niemand wagte zu sprechen.

Helena erwachte nur langsam aus ihrem Dämmerzustand. Sie hatte die Anklage stockstleif über sich ergehen lassen, mit niedergestreckten Waffen, bereit, sich allem zu fügen, was da kommen möge. Doch mit jedem Schritt, den der Leibarzt sich zurück zu seinem Platz begab, verwandelte sich ihre Ohnmacht mehr und mehr in einen unbändigen Zorn.

»Moment!«, herrschte Helena ihn an. »Sie waren es doch, der dem Versuch zugestimmt hat! Sie hatten es sogar ausgesprochen eilig damit und haben mir sogar das Geld dafür gegeben!«

Der Leibarzt setzte sich. »Jawohl, ich hielt es für besser, meine eigene Meinung zurückzuhalten und deinem Ziel nicht mehr im Weg zu stehen. Wer weiß, wie viele Leichen ihn sonst noch gesäumt hätten.«

Die Fürstäbtissin fächelte sich Luft zu. »Das war klug von Ihnen, werter Monsieur Dottore Tobler. Sehr klug. Ich hätte schon viel eher reagieren sollen, aber wir haben uns alle blenden lassen, immer und immer wieder. Im Nachhinein kommt mir auch mein Unfall mit der Kutsche sehr verdächtig vor. Wer weiß, ob sie ihn nicht in einem Gebüsch lauernd mit Absicht herbeigeführt hat, um sich in ihrer zwielichtigen Art Zugang zum Stift zu verschaffen?«

»Damit hätte sie auch noch den Kutscher auf dem Gewissen!«, ereiferte sich der Leibarzt. »Wir sollten schleunigst darüber befinden, wie mit dieser Mörderin weiter verfahren werden soll!«

»Ich bin keine Mörderin!«, schrie Helena mit letzter Kraft.

»Äskulap, das geht jetzt hingegen doch zu weit.« Die Fürstäbtissin klappte ihren Fächer zusammen. »Wir befinden uns nicht mehr im Mittelalter. Jeder, und sei er noch so eindeutig schuldig, bekommt eine anständige Gerichtsverhandlung. Ich werde sogleich einen Termin festsetzen.«

»Und wann soll das sein?« Der Äskulap schlug mit der Faust auf den Tisch. »Am Sankt Nimmerleinstag?«

»Es wird der Tag sein, der über Leben und Tod des Grafen von Herberstein und der Gräfin von Hohenstein entscheidet. Sodann kennen wir alle Umstände der Verhandlung. Einstweilen bringen Sie das Mädchen bitte in den

Gewölbekeller. Dort soll sie sich unter Bewachung von Borginino bis zur Verhandlung aufhalten. Ich erkläre die Versammlung hiermit für beendet.«

»Ich ... ich möchte ...« Helena versuchte, ihre Tränen zurückzuhalten und ihrer Stimme Kraft zu verleihen. »Bitte, ich möchte zu Gregor. Nur kurz. Ich will meine Schuld mit eigenen Augen sehen.«

Die Fürstäbtissin überlegte, nickte dann aber bedächtig. »Deinem Wunsch wird stattgegeben. Dottore, bringen Sie das Mädchen zuvor noch in der Bibliothek vorbei.«

»Mit Vergnügen. Sein Anblick soll ihr nicht erspart bleiben.«

Helena blieb mit zitternden Beinen vor dem Äskulap stehen. Es gab noch etwas zu klären. Eine Merkwürdigkeit, die ihr unterbewusst seit der Rede des Äskulap keine Ruhe gelassen hatte. »Dürfte ich bitte noch einmal das Fläschchen sehen, das bei Sebastian auf dem Nachtkasten gefunden wurde?«

Der Äskulap lächelte. »Weiß die Mörderin schon nicht mehr, welches Gift sie bei wem verwendet hat?«

Unbeirrt richtete sie eine Gegenfrage an ihn: »Diese Fläschchen gibt es nur in der Stiftsapotheke, nicht wahr?«

Sie bekam ein knappes Nicken zur Antwort.

»Und Sie haben fast alle Medizin vorrätig. Nur selten muss sich der Diener an die Stiftsapotheke wenden, richtig?«

»Ganz recht.«

»So wie im Falle der Seniorin Gräfin Maria, bei der es immer ganz besondere Mittel sein müssen, die nicht einmal der Apotheker kennt?«

»Willst du damit sagen, ich hätte das Gift in Auftrag gegeben?«, höhnte der Leibarzt.

»Nein. Sie hatten niemals Grund dazu, eine schwere Schuld auf mich zu lenken. Schließlich brauchten Sie mich als Vorreiterin für den Blatternversuch. Die Gräfin von Hohenstein hingegen hatte allen Grund, mir Böses zu wollen. Sie verfolgte mich zu den Patienten und versuchte meine Behandlungen zu durchkreuzen.« Helena wandte sich an die Seniorin, die ihr ausdruckslos wie eine Schildkröte entgegensah. »Ich vermute, dass Aurelia Ihnen einen Krankenbesuch abgestattet hat, nachdem ich wegen des Katarrhs bei Ihnen gewesen war?«

»Ja, ganz recht. Sie hat sich sogar anstelle des Dieners um das Feuer gekümmert.«

»Und wie war das bei Ihnen, Gräfin zu Nassau-Weilburg? Der Tee gegen die Blasenentzündung wurde Ihnen von Aurelia und nicht von einem Diener gebracht, nicht wahr?«

»Ja, das ist richtig ...«

Die Fürstäbtissin erhob sich. »Helena, wohin soll das führen?«

»Das Mädchen ist schlau«, erwiderte die Seniorin und ihr runzeliger Mund wurde schmal. »Die Gräfin von Hohenstein hatte ein Motiv, unseren seligen Stiftskanzler umzubringen. Seinetwegen ist Ihre Bemäntelung gescheitert.«

Helena schüttelte den Kopf. »Sodann hätte Aurelia eher der Fürstäbtissin etwas antun müssen. Aber die Gräfin wäre niemals dazu in der Lage, jemanden umzubringen. Eher würde sie sich selbst das Leben nehmen. Nein, es gibt eine andere Person, die ein Motiv hätte. Und zwar hier in diesem Raum.«

»Helena, weißt du, was du da behauptest?« Die Stimme der Fürstäbtissin überschlug sich.

»Ganz ruhig, werte Fürstäbtissin«, entgegnete die Seniorin. »Das Mädchen meint nur sich selbst.«

»So?« Helena fixierte sie. »Und wo hätte ich das Gift besorgen sollen? Vielleicht beim Apotheker?«

»Gift gibt es auf jeder Wiese!«, warf die Seniorin ein. »Herbstzeitlose, Fingerhut, Schöllkraut ...«

Helena näherte sich der Stiftsältesten. »Verzeihung, aber Sie scheinen sich damit ziemlich gut auszukennen. Vielleicht können *Sie* mir sagen, um welches Gift es sich in diesem Fläschchen handelt?«

»Das weißt du wohl selbst am besten!«

»Ich vermute Eibe oder Eisenhut, aber das lässt sich nur durch Probieren herausfinden.« Helena führte das Fläschchen an die Lippen, und ein Aufschrei ging durch die Versammlung. Die Fürstäbtissin erblasste vor Schreck, und selbst dem Leibarzt stand der Mund offen. Helena schüttelte lächelnd den Kopf und ließ das Behältnis wieder sinken. »Nur merkwürdig, warum die Seniorin Gräfin Maria gerade nicht mit Entsetzen reagierte. Sie weiß wohl als Einzige, dass sich hier drin keine giftige Substanz befindet! In der Flasche ist ... Dreck. Ganz einfach in Wasser aufgelöster Dreck. Ein Schluck davon hätte mir bestimmt nicht geschadet.«

»Und sie?« Der Zeigefinger der Seniorin schoss auf Helena zu. »Woher weiß sie es?«

»Sebastians Wunde war schwarz, als ich am letzten Abend zu ihm kam. Und schon die Wochen zuvor habe ich mich immer über den bräunlichen Eiter gewundert. Als nach seinem Tod plötzlich von Gift die Rede war, kam mir das merkwürdig vor. Die Umstände ließen eher darauf schließen, dass Sebastian ein wenig leiden sollte, indem jeden Tag etwas von dem Dreck in die Wunde getupft wurde – und schon nahm die unaufhörliche Eiterung ihren Lauf.«

»Das Mädchen ist von Sinnen!«

Es wurde still, aber Helena fuhr unbeirrt fort. »Es wäre wohl alles nicht so weit gekommen, wenn die Seniorin nicht irgendwann angesichts Aurelias zahlreicher Besuche bei Sebastian die Nerven verloren hätte. Die Gefahr wurde größer, dass der Stiftskanzler irgendwann reden würde.«

Gräfin Maria lehnte sich zurück. »Ach, und was hätte er sagen sollen?«

»Zum Beispiel, dass Sie ihn dazu angestiftet haben, die Bemäntelung von Aurelia zu verhindern.«

»Das ist doch infam! Warum sollte ich so etwas tun?«

Die Fürstäbtissin klopfte mit dem Fächer auf den Tisch. »Helena, bitte halte an dich! Es ist kein Geheimnis, dass die Seniorin gegen die Bemäntelung war, aber daran solche Anschuldigungen zu knüpfen ist pure Verleumdung! Außerdem wäre Sebastian niemals auf solch ein Ansinnen eingegangen.«

»Richtig. Und genau das war sein Unglück.« Helena atmete tief durch. »Nicht der Mantel, sondern das Bein der Seniorin brachte Sebastian im entscheidenden Moment zum Stolpern, nachdem er nicht tun wollte, was er tun sollte – und zwar die Bemäntelung von Aurelia verhindern, damit der Platz für die Großnichte der Seniorin frei blieb. Genauer gesagt war Gräfin Sophie keineswegs zu einer Bildungsreise aufgebrochen, sondern schon vor dem Einmarsch der Franzosen schwanger geworden. Die Flucht vor dem Feind kam wie gerufen, um ihre Umstände zu verbergen. Sie hielt sich in Quedlinburg versteckt und wartete zurückgezogen auf ihre Niederkunft.«

Die Fürstäbtissin stutzte. »Habe ich das eben richtig verstanden?«

»Das stimmt doch alles nicht! Das Mädchen lügt! Wo sind denn da die Beweise?«, ereiferte sich die Seniorin.

»Die Geburt fand vor nunmehr vierzehn Tagen unter schweren Umständen statt. Sie werden verstehen, dass der Herr Chirurg und ich nichts dazu sagen möchten, wenn es nicht unbedingt sein muss. Aber außer uns war zuerst die Ortshebamme zugegen, ehe sie den Chirurgen alarmierte, und außerdem war das Dienstmädchen die ganze Zeit über bei der Niederkunft anwesend. Ich denke, das sind genügend Zeugen. Aber man kann Sophie natürlich auch selbst dazu befragen.«

»Alles Lügen! Ich weiß nichts Derartiges von meiner Großnichte! Und ich habe schon gar nichts mit dem Ableben des Herrn Stiftskanzlers zu tun! Zweiundsiebzig Jahre meines Lebens habe ich mir nichts zuschulden kommen lassen! Dagegen hat dieses Fräulein hier bereits den Grafen von Herberstein aus Leichtsinn und purer Eigensucht in Todesgefahr gebracht! Und der Herr Stiftskanzler ist schlichtweg unter ihren miserablen Behandlungen gestorben. Ihren Dilettantismus haben schon viele am eigenen Leib zu spüren bekommen!«

Die Fürstäbtissin erhob sich. »Genug jetzt! Wir werden die gegenseitigen Anschuldigungen in einem Gerichtsverfahren erörtern. Bis die Untersuchungen stattgefunden haben, wird das Mädchen in Gewahrsam genommen.«

***

Flankiert vom Äskulap und einem jungen, kräftigen Diener nahm Helena den Weg zum Sternenzimmer kaum wahr. Sie spürte nur den eisernen Griff des Leibarztes um ihr Handgelenk, unfähig sich dagegen zu wehren.

Als der Äskulap sie in die Bibliothek bugsierte, schlug ihr übler Geruch entgegen. Das war nicht mehr ihr Sternenzimmer: Hinter dem Tränenschleier wurden die Marmorbüsten zu hellen Schatten, denen kein Zauber mehr innewohnte.

»Wer ist da?«, kam die keifende Stimme Aurelias hinter dem letzten Regal hervor.

»Die Mörderin kehrt noch einmal an den Ort ihrer Tat zurück«, verkündete der Leibarzt.

Die Mörderin. Helena ging tapfer weiter.

Aurelia saß in einem zerknitterten roten Seidenkleid und mit unfrisierten Haaren auf einem hinzugeschobenen Strohbett. Ihre verquollenen Augen ruhten auf Gregor, der notdürftig zugedeckt auf dem Bett lag, das sie lange miteinander geteilt hatten. Ein scharfer Geruch ging von ihm aus, das Laken war beschmutzt und an den Seiten quoll das Stroh aus dem Bettkasten. Sein Gesicht war mit rötlichbraunen Flecken übersät, er atmete schwer und wälzte sich unruhig hin und her.

Der Äskulap hielt sich angewidert die Hand unter die Nase. »Hast du noch nicht genug gesehen, Helena? Der Blatterngestank ist ja nicht auszuhalten. Das reicht, wir gehen.«

»Bitte, einen Augenblick noch.«

»*Helena?*« Gregor öffnete die Augen und schloss sie wieder mit einem Lächeln. Offenbar quälten ihn solch hitzige Wallungen, dass er zu mehr nicht imstande war.

»Das ist kein Blatterngestank«, widersprach sie. »Gregor liegt in seiner eigenen Notdurft, das ist alles!«

»Was erlaubst du dir?« Aurelias Lippen wurden schmal, doch Helena beachtete sie nicht. Sie hatte nur noch Augen für Gregors Ausschlag: Hier stimmte etwas nicht. Die hitzigen Wallungen, die Müdigkeit und die Flecken waren zwar ein untrügliches Zeichen für die Blatternkrankheit, und er könnte bald aussehen, als habe der Teufel Erbsen auf sein Gesicht gedroschen, aber die Flecken könnten auch von etwas anderem herrühren. Aufgeregt rechnete sie nach und sofort platzte sie mit ihrer Diagnose heraus: »Das sind keine Blattern, das ist die Syphilis! Gregor benötigt sofort Quecksilber!«

Der Leibarzt brach in hysterisches Gelächter aus. »Das ist ja unglaublich! Unfassbar! Dieses Weib! Hat den Strick schon um den Hals und bemängelt den Galgen. Die Syphilis! Das ist die dümmste Ausrede, die mir bisher von dir zu Ohren gekommen ist. Von wem soll denn die Krankheit entstammen? Ist sie ihm einfach zugeflogen?«

Helena sah an dem Leibarzt vorbei, Aurelia direkt in die Augen. »Die Syphilis überträgt sich durch Beischlaf mit einer verdächtigen Person.«

»Ach, was du nicht sagst.« Der Leibarzt zeigte sein widerliches Grinsen »Wer kann das wohl gewesen sein? Wer war denn die ganze Zeit über bei ihm hier in der Bibliothek?« Er strich seinen Gehrock glatt. »Es tut mir leid, Helena, aber dieser Schuss ging wohl nach hinten los. Deine Ausrede ist zugegebenermaßen nicht schlecht, um den verpfuschten Versuch nicht als solchen erscheinen zu lassen. Dennoch wärst du diejenige, die dem armen Grafen von Herberstein die Syphilis beigebracht hätte.«

»Ich habe die beiden sogar zusammen im Bett erwischt!«, warf Aurelia ein.

Helena blieb ruhig. Noch konnte Aurelias Körper aufgrund seiner guten Verfassung der Krankheit etwas entgegensetzen, aber auch bei ihr würde es nicht mehr lange dauern, bis sich der Ausschlag zeigte. »Aurelia hat die Syphilis von dem Franzosen mitgeteilt bekommen, dagegen war das Quecksilber gedacht, nicht wahr?«

Der Äskulap rammte seinen Stock auf den Boden. »Das geht dich nichts an! Sieh einfach ein, dass der Versuch gescheitert ist und du mir nicht das Wasser reichen kannst!«

Helena ballte die Hände zu Fäusten. »Es ist die Syphilis! Es sind doch eindeutig rotbraune Flecken, und beginnende Blattern wären hellrot. Gregor braucht sofort Quecksilber!«

»Schweig still! Das *Aqua mercuriale* hilft nur, wo es etwas zu helfen gibt.« Der Leibarzt stützte sich auf seinen Stock. »Gott sei Dank können wir der Pfuscherei dieses Weibes alsbald ein Ende setzen.«

»Gewiss, werter Monsieur Dottore Tobler, gewiss.« Seine Angriffe prallten förmlich an ihr ab. Helena hatte nur noch ein Ziel vor Augen: Gregor zu helfen. »Wir sollten seine Pflege allein der Gräfin von Hohenstein überlassen.« Sie warf Aurelia einen unmissverständlichen Blick zu. »Sie wird am besten wissen, was das Richtige für ihn ist.«

Helena kniete vor Gregors Bett nieder und strich ihm die verschwitzten Strähnen aus dem Gesicht, behutsam berührte sie seine Wangen, umkreiste die rötlichen Flecken und fuhr zärtlich über die Bartstoppeln.

Als Gregor auf einmal nach ihrer Hand griff und sie von seinem Gesicht weg auf das Kissen drückte, quollen Helena die Tränen in die Augen. Er wollte ihre Berührung nicht, und sie hatte verstanden. Er gehörte zu Aurelia, und so sollte es sein. Doch auch wenn sie nicht mehr um seine Liebe kämpfen durfte, so wollte sie doch für *ihn* kämpfen.

Helena beugte sich zu ihm herunter und flüsterte ihm zu: »Gib nicht auf, Gregor. Du bekommst Quecksilber und wirst wieder gesund.« Noch während sie das sagte, spürte sie unter dem Kopfkissen einen harten Gegenstand, dort, wo Gregor ihre Hand hingedrückt hatte. Sie tastete von den anderen unbemerkt danach und erkannte sofort, was unter dem Kissen lag: der steinerne Engel.

***

Gregor hoffte inständig, dass Helena sein Zeichen verstanden hatte. Es waren keine Blattern. Er hatte ihr doch Flügel versprochen. Er war nur so unendlich müde, hatte wieder einmal fest geschlafen, wie lange konnte er nicht sagen. In seinem Traum hatte er den kalten Wind gespürt, und die Wolken waren zum Greifen nahe gewesen; die Montgolfière schwebte lautlos dahin.

Nun fand er sich im Sternenzimmer wieder, ein kühler Luftzug ließ ihn erschaudern. Mühsam öffnete er die Augen. Aurelia hatte das Fenster geöffnet und sich die Bettdecke bis unters Kinn gezogen. Sein Gestank musste für sie unerträglich sein. Aber was sollte er tun? Er war zu schwach, um seine Notdurft außerhalb des Bettes zu verrichten, und niemand brachte frische Laken. Deshalb versuchte er, so wenig wie möglich zu trinken, auch wenn er wusste, dass das für seinen Zustand nicht gut war. Essen konnte er ohnehin nichts mehr, weil sich sein Hals anfühlte, als sei eine Gewehrkugel darin stecken geblieben.

Die Hitze in seinem Kopf ließ ihn immer wieder gnädig einschlummern. Seit er jedoch von Helena vernommen hatte, dass ihm tatsächlich nicht die Blattern diese Qualen bereiteten, schreckte er aus seinen Fieberträumen immerfort mit nur einem einzigen Gedanken auf: *Quecksilber*. Seine Lippen versuchten das Wort laut zu formulieren, um Aurelias Aufmerksamkeit zu erlangen. Doch abermals sank er in tiefen Schlaf.

Als Gregor das nächste Mal erwachte, schmerzte ihn das Atmen bis tief in die Lunge. Er nahm all seine Kraft zusammen, und mit eisernem Willen drang heiser aus ihm hervor: »Aurelia ... Queck... Quecksilber!« Aus halbgeöffneten Augen sah er, wie sie aufstand und näher kam.

»Gregor, ich dachte schon, du würdest nie mehr aufwachen. Bitte, du *musst* wieder gesund werden«, flehte sie. »Du hast die Blattern, Gregor. Hast du den Äskulap nicht gehört? Bei mir wird es auch nicht mehr lange dauern ... Wir werden beide an den Blattern sterben.«

Gregor versuchte etwas zu sagen, ihr zu widersprechen, aber es kam kein Laut mehr aus seiner wunden Kehle. Hatte sie denn nicht Helenas Worte gehört? Er versuchte, so heftig wie möglich den Kopf zu schütteln, aber es gelang ihm nur eine kaum merkliche Bewegung. In seinem Körper arbeitete ein Mühlstein, alles war aufgerieben, und jede Regung gab dem Feuer neue Nahrung. Endlich kam der Widerspruch krächzend über seine Lippen: »Syphilis!«

»Aber nein, Gregor, sonst hätte ich doch auch einen Ausschlag. Helena fantasiert! Ich habe keine Syphilis. Der Leibarzt wollte mir Quecksilber geben, um die Schwangerschaft zu unterbrechen.«

Aurelias Worte drangen nur als dumpfe Fetzen zu ihm,

während er mit seiner Montgolfière über das Stift hinwegschwebte.

»... müssen vorsichtig sein. Helena ... selbst Syphilis. Warum ... mit ihr im Bett gelegen? Wie konntest du ...?«

Gregor bemühte sich, den Fängen seines Fiebertraums zu entkommen. Nur mühsam gelang es ihm, einen einigermaßen klaren Gedanken zu fassen. Könnte Helena ihm die Syphilis mitgeteilt haben? Er wusste kaum etwas von ihr. Hätte er sie nur nicht geküsst! Andererseits, vielleicht hatte sich Aurelia wirklich die Liebe bei dem Franzosen eingefangen? Was sollte er glauben? Wem sollte er glauben? Verzweifelt versuchte er, die Augen offen zu halten, um Aurelia ins Gesicht zu sehen. Sorge und Leid sprachen aus ihren Zügen.

»Ich will alles dafür tun, damit du wieder gesund wirst, Gregor. Und wenn du Quecksilber haben möchtest, so bekommst du es. Ich werde den Diener sogleich mit der Beschaffung beauftragen.«

Gregor hörte die Feder übers Papier kratzen, und kurz darauf ging Aurelia zur Türe, um den Zettel darunter durchzuschieben. Als Vorsichtsmaßnahme hatte man den Diener angewiesen, Nachrichten nur auf diese Weise entgegenzunehmen. Ähnlich wurde mit dem Essen verfahren: Sie bekamen es vor die Tür gestellt, und auf ein Klopfzeichen hin durfte Aurelia es holen, während sich der Diener derweil zwanzig Schritte zu entfernen hatte, um sich nicht anzustecken.

Gregor wusste, dass Aurelia nun wieder auf dem Bett saß. Seitdem er kaum mehr die Kraft fand, die Augen zu öffnen, verschaffte ihm sein Gehör eine erstaunlich präzise Vorstellung von dem, was um ihn herum passierte. Leider blieben ihm dabei Aurelias Gefühle verborgen, er spürte jedoch, dass sie etwas Wichtiges sagen wollte.

»Der Äskulap hat immer nur etwas von einem Pickelchen gesagt, gegen das ich Quecksilber nehmen soll. Ich dachte, damit meint er das Kind, ich konnte doch nicht ahnen, dass ich krank bin! Aber wenn ich dir die Syphilis übertragen habe, so muss ich fortan auch Quecksilber nehmen ...«

Gregor wusste, dass Aurelia jetzt ihren Bauch umfasste. Aber noch bevor er etwas erwidern konnte, klopfte es an der Türe.

Aurelia erhob sich. »Wer stört?«

»Verzeihen Sie, werte Gräfin, aber gegen die Blattern hilft doch kein Quecksilberwasser, oder?«, ertönte es vom Gang her.

»Du bist ein Diener, du sollst nicht denken, sondern Befehle ausführen. Und wenn ich nach *Aqua mercuriale* verlange, so hast du mir dieses unverzüglich zu bringen. Hol mir auf der Stelle drei Flaschen davon aus der Stiftsapotheke, nein, am besten gleich vier, sonst machst du deine nächsten Botengänge als Bettler!«

***

Mit einem Lächeln hatte Borginino ihr die neue Behausung offeriert, als sei diese das beste Zimmer des Stifts. In Wirklichkeit war es ein feuchtkalter Gewölbekeller, in der Länge nur doppelt so groß wie sie selbst und mit einem winzigen Lichtschacht versehen. Wenn Borginino zur Tür hereinkam, wusste sie, dass es zwei Uhr mittags war und sie ihre tägliche Essensration bekam. Der einzige Lichtblick des Tages.

Die übrige Zeit jedoch glaubte sie in ihrem Kummer zu ertrinken. Ihre Gedanken kreisten unablässig um Gregor, schlugen einen Bogen über den Äskulap, kamen dabei an Sebastians Grab vorbei und wieder zurück zu Gregor. Sie brachte Tage voller Grübeleien und schlaflose Nächte zu und begann darüber langsam die Herrschaft über ihren Verstand zu verlieren. In die hinterste Ecke auf ein Strohnest gekauert schlang Helena die Arme um die Knie. Sie fühlte sich wie eine Fahne im Sturm, kurz vor dem Zerreißen.

»Helena, alles in Ordnung?« Borginino war in der Tür erschienen.

»Ja, es geht, danke. Ist es jetzt zwei Uhr?«

»Nein, aber ich hab dir noch zwei Decken und eine Kerze mitgebracht. Außerdem habe ich eine Überraschung für dich.«

»Gregor?«

»Wie bitte? Nein. Mich dauert, dass du hier dein Dasein fristen musst, deshalb ...« Er verschwand und präsentierte ihr kurz darauf mit unverhohlenem Stolz ein Tablett. »Den Kaffee und das Hefegebäck habe ich in der Küche bekommen.«

»Das ist lieb von dir, danke, aber ich möchte nichts.«

»Ich gebe es dir gern, Helena. Nimm ruhig, die Küchenmagd steckt mir bestimmt mal wieder etwas zu.«

»Nein, wirklich, ich möchte nichts.« Sie spürte ihren Magen schon seit Tagen nicht mehr, ein wenig Wasser genügte ihr völlig. »Ich habe keinen Hunger. Und von dem Rußwasser wird mein Zittern nur schlimmer.«

»Wahrhaftig, du zitterst ja. Nimm wenigstens die Decken und die Kerze. Es ist eine Wachskerze aus der Kirche, der Herrgott wird es mir verzeihen.«

»Danke.« Helena schluckte und nahm die Gaben entgegen.

»Du wirst sehen, gleich wird es viel heller, und du kannst dir sogar ein wenig die Finger an der Flamme wärmen. Mit steifen Fingern kann man nichts anfangen.«

Ein kleines Lächeln schob sich auf ihre Lippen. Sie hatte ihm gestern gesagt, dass sie so gerne stricken würde. »Hast du etwa im Stiftsgarten zwei spitze Hölzer gefunden?«

»Nein, leider nicht ... Dafür habe ich zwei ordentliche Stricknadeln und etwas Schafswolle. Ich hoffe, das ist dir auch recht.« Verschmitzt zog Borginino die Sachen unter seinem Umhang hervor.

»Das ... das ist ... Ich weiß gar nicht, was ich sagen soll ... So schöne Nadeln, kaum verbogen! Und die Wolle! Aber die kann ich wirklich nicht annehmen.«

»Warum denn nicht? Wie willst du denn ohne Wolle stricken?«

Helena lächelte, als sie ihre Errungenschaft vom Markt aus der Rocktasche hervorholte. Das kräftige Rot war in der Dunkelheit nicht zu erkennen, aber sie hatte es noch gut vor Augen. Borginino nickte verschwörerisch, entzündete die Kerze und stellte diese auf einem alten Sauerkrautfass ab. Als er das Kellergewölbe verlassen hatte, widmete sich Helena entschlossen ihrem Strickzeug, und schon bald vergaß sie alles um sich herum.

Ihre steifen Finger mussten sich erst wieder mit der ungewohnten Tätigkeit vertraut machen, was im Halbdunkel ungleich schwieriger war. Die erste Hürde bestand allein darin, eine genügende Anzahl Maschen anzuschlagen. Sie musste ihren ganzen Verstand zusammennehmen, um bis einhundertzehn zu zählen. Noch während sie die Wollschlingen befühlte, sprangen einige davon wieder von der Nadel und lösten sich in Wohlgefallen auf. Schließlich schaffte sie es unter größter Anstrengung, einige Reihen mit rechten und linken Maschen zu stricken.

So saß Helena eingemummelt in die Decken auf ihrem Strohnest, das nur notdürftig die Kälte vom Boden abhielt, während die Mütze für Lukas allmählich Form annahm. Von Zeit zu Zeit gab sie sich einem kurzen Schlaf hin. Sobald sie erwachte, nahm sie das Strickzeug erneut auf, bis ihr wieder die Augen zufielen. Sie wusste bald kaum mehr den Tag von der Nacht zu unterscheiden.

***

Aurelia saß auf ihrem Bett im Sternenzimmer, wobei sie unentwegt auf die Standuhr starrte. Hoffentlich kam der Diener bald und brachte ihnen frisches *Aqua mercuriale* ... In der letzten Woche hatte sie die Dosis von Tag zu Tag steigern müssen, weil es Gregor immer schlechter ging. Mittlerweile war sie schon so verzweifelt, dass sie eines Abends ihre Hände gefaltet und zu Gott gebetet hatte, weil sie keinen anderen Ausweg mehr wusste; ein vages Gefühl sagte ihr, dass nur Er noch helfen konnte. Nicht einmal der Äskulap wusste, ob Gregor überleben würde. Die Hitze hielt unvermindert an, er schwitzte stark, und ein Speichelfaden lief ihm wie ein unaufhörliches Rinnsal aus dem Mundwinkel.

»Aurelia?«

Sie fuhr aus ihren Gedanken hoch. »Ja?«

»Wie viel Uhr?« Das Stroh raschelte unter seinen unkontrollierten Bewegungen und Zuckungen, die ihn quälten.

»Wir haben bald die dritte Stunde.« Vermutlich hatte Gregor seit Tagen nicht mehr richtig geschlafen, er befand sich in einem Dämmerzustand, der ihn zunehmend in die Verwirrung trieb, und in wachen Momenten klagte er über furchtbare Kopfschmerzen.

»Der Diener?«, flüsterte er. »Wann kommt er?«

»Zur dritten Stunde, wie immer.«

»Wie viel Uhr?«

»Gerade habe ich es dir gesagt. Wir haben die dritte Stunde.«

»Und wann kommt der Diener?«

»Gregor, bitte!«

»Kommt Helena?«

»Nein. Das weißt du doch. Sie wurde festgenommen.«

»Quecksilber ...«

»Gleich, Gregor, gleich!«

Er warf sich unruhig im Bett hin und her, Strohhalme hingen in seinen Haaren, und das Leintuch lag zerknüllt zwischen seinen Beinen. Er stöhnte: »Quecksilber ... Wann kommt der Diener? ... Wo ist Helena?«

»Gregor, bitte, hör auf!«

Obwohl er völlig übermüdet und geschwächt war, bäumte er sich auf und funkelte sie an wie ein Todgeweihter den Henker. »Sag es mir!« Ein letzter Rest von Rebellion blitzte aus seinen Augen, obwohl sich sein Schicksal längst in dunklen Augenringen auf dem schneeweißen Gesicht abzeichnete.

Aurelia zog das Leintuch zwischen seinen Beinen heraus, um es glatt zu streichen.

»Lass das!«, herrschte er sie an.

Sie fuhr zurück; so hatte sie Gregor noch nie erlebt.

Plötzliche Wutausbrüche wegen Kleinigkeiten, die ihm früher nicht einmal ein Kopfschütteln wert gewesen wären, häuften sich auffällig. Es war nicht mehr der Gregor, den sie kannte. Sein unberechenbarer Zorn und seine Vergesslichkeit brachten sie an den Rand der Verzweiflung. Es ärgerte sie besonders, wenn er in klaren Momenten sofort nach Helena fragte und alles über ihren Verbleib wissen wollte. Sie versuchte ruhig zu bleiben, obwohl sie gehörig um ihre Beherrschung kämpfen musste. Aber Helena würde ihn ihr nicht mehr wegnehmen ... Ihr Gegner war nun kein geringerer als der Tod.

Gregor war wieder in die Kissen gesunken, Speichel lief gelb und faulig aus seinem Mund. Aurelia konnte die Übelkeit kaum unterdrücken, ihr Magen rebellierte.

Da pochte es an der Türe. Es war das Klopfzeichen des Dieners.

Eilends sprang sie aus dem Bett, lief hin zur Türe und ließ kaum die gebotene Wartezeit verstreichen, in der sich der Diener zu entfernen hatte. Sie griff nach der Flasche mit dem *Aqua mercuriale* und brachte dem Kranken die rettende Medizin.

»Trink, Gregor! Du musst trinken! Das Quecksilber hilft dir bestimmt bald ...«

Gregor schlug die Augen auf und betrachtete die Flasche wie einen fremden Gegenstand. »Was ... was ist damit?«

»Du musst trinken, damit es dir bessergeht!«

»Sterben.« Kaum vernehmbar war es über seine Lippen gekommen. »Ich will sterben.«

Aurelia erstarrte. »Nein, das darfst du nicht! Gregor, bitte!« Als er nicht reagierte, hielt sie ihm die Flasche an den halboffenen Mund. Blauvioletter Schaum lag auf seinem

Zahnfleisch. Gregor röchelte und gab merkwürdige Töne von sich. Voller Panik drückte sie ihm das Kinn nach unten, um den Mund weiter zu öffnen. Der Anblick war grauenvoll. Dicke Geschwüre wucherten bis tief in den Rachen und ließen kaum mehr von der Flüssigkeit hindurch. Gregor rang nach Luft und spuckte das Quecksilber schließlich wieder aus.

»Gregor, du darfst nicht sterben, bitte.«

***

»Helena, hier ist Besuch für dich.«

Sie blinzelte in den hellen Lichtstrahl, der durch die offene Tür fiel und rappelte sich mühsam auf. Seit sie die Mütze für Lukas fertig gestrickt hatte, verbrachte sie die Zeit nur noch mit Dämmerschlaf.

»Helena?« Borginino hob die Kerze in Richtung ihres Lagers aus Decken und Stroh. »Ich dachte, ein wenig Ansprache würde dir ganz guttun, deshalb hab ich jemanden mitgebracht.«

»Gregor?«

Borginino wandte sich an den Besucher im Hintergrund: »Sie ist ein bisschen verwirrt, aber ich denke, Sie können dennoch zu ihr.«

Mit einem Mal war sie hellwach. Hunger und Kälte waren vergessen, als die Person langsam eintrat.

»Lukas!«, entfuhr es ihr.

Der Chirurg blieb vor ihr stehen. »Mein Gott, Helena, wenn ich geahnt hätte, dass man dich in dieses finstere Kellerloch gesteckt hat ... Ich dachte, du kämest vor lauter Siegestaumel nicht mehr aus dem Feiern heraus, also wollte ich geduldig abwarten, bis du dich wieder bei mir meldest.«

»Aber wer hat es dir gesagt?«

»Borginino. Freust du dich, dass ich da bin?«

»Natürlich.« Es sollte ehrlich klingen, aber die Enttäuschung schwang doch in ihrer Stimme mit. »Ich hatte nur auf Gregor gehofft.«

»Was ist mit ihm? Hat er wirklich die Blattern? Ist der Versuch nicht geglückt?«

Helena versuchte sich mühsam von ihrem Lager aufzurichten. »Bei Gregor ist die Syphilis ausgebrochen! Und zwar ausgerechnet zu einem Zeitpunkt, an dem man mit den Blattern gerechnet hatte. Und der Äskulap weigert sich, eine Syphilis von einem Blatternausschlag zu unterscheiden!«

»Unfassbar!« Lukas ballte die Fäuste. »Wenn ich diesen Leibarzt in die Finger kriege! Nun reicht es, und zwar endgültig! Wo liegt Gregor, wo ist er?«

»Soviel ich weiß, in der Bibliothek«, gab Helena zurück und versuchte erneut, sich auf ihrem Strohlager aufzurappeln. »Warte, ich komme mit und zeig es dir.«

»Nichts da«, widersprach Borginino und trat einen Schritt vor. »Entschuldigung, aber das geht wirklich nicht.«

»Ich will zu ihm, bitte! Ich will sehen, wie es ihm geht. Ich vermisse ihn!«

»Helena, du hast gehört, wie die Auflagen sind. Ich werde alleine zu ihm gehen. Bitte hab noch etwas Geduld. Es ist grausam hier unten, ich weiß. Und ich kann mir vorstellen, was du durchmachst, aber es ist klüger hierzubleiben, bis ich mir den Ausschlag besehen habe und die Fürstäbtissin mich angehört hat. Sie wird mir glauben, das verspreche ich dir. Dann bist du wieder frei und ich werde Gregor derweil liebste Grüße von dir bestellen.«

Es war schwer, gegen ihre Gefühle anzukommen, aber der Verstand sagte ihr, dass Lukas Recht hatte. Sie durfte sich nichts, aber auch gar nichts mehr zuschulden kommen lassen.

»Danke, Lukas. Ich danke dir, dass du mir jetzt hilfst und mich damals eine Zeit lang bei dir aufgenommen hast.«

»Du bist jederzeit wieder willkommen, das weißt du.«

»Und dass du deinen Lohn mit mir geteilt hast. Dafür will ich dir nun etwas schenken ...« Helena grub im Stroh und zog die gestrickte Mütze hervor. »Ich hoffe, sie gefällt dir.«

Lukas griff erstaunt nach dem wollenen Geschenk, wusste jedoch in dem fahlen Licht nicht so recht etwas damit anzufangen.

»Es ist eine Mütze. Eine rote«, half Helena nach.

»Eine Mütze? Für mich? Wie hast du das denn gemacht?«

»Die Wolle habe ich heimlich gekauft, als ich noch bei dir war. Ich hatte nur nicht vor, sie in diesem finsteren Loch zu stricken. Es kann also sein, dass sie missraten ...«

»Unsinn!« Lukas zog die Mütze auf den Kopf. »Wie sehe ich aus?« Sein stolzes Lächeln war deutlich zu sehen. Er drehte sich, als befände er sich in einem hell erleuchteten Spiegelsaal. »Sie ist wunderbar, ach, was sage ich: Du bist wunderbar! Einfach unglaublich ... Sitzt hier in diesem Gefängnis und strickst!«

»Helena hat mir erzählt, dass es ein Geschenk für Sie werden soll«, mischte sich Borginino ein. »Und da dachte ich, als das gute Stück fertig war ...«

»Danke, Borginino. Vielen Dank, dass du Lukas geholt hast. Und ohne dein ständiges Lächeln hätte ich längst den Verstand verloren.«

Der Diener zog sich etwas verschämt, aber sichtbar erleichtert zurück, und Lukas wandte sich ebenfalls zum Gehen.

»Sobald ich bei Gregor war, komme ich noch einmal zu dir. Soll ich ihm sonst noch etwas ausrichten?«

»Sag ihm bitte, dass ich ihn sehr, sehr gern habe.«

»Das mache ich. Weißt du was, Helena?« Nachdenklich nahm Lukas die Mütze wieder ab. »Ich finde, du solltest sie Gregor schenken. Ich würde sie wirklich gern behalten, sie wäre eine schöne Erinnerung an die Zeit mit dir, aber sie gebührt mir nicht.«

Helena schluckte, und für einen Moment war sie von dem Gedanken beseelt, Gregor etwas schenken zu können, aber dann schüttelte sie entschieden den Kopf. »Nein, Lukas, die Mütze gehört dir. Ich habe sie für dich gestrickt, auch wenn ich dabei oft an Gregor gedacht habe, das gebe ich zu. Aber er weiß auch so, dass ich immer ganz nahe bei ihm bin. Ich möchte, dass du sie behältst.«

»Wenn du meinst ...« Sanft streichelte Lukas über die Wolle. »Ehrlich gesagt hätte einem Grafen eine rote Bommelmütze wohl auch nicht so gut gestanden wie mir.« Gerade, als er sich grinsend auf den Weg machen wollte, erschien Borginino erneut in der Tür.

»Hier kommt noch einmal Besuch für dich.«

»Oh Helena, du armes Mädchen! Wie geht es dir?«

»Ernestine!«

»Endlich habe ich erfahren, wo du steckst! Ich weiß von Borginino, was passiert ist. Wie geht es dir?«

»Es geht schon, Ernestine. Es geht schon. Ich werde bald hier herauskommen.«

»Oh, das freut mich für dich, Gott sei's gedankt! Umso mehr ist es mir schlimm, dich schon wieder um Hilfe bitten zu müssen, wo du doch selbst in einer so furchtbaren Lage steckst. Aber ich wüsste wirklich nicht, wer mir sonst helfen sollte.«

»Ich vielleicht?«

Ernestine wandte sich zu der tiefen Stimme um. »Oh, der Herr Chirurg! Sie habe ich im Halbdunkel gar nicht bemerkt. Meine Augen sind nicht mehr die besten. Müssen Sie sich jetzt um Helena kümmern, weil sich der Leibarzt nicht einmal mehr um seine eigene Nichte sorgt?«

Und noch bevor Helena etwas erwidern konnte, korrigierte Lukas: »Helena ist nicht mit dem Äskulap verwandt. Er musste sie bei sich aufnehmen.«

»Keine Nichte?« Ernestines Gedanken schienen sich zu überschlagen. »Oh, du meine Güte, jetzt wird mir einiges klar. Gütiger Gott!«

»Was denn?«, fragte Helena erstaunt.

»Oh, das tut jetzt nichts zur Sache. Aber vielleicht dürfte ich dich bitten ... Könntest du wieder etwas für mich schreiben? So wie damals? Ich habe Papier und Feder dabei. Es tut mir wirklich sehr leid, dass ich dich in dieser Umgebung darum bitten muss, aber es ist wirklich sehr dringlich.«

»Schon gut. Das mache ich doch gerne.« Helena nahm ihr das Schreibzeug ab; war sie doch froh und dankbar um jede Ablenkung. Borginino trat zu ihr und hielt die Kerze hoch.

»Was soll ich schreiben?«

»Nun ja, ich weiß auch nicht so recht, vielleicht so: *Meiner lieben Tochter soll alle Stubeneinrichtung, alle Tisch- und Bettwäsche, alles Küchengeschirr, alle Speisevorräte, ein silberner Vorleglöffel, sechs Esslöffel und sechs Kaffeelöffel eigentümlich verbleiben.*« Ernestine sah sie fragend an. »Geht das so?«

Als die Worte in der Stille des Raumes verklungen waren, ließ Helena die Feder sinken. »Ernestine, das ist ja ein Testament! Warum um Himmels willen? Du bist doch nicht krank?«

»Noch nicht. Aber ich habe mich vor zwei Wochen ebenfalls dem Blatternversuch unterzogen. Der Äskulap wollte dafür in Zukunft bei Behandlungen die Sanduhr stecken lassen, und er hat mir den Erlass all meiner Schulden versprochen, wenn ich es tue.«

»Was hast du? Ich meine, was hat *er* gemacht? Ist das denn die Möglichkeit!« Helena war nahe dran, die Beherrschung zu verlieren. Auch Lukas hatte Mühe, an sich zu halten. Da schwante Helena etwas, und sie funkelte den Chirurgen an. »Lukas, woher hatte der Äskulap die Blattern für Ernestine? Antworte mir!«

Entsetzt schüttelte dieser den Kopf. »Helena! Was denkst du von mir?«

»Nein, nein«, kam ihm Ernestine zu Hilfe, »Lukas war es nicht. Der Leibarzt sagte, er hätte einen Händler auf dem Markt beauftragt, die Blattern zu besorgen, und ihm dafür gutes Geld gegeben. Was blieb mir für eine Wahl, Helena? Ich dachte, ich helfe dir damit! Ich musste auch für die ordnungsgemäße Übertragung der Melkerknoten auf den Grafen von Herberstein Sorge tragen. Und das mitten in der Nacht auf der Kuhweide. Und als ich nunmehr gehört habe, wie es dem armen Herrn Grafen ergeht, hat mich die Angst ergriffen ...«

»Ernestine, bleib ganz ruhig.« Helena versuchte sich selbst zu beruhigen, aber sie brachte keinen weiteren Ton mehr heraus.

Lukas sprang für sie ein. »Gregor hat keine Blattern, er hat die Syphilis. Helena ist der Versuch geglückt, allerdings will das der Äskulap schlichtweg nicht wahrhaben. Aber die Wahrheit ist ein selten Kraut und noch seltener, wer es gut verdaut.«

»Keine Blattern?« Ernestine atmete tief durch. »Gott sei Dank! Dann ist also alles gutgegangen? Sodann bin ich gar nicht zum Tode verurteilt? Und der Herr Graf auch nicht?«

»Nein«, bekräftigte Helena.

Ernestine holte ein gerolltes Schriftstück unter ihrem Umhang hervor. »Ich wollte dir noch etwas zeigen. Ich weiß nicht, es ist ein Pergament mit einem Siegel drauf. Das ist doch immer etwas Wichtiges, oder? Darf man es auch öffnen, wenn es an einen Toten gerichtet ist?«

»Natürlich darfst du die Post für deinen Mann öffnen, Gott hab ihn selig.«

»Das ist nicht für meinen Mann; es lag vor der Türe des seligen Herrn Stiftskanzlers. Ich bin vorhin an seinem Haus vorbeigekommen, und da habe ich es einfach an mich genommen. Habe ich etwas falsch gemacht? Helena, du schaust so komisch drein.«

Zögernd nahm Helena das Pergament an sich. Vorsichtig, als könnte dadurch der Inhalt des Briefes zerstört werden, brach sie das unbekannte Siegel. Lukas hielt ihr die Kerze hin, und Helena begann zu lesen:

Seiner kaiserlichen Majestät Hofkriegsrats-Präsident Erzherzog Karl von Österreich fügt hiermit dem Stiftskanzler Sebastian von Moltzer zu Quedlinburg in Sachen des desertierten Grafen Gregor von Herberstein folgenden Generalpardon zu Wissen ...

Helena verstummte. Vor Rührung versagte ihr die Stimme: Gregor hatte nichts mehr zu befürchten! Lukas legte den Arm um sie, und sie las weiter:

Seine kaiserliche Majestät Franz II. Joseph Karl geruht alle und jede Deserteurs, so aus den österreichischen Kriegsdiensten vor kurz oder lang ausgetreten, gnädigst zu pardonnieren, sofern sich die Deserteurs zwischen hier und dem ersten Tag des Monats Mai des nächstanstehenden Jahres 1803 bei ihren Regimentern hinwieder einfinden, alsdann dieselbigen ihrer begangenen Austretung wegen — es mag die Desertion aus Ursachen geschehen sein, wie sie immer wollen — keineswegs mehr zu einiger Straf gezogen werden, sondern solches Verbrechen in völlige Vergessenheit gesetzt und sie diesfalls pardonniert sein sollen.

Nach Verfließung gedachten Termins aber, falls sich dieselbigen inzwischen nicht einstellen, wird gegen selbige als pflichtvergessene Deserteurs ohne Hoffnung einiger Gnad aufs Schärfste verfahren. Derohalben soll der von höchst erwähnter kaiserlichen Majestät mildest erteilte Generalpardon hiermit öffentlich bekanntgemacht werden, damit sich die Deserteurs nunmehro binnen obgesetztem Termin sicher und ohne Bedenken dahier bei ihren Regimentern gebührend einstellen und diesen Generalpardon sich zu Nutzen machen können.

Urkundlich mit dem Insiegel Sr. Kaiserlichen Majestät bedruckt und so geschehen in Wien am 27. November 1802.

»Danke, Sebastian«, flüsterte Helena und wischte sich über die Augen. »Ich werde dir deinen letzten Wunsch erfüllen. Der preußische König wird eine so armselige Kirche vorfinden, wie er noch keine in seinem Leben gesehen hat.«

Lukas schüttelte verwundert den Kopf. »Und da glaubt man immer von allem eine Ahnung zu haben. Nun sollte ich wohl zuallererst dem Betroffenen selbst den Generalpardon zur Kenntnis bringen. Was meint ihr?«

»Warte!«, rief Helena. »Wir kommen mit!«

»Oh ja«, begeisterte sich Ernestine, »sein freudiges Gesicht will ich mir nicht entgehen lassen. Und außerdem ...« sie tippte bedeutungsvoll auf ihren Oberarm, »sind wir ja nun so etwas wie Verbündete.«

»Verzeiht, wenn ich die Freude trüben muss«, warf Borginino pflichtbewusst ein. »Ich darf daran erinnern, dass du dich, Helena, in einem Gefängnis befindest.« Er wandte sich um Beistand bittend an Lukas. »Helena muss hierbleiben.«

»Keine Sorge«, entgegnete dieser. »Wir bringen Helena gleich wieder zurück.«

»Aber wenn euch die Fürstäbtissin sieht, oder auch nur der Äskulap, dann bin ich meine Arbeit hier endgültig los!«

Lukas nickte mitfühlend. »Aber du weißt hoffentlich, dass das Stift bald aufgelöst wird, und du dir sodann ohnehin eine neue Beschäftigung suchen musst?«

»Ja, das ist mir klar. Aber damit ich eine gute Entschädigung bekomme, will ich mich lieber besonders eifrig zeigen und mir nichts zuschulden kommen lassen. Und meine augenblickliche Aufgabe ist es, Helena zu bewachen.«

»Sodann, lasst uns gehen.« Lukas half Helena vom Strohlager auf und stützte sie auf den ersten Schritten, bis sie ihre

Beine wieder trugen. Unter der Türe drehte er sich noch einmal um. »Wo bleibst du, Borginino? Oder hat jemand behauptet, dass du sie nur in diesem Kellerloch bewachen sollst?«

Borginino folgte ihm augenzwinkernd. »Die Wahrheit muss recht biegsame Knochen haben, so oft wie sie verdreht wird.«

Kapitel 19

»Könntet ihr euch bitte wie gesittete Stiftsbesucher benehmen? Und nicht wie Flüchtlinge?« Der Diener hastete hinter ihnen her. »So müssen wir ja auffallen.«

»Ich bin auf der Flucht!«, rief Helena übermütig. »Ich darf so schnell gehen, wie ich will.« Nun rächte es sich, dass sie in letzter Zeit kaum etwas gegessen hatte. Ihr war schwindelig, sie hatte keine Kraft in den Beinen und keuchte die schmalen, ausgetretenen Kellerstufen hinauf, um zum Sternenzimmer zu gelangen. Als sie das erste Stockwerk erreicht hatten, erhob sich vom Hof her ein mächtiges Donnern wie aus einer Kanone, das die Mauern erzittern ließ. Starr vor Schreck fühlten sie das Beben.

Einen Augenblick später war alles wieder ruhig und friedlich, als sei nichts gewesen. Helena fasste sich als Erste. Von den anderen umringt riss sie ein Fenster zum Stiftshof auf. Kühler Wind schlug ihr entgegen, und sie schauderte. Auf dem Hof war nichts Außergewöhnliches zu erkennen. Doch, und genau das war seltsam. Niemand war zu sehen! Nicht einmal ein Tier. Kein Huhn, keine Katze. Es war, als hielten sich alle versteckt. Mitten in diese gespenstische Ruhe dröhnte ein zweites Donnern, kurz darauf gefolgt von einem dritten und vierten Schlag.

»Hört ihr die Musik?«, wisperte Lukas. Er hielt den Finger an die Lippen. »Trompeten ... und Pauken. Hört ihr das?«

»Lukas ...« Helena überfuhr ein glühend heißer Schwall. »Was ist heute für ein Tag?«

»Gütiger Gott!«, entfuhr es Borginino.

»Heute ist der dritte Tag des Dezembers«, sagte Lukas.

Sie drängten sich zu viert an das offene Fenster. Als die ersten Reiter zu sehen waren, hoben die Stiftsglocken zu einem gewaltigen Geläut an. Laute und leise, dunkle und helle Töne schlugen wild durcheinander, um den König und sein Gefolge zu empfangen.

Die Kavallerie ritt ein und verteilte sich auf dem Hofplatz. Die Männer, allesamt auf dunklen Pferden, trugen Uniformen aus blauem Rock und Weste, dazu helle Kniebundhosen und blankpolierte Stiefel. Es waren wohl annähernd fünfundzwanzig Pferde, einige davon tanzten mit bebenden Nüstern aus der Reihe und mussten von einem oder sogar zwei Infanteristen am Zügel zurück in die Reihe geführt werden. Mit großer Mühe gelang es der Kavallerie schließlich, auf dem Hof einen Halbkreis zu bilden. Die Infanteristen stellten sich davor auf, schulterten ihre Gewehre, und die Kavalleristen hoben ihre goldglänzenden Trompeten und bliesen eine Fanfare.

Trotz der Entfernung glaubte Helena plötzlich einige bekannte Gesichter unter den Hüten zu erkennen. Der Mann, der besonders aufrecht auf dem Pferderücken saß, konnte nur der Stallmeister des Stifts sein. Er hielt sein Pferd so straff am Zügel, dass es Schaum vor dem Maul hatte. Die schmächtige Gestalt, die als Infanterist vor ihm stand, erinnerte Helena unweigerlich an den Torwächter.

»Sagt mal, da sind doch Diener aus dem Stift unter den Uniformierten!«

»Ich sehe auch Bürger aus der Stadt unter den Infanteristen«, rief Lukas und lehnte sich weiter aus dem Fenster.

Ernestine schlug sich vor die Stirn. »Deshalb sind sie von Haus zu Haus gegangen, um nach jungen Burschen zu fragen, die reiten können! Für die Empfangsparade! Bei mir haben sie sich erkundigt, ob ich ein Pferd zur Verfügung stellen könnte. Ich, ein Pferd! Sie haben mich noch darüber aufgeklärt, dass es aber kein Hengst sein dürfe, damit kein Unglück geschehe, und auch kein Schimmel, um eine einheitliche Farbe der Kavallerie zu gewährleisten. Als ob ich die Auswahl hätte ...«

»Mich haben sie nicht gefragt, ob ich dabei sein will.« Borginino senkte den Kopf. »Ich hab nur bei meinen Streifzügen von den Vorbereitungen mitbekommen. Der Fürstäbtissin war es wohl ganz recht, mich mit der Bewachung von Helena betraut zu wissen, während ihr ein jüngerer und wesentlich flinkerer Leibdiener zur Hand gegangen ist ... War mir dann auch gleichgültig. Sollte er doch kommen, der große Tag. Seht ihr die anderen Diener dort in den hellblauen Röcken mit den hochstehenden Krägen? Es haben sich tatsächlich alle die Haare geschnitten und die Bärte gründlich rasiert. Aber mich hat einfach niemand gefragt.«

»Sei nicht enttäuscht, Borginino.« Helena lächelte ihm aufmunternd zu. »Es ist bestimmt kein Vergnügen, in der Kälte stundenlang auf den König zu warten.«

»Du hast Recht. Außerdem bestand die Anweisung, ein Gewehr reingeputzt mitzubringen, mit drei blinden Patronen zu versehen und das Abfeuern der Salven zuvor entsprechend zu üben. Ich bin jedenfalls gespannt, wie sich die Dienerschaft anstellt.«

Kaum hatte er ausgesprochen, erhoben die Reiter ihre blankgeputzten Gewehre und gaben drei Salutschüsse ab. Unter neuerlichem Glockengeläut konnte Helena die Fahnen des Kommissionszuges ausmachen.

Sieben Kutschen näherten sich dem Stift in atemberaubendem Tempo. Was sie von oben sehen konnten, wurde der Versammlung im Hof durch ein doppeltes Kanonenfeuer kundgetan. Wie aus dem Nichts schritt die Fürstäbtissin über den Hof und stellte sich vor der Stiftskirche auf. Ihr folgten in einigem Abstand die Gräfinnen und schließlich auch der Äskulap, der seinen neuen Medizinkoffer bei sich trug.

Von überallher aus der Stadt kamen Frauen angelaufen. Mit den besten Kleidern am Leib drängten sie sich in den Stiftsbezirk, um ein Spalier zu bilden. Aufgereiht in ihren bunten Kleidern wirkten sie wie ein blumengesäumter Wegrand. Junge Frauen mit weißen Schürzen und Kränzchen im Haar, deren Gesichter vor Aufregung gerötet waren, schoben sich in die vorderste Reihe.

»Oh, da ist mein Mädchen, mein Mädchen! Seht ihr sie?«, rief Ernestine. »Dort läuft sie mit den anderen! Sie ist die Hübscheste von allen und wieder ganz gesund! Hoffentlich sieht sie der König ...«

»Ernestine!«, schalt Helena mit gespieltem Ernst. »Wir sind hier nicht im Märchen! Außerdem ist der junge König bereits glücklich vermählt.«

»Ich weiß, ich weiß. Ich freue mich nur so!«

Die Leute begannen zu jubeln, sie klatschten in die Hände und winkten der sechsspännigen Kutsche zu, die nun in gemäßigtem Tempo das Stiftstor passierte und unmittelbar vor der Fürstäbtissin zum Stehen kam. Die jungen Frauen eilten der festlichen Kutsche hinterher und bildeten eine Gasse, als diese anhielt. Der fein gekleidete Kutscher stieg ab und band die Zügel fest. Bevor er dem König mit einer tiefen Verbeugung den Schlag öffnete, überzeugte er sich, dass der Empfang an Glanz und Würde nichts zu wünschen übrigließ.

Ein Mann mit weißer Perücke stieg aus der Kutsche; es war jedoch unverkennbar nicht der König von Preußen. Er trug zwar einen Gehrock aus feinstem Zwirn sowie einen Orden auf der Brust, aber er war klein, nicht groß gewachsen wie der König. Der Mann grüßte huldvoll in die Menge und ließ sich vom Kutscher ein Pergament reichen, das er sorgfältig entrollte. Er räusperte sich und als er sich der Aufmerksamkeit seiner Zuhörerschaft gewiss sein konnte, begann er mit einer alles durchdringenden Stimme zu sprechen: »*Der Zeitpunkt ist herangenaht, dass nach den Bestimmungen der vermittelnden Mächte Russland und Frankreich und nach den Beschlüssen der außerordentlichen Reichsdeputation von den bestimmten Entschädigungslanden ein endlicher Besitz ergriffen werden soll. Hierzu habe ich meinen Geheimen Staats-, Kriegs- und dirigierenden Minister, wie auch General-Controlleur der Finanzen, Graf von der Schulenburg-Kehnert ausersehen und bevollmächtigt, den Eid der Treue und der Untertänigkeit in Quedlinburg abzunehmen ...*«

Lukas lehnte sich vom Fenster zurück. »Das hätte mich auch gewundert, wenn es dem König einen persönlichen Besuch wert gewesen wäre. Die Stifte Herford und Essen geben sicherlich viel mehr her, mal ganz abgesehen von den anderen Gebieten, die er als Besitztümer ergattert hat.«

»Oh, lasst uns trotzdem hinuntergehen und dem Spektakel beiwohnen!« Ernestine zog Borginino am Ärmel, doch der Diener wies sie sanft zurück.

»Ich denke, es ist besser, wenn du mit Lukas gehst. Ich werde mit Helena hier oben bleiben.«

Sie sah die Angst in den Augen des Dieners, die sich unmittelbar auf sie selbst übertrug. Plötzlich wurde auch sie sich der Gefahr wieder bewusst. Sie durfte weder der Fürstäbtissin noch dem Äskulap in die Arme laufen. Andererseits ... Das Stift stand kurz vor der Auflösung. Was konnte ihr da noch passieren? Aber vielleicht wäre es doch klüger, sich zu verstecken und so lange abzuwarten, bis alles vorbei war.

»Da fällt mir noch etwas viel Besseres ein!«, rief Ernestine. »Helena, denk doch nur daran, du hast ein Mittel gegen die Blattern gefunden! Das muss im ganzen Land bekanntgemacht machen! Und zuallererst treten wir mit dieser Nachricht vor die Versammelten hier. Ich bin dein lebender Beweis, und der Leibarzt muss es einfach bestätigen! Und hernach gehen wir zusammen auf Reisen. Mich und meine Tochter hält hier nichts mehr!«

Lukas fiel in die Begeisterung mit ein. »Und ich werde mein Häuschen verkaufen! Das habe ich mir schon so lange überlegt, und nun ist der richtige Zeitpunkt. Wir könnten uns eine Kutsche kaufen, zwei Pferde dazu, und so ziehen wir über die Dörfer und machen das Mittel gegen die Blattern unter den Leuten bekannt! Sodann wäre ich auch endlich nicht mehr der elende Chirurg ...« Lukas hielt inne. »Nun, so ein paar kleine Operationen könnte ich ja unterwegs immer noch durchführen, um ein bisschen Geld zu verdienen, oder?«

Helena hatte die ganze Zeit über zugehört und den Tatendrang von Lukas und Ernestine auf sich wirken lassen. Dabei war ihr Entschluss gereift. »Für das, was ich vorhabe, brauchen wir mehr als nur eine Kutsche.«

Die drei sahen verständnislos drein.

»Der Stiftskanzler ...« Helena schluckte. »Sebastians letzter Wunsch war, das Kirchensilber vor dem König zu retten. Ich habe es ihm versprochen.«

Einen Augenblick lang sagte niemand etwas, dann deutete Borginino in den Stiftshof hinunter. »Dafür ist es wohl zu spät.« Es war kaum auszumachen, ob Erleichterung oder Enttäuschung in seiner Stimme lag.

»Aber ich will ihm seinen letzten Wunsch erfüllen! Ich mache mich jetzt auf in die Kirche.«

»Helena!« Der Diener packte sie flehend am Ärmel. »Tu es nicht! Man wird dich sehen!«

»Keine Sorge! Es gibt schließlich nicht nur den Hauptzugang, sondern auch noch den Verbindungsgang vom Fürstinnenbau aus. Es wird mich niemand bemerken.«

»Aber wie willst du denn die Kirchenschätze wegbringen? Wir haben nicht mal eine einzige Kutsche!« Vermutlich ahnte Borginino bereits, dass auch dieser Versuch des Widerspruchs zwecklos sein würde, denn er gab widerstrebend den Weg frei.

Lukas zog die Augenbrauen in die Höhe. »Helena, du weißt hoffentlich selbst, dass du das nicht alleine schaffst!«

»Außerdem bitte ich nicht zu vergessen, dass Helena eigentlich immer noch im Verlies sitzt«, meldete sich Borginino noch einmal kläglich zu Wort. »Ganz abgesehen davon, dass uns das Kirchensilber nicht gehört und wir es nicht einfach fortbringen dürfen.«

»Lass uns gehen, Helena«, entschied Lukas.

Ernestine stemmte die Hände in die Hüften. »Und mich fragt niemand? Ich bin zwar schon alt und kann nicht mehr viel tragen, aber ich helfe euch natürlich!«

»Ich komme auch mit!« Die anderen sahen Borginino fragend an. »Nun, ich darf Helena doch schließlich nicht alleine lassen.«

***

Die Glocken läuteten noch immer, als Helena die Tür zur Empore aufzog. Als sie einen Blick hinunter in das Kirchenschiff warf, blieb sie wie versteinert stehen. Die Menschen, die eben noch im Hof gestanden hatten, strömten zum Portal herein und drängten sich in die Bänke. Fassungslos beobachtete sie die Frauen in den farbenprächtigen Kleidern und die Männer, die sogar vor Aufregung vergaßen, Hut und Waffe abzulegen und sich schnell einen Platz suchten. Die vordersten Reihen waren besonders begehrt, und es herrschte eine Geräuschkulisse wie auf einem Festbankett.

Der Huldigungskommissär nahm unter einem Thronhimmel Platz, den man in der Mitte des Chors auf einem dreistufigen Podest errichtet hatte. Seine kleine Gestalt verlor sich auf dem übergroßen, mit rotem Damast überzogenen Lehnstuhl. Über ihm schwebte als bizarre Krönung Jesus am Kreuz.

Graf von der Schulenburg-Kehnert erwartete konziliant und mit liebenswürdiger Gelassenheit den Einzug der übrigen Huldigungsgäste. Helena war so gefangen von allem, dass sie erst das Erscheinen des Äskulap aus ihrer andächtigen Bewunderung riss.

Mit dem neuen Medizinkoffer in der Hand wartete er gemächlich ab, bis sich die Fürstäbtissin, gefolgt von den Damen und einer Handvoll Stiftsbeamten, einen Weg durch die Menge gebahnt hatte und alle sich an der linken Seite des Throns aufgereiht hatten. Einzig die Seniorin fehlte. Der Leibarzt ging gemessenen Schrittes an der Fürstäbtissin vorüber, um sich auf die andere Seite des Throns zu stellen.

»Was macht der denn da?«, zischte Lukas. »Was hat der Äskulap inmitten der Dienerschaft des Huldigungskommissärs zu suchen?«

»Er scheint die Seiten gewechselt zu haben.« Nicht weiter beeindruckt von dieser erwartbaren Tatsache suchte Helena nach einem geeigneten Versteck, von dem aus sie alles überblicken konnten. Es blieb ihnen jedoch nichts anderes übrig, als sich an Ort und Stelle zu ducken und nur zuweilen über den Rand der Empore zu äugen.

Als das Glockenläuten endlich verklang, wurde es still in der Kirche. Nur leises Hüsteln und das vereinzelte Rascheln eines Kleides waren noch zu hören. Helena wagte kaum zu atmen, Lukas hielt die Augen geschlossen und Ernestine hatte die Hände gefaltet. Selbst aus Borgininos Gesicht schien das Lächeln weitgehend verschwunden.

Mitten in diese Lautlosigkeit drang die Stimme des Huldigungskommissärs: »Nachdem wir gedachte Reichslande und Herrschaften nun in wirklichen Besitz genommen und unserem königlichen Hause für jetzt und ewige Zeiten einverleibt haben, fordern wir genannte Einwohner und Untertanen hiermit gnädigst auf, uns und unseren Nachkommen, als ihren nunmehrigen rechtmäßigen königlichen Landesherrn den Eid der Treue und der Untertänigkeit zu leisten und sich durch Erweisung als getreue Untertanen unseres landesväterlichen Schutzes würdig zu machen.« Er schaute in die Gesichter der Huldigungsgäste, um seine Worte wohlwollend bestätigt zu wissen. »Sodann sind die Stiftsbeamten hiermit ihres Treueeids gegen die seitherige Herrschaft entbunden. Den Beamten, die bisher eine gewisse Anhänglichkeit gezeigt haben, wird ein kleines Angedenken in Aussicht gestellt.«

»Ihr werdet auch noch ein Andenken von uns bekommen, darauf könnt ihr euch verlassen«, knurrte Borginino.

»Zum Glück muss das mein Mann nicht mehr erleben«, flüsterte Ernestine. »Vierzig Jahre lang stand er in treuen Diensten!«

»Psst.« Helena legte ihr beschwichtigend die Hand auf die Schulter und lugte weiter über den Rand der Empore. Ihr Blick galt einzig dem Äskulap inmitten der fremden Dienerschaft.

Graf von der Schulenburg-Kehnert räusperte sich. »Das königliche Haus erteilt hiermit die Versicherung, dass wir uns stets angelegen sein lassen werden, das Wohl und die Glückseligkeit unserer neuen Untertanen nach allem Vermögen landesväterlich zu befördern und zu vermehren. Im Falle ihres Wohlverhaltens kann sich das Volk unserer Huld, Gnade und besonderer Rücksichtnahme gewiss sein.«

»Welch Ehre – vielen Dank auch«, sagte Lukas mit zusammengepressten Zähnen. »Sodann werden wir lieber selbst für uns sorgen.«

»Es sollen daher sämtliche Untertanen, Zugehörige und Schirmsverwandte des Damenstifts von Subdelegations wegen von dieser Besitzergreifung benachrichtigt und ernstlich gemahnt werden, sich den neuen Verhältnissen pflichtschuldigst zu fügen, überhaupt sich ruhig zu verhalten und in aller Rücksicht so zu betragen, dass sie diejenigen Übel und Strafen vermeiden mögen, welche die unausweichlichen Folgen eines ungehorsamen und ordnungswidrigen Benehmens sein würden. Außerdem sind bei schwerster Verantwortung alle Veräußerungen zum Nachteile der Entschädigungsmasse zu vermeiden, auch dürfen keine Frucht-, Holz- oder Viehverkäufe mehr stattfinden.«

Sie warfen sich ungläubige Blicke zu.

»Das Besitzergreifungspatent wird zur Kenntnisnahme aller an die Tore des Stifts und der Stadt angeschlagen. Des Weiteren sind alle Untertanen dazu angehalten, den Wortlaut desselben auch mündlich zu verbreiten.«

»Es wird noch eine ganz andere Nachricht die Runde machen – und zwar wesentlich schneller«, sagte Borginino.

Helena fröstelte, Gänsehaut breitete sich über ihren Rücken aus. Unentwegt hatte sie darüber nachgedacht, wie man die Kirchenschätze doch noch retten könnte. Ihre Gedanken waren jedoch nur kleine, schwer fassbare Funken geblieben. Und aus dem jämmerlichen Hoffnungsschimmer wurde schließlich die Gewissheit, dass es zu spät war.

Wie aus weiter Ferne hörte sie, wie der Huldigungskommissär das Wort an einen seiner Begleiter übergab.

»Die neuen Untertanen werden alsdann aufgefordert, ihrem ernannten Huldigungskommissär, dem Herrn Geheimen Staats-, Kriegs- und dirigierenden Minister Graf von der Schulenburg-Kehnert den Eid der Treue und der Untertänigkeit abzulegen. Dies soll geschehen im Namen ihres nunmehr rechtmäßigen Landes- und Lehnsherrn und seinen Nachkommen.«

Lukas stöhnte. »Wenn der weiter seine Parolen schwingt, fallen mir noch die Ohren ab.«

»Dann halte sie dir bitte zu und denk stattdessen darüber nach, wie wir das Silber vor den Augen des Kommissärs entwenden können!«, bat Helena flehentlich.

»Die Huldigungsformel wird nun verlesen. *Dem durchlauchtigsten und gnädigen preußischen König Friedrich Wilhelm ...*« Der Abgesandte ließ die Worte voller Ehrfurcht verklingen, bevor er weitersprach: »*Ihr hier versammelten Deputierten sollt einen Eid zu Gott dem Allmächtigen schwören und dadurch Seiner Königlichen Majestät und alle Nachfolger an der Regierung als eure wahren, eigenen und rechten Landesherrn halten und erkennen, fürderhin Höchstihren Verordnungen, Geboten und Verboten schuldig Folge leisten, untertänig, treu, gehorsam und gewärtig sein, Höchstdero Nutzen und Bestes befördern, Schaden abwenden und alles dasjenige leisten und unverweigerlich entrichten wollen, was ihr als getreue und gehorsame Untertanen Seiner Majestät und dem königlichen Hause zu leisten und zu entrichten schuldig und pflichtig seid.*«

Stille, die scheinbar ewig andauerte, und Helena wagte einen Blick über die Brüstung. Just in diesem Moment sah der Äskulap zu ihr empor. Als ihre Blicke sich trafen, durchfuhr es sie eiskalt.

Der Leibarzt fasste sich, wandte sich dem Huldigungskommissär zu, um als Erster seinen Eid abzulegen.

»Ich gelobe und schwöre zu Gott dem Allmächtigen einen bürgerlichen Eid, dass ich die mir vorgehaltenen Punkte, welche ich wohl verstanden habe, getreulich und gehorsam halten und befolgen werde. So wahr mir Gott helfe und seine Heiligen.«

Kaum hatte er den Eid abgelegt, fuhr er eilig fort: »Bevor meine Rede im allgemeinen Tumult der Huldigung untergeht, möchte ich sogleich noch ein paar Worte an die Versammelten richten. Welche Empfindungen von Herzlichkeit, Ehrfurcht und Dank müssen die gegenwärtigen Untertanen in diesem Augenblicke durchdringen. Denn nun ist es vollbracht, das wichtige Werk. Geschlossen ist der heilige, unverbrüchliche Bund zwischen dem neuen Landesherrn und den Untertanen, zwischen Vater und Söhnen. Und wie könnte sich ein König huldvoller gegen seine Untertanen und ein Vater liebenswerter gegen seine Söhne ausdrücken, als es der verehrte Graf von der Schulenburg-Kehnert in seiner so erhabenen wie vortrefflichen Anrede als Vertreter unseres allseits gnädigen Königs auszudrücken geruhte. In diesem Zusammenhange möchte ich auch nochmals meinen untertänigsten Dank aussprechen, nunmehr als Leibarzt in den Diensten Seiner Königlichen Majestät stehen zu dürfen ...«

»Ach, und jetzt fasst er sich nicht mehr kurz und dreht seine Sanduhr um?«, schimpfte Ernestine.

»Er ist bestimmt bald fertig mit seinem Sermon«, beruhigte sie Lukas. »Bestimmt kommt nur noch die Danksagung.«

»Außerdem möchte ich meinen Dank zum Abschied an die ehemalige Fürstäbtissin und sämtliche Damen des Stifts richten«, ertönte der Äskulap von unten. »Ohne die vehementen Streitigkeiten mit ihnen wäre das Mittel gegen die Blattern niemals von mir entdeckt worden.«

Helenas innerliche Beklemmung verflog augenblicklich, stattdessen breitete sich unbändige Wut in ihr aus. Wut auf diese hinterhältige und miese Gestalt, die soeben in königliche Dienste befördert worden war und sich so ungeniert mit fremden Lorbeeren schmückte. Unten im Kirchenschiff schwollen die Stimmen angesichts der unglaublichen Nachricht an. *Ein Mittel gegen die Blattern.* Das Raunen ging in Beifall über, Jubel drang zu ihnen empor.

Als der Leibarzt die Hand erhob, um die Menge zum Schweigen zu bringen, wurde es still. »Wertes Volk, es sei euch vergönnt, meinen triumphalen Sieg über die Blattern mit mir zu feiern und im Anschluss darf ein jeder Bürger gerne das lebensrettende Mittel gegen ein kleines Entgelt bei mir oder meinem Gehilfen erwerben. Friedemar Roth steht Ihnen vertraulich zu Diensten.«

Helena stockte der Atem. *Friedemar!*

Mit stolzgeschwellter Brust trat er aus einer der vorderen Kirchenbänke heraus. Er trug eine weiße Perücke und einen scharlachroten Rock mit glänzenden Knöpfen. Er verbeugte sich tief vor der Versammlung.

»Als Sohn des bekannten Medicus Roth aus Wernigerode, Gott hab ihn selig, ist es mir eine Ehre, mich in Diensten des überaus großmütigen Entdeckers des Blatternmittels zu befinden. Lob, Preis und Dank ihm, der uns von den Blattern befreien wird! *Vivat*, unserem gnädigen Medicus und Retter!«

»*Vivat!*«, schallte es aus dem Volk zurück.

Als wieder Ruhe eingekehrt war, trat die Fürstäbtissin vor den Leibarzt und besah ihn durch ihre Lorgnette. »Was geht hier vor sich?«, fragte sie. »Ich dachte, der Versuch sei misslungen und der Patient liege im Sterben?«

Es war, als ob alle in der Kirche den Atem anhielten.

»Aber liebste ehemalige Fürstäbtissin, wie kommen Sie darauf? Es ist alles in bester Ordnung.«

»Oh ja, das ist es!« Ernestine schnellte in die Höhe. »Aber es ist nicht die ganze Wahrheit!«

»Ernestine, halt dich zurück! Sei nicht leichtsinnig!«, raunte Helena ihr zu.

»Ich habe nichts mehr zu verlieren.« Die Hände der alten Frau zitterten, ihre Augen waren starr auf einen Punkt unten im Chor gerichtet, als sie mit fester Stimme an die Menge im Kirchenschiff gewandt fortfuhr: »Niemand soll diesen Behauptungen glauben. Es sind Lügen. Tatsächlich wurde die Wirkung der Melkerknoten von einer Frau namens Helena Fechtner nachgewiesen.«

Die Köpfe der Anwesenden wandten sich nach oben. Mit einem Seitenblick sah Lukas, dass Helena verschwunden war.

Der Leibarzt schüttelte mitleidig den Kopf. »Ein kleiner Anfall von Hysterie, meine Damen und Herren. Achten Sie nicht auf die Wittfrau des Kutschers. Ich allein habe die Wirksamkeit der Melkerknoten an ihr nachgewiesen.«

»Indem er mich erpresst hat!«, rief Ernestine hinunter. »Der Leibarzt ist lediglich Helenas Überlegungen gefolgt, aber es war Helena, die herausfand, dass sich die Melkerknoten von Mensch zu Mensch übertragen lassen, ohne dabei an Wirksamkeit nachzulassen! Ich kam mit dem Blatterngift in Berührung, und es konnte mir nichts anhaben. Das Mittel kann unbegrenzt von Mensch zu Mensch verbreitet werden und unzählige Leben bewahren. Viele von Ihnen werden das bald erleben. Das war alles, was ich sagen wollte. Danke.« Ernestines Brustkorb bebte, sie hatte sich völlig verausgabt und wohl noch nie in ihrem Leben so viel Mut bewiesen.

Der Äskulap stand reglos da, nur seine Augen flogen unruhig über die Menge der Huldigungsgäste, als müsse er erst begreifen, was um ihn herum passierte.

Mit einer theatralischen Geste wandte sich Graf von der Schulenburg-Kehnert an seine Zuhörerschaft: »Ihr Abgeordneten der Gemeinden, Ihr ehrsamen Männer, Ihr habt die frohe Botschaft vernommen, kehrt noch heute nach dem Genusse der königlichen Gastfreigibigkeit in eure ländlichen Hütten zurück, kündigt Euren Mitbürgern, Euren Weibern, Kindern und Enkeln die frohe und glückliche Aussicht an, sagt ihnen, dass die Gefährdung des Lebens durch die Blattern vorbei ist und sagt ihnen auch, dass Seine Königliche Majestät, Euer gnädiger neuer Landesherr, Euer allseitiger Retter und Vater ist. *Vivat*, unserem König!«

»*Vivat!*«, schallte es zurück. Die Leute jubelten und rissen die Arme in die Höhe.

»Und als kleine Geste der Freundschaft Seiner Königlichen Majestät ...«, verschaffte sich der Huldigungskommissär Gehör, »wird nun ein Mahl mit allerlei Köstlichkeiten in die Kirche gebracht und jedermann, auch Frauen und Kinder, sind geladen, daran teilzuhaben und auf die Gesundheit unseres gnädigen Landesherrn zu trinken. Der festliche Ball mit Tanz und Musik wird alsdann im Morgengrauen mit einer kleinen Illumination im Stiftshof seinen Ausklang finden.«

***

Eisiger Wind schlug Aurelia entgegen, als sie den Stiftshof betrat. Schneeflocken tanzten vom Himmel und wirbelten durch die Luft. Der Boden knirschte unter ihren Füßen, als sie an der Stiftskirche vorbeiging. Das Innere war hell erleuchtet, und ein fröhliches Stimmengewirr drang durch das Kirchenportal nach außen. Der Mond hing als milchig leuchtende Sichel über dem Stift, dösende Pferde warteten geduldig, nur hier und da erklang ein Schnauben, als Aurelia leise über den Hof bis zur Stiftsmauer ging. Sie fröstelte und zog den Fellkragen ihres Umhangs enger um ihren zitternden Körper. Niemand war zu sehen, keiner würde sie aufhalten. Sie war allein – so allein wie schon ihr ganzes Leben.

Aurelia spürte den eiskalten Stein unter ihren Händen, als sie sich über die Stiftsmauer beugte. Die Dunkelheit verbarg die wahre Tiefe, doch sie wusste, es würde genügen. Bei dem Gedanken daran überkam sie ein wohliger Schauer. Frieden finden, nie mehr das Gefühl empfinden zu müssen, auf dieser Welt unerwünscht zu sein. Sie schaute ein letztes Mal in den Himmel hinauf, sah Gregor vor sich und hoffte, dass er erahnen konnte, wie dankbar sie ihm für die schönen gemeinsamen Stunden war. Als er in den Krieg gezogen war, hatte sie nicht mehr an ihr gemeinsames Glück geglaubt, stattdessen das Kleinod ihrer Liebe an einen anderen verschenkt. Aus purem Leichtsinn, mochten Außenstehende urteilen – aus reiner Not heraus, auf der Suche nach Geborgenheit lautete ihre Erklärung, ihre Bitte um Verzeihung, die niemand hören wollte.

Kälte kroch durch ihre dünnen Schuhsohlen. Bald würde sie ihre Füße nicht mehr spüren – gar nichts mehr spüren. Sie lehnte sich weit über die Mauer und zwang sich dabei in eine unnatürliche Haltung, um den Rock ihres weißen Kleides möglichst nicht zu beschmutzen, obwohl das nun keine Rolle mehr spielte. Ihr Bauch streifte an dem harten Stein entlang, und plötzlich schrak sie zurück. Es war, als hätte sie jemand wachgerüttelt. Nachdenklich richtete sie sich auf.

Sie war nicht allein, sie würde nie mehr allein sein. Dieses kleine Wesen in ihr sollte ihre Liebe spüren dürfen und niemals das Gefühl haben, unerwünscht zu sein. Auch wenn die Welt es als einen Bastard ansehen würde und sie sich lange Zeit verstecken musste – sie wollte es versuchen, sie beide durchzubringen. Noch einmal schaute sie zum Himmel hinauf, um nachzudenken. Aber ihr Herz sagte ihr, dass es die richtige Entscheidung war. Sie schwor sich, den Überlebenskampf aufzunehmen, auch wenn sie als sündiges Weib nicht auf den Herrgott zählen konnte – vielleicht fand sie irgendwo verständnisvolle Menschen, die ihr Unterschlupf gewährten.

Ohne Licht und nur mit den Kleidern, die sie am Leib trug, ging sie die Kutschenauffahrt hinunter, dem Unbekannten entgegen. Auf den schneeglatten Pflastersteinen rutschte sie aus, knickte um, doch sie setzte tapfer einen Schritt vor den anderen.

Die Kutsche mit dem königlichen Wappen bog viel zu schnell in den Schlund ein. Mit einem Sprung zur Seite versuchte sich Aurelia zu retten, sie hob noch die Hand, dann spürte sie einen harten Aufprall. Ihr Schrei ging im Dröhnen der Hufe und Knarren der Räder unter.

***

Im Sternenzimmer war es dunkel und erbärmlich kalt. Mit zitternden Fingern entzündete Helena eine Öllampe und tastete sich im spärlichen Licht an den Regalen entlang. Draußen hörte sie eine Kutsche aus strenger Fahrt im Innenhof ankommen, Stimmen, dann wurde der Wagenschlag nach geraumer Zeit wieder geschlossen, und kurz darauf war es wieder still.

Das Geräusch ihrer Schritte irrte durch den verlassenen Raum. Es roch nach Urin und Syphilis, beißend und faulig. Nichts zeugte mehr von der Atmosphäre vergangener Tage, selbst aus den Büchern war der Ledergeruch gewichen. Nur die Marmorbüsten standen noch als stumme Zeugen auf ihren Podesten, die weißen Gesichter spielten mit den Schatten und schienen ihr seltsame Blicke zuzuwerfen.

»Gregor?« Helena wusste, dass es dumm war, aber der Wunsch war einfach übermächtig. Gregor konnte nicht weg sein.

Aber sein Bett war leer; das Laken auf dem dunkelgelb und braun verfärbten Stroh war zerwühlt. »Gregor?« Tränen traten ihr in die Augen. »Du bist nicht tot, oder?«

Langsam kniete sie vor der Bettstatt nieder. Nun war er frei. Freier, als er es sich je erträumt hätte, auch wenn ihn der Generalpardon nicht mehr erreichen würde. Behutsam hob sie das Kopfkissen an und schob die Pergamentrolle darunter. Da spürte sie einen kalten, harten Gegenstand; sie holte den steinernen Engel hervor und berührte vorsichtig seine Flügel, als könnten sie zerbrechen. »Er ist fort, nicht wahr?«, fragte sie. »Aber ich wollte ihm doch noch etwas sagen: Er hat es geschafft, er hat mir tatsächlich Flügel geschenkt. Wir haben ein Mittel gegen die Blatternseuche.« Helena holte tief Luft und schluckte die Tränen hinunter. »Danke, Gregor.«

Verschwommen nahm sie einige Weinflaschen wahr, die neben der schwach leuchtenden Öllampe am Boden standen. Hatte er etwa nur Wein zu trinken bekommen? Was hatte sich Aurelia dabei gedacht? Helena griff nach einer der leeren Flaschen und las die Aufschrift. »Nein«, flüsterte sie und sank auf die Knie. »Das war zuviel des Guten.«

Sie streichelte über das geschonte Stroh unter dem Kopfkissen, als würde er noch immer dort liegen und sie anlächeln. Jeder Halm, an dem ihre Finger entlangfuhren, enthielt eine Erinnerung an ihn. Helena durchwanderte noch einmal die Zeit, die sie mit ihm im Sternenzimmer erlebt hatte, schöne und intensive Momente, und als das Licht der Öllampe immer schwächer wurde, tastete sie nach ihrem Ärmelknopf, riss ihn ab und barg ihn noch kurz in der Hand, bevor sie ihn unter das Kopfkissen legte. »Für dich, Gregor. Weil du mir fehlst.«

Sie erhob sich und gab der Weltkugel auf dem Studiertisch einen schwachen Stoß. »Was meinst du?«, flüsterte sie dem steinernen Engel zu. »Es geht ihm gut da oben, oder? Er hat doch immer davon geträumt, zu fliegen und sich die Erde von oben anzusehen.«

»Helena, bist du das?«, fragte da eine tiefe Stimme.

Ihr gefror das Blut in den Adern. Friedemar, das war eindeutig Friedemars Stimme. Und jetzt konnte sie auch seine Gestalt ausmachen. Sein Umhang verschmolz mit der Dunkelheit, nur sein blasses Gesicht war im Lichtschein vage zu erkennen, als er auf sie zukam. Sie kauerte sich auf dem Bett zusammen und wünschte sich ganz weit weg.

»Na, suchst du deinen Gregor? Der ist in einem Sarg auf dem Weg zurück nach Wien. Der Äskulap hat gesagt, dass du keinen Wert darauf legst, mich zu sehen. Stimmt das?«

Sie rührte sich nicht.

»Jetzt weiß ich jedenfalls, was du hier alles erreicht hast.

Ich gratuliere dir zu deinem Erfolg. Deine Familie wäre sicher sehr stolz auf dich.«

Ihre Finger krampften sich um den steinernen Engel.

»Die Seniorin Gräfin Maria hat mir geschrieben, dass dies dein Zimmer war und dass du dich hier sehr gerne aufgehalten hast. *Sternenzimmer* ist wirklich ein schöner Name für die Bibliothek.«

Briefe der Seniorin? In Helena arbeitete es.

»Es muss hier wie im Paradies für dich gewesen sein«, sprach Friedemar weiter. »Wenn das deine Großmutter gesehen hätte ... Du denkst bestimmt viel an sie, schließlich hast du den Himmel in diesem Zimmer direkt über dir. Schade, dass wir nicht mehr Licht haben. Ich hätte mir die Sternbilder zu gern etwas genauer betrachtet.«

»Was willst du?«, presste Helena hervor.

»Ich wollte mich nur persönlich von den Dingen überzeugen, die mir die Seniorin in ihren seitenlangen Briefen berichtet hat. Aber ich muss sagen, ich bin sehr zufrieden mit ihr. Alles war sehr wahrheitsgetreu, und sie hat die Fäden recht gut zusammengehalten. Dafür konnte sie ihre Großnichte Sophie bis zur Niederkunft gut versorgt wissen. Die junge Gräfin wollte in ihrer Not einen ortsfremden Medicus aufsuchen, um den Leibarzt nicht in ihr kleines Geheimnis einweihen zu müssen und dieses Wissen über ihre Verfehlung kam mir gut zupass. Ich musste nur noch die hervorragenden Kontakte meines Vaters zu diesem Monsieur Dottore Tobler nutzen, und von seiner eigenen Ruhmversessenheit getrieben, hat er dich brav dazu angestachelt, dein kluges Köpfchen gewinnbringend einzusetzen. Und nun bin ich da, damit du dein Eheversprechen endlich einlösen kannst.«

Helena fuhr auf. »Woher wusstest du, dass ich im Stift bin?«

»Die Geschichte einer armen jungen Frau, die der Fürstäbtissin zu Quedlinburg das Leben gerettet hat, verbreitete sich wie ein Lauffeuer über die Dörfer. Da musste ich nicht lange suchen. Und nun habe ich meinen Schatz ja wiedergefunden.«

»Komm mir nur nicht zu nahe!«

»Wir sind immerhin noch verlobt, Helena. Vergiss das nicht.« Friedemar ließ sich dicht neben ihr auf dem Bett nieder und schaute sie von oben herab an. »Du wirst morgen mit mir nach Hause reiten.«

Helena geriet in Panik und rückte von ihm ab. »Nein, Friedemar.«

»Hast du etwa Angst vor mir?« Er betrachtete amüsiert den Abstand zwischen ihnen. »Das wäre töricht, denn du wirst mich zukünftig auf meinen Reisen an die Fürstenhöfe begleiten. Wir werden die Landesherren von dem Mittel gegen die Blattern überzeugen und alsbald ein Vermögen damit verdienen. Was hältst du von dieser Aussicht?«

»Nichts«, brachte sie zwischen zusammengebissenen Zähnen hervor.

»Oh Helenchen, mein kleines Dummerchen. Wenn wir erst einmal reich sind, dann wirst du es schon zu genießen wissen. Wir könnten weite Reisen unternehmen, wir hätten unsere eigenen Diener und würden speisen wie die Fürsten.«

Helena starrte auf den Engel in ihrer Hand und überlegte fieberhaft. Wie könnte sie ihn von seinen Plänen abbringen, ohne ihn allzu sehr vor den Kopf zu stoßen? Wenn der Zorn mit ihm durchgehen würde, wäre sie in diesem abgelegenen Zimmer verloren, und niemand würde ihre Hilfeschreie hören. Helena erschrak, als Friedemar plötzlich ihren Arm ergriff.

»Nun, was sagst du?«

»Ja, also ... Vielleicht ist das hier nicht der richtige Ort, um sich über solche Pläne zu unterhalten.«

»Aber du hättest Interesse?«

»Ich müsste es mir überlegen.«

»Wenn du Interesse hast, so gibt es nichts zu überlegen. Wir werden morgen nach Wernigerode reiten und alle Vorkehrungen für unsere Reise treffen. Ich denke, wir sollten zuerst an den Hof des Fürsten von Braunschweig-Wolfenbüttel gehen ...«

Wenn doch nur Lukas hier wäre! Oder Gregor. Wenn er doch nur eine Montgolfière vom Himmel schweben ließe, damit sie sich mit ihm in die Lüfte schwingen könnte, denn ihre Flügel waren genauso unbeweglich wie die des Engels, der in ihrer Hand ruhte.

»Helena, hörst du mir noch zu?«

»Gewiss.«

»Gut, so ist es also beschlossene Sache.«

Sie hatte ihm nicht zugehört, doch gleichgültig, was er beschlossen hatte, sie musste weg von ihm.

»Nun komm, wir haben noch viel zu tun, wenn wir morgen schon losreiten wollen.«

Wir ... Das Wort aus Friedemars Mund schnürte ihr die Luft ab. Sie musste reagieren, bevor es zu spät war.

»Friedemar, hör mir jetzt bitte gut zu: Es ... gibt ... kein ... Wir. Verstehst du? *Wir* werden gar nichts tun!«

Er schaute sie stirnrunzelnd an, als hätte sie in einer fremden Sprache gesprochen. Nur langsam schienen die Worte zu ihm vorzudringen.

»Hast du mich verstanden, Friedemar?«

»Ich glaube eher, Helena, dass dich *meine* Worte nicht erreicht haben. Wir sind einander versprochen, und daran hast du dich zu halten.«

Wie konnte sie auch nur einen Moment glauben, dass er auf ihre Bedürfnisse eingehen würde! »Friedemar, ich werde dich nicht heiraten! Ich habe andere Pläne.«

»So, so, Madame hat andere Pläne.« Seine Stimme bekam einen gefährlichen Unterton. »Und welche, wenn ich fragen darf? Es würde mich durchaus interessieren, warum du nicht an die Fürstenhöfe reisen willst.«

»Das habe ich vor, allerdings *nicht* mit dir.« Noch im selben Augenblick erkannte Helena, dass diese Antwort ein Fehler gewesen war. Friedemars Augen verengten sich zu Schlitzen.

»Mit wem dann? Sag es mir!«

»Nein!« Helena sprang auf, aber Friedemar griff mit einer schnellen Bewegung nach ihrem Handgelenk und umklammerte es schmerzhaft.

»Wer es ist, will ich wissen!« Friedemar riss sie zu sich herum. Dabei fiel Helena die kleine Engelsfigur aus der Hand. Mit einem dumpfen Knall zerplatzte sie auf dem Fußboden, dann war alles ruhig. Fassungslos starrte Helena auf die Bruchstücke, als könne sie dadurch alles rückgängig machen. Doch der Engel war in viele kleine Stücke zerborsten, und nur das Buch lag noch als Ganzes in dem Scherbenhaufen.

»Lass mich los!« schrie sie außer sich. Mit Aufwendung äußerster Kraft versuchte sie, sich aus seinem Griff zu befreien.

»Du gehörst zu mir! Du bleibst an meiner Seite!« Friedemar zerrte sie an sich. Sein Brustkorb bebte, und sein Atem berührte stoßweise ihr Gesicht.

Helena wand sich unter seinen aufdringlichen Berührungen, doch seine Lippen näherten sich unaufhaltsam ihrem Mund. Sie stemmte sich gegen ihn, versuchte zu entkommen, bis er den Druck um ihre Handgelenke derart verstärkte, dass sie aufgab. Er küsste sie brutal und voller Gier. Erbarmungslos drang seine Zunge zwischen ihre Lippen, und sein Speichel floss ihr in den Mund. Wehrlos ließ sie es über sich ergehen, bis er endlich keuchend von ihr abließ.

»Ich hasse dich!«, stieß Helena hervor. »Du widerlicher, dreckiger, stinkender Aasgeier!«

»Das meinst du doch nicht ernst!«

»Oh doch, und wenn du mich dafür umbringst! Es ist die Wahrheit. Du benutzt mich, du benutzt jeden! Sonst bist du zu nichts in der Lage! Du bist ein elender Versager!«

Kaum hatte sie ausgesprochen, holte Friedemar mit der flachen Hand aus und schlug ihr ins Gesicht. Helena fasste sich an die brennende Wange. Dabei bemerkte sie, dass Friedemar sie nicht mehr festhielt. Offensichtlich war er über seine eigene Tat vollkommen entsetzt. Er starrte seine Hand an, als würde sie nicht ihm gehören.

Helena nutzte die Gunst des Augenblicks, sprang auf und rannte durch das dunkle Zimmer zur Türe, verfolgt von Friedemars unerbittlichem Schrei: »Helena! Komm sofort zurück!«

Mit aller Kraft schlug sie die Türe hinter sich zu und lief wie von Sinnen durch den pechschwarzen Korridor. Ihre linke Wange pulsierte, und sie spürte noch immer den derben Griff um ihre Handgelenke. Blindlings rannte sie die

Treppe hinunter. Sie stolperte, fing sich gerade noch am Geländer, der Schmerz fuhr ihr in die Hand, sie rappelte sich auf und riss die Tür zum Stiftshof auf. Beinahe wäre sie mit Lukas zusammengeprallt.

»Helena! Gott sei Dank, da bist du ja!«

»Lukas, wie siehst du denn aus?«

Er war vollkommen aufgelöst, Schweißtropfen perlten ihm trotz der Kälte von der Stirn. »Schnell!«, keuchte er. »Die Fürstäbtissin schickt nach dir! Du musst eilends zum Stiftstor kommen. Sie braucht deine Hilfe!«

***

Helena entdeckte Aurelia am Rand der Auffahrt liegend, nur wenige Schritte vom Stiftstor entfernt. Ihr nasses helles Kleid hob sich gegen den dunklen Steinboden ab. Hastig kniete sie sich neben ihr nieder und hob die Schulter der zusammengekrümmt daliegenden Verletzten vorsichtig an. Aurelias Gesicht war blutüberströmt, ihr Kleid bis zur Brust rot verfärbt, und ihr linkes Bein stand unnatürlich vom Körper ab.

»Ich muss sie beatmen! Sie hat zu viel Blut verloren.«

Lukas kniete sich neben Helena nieder, um den Puls an Aurelias Hals zu fühlen. Er schüttelte kaum merklich den Kopf. »Sie ist ihren Weg gegangen, Helena. Gemeinsam mit ihrem Kind.«

»Nein! Ich hätte ihr doch noch helfen können ...«

»Sie wusste, dass ihr Kind die Syphilis nicht überleben würde«, erwiderte Lukas ruhig. »Und sie wollte nicht alleine auf Erden zurückbleiben. Sie hat sich wohl entschieden, Ihrem Dasein ein Ende zu setzen, und sich vor die Kutsche geworfen.«

Helena sank neben der Toten zusammen und nahm deren Hand in ihre. Es wollten Helena keine weiteren Worte über die Lippen kommen, zu sehr war sie zwischen Wut und Trauer hin- und hergerissen.

Lukas deutete Richtung Stift. »Siehst du das Licht dort hinten kommen? Das wird Borginino sein. Er wird uns helfen, die Leiche wegzutragen.«

Helena schloss der Toten die Augen und faltete ihr die Hände. Als sie wieder von Aurelia aufsah, war der Diener nicht mehr weit von ihnen entfernt. Er hob und senkte die Lampe und lief stolpernd auf sie zu. Er trug einen Umhang und ... schien größer als sonst. Als ihr die Zweifel kamen, war es bereits zu spät.

»Aha, er ist es also! Du Hure!« Friedemar riss sie von den Knien hoch und zerrte sie an sich.

»Lass sie los!« Lukas ging auf ihn zu.

»Du willst dich mit mir anlegen? Versuch es bloß!« Friedemar wehrte Lukas' Angriffsversuch mühelos ab, indem er ihm einen Schlag in die Magengrube versetzte. Der Chirurg sank keuchend zu Boden. So schnell wie der Kampf begonnen hatte, war er wieder vorbei.

»So, und du kommst jetzt mit.« Helena wich ihm aus und versuchte dabei, in Lukas' Nähe zu gelangen, der sich mit schmerzverzerrtem Gesicht am Boden krümmte.

»Du wirst mir meinen Rang nicht streitig machen! Ich habe das Mittel gegen die Blattern entdeckt, verstanden? Du nicht und nicht der Leibarzt«, stellte Friedemar in scharfem Ton klar. »Somit bin ich der rechtmäßige Erfinder!«

»Lass mich in Ruhe, Friedemar.« Es gelang ihr nicht, die Furcht in ihrer Stimme zu verbergen, und die Hilflosigkeit wurde zu einem dicken Kloß in ihrem Hals.

»Du hast keine Wahl als mit mir mitzukommen. Du bist schuld daran, dass man sich daheim das Maul über mich zerreißt. Ich bin das Gespött der gesamten Stadt! Entweder ich kehre in Ruhm und Ehren und mit dir als Weib nach Hause zurück oder ...«

»Scher dich doch zum Teufel!«, schrie Helena außer sich.

»Eine wahrlich kluge Entscheidung ...« Aus dem Dunkeln war plötzlich schwer atmend der Leibarzt hinter ihnen aufgetaucht, und im nächsten Moment leuchtete ihr der Äskulap direkt ins Gesicht. »Da ist ja das Weib, wie immer nicht zu überhören. Komm, mein kleines fauchendes Wildkätzchen.«

Friedemar trat ihm entgegen und zog sie gewaltsam an sich. »Finger weg von Helena! Das geht nur mich und sie etwas an!«

Helena machte sich steif. »Lass mich los! Hast du nicht gehört? Lass mich sofort los! Ich werde nicht mit dir gehen. Niemals!«

»So?«, hauchte Friedemar ihr ins Ohr. »Bist du dir da ganz sicher?« Noch bevor sie antworten konnte, spürte sie die kalte Klinge eines Messers an ihrem Hals. »Dieses Spiel hier kennt nur meine Regeln, haben alle das verstanden? Und du wirst jetzt schön gemeinsam mit mir losziehen. Weit, weit fort, dem Reichtum entgegen.«

Sie sah nur noch eine Chance; sie musste Zeit gewinnen. Lukas lag noch immer halb bewusstlos am Boden. »In Ordnung«, sagte sie und bewegte dabei kaum ihre Lippen. »Lass uns reden. Aber nimm erst das Messer weg.«

»Oh, Verzeihung. Hast du dich bedroht gefühlt?« Friedemar ließ von ihr ab und verschränkte die Arme hinter dem Rücken.

»Ich will dir einen Vorschlag machen, Friedemar.«

»Ich höre?«

Helena suchte im Halbdunkel seine Augen. Der Äskulap lauerte im Hintergrund, und die Angst drohte ihr die Stimme zu rauben. Sie legte sich die Worte sorgfältig zurecht, bevor sie aussprach, was sie dachte: »Ich weiß, dass du es in deinem Leben unbedingt zu etwas bringen willst, und du suchst dein Glück im Reichtum.«

Friedemar hob die Augenbrauen. »Willst du behaupten, dass das ein Fehler ist?«

Hinter seiner Gestalt sah Helena, wie sich der Lichtschein einer schwankenden Öllampe näherte. »Nein. Es ist dein Weg«, sagte Helena schnell. »Es ist nur ein Irrtum zu glauben, dass du Reichtum durch mich erreichst.«

»Ich habe ein Messer, vergiss das nicht.« Er hob es nahe an ihr Gesicht.

»Was geht hier vor sich?«, hörten sie da die schneidende Stimme der Fürstäbtissin. »Werter Herr, lassen Sie sofort dieses Messer fallen! Wie können Sie es wagen, eine Waffe gegen eine wehrlose Frau zu erheben?«

Vor Überraschung ließ Friedemar tatsächlich von Helena ab. Sie atmete tief durch, zutiefst erleichtert über das Erscheinen der Fürstäbtissin. Doch bevor die ehemalige Herrin des Damenstifts noch weiterreden konnte, sagte Helena: »Du hast mich nicht verstanden, Friedemar. Du wirst deinen Reichtum bekommen, darfst das Mittel unter deinem Namen verbreiten. Ich werde dir keine Schwierigkeiten bereiten, aber du wirst ohne mich an die Fürstenhöfe ziehen.« Dann machte sie einen Schritt auf den Leibarzt zu, maß ihn von Kopf bis Fuß und schaute ihm in die Augen. »Und Sie, werter Herr Äskulap, dürfen ihm dabei helfen.«

»Meine Herren, Sie haben es gehört«, sagte die Fürstäbtissin. »Wenn ich nun bitten dürfte, die Totenruhe zu wahren und die selige Gräfin ins Stift zu tragen. Äskulap, kümmern Sie sich bitte auch um den werten Chirurgen. Und mit Helena habe ich noch ein Wort zu reden.«

Kapitel 20

In der Kirche brannten unzählige Kerzen, entlang der Säulen und vor dem Altar, der jetzt ein Thron war. Der Schein spiegelte sich in den bunten Fensterscheiben wider und tauchte die Gemälde an den Wänden in ein Wechselspiel aus Licht und Schatten. Nach der Unterredung mit der Fürstäbtissin wäre Helena gerne mit ihrer Trauer allein gewesen, allein inmitten des hell erleuchteten Raumes. Sie fühlte sich fremd in dieser Kirche, die keine mehr war. Jetzt war es ein königlicher Audienzsaal, in dem nur noch ein paar sakrale Elemente das Auge störten.

Um sie herum herrschte drangvolle Enge. Lachende Menschen schoben sich auf die Gänge, feierten ausgelassen und tanzten sogar zwischen den Bänken. Konnte man es den Leuten verdenken, dass sie trotz der Blatterngefahr so fröhlich waren? Wann hatten sie in den letzten Jahren solch ein Fest gehabt? Wann zuletzt gelacht?

Eine Handvoll Musiker, aus den Reihen des Huldigungskommissärs, stellte sich mit Geigen und Trompeten neben dem Thron auf und setzte mit Hingabe zu einem schwungvollen Walzer an. Auf einer langen Tischreihe standen bereits einige dampfende Schüsseln und Silberplatten voll köstlicher Beilagen.

Helena überflog noch einmal die Menge, schaute sich in alle Richtungen nach Friedemar um. Doch unter den vielen

Leuten war er nicht auszumachen. Die Essensträger hatten ihre liebe Mühe, die Gerichte durch das tanzende Volk zu befördern. Wie bei solch großen Festen üblich, wurde das Essen in Holztruhen aus der Küche herbeigetragen. Gerade kamen wieder zwei Diener an ihr vorbei, die mit Trageriemen eine Kiste zwischen sich geschultert hatten, aus der es nach Fleisch und herrlicher Bratensauce roch. Sie wichen den übermütigen Tänzern geschickt aus und erreichten schließlich unbeschadet den Thron.

Sofort wurde eine Köstlichkeit nach der anderen aufgetragen. Wer gerade nicht tanzte, beobachtete mit ausgehungerten Blicken, wie sich die Tafel mit Fleisch, Kartoffeln, Gemüseplatten und Mehlspeisen füllte. Doch unter den gestrengen Blicken des Huldigungskommissärs wagte niemand, sich vorzeitig zu bedienen.

Plötzlich tippte ihr jemand auf die Schulter und Helena fuhr herum. »Lukas, du ... Bist du wahnsinnig, mich so zu erschrecken?«

Der Chirurg stand strahlend vor ihr. Nur ein paar leichte Schrammen im Gesicht zeugten von Friedemars Angriff; hinter ihm standen Borginino und Ernestine. »Helena, wir haben einen Plan. Wir werden mit dir zusammen das Stiftssilber aus der Schatzkammer in Kisten packen und die Fürstäbtissin wird dafür sorgen, dass eine Kutsche bereitsteht.«

Helena runzelte die Stirn. »Und wie sollen wir unter diesen Umständen unbehelligt zum Altar, geschweige denn die Treppen hinauf zum hohen Chor und wieder zurück gelangen?«

»Könnt ihr tanzen?«, fragte Lukas in die Runde.

»Tanzen?«, echote Borginino entsetzt, und Helena und Ernestine nickten, wenn auch etwas verwundert.

»So gelangen wir am unauffälligsten durch die Menge bis zu den Treppen und zum Altar. Zum Glück steht der mächtige Thron genau davor; besser hätte es der Herr Huldigungskommissär nicht einrichten können. Überhaupt – die Musik ist nicht zu verachten und Hunger habe ich auch.«

»Lukas!«, mahnte Ernestine freundschaftlich. »Wir sind nicht zum Feiern gekommen.«

»Aber ein Tänzchen in Ehren? Madame, darf ich bitten?« Lukas verbeugte sich galant vor Ernestine, die wie ein junges Mädchen kicherte und verschämt knickste.

Helena schaute ihnen bewundernd hinterher: Lukas behielt trotz des Gewühls die Übersicht und vermied einige Zusammenstöße durch geschicktes Ausweichen. Seine Bewegungen blieben dabei ruhig und fließend, weshalb Ernestine sichtlich Spaß hatte. Wenn sie trotzdem angerempelt wurden und für einen kurzen Augenblick außer Takt kamen, lachte die Witwe nur noch mehr. Irgendwann waren sie in der Menge verschwunden, und Helena bemerkte den Diener an ihrer Seite.

»Wollen wir?« Helena zupfte ihn am Ärmel.

Borginino schaute drein, als sei er gerade aus einem Traum erwacht. »Gewiss doch.« Unbeholfen hob er die Arme in eine Höhe, wo er die Tanzhaltung vermutete.

Helena lächelte verständig. »Ich führe.«

Zunächst gerieten sie in leichte Uneinigkeit, mit welchem Fuß denn begonnen werden müsse und an Takt war nicht zu denken, aber Hauptsache, sie tanzten. Allerdings hatte Helena das Gefühl, dass sie sich mehr oder minder auf der Stelle drehten und sich nur die Leute um sie herum bewegten.

»Wie kann man das nur lernen«, flüsterte Borginino ihr ins Ohr und vergaß darüber völlig das Tanzen.

»Hör einfach auf den Takt und lass dich von mir führen. Eins, zwei, drei ...«

Borginino nickte und sah auf seine Füße hinunter, als gehörten sie nicht ihm.

»Schau mich an! Du musst eine Frau beim Tanzen ansehen und dich entschuldigen, wenn du ihr auf die Füße trittst. Aber sieh um Himmels willen nicht zu Boden!«

»Glaubst du, sie würde mich auch mögen, wenn ich es nicht lerne?«

»Wer?«

Prompt senkte Borginino wieder den Kopf und biss sich verschämt auf die Lippe. »Ernestine.«

Nach kurzem Erstaunen lächelte Helena. »Da musst du sie schon selbst fragen.«

»Es hat ja auch noch Zeit. Wenn wir erst einmal gemeinsam unterwegs sind, kann sie mich noch besser kennenlernen. Und vielleicht kannst du mir nebenher noch ein wenig das Tanzen beibringen?«

»Das mache ich gerne. Allerdings müssen wir uns jetzt zuallererst um das Kirchensilber kümmern. Ernestine und Lukas sind bestimmt schon längst bei den Altartreppen, und wir drehen uns hier vorne immer noch im Kreis.«

Plötzlich nahm Borginino sie bei der Hand und zog sie etwas abseits des Gedränges. Schnurstracks steuerte er auf zwei Essensträger zu. Sie stammten aus den Reihen des Huldigungskommissärs und waren unverkennbar Großvater und Enkel: Beide hatten abstehende Ohren und den gleichen minderbemittelten Blick. Der Alte atmete schwer, hustete und ließ sich von seinem Enkel auf den buckligen Rücken klopfen.

Borginino deutete eine Verbeugung an. »Wir haben Anweisung, euch die Kiste abzunehmen und nach vorne zu tragen. Ihr sollt gleich wieder in die Küche laufen und Nachschub holen.«

Die beiden Diener musterten Borginino, der sie aufmunternd ansah. Dann fiel ihr Blick auf Helena.

»Und was soll dieses Fräulein hier?«, fragte der Ältere. »Warum trägt sie keine Dienstkleidung?«

»Alles hat seine Richtigkeit. Sie war bisher Gehilfin ...«

»... in der Küche!«, warf Helena ein. »Dort hat man mich jedoch nicht mehr gebraucht.«

»Schon gut, schon gut. Es soll uns recht sein«, brummte der Bucklige. »Bitte schön.«

Wortlos schulterte Helena den Riemen. Unter dem Gewicht der Kiste musste sie die Zähne zusammenbeißen, und schon nach wenigen Schritten begannen ihre Muskeln zu zittern. Die Finger um den Lederriemen gekrallt, die Augen starr geradeaus gerichtet, zwang sie sich weiterzugehen. Ständig wurde sie angerempelt oder blieb mit ihren Füßen irgendwo hängen. Borginino schaute sie besorgt an, doch Helena bedeutete ihm mit einem ruckartigen Kopfnicken, dass sie die Situation im Griff hatte.

Als sie die Kiste vor dem langen Tisch beim Altar absetzten, fühlte sich ihr Körper taub an, kraftlos stand sie da, Arme und Beine schwer wie Blei. Borginino hingegen machte sich sogleich daran, die Holztruhe zu öffnen und die Speisen aufzutragen. Helena bemerkte, dass sie der Graf von der Schulenburg-Kehnert argwöhnisch beobachtete. Mit zusammengekniffenen Augen verfolgte er jede Bewegung des Dieners.

Borginino hob eine Suppenschüssel heraus, aus der es verführerisch nach Klößchenbrühe roch. Als Helena die

Backform mit einem goldgelben Rührkuchen in der Kiste sah, spürte sie den Geschmack förmlich auf der Zunge. Wie lange hatte sie so etwas schon nicht mehr gegessen? Wann hatte sie überhaupt das letzte Mal etwas zu sich genommen? Wenn der Graf nicht gewesen wäre, hätte sie den Kuchen unauffällig unter ihren Umhang geschoben, doch stattdessen griff sie seufzend in die Kiste, um ihn aufzutragen, als unvermittelt die Stimme des Huldigungskommissärs ertönte:

»Bewegt euch gefälligst! Das Ganze muss schneller gehen. Die Leute sollen nicht ewig auf ihr Essen warten müssen! He, Diener, hast du nicht gehört?«

Borginino hielt inne und fixierte den Grafen.

»Findest du meine Befehle etwa lachhaft? Na warte, dir werde ich helfen!« Der Graf stieg behände vom Thron und baute sich bedrohlich nahe vor Borginino auf. »Du scheinst wohl nicht zu wissen, wen du vor dir hast! Wenn du nicht sofort aufhörst zu grinsen, lasse ich dich wegen Befehlsverweigerung und Beleidigung ...« Dem Grafen verschlug es angesichts Borgininos Dauerlächeln die Stimme.

»Werter Graf von der Schulenburg-Kehnert ...« Helena wusste eigentlich gar nicht, was sie sagen sollte, aber irgendwie musste sie reagieren. Borginino jedoch hatte bereits die kleine Unaufmerksamkeit des Grafen genutzt und ihm kurzerhand die heiße Brühe über Hose und Füße gekippt.

Der Huldigungskommissär tobte und schrie. Sofort hoben einige Leute die Köpfe und eilten herbei, um dem Grafen aus der misslichen Lage zu helfen, und Borginino nutzte den entstehenden Tumult, um hinter dem Thron zu verschwinden, die leere Kiste hinter sich herziehend. Helena hastete ihm die Treppen hinauf zum Hohen Chor nach.

»Borginino, bist du wahnsinnig?«, rief sie außer Atem, als sie ihn in der Schatzkammer einholte, die bereits von der Fürstäbtissin geöffnet worden war. »Was glaubst du, was jetzt passiert?«

»Nichts! Der Herr Huldigungskommissär wird noch eine Weile mit sich selbst beschäftigt sein. Bis er Schuhe und Kniestrümpfe gewechselt hat, sind wir längst über alle Berge.«

»Borginino, du hättest dich nicht mit ihm anlegen dürfen!« Ihre Stimme zitterte vor Angst.

»Ach ja? Hätte ich mich stattdessen verhaften lassen sollen?« Borginino zögerte nicht weiter, perlenverzierte Kästchen einzusammeln, ebenso schimmernde Bergkristallflakons und kleine Schreine aus Elfenbein, in denen sich Reliquien von Heiligen und Märtyrern befanden, und legte diese jahrhundertealten Werke mit aller Behutsamkeit in die Holzkiste.

»Helena, bitte hilf mir, die kostbaren Bibelausgaben einzuschichten – und mit dem Knüpfteppich komme ich auch nicht alleine zurecht. Der ist dreimal so groß wie ich!«

»Ich kann nicht.« Sie ließ sich mitten in der Schatzkammer auf den Boden sinken und schlang die Arme um die Knie. »Es geht einfach nicht.«

Borginino kniete sich neben sie. »Was ist los mit dir? Du zitterst ja ...«

»Es ist alles zu viel. Ich fühle mich so schwach. Ich kann nicht mehr.« Kaum hatte sie es ausgesprochen, liefen ihr auch schon die Tränen über die Wangen.

Borginino streichelte unbeholfen über ihre Hand. »Das sind die Nerven, Helena. Ist auch kein Wunder ... Warte!« Einen Augenblick später hielt er ihr den guten Rührkuchen unter die Nase. »Hier. Davon isst du jetzt ein Stück. Und keinen Widerspruch! Als Medicus solltest du wissen, dass der Körper Nervennahrung braucht.«

»Ich bin kein Medicus.«

»Kein Widerspruch, habe ich gesagt.«

Mit zitternden Fingern nahm Helena den Kuchen, und schon nach dem ersten Bissen fühlte sie sich besser.

Borginino nickte zufrieden, als sie aufgegessen hatte. »Wir sollten uns jetzt dennoch ein wenig beeilen, meine ich.«

»He, ihr zwei, was treibt ihr da?«

Helena rappelte sich gerade noch vom Boden auf, als die beiden Diener, denen sie die Kiste abgenommen hatten, mit voll beladenen Tellern vor ihnen standen. Offensichtlich hatten sie ein ruhiges Plätzchen gesucht, um sich ungestört ihr Essen einzuverleiben, doch ihre brisante Entdeckung schien ihnen zu gefallen. Ihrem Gesichtsausdruck nach zu urteilen, malten sie sich bereits die königliche Belohnung ihres Dienstherrn aus.

Es hatte keinen Sinn, irgendetwas zu leugnen. Die Situation war zu eindeutig, und auch Borginino leistete keinen Widerstand. Wie versteinert hielt er einen edelsteinbesetzten Elfenbeinkamm in Händen.

Prompt giftete ihn der alte Diener an: »Was grinst du so dämlich, du elender Dieb? Da hört sich doch alles auf! Ich werde dem Herrn Huldigungskommissär sofort Meldung erstatten!« Mit einer barschen Kopfbewegung gab er seinem Enkel Anweisung loszulaufen.

»Das ist doch alles nur eine Täuschung!«, platzte Helena heraus.

Der junge Diener hielt inne. »Eine Täuschung?«, höhnte er. »Dafür sieht es ziemlich echt aus, was ihr da treibt. Und es wird den Grafen sicherlich sehr interessieren.«

»Macht euch doch nicht lächerlich!«, rief Helena aus. »Wahrscheinlich hat euch der Graf nur nicht in seine Pläne eingeweiht, weil ihr so einfältig seid!«

»Was erlaubst du dir, du unverschämtes Weib?«, knurrte der alte Mann.

Helena versuchte die Aufregung in ihrer Stimme zu verbergen. »Habt ihr wirklich geglaubt, dass der Huldigungskommissär das Essen aus reiner Güte und Wohltätigkeit verteilen lässt?«

Die beiden sahen sich verdutzt an.

»Das Ganze dient doch nur dazu, das Volk bei Laune zu halten und es abzulenken! In Wirklichkeit haben wir Befehl, leere Essenskisten in die Schatzkammer zu tragen und die ganzen Kirchenschätze einzusammeln.«

»Aber das Inventarverzeichnis ...«, hob der junge Diener an.

»Natürlich weiß ich von den Plänen des Herrn Huldigungskommissärs«, fuhr ihm der bucklige Alte über den Mund. »Schließlich bin ich schon seit Jahrzehnten in königlichen Diensten.«

Sein Enkel funkelte ihn an. »Ich wollte auch nur den Wunsch des Grafen bestätigen, dass nicht alles im Inventar auftauchen soll, was es zu holen gibt.«

»Der Herr Huldigungskommissär hat dich eingeweiht?« Ungläubig musterte er den Jungen.

»So ist es.« Selbstzufrieden verschränkte dieser die Arme vor der Brust.

»Ich nehme an, ihr wisst demnach auch von dem bühnenreifen Schauspiel, das der Graf morgen früh vollführen wird, weil kaum mehr etwas von den Kostbarkeiten da sein wird?«

»Gewiss, gewiss«, beeilte sich der alte Diener zu sagen.

»Und wir werden gekonnt mitspielen!«, setzte sein Enkel hinzu.

Helena atmete erleichtert aus. »Sehr gut. Sodann dürfte euch die Vorgehensweise bekannt sein. Die kostbare Ladung muss vor das Kirchenportal gebracht werden, als seien es leere Essenstruhen. Dort lasst ihr sie stehen. Sie werden von ein paar weiteren Dienern abtransportiert.«

»Du brauchst uns keine langen Erklärungen abzugeben. Wir wissen längst Bescheid.«

»Vielleicht bekommen wir sogar eine Belohnung vom Herrn Huldigungskommissär!«, sagte der junge Diener voller Begeisterung.

Helena schüttelte bedauernd den Kopf. »Hinsichtlich der Belohnung wendet euch bitte an die ehemalige Fürstäbtissin des Stifts. Der Herr Huldigungskommissär hat Anweisung gegeben, dass alle Diener, die sich besonders verdient gemacht haben, eine hohe Sonderzahlung von ihr erhalten. Im Übrigen solltet ihr Stillschweigen bewahren ... wegen des Neides ... Ihr wisst schon!«

»Eine hohe Sonderzahlung?« Der alte Diener zeigte sich freudig überrascht. »Das heißt, ich könnte mich vielleicht endlich zur Ruhe setzen? Gott sei's gelobt! Ich wusste, dass das ein besonderer Abend wird! Heißa, ist das ein Fest!«

***

Als sie gegen Mitternacht die Kutsche mit den Kisten beluden, hörten sie Friedemar und den Leibarzt ein paar lautstarke Worte wechseln, dann donnerte der Wagen des Leibarztes an ihnen vorbei zum Stiftstor hinaus; Friedemar jagte ihm auf seinem Pferd nach.

Helena schaute noch einmal zum Sternenzimmer hinauf. In Gedanken betrat sie den Raum und ging auf Gregor zu, der eine Feder zwischen den Fingern zwirbelte und ihr lächelnd entgegensah. Sie tastete fröstelnd nach ihrem offenen Ärmelbündchen und presste die Enden fest zusammen.

Borginino verstaute die restlichen Habseligkeiten neben Ernestine und ihrer Tochter und wischte sich mit dem Ärmel über die Augen, als er einen letzten Blick auf das Stift warf.

»Wir werden Aurelia ebenfalls nach Wien bringen«, beschloss Helena leise, während ihr die Fürstäbtissin zum Abschied die Hand reichte.

»Seid vorsichtig. Man glaubt gar nicht, was auf so einer Reise alles passieren kann!« Dabei zwinkerte sie Helena vertraulich zu.

Lukas lachte, er war bereit, neue Abenteuer zu erleben. Er half Helena auf den Kutschbock und ließ die Zügel schnalzen. Langsam rollte die Kutsche durch die nächtlichen Gassen, jeder der Reisegefährten nahm dabei stillen Abschied von Quedlinburg.

Erst als die Stadt schon hinter ihnen in der Dunkelheit versunken war und sie dem Wald näher kamen, ergriff Lukas das Wort: »Du hättest den Leibarzt und Friedemar nicht ziehen lassen dürfen, Helena. Die beiden werden sich in deinem Namen bereichern, und du hast doch den Beweis erbracht! Es ist dein Verdienst!«

»Darum geht es mir nicht. Entscheidend ist, dass das Mittel schnell unter der Bevölkerung bekanntgemacht wird.

Das ist die Hauptsache! Dass ich es war, die die Menschen von den Blattern befreit hat, ist nicht wichtig. Mich wird man ohnehin bald wieder vergessen haben.«

»Ich glaube, da irrst du dich.«

***

Nachwort

Mit dem Reichsdeputationshauptschluss fand am 25. Februar 1803 die nahezu 900 Jahre währende Ära des Reichsstiftes Quedlinburg per Gesetz ein jähes Ende. Das gesamte Heilige Römische Reich geriet in Umbruch, und in Zahlen bedeutet dies: Über drei Millionen Menschen mussten sich einem neuen Landesherrn unterordnen und aus dem Flickenteppich von 300 selbstständigen Territorien wurden einundvierzig Flächen- und Stadtstaaten. In den süddeutschen Fürstentümern Bayern, Baden und Württemberg wurde das Vermögen von etwa 450 klösterlichen Einrichtungen weltlichen Machthabern zugeführt. Besonders interessant ist hierbei die Zwitterstellung der freiweltlichen Damenstifte, deren Status von jeher zwischen weltlich und kirchlich schwankte und deren rechtmäßige Auflösung, ähnlich wie die der stark verweltlichten Ritterorden, bis zuletzt fragwürdig blieb.

Die fürstlichen Herren ließen die Wertgegenstände ihres neuen Besitzes akribisch verzeichnen – bis hin zu den Kaffeelöffeln. Mit dem Kirchensilber wurde an den Höfen unterschiedlich verfahren. Der König von Preußen ließ als neuer Landesherr dem Stift Quedlinburg seine Schätze, erst am 24. April 1812 wurde auf Befehl des Königs von Westphalen der Schatz der Stiftskirche ins Museum nach Kassel verbracht – jedoch nicht ganz vollständig. Der Herzog von Württemberg hingegen ließ sämtliche Monstranzen, Kelche und liturgischen Gewänder nach Ludwigsburg bringen, wo die Edelmetalle eingeschmolzen wurden, um Münzen und Tafelsilber daraus herzustellen. Und wer im Schloss Ludwigsburg die Sitzfläche des fürstlichen Throns näher betrachtet, wird anhand sakraler Motive wie Trauben und Ähren feststellen, dass es sich hier um ehemalige liturgische Gewänder handelt, die passend zurechtgeschnitten und verarbeitet wurden.

Wie konnte es so weit kommen? Mit Beginn der Napoleonischen Kriege 1792 wurden bereits die Weichen für die Ereignisse um 1803 gestellt. Der Leser möge mir verzeihen, dass ich die wahren geschichtlichen Ereignisse für das Romangeschehen zeitlich etwas verdichten musste. Als Beispiel sei genannt, dass die letzte österreichische Armee unter Erzherzog Karl bereits in der Schlacht bei Hohenlinden (Bayern) am 3. Dezember 1800 von General Moreau geschlagen wurde. Am 9. Februar 1801 bestätigte Kaiser Franz II. den Frieden von Lunéville und damit die Abtretung des linken Rheinufers an Frankreich. Seit dem 24. August 1802 tagte eine außerordentliche Reichsdeputation in Regensburg, um einen Entschädigungsplan für die deutschen Fürsten zu erarbeiten, die ihre Gebiete links des Rheins an Frankreich verloren hatten. Wie im Roman beschrieben, wurde jedoch noch während der Beratungen im Jahre 1802 allerorten zur Besitznahme geschritten, obwohl die Verhandlungen erst am 25. Februar 1803 mit dem Reichsdeputationshauptschluss endeten. Dieses letzte Reichsgrundgesetz bestimmte die Neuorganisation Deutschlands und führte schließlich zur Auflösung des fast tausend Jahre währenden Heiligen Römischen Reiches.

Europäische Mächte kämpften in wechselnden Koalitionen gegen das revolutionäre Frankreich, das jedoch immer wieder als Sieger hervorging und die Friedensbestimmungen diktieren konnte. Dazu gehörten die Osterweiterung Frankreichs bis an den Rhein und ein Entschädigungsversprechen für linksrheinische Gebietsverluste an die deutschen Fürsten und Grafen, mit denen man es sich keineswegs verscherzen wollte. Im Gegenteil: Preußen verlor links des Rheins rund zweitausend Quadratkilometer mit rund 130 000 Einwohnern – und erhielt als Entschädigung 12 000 Quadratkilometer mit rund 560 000 Einwohnern. Württemberg bekam ein Vierfaches für die verlorenen Gebiete, Baden sogar das Siebenfache. Warum? Weil die späteren »Könige von Napoleons Gnaden« als abhängige Mittelstaaten einen Puffer zwischen Frankreich und dem ewigen Gegner Österreich schaffen und somit das neu eroberte Rheinufer sichern sollten.

Der militärisch und politisch geschwächte Kaiser Franz II. konnte den französischen Plänen nichts mehr entgegensetzen. Auch blieben der Papst und manche Bischöfe angesichts der bevorstehenden Kirchengüterenteignung erstaunlich ruhig. Zum einen begegnete der Papst der nicht besonders eng mit Rom verbundenen Reichskirche ohnehin mit Skepsis; zum anderen trugen die Klöster und Orden mit ihrer kulturellen Vielfalt und Eigenständigkeit als unberechenbare Elemente zu diesem Bild bei. Auch in der Öffentlichkeit regte sich wenig Widerstand. In Zeiten der

Aufklärung, in der sich alles im Wandel befand, hatte sich längst eine Abneigung gegen alles Traditionelle herausgebildet und somit auch gegen die Klöster und Orden. Für die Betroffenen hingegen kam die Auflösung der Damenstifte allerorten »wie aus heiterem Himmel«, da man eine solche »Ungeheuerlichkeit« nicht für möglich hielt.

Tatsächlich sah die Fürstäbtissin Sophie Albertine von Schweden (1753–1829) einer möglichen Stiftsauflösung derart gelassen entgegen, wie es die Korrespondenz mit ihrem Vetter, dem König von Preußen, belegt, die ich weitgehend originalgetreu übernommen habe.

Für Töchter aus gräflichen und fürstlichen Familien, die man gerade nicht verheiraten konnte oder wollte, waren die Stifte und somit die Pfründen eine hervorragende Möglichkeit der Unterbringung und Versorgung außerhalb der Familie. Falls sich dennoch eine gute Partie fand, konnten sie jederzeit in den Ehestand treten, da kein Gelübde abgelegt werden musste.

Die Damen sind als Romanfiguren beispielhaft für das Leben in einem Stift zu jener Zeit, das in unterschiedlicher Vielzahl anwesender Damen und (religiöser) Ausprägungsformen organisiert wurde. Da über die inneren Verhältnisse des evangelischen Damenstifts inmitten der Weltkulturerbestadt Quedlinburg stellenweise noch zu wenig bekannt ist, habe ich historische Gegebenheiten unter anderem aus den Stiften Buchau, Gandersheim und Essen ergänzt, um ein detailreiches Bild zu erhalten.

Über die Fürstäbtissin Sophie Albertine sagt der Zeitgenosse Ernst Moritz Arndt: »Hätte Gott diese Albertine als Mann ausgeprägt, wäre er von allen Vieren [unter den für die Thronfolge infrage kommenden Geschwister] der bedeutendste Charakter geworden.« Tatsächlich setzte sie einige Reformen im Schul- und Finanzwesen in die Tat um, richtete ein Armenhaus ein, strich überflüssige Stellen und gab die eingesparten Gelder an Bedürftige weiter. Schon eine Vorgängerin im Amt, Maria Elisabeth von Holstein-Gottorp (1718–1755), setzte sich für die Stärkung der Frauenrolle in der Gesellschaft ein, und diese aufgeklärte Haltung brachte wohl auch die Quedlinburgerin Dorothea Christiane Erxleben (1715–1762) dazu, ihre Dissertation dieser Fürstäbtissin zu widmen.

Gut möglich also, dass die Fürstäbtissin Albertine einem Mädchen wie Helena Fechtner die Gelegenheit gegeben haben könnte, bei ihrem Leibarzt in die Lehre zu gehen. Als Vorbild für seine Person diente mir Dr. Johann Nepomuk zum Tobel, der Leibarzt der Fürstäbtissin zu Buchau, dem neben seiner eigentlichen Aufgabe eine freie Praxis zugebilligt wurde, um die Stiftsangehörigen zu betreuen. Außerdem oblag ihm die Aufsicht über die Hebammen sowie die Anfertigung von medizinischen Gutachten in Kriminalfällen. Über seine genauen Lebensdaten ist nichts bekannt, auch nichts über seinen Verbleib nach der Stiftsauflösung. Das eigentümliche Refugium des Äskulap, seine spezielle Art der Rechnungslegung, kurz, die gesamte Persönlichkeit des Monsieur Dottore Tobler entstammen dem Reich meiner Erfindungen.

Sebastian von Moltzer hingegen befand sich ab 1787 tatsächlich als Stiftskanzler in Diensten der Fürstäbtissin. Von ihm existiert ein Gemälde, so dass ich mir seine Person gut vorzustellen vermochte, ebenso von Borginino, dem stets lächelnden Leibdiener der Fürstäbtissin, über den sich die Quellen weiterführend jedoch ausschweigen. So bekam Borginino von mir die Gelegenheit, zusammen mit Ernestine und Lukas, die in der Welt des Romans mit ihm leben, das Kirchensilber vor dem König zu retten.

Als eigentlicher Vater der Blatternimpfung gilt der englische Chirurg Edward Jenner (1749–1823). Trotz zahlreicher Widerstände und Argumente seiner zeitgenössischen Kritiker – im Roman führt hier stellvertretend der Äskulap das Wort – wagte er es, am 14. Mai 1796 nach langjährigen Aufzeichnungen den Beweis anzutreten. Er impfte dem achtjährigen James Phipps die Flüssigkeit aus den Melkerknoten einer Milchmagd. Als Edward Jenner ihn nach einigen Wochen den Blattern aussetzte, war der Junge vor der Krankheit geschützt. Jenner benannte das Verfahren Vakzination (nach dem lateinischen *vacca* = Kuh). Die Royal Society weigerte sich jedoch, die Entdeckung eines unstudierten Landarztes anzuerkennen, die von ihrem damaligen Wissensstand derart abwich und deshalb für irrig erklärt wurde. Doch die Angst der Bevölkerung vor den Blattern war um einiges größer als die Bedenken vor der Vakzination. Und somit kennen wir Schutzimpfungen mit abgeschwächten Krankheitserregern bis heute.

Begriffserklärungen

Äskulap: Griech.-röm. Gott der Heilkunde. Bildliche Darstellung mit einem von einer Schlange umwundenen Stab. Der Äskulapstab gilt als Zeichen der Ärzteschaft und in Verbindung mit einer Schale als Standessymbol der Apotheker.

Bemäntelung: Aufnahme ins Stift

Besitzergreifungspatent: In der frühen Neuzeit musste jeder Besitzwechsel von Grund und Boden schriftlich bekanntgemacht werden. Die bis heute zahlreich in den Archiven erhaltenen Besitzergreifungspatente der Säkularisation sind jedoch nicht nur reine Verwaltungsdokumente – sie sind Zeugen eines nachhaltigen Umbruchs.

Blankscheit: Vom franz. *blanchet* abgeleitet. Ein dünnes Holzstück, auch Quälholz genannt, das vorne senkrecht im Mieder steckend der Frau zu einer geraden Silhouette verhalf. Berühmt berüchtigt sind solche mit eingeschnitzten Liebesschwüren eines Mannes, der der Angebeteten auf diese Weise nahe sein durfte.

Blasenpflaster: Das Gift der Spanischen Fliege (Cantharidin) wurde mittels eines Pflasters auf die Haut aufgebracht. Es bildeten sich Blasen, und man nahm an, den Körper so von krankhaften Flüssigkeiten zu befreien.

BLATTERN: Blasen, auch Pocken genannt. Ihren Höhepunkt erreichte die Seuche in Europa im 18. Jahrhundert. Rund 60 Millionen Menschen fielen ihr zum Opfer. Erst 1980 wurde die Krankheit von der Weltgesundheitsorganisation für ausgerottet erklärt.

CHEMISE (FRZ.): Ein langes Unterhemd aus Leinen, das unter dem Mieder getragen wurde und auch als Nachthemd verwendet werden konnte.

CHINARINDE: Auch als Jesuitenpulver bezeichnet, weil sich die Jesuiten um die Verbreitung dieses fiebersenkenden Mittels verdient gemacht haben. Das im Rindenpulver des in Südamerika beheimateten Chinabaums enthaltene Chinin wurde bald zum Allheilmittel gegen Fieber und Schmerzen. Noch heute wird dieser Wirkstoff zur Malariabehandlung angewandt.

CUL DE PARIS (FRZ.): Mit Hilfe entsprechender Polster wurde das weibliche Gesäß betont, der Rock gehoben und gleichzeitig die Taillenweite optisch verkleinert. Gegen Ende des 18. Jahrhunderts kam das »französische Hinterteil« außer Mode.

EPILEPSIE: Früher auch als Heilige Krankheit bezeichnet.

ESSIG DER VIER RÄUBER: Der Name geht zurück auf die Legende von vier Dieben, die im 17. Jahrhundert die Häuser von Pestkranken ausraubten, ohne zu erkranken. Sie hatten sich mit einem Essig aus Weinraute, Wermut, Salbei, Thymian und Lavendel eingerieben. Dadurch erlangte die Weinraute als Heilmittel bis ins 19. Jahrhundert hinein hohe Bedeutung. Die hauptsächliche Wirkung lag jedoch nicht, wie man glaubte, an dem stark riechenden, bitteren Kraut, sondern vielmehr in der keimtötenden Wirkung des Essigs.

Etienne de Silhouette: Seine Scherenschnitte wurden um 1760 in Deutschland modern. Als französischer Finanzminister zur Sparsamkeit gezwungen, ersetzte er kostspielige Gemälde durch Schattenrisse.

Fraisenkettchen: Fraisen entstammt dem althochdeutschen Freisa (= Gefahr, Not, Schrecken.) Da man über Krankheitsursachen wenig wusste, versuchte man ein Kind zu schützen, indem man ihm diese Amulettkette um den Hals legte, an der verschiedene religiöse und magische Mittel aufgereiht waren.

Gerber: Das Gerberhandwerk unterteilt sich in drei Gruppen: Die Rot- oder Lohgerber stellten mit Hilfe der Lohe (gerbstoffhaltige Substanz) grobes Leder beispielsweise für Sättel und Zaumzeug her. Die Weißgerber produzierten durch Salzgerbung mit Alaun geschmeidiges Leder zur Bekleidung, und die Sämischgerber waren für die Herstellung wasserdichter Ledersorten zuständig.

Huldigungskommissär: Beamter im Dienste eines Fürsten oder Grafen, der für seinen Herrn die Besitzergreifung eines Klosters durchführte.

INOKULATION: Auch Variolation genannt. Durch die künstliche Infizierung mit vermeintlich abgeschwächten Blatternerregern hoffte man auf einen milden Verlauf der Krankheit, um eine lebenslange Immunisierung zu erzielen. Diese Methode führte natürlich zu einer vermehrten Ausbreitung der Seuche und allzu oft endete dieses »Blatternkaufen« tödlich.

JOHANN LAROCHE: Die heute aus dem Puppentheater bekannte Figur des Kasperl wurde am Wiener Leopoldstädter Theater von dem Schauspieler Johann Laroche (1745–1806) nach dem Vorbild des Hanswursts entwickelt und berühmt gemacht.

JUPE (FRZ.): Rock, der unter der mantelartigen, vorn offenen Robe getragen wurde und nur als Dreiecksausschnitt hervorschaute. Trotzdem wurde für die Jupe meist derselbe teure Robenstoff verwendet.

JUSTAUCORPS (FRZ.): Juste au corps = nah am Körper. Eine eng anliegende, etwa knielange Herrenjacke mit weiten Schößen. Auch als Rock bezeichnet. Dazu wurden Kniebundhose und Weste getragen.

LORGNETTE: Auch Lorgnon genannt. Eine im 18. Jahrhundert besonders bei den Damen sehr beliebte Brillenart, die mit einem Haltestab vor die Augen gehoben wurde. Ohrenbügel gab es zwar bereits, diese waren jedoch noch sehr unbequem.

MANTELET (FRZ.): Ein Kurzmantel für Damen, der höchstens bis zur Hüfte reichte. In der kalten Jahreszeit wurde er, manchmal auch mit einer Kapuze versehen, beim Ausgehen über der Robe getragen.

Mase: Veraltete Bezeichnung für Narbe. Ebenso sprach man damals von Blatternmasen, wenn Pockennarben gemeint waren.

Mediatisierung: Im geschichtlichen Sinne umfasst dieser Begriff die Aufhebung der weltlichen, nur dem Kaiser unterstehenden (reichsunmittelbaren) politischen Einheiten (Reichsstädte, Reichsritterschaften) und deren territoriale Eingliederung unter die Herrschaft des jeweiligen neuen Landesherrn.

Minotaurisation: Abgeleitet von Minotauros: Der griechischen Mythologie nach ein Ungeheuer mit Stierkopf und Menschenleib. Unter dem Begriff Minotaurisation subsummieren sich alle Befürchtungen der damaligen Impfgegner, die Menschen könnten durch die Übertragung der Kuhpocken zu Kühen mutieren.

Musselin: Ein weicher, fließender Kleiderstoff aus feinem Baumwollgarn, benannt nach der Stadt Mosul im Norden des heutigen Irak.

Pfründen, Präbenden: Stiftungen (Geld, Ländereien), aus denen der Pfründeninhaber ein regelmäßiges Einkommen bezog.

Reichsdeputation: Ausschuss des Reichstages, der Gesetze vorbereitete. Um die Neuverteilung der Gebiete zu regeln, die den deutschen Fürsten als Ersatz für ihre linksrheinischen Verluste angeboten werden sollten, tagte der außerordentliche Ausschuss fast ein Jahr lang in Regensburg. Die Verhandlungen gipfelten am 25. Februar 1803 im Reichsdeputationshauptschluss, dem letzten Reichsgrundgesetz, das die Neuorganisation Deutschlands bestimmte und schließlich zur Auflösung des fast 1 000 Jahre währenden Heiligen Römischen Reiches führte.

SÄKULARISIERUNG: Durch den Reichsdeputationshauptschluss legitimierte Inbesitznahme geistlicher Territorien durch weltliche Fürsten, die damit für den Verlust ihrer linksrheinischen Gebiete an Frankreich entschädigt wurden.

SALVA VENIA (LAT.): Mit Verlaub. Diese Anstandsformel wurde vor Worte gesetzt, die mit Scham besetzt waren und als unanständig galten. In der Schriftsprache mit sv abgekürzt.

SCHAFWASSER: Frühere Bezeichnung für Fruchtwasser.

SCHARPIE (FRZ. CHARPIE): Bis Mitte des 19. Jahrhunderts gebräuchliches Verbandmittel aus Leinwandfäden. Die zerzupften Leinenreste waren natürlich selbst nach Abkochung nicht keimfrei.

SCHLUCKBILDCHEN: Kleine Zettel mit religiösen Sprüchen oder Abbildungen, die der Kranke durch Schlucken »in sich aufnehmen« und dadurch Heilung erfahren sollte.

STHENISCHE KRANKHEITEN: Nach der Lehre des englischen Arztes John Brown (1735–1788) entstehen Krankheiten entweder durch Reizüberflutung (sthenisch) oder Reizmangel (asthenisch), die man entsprechend mit dämpfenden (Aderlass, kalte Getränke) oder anregenden Mitteln (Alkohol, Wärme) behandelte. Die im 18. Jahrhundert blühenden Theorien über die Entstehung von Krankheiten brachten auch den Animismus nach der Lehre des Georg Ernst Stahl zutage, nach der bestimmte Symptome Äußerungen der Seele sind.

TABULET: Auch Tabelet. Brettkasten mit Schubfächern, den sich die Krämer um den Hals hingen, um damit ihre Waren zu präsentieren.

VAKZINATION: Das von Jenner (nach dem lateinischen *vacca* = Kuh) so benannte Verfahren der Einimpfung von Kuhpockenlymphe in den menschlichen Körper.

WOHLVERLEIH: Von dem althochdeutschen Wolferley abgeleitet, auch Wolfsblume oder Engelkraut genannt. Die Arnikapflanze wirkt äußerlich angewendet antibakteriell, entzündungshemmend und schmerzstillend.

Den Federn,
die Flügel verleihen

Ich danke:

Ihnen, weil sie dieses Buch noch immer in der Hand halten und mir damit Ihre kostbare Lesezeit zum Geschenk gemacht haben. Und als treuer Leser wissen Sie, dass ich Sie an dieser Stelle immer herzlich willkommen heiße, falls Sie die Angewohnheit haben, am Ende zu beginnen.

Clemens Bley. Falls Sie ein sprichwörtlich »wandelndes Lexikon« zum Damenstift und der Stadt Quedlinburg benötigen, so kann ich Ihnen diesen Historiker empfehlen. Neben der Arbeit an seiner Dissertation (zum Stift Quedlinburg) nahm er sich die Zeit, mein Manuskript durchzulesen, und mir ausführlich und unermüdlich meine unzähligen Fragen zu beantworten; ganz gleich, welches Stichwort ich ihm auch zuwarf, er blieb mir keine Antwort schuldig. Sollte sich dennoch eine Unstimmigkeit in den Roman eingeschlichen haben, so habe ich eine diesbezügliche Frage, beeindruckt von seinem Wissen, zu stellen vergessen.

Dr. Marco B. Fiorini. Aus jedem Winkel der Welt hat er dem Leibarzt und Helena bei ihrem Tun genau auf die Finger geschaut, und dass er manchen Tod nicht verhindern konnte, liegt allein am Wirken der Autorin. Bei ihm können Sie sich getrost in Behandlung begeben, auch wenn ich weiß, dass er gerne mal einen kurbelbetriebenen Schädelbohrer ausprobieren würde.

Corinna Vexborg. Obwohl sie sich im dänischen Exil befindet, hat sie mir ihre Heimatstadt Quedlinburg mit viel Liebe nahegebracht; ihr verdanke ich viele Tipps während meiner Recherche, ohne die mir andernfalls viel entgangen wäre.

Meinen Büchereulen. Was wäre ein Roman ohne Testleser? Bouquineur, Johanna, Nachtgedanken, Ottifanta und Schnatterinchen haben mit großer Begeisterung den Leibarzt einer gründlichen Nachuntersuchung unterzogen und festgestellt, dass die Ansteckungsgefahr hoch ist. Falls noch jemand zu uns stoßen mag, finden Sie uns bei www.buechereule.de.

Meinem Literaturagenten Thomas Montasser. Er ist seit Jahren mein persönlicher Leibmedicus. Im Gegensatz zu Monsieur Dottore Tobler liegt es ihm allerdings fern, seine Dienstzeit mit der Sanduhr zu bemessen; vielmehr hat er immer ein offenes Ohr für meine Wehklagen.

Meiner Lektorin Anne Tente. Sie war von dem Projekt sofort begeistert. Und wie immer hat sie das Manuskript mit ihrem legendären Röntgenblick auf Herz und Nieren geprüft und die Patientenakte an Eva Philippon zur Redaktion übergeben. Ihr habe ich dann ehrfurchtsvoll Skalpell und Tupfer gereicht, während sie mit bewundernswertem Fingerspitzengefühl die notwendigen Operationen durchgeführt hat.

Allen Wegbegleitern, die immer an »Das Mädchen und den Leibarzt« geglaubt haben. Besonders meiner Mutter, die ihre Tochter viel zu selten sieht und sich stattdessen als Erstkritikerin mit dem Äskulap herumschlagen musste. Aber sie hat diesen liebenswerten Fiesling zurechtgestutzt und sich auch in der zehnten Diskussionsrunde nicht breitschlagen lassen. Ihr kann ich nicht genug danken.